倾听
岁月的声音

贾玉奎 ◎ 著

新华出版社

图书在版编目（CIP）数据

倾听岁月的声音 / 贾玉奎著. -- 北京：新华出版社, 2022.3
ISBN 978-7-5166-6224-3

Ⅰ. ①倾… Ⅱ. ①贾… Ⅲ. ①散文集－中国－当代 Ⅳ. ①I267

中国版本图书馆CIP数据核字（2022）第045834号

倾听岁月的声音

作　　者：贾玉奎	
出 版 人：匡乐成	出版统筹：许　新
责任编辑：徐文贤　王依然	封面设计：刘宝龙

出版发行：新华出版社
地　　址：北京石景山区京原路8号　　邮　编：100040
网　　址：http://www.xinhuapub.com
经　　销：新华书店、新华出版社天猫旗舰店、京东旗舰店及各大网店
购书热线：010-63077122　　中国新闻书店购书热线：010-63072012
照　　排：六合方圆
印　　刷：三河市君旺印务有限公司
成品尺寸：170mm×240mm
印　　张：31.5　　字　数：410千字
版　　次：2022年5月第一版　　印　次：2022年5月第一次印刷
书　　号：ISBN 978-7-5166-6224-3
定　　价：80.00元

版权专有，侵权必究。如有质量问题，请与出版社联系调换：010-63077124

序一

人是好人，文是美文

时光飞速前进，世界快速变化，社会日新月异。青山依旧在，几度夕阳红。

2004年春天，贾玉奎出版散文集《感受人生》，我为之作序《好人好文》。那会儿，我在《青岛日报》琴岛副刊做编辑，玉奎在一家机关当公务员，时常为报纸副刊写文章。他文如其人，真切、亲和、优美。

此后不久，玉奎调到北京，举家北迁。后来，我客居北美洲，常住温哥华，偶有短信联系，异乡共明月，天涯如咫尺。眨眼间，近20年过去了。

浏览书稿《倾听岁月的声音》，思想鸿爪，世态速描，往事尘烟，山川走笔，书房夜话，人间亲情，可见文真情、人真诚。借助发达的网络信息，我常见玉奎理论著作、调研报告、优美散文、隽永感言，既为他学养滋长而欣慰，也为他真诚常葆而赞赏。古路无行客，寒山独见君。有一次与他短信交流，坦言"更喜爱当年那些更走心的作品"。玉奎不失我望，这次选编，有不少篇章是年轻时所写短文，原封不动，原汁原味，但经过岁月的检验，如今读来，更觉悠远醇厚芬芳。本书所选文章100多篇，长则万言，短仅千字，写作时间前后近40载，晴耕雨读，春华秋实，品之如若"倾听岁月的声音"。

"岁月的声音，能听得见吗？回答是：只要你静下来，一定能听得见。岁月的声音，是风声，是雨声，是潺潺的水声，是如潮的蛙声，是花绽枝头、雨打芭蕉、雪压青松的声音，是白云出岫、繁星眨眼、庄稼拔节的声音，是老人沉重的叹息，是孩子牙牙的学语，是妈妈慈爱的叮嘱，是心灵伤口愈合的声音，是毛细汗孔舒展的声音，是街头小贩的叫卖声，是拮据日子里的争吵声，是喜怒哀乐爱恨情仇息息相关的所有微妙的声响。是雷霆，是闪电，是露珠，是霞光，是夕阳，是惊蛰，是春分……"

人世间，最感人的，是真诚、真心。玉奎善良，真挚待人，常怀悲悯之心，《感受人生》《倾听岁月的声音》篇章中随处可见。若干年前，玉奎有散文《一生平安》感人肺腑。我作序《好人好文》时说："像玉奎这样的好人，我唯有祝愿他一路顺风，一路平安。"岁月追赶着人生的脚步，匆匆忙忙。这些年，玉奎知行合一，自强不息，感悟儒释道，追求真善美，蕴养精气神，不断跃上新境界。悠悠大半生，转瞬十八载。我欣喜地看到，人还是那个好人，文还是那般美文，好人平安，美文芬芳。

浮云游子意，落日故人情。玉奎，哪一天，咱们相约美丽的青岛海滨，执一壶浊酒，话半世沧桑。

刘海军

2022 年 3 月

序二

好人好文 *

贾玉奎把自己近年来的散文、随笔挑选一番，出了一本《感受人生》。一个业余作者，既要拼命打工养家糊口，还能固执秃笔写作不懈，写他品味过的欢欣、咀嚼过的痛苦、体验过的人情、透视过的世态，寄寓对社会的关注、对生活的感悟和对生命的热爱，为世人、为朋友、为自己捧出一本书来，这在人心浮躁的红尘滚滚之下，难能可贵。在此，我深表祝贺。

我在报社做编辑，业余时间写小说、写散文、写随笔，不亦乐乎。玉奎在一家机关当差，写材料、开会、打电话，甘苦自知。十几年前我们开始接触和交往，算是知根知底、交情交心的好朋友。他选在这个集子里的作品，有许多我都读过、编过、校过、审过，现在重读，似故人相逢，分外亲切。对于玉奎之为人、为事、为文，我向来比较欣赏，以"好人好文"概括，俗是俗点，却很贴切。

玉奎做人真诚。他秀发稀疏，属"前途光明"一族，好在前额明净广阔，所以看上去也不太过沧桑。他多年来一直惯用摩丝，以解海风吹拂、乱草蓬松之窘迫，所以根根头发入轨入道、各就各位、一丝不苟，甚至发出亮泽。一般情况下，都是衣冠楚楚，利利索索。这本来是良好精神状态的表现，但一光洁似乎又与憨厚、质朴相距较远。岂不知玉奎的真诚、爽快、厚道，恰恰无与伦比。他一根肠子通到底，

---

* 此文系刘海军先生为作者 2004 年出版《感受人生》所作序言。

情不造作，心不设防，既不自欺，也不欺人，单纯而直率，爽朗而豪放。与人交往、共事，不论年长年幼，人富人穷，官尊官卑，他都以诚相待，以善相待，以真相待，决不分三六九等，另眼看人。时风之下，人们爱好虚浮，追慕奢华，往往专拣大的说，专往高处走，专挑贵人靠，咋咋呼呼、飘飘悠悠、晃晃荡荡、神神秘秘，哪里都装不下他。玉奎正好相反，他交人以真、做人以诚、不事张扬、淡泊名利，始终找准自己的定位，以平庸、平淡自居，从不吆五喝六，从不装腔作势，从不欺下媚上。自私心理的恶性膨胀，已经使人近视得看不到别人的一丝优点，也吝啬得轻易不肯评判别人一句好话了，而玉奎之真，总是善于发现别人的优点，眼睛总是盯着别人的长处，所以既能从别人身上汲取养分，又能与人和睦相处。品性如此，不管在哪里工作，他都能与人保持良好、融洽的关系。

　　玉奎为人善良。兴许是出身寻常百姓人家，自小经受了太多贫寒生活的磨砺，玉奎深知人生之艰难、无奈和辛酸。他自己也不富有，但对视角所及的穷人、弱者满怀怜悯之情，目光常常投向那些辛苦劳作的农民、奔走他乡的拾荒者、沿街乞求的老翁残妪、无家可归的少年孤儿。不管什么时候什么地方，他每遇灰发老人蹲地乞讨或是盲人操琴卖艺、蓬头垢面少年烤地瓜一类，便神色凄迷，长叹不止，不掏出十块八块、三元五元钱给人家就心神不定。据我所知，他个人曾资助过十余名失学儿童，无数次资助遇到难处急需帮助的人。他的善良毫无水分，与生俱来，他不仅仅是把钱寄给失学儿童就算完事，还组织过多次看望、慰问活动，带着文具、书籍、面包、火腿赶到穷乡僻壤看望孩子。按说，人能如此也算好心肠了吧？不，他对自己很不满意，说比起那些真正善良的人，自己算什么？还忏悔整天胡乱忙活，没有给失学儿童及时回信，没有予以学习上的鼓励和指导，忏悔没有跟孩子们保持联系。前年夏天，出身寒苦的北京大学学生张兴佰参加北大山鹰登山队，在攀登西藏希夏邦玛西峰时遭遇雪崩，不幸罹难。张兴佰是苦水里泡大的好孩子，是品学兼优的好学生，是贫穷潦倒的张家一家人的希望，也是千百万农民兄弟生命状态的真实写照。玉奎看到报道，黯然神伤，不思饮食，奋笔写下《痛哭铁蛋》。所得稿酬一百元，他再加一百元，赶在春节前寄给黑龙江农村张兴佰的父母双亲。类似这样的事，玉奎做了很多很多。他常说：自己有这点钱，也富不到哪；没有这份钱，也穷不到哪。而帮助了弱者，可以在一定程度上鼓起人家生存的希望和勇气，给人家送去一丝阳光。他每次把家里的旧报纸、旧纸壳、空酒瓶、旧衣服一类，送给收破烂的农村人，分文不取不说，还管人家啤酒喝。表面上，他穿衣戴帽挺光鲜，也开上了私家车，钱包里好几张信用卡，衣兜里还常常装有游泳馆、健身房的活动卡，但他骨子里却是一个万分节俭、十分本色的人。他在单位食堂和家里吃饭，比较著名的有"三净"：吃净一根菜，舔净一粒米，喝净一口汤。家里剩下的饭菜，他看得很紧，爱人绝对不敢贸然给他倒掉，否则他会大为光火。他有时候替公家招待客人，也是本着勤俭节省的原则，不肯轻易多点饭菜。可对于别人，他从来都是慷慨大度，义不计失。他的善良，还表现在接人待物上，即使对于虚假的、无聊的、欲盖弥彰的、破绽百出的、小丑般的表演，他也能颔首一笑，不肯戳破，怕伤了人家自尊。对于现实生活中诸多不讲道德的人、忘恩负义的人、没有诚信的人、损人不利己的人，他既感到不可思议，也非常愤慨，还无可奈何。所以，也常常有心灰意冷、忿不能言的时候。

玉奎待人热情。在朋友、亲戚、同学圈里，玉奎口碑颇好，他属于那种能与人敞开心怀、肝胆相照的主儿。别人嘱托的事，他能办的，一定会尽力而做、竭力而为。尽心办了，又办不了，他想的不是自己受了委屈、费了脑子、跑了冤路，而总觉得对不起人家，自责没有能耐，给人家耽误了事，因此而忐忑不安。他与人交往，古道热肠，真诚可鉴。人家帮助了他，他不忘人家的好处，知恩必报，知恩长报；人家有什么难处，他能帮则帮，不遗余力；他帮助了别人，觉得理当如此，不值一提。他给自己定位：不是能人，算个好人。玉奎是性情中人，他的性格具有两重性，有时外向，热情奔放，好像很粗犷豪迈，更多的时候是内向，沉默寡言，听得多，说得少，显得木讷甚至呆板。他交际不多，崇尚平淡，不太喜欢热闹，许多场面上的事能推辞则推辞。而一旦交上的朋友，他都能豁出胸胆，一腔热血。玉奎孝敬老人，尊重师长，团结同人，有着良好的人缘。他爱人品行端庄，温婉贤淑，夫妻间十分恩爱，家庭生活幸福美满。儿子眨眼已读完初三，品学俱好，风华正茂。

这样一个人，他笔下流淌出的文字一定是清纯的、透明的、真挚的。在此我不赘言，容读者自己品味、鉴赏、评判。玉奎有丰富的内心世界，也锤炼了一定的笔力，他的散文极富抒情，游记多有内涵，杂文异常犀利，前些年屡有获奖。他的许多文章，亲切恳挚，朴素无华，纯是一片赤子之情，发而为文，蔚成天籁，感人至深。前些年他来《青岛日报》领文学奖的时候，我们向他表示祝贺，他却总是固执地认为这是评委照顾他、鼓励他，认为自己写得实在不咋的，根底浅薄，文字稚弱，思想不厚，后劲不足。他这人就是这样，感激着生活，感激着命运，也感激着周围所有的亲人、同事和朋友，而对于自己的天性、才情、勤奋和努力，每每视而不见，不以为然。

玉奎是一个有社会责任感的人，他更多地关注着社会和人生。这关注不是故弄姿态，而是骨子里的沉重；不是惊鸿一瞥、昙花一现，而是一种深远的、持久的情感。在嘈杂、喧嚣的城市生活中，贾玉奎清醒着，也思索着。

"种瓜得瓜，种豆得豆"，这是自然界的法则。我希望这一规则在社会、在人生不会走样。像玉奎这样的好人，我唯有祝愿他一路顺风，一路平安。也祝愿他在干好本职工作的同时努力写出更多、更精、更美的作品。

是为序。

刘海军
2004 年 3 月

目录
CONTENTS

序一 人是好人，文是美文 / 1
序二 好人好文 / 3

第一辑　思想鸿爪

深　秋 / 2
倾听岁月的声音 / 5
画个月亮，挂在家中 / 7
英华满面 / 9
士别三日，刮目相看，看到了什么？ / 12
中秋节，一轮永不褪色的乡愁 / 14
炉中火，放红光 / 18
狗年人话 / 21
相依为命 / 27
残缺的完美 / 31
喝茶养神，喝咖啡提神 / 33
盯着天花板入睡，是很不错的享受 / 35
痛失好人 / 36

人有"五心"人如神 / 43

俭朴的意义 / 46

是"活一口气",还是"不活一口气" / 49

善　良 / 52

忍痛与忍痒 / 55

精神化妆 / 57

上台阶 / 59

为谁而醉 / 62

第二辑　世态速描

岳成之成 / 68

般若缘中,菩提树下 / 71

病魔缠人,并不分你是坏人好人 / 73

官员品质 / 76

中庸润身 / 78

嫦娥奔月 / 81

痛哭铁蛋 / 83

手有余香 / 87

怀旧心情 / 91

过年时节 / 93

品　德 / 96

拉弱者一把 / 100

走西口 / 105

一生平安 / 109

忙和闲 / 113

拾荒者 / 115

故弄玄虚 / 118

养　狗 / 121

谄　媚 / 124

排　队 / 126

第三辑　往事尘烟

兄弟怀旧，三碗酒 / 132

重温乘坐"老火车"的感觉 / 136

过年啦 / 138

在北京城最冷的这一天，登上"五颗钉" / 140

举重若轻 / 142

知了龟 / 146

西河崖 / 150

槐　米 / 153

过年三题 / 156

静听天籁 / 159

西北汉子阿东 / 162

云南老客 / 164

四十杂感 / 167

泪蛋蛋在那眼窝窝里打转转 / 171

第四辑　山川走笔

郑板桥是一座精神长桥 / 174

天上苍山，人间洱海 / 181

夜宿东极岛 / 185

黄河向东 / 189

开封之行 / 200

海南纪事 / 216

洛阳一日 / 227

宁夏走笔 / 233

安徽四日 / 240

初识周庄 / 248

我游常州天宁寺 / 256

俯视红尘 / 262

上峨眉山 / 265

北京城内有正气 / 272

凭吊五丈原 / 278

上午蝉，下午禅 / 282

宽巷子，窄巷子 / 285

新年随笔：苍山如海，残阳如血 / 288

张家口，一座值得一看的山城 / 292

威海卫，有人味 / 295

举首望长城，低头看水乡 / 297

在西山山脉的翠绿之中做一次深呼吸 / 301

楼前陈嘉庚，树下卢嘉锡 / 304

拜谒蒲松龄 / 306

微山湖随笔 / 311

纯净的世界 / 316

双手搂定宝塔山 / 324

延安随记 / 328

登泰山 / 333

惊心白龙洞 / 337

大理好风光 / 339

石林小"阿黑" / 342

小三峡，小商贩 / 344

济南街上行 / 346

孙子故园在惠民 / 350

琅琊台漫笔 / 354

蓬莱阁下有真仙 / 358

缅怀郑板桥 / 362

第五辑　书房夜话

平凡的世界：生如蚁，美如神 / 366

我说孔子 / 369

品质迎丰 / 380

情满篇章 / 385

为了自己的内心 / 392

还有几滴晶莹的泪珠 / 396

优美的长调，苍凉的琴声 / 398

得好友来如对月 / 399

愿春色铺满你的心 / 401

我之名节，民之脂膏 / 403

开车看人品 / 405

繁星满天 / 407

随笔和随便 / 409

人的生命有两部分 / 411

霞光灿然 / 413

用嘴炒菜，用耳朵吃 / 416

简朴的生活更有趣 / 420

第六辑　人间亲情

上　坟 / 424

岳　母 / 428

春风一千里 / 432

生日随笔 / 437

珍惜那些实实在在的幸福 / 440

我们家的无花果 / 442

我家的树，我家的花 / 444

喝羊肉汤 / 447

一颗鸡蛋 / 449

梳　头 / 451

苦菜茶 / 453

居家春秋 / 456

触摸死亡 / 458

前海二十年 / 464

成长记事 / 468

重温"子龙"好励志 / 479

小孙女的三张泪脸 / 481

有一种责任叫月嫂 / 483

后记　转瞬之间 / 485

第一辑

思想鸿爪

深 秋

一

今日"霜降",秋天的最后一个节气。

北京香山的"红叶节"刚刚拉开大幕,拾阶而上,登高望远,无边秋色浩瀚如海。

北京秋天美,最美在深秋。群山红遍,层林尽染,大雁布阵,启程南飞,呱呱的叫声倾诉生命的眷恋。夜晚,星月清辉,洒满乾坤,露珠皎洁,虫声唧唧。

深秋之美,在于绚丽、在于飘逸、在于悲壮。只有到了深秋,才有"停车坐爱枫林晚,霜叶红于二月花"的沉静,才能领略"宁可抱香枝头死,不随黄叶舞东风"的坚贞。

只有在深秋,你才明白蒙古族的《鸿雁》是多么惆怅而深情,马头琴是多么苍凉而悠扬:江水长,秋草黄,草原上琴声忧伤。天苍茫,雁何往,心中是北方家乡。酒喝干,再斟满,今夜不醉不还……这"歌声远,琴声颤"的内涵,正暗合着生命的不舍与顽强,这是灵魂深处悲天悯人的情怀。

二

当秋风乍起,便有人禁不住放歌。世间许多感慨,莫过于辛弃疾一句词:"欲说还休,却道天凉好个秋。"

节气到了秋分,又有一片赞许。"寒露在后,白露在前,秋分在中间"。杜甫说:"露从今夜白,月是故乡明",是他对"白露"与故乡明月的讴歌。白居易说:"一道残阳铺水中,半江瑟瑟半江红。可怜九月初三夜,露似珍珠月似弓。"亏他想得出,把"寒露"时节的露珠与珍珠媲美。

而欧阳修写《秋声赋》,"其色惨淡,其容清明,其气栗冽,其意萧条",一定是深秋光景。

深秋,完全是与初秋、中秋不同的感受。深秋,红在炽热中消退,绿在浓烈后归隐。姹紫嫣红之后,留下旷远的萧条与深沉的大美。深秋,更多了成熟、优雅、通透、从容。

禅说:欲得净土,当净其心。心若入净,心当入秋。入净入定,当入深秋。

站在北京深秋的旷野,感受天人如一、人天合一的旷远。

三

深秋的往事,珍藏在记忆的深处。童年的回忆,是人生最美好的景致。

玉米、高粱收了,地瓜、花生刨了,田野里渐渐清寂下来。农家孩子放学后,扛着镢头,到庄稼地里刨拣落地瓜、落花生,贴补家里的口粮。天越来越凉,霜越来越重,过不了多久,地里的大白菜要收,大萝卜要收。人们提前挖好地窖子,储存这些过冬的蔬菜,心里蛰伏下对于漫天大雪的期待和对来年明媚春光的期盼。

秋风一阵紧似一阵,村旁小河——"东河崖"两岸的白杨树落叶飘零,金色灿然。出嫁在村西头的大姐牵挂穷娘家冬天缺柴烧,逼着年幼的弟弟一筐又一筐地扫收树叶。少年偷懒,不爱提笨拙的大筐,而喜欢用硬铁丝串起落叶,一串又一串。结果,几次受到大姐训斥——因为好看不好用,不出活,收获少。

在这个深秋的周末,北京城融域嘉园小区的落叶已开始飘零。安丘城里年逾七旬的老姐姐,此时此刻,你弟弟真想回去,挎上大筐去河边再扫落叶。

只是，当年的"东河崖"何处可寻？

四

人，活着，走着，一路在跋涉，一路有景色。

时光如水，岁月辗转，花开，何必在春天。诗人说："心中有个春天，一年四季，都是花期。"

在落叶纷飞的深秋，享受壮美的景色，体会寂寥的人生。清人金缨编著《格言联璧》说：贫贱是苦境，能善处者自乐；贵富是乐境，不善处者更苦。有着丰富的人生哲理。

深秋之美，是浮华过后的沉淀，是嚣喧之后的从容，是火热之后的淡定。能在深秋暮色中淡定自如的人，一定能抵御三冬的严酷，也一定能享用三春的温煦。欧阳修说得好："奈何以非金石之质，欲与草木而争荣？"

春风盎然，夏花绚烂，秋叶静美，冬雪丰厚。你所经历的每一个春夏秋冬，构成你的生命；你所感受的每一种喜怒哀乐，都与你有缘。心有多少恩，就有多少福；心有多少怨，就有多少苦。

付出艰辛，守得静谧；挥别浮华，回归质朴；摒弃张扬，崇尚简约。你的心中，定然是深秋般天高云淡、神清气爽，丰硕伴随你，淡泊伴随你，庄严伴随你。

人在深秋，不可辜负生命的深情。

倾听岁月的声音

美猴欲去,金鸡即来。除夕,又到了守岁的时刻。时光如此美丽,生命这般珍贵。

敲下这个题目,吓了自己一跳:这是要当诗人的节奏?

一

岁月的声音,能听得见吗?回答是:只要你静下来,一定能听得见。

岁月的声音,是风声,是雨声,是潺潺的水声,是如潮的蛙声,是花绽枝头、雨打芭蕉、雪压青松的声音,是白云出岫、繁星眨眼、庄稼拔节的声音,是老人沉重的叹息,是孩子牙牙的学语,是妈妈慈爱的叮嘱,是心灵伤口愈合的声音,是毛细汗孔舒展的声音,是街头小贩的叫卖声,是拮据日子里的争吵声,是喜怒哀乐爱恨情仇息息相关的所有微妙的声响。是雷霆,是闪电,是露珠,是霞光,是夕阳,是惊蛰,是春分……

岁月的声音,有时匆忙而急迫,有时舒缓而轻盈,有时振聋发聩,有时润物悄然。它是你生命里能感受到的所有声响,是天籁之音、心灵回应。

二

"一面彻悟人生的实质,一面满怀生命的热情。"

此时,手里翻着周国平的一本书。他用哲学的思考写散文,文字有底蕴。这是他评判明代"公安派"领军人物袁宏道的一句话。

他认为，袁氏兼容儒家的谐世、道家的玩世、佛家的出世，堪称适世。他点评说，儒家完全入世，佛家完全出世，而适世与道家的玩世相接近，处于入世出世之间。区别在于，玩世是入世者的出世法，适世是出世者的入世法。一如袁宏道自己所喻："凡间仙，世中佛。"

即将过去的这一年，更多的人在谈修养，"跟儒家学正气，跟佛家学静气，跟道家学大气"。尘世喧嚣之中，需要汲取养料，需要定力，需要运气。吐纳之间，更是生命的声音，岁月的留迹。

锦袍上的破洞可以弥补，也可以忽略不计。在这个极度务实的社会，充满诗意地生活，做一个清新、素净而明亮的人。

三

人生天地间，忽如远行客。面对无限的时空，再漫长的人生都只是瞬间。生命是一个过程，在每一个时段，享受这个时段应有的美好。

褒与贬，进与退，荣与辱，灵与肉，人与鬼，在嘈杂里糅合，在碰撞中鸣奏，演绎出可歌可泣、悲欢离合的故事。故事有悬念，天地有玄机、白云苍狗、生命无常教会你淡定与从容，岁月的声响因此而丰富、深邃。

这个夏天，南京的朋友陪我登上了朱元璋当年修建的阅江楼。楼上有一副对联："天地沉浮迎日出，古今代谢阅江流。"只写视觉，没有听觉，但耳畔可闻日月运行、江水滔滔。

除夕，在这样一个特殊的时间节点，倾听时光慢慢流动的声音，心中一片静谧。岁月的声音，在耳畔，在心底，在你一圈又一圈的年轮上。

又要过年了，我亲爱的亲朋好友们，承蒙不弃，借这篇小文，给您拜年。您的帮助和支持，您话筒、手机里的关切、叮咛和问候，是我生命里最美好的故事、最动人的声音，时时在我心中回响。

"每一个不曾起舞的日子，都是对生命的辜负。"辞旧迎新之际，我们共同拥抱崭新的时光，共同倾听生命的美好。真诚祝福我的每一位朋友，新的一年，吉星高照，大吉大利！

画个月亮，挂在家中

明月高悬，皓月当空，是无与伦比的美好景象。多少人对此充满神往，充满持久的怀念与眷恋。

当然，不仅是指圆月。半圆月，上弦月、下弦月，弯弯的月牙，各美其美，美美与共。

建筑的铺蔓，光电技术的发展，让城市变得高楼林立，光影斑斓。喧嚣的社会，嘈杂的心绪，匆匆赶路、疲于奔命的人们，已无暇遥望星空，凝望明月。

雾霾之下，天空也已然不像当年那般纯净。月夜作为一种回忆，只能出现在梦境。

最难忘，是童年时家乡的明月。

春天，花开了，草绿了，田野里的蚂蚱为人们的脚步而惊飞。傍夜，一阵风掠过，农家院子里的白杨树哗哗作响。新月高悬，掩映在树叶与叶枝之间。

夏天，洁白的葫芦架下，一群洁白的飞蛾轻歌曼舞，一轮洁白的月亮朗照寰宇。葫芦架旁，农家的孩子们躺在凉席上，眸子追逐着银河系里的皎皎银盘。

秋天，天高云淡，牟山尽染，玉米黄了，高粱红了，瓜果全熟了。这个季节，是天上的月亮最美丽的时候，清晰得能看清嫦娥，看清吴刚，看清那把桂花酒壶。

冬天，不经意间，彤云密布，一场鹅毛大雪普天而降。夜晚雪霁，厚雪如梦，乡村万籁俱寂，月光映着雪光，雪色反衬月色。那时的雪，咋会那么多、那么大、那么洁净？

记得初中时，学过一篇课文，叫作《探索星空奥秘的年轻人》，是写天文神童段元星的。至今，能背诵里边的句子：江南的夏夜，蛙声如潮，月色似银……深邃的夜空，星汉灿烂，仰望着那明亮的月亮、满天的繁星，总会引起无限的遐想……

古往今来，描写月亮的诗词歌赋，又何止千万？记忆最深的，当是"露从今夜白，月是故乡明"，"星垂平野阔，月涌大江流"，"明月几时有，把酒问青天"，"举杯邀明月，对影成三人"……

当代，金庸先生有"他强任他强，清风拂山岗；他横任他横，明月照大江"之名句，大俗大雅，悟彻悟透。毫无疑问，在金庸先生这里，"清风拂山岗"与"明月照大江"，堪为红尘与人心的至圣之境。

最近，下载了100首中国名曲，"刷步子"时随身听。其中与"月"有关的就有：《春江花月夜》《二泉映月》《彩云追月》《汉宫秋月》《灯月交辉》《花好月圆》《关山月》《月儿高》……

眼见的，观玉轮，赏皓月，几乎已是奢望。因此，一直以来，就有一个愿望，请画家作一幅明月图，挂在家中。

一个偶然的机会，朋友联系了画家。但怎么构图、表达哪些寓意，画家在等我的意见。

画轮明月，挂在家中，家中宁静；画轮明月，挂在心中，万里澄明。

写完此文，制成微信，发给朋友，转给画家。至于画什么、怎么画，请画师自定。

英华满面

一

今年春天，上海的朋友送我一本小书，叫作《问道》，说些晴耕雨读、琴剑与归，筑舍南山、白云满屋，被褐怀玉、广袖飘飘的絮语，更兼《大江独钓图》《南山听瀑图》《桐荫消夏图》等有意境的插图，置于案头，常常翻览。

在"君子谦谦，行止有节"一章，关于"论行"，有这番表述：闲观街市行人，尽皆形迹匆匆、神色郁郁，难见喜悦之相、庄重之相，难见神凝之相、气聚之相，难见大步流星者、两袖清风者，难见气宇轩昂者、宁静飘逸者；却多见容貌之僵紧、身体之枯硬者，多见歪身斜体者、满怀心事者……

容貌僵紧，满怀心事，此芸芸众生之写照也。

二

许多人有同感：咱们的苦瓜脸真多，好像总是不高兴。

白岩松有一篇文章，发在微信圈，叫《你为什么总是不高兴》，其原因归纳为缺乏信仰、过于攀比、心灵封闭、不懂施舍等等。

岩松特别提到：焦虑太多。焦虑社会的不公，焦虑没钱没权，焦虑物价涨得太快，焦虑食品安全，焦虑环境污染……

"不高兴"原因，既有外在的，也有内生的。华夏自古民生多艰，新中国成立前积贫积弱，苦难深重，新中国成立后才翻身见太阳。改革开放几十年来，经济得到了腾飞，实力得到了增强，老百姓逐步过上了好日子，但同时也积累了不少的社会矛盾，产生了上学难、就业难、看病难、喘不透气、吃不放心等"副产品"，所以人们脸色不很轻松，心里常有焦躁。谁若不信，让你家里添个病号，多跑几趟医院，保你体会深刻。

发展中遇到的问题，要在发展中解决。鲁迅先生当年说：辱骂和恐吓决不是战斗；现在我们要说：抱怨和牢骚都不是办法。

三

另一方面，高兴不高兴，也是心态使然。

本人出国不多，但能感受到许多老外更容易快乐。那年去英国参加儿子的毕业典礼，乘火车一口气转了六个城市，边走边看，细细品味，觉得他们是自里向外开花一般的开心。

伦敦街头有乞丐，我站在一旁看热闹，发现他们一点都不困顿，衣冠楚楚不说，还满面春光。其中有一个大胖乞婆，端坐在火车站附近一家饭馆门前，容颜滋润，珠光宝气，怎么看都像个贵夫人。一男一女两名警察，在耐心细致地做她的思想工作，劝她离开这里。乞婆面带不屑，神情自负，用更多的理由阐述"不"。

这个国家有位名人叫弥尔顿的，他说："意识本身可以把地狱造就成天堂，也可以把天堂折腾成地狱。"这个"意识"，也就是心态。

中国人说，境由心造，相由心生。当然，心态的养成，又是基因遗传、精神濡染、文化熏陶、价值观奠基等共同作用的结果。

四

按说，较之一般群众，官员吃得好、住得好，条件相对优越，应当少些愁相。

但打开电视，看看那些开会的人，好像更不开心。放眼望去，忧心忡忡的人流中，官员首当其冲，常有憔悴与疲惫挂在脸上。官员，请放松！

画小画配打油诗的老树现在很火，他最近有一句"俗身在单位，云心赴天涯"，颇具禅意。个人建议，"单位"改为"世上"，范围就宽泛了。

近日读书，碰到一个词：英华满面。感觉这真是一个好词，蕴含着快乐、喜庆、和悦、俊朗、洒脱、中气十足、英气勃勃。

《礼记·乐记》里说：气象璀璨，和顺积中，而英华外发。

想想，人生苦短，稍纵即逝。度量一个人是否不枉此生，建树、地位、名望固然重要，但最本原、最珍贵的指标，就是你这一生收获了多少快乐与欢笑。

所以，你活着，如果不开心快乐，不开怀大笑，你就真亏了。

周末，下过一场雨，北京城凉爽了不少。敲下这些文字，发与朋友共勉：祝君开心快乐，时时英华满面。

士别三日，刮目相看，看到了什么？

人生在世，要交往许多人，认识许多人，这都是缘分。朋友之间，相识之间，聚散离合，常有谋面。

有的人，一次见面一个样，待人、谈吐、学识、风华越来越好，人格魅力与日俱增，真让人高兴。

也有的人，每次见面几无长进。还是那样粗放，还是那样戾气，还是那样不守规矩，还是那个德行。于是，你觉得有些遗憾。

"三岁看老"，也有道理。但更大的道理在于，人的一生都在变，包括容貌、心态、性格、气质，更有品行。有的人越变越好，有的人停滞不前，有的人却在倒退。

小时候常听老人自谦，"有智不在年高，无谋空活百岁"。按此道理来看，人的智慧、实力并不完全与年龄、阅历成正比。特别是在一个容易让人变态的环境之下，畏缩之事很不罕见。

类似的情况，能举出很多。比如对待谋生的职业，有的人不肯努力，得过且过，在一个单位浪荡多年，长进不大。有的人用心做事，奋发进取，一年顶别人几年，能力迅速提升。而前者有的居然不明事理，经常抱怨，愤愤不平。

常见的，是同时走出校门的年轻人，几年下来，十几年下来，很见分晓，甚至大相径庭。一般来讲，机遇是外因，自身是内因。意识到的会自责，渐次省悟；意识不到的，责人、责社会、责命运，至死不悔。

《三国志》记载：吕蒙原是一介武夫，孙权劝其读书。此人一读，便立志不倦，才略见识，日见其长。于是有谚语："士别三日，当刮目相看。"

以铜为镜正衣冠，以人为镜明得失。士别三日，刮目相看，你看别人，别人也在看你，应当有所"刮目"、共同进步才好。

既看开、悟透、放下，又进取、向善、趋美，顽强活，好好变。

昨晚，就此事此理与人交流。今晨敲打下来，遂成微信。

中秋节，一轮永不褪色的乡愁

一

中秋节是中国人的传统节日。而在老家山东安丘，没有人叫中秋节，都叫八月十五。宁说四个字，不说三个字，体现着家乡人的固执、口拙。

记忆中，除了盼年，孩子们最盼的就是八月十五。这天晚上，家家户户能炒几个菜，吃顿好饭，孩子们能分到新鲜的苹果、梨、枣，最诱人的当然是月饼。

过年处在农闲，中秋却是庄稼人最忙的季节之一。田野里，玉米要掰，高粱要收，豆子要割，地瓜要刨，能吃的要摘、晒、翻、剥，颗粒归仓；能烧的也要割、晒、翻、垛，连根拔出，片甲不留，以备漫漫严冬烧火取暖。所以，中秋节这天，家家忙碌，户户辛劳。村外，一地高粱秆，一坡玉米秸；村里，堆满了黄澄澄的玉米棒子，晾晒着红彤彤的高粱穗子。过不了几天，一堆堆地瓜刨出，手工切片机便飞速地转起来，一片片洁白的地瓜干便晾晒在刚刚翻刨过的褐色土地上，远远望去如同一地雪花。

秋阳灿烂着，明净而柔和，山山水水都镀上一层肃穆的金色。青草变黄，坡坡坎坎的野菊散发淡淡的清香，一只只肥硕的蚂蚱冷不丁跃出草丛，碧蓝的长空传来大雁低沉而高亢的鸣叫。在人们秋收的繁忙中，暮色降临，炊烟袅袅，月亮升起，中秋节渐入佳境。

二

在老家，中秋节这天不吃饺子，但要吃糖火烧、双页饼。糖火烧是发面的，特别酥软；双页饼放了更多的花生油，香气弥漫在村里村外。天气渐凉，香菜和芹菜都到了最好吃的时候，家乡人用来整小炒肉，美味绝伦。

江南人说：秋风起，蟹爪痒；安丘人说：秋风凉，羊肉汤。过中秋节，生产队按人头分给每家一小块羊肉，因为太少，只能氽汤喝，配以芫荽、葱末。当然是以喝汤为主，喝到最后，露出几块羊肉，大人拨给孩子，孩子推给大人。直到现在，自己常常想，任何食物，争着吃、让着吃的时候，才好吃，才有味道，因为蕴含了家人的亲情、家长的慈爱、孩子的孝顺，蕴含了《三字经》《弟子规》。

家乡人说话"拙"，唯独这个香菜，老老少少却叫"芫荽"，要知道这是正宗的学名。日子清苦，很少吃上肉，我们便用沸水冲开猪大油，把芫荽切成段放上，再加葱花、咸盐，喝这么一碗荤汤改善生活。

那时的月饼是奢侈品，寻常家庭，每个孩子通常分不到一个。桌子放下，月饼摆上，大人拿起刀，先横一切，再竖一刀，每个孩子分一块。那月饼是加了冰糖的，还有五仁、彩线，绝对舍不得一次吃完，啃一小口，再收起来，有时藏在木柜里。

因为有这样的经历，自己断然不敢浪费食物。几十年来，在家中，在单位食堂，在任何酒店，一直坚持"光盘行动"，否则心里会不安。在大家庭中，有后辈受我的启发和感染，在饮食上要向我看齐，但据观察，只是模仿，未曾超越。但这已很让我欣慰。

随着生活水平的提高，人们早已淡忘了饥饿感，但随之而来的是过度浪费。据中国农大的老师测算，按蛋白质等计量，我们每年倒掉的食物能够2亿人食用。自己涉猎过粮食问题，国家还有近2亿吨的粮食缺口，每年要花外汇进口大量粮食。

心存敬畏，心怀感恩，珍惜一餐，爱惜一粒。固执地认为，餐桌上的浪费，是对天理的亵渎，是对环境的破坏。君不见，咱们铺天盖地的生活垃圾实非天灾，而是人祸。

三

所谓乡愁，是怀念，是牵挂，是萦绕心底、刻骨铭心的记忆。那是家乡的一片云、一块地、一句俚语、一首歌谣，是老人的唠叨，是玩伴的乡音，是飘着葱花味的手擀面，是冒着热气的烤地瓜，是盛夏村南水库里的一泓清水，是冬天屋檐下挂着的长长的冰凌柱，是小河里渐游渐远的一群鱼虾，是斑驳的生活记忆和坚挺的精神坐标。而月亮，从来都是中秋节的主角，也是乡愁的主角。中秋节之月，更是乡情的魂，乡愁的魄。

整整30年前，在黄河入海口附近，盐碱地，黄栖菜，养虾基地，自己是六千亩虾场的技术员，在中秋节之夜巡池。那晚，空气真清，天空真蓝，月亮真大，走在黄土地、虾池边，像走在梦幻之中，飘在云雾之上，"月亮走，我也走"，恍如仙人，宛若神人。盐碱地寸草不生，黄栖菜却茁壮挺立，迎风摇曳。灌水渠里，猛地跃起一条、一群大鱼，在月色下闪烁银狐一样的光芒，那是中秋肥硕的大鲈鱼，当地人叫"寨花儿"。那一晚，月亮陪伴自己，自己沐浴月光，几乎一直走到天亮，由此对"披星戴月"这个词有了十分的好感与豪情。

提笔至此，几天之后的国庆长假，自己将要重返故地。静卧渤海之滨，夜宿芦苇丛中，感受这里的明月清风，欣赏入海口的浩荡芦苇。经过黄河的淘洗、渤海的清濯，这里的月亮一定更加美不胜收。当年的老友忠翔将驾车拉我，痛饮军马场的老烧，品尝海防镇的虾酱，吃利北、刁口的虾皮，先新户育苗场，后郭局养虾场，走他个十万八千步，腾云驾雾，忘我其中。

四

家乡有一句俗语：瓜好吃不在老嫩，人好看不在丑俊。

月亮之美，确实不需条件，无论形态。月满月缺、月盈月亏，云追月、月追云，雾遮月、月穿雾，上弦月、下弦月，月满如轮、残月如钩……都是美丽的。至若皓月当空、银辉遍地，一天秋似水、满地月如霜，清风拂山岗、明月照大江，雪满山中高士卧、月明林中玉人来……那就更美了。"可怜九月初三夜，露似珍珠月似弓"，不知作者如何能吟出这等好诗句。"戍鼓断人行，秋边一雁声。露从今夜白，月是故乡明"，这又是怎样的乡愁情怀！

　　与月亮美美与共的，是月光之下的露珠。天上皓月，草间露珠，虽有宏微，但都是宇宙之美好，生命之精华。正如"苔花如米小，也学牡丹开"，诠释生命的庄重与尊严。

　　月亮古老，却永远年轻；月亮不语，却润泽万物。中秋之月，是月亮品质的升华，是人间情思的凝结。月亮之魂，蕴于中秋。前几天好友为我刻章，许诺两枚，问内容。我想了想，回答：皓月当空；繁星满天。

　　中秋节，是团圆，是欢聚，是思念，是牵挂，是浓浓的亲情，是淡淡的忧伤，是阖家团聚时的满桌菜肴，是山水休憩时的一身轻松，是游子归来后的一院笑声，是城市送快递的年轻人疲惫的渴望，是山村里空巢老人无言的孤独，是留守儿童与打工父母相望的泪花。

　　中秋节，割舍不断的乡情，永不褪色的乡愁。一轮明月在心中，万里山河万里明。

炉中火，放红光

记忆中，进入腊月，年味就越来越浓了；到了腊八，不管八宝粥能不能喝上，就是进入过年的节奏了。

零零星星听得见炮仗的响声，阴冷漆黑的晚上，有孩子手执"滴滴金"跑在村巷里，火星闪烁，如同夏夜里萤火虫在奔走。

最热闹的当属安丘城大集，逢三排八。集上的人越来越稠，靠近年关更是水泄不通。最吸引孩子的是鞭炮市场，"听着！听着！又点上了！又点上了！"叫卖声一浪高过一浪，硝烟弥散。在鞭炮炸裂的间隙，孩子们疯抢哑炮，涕泗横流，手舞足蹈。

腊月二十三是北方小年。是夜，昌潍大平原家家以柿饼敬奉天地，敬奉灶王爷，又称"辞灶"。老人口中念念有词："灶王爷爷上西天，闲话少说，多加美言，上天言好事，下界保平安……"

一般来讲，过了腊月二十，家家要"扫屋"——选择一个好天，把屋里所有破烂东西都拿到院子里，绑起长扫帚，站上板凳，把屋顶、墙壁的灰尘扫得一干二净。又用提前从供销社买来的旧报纸，把顶篷、墙壁糊贴一新。屋子里便散发出报纸的墨香，孩子们或站上凳子，或躺在炕上，读着旧报纸上大大小小的字，憧憬着年的到来。临近年关，就到了打糨糊、贴对联、贴"国门钱"的时候，家家门口越发亮堂，孩子们更加欢呼雀跃。

至于除夕之夜，更是难以描绘。过年的仪式感达到顶峰，请玉皇大帝、天老爷，供奉祖宗，包饺子，发"纸麻"，准备家里最好的菜，喝家里最好的酒。人人洗净脖子，换上最好的衣裳。老人高深莫测，大人一派肃穆，孩子左顾右盼，不敢高声说话，但会激动得彻夜难眠。只盼子时一过，鞭炮炸响，直冲云霄，花花绿绿的人们开始走街串巷大拜年，有的兄弟结帮，有的家族集群，有的发小携手。到了任何一家，炕上安了桌子，桌上摆了酒肴，炕前备有糖果、瓜子、爆米花，喝酒喝成流水席。大人走路渐渐晃荡起来，孩子们衣兜里鼓鼓囊囊，回家掏下再出发。

在各种忙年活动中，有一项极其重要的内容，就是置办吃货：要炸丸子，包括肉丸子、萝卜丸子；要炸肉、炸鸡、炸鱼；要炸"油炸果"（大油条）；要蒸馒头和卡花；要煮猪头或下货……当然，并不是家家都有吃这些的条件。但有一样叫作"蒸鸡白菜"的传统菜，却是不分贫穷富有，家家都搞。再穷，也会杀一只鸡，收拾干净，在大锅里整片整片地加入一颗或几颗大白菜，配葱、姜、八角、小蘑菇的配料，有的也加粉皮，就这样炖下来，一直炖到烂乎乎，最后盛在一个大盆里。这道菜，便一直吃，成为正月里招待客人的一道主菜。自己家吃时，大多是吃白菜；有客人来了，鸡丝肉装点在盘子表面；白菜快吃光时，劈入新的一颗，再炖。年前年后，村前村后，空气中弥散着蒸鸡白菜诱人的香味。

那时候，家里做饭要拉风箱，烧的是柴火，极少有人家烧煤。到了忙年，蒸鸡白菜，蒸大馒头，炸油条，条件好的人家炖猪头、猪下货，都是拉着风箱，添着柴火，在忙碌的辛劳中度过一年里最美好的时光。如果能用树根、木柴烧火，那就更厉害了，炸出的油条、炖出的猪头、蒸出的白菜，一定别有一番风味。拉风箱的人兴高采烈，炉中火放红光，人的脸膛儿也放红光。

即将过去的农历2018年，苦辣酸甜，刷步子时听了许多歌曲，其中一首是《沂蒙颂》，山东临沂小调，当年电影《芳华》中有这段舞蹈。沂蒙山是一块英雄的土地，发生过惊心动魄的孟良崮战役，是红嫂乳汁救伤员、六姐妹舍生支前的地方。

歌中唱道："炉中火，放红光，我为亲人熬鸡汤。续一把蒙山柴，炉火更旺；添一瓢沂河水，情深谊长……"歌曲柔婉感人，歌词情真意切，尤以"炉中火，放红光"最为质朴和动人。"放红光"，不事雕饰，原生态到家，朴素到家，直白到家。

明天就是农历春节，这是中华民族最大的节日。敲下这篇短文，作为春节献词。有人说，怀旧是因为老了；又说，喜欢怀旧的人容易衰老。这些年，常常怀旧，但不觉其老，生机充盈，身体有力。记得"炉中火，放红光"的岁月，人容易知足，容易感受温馨，容易饱含激情，容易生发奋勇前行的动力。

谁也挡不住，时光在流，岁月在走，年味越来越淡了。但毕竟，穷人年味浓些，富人年味淡些。因为穷人在盼过年，过年有好吃的、好喝的、好穿的、好用的，过年有游子的回归、亲人的团聚、孩子的欢笑、老人的喜泪，而富人往往饫甘餍肥，难有所求。

对比而言，曾经磨砺年味浓，纨绔子弟年味淡；辗转奔波回家过年的人年味浓，坐享其成养尊处优的人年味淡；重情者、孝顺者年味浓，寡情者、薄义者年味淡；有仪式感、有敬畏心的人年味浓，散淡者、游戏人生者年味淡；能记得"炉中火、放红光"的人年味浓，不屑思念、不愿怀旧的人年味淡。

随手查一下"炉中火"，竟是三命汇通论之算命术，有炉火炼金、火土宿金、水火相济、超凡入圣、一气为根诸多讲法，玄妙非一日之功。而按朴素的理解，炉中火，放红光，放的是热烈之光、温暖之光、期待之光、幸福之光。

人生就是人心，年味就是人味。这个世界，不是有钱人的世界，不是有权人的世界，而是有情人的世界、有心人的世界。

今天是狗年，明天是猪年，一夜连双岁，五更分两年。珍惜每一寸时光，善待所有的生灵。感受炉中火放红光的喜悦，活出炉中火放红光的情怀。

年来了。谛听天籁，一片静谧；炉中之火，正放红光。

狗年人话

一

小时候，家里养过一条狗。寻常人家，贫苦日子，狗也无名无姓，是昌潍大平原一条普普通通的狗。

记忆中，是条花色的大狗，瘦骨伶仃，四条腿夹着一个瘦肚子。家里人围坐着吃饭时，它在桌子与人腿之间穿钻，捡拾饭渣、地瓜皮一类充饥。

人都吃不饱，遑论狗类。但大花狗再饿，也不会偷吃家里的干粮，有时在猪食槽中舔食我们家猪吃剩的秕糠和梧桐树叶。

日子那么艰难，大花狗无怨无艾，忠实地履行着它的职责：看家护院，防盗贼，防坏人，防偷吃鸡的黄鼠狼，对主人不离不弃。家里人晚上回家再晚，它也会守候在大门口的草棚里，直到全家人全部归来，它才安睡。

有一年，好像是个春天，大花狗突然失踪了，我和姐姐、哥哥站在村口等了好几个晚上，也没有等回来。春天正是粮食青黄不接的时候，我们推断是被人打死下了锅、解了馋、度过了粮荒。我那会儿好像还未上小学，当确知大花狗再也回不来的时候，眼里淌下了泪水。

工作之后，曾写过一篇关于狗的文章，发表在当时的《青岛晚报》上，后来收入散文集《感受人生》。今年是狗年，我正月初二提笔写这篇文章，给老家二姐打电话，问起大花狗当年的情况。但二姐已记不住太多大花狗的往事，她甚至讲那是一条黑狗，只是毛色偏灰，身上似有花纹。

听着二姐电话那端的讲话,像是叙说毫不相干的事情,我不禁唏嘘不已。50年过去了,岁月是把无情的杀猪刀,也是无情的杀狗刀。

二

杀狗的,不是岁月之刀,而是屠夫之刀。

搬到北京那年,春节回老家过年。兄长高兴,张罗丰盛的年货,打电话对我说,他要去狗市订一条狗作为过年的好肴。我一听立刻强烈反对,声称坚决不吃,我们这个小家三口都不吃。

兄长听不进去,以为我只是说说而已。腊月二十九,我们乘火车回到潍坊,一场鹅毛大雪普天而降,一派吉祥。可是,当看到兄长真的炖好了一大锅狗肉时,我们三口悲催至极。

实在不敢想象,狗市场上,当顾客与狗屠谈好价钱,过了秤,屠宰的现场,狗的眼睛里那浑浊的泪水让人情何以堪,它的哀嚎让人情何以堪。那个春节过得不太高兴,因为这条狗、这锅狗肉。兄长亦觉不妥,狗肉全部送了人。

在不吃狗肉之前,自己先是拒绝了吃驴肉。在青岛丹东路上,离我家不远处,有一家有名的驴肉馆,清蒸、红烧、红焖,驴肝、驴肺、驴鞭,我都吃过,有时还请朋友吃。

突然有一天,我觉得自己就是一头驴。我是驴子,怎么忍心吃自己的肉,吃自己的肝、肺、筋、皮呢?于是断然不再吃驴肉。最近在首都机场,有一幅广告是"顿悟",我想人性的修养离不开苦苦的锤炼,也离不开金丹换骨的"顿悟"。

这是接近二十年以前的事情了。来北京之后,有几次被封闭在北边小汤山一代写大材料,集体去当地吃有名的"讲理驴肉"。饭馆里只有驴肉,我不得不吃,不给集体添乱,不想让别人说我是另类。嘴里吃着,在心里感慨"人在江湖,身不由己"。

话题折回来,今生今世狗肉肯定是不会再吃了。讨论吃狗肉话题时,也不会贸然发表意见。在这个世界上,每个人有每个人的想法,每个人有每个人的活法,时下更是多元、多样、多变。但有一点是肯定的:人类文明的进程,一定是越来越趋向仁慈、善良、和谐、悲悯的,不管这个进程多么曲折、艰难和复杂。

提笔至此,亦感惭愧,自己至今还吃羊肉、牛肉。有善者劝诫:既喝牛奶,又食牛肉,于心何忍?随着年岁之增长,世界观、价值观、善恶观在逐渐成熟,取与舍、进与退、名与利渐见分晓。

堂姐夫妇潜心修炼,早在多年前已完全食素,自觉神情斐然,外观出神入化,今日拟与他们切磋交流。

三

自己一直不赞成养狗。多年前,甚至说:吃饱了撑的。一是世上还有许多苦人,与其关爱狗,不如接济人;二是我们的生态环境已是人满为患,卫生状况、空气质量、粮食供给都有压力;三是家境和精力都不太具备。

三年前,经不住家人的强烈要求,一家人去市场抱回了一条黑色小泰迪,取名"小黑",学名"黑歌儿"。

正如人们的经验之谈:"一旦养上,无法舍弃。"小黑进了家门,很快融入家中,凭着它的忠诚、善良、热情、聪明赢得了全家人的爱心。

狗的智商不如人,情商却不比人差。小黑不挑食,给什么吃什么;你对它好,它懂得感恩,特别是你情绪不佳和身体不适时,它懂事一样地陪伴着你;你加班回不了家,它也着急,蹲在家门口静静地等你;偶尔你带着去亲人家,它很快就记准了地方,下次再去,快到目的地时,会高兴得吱吱叫;它用心地守护着家,外边若有异常,它会叫起来,警觉地提醒你。

小黑从不欺贫爱富,它对接触的狗类、人类,一视同仁。来我们家送快递的、送桶水的、修理的、保洁的,它都很友好地与他们亲近。

有一段时间,家人热衷于训练它叼球、计数、跳舞一类,被我阻止。我说，人类已苦，小黑无后代，也不繁殖，没有竞争压力，也不想弄个一官半职或评个什么职称，学那么多本事干什么？它伴咱十来年，咱伴它一生，顺其自然吧。

小黑还有一样优势，就是善跑。它跑起来四腿离地，脚下生风，速度比一般同类快很多。为此，我为其冠名"黑旋风""黑骏马""奔驰""闪电"等，不一而足，作为奖赏。

四

生灵万种，共存共生。生灵之美，在思想，在行为，在仪貌。

十二生肖中，除去鼠、蛇、猪，其他的，仪表似乎都不错。

去年是鸡年，自己曾用心观察过鸡群，深感雄鸡威仪，母鸡雍容，其神情气度并不比人差。有一年春节，我在峨眉山上过年，与许多猴子广泛接触，细致观察它们的音容笑貌，深感这种灵性之可爱。

而作为万物灵长的人，这些年来，其容貌，其躯体，其境界，似乎不尽如人意。人类与人类之间，看到了更多的丑陋、臃肿、大腹便便、不成比例。

如果再延伸到精神层面，在讴歌美好品质和崇高境界的同时，又有那么多贪婪、虚伪、自私、残忍、唯利是图、损人利己、落井下石、自以为是、不知廉耻，足以令十二生肖的生灵们瞠目。

实实在在讲，十二生肖里，最仰慕的还是马。外在看，强健，英俊，潇洒，长鬃亮色，神采奕奕；内在看，刚韧，坚贞，坦荡，赤胆忠心，骁勇勤劳。不知你是否凝望过马的眼神，是清澈的，是温顺的，是俊美的，让你心生敬意、心有崇拜，也心生爱恋。我们赞美牛，说"吃的是草，挤出来的是奶"。马挤出的倒不是奶，它吃的也是草，挤出的是战场上锐不可当、一往无前的勇猛，是拉车、负重、耕地、默默无闻、无怨无悔的奉献与付出。

如果有来世，我申请托生为一匹马。未必有人的精明，但一定有马的淳朴；未必能过上人的好日子，但一定有马的境界与品质。

五

大年三十，当狗年的钟声即将敲响，我在群里发了一条祝福的微信：狗年将至，天地祥和。即将步入狗的时光领地，首先对狗致以崇高敬意。学习狗的忠诚、善良、勤恳、尽职尽责，学习狗的通人性、感人恩、有人味。在此，向普天之下所有的亲朋好友拜年，祝狗年壮壮壮，狗运旺旺旺。

这条微信，得到了数百响应。时光辗转，社会进步，人与人之间通信距离越来越近，但心理距离却越来越远，年味变淡的实质是人情味的稀薄。"学习狗的通人性、感人恩、有人味"寓意深沉，引发诸多人的共鸣。

上一个春节，在威海，瞻仰了甲午海战古战场和邓世昌塑像。雕塑除了邓管带威风凛凛的站立像，另有爱犬卧其一侧。在生命的最后关头，爱犬奋然跳入水中，凭一己之力欲救邓世昌，邓将其按入水中，与爱犬一起以身殉国，留下感天泣地的壮丽篇章，也让千千万万人类震撼于狗的忠勇而自秽于人的薄义。

有一位名人，大概是法国大革命时期的女强人罗兰夫人，说过一句让人难以忘怀的话："我认识的人越多，就越喜欢狗。"她的话是深刻了些，或者是刻薄了一些，让人无地自容。但时下，起码有一点人们是认同的：人与人之间的差距，要比人与狗的差距大得多。

人们看到，养狗的人越来越多，大至京城小至乡村狗市繁荣。在北京城，只要你略加注意，便会发现狗粪遍地。在笔者居住的小区附近，在工作单位大门口的走道上，随时随地可见一堆堆的狗粪。狗是无辜的，它没有能力完成自身粪便的处理。问题在狗的主人，他养得起狗，但并不具备养狗的起码素养。

这么多年来，许多人一直在低档次的劣根性里徘徊。柏杨当年写过《丑陋的中国人》，引发不休之争论。也有人对三十年前倡导"五讲四美"予以指责，认为要求过低，有损中华之形象、国民之素质。

岂不知在21世纪的今天,还有那么多人在随地吐着痰,在随心所欲地闯着红灯,在毫不知觉地浪费着饭菜。还有那么多人,养起狗居然不管狗的粪便,让我们的周边充斥着热气腾腾的狗粪,这真是人的悲哀与耻辱。

在狗年里,人应当反思自己的行为,在智商和情商上要有"人定胜狗"的自尊心和进取心。预祝人类越来越好。

相依为命

一

5月26日，周五，午餐前，走进双秀公园刷步子。

驻足公园的读报栏，看到当天《北京日报》，有一个摄影专版《最后的放鹰人》。图片《列队出征》《呵护有加》《精心训练》《展示成果》《快乐时光》等，打动人心。

《列队出征》：鱼鹰们在特别定制的鹰排子上精神抖擞，仿佛号角声中出征的将士。

《呵护有加》：在家时，养鹰人要经常给鱼鹰喂水，以保证它们的健康，和伺候自己的亲人一样。

《精心训练》：把一只小雏鹰训练成为捕鱼能手，其中的秘密，可能只有养鹰的渔民才掌握。张西华在训练雏鹰时脸上露出灿烂的笑容。

《展示成果》：鱼类越来越少，捕获一条鱼可难了。有了战利品的鱼鹰会自豪地向主人展示一番。

《快乐时光》：虽然鱼类非常少了，但是，放鹰捕鱼依然是渔民和鱼鹰最快乐的时光。

淳朴的图片，质朴的文字，有一个词在自己的脑海里冒出来：相依为命。渔民和鱼鹰，相依为命。

据报道，在偌大的白洋淀，目前只有三户渔民还在养这种鱼鹰，整个白洋淀的鱼鹰已不足50只。

生命中最打动人心的,是那些不经意间捕捉到的平常。这几户渔民,与鱼鹰相依为命。鱼鹰,是他们的命根子。这种亲情,让人心里温煦而清爽。

二

鱼鹰,学名鸬鹚。

最早知道鱼鹰,是少年时学习夏衍公的报告文学《包身工》。面对旧社会吃人的包身工制度,夏衍公愤然感慨:

"看着这种饲养小姑娘谋利的制度,我不禁想起孩子时候看到过的船户养墨鸭捕鱼的事了。和乌鸦很相像的那种怪样子的墨鸭,整排地停在船上,它们的脚是用绳子吊住了的,下水捕鱼,起水的时候船户就在它的颈子上轻轻地一挤,吐了再捕,捕了再吐。墨鸭整天地捕鱼,卖鱼得钱的却是养墨鸭的船户。"

"但是,从我们孩子的眼里看来,船户对墨鸭并没有怎样虐待,而现在,将这种关系转移到人和人的中间,便连这一点施与的温情也已经不存在了!"

那年,我在烟台读水产学校,教语文课的是儒雅博学的高金诚老师。他告诉同学们,夏衍公所说的"墨鸭",就是鱼鹰,学名是鸬鹚。夏衍公文章写得好,高金诚老师文章讲得好,"芦柴棒""小福子"等千千万万包身工的悲惨命运,让我内心充满悲悯之情。文章中的许多句子,我至今都能记着。有一些句式,在自己作文时使用。

"两粥一饭,十二小时工作,猪一般的生活,泥土一般地被践踏。"

"包身契上写明三年期限,能够做满的大概不到三分之二。"

"工作,工作,衰弱到不能走路还是工作,手脚像芦柴棒一样的瘦,身体像弓一样的弯,面色像死人一般的惨,咳着,喘着,淌着冷汗,还是被压迫着做工。"

"在这千万被压榨的包身工中间,没有光,没有热,没有温情,没有希望……没有人道。这儿有的是二十世纪的技术、机械、体制和对这种体制忠实服役的十六世纪封建制度下的奴隶！"

"黑夜，静寂得像死一般的黑夜！但是，黎明的到来，毕竟是无法抗拒的。索洛警告美国人当心枕木下的尸首，我也想警告某一些人，当心呻吟着的那些锭子上的冤魂！"

叙述至此，似乎跑了题。但细一想，又与"相依为命"有关。包身工逆来顺受，忍气吞声，泣血饮泪，与厄运相依为命，度过了悲惨的一生。

若干年后，当经济社会发展进入新的历史时期，据报道，在有的地区，工厂主大量雇用童工、限制劳动者人身自由、不择手段榨取打工者血汗有死灰复燃之状。

今非昔比，重读《包身工》令人警醒。用如此篇幅介绍《包身工》，既是因为这篇文章里有鱼鹰的比喻，也是以此纪念夏衍公，怀念我们的高金诚老师。

三

"鱼类越来越少，捕获一条鱼可难了。"

白洋淀的渔民看得清楚，直言不讳：一方面，环境污染越来越厉害，许多生产污水和生活垃圾直接排入湖中；另一方面，有人不讲良心，暗地里偷偷摸摸电鱼，用"绝户网"捕鱼。

如此情况，岂止是白洋淀？在许多江河湖海、水库溪流，鱼虾贝藻的命运是一样的。

无鱼可捕，渔民犯愁，鱼鹰也不高兴。他们就相依为命，四处揽活，赶在旅游旺季为游客表演驯鹰、放鹰、捕鱼这种仪式感强的文化节目。

回头再看一下夏衍公的描述："起水的时候，船户就在它的颈子上轻轻地一挤，吐了再捕，捕了再吐。"渔民是爱惜鱼鹰的，鱼鹰是他们的生活之源。所以，《呵护有加》这样配发文字：在家时，养鹰人要经常给鱼鹰喂水以保证它们的健康，和伺候自己的亲人一样。

我对鱼鹰陡生怜悯和敬意。鱼鹰呀，鱼鹰，请你告诉我，你是被追吐出口里的美味，还是主动回报主人的养育？你是无奈之举，还是高尚之行？或者，在无奈中孕育崇高，在平凡中完善灵性，在悖论中成就奉献？

在一个薄情的世界里深情地活着，相依为命，真是一个温暖人、打动人的词汇。与鱼鹰相依为命，与狗狗相依为命，与善良相依为命，与坚韧相依为命，与简约相依为命，都能让你的灵魂得到净化。

渔民收入几何？鱼鹰贡献多大？渔民马河栋说：今年开春的时候，父亲划着鹰排子在白洋淀一天捕获了三百多斤野鱼，最大的一条有十二斤重，他和哥哥搬运了好几趟，那一天给家里增加了好几千块钱的收入。

好动人的场面，好喜人的收获。对于一家渔民来说，一天能收入几千元，就很知足了。但是，这样的好时候，一年能有几回？能有几天？

远眺白洋淀，令人思索。

残缺的完美

眨眼,到了2019前夜,新年的钟声即将敲响,北京城风轻气清,世界一派安详。辞旧迎新,令人感奋。

小时候,知道了维纳斯,断臂也完美。但这只是一尊雕塑,一个道理,一个固化的概念和升华的信念。

而在人生短暂而漫长的境遇中,在繁杂的江湖、多变的生命里,种种意外不期而遇,诸多不幸、挫折甚至灾难向你逼近,袭击你、摧残你,所谓世事无常,命运多舛。有的与生俱来,有的后天跟来,有的可以抗争,有的难以抗拒,于是就有了诸多悲欢离合人间故事。有一句话说:没有什么剧本,能够超过生活。

是时,你不得不屈从命运,所谓"尽人事,安天命"。于是,有躯体的残缺,也有健康、婚姻的残缺。有器官、肢体的伤残,也有信仰、情感的破损。这个社会,这个人生,不像预期的那样完美。

许多人生,如同月亮,远观皓月当空,光洁明净,近看千疮百孔、坑坑洼洼。君不见,残缺无处不在,完美只在期盼之中。

前不久,看到一个新片介绍,主题9个字:进窄门,走远路,见微光。一位状态很艰难的老者自足地说:"有牛生,有马生,有驴生,有猪生,现在我是人生。人生很难得。"

在残缺中求完美,品味和享受残缺的人生。有了残缺,才让人更加珍爱生命,愈加爱惜眼前的美好。古人讲:无病之身,不知其乐也,病生,始知无病之乐。无事之家,不知其福也,事至,始知无事之福。明白了这个道理,你就增加了一些智慧,拓展了一些胸襟,也坚韧了一些心态。大千世界，人生百态，你的人生如维纳斯，虽有臂缺，但雄浑健硕，栩栩如生。

贪得者身富而心贫，知足者身贫而心富，居高者形逸而神劳，处下者形劳而心逸。人生的苦恼是不分贵贱的，人生的圆满也是不分高下的。卑微人生，往往是高尚人生。生活中有无尽悲凉，也充满无限深情。生活在这个世界，失意者不必自弃，得志者也要低调。正所谓：事不可做尽，言不可道尽，势不可倚尽，福不可享尽。

看平步青云、壮志凌云，看铁树开花、绝处逢生，看铅华洗尽、梦归寻常，看落井下石、世态炎凉，看圆月如境、弯月如钩。时时处处，都有生命的观照。踏雪寻梅，循声望雁。残缺中升华无限境界，逆境里迸发巨大潜能。

身在凡世、心在云端，温馨入世、清淡出世。既感人生之残酷，也见人生之美丽。活着，有些忧伤是可以的，但不可长期忧郁；人生，有些失落是正常的，但不能长久沉沦。心若删繁就简，一切开合自如。

世事沧桑，生命是一场繁华而悲凉的漂泊。我们品味了许多生活的甘甜，也经历了许多风雨霜雪悲欢离合。不苛求什么十全十美，不奢望什么一帆风顺，残缺之美才是生命的真谛。别跟自己过不去，没有必要跟自己过不去。在对残缺的接纳中，实现内心的静谧和完美。学会感恩，学会留白，学会放下。

送走旧岁，开启新年。太阳升起，光芒万丈。

新的一年，祝你吃嘛嘛香，干嘛嘛好。

新的一年，祝你鼾声如雷，健步如飞。

新的一年，祝你身轻如燕，心静如水。

新的一年，祝你善待残缺，获得完美。

喝茶养神，喝咖啡提神

12月4日这天，是周日。查一查手机"墨迹天气"，东北很冷，北京雾霾正重。而在海南岛大约北纬19°、东经109°，这个叫作澄迈的地方，依然温暖如春，鸟语花香。

这里有一个小镇，叫作福山镇，是著名的咖啡风情镇。镇上咖啡店众多，咖啡馆如林，咖啡味甚浓。住在亲戚谢飞先生的"天福咖啡园"，面对椰树婆娑、小桥流水，不知今夕何夕。

但咖啡还未打动我，心中不起波澜。随手携茶杯一个、茶碗一只，立亭台之内，坐溪水之侧，有红茶可啜，有绿茶可饮。直到这天早晨8时许，走出下榻处，在镇上偶遇几位"老外"，才产生了喝杯咖啡的念想。

见到的第一个老外，叫作梵高，荷兰后印象派画家，他的许多经典名画是在咖啡馆创作的。

第二位，是德国人，叫作巴赫，被誉为"西方音乐之父"。他这一辈子，不仅自己嗜好咖啡，而且总是劝别人喝咖啡。

第三位，是海明威，美国著名小说家，咱们总书记多次提到他。他回首一生，说自己不过是一个流连忘返于各个咖啡馆的异乡人。

第四位，拿破仑，军事统帅，他说，喝咖啡能赋予他温暖，赋予他异乎寻常的力量。

还有几位，在此不一一列举。

但我遇到的不是真人，也不是当今在世的人。踱步而行，离谢飞先生咖啡园不远处就有这么一个名人雕塑园。在这里，我遇到了这几位爱喝咖啡的以雕塑状态面世的洋人。

　　谢飞是条刚毅、耿直的汉子，留过洋，徒步走过西藏，参加过无数次国内外马拉松比赛。跟他讲起刚才所遇，他不以为然："丘吉尔，路易十五，这些欧洲人，哪个不爱喝咖啡，不喝咖啡他们喝什么？"

　　在雕塑园，还欣赏了作为常绿小乔木的咖啡树。上网查了一下，此树原产于非洲的埃塞俄比亚。一千多年前，一位牧羊人发现羊吃了一种植物后，异常兴奋，极其活泼，进而发现了咖啡。"咖啡"一词源自希腊语"kaweh"，意思是"力量与热情"。

　　文化的启迪，习性的熏陶，往往在潜移默化之间。这天，我早晚各喝了一杯咖啡。上午喝"天福特制"，似无特别感觉，等晚上再喝完一杯浓浓的"拿铁"，就彻底被"拿"住了：脑壳无比清醒，几近一夜无眠。

　　同时，美妙的现象发生了：是夜，当"大雪"节气临近之际（12月7日），当祖国北方已是山寒水瘦、冰天雪地之际，在海南，在海口，在澄迈，在福山小镇，在天福咖啡园，在我被咖啡"拿"得辗转反侧之际，窗外溪水中不计其数的青蛙相悦而鸣，相约而止，时鸣时止，时鼓时静。于是，一夜月儿弯弯，整宿蛙声如潮。

　　自己的感受是：喝茶养神，喝咖啡提神。共同点是：都能唇齿留香，都会沁人心脾，都是生命对你的馈赠。

　　王维诗云："红豆生南国，春来发几枝。愿君多采撷，此物最相思。"现在看，咖豆生南国，此物最提神。如果各位到了海南，欢迎到谢飞的天福咖啡园坐坐。除了优雅的环境、美味的咖啡，他还有一个刚刚建起的私人体育博物馆，好多珍贵的收藏品值得一看。

盯着天花板入睡，是很不错的享受

入夜，喧嚣的城市渐渐沉静下来。躺在床上，把手机搁置一旁，盯着天花板入睡，浑身轻松，内心坦然。

盯着天花板，光影斑驳，如同人生。住在13层，楼前无遮挡，不远处五颗钉、水立方尽收眼底，八达岭高速日夜车水马龙。城市的斑灯驳光，树影物形，折射在天花板上，稍纵即逝，飘忽不定。转视窗外，或皓月当空，或银河清辉，或重云密布，一缕微风袭来，用心感受静谧。

盯着天花板，神情游离，梦回童年。小时候，没有电视，没有书，更没有手机。晚上，孩子们上铺后还不想睡，就盯着天花板想心事儿。盼过年，盼穿新衣服，盼家里来客人能改善一下饭食，天花板上寄托着无尽的期盼与遐思。人之一生，从小树长成老树，由天花板回到天花板。

盯着天花板，旅途奔走，此心悟彻。多少年来，冥思而卧，捧书而眠，握着手机而睡，天催人赶，疲于奔命。时下，手机在提供给人们无尽信息的同时，也不动声色地绑架了属于你个人的时空。想想看，那些海量的、雷同的、嘈杂的信息，几多有用？几多无聊？不妨把手机扔了，天马行空，自怡我心。

夜深沉，意朦胧。盯着天花板慢慢入睡，返璞归真，情真味醇。

痛失好人

中国有句老话，叫作：善有善报，恶有恶报。对于善报，有"好人一生平安"之祝愿。所谓"一生平安"，很多时候，代表的是一个美好的愿望，一句虔诚的祝福。当年，好人丛飞因患胃癌去世，令诸多好人痛彻五内。五年后，他的爱妻，又一个好人邢丹，惨遭横祸，死于非命，更令好人泪湿衣襟。好人去矣，精神长存；人间万象，令人感慨。可敬，可悲，可叹，百感交集，不吐难耐。

可敬，是敬仰

丛飞，贫苦子弟，深圳歌手，生前系深圳市义工联艺术团团长，11年执着于慈善资助，参加义演400场，先后20多次赴贫困山区义演，倾尽自己辛苦挣得的300万元钱，资助183名贫困失学儿童。

丛飞是穷孩子出身，1969年出生于辽宁省盘锦市大洼县庄台镇的农村，小时候没过什么好日子，沈阳音乐学院毕业后，1992年到广州闯荡，1994年来深圳打拼。困窘之时，睡在桥洞里，吃人家剩下的盒饭。这是一家好人，满门善良，自己贫穷，还在千方百计资助穷人。当听说儿子倾其所有助贫济困时，他的母亲完全理解。因为多年前,她自己就收养了一名孤儿——大丛飞两岁的姐姐。丛飞的爸呢？是一个总把乞丐往家里领，乐意为乞丐送吃送喝的人。丛飞这样解释他捐助的动机："在山区时，我被孩子们的贫寒所震撼，看到他们穿不上衣，吃不上饭，我心里就难受。而当我听到这些孩子有书可读时，我就高兴。"

这就是好人，好人的天性。

好人，其善行是拉不住、刹不住的。丛飞最初的愿望，是力所能及地资助几个孩子，让他们有饭吃、有衣穿、有书读。但随着他到贫困地区义演次数的增加，他发现了更多、更贫困的孩子，接触到更多质朴、憨厚、勤劳的山民，他于心不忍，不甘舍弃，他的捐献才像滚雪球一样越来越大，越来越累，越来越力不从心。

贵州省织金县官寨乡副乡长徐习文是丛飞在贵州捐资助学的承办人，他说："丛飞对贫困山区人的那颗赤子之心，常常感动得我们热泪盈眶。来贵州扶贫助弱的单位和个人也不少，但没有谁能像他这样达到了完全忘我的境界。他6次来织金县和安顺市为贫困生送学费，走时不但捐光了几万元甚至十几万元的钱物，还要向随行的朋友借钱捐，有几次甚至连身上穿的衣服都脱下来捐了……"

这就是好人，不行好，不行善，他的内心会受折磨。

好人，有时是无法被人理解、自己也难以解释的。丛飞供养着100多名贫困生，资助着几十名残疾人和孤儿，他一方面拼命唱歌、拼命演出，一方面节衣缩食，克扣家用，有时连一家三口的生活费都不够。不少人说他是"疯子""傻子"，他的第一个妻子也因此跟他离了婚。在他那50平方米的简陋家中，没有任何值钱的家当，衣柜里的衣服，都是三五十元钱的便宜货，唯一有些档次的，是他常穿的白色演出服。当很多人对他的行为表示怀疑时，他无法回答，懒得解释，唯有笑笑而已。

丛飞的朋友说："有时几个兄弟一起吃饭，他总是叨叨这顿饭能换多少贫困儿童的学费，我们都笑他。"

这就是好人，可以倾尽300万资助别人，对自己吃顿饭耿耿于怀。

对社会上人们对丈夫的种种评价，邢丹有这么一段实实在在的话，且看：

"他超出自己能力的资助，在旁人看来十分夸张。在我看来，却很自然，他性格就是这样，看不得旁人受苦，又经不起别人的哀求。别说这些贫困山区的孩子,就是普通朋友,只要软语相求,开口要他帮忙,不管是钱是事,他都会当回事情去解决,不太懂得拒绝别人……"

这段话诠释了好人之好。其实,"好"字并不深奥。

从2004年春天开始,丛飞的胃部经常剧烈疼痛,还时常吐血、便血,家里人和朋友们都劝他住院治疗。可他拒绝了,他要无休止地登台演出,要不间断地挣钱给他的"孩子们"交学费,他没有时间认真治疗,也舍不得花钱治疗。2004年7月,他又一次如约来到贵州,给孩子们送去下学期的学费。但是,这笔学费中,已有很大一部分是他从朋友们手中借来的,此时的丛飞已经背负上了17万元的债务。

善良的好人,他渴望着重返舞台,为孩子们挣钱。但他万万没有想到,他的胃痛日渐严重,嗓音也渐渐不如往昔,他再也无力为孩子们挣得学费了。

好人,是这个"好"字害死了你。好弟兄呵,"好",是要付出代价的。

知道自己不久于人世,丛飞在病榻上开了个家庭会,向父母家人提出了两点愿望:身故后捐献眼角膜、有用器官造福他人,并将遗体捐献给医院做医学研究;拒绝接受深圳市送他居住的住宅,要求家人何时何地都只能向社会奉献而不能向社会伸手……

关于"丛飞精神",报纸上这样概括其内涵:热爱祖国、热爱人民的赤子情怀,关爱他人、奉献社会的价值追求,乐善好施、扶危济困的高尚品德,甘于清贫、艰苦奋斗的崇高品格。

这不失为一段准确、精致、到位的官方用语。但朴素而真切的定义是:好人,好心人,善良之人。

邢丹,一位年轻、美丽、聪慧的空姐,毅然嫁给离异且有女儿的丛飞。他俩相识后,邢丹随即成为丛飞奉献爱心、捐资助学的得力助手。他们墨守贫穷,甘之如饴,相濡以沫,相扶相携。

这俩人的结合,是好人与好人的融合,是善良与善良的碰撞。

丛飞走后，邢丹一直信守着自己的诺言，接过丛飞生前使用的义工号码——2478号，以自己的方式延续和传播着丛飞的爱心事业。

为了啥？图个啥？

这就是好人，这就是好人的至善之心，令人钦佩，令人敬仰。

可悲，是悲怆

2006年4月20日，丛飞离开人世。

2011年4月14日，邢丹告别红尘……

邢丹是在惠深高速公路上被混凝土块击中罹难的，疑犯是惠东县稔山镇石头岭村3名辍学少年。深夜时分，三少年游荡到高速公路附近，为了取乐，捡拾小石块和混凝土块向高速公路上行驶的汽车投掷，先后掷中4辆过往车辆，3辆无大碍，唯邢丹这辆车击破挡风玻璃，偏偏击中坐在副驾驶位置的邢丹——左面部受撞击，左下颌粉碎性骨折导致颅脑损伤，失血过多，休克死亡。

邢丹，就该你倒霉？！因为什么？就因为你是大好人？就因为你是好人丛飞的好妻子？

丛飞，是你天堂孤寂召唤爱妻？邢丹，是你尘世烦恼追夫而去？

人们唏嘘不已，感叹，无语，痛惜。丛飞和邢丹生前致力帮助辍学失学孩子，而邢丹死于辍学失学青少年之手，这是世人难以承受之痛。

这么好的两个人，就这样走了，留给人们无限感慨，留给人们无尽哀思。

在邢丹简朴的卧室，除了一张床、一个衣柜外，还有一台12英寸的旧式电视。这台电视，是丛飞8年前买来的二手货，时常彩色变黑白。

丛飞去世前，提出将自己的眼角膜捐献出去，让更多的人获得光明。他的眼角膜捐献后，邢丹也向深圳市眼科医院姚晓明医生表示，死后也要把眼角膜捐献出来。但遗憾的是，因为涉及刑事案件，遗体没有及时送到深圳，而眼角膜摘取的时效性非常强，超过12小时便不能再用。可怜邢丹的捐赠爱心，成为永久的遗憾！

丛飞走了，带着对他妻女和贫困山区失学少年的深爱不舍。邢丹也走了，带着对丛飞的无尽思念，带着对父母、对年幼女儿的深爱不舍。

当年丛飞因病住院后，曾向好友留下三方面的遗嘱："其一，邢丹嫁给我，一直跟我过着十分清贫的日子，陪着我跋山涉水去贫困山区捐资助学，她为我吃的苦头太多。如今她怀有4个多月的身孕，以后她一个人可怎么抚养这个孩子？请大家一起做通她的工作，拿掉这个孩子，以利于她以后的生活。其二，我奔波多年，没有给家人留下任何积蓄，很对不起父母家人。我死后，让我的父母带着睿睿（与前妻的女儿）回辽宁乡下，那里的生活水平低，容易过活。其三，我资助的100多个孩子，有很多还是小学生，如果他们不能继续读书，等待他们的将是无望的未来。你们一定要多想想办法，让他们继续读书啊……"

《深圳特区报》记录了邢丹对丛飞遗嘱的反应：邢丹情绪激动得不能自制："在这个世界上，他除了这个孩子，已经一无所有了，我怎么可以为了自己而将这个孩子打掉呢？无论如何，我都要把他生下来……"

当年，女儿哭问邢丹："妈妈，是不是我不乖，所以爸爸不肯回来？"

如今，妈妈也离去了，年仅5岁的小女孩又何以堪，何以承受？

丛飞当选"感动中国人物"时，颁奖词中有这样一段话："从看到失学儿童的第一眼到被死神眷顾之前，他把所有的时间都给了那些需要帮助的孩子，没有丝毫保留，甚至不惜向生命借贷。"

就是这样一个宁愿自己等待死亡也要把义演经费悉数捐给失学少年的人，在离开人世5年后，继承其事业的爱妻却死于失学少年之手。丛飞夫妻拯救了那么多失学少年，却没有能够拯救自己。这是一则关于命运与人生的悲怆叙事，这是一道关于好人与报应的强烈"天问"。

苍天不公，天眼何在？！

可叹，是叹息

"丛飞可敬！邢丹可惜！孩子可怜！凶犯可憎！"作曲家郭洪钧在微博上写下这样的话。

毫无疑问，凶犯是可憎、可恶的，让人切齿痛恨。但是，他们又是可怜的。记者调查，事件背后，又有一串辛酸的故事。

三个涉案少年为何辍学失学？经记者深入调查发现，他们均来自不幸的家庭。

记者来到投出夺命混凝土块的林某的家，他的家其实就是一间屋子而已，堆满杂物，没有床，没有厨房，没有一件值钱的东西。黄某的父亲脸上患有皮肤病，平时打零工赚钱。据村民说，林某的父亲患有间歇性精神病，曾经半夜烧了自家的房子。林某的母亲失踪6年，至今没有音讯，实际上林家现在已经家不成家。林某父子没地方住就到林某奶奶家住，父子生活很大程度上依靠亲属接济。

林某的父亲提及儿子砸车，他说他也没想到孩子会做出这样的事情。在他眼里，孩子虽然有很多缺点，但总的来说还是听话的，会帮他干农活。他说孩子读到小学五年级就退学，老师家访劝他回去读书，孩子说成绩太差，跟不上就不去了。他说，他的孩子平时也没做祸害他人的事，谈不上如何教育他。他还说，他希望孩子回来之后会变好，重新做人。

黄某家也是家徒四壁。据村民说，他家的两间房子是几年前政府补贴修的，要不连住的地方都难找。黄某的母亲有精神病，在村里疯疯癫癫的，什么活都干不了，还有一个弟弟患痴呆症，一家人的生活压在父亲身上。黄某的父亲说，他平时靠种点地和捡垃圾维持生活，儿子读到五年级，因为成绩跟不上不想上学。他说孩子是没有意识到严重性才会去干这事的，希望政府好好教育他儿子。

蔡某家更破旧，两间房子，一间后墙两侧已经开裂，一间瓦面破裂，漏光漏雨。蔡某的父亲谈及儿子异常惋惜。他说，儿子在学校时成绩很优秀，每年都有奖状拿回来。念到六年级时，孩子的学业遇到麻烦，因为蔡某是母亲带着他从揭阳改嫁给他的，孩子的户口没转过来，学费较高，家里无法支撑，孩子很懂事，因为家里没钱，提出不再读书。蔡某回家后，曾经去鞋厂打零工，有订单就上班，没订单就回家帮他干活。蔡某的父亲说孩子在家很多农活都干，担稻谷、插秧、锄田、踩打谷机，在家里是主要劳力。蔡某的母亲贫血，经常晕倒，干不了活。他最担心的，是孩子出事后家里的农活怎么办。

这三名少年的共同特征是：农民、小学辍学、无业。还有，他们包括他们的家长，从未听说过丛飞和邢丹的事，即便至今也所知不多。

事情发生后，人们把愤怒的情绪一致指向投掷石块的3名少年。3名少年是凶手，罪责难逃，骂他、打他、杀他无济于事。但他们无知、空虚、迷茫、野蛮的背后，又有多少催人深思、发人深省的内容呢？

邢丹之死，令人感叹人生的无常和命运的不公，也向社会提出了许多沉重的话题和严峻的考题。

愤怒之后，令人一声长叹。

但对于邢丹之走，也有人冷漠，有人不以为意，甚至还有人无端揣测。善良的人们在想：有的人，心肠为什么这么狠呢？心眼为什么这么坏呢？

对于丛飞夫妻的评价，对待丛飞夫妻的态度，正是检验好人的尺度。"童话大王"郑渊洁及其儿子郑亚旗，分别将5万元爱心款交给了小女儿的外婆。但偏偏就有人说，这是哗众取宠。

回想当年，丛飞患癌后居然有孩子家长催学费："不是说好要将我孩子供大学毕业吗？他读初中你就不肯出钱了？坑人！"

好人不被认可，甚至遭到非议，那我们这个世界上，好人只能越来越稀缺，坏人也会越来越猖獗。

丛飞，邢丹，一路走好，天堂安息！有良知的人都为你们祈祷！天下所有好心人都永远怀念你们！

人有"五心"人如神

有两个字，颇有分量，一个是"心"，一个是"神"。

心者，主管血液循环之器官，通称"心脏"，延伸为思想、感情，有心理、心情、心曲、心魄、心地、心扉之谓。佛门言：相由心生，福由心造。在民间，通常以"心"囊括情怀、意志甚至魂灵之大全。

多年来，讲人生修养，常以"心"表述，用"心"概括，"心"之说屡见不鲜。当年，习近平同志号召深入学习杨善洲、沈浩同志崇高精神，就有过"心"的要求：在对待党和国家事业上，始终保持进取之心；在对待人民赋予权力上，始终保持敬畏之心；在对待个人名利地位上，始终保持平常之心。

神者，人之精神、神气也。不平凡、不寻常、出神入化、高深莫测，称之"神人"。《三国演义》中诸葛亮神机妙算，关云长义薄云天，都谓之"神人"；伟人毛委员指挥"四渡赤水"，被誉为"用兵真如神"；刘伯承不必麻醉而取眼中弹片，被德国医生叹为"军神"。神医、神探、神手、财神、酒神……皆令人向往。孟子说：圣而不可知之谓神。佛教有语：神，乃有灵妙不测之德者之通称。

"心"是品德总谓，"神"是顶级境界，心神相通，彼此相依。笔者思考过、归纳过，"超人"也好，凡人也罢，为人处世，须存"五心"。具备"五心"，即可得道成神，便会神通广大。

感恩之心。一个人，不管自身几斤几两，不管取得多大辉煌，都应当铭记天地养育之恩、父母拉扯之恩、亲朋帮扶之恩。想你一介赤子，呱呱坠地，一生之中，多少人帮助过你、成全过你？常怀一颗感恩之心，就会涌动温暖、谦恭、善良之情愫，打造热心助人之品格，消解积怨，待人温和，做到"人人为我，我为人人"。感恩是一种处世哲学，是生活中的大智慧。

敬畏之心。上有苍天，下有厚土，人之渺小如同蝼蚁。天理昭昭，法律明明，无时无处没有警示。生于天地之间，活在宇宙之内，人物有大有小，地位有尊有卑，境况有顺有逆，都必须明事理、守道德、心存敬畏，敬天敬地敬人民，畏天畏地畏神灵，断不敢欺天瞒地，昧心弄巧。古人说："人在做，天在看"，"善有善报，恶有恶报，不是不报，时候未到"，可不能片面理解为唯心主义的东西。常行善，福虽未到，祸已远离；常作恶，祸虽未到，福已远离。这也不仅仅是简单的因果报应。

淡泊之心。不容置疑，追求富足是人之天性，但贪欲害死人。实际上，淡泊的心境、朴素的日子，才是最好、最幸福的日子，真正的智者、明白人都深谙此理。富豪李嘉诚有一句名言广为流传："俭朴的生活最有趣。"家有财产万贯，不过一日三餐；家有广厦千间，夜眠不过三尺。对待财富是如此，对待权力也是如此，尽自己的努力，凭自己的本事，当然也要借助天时地利和机遇，能走多远算多远，能攀多高算多高，高也坦然，低也坦然，遇到好事不失态，遇到挫折不沮丧，遇到委屈不动怒，真正做到任劳任怨、心平气和。

进取之心。工农商学兵，三教九流人，不论干啥，都要有上进之心、进取之志，这是人生的"发动机"，是为人处事、担当责任的必需，是尽孝道、讲良心。有一句话，"倘若平生不努力，空来世上走一遭"。当官的、为公的，要为官一任、造福一方，恪尽职守、奉献社会；做平民的、当个体的，都要不懈进取，勤勉工作，努力创一片天地、干一番业绩。人生不易，命运多舛，要增强韧性，顽强拼搏，勇于探索不怕失败，敢于攻坚不怕风险，善于突破不怕挫折，凭着坚忍不拔的努力，活出自己的风采，闯出一片天地。

自律之心。古人说，学如逆水行舟，不进则退；心似平原走马，易放难收。求学如此，自律也是如此。人这一生，不断经受诱惑，不断面临选择，经常处于是是非非的十字路口，如果失去了自律，很容易松懈自己、苟且自己、放纵自我，以至于酿成大祸。作为领导干部，要常思贪欲之害，常除非分之想，常怀律己之心，做到警钟长鸣，防微杜渐，自觉做到秉公用权、依法用权、廉洁用权。作为一般群众，也要坚持自己的操守，规范自己的言行，守住道德良心的底线。对每一个人来讲，自律需要意志、需要境界、需要持之以恒。

我想，这五心，既是为官者之要，也是为人者之道。感恩心，是蕴正养气的"滋补汤"；敬畏心，是安身立命的"护身符"；淡泊心，是修身怡性的"镇静剂"；进取心，是干事创业的"发动机"；自律心，是祛邪解毒的"牛黄丸"。有此五心，坚定五心，你就会耳聪目明、神清气爽、锐不可当、所向披靡。

最近，听一位领导说过一句话："做一个组织和群众信赖的人，做一个同事和朋友敬重的人，做一个亲属子女可以引以为荣的人，做一个回顾人生能够问心无愧的人。"我想，领导干部如此，一般群众也应追求如此。人有五心人超然，人有五心人无畏，人有五心人如神。

俭朴的意义

俭朴的生活,不仅像李嘉诚所说的"更有趣",而且能养心、聚力、励志。

当北京的又一个酷夏来临,夫人通过网购方式,买回家一个双人凉席,浅古铜色,宽四尺半,睡上去清清爽爽,为炎热的夏天消暑不少。

我常常在某个周末的早晨,拿一块干净的毛巾,一遍遍冲洗,一遍遍擦去表面的汗渍。

不觉秋风乍起,秋意渐浓。有一天,夫人对我说:天凉了,咱把凉席翻过来铺吧。

翻过来,新的景象令人感动:原来正面是紧密的长长的小竹条,翻过来则是细密的小十字花的亚麻;小竹条适合盛夏铺,细亚麻适合春秋铺。一张凉席,正反双用,做工精细,四周还嵌包了细密的亚麻布边,售价也仅仅三百多块钱。

我跟夫人说:我们好好爱惜它,让它一直陪伴我们到老。如果凉席哪一天哪一块破损了,我们修补后再继续铺。

说完了,心中就涌起一份关于生命、关于爱情、关于白头偕老的感慨。看着凉席,摸摸它的正反面,它陡然变得更有生机、更有灵气。

回想起来,这些年铺过的竹凉席,也有好几件了。竹块有了破损,或者串联的绳丝出现了断裂,也不怎么珍惜,往往很快就会把它送到楼下的垃圾箱。为什么?一个单人的竹凉席,前些年几十元,现在了不起百把元,并不是什么值钱的东西,更不是一件奢侈品。需要时买来,破损后敝弃,没有什么不妥。岂不知,生活条件相对充裕之下,这种对于物质的不珍惜、不留恋,让我们失去很多精神层面的东西。

我想起小的时候,一家人围坐在饭桌前吃饭,板凳不多,有的就要蹲着进食。每当这个时候,父亲就要提醒我们,把裤筒往上提一提,再蹲下,这样可避免膝盖骨紧顶裤子,天长日久膝盖处容易破洞。多年来,每当想到这里,我心里就有对父亲的无尽思念。现在,我们每个人的衣服都多得很,夏有单,冬有棉,有布的、丝的、绸的、皮的、毛的,有长的、半长的、短的,甚至还有各种品牌的,谁还在意哪件衣服的好处?谁还记得哪件衣服的出处?不在意了,记不得了,人生的味道也就淡了许多。

在那寒冷的乡下冬天,父亲穿一件羊皮背心御寒,带羊毛,他叫作"皮袄",是他一生档次最高的衣服,也是他唯一的"大件"。穿了好多年,到最后羊毛脱落,羊皮也破裂,就不断用针线粘连一起,继续穿下去。我参加工作后,两次为他买过类似的皮背心,但现在想来,受当时经济条件的制约和眼光的局限,我送父亲的"皮袄"确实不够高档。父亲去世8年之后,我因公到澳大利亚,这里盛产羊毛制品,我看到超市里那么多高质量的羊毛被子、毯子、"皮袄",价格并不高,心里就很难过。现在,父亲去世十四年了,我一想到父亲的"皮袄"就伤感。我家的床底箱里,装了一件自澳洲带回的羊绒被,很暖和,也很漂亮,我很想哪一天带回老家,在父亲的坟头烧掉。按照家乡的风俗,这就是送给他老人家了。

小时候,因为缺衣少粮,甚至食不果腹,吃饭时一家人互相往碗里夹菜。父亲想让孩子长个子,不舍得自己吃;孩子觉得父亲天天劳作不容易,就把好吃的让给他。就这样让来让去,让出了人世间的孝敬和仁慈,让出了生命的关爱和理解。在这样俭朴的日子里,穷人的老子品德好,穷人的孩子志气大。

记得我参加工作十年了,已是20世纪90年代了,因为没有自己的房子,我们三口之家与岳父岳母住在一起,每天早晨只能有少量的荷包蛋，五口人就让来让去，最后大多还是喂进了宝贝小外甥的嘴巴。

对物质的索取做减法，生活的乐趣和生命的意义才会有加法，甚至乘法、几次方，因为人的精神是会升华的。

这件凉席，我决心要铺到老、珍惜到老、爱护到老。能不能作"传家宝"，则取决于下一代的态度。

是"活一口气",还是"不活一口气"

气,是生命范畴的,也是哲学范畴的。不管哪个范畴,都很了不起。

最近看到两则关于"气"的短文,引发我写一点关于"气"的文章。

一则《别生气》,说一位女人,常为一些鸡毛蒜皮小事生气,很苦恼。于是她去找高僧求教,高僧把她领到一间禅房里,落锁而去。妇人一向气大,就破口大骂,骂了许久,高僧也不理会。妇人又开始哀求,高僧还是置若罔闻。

妇人无奈,终于沉默了。高僧来到门外,问她:"你还生气吗?"妇人说:"我只为我自己生气。"

"连自己都不肯原谅的人,怎么能心如止水?"高僧拂袖而去。

过了一会儿,高僧又问:"还生气吗?"妇人说:"不生气了。"

"为什么?""气也没办法啊!"高僧又离开了。

当高僧第三次来到门前时,妇人告诉他:"我不生气了,因为不值得气。"高僧笑道:"你还知道值不值得,看来心中还有气根。"

当高僧的身影迎着夕阳立在门外时,妇人问道:"大师,什么是气?"

这是最满意的回答,也是最终极的答案。于是,高僧将手中的茶水倾洒于地,妇人视之良久,彻悟叩谢而去。

这样的领悟,与"菩提本无树,明镜亦非台。本来无一物,何处惹尘埃"是一样的境界。

文章结尾告诫人们:

生命就像高僧手中的那杯茶水,转瞬间就和泥土化为一体,光阴如此短暂,生活中一些无聊小事,又哪里值得我们花费时间去生气呢?

当你闭上眼睛与这个世界告别的时候,你和普天下所有的人是一样的:一无所有,两手空空。人生在世,最重要的是做一些自己觉得有意义的事,不要把时间耗在争名夺利上,不要总把"人活一口气""就争这口气"挂在嘴边。

真正有修养的人,会把这口气咽下去,因为气都是争来的,你不争就没气,只有没气你才会做好事情,也只有没气你才会健康地活着。慢慢地改变自己吧,生气真的不值得!

读到时事评论员曹林先生的一本书《不与流行为伍》,央视主持人张泉灵为之作序,我正琢磨着这篇序言是个什么成色,一眨眼小短文就读完了,感觉很有底蕴,张文配得上曹篇。在序言中,有这样一段话:"……评论是建立在事实之上的,不能建立在愤怒之上。愤怒只是一股气,气散了,评论砸得粉碎……"

连续见"气",借"气"发挥,说说自己的感受。我想,评论确实是要建立在事实之上,需要事实的支撑、积累的支撑、理性的支撑、思辨的支撑。但情怀、情感、情绪包括这个"愤怒"呢?这股"气"呢?是恩格斯说的、鲁迅说的,还是其他名人说的:"愤怒出诗人",中国的屈原、陆游、辛弃疾,外国的雨果、普希金、莫泊桑,都愤怒过,也写出了流芳百世的好作品。但前提是,你首先要具备诗人的才华、诗人的功底、诗人的积累,否则你愤怒又有什么用?

但也不能因此而小瞧了"气"的作用。才与气、理性与情感、积累与状态,应当是相辅相成、相得益彰。人生也是如此,"咽下这口气"是一种彻悟,需要一种境界;"人活一口气"是一种追求,需要一种执着。

怎么理解"气"?纷争是气,烦恼是气,计较是气。从另一种意义上看,气功是气,信念是气,精神是气。

"气"之危害何其大?"气"之威力何其大?一不可理喻,二无与伦比。人生在世,一介生命,七尺身躯,三寸气在是活人,"活一口气",秉持正义之气、善良之气、奋进之气,气脉贯通,气存丹田,可求无坚不摧、百病难侵。人生一世,草木一秋,"咽下这口气","不活一口气",境界高远,心胸豁达,看破俗世,俯视红尘,不生无谓之气,不争无聊之气,足以修身养性、安身立命、如道如仙。

  是"活一口气",还是"不活一口气"?一要区别"气"的种类,看这"气"是什么"气"、哪种"气"。二要把握用"气"的尺度,恰到好处,恰如其分,有气冲霄汉、气壮山河,也有用气如馨、吐气如兰。从某种意义上讲,会用"气",用好了"气",把气调到最高水平,人生也就达到了最高境界。

善 良

善良从哪里来？善良与生俱来。

善良怎么养育？加强修养而育。

莎士比亚断言：善良是高尚人格的标志。做作的善良不是本质上的善良，但能够做作善也不失之为有些善良。不能容忍的是漠视善良，鄙视善良，讥讽善良，对善良不屑一顾，与善良誓不两立。一个对美德善行毫无感知、无动于衷的人，甚至对善良冷嘲热讽、极尽诋毁的人，你与他谈善良绝对枉费口舌，甚至滑稽可笑。

撰文从几个方面辨析真乞丐与假乞丐的区别，并且自言自语或振振有词地抱怨真假难辨从而为自己不予舍施行为寻找借口的人，无真善良之品，有伪君子之嫌：闹市街头匍匐爬行、断腿残臂的乞讨人，不需你甄审真伪；手牵幼儿、抚琴卖唱的风烛艺人，无须考究其身世；蓬头垢面、拾荒度日的童稚少年，你也无须追问他父母是否丧生、家乡是否遭灾、继父是否虐待。不需要，根本不需要。

寒气砭人，乞丐踽踽前行。如果你骨子里有些真善，请给予他施舍，哪怕只是微乎其微的两枚硬币。划一根火柴，照亮他的眼睛；送一缕热气，温暖他的心房。有这么一个故事：屠格涅夫乐施成习，有一次，面对路边乞丐，他驻足去摸钱囊的时候，突然发现空空如也。他深感惶惑，很难为情，紧握乞丐之手，说："对不起，兄弟，我没有带钱……"乞丐双泪长流，口中呢喃："先生，谢谢您，这也是一种施舍……"

马克·吐温称善良为一种世界通用语言，它可以使盲人"看到"，聋人"听到"。

把零用钱攒三年，为西部孩子捐一副篮球架是善良；把滴水的公用水龙头拧紧，也是善良。为富不仁，腰缠万贯而不肯拔一毛而利天下的人，分外可憎；勤俭度日，家徒四壁而善心犹存的人，令人起敬。

明代哲师陈继儒有言：平民种德施惠，是无位之公卿；仕夫贪财好货，乃有爵之乞丐。天津一位80多岁的老人，名叫白芳礼，蹬三轮车为生。他穿的是油渍斑斑的破衣服，吃的是冷馒头咸菜条，全部家当是一间小破房、一张木板床、一台旧电视。他年复一年、日复一日起早贪黑蹬三轮，燃烧的是血，煎熬的是汗，攒下15万元钱，却全部捐献给希望工程！老人说：孩子想上学没学上，太可怜！

白芳礼老人朴素至极，他不管什么公卿不公卿，名位不名位，他也不明白"无位之公卿"的意思。都是骨子里的善良作的孽，让他自己受穷受苦受累。他不把钱捐给穷孩子，咽不下饭，睡不着觉，甚至喘不动气。

真正的善良不是矫揉造作的，也不是附庸风雅的。善良也不是商品，你用金钱根本买不到它。

定义是不是好人，第一标准就是看他是不是善良；判断是不是好官，第一尺度也是看他有没有善心。

杨靖宇身为东北抗联第一路军总司令，在艰苦卓绝的莽莽林海浴血奋战，抗击日寇。以身殉国后，日本鬼子为解开杨将军赖以生存之谜，挥刀剖腹，发现腹内竟无一粒粮米，全是尚未消化的草根和树皮。粮食呢？省给麾下的士卒吃了，留给林海雪原的百姓吃了。于是，凶残的刽子手们无不为将军精忠报国、爱民如子的精神所叹服。

焦裕禄顶风冒雪把救济粮款送到贫苦农民的手中，看到孤寡老人家徒四壁，一无所有，蜷缩在墙角冻得瑟瑟发抖，他眼含热泪说："我来照顾您，我就是您的儿子。"

孔繁森看到藏族老阿妈挨冻，心如刀割，赶紧把自己身上的毛衣脱下来给她穿上。为了抚养两个藏族孤儿，他节衣缩食，几度卖血。

孔繁森一生清苦，两袖清风，却无数次自费为老百姓送钱送药，殉职时身上仅存5元8角7分钱。

郑培民做官做到州委书记、做到省委书记。地位高了，但一想起百姓的疾苦就伤心，经常感慨："老百姓生活不容易。"他常常到残疾人的小饭馆里吃简陋的饭，他和最穷的苗族百姓交朋友，他一把抱住双目失明的曾令超，说："你摸摸，咱俩高矮胖瘦差不多……"

朱镕基有着钢铁一般的意志，他的眼泪只为天下苍生而流。1995年10月6日下午，他沿着泥泞崎岖的山路，冒雨来到当时云南最贫困的昭通地区宁边村。在百姓家，他拉着朴实憨厚的彝族汉子杨长才，问：早上吃什么？杨长才回答：吃洋芋（土豆）；又问：中午吃什么？答：吃洋芋；再问：晚上吃什么？答：吃洋芋。在这低矮、阴暗的茅草屋里，朱镕基待了20分钟，他的夫人劳安将身上所带的钱全部留给了杨长才和另一位农民。坐上即将启程的面包车，朱镕基打开车窗，望着窗外那一大群沉默无言、衣衫褴褛的村民和一大片破旧的用叉叉草搭起的茅草屋，眼泪忍不住涌出了眼眶。第二天上午，他在昭通发表讲话，发誓一定要修通内昆铁路，造福当地人民。6年之后，内昆铁路克服千难万险，全线铺通，朱总理闻听此事，再一次双泪长流。

当年美国轰炸我驻南联盟大使馆，当以身殉职的同志被运回国内，面对亡者英灵，朱镕基，这位面对地雷阵都不眨巴眼的硬汉，竟然泣不成声，泪水横溢。我们知道，那泪水的内涵是多么深刻，多么丰富！

非典肆虐，国难当头，温家宝总理忧心如焚，日夜操劳。想到经济遭受的损失和人民遭受的苦难，十几亿人口大国的总理夜不能寐，泪流满面。这是真善良，这是大善良。

善良是人性的鲜花，骨髓和血液是它的养料。善良非常珍贵，所以，雨果先生又说：善良，是人类长河中稀有的珍珠。

忍痛与忍痒

苏东坡《志林》有云：人生耐贫贱易，耐富贵难；安勤苦易，安闲散难；忍痛易，忍痒难。清人王永彬在《围炉夜话》中引用此语，谓之为"精爽之论"，足以发人深省。这些人生修养的警句，琢磨起来意深味长。

人之一生，坎坎坷坷，风风雨雨，什么不幸都可能遇上，什么滋味都会尝到。在与命运的顽强抗争中，在维持生存的辛勤劳作里，人们几经辛苦，颇多磨难。贫困窘迫的时候，忍受疼痛的时候，人们往往能释放出巨大的潜能，坚韧不拔，埋头苦干，表现出逆水行舟、顽强向上的强大精神状态。这个时候，一切私心杂念都会摈弃，人们全身心地应对困难和不幸。而在转入顺境、取得成绩、争得功名、享用富足之后，有人却常常把握不稳生命之舵，变得轻浮、张狂、忘乎所以，最终栽下船来，湮没在茫茫人海之中。

贫贱之时，勤苦之日，因为生活状态的窘迫、社会地位的卑微、维持温饱的辛酸，免不了要忍受心理和生理之疼；而富贵时节，闲散光景，因为锦衣玉食、香车宝马，因为众星拱月、香火缭绕，因为无忧无虑、乐哉悠哉，不免要生发五花八门诸多"心病"，心痒难耐，心酥难熬，心病难治，把持不住，闹出事端。

人类是很坚韧很具承受痛苦能力和适应恶劣环境能力的一种动物。遭遇躯体的肉损骨折、皮裂肢残和内心的伤痕累累、血迹斑斑，人能咬紧牙关，昂起胸膛，挺立过来。在人生之旅的艰难跋涉中，不分帝王将相，不管平头百姓，身体的受伤不一定人人遭遇，但情感的被伤庶几乎无人不有。误解和委屈，诽谤和排挤，污蔑和凌辱，弹劾和攻击，都会伤害一个人的内心。受伤了就疼，疼时就需要忍，忍的过程也是锤炼意志、修养人性的过程。挺起脊梁杆子，终于把疼送走。

但痒这滋味却难耐得多。生理上的痒使人不堪，心理上的痒更使人难以忍受。比如说，一些人，当他手里有十万块钱的时候，他的日子过得很舒心，很可意，一家人和和美美。可是，他后来吃了夜草，发了外财，他有了一千万元的家产。按说，他的日子一定会大上一个幸福台阶了吧？没有，他开始"烧包"了，心痒难耐了，他不再珍惜家庭，不再珍惜朋友，不再珍惜事业，他对人生的认识和实践发生了裂变。他心里发痒，越搔越痒，愈痒愈搔，他自己感觉痒得没法治了。有一些人，当他管着二亩庄园的时候，他谨慎细心，忠实厚道，敬老爱小，没有毛病，心不痒，眼不花。可后来他管起了一百亩庄园，让他心痒的事便拥挤在他的周围，鼓噪喧腾，让他喜不自持。眼前全是媚笑、媚眼，捧他的，吹他的，"吹喇叭"的，"抬轿子"的。在这样的情况下，他不是心痒，而是心酥了，他油然升起一种"会当凌绝顶，一览众山小"的晕乎乎的感觉，他完全忘乎所以了。他开始胡闹，一路败坏下去，终于在人生舞台上销声匿迹，为社会为百姓所遗弃。这样的事例，真是不胜枚举。

心痒是不可小觑的一种病，不及时治疗后果不堪设想，而加强人生修养则是最好的药方。修养的作用，可以抑制痒的发生。古人云：穷不易操，达不肆意，就是一把很好的修养标尺。现今有一句话，意思是相同的：穷时要有穷志气，富时没有富毛病。

精神化妆

女人大做美容,男人美什么?

男人美精神,做精神的化妆。

精神化妆在台湾林清玄先生这里才是二流水平。他在《生命的化妆》这篇文章里说,三流的化妆是脸上的化妆,二流的化妆是精神的化妆,一流的化妆是生命的化妆。林先生讲的这个一流化妆,我想范畴是很大的。

当然,美容也不是女人的专项,一些有钱有闲的哥们爷们也越来越注重他那张皮了,去美容店打磨打磨熏蒸熏蒸,眼下也是正常现象。男人美精神,也不意味着精神对女人不重要。精神者,气质、精力、神采之综合指标也。女人没有了精神,也就锐减光彩了。

男人女人都需要精神。精神饱满,人才活得灿烂。男人有了精神,就有了金石之气;女人有了精神,便有了蕙兰之香。但男人尤其需要精神,因为男人创业打天下的担子很重,精神是他的武器。古人云:工欲善其事,必先利其器。用在这里也适合。有了旺盛的精神,男人才能从容自如或者龙威虎猛地成就他的事业。男人是一盏油灯,精神头是盏中之油,油足则灯亮,油尽而灯枯。你男人不屑美容可以,不注重蓄养精神可是失误。

仪态万方风姿绰约的女人最扎眼,秋水为神玉为骨;目光炯炯气宇轩昂的男人最惹人注目,他躯体里蕴含着雄伟劲健气势开张的精神力量。

男人的精神,是一大笔珍贵的财宝,远远超过他们口袋里的任何一个金卡。有了饱满的精神，你关键时候连轴转三天三夜不睡觉眼里布满血丝但脑子里不会出现空白，你有了饱满的精神方能才思敏捷思维清晰临澜不惊，你上台演讲口若悬河滔滔不绝神采飞扬，你干工作干净利落快捷圆满不留疤痕，遇到挫折你气沉神定不乱方寸抖擞精神能战胜困难。有了精神，你会一路凯歌一路潇洒阔步人生之路，什么坑坑洼洼颠颠簸簸你统统不在乎，甚至身在汪洋不畏险，泰山崩于前亦能神色不改。精神丰沛又是一种无形的力量，能征服别人，凝聚别人。

能酣畅淋漓张扬个性的人，都是精神饱满的人；能春风蕴藉举重若轻的人，精神底气也很足，月穿潭底水无痕。

精神常常表现在神态上。精神旺盛底气足的人，往往神态安然，意气平和；精神衰竭气脉不足的人，便是神气窘迫，情态滞浊。

精神化妆，要练就一副强健的体魄。

精神化妆，需清心养性，调养元气。

精神化妆，要有自己孜孜以求的人生目标。浑浑噩噩，迷迷糊糊，便是断了精神之源。

精神化妆，要蕴养一股堂堂正正做人的浩然正气。多读书以养胆气，少忧虑以养心气，戒发怒以养肝气，薄滋味以养胃气，谨慎以养神气，慷慨以养豪气，豁达以养正气，忍让以养和气，谦恭以养锐气。

人活一口气。这口气是神笔，描绘人之风采。

上台阶

作者有了一定的思想厚度，具备了良好的文采，笔下才会气象峥嵘。

但应用文写作，比如说总结报告，文采却难发挥。应用文有约定俗成的惯用格式，有特定的语言风格。叙述要平直，议论应适中，说明宜简洁；比拟、夸张等修辞手段，还是不去施展的好；形容词、副词一路词汇，也是少用为妙。在我们常见的总结报告里，抓好"三个结合"、实现"四个提高"、完成"五个超越"之类的概括，是断断少不了的。你若觉得太"八股"，没意思，要换个写法，对不起，没有很好的写法。文采再漂亮、再华丽，饱读诗书，才如湖海，但用不大上，你先难受着。总结报告的质量，就写作手法而言，体现在简约，体现在谨严，体现在挖掘的深度；骨头是骨头，筋是筋，血管是血管。总结报告里，既然文采已经退居二线，文字功底仅仅体现在流畅简洁之中，如果再弃去"四个突破""五大工程"一类提纲挈领的概括，你起草的东西，便散而又散，一锅稀饭。散文的特点是形散而神不散，报告呢？神不聚，形又散，没法看了。

于是，林林总总，各种报告往往给人以似曾相识的感觉。

笔者在单位也很不称职地写过一些公文，涉猎不深。要搞比较大的公文了，便蓄养心境，转换脑子，管住自己不看文学方面的东西，也不惦念着动笔写篇散文什么的，坚拒腐蚀，以免把文学笔法融聚笔端，在公文写作上拽不下来，闪闪烁烁，蹦蹦跳跳。

文人素来相轻。在单位给领导做文秘的，尤其是写过一些大材料的笔杆子，骨子里很看不起搜肠刮肚做些散文、小说的秀才，他们不屑写那些腿疼腰痒痒的鸡毛蒜皮，既不能安邦，又不能治国，他们感觉自己笔下的那些材料才真正有分量、有深度、有水平。能写些散文、小说的，也觉得才高八斗，对机关里闷头写材料的人不感冒：八股调，无创意，无才情，无灵性；人云亦云，鹦鹉学嘴；貌似深沉，实则浅薄；操着胡琴拉老调，整天翻晒陈谷子烂芝麻，摧残人性，阉割真情，什么意思？

总结报告一类，文风虽朴实，语言也凝练，但不一定意味着内涵也诚实。实在的是文体，而不是里面的一二三四。其中的水分通常不少，好像市场上注了水的牛羊肉，乍一看色泽鲜亮，丰盈饱满，其实指甲一掐直往外溅水。诚实的人制作，还说得过去；惯玩虚假者捣鼓，简直能加工出硕大的气球来。关于气球，我们已经欣赏了很多。还有一个重要原因，就是虚假的产生也要有个大背景，有个整体氛围。社会越污浊，人心越浮躁，虚假越厉害。

总结报告里有一句最常用的话，叫作某某工作上了新台阶，我们已经无数次地见到它听到它。大材料上有，小报告里也有；大手笔用，小秀才也用。这"上台阶"真是随和谦恭，怎么用怎么得心应手。

确实，总结报告也不好写。没有那么多成绩，要和盘托出辉煌；没有那么大动静，非要振聋发聩，难。或者说，那么些弱点，那么些缺点，那么些不足，单位面貌这般落后，工作效率如此拖沓，若要粉饰过去，也须费些脑子。"上台阶"的提法，确实很中庸，很平和，很宽泛：台阶看不见，摸不着，上没上，上了多少，一寸还是半寸，没有明确的标准。一看上了台阶，说明有了进步，工作想必是有起色了，真上假上便不再去计较。

和"上台阶"一样意义模糊的，还有个"把××损失降低到最低"。这××，可能是水灾，可能是旱情，也可能是地震，反正是灾害。经过齐心协力的拼搏，终于把损失降到了最低。其实，这"最低"是多少？淹死几个人算最低？倒塌几间屋算最低？赔上多少钱算最低？

又不能做个对比实验，实在是模糊不清。

"上台阶"惯用，也说明公文写作词汇的空泛。工作门类很多，大标题常常有五六个、七八个，甚至十几个，方方面面都有，这一项"取得突破"，那一项"获得进展"，再一项是"迈出步伐"，最后，还有诸多主语配不上谓语和宾语，便把"再上台阶""又上台阶""上了台阶"拖过来，凑上去，稳稳当当，万无一失。

最近，惊喜地发现一些新词，如某某工作"又攀新高"。"又上新高"，意思和"上台阶"差不多，但避免了用词的雷同，很让人感谢发明者的才气。

有一个国王，召集众画家为他画像。这国王形象不佳，瞎一只眼，瘸一条腿。第一个画家谨小慎微，如实画下，被斩；第二个画家见此情景吓得屙了一裤裆，随即把国王画得仪表堂堂、威风凛凛，亦被斩；第三个画家聪明，画国王端枪射击，眯瞎眼瞄准，弓瘸腿屈膝，神情专注而自若，英武之气、威然之态尽显，被重赏千金。好多高手写总结报告一类，便是如此笔法，惯用的扬长避短、显优藏劣、夸张成绩、压缩不足，于是，"上台阶"一类的词，只恨太少。

罗贯中演义《三国志》，也有总结报告笔法，或者说是后人跟罗贯中学了这一招。罗贯中对蜀汉忠心不二，蜀汉本来败绩累累，比如刘备弃新野、走樊城、败当阳、逃夏口，让曹操追杀得狼狈不堪，可罗贯中不渲染这些，提笔带过。他大写赵云勇战长坂坡，万人阵里如入无人之境，威不可挡，杀死曹操名将 50 余员，血染征袍，直透重围，救出阿斗。写张飞立马桥头，厉声大喊，声如巨雷，吓退曹操百万大军，人如潮涌，马似山崩。其中夏侯吓得肝胆碎裂，跌落马下。你说这张桓公厉害不厉害？让众人看到的，分明是曹孟德落花流水，丢失脸面，哪有刘备等人的一败涂地？

"台阶"还在上，关键是真上还是假上，实上还是虚上。

为谁而醉

人们有一些嗜好，并不代表着多么先进，多么崇高，多么有意义，甚至不能算作一个优点，而人们却热衷于以此为荣，以此炫耀。比如说在吃辣这个问题上，四川人、湖南人、陕西人就各不相让，争说自己是龙头老大。"湖南人辣不怕，陕西人不怕辣，四川人怕不辣"这一套说法，在我们这一带区域比较流行。湖南人辣一点能受得了，能抗一定程度的辣；陕西人比湖南老客"抗造"，"不怕辣"，是上了一个台阶；四川人就了不得了，"怕不辣"，不辣怎么办？不辣没滋没味，吃不下饭，千万别不辣。由此看来，四川人才是真正的嗜辣高手。可听听湖南、贵州或是陕西方面的说法，这不怕辣的最高级又成了他们。我看过四川、陕西、湖南、贵州出版的介绍本地风土人情的旅游册子，除了山好水好人好物好之外，均称自己是嗜辣老大。四川人说：川中儿女，没有一个不吃辣；湖南人说：不吃辣不是湖南人。一副唯我独辣的架势，不把陕、川放在眼里；陕西人干脆唱起来：八百里秦川尘土飞扬，三千万人民同吼秦腔；泡上馍馍喜气洋洋，没有辣子嘟嘟囔囔……捞不着吃辣，便嘟囔，可见辣之重要。

我个人的评价，还是四川人为嗜辣大王，有人家的麻辣火锅为证。这火锅辣得人出汗，麻得人龇牙，直吃得热汗淋漓，如在蒸笼，却令人越吃越辣越麻越不能不吃，眼发亮，心发痒，嘴发馋，兴奋异常。你陕西、湖南也夸自己是食辣第一，有什么作为凭证？这就如同一个官员，没有什么政绩，平平庸庸，却硬说自己才干出众、韬略不凡，别人怎么服你！

其实，能吃辣代表着什么？不吃辣又怎么样？能吃辣就说明你性情豁达气魄伟岸心胸开阔？不见得。就像一个爷们，并不是美髯齐胸飘飘扬扬或是胡子拉碴胸脯上一撮毛肚子上一丛毛就是堂堂伟男子了，小肚鸡肠猥猥琐琐的胡子哥，有。肚皮上那些乱七八糟的毛，也不和豪爽仗义画等号。

还有吃醋，通常说是山西人嗜醋，不酸不吃，"不酸宁可喝泔水"。最近又听说真正能吃醋的不在山西而在河北，河北人喝起醋来以一当十，大有当矿泉水喝的意思。爱谁谁吧，管他山西河北，能吃醋和小心眼是风马牛，多吃醋能软化脑血管，对脑动脉硬化的人大有好处。

但酒可不能等闲视之。比之吃辣吃醋喝茶喝汤，吃酒更普遍、更有影响，可谓源远流长。在人们的潜意识里，能喝酒是一个强项、一个优点，是不可忽视的特长。人们鄙夷的是酒鬼，推崇的是酒家。酒家是什么？是酒德淳厚、酒风正派、酒量出众、酒兴高雅的人。社交频繁，有一些酒量，场面上能应酬，就会从容一些，不至于狼狈。我们经常看到，当别人当面称赞某某海量的时候，某某便笑意轻拂，颇为受用；你若再赠送一句，说他从来没醉过，或者说酒量不知底，或者说打败天下无敌手，或者肉麻一些，干脆是气冠三军，难遇劲敌，他那几根老鼠胡子定然恣得翘起来。

但说到底，喝酒和吃辣没什么两样。酒量大的，有好汉也有孬种，喝得再多，遇上事一样尿裤裆；不沾酒的，一样意气旷疏，行为慷慨，顶天立地，根本就没有必然的联系。这几年，先是从南方开始，慢慢向北边浸延，酒风越来越文明，这不消说是一种进步。宴席上，喝多喝少，喝与不喝，喝红喝白，比较宽松了。尽管这样，人们还是以能喝善饮为能事。你常常听到这样的夸耀：昨天晚上，我们四个人倒出了六瓶"琅琊台"，高度的……现在胃还疼。那神态，像立了个二等功似的。

在一些地方，有以酒量排座次的习惯，有"四大天王""八大金刚""小五虎"之类的称谓。有幸排上座次的人，比弄个工会委员、计划生育小组长风光得多。

　　古话云：能饮不醉最为高，好色不乱乃英豪。有酒就有醉，有色就有乱，把持住自己，做到不醉、不乱，需要不断加强自我修养。不乱易，人毕竟不是苍蝇蚊子，但不醉则难。特别是通常捞不着酒喝的人想酒、馋酒，正所谓是缺什么补什么。但百喝不厌天天泡在酒缸里中午喝完想晚上，躺在铺上琢磨明天怎么喝的也还大有人在。

　　醉的深浅不一，醉的形式各异，醉的起因也大有学问。为谁而醉，有时候很能看出一个人的格调来。有朋自远方来，乐也，或战友，或同窗，欢聚一处，开怀畅饮，情薄云天，陶然不知醉之所至，醉也醉得其所。同样，挚友分离，心绪戚惶，相对无言，倒一盏满杯，一饮而尽，叹一声"西出阳关无故人"，慷慨悲壮，虽醉犹荣。

　　此是为朋友所醉。还有为事业所醉的：埋头数载甚或几十载，饱经辛酸，终于如愿以偿，功满意得。不禁情怀臻发，醉卧于席。此乃豪放血性，与"轻狂"无缘。相反，苦苦追寻，却屡遭挫折，穷途暮路，偶尔一醉，作精神之休憩和放松，也不见憎。

　　也有为父母所醉。朋友张兄，饮酒有量也有度，正是不曾见其醉过。一日前去拜访，见他正在家中呕吐不止，憔悴不似人形。原来这天正逢其父生日，宾朋满座，张兄念布衣老父操劳一生，如今已是风烛残年，日薄西山，来日无多，不觉黯然神伤；又见亲朋多人前来祝寿，真情诚挚感人，自然多喝了几杯，一是自慰，二是酬酢众人，以致大醉。

　　而有一些醉，却让人看不惯，瞧不起。有的人，一副媚骨，百般势利，只要和他认为有用的人一块喝，他便拼上老躯小命，左一杯，右一盏，奋不顾身，舍生忘死，喝他个昏天黑地，一塌糊涂。他已经不行了，还是踉踉跄跄地摇晃着去和他的上司碰杯，借着醉意表现赤胆忠心。而这种人，他通常不怎么计较朋友情意、同学心怀什么的，他对他老爹老娘也不怎么感兴趣。白云奉献给蓝天，长路奉献给远方，他的醉只奉献给上司，见了当官的，他就不要命了，仿佛酒席桌上能拼出个正处副厅来。看着他那副样子，我们不禁在心里问：唉，老哥，值得吗？管用吗？

说值得也值得，因为他肚子里的账很清楚：让掌握他命运的人喝恣了，感觉他忠心耿耿，他的好运气就要多一些。从这个视角看，他醉得不冤，和别人喝，谁给他戴顶乌纱帽或者换顶乌纱帽？可是，请别忘了，糊涂到认为你能喝酒就能干好工作、把酒量和能力等同起来的昏官，并不是太多。你什么也不是，什么也不学，干什么砸什么，做什么坏什么，纵然酒量大如海，烂醉瘫似泥，谁买你的账？

说句实在话，千万别喝醉。小醉一次，小病一场；大醉一次，胜过大病。你醉了，五脏六腑都跟着倒霉，跟着遭殃。你若真想醉一遭，也要注意看看为谁而醉，值不值得醉。

第二辑

世态速描

岳成之成

　　岳成之成，成在品德，成在精神。

　　岳成，著名律师。在岳成律师事务所成立20周年之际，我有幸应邀参加联谊会，初识岳成，也初知了岳成。在此之前，我只知岳成是一家律师事务所，不知先有此人、后有此所。

　　岳成有作为。岳成坦言，他是农村人，从农村奋斗起家，"76年进县城，86年进省城，96年进京城"。这条从黑龙江黑土地上崛起的硬汉，奋发进取，铁骨铮铮。目前，他们在上海、广州、哈尔滨、大庆、三亚设有分所，在美国纽约设有代表处，拥有百人团队的执业律师，为450家政府机关、企事业单位、新闻机构、社会团体担任常年法律顾问，形成"专业化分工，团队化运作，感动化服务"的格局。他们着力加强文化建设，其首倡的中国律师精神"法治、正义、担当、理性"，得到了社会各界的广泛认可。从成立之初的"无过错服务"到"满意服务"，再到"感动服务"，服务理念不断升华，服务质量得到飞跃。更因坚持"三不原则"即"不给回扣，不给介绍费，不给找关系走后门"而独树一帜，广受赞誉。岳成说：打官司就是打事实、打证据、打法律规定，而不是打关系。他们"依法辨曲直，仗义论是非"，建所20年来累计办案1.6万余件，一腔赤诚酬天道，一身正气济苍生。他们的目标，是打造"中国法律顾问第一品牌"。

　　岳成会做事。这天中午的联谊会，高朋满座，学者、诗人、书画家、歌唱家、官员、商家近400人，嘉宾如云，场面简朴而热烈，整个活动不设主桌，客人不分职级高低、不论名气大小、不计财富多寡，即席落座，随意组合。此举打破俗套，受人赞许。岳成以六十多岁之年龄，率儿携女迎候大门，除了登台致辞、轮桌拜访，始终谨坐于大门口方凳之上，不占一席之地——做人谦恭如此，人品受人肯定。多年来，他们一方面艰苦打拼，一方面心系公益，累计捐款300万，在诸多大学设立奖教金、奖学金。今年初，在岳成律师事务所成立20周年之际，他们再设500万奖教金、奖学金。出生黑土地，不忘故乡人，岳成所还免费为黑龙江来京务工的农民工维权，为首都高校大学生就业维权，多年来共计免费代理各类法律援助案近2000件。岳成说："自己是律师，可骨子里是农民，对农民有着深厚的感情。"在岳成所，"亲情友情爱情，情情纯洁；你好他好我好，好好做人"。多年来，岳成怀敬畏之心、感恩之心、淡泊之心、自律之心。我想，善，是其思想品德之内核。

岳成善教子。这是一个家族式律师事务所，岳成的孩子们，岳海南、岳运生、岳雪飞、岳屾山，全部从事律师职业，事业有成，欣欣向荣。联谊会上，主持人是岳屾山，致辞人是现任岳成事务所主任岳运生，看着这些品貌端正、自强争气的孩子，人群中鲜有不羡慕者，暗称岳成为父有德、教子有方。想当年，岳飞之下，岳云、岳雷、岳霖、岳震、岳霆、岳安娘、岳银瓶……满门忠良，精忠报国。岳成一家，真给岳氏争气、露脸。岳成有名言："诚实，正直，富有同情心是成功之本"，"律师挣人家钱是乘人之危，人家有事才找你，我们要拍良心服好务"。他用如是信念教育孩子："心存感激，心存敬畏，竭诚服务，伸张正义。"他们所大门口挂这样的对联"天道酬勤，凡事需要努力；心存敬畏，规范自己言行"。这样的教育，这样的规矩，这样的人生导向，孩子如何没出息，家业如何不兴旺！

这是一个和谐向上、充满生机的家族式律师事务所。人有精神人不老，岳成登台演讲，诙谐智慧，富有魅力，台下掌声不息。

当天晚上，我收到了岳成律师发来的修养类短信——每天"八个勿忘"：勿忘记理想、忘记目标；勿忘记学习、忘记进步；勿忘记包容、忘记善心；勿忘记身体、忘记锻炼；勿忘记美丽、忘记快乐；勿忘记亲人、忘记感恩；勿忘记法律、忘记敬畏；勿忘记节约、忘记勤俭。感慨之余，我回短信：岳成大律师，世间大好人，精神大境界，忠良大家庭！岳元帅，岳家军，精忠报家国，赤诚济苍生。第二天，岳成又给我发来一条"处事须精明，待人要糊涂；处事看担当，逆境看襟怀；喜怒看涵养，行止看胆识……"。

在现场，我思索良久。岳成之成，令人感慨，给人启迪：活着要有精神，做人要有良心。有精神方成气象，有良心才能走远。人，不管你干啥，都要活出点精神来，活出些良知来。正如岳成所言："精神是旗帜，是信仰，是力量！"

般若缘中，菩提树下

封俊虎，籍贯河北邯郸，中国书法家协会资深会员、教育委员会委员，民进中央开明画院副院长，张裕钊书法艺术研究所所长，中国检科院检验检疫标本馆馆长。外貌儒雅持重，挥毫虎虎生威。近日，封俊虎书法公益研究教学基地在河北邯郸揭牌。

巨蕴龙，陕西咸阳永寿人，关中酒有限公司总裁，秦商联合会副会长。财经学院毕业，干过农行、步长集团，吃苦耐劳，一路建树。他生机勃勃，一对大眼炯炯有光。陕西无海，蕴龙却是龙。

我与前者相识二十载，彼此知根知底。与后者交往两年，有两件事足以说明为人：其表弟结婚，他赶来北京两肋插刀；今年国庆节前夕，他扶着老母亲来北京看天安门广场升旗。查其当地口碑，多有赞誉。他的家中，有一块当地政府赠送的"人正、气正、味正"牌匾。

他俩的共同点是：用心做事，事业有成；待人真诚，为人谦和；在乎品行，注重修养；有血性，讲仁义；农家子弟，草根出身；知足常乐，而又自强不息；回馈社会，乐善好施，力所能及做福利事业；都是大孝子……

缘起在于：蕴龙在老家新建宅舍，欲挂字画。读到我多年前的文章《大家俊虎》，为之动容，尤以俊虎常年为老母亲洗脚情节所感念，认定此人此情此墨宝，甚至提出：非俊虎字不挂。于是，由我牵线，蕴龙出联，俊虎出墨，完成书法作品。蕴龙是从陕西法门寺默记的楹联：般若缘中存哲理，菩提树下悟人生。横批：天赐福地。另有单匾：家和万事兴。

《家和万事兴》正在拓印，拟用金丝楠木刻成匾再挂。当蕴龙收到俊虎的墨宝，感慨不已。为尊重书法家的成就，他提出"润笔费"问题。未获许可，便执意寄来数箱他的窖藏古关中美酒。我微信问俊虎：酒如何？俊虎答曰：香型独特，余韵悠长，但劲很大……我不禁大笑。咸阳是啥地方？第一个封建王朝"秦帝国"首都，中国大地原点，当年建阿房宫的地方，渭河之滨，八百里秦川腹地，此处琼浆玉液，没有一点霸气、悍气、硬气还成？书法挂上大堂，蕴龙左看右看，内心很是激动。昨天晚上，他语音告诉我，要赶来北京请我和俊虎喝场大酒。我把明人陈继儒《小窗幽记》的句子发他："使人有面前之誉，不若使人无背后之毁；使人有乍交之欢，不若使人无久处之厌。"同时与他交流：相见不如相思，下棋不如观棋；遥相祝福，来日方长；坚守你的承诺，凭良心造酒，为世人送佳酿。此时此刻，蒙山脚下，沂水河畔，沂蒙画派画家杨光正在为蕴龙创作海上明月图。茫茫人海，一线相牵，连接好字好画好酒，结交好人好品好事。般若缘中，菩提树下，众生一路前行，一路修行，且行且珍惜。

病魔缠人，并不分你是坏人好人

前不久，同事良屏大姐送我一本书——《我与癌症共存亡》，并向我介绍了她的好朋友——该书作者仝向宇的相关情况。这是一本癌症患者写的书，是生命的倾诉与礼赞。展卷在手，颇多激励与感慨。

一

作者出生于20世纪50年代初，有着良好的家庭背景，美好的青春年华。然而，天有不测风云，35岁时，孩子刚刚3岁，她不幸罹患乳腺癌。

好在，发现及时，手术顺利，逐渐康复。然而，22年后转移复发，重新遭受癌症的第二度折磨。

在不断恶化的病情中，她强忍病痛，积极治疗。历时一年半，秉笔泣血，完成本书，表达对生命的渴望，对亲人的眷恋，对生活的理解。更为重要的，是这位善良的女性，想让社会上成千上万的癌症患者从她身上得到病理的启发、治疗的启示。此间有大爱，欲说已无言。

笑谈生与死，倾诉爱与情，评点是与非。作者并非专业作家，但有着厚实的文学修养，加之通篇闪烁的哲思、智慧与理性，让优美的文字如大珠小珠散落玉盘，音韵回响。

二

最近我读了不少医学书。单是癌症患者所著，除了这本《我与癌症共存亡》，还有李开复的《向死而生》、凌志军的《重生手记》、张海鹰的《抗癌——第一时间的抉择》等，都是有些影响的名人。作者亲身经历，真情实感，感慨之处，归纳几点。

首先，病魔是会突如其来的。你正走在人生路上，毫不介意，毫无预感，但厄运却会悄悄地向你走近。况且，病魔找人，并不分你是好人还是坏人。当李开复被确诊为淋巴癌，他"心里忽然涌起一股莫名的愤怒：我一生勤勤恳恳，兢兢业业，从来没做过亏心事，这种绝症为什么会发生在我身上？"

其次，何为最佳治疗方案是不确定的。癌症的发生与蔓延，研究到现在，有些有定论，有些还无解。西医好还是中医好，手术好还是不手术好，治疗态度是保守好还是积极好，用何种药物好，吃哪些食品好，众说纷纭甚至观点大相径庭，正反例证都有，实在因人而异。有一点：因过度治疗而死亡者，大有人在。

最后，生活中许多事情是福祸相倚的。早发现，早治疗，当然是天经地义的真谛。但世上许多事情很复杂，如人体功能，如肿瘤滋生，许多时候却是说不清、道不明的，正如仝向宇之兄晓川所言："早查出来未必福，晚查出来未必祸。"

三

仝向宇在自序中说：我快乐，快乐并不意味着完美；我幸福，幸福并不意味着无残。

是的，人生无常，生命有时很悲壮。既然病魔防不胜防，那怎么办？就要保持良好的状态，珍惜每一天，舒展每一天，顺其自然，心态平和，乐观生活。

"我自己若不勇敢，谁替我坚强？不要说我坚强，我的面前只有华山一条路！"

再看看她这本书的标题：贵如女人；向幸福出发；我的死亡我做主；化疗，温柔的酷刑；与死神打了个照面，扭头就走……活的就是这个劲儿。

仝向宇说:"放下下,是女人的死结。"实际上,这也是男人女人共同的死结。

几度濒临死亡的历练,让她触摸到自己的灵魂,达到了超凡的圣境。自序的结尾,她说道:"亲爱的朋友们,当你们读到这本书的时候,也许我的白骨已经飘落,那一定是肥沃了一小片土地。假如我还在微笑着行走,我们一定有机会成为朋友!"

这是什么?这是看破了红尘、透视了名利的大彻大悟,是向死而生、视死如归的大智大勇。

向宇大姐,你好好活着,你一定会重新康复,我们一定会成为朋友!

官员品质

许多人认为，中国的官场，是最热闹、最有故事的地方。官员的质量，毫无疑问影响着经济社会发展的质量。

党中央英明果敢，中纪委打出重拳，一批批贪官污吏纷纷倒地。剥掉画皮，露出真相，形形色色，其贪婪、卑鄙、无耻、奸诈、阴险让人瞠目结舌。人们对反腐风暴拍手叫好，又对官员品质感到诧异。

腐败分子一窝又一窝，前仆后继、抓而不绝。一批又一批官员倒下，彰显反腐倡廉的坚定决心，也折射出官员队伍鱼目混珠、良莠不齐的现实存在。

"腐败现象依然存在，反腐败形势依然严峻"，这"两个依然"的判断至今已沿用了20多年。反腐的捷报声中，大大小小的腐败官员糟蹋着国家的巨额财产，败坏着党风、政风和民风，也影响着官员的群体形象。

是啊，昨天还是座上宾，人模人样，今天就成阶下囚，非人非鬼。产品不合格叫次品，以次充好、弄虚作假叫假冒伪劣产品，盖大楼、建大桥不合格叫豆腐渣工程，大气质量、环境质量不合格叫污染，官员不合格叫什么？

火了多年的官场小说，已开始降温。因为现实中挖出的官场群丑图，远比小说中更龌龊、更丑陋，而情节也更加引人关注。当现实高于艺术，谁还会迷恋艺术？作家王跃文早年钟情官场小说，写《国画》，写《梅次故事》，后来写清官《大清相国》，现在已开始转向《爱历元年》类爱情婚姻小说。

中国"官本位"流传数千年，根深蒂固，扭转不易。今年是猴年，孙悟空当年之所以大闹天宫，摘光仙桃，吃净仙丹，就是嫌玉皇大帝封自己的官职太小，"弼马温"管马不管人，"齐天大圣"好听无实权。猴子尚且如此，人类对于官职的迷恋、权力的崇拜更可想而知。

因为有接二连三的官员不争气，人们已渐渐不再把一些官员当回事。"别看你今天闹得欢，当心将来拉清单。"明智一些的官员，早已不再感慨什么"人走茶凉"，他们知道人没走茶就凉了。但也有的官员，不明事理，照旧飞扬跋扈，照旧摆谱端架子。

反腐败在深入推进，对官员监督的相关研究也在与时俱进。以前讲防止"带病提拔"，这"病"主要是指官员的品质与作风。而现在，这"病"又延展至心态与生理。中纪委研究室邵景均同志刚写了一篇文章，题为《心理健康应成为选任干部的重要标准》。他认为：一些干部之所以违纪违法乃至成为腐败分子，一个重要因素是具有严重心理疾患。

这篇文章中，列举了嫉妒、暴力、报复、偏执、自恋、依赖、奉承、物质依赖、说谎癖等九大类心理疾患。其结论是：具有严重心理疾患的干部，不仅会给自身带来痛苦，而且极易在工作、廉洁自律、人际关系等方面出现问题。所以，必须谨慎把关，不能带病提拔。

读罢，既为作者的思考而叹服，又为官员的状态而怅然。现在来看，评判官员的品质，不仅有德行、能力、知识、专业、身体健康等常规标准，又增加了心态健康、没有疾患的心理标准，而且很是重要。

想想也是，官员也是人。人是一切社会关系的总和，是一切生命迹象的反射。眼见得一般人都心疾日多，而官员承担压力更大，独善其身也难。

国家有福相，民族要强盛，必须提升官员质量。既要抓紧治疗患者，也要全力净化环境。而官员自身，更要好好修炼，增强免疫力和抵抗力。

中庸润身

依水溪，看水波，听水声。浦东干部学院有个咖啡茶厅，叫作"乐水轩"，环境优雅。

这天午间休息，我来到乐水轩。内有小书架，随手取出一本，竟是《中庸》。华语教学出版社出版，中英文对照，旨在传播中国文化经典。

小时候当红小兵，写过批林批孔的发言稿，对"中庸"无好感，认为是"老好人""没有是非"。以后，作为"齐鲁好汉"，骨子里崇尚"爱憎分明""快意恩仇""路见不平一声吼，该出手时就出手"，不屑绵绵软软、温温吞吞。

年轮一圈又一圈，棱角渐平，心绪日趋平和。是时，午后的阳光一派和煦，学院内宁静而美好，我捧书在手，字字入心——

"喜怒哀乐之未发，谓之中。发而皆中节，谓之和。中也者，天下之大本也；和也者，天下之达道也。致中和，天地位焉，万物育焉。"

"贤者过之，不肖者不及也。人莫不饮食者也，鲜能知味也。"

"君子之道，淡而不厌，简而文，温而理，知远之近，知风之自，知微之显，可与入德矣……"

"中"是天下事物的根本，"和"是天下事物通达的正道。孔子认为颜回"中庸"做得好，"得一善，则拳拳服膺，而弗失之矣"。

走过人生50多年历程，悟出了许多道理。现在来看"中庸"，对其平和、从容、恰到好处、不偏不倚、不急不躁、无过无不及，有了更深的理解。中庸，蕴含做人之道、处世方法、修养规则。

面对人类文明的成果，学习的意义，在于悟，在于思考，在于修炼和升华。几天之后，在中浦院"经典著作导读课"选学中，又有幸听了江苏省委党校梁作民教授的《恩格斯〈费尔巴哈和德国古典哲学的终结〉导读》，听了河南省委党校康来云教授的《〈实践论〉及其当代启示》，再受很多教益。

梁作民教授这堂课，把深奥的经典讲得很生动，让学员再次领会思维与存在的哲学关系，领会辩证唯物主义和历史唯物主义的基础原理。

认识领域，绝对真理永远达不到；实践领域，完美社会永远达不到。任何事物的发生、发展和存在都是有条件的。世界是过程的集合体……这些观点，使人顿开茅塞。

黄河向东，是事实，是规律，颠扑不破。但只限在宏观视角，是相对真理。在宁夏贺兰山侧，黄河是由南向北流淌的；在陕西壶口，黄河是由北向南流淌的。九曲十八弯，处在不同的地域、方位、角度、高度，所见所识是不一样的。对任何事物，都要从不同的时空去分析，用发展的眼光去观察。所以，三思而后行，中和而通达，这不是优柔寡断，乃遵循正道使然。

康来云教授这堂课，也有极高的含金量。毛主席的《实践论》，既是认识论的名篇，也是辩证法的力作，发展了量变质变规律，为人们提供了认识事物的基本原则和科学方法，教导我们由表及里、由浅入深、由感性到理性，去把握事物的演进变化，搞清事物的区别联系，意义不同寻常。

经典开人心窍，哲学让人理智，国学增人学识，系统学习、综合思考能提升自身学养。"辩证之道＋中庸之道"，"道德准则＋自然法则"，会让你的境界更上一层楼，我们应当"如切如磋者，道学也；如琢如磨者，自修也"。要坚信，"心诚求之，虽不中，不远矣"。

我把来中浦院学习的几篇体会，发给远在洛杉矶的朋友房先生。他国学研究颇有造诣，回信以"学业精进"激励我。几天之后，自己又一次走进"乐水轩"，又一次翻阅书架，惊奇地发现：这里除了上次的《中庸》，还有同家出版社的其他多本古典名著，如《大学》《孟子》《论语》。而自己上次来，独见《中庸》，不见其他，岂非缘分？孔子说，"白刃可蹈，中庸难得"，看来，要在这方面下功夫。

一个人的经历，总有一个从量变到质变的积累。《大学》里说："富润屋，德润身，心广体胖。"德润身，哲学润身，中庸润身，要汲取精华，综合运用。

嫦娥奔月

浦东干部学院的课程安排，丰富多彩，常有大餐。3月11日下午，请来了中科院院士、国际宇航科学院院士，有着"嫦娥之父"称号的欧阳自远为大家讲大课——《中国的探月梦》。

偌大的报告厅宽敞明亮，座无虚席。院士一开讲，因为生动有趣，又是现身说法，很快就吸引了大家，掌声几次响起。

在我看来，一开始就有三点打动人。

一是当主持人介绍他时，院士站立起来，拱手作揖，迟迟不肯坐下。一位81岁的老人，有着一大堆头衔和荣誉，却很是谦逊。

二是他的开场白一下子就抓住了大家，大意是：地球上的事情还有许多没搞明白，冲到月球上去有意义吗？花了多少钱？值不值？对不对得起老百姓？他要"简单地向大家汇报一下"。

三是课件做得丰富精美，开讲之初，就是月亮的图片，是花好月圆的氛围，是苏东坡《水调歌头·明月几时有》的情怀。广寒宫，桂花树，人间情，引人入胜。

两个半小时的讲课，院士始终声音洪亮，幽默风趣。他深入浅出，用生动的语言，讲述月球的神秘、太阳系的博大、空间科技的奥妙。让大家明白了：天体是这样摆布的，月球是这样运行的，嫦娥奔月是有战略意义的，迄今为止"外星人"还是没有的，外国是这样干的，中国人的探索是富有成效的。讲到美国坚决不卖给我们任何一个元器件，老人呼吁，中国人一定要争这口气，要"拼"，要自力更生、自主创新，否则人家是瞧不起我们的。

最后，主持讲座的郑金洲副院长做总结，大意是说：讲座把宏大问题具体化，把抽象问题生动化，既是科普知识课，也是视野拓展课，还是党性教育课。

讲座结束后，有许多学员涌上去，请求与院士合影。又有一些学员，怀着兴趣和景仰，在手机上查阅相关资料。这一查，既看到了院士拼搏与贡献的业绩，也看到了一些负面的消息。网上有诋毁，话很难听，让人纠结。

问题来了。如果是一个功勋卓著的科学家，是国家的人才和宝贝，我们的同胞却这样去诋毁，无疑是这个社会的悲哀。同样地，如果院士真的是在弄虚作假，是"骗子"，那又何尝不是这个社会的另一种悲哀？

一个不容忽视的问题是，我们这个社会，有相当一些人，已经不仅不再崇尚英雄，而且已经坠入歧视优秀、怀疑卓越、藐视奉献的不可理喻的状态。他们未必怎么恨坏人，但实在容不下好人。

时下，比经济下行更难测的，是人心不测，是心态的扭曲与畸形。从头开始，重塑道德，与从长计议、厚植经济发展基础一样重要而紧迫。唯其如此，嫦娥方可奔月，国家才有希望。

痛哭铁蛋

山河依旧在，铁蛋长已矣。

铁蛋何许人也？茫茫人海，一介学子；浩浩乾坤，一粒尘埃。

铁蛋是乳名，学名张兴佰，北京大学2000级政治行政管理系学生，北大山鹰社登山队员。2002年8月7日，铁蛋等5名同学在攀登西藏希夏邦玛西峰时遭遇雪崩，不幸罹难。三魂归地府，七魄丧冥幽。

雪皑皑，野茫茫，青藏高原圣洁的雪山之巅，长眠着一生贫苦、壮志未酬的铁蛋——出生于黑龙江省齐齐哈尔市达斡尔族自治区达呼店镇腰店村一个极度贫困的家庭里，靠父母的血与肉、泪与汗而喂养大、浸泡出的年仅21岁的小伙子、大二学生。

铁蛋不该死。你知道他家有多穷？你知道他爹娘有多苦？你知道铁蛋走到今天多不容易！

命运不公，雪山绝情。敢仿窦娥，怒责苍穹：错勘贤愚，如何为天！叩问大地：不分好歹，凭甚作地！

唉！铁蛋，铁蛋，你千不该，万不该，你不该参加什么登山队；不怨天，不怨地，要怨只怨你自己！

上高天下地狱，奔刀山赴火海，你肯定不怕，统统不怕，因为你是个品学兼优、有胆有识的好青年。但别人冒得了险，你能冒吗？你知不知道，你的爹，你的娘，你们一家人的指望、憧憬甚至生命，都牵系在你一个人身上。你爹为谁死活支撑，你娘为谁榨干血肉？都是为了你啊！铁蛋！

铁蛋，铁蛋，那是千千万万个农村穷孩子、苦孩子的符号，那是千千万万勤苦、善良的父母们的一个祈盼——像铁蛋蛋一样结实吧，要不，怎么养活你？

铁蛋是多么好的一个孩子啊。他从小学一年级起当班长，一直当到高中。读小学二年级时那个冬天的早晨，他妈妈起来为他做早饭，他也起来了。问他起来这么早干什么，他说天冷了，要先去学校把炉子点着，让同学来了暖和。说完，背上书包，拿个凉玉米饼子，拽根大葱就走了。天未亮透，寒风刺骨，他妈担心才10岁的孩子会做出什么事来，便远远地跟着他。好铁蛋，一边走，一边拾路边的树棍、柴草，赶到教室，放下书包，从门后的纸桶里捡出废纸，生起了炉子。火点着以后，他把玉米饼放到炉子上烤烤，就着大葱啃起来，一边啃，一边背书。

北方的冬夜，朔气逼人，铁蛋的娘在炉子里烧热两块砖，用破布包上，放到铁蛋和弟弟的被窝里，然后立即把炉子灭掉。每天早晨，孩子的被角都是一层霜，孩子醒来，小鼻子冻得透红。

铁蛋知道家里穷，他节俭到不要命的程度。到镇上读初中时，家里每天早晨给他1元钱，让他吃午饭。要过年了，家里正愁没钱，铁蛋从口袋里摸出50元，给他妈，红着脸说："这是你给我的中午饭钱，我攒的……"

北京大学的录取通知书来了，除了乡亲们凑的赞助，他们家把破房子押上，又请人做了担保，才在银行里贷下2万元，暂且把学费拿够。铁蛋既喜又忧，暗自垂泪，开学头一天晚上，他心情沉重地跟父母说：又要开始祸害家里的钱了，爸妈吃得消吗？他妈咬着牙说："铁蛋，你不要顾家，你是全家的希望，只要你好，妈妈就是现在死了也愿意呀。"

但铁蛋这样的好孩子，怎么会不顾家呢？到了北京，第一年，他就把整整2000元奖学金全部寄给了父母。在全系76名学生中，他的综合素质评比是前10名。铁蛋告诉爸妈，用这钱买点肉，买几件衣服，给弟弟买双球鞋。铁蛋，你利用课余时间为人做家教，跑那么远的路，挣些糊口的生活费,这钱,省得是多么不易呀!母亲把这笔钱藏到炕梢的柜子底下,哪里舍得花?每天晚上睡觉前,拿出来摸着黑数数,搂在怀里睡到天亮才放进去。

铁蛋家实在太穷了,穷得让善良的人们伤心落泪。辛勤的劳作中,母亲坐月子时留下的腰疼病越来越严重,父亲患上疝气后发起病来在炕上乱翻乱滚。但是,他们舍不得花钱治疗,强撑苦挨,辛勤劳作地种植着那20亩地。一年下来,赚不足5000元,还要去掉种子、化肥等各种各样的成本,所剩无几。他们家一年吃不上几回肉,经常到市场捡人家掰扔了的白菜帮子,回家洗净后下到菜窖里,留着冬天吃。

穷人的孩子缺衣少物,却不缺志气。贫穷是激素,催生着他们顽强向上的精神力量。他们的骨头特别硬,他们的鲜血特别热,他们的生命力特别旺盛。初中毕业,铁蛋以优异成绩考上了齐齐哈尔实验中学。因为学习紧张,铁蛋很少回家,想念儿子的爸爸不时地去市里看他,给他送点咸菜。为了省那十来块钱的长途汽车费,这位纯朴善良的农民,总是骑着自行车来回,一骑就是几个小时,到家时,精疲力竭,路都不会走了。有一次去给铁蛋送咸菜和辣椒油回来,刚出市里车胎就爆了,他硬是推着自行车走了一宿回家。结果,疝气又犯了,疼得直打滚。

为了给孩子登山凑钱,当母亲的卖掉了鹅毛褥子,卖掉了自己的头发……

铁蛋啊,你怎么说走就走了呢?你走了,任你的父母悲天恸地,肝肠寸断;任善良的人们暗自垂泪,难以入眠。

你的年龄无几却已白发苍苍的母亲,听到你的噩耗当即扑倒在地的父亲,日日倚在柴门之前祈祷你的归来。但是,铁蛋,铁蛋,你不会回来了,你永远地留在雪山之巅了。

雪山的浩荡长风,声声凄厉;雪山的逼人朔气,刀刀砭骨。铁蛋,铁蛋,你好自珍重!

铁蛋,你走了,你怎么舍得离开养育你的父母?如果你活着,你一定能出息个好人，出息个对社会有大贡献的人。因为，你的品德那么好，你的才学那么优秀，你又那么勤奋，那么踏实。

铁蛋俭朴得只吃馒头不吃菜。买几根冰棍，都是分给同宿舍的同学，而自己舍不得吃的。

铁蛋走了。铁蛋父亲在学校接过铁蛋的银行卡，一查，仅有30块钱。于是，这个庄稼汉的眼泪，像断了线的珠子，吧嗒吧嗒落下来。

"孩子，都是你爸无能呀，让你受苦受穷……"一个农民痛心疾首地悲泣。

铁蛋走了，铁蛋的父母还在顽强地生存着，也还有一茬又一茬的小铁蛋在顽强长成。中国农民的勤劳与坚韧，究竟用怎样的标尺才能衡量出来呢？中国农民的纯朴和善良，究竟用怎样的语言才能表达到位呢？

"铁蛋呀，你啥时还回来？回来看看我呀……"这是铁蛋母亲在泣血呐喊。

手有余香

"新世纪爱心捐资助残"组委会的劝募信文采似花,情怀如佛,兹录如下:

残疾人是社会的一个特殊困难的群体,重度残疾人是这个特殊群体中的特殊群众。目前,我市有30万残疾人,仅市内四区就有重度残疾人1500人,他们每个人都有一段辛酸苦涩的故事,每个家庭都有一片驱之不散的愁云。这些重残人士固然需要我们在精神上给他们以鼓励,更重要的是用物质给他们以生活上的支撑。为此,市政府决定在全市开展"新世纪爱心捐资助残"活动。通过这一活动,进一步动员社会各界人士发扬人道主义精神和扶残助残的传统美德,为我市重残朋友献份爱心,呈一份义举,以此解决他们的生活和医疗问题。

爱是博大无私的给予,爱是人间不散的情缘,敞开您爱的胸怀,为残疾朋友慷慨解囊吧!也许,您仅仅为此少抽一盒烟,省吃一顿宴,但您的捐资足以改变重残人的命运,使他们摆脱贫困,感受幸福。爱心善行与天地同在,功德义举随日月生辉!您的善行义举不仅有受惠残疾人的真诚感激和敬重,更有世人的千古传颂和铭记。因为您奉献给这个世界的不仅仅是份幸福和美好,更推动了社会的人道和文明。

我们殷切盼望一切善良的人们为解除重度残疾朋友的不幸和痛苦,昭示世间真情,彰显慈善爱心,倾情施爱,积极捐资,让每个重残朋友都能感受到荡漾在岛城上空的新世纪文明之风!

送人玫瑰,手有余香。使残疾人摆脱贫困,施予者将更加富有!

子规夜半犹啼血,不信春风唤不回。捐募信把残疾人状摹得再苦,不如现实生活中的他们更让人心酸；捐募信写得再动情，不如残疾人渴望救助的呼唤更动人情。残疾人，占人口总数达4.9%的残疾人，特别是这个特殊群体中的重度残疾人，积贫积弱，苦兮悲兮，生存境况相当恶劣，生命步履分外艰难，同时，人生意志又相当顽强。残疾人，唯一的财富就是自己的志气，舍此并无其他。

青岛市残联秘书长兼财务部主任任绍增同志，为了募捐的事先后到我们单位跑了三四趟，电话联系更是不计其数。他是个文雅、谦和的人，脸上始终挂着和善的笑容。他后来的几趟，我想纯粹只有一个督促的目的：他敲开我们单位机关党委的门，没有更多的话要讲，就说："你看，募捐的事……"让我深深地感到他对事业的执着，也让我懊悔自己不是大款。

我给单位写签报时，把捐资的理由突出得很充分：从人道主义讲，残疾人是个非常值得同情的群体，在力所能及的情况下，应当奉献爱心；从政治高度讲，稳定压倒一切，捐资有助于维护安定团结的大好局面，作为政府部门应当为国分忧；从精神文明建设看，倡导扶贫济弱、爱心助残，有利于弘扬正气，培养干部职工的爱国主义、集体主义和社会主义精神。我们申请的资助金额是3万元，领导综合考虑财务收支状况，最后同意资助1.5万元。

任秘书长在电话那边一再致谢，我在这边一再表示不好意思。下午，他派两女一男组成的小分队，为我们单位送来了捐助证书和感谢信，还有1500张宣传爱心助残的明信片，每张面值为6角，实际上每10元资助又返还了6角。抚摸这些设计精良、印刷精美的明信片，我再一次感到不好意思，觉得单位的捐资太少。所以，当任绍增电话询求我们的意见，参不参加9月8日的"新世纪爱心捐资助残"电视现场直播的时候，我较为直接地推辞了。如果参加，他们将为我们单位制作显示捐款数额的牌子，现场高举，提高知名度。作为残联，他们愿意把这个场面搞得隆重一些、红火一点，扩大在全社会的影响。

后来，我收看了9月8日的"新世纪爱心捐资助残"电视特别节

目,残疾人的辛酸疾苦和自强自立,让善良的人们热泪潸潸:

一间仅有6平方米的破败小屋,住着一对残疾夫妇。无电,无水,外面下大雨,屋内滴小雨。这对夫妇,已在这里生活了6年之久。

一个72岁的老太太,天天伺候两个重残儿子,大儿子瘫痪在床36年了。他们锅里的菜,都是从市场捡来的剩菜做成的,一家人吃得津津有味。

由残疾人组成的志愿者服务队,身披大红绶带,笑对残酷人生,一溜儿摩托车,风里来雨里去,为残疾人排忧解难。

一位残疾人鞋匠,风餐露宿,自娱自乐,修鞋之余拉起手风琴,为周围人深情地吟唱《莫斯科郊外的晚上》。同时,他还义务收了许多修鞋的徒弟……

在《爱的奉献》的歌声回荡之际,几十个单位和个人现场捐款的牌子举起来了,20万元,10万元,7万元,5万元,1万元,0.5万元……我感谢这些单位和个人,却总感到捐助的单位不算多,捐助的个人不算多,捐助的数额也不算多。而所谓的"现场捐款",实际上是无数个任绍增奔波、呼吁、辛劳许多时日的结果。

送人玫瑰,手有余香。在很长一段时间里,我想到自己参与了这么一件送人玫瑰的好事,便感到欣慰和惬意,我想,这种感觉应该算是"享受余香"了吧,不在手上,而在心里。我想,我们整天都在忙碌着大大小小的事情,可是,究竟有哪几件事能比得上馈赠生活的弱者一点扶持更有意义呢?我们每天都在破费,可哪一份钱花得比增添残疾人生活勇气的投入更重要呢?

不久从报上读到一则消息:广场上一男一女俩残疾人,坐在一辆三轮车上乞讨,面前一张纸上写着其遭遇:家在安徽来到青岛,双腿残疾不能行走,孩子考上了大学,但因家境贫寒不能就读,求好心人相助,云云。看到如此"悲惨",不少过路市民纷纷掏钱。但两个小时之后,当人们再次路过时,却发现两个"腿部残疾"的乞讨者竟然站在广场上,踱着方步有说有笑地走了。这大概就是骗子了。

但是，健康人冒充残疾人骗得人们的同情，这怎么又是残疾人的过错呢？

送人玫瑰，手有余香。首要的，是你手里要有玫瑰；同时，是你心里要有玫瑰。残疾人是客观存在的，残疾人生存环境的改善和生活质量的提高，有赖于社会物质文明的进步和人们思想道德的完善。祝愿我们的社会能植培更多的玫瑰，滋养更多的奉送玫瑰的胸怀。

怀旧心情

怀旧这种情绪力量很强大，品质很柔韧。若要给它定性，便是一种很醇厚很优美很温馨很恬静的感情，像一壶陈年老酒或是一袋大劲旱烟。因为经过了岁月的漂洗，原本很苦涩很酸楚的东西都滤掉了，只剩下值得咀嚼的东西。

你随手翻阅报纸杂志，总能看到一些回忆文章的标题。若干年前的照片，都一股脑儿地翻腾出来。最近又有报道，说是在某城市建起了知青城，让上山下乡主要是支过边的当年的青年，现在已近知天命年龄的这个特殊群体住进去，重温当年艰苦岁月，引发怀旧情绪。北大荒、西大荒的凄凉和艰难时光的窘迫，在这种知青城里一定会得到很好的体现。

这是典型的怀旧心情。如果要谁再回到那个年代、那个地方，除非脑子有水而且很多，否则谁也不会答应。但这并不妨碍回忆和怀念。

人人都怀旧。怀旧上了瘾，就成了嗜好；不上瘾，偶尔感念一下过去的经历，效仿一下当年的做派，就算是正常怀旧。

有这样一件事：有一个相当职别的领导从岗位上退下来以后，郁闷不乐，不思饮食。老伴看他浓眉紧蹙，面色青灰，日渐消瘦，很是心痛。劝解的话说了一筐又一筐，终不奏效。老伴曾沾老头的光干到正处级秘书，粗通文墨，也有些心计，冥思苦想数日，终出一招：每天晚上，她写出准备第二天去菜市场采购的东西，以请示的文体，拿给老领导批示，格式大约是：为保证正常饮食和身体健康，按照营养合理搭配的指导方针，食堂需购买下列物品：黄瓜3根，西红柿6个，鸡蛋10只，猪肉半斤，蛤蜊1斤。特此申请，当否，请批示。领导拿起笔，欣然题字：同意。某某某，年月日。这一招真灵，老领导气脉畅通了，眉开眼笑了，脸上渐渐红润，身子骨重又硬朗。于是延续下来，每天一请示，只是黄瓜换冬瓜，茄子变柿子而已。遇到开支较大的采购，比如说儿女们要来，需要大批量买菜，同时又要提高菜的质量，或者家里需要新添一斤茶叶一类，因为机会难得，这时老领导更兴奋，往往在签署同意之后，还要批示一番：在具体购物中，应发扬勤俭节约的精神，本着物美价廉的原则，多进行价格方面和质量方面的比较，争取以最小的开支，实现最好的收获。

  与此相类似的情况是：一位退休领导的老伴，到劳务市场找回几个民工，轮流来家里送点土特产，汇报汇报当地的情况。春节民工回了老家，再找下岗职工代替，效果是一样的，但雇用的费用较大。

  我曾多次看到几个老太太专注而兴奋地在路边捡煤渣，她们用左手撩起衣襟，兜着这些在她们看来黑玛瑙一般的珠宝，脸上的喜悦表情根本抑制不住。她们家里，未必还生炉子，很有可能已经装上了空调，或者是集中供热。煤渣拿回家，可能也是扔掉，但她们还是这般留恋而不能自持。这是典型的怀旧心情，当年这些煤渣可是家里的一壶开水，一阵热气，几簇火苗。

  上次听两位老人怀旧，是说现在的澡堂子没意思了，水太清太净。他们议论说：当年那会儿，澡堂子里人挤人，热气腾腾，带着淡淡的腥臭味。一个常温的池子，一个烫人的池子，水黏糊糊的，像骨头汤，你坐在池沿上，用手一搓，身上的灰就簌簌地落下来，好舒服啊……说着这话，两人眼里就蹿出一股悠然神往的火苗。

过年时节

年是生命的驿站，是情感的湍流。过年时节，抿着酒盅清点过去的日子，盘算着来年的路怎么走，心里会草长莺飞，杂树生花；过年时节，心绪纷杂，感情拥挤，怨妇怀春，游子思归；过年时节，也容易萌发人性里那些纯真的美好的情感，这些情感润泽像一块美玉，鲜嫩如一节春笋。

年除夕的头一天中午，我到海水浴场冬泳。这天天气很冷但阳光却很够意思，泳罢站在冲水室前晒太阳的时候，我感到自己像一块刚出烤箱的面包一样舒展、轻松且味道芬芳。这时走来一个十来岁的小男孩，问我们：叔叔，哪里有凉水？我想喝水。我们说冲水室有，但那是生水又很凉，你能喝？他说能喝。我一打量他，便知道他确实能喝，况且肯定是经常喝生水吃冷食舔盘底，有时候能不能喝上生水吃上嗟来之食还是个问题，要不，他不会开口就问哪里有凉水。他穿着破烂又单薄的衣裳，头发乱蓬蓬像小刺猬，小脸黄得像涂了一层蜡，脚上蹬着一双高腰的马靴。

这孩子是个小流浪汉。流浪汉，流浪汉，白云是他的帽子，道路是他的故乡。

他的故乡在东北吉林省一个什么县。"县城还是农村？"我问他。"农村。"他回答。"多大了？"答："十四了。"而个头只有十岁孩子那么高，农村一般说虚岁，营养不良又不长个。他的爹坐了牢，他的娘远走他乡。他和一个"朋友"结伙出来闯世界，比他还矮的"朋友"在火车上跟人乱要东西被踢下了火车，剩下他单枪匹马遨游神州。

我带他到更衣室，给他拧开水龙头，他问："怎么喝？"我说："用手接。"他看了看自己的手，嘟囔一句：手太埋汰了，便以手接水，痛饮不止。

这双手，是黑色的小手。手背上全是大大小小冻伤的疮疤，结了痂，像粗糙的茄子皮。

明天就是年除夕了，年的味道已随处可闻，忙年的景象随处可见。我问小孩："你知不知道明天晚上就是除夕？"他说知道。

我来冬泳身上没带钱包，只有20元零钱，我决定带他到食品店给他买点好吃的解解馋、充充饥。

对着小商店里五光十色的吃食，小男孩两眼放光。我问小家伙想吃点啥，他兴冲冲地说什么都行，能顶饿就行。说这话的时候他的小黑手早已抄起眼前的一袋酸奶，问我这是什么。我说这是神仙喝的神水你先尝尝，让老板给他剪开口。剪刀还没拿来，他脑袋一歪，眼一斜，牙一咬，奶口开了。他"滋滋"喝起来，奶液往小肚子里灌，涎水往口角流。

我给他买了一袋子好东西，才花去14元钱。包括2包饼干、4根小香肠、2小瓶雪碧，还有3袋不同造型的面包。

我问他住在哪里，他说住在火车站候车室，我说你回去吧，祝你新年愉快，万事如意。说完我便觉得是在胡说八道，他怎么如意？如果靠着家近，我还可以把我儿子穿过的羽绒服送给他一件，让他暖暖和和过个年。

路边商店的音响播放出"恭喜你""送给你一个吉祥一个如意一个欢庆"一类的喜庆歌，渲染着年的欢快。望着孩子的背影，我幻想着他能像小说里虚构的那样：十年以后，奇迹般地成长为一个英俊青年，很有出息，当上了市长……

我不大喜欢把那些心底温良多有善举的人定义为善人，把他们的行为仅仅定义为善举，我以为这种称谓太生硬、太概念化。善良者心中的那份情感，就像夜空的皓月那样明亮，那样美好。他们面对弱者时那份刻骨铭心的痛苦，用行善求善的功利性目的去结论，是对他们美好心怀的亵渎和玷污。《菜根谭》这样告诫我们：为恶而畏人知，恶中犹有善路；为善而急人知，善处即是恶根。不声张也就罢了，人生坎坷，世事不易，人与人之间应当多些爱心多些关照才是。

品　德

决定一个人能否成功的因素，不仅仅是天赋、才学、情趣，不仅仅是意志、性格、机遇，更有一个人的品德。命运能不能垂青你，机遇能不能光顾你，你能否成功，你在成功的路上能走多远，你的品德至关重要。做事关系一事成败，做人关系一生成败。要想成功地做事，首先要成功地做人。

一

在巴西里约热内卢的一个贫民窟里，有一个酷爱踢球的男孩子。因为家里穷，买不起足球，他就踢塑料盒，踢汽水瓶，踢从垃圾里捡来的椰子壳，反正是见什么踢什么。于是，贫民窟的巷子口、拐角处、空地上，到处都能看到这个男孩子踢球的身影。一位足球教练注意到了这个整天在贫民窟里踢球的孩子，发现他身上有一种踢球的天分，于是，他送给这个男孩子一只真正的足球，并且教给他一些踢球的要领。有了这只真正的足球，男孩子踢得更起劲了，不久，他就能准确地把球踢进远处任意摆放的水桶里了。

圣诞节到了，男孩子对他的妈妈说："我们没有钱买圣诞礼物送给这位好心人，就让我们为他祈祷吧。"祈祷完毕，男孩子拿起一把铲子，来到一处别墅前的花圃里，开始用力地挖一个坑。坑快要挖好的时候，从别墅里走出来一个人，正是那位足球教练。"你想干什么，孩子？"教练问。男孩子抬起挂满汗珠的脸蛋说："圣诞节到了，我买不起礼物送给您……我想，给您的圣诞树挖一个树坑。"教练把孩子从树坑里拉上来,说:"我得到了世界上最好的礼物。明天,你到我的足球训练场来吧。"三年后,这个 17 岁的男孩子在 1958 年世界杯足球赛上率领巴西队第一次为国家捧回了金杯,一个原来不为人所知的名字——贝利,随之传遍世界。

穷孩子贝利是幸运的,教练送给他一只真正的足球,还教他一些踢球的要领。但这离一个世界冠军还相差甚远。穷贝利有什么?除了踢球的天赋,他还有纯洁的心灵,有善良的胸怀,具备知恩图报的朴素愿望。于是,他才能走到教练的足球训练场,最终走向世界冠军的领奖台。

二

一个暴风雨之夜,有一对老夫妇走进一家旅馆的大厅要求订房。但是,因为赶上了团体会议,房间已经全满,就连附近的旅馆也已经客满。前台一位年轻的服务生看到老夫妇一脸的遗憾,赶忙说:"太太,先生,在这样的夜晚,我实在不敢想象你们离开这里又无处可去的处境。如果你们不嫌弃,可以到我的宿舍里住一晚,我今天晚上要在这里加班。"这对老夫妇因为给服务生增添了麻烦而感到不好意思,但他们还是彬彬有礼地接受了服务生的建议。第二天一早,当老先生要付住宿费的时候,那位服务生坚辞不受,说:"我的房间是免费给你们住的,我昨天晚上在这里已挣取了额外的钟点费,房间的费用本来就包含在里边了。"老先生听了十分感动,说:"你这样的员工,是每一个旅馆老板梦寐以求的,也许有一天我会为你盖一座旅馆。"

服务生听了,一笑作答。他懂得老夫妇的好心,但他只当是个笑话。

又过了几年,服务生忽然接到老先生的来信,信中清晰地叙述了他对那个暴风雨之夜的回忆。老先生附上了往返的机票,邀请年轻人到曼哈顿去和他见上一面。

几天后,服务生来到曼哈顿,在第五大道和三十四街之间的豪华建筑物前见到了老先生。老先生指着眼前的建筑物说:"这,就是我专门为你建盖的饭店，我以前曾经说过的，你还记得吗？"服务生简直不敢相信这是真的，老先生却温和地说："我的名字叫威廉·渥道夫·爱斯特。这其中没有什么阴谋，因为我认为你是经营这家饭店的最佳人选。"

这家饭店就是美国著名的渥道夫·爱斯特莉亚饭店的前身，这个年轻人就是该饭店的第一任总经理乔治·伯特。乔治·伯特怎么也没有想到，自己用一夜的真诚换来的竟是一生辉煌的回报。

一夜的真诚，正是美好品质的外在流露。正是因为他秉备了真诚、善良、乐于助人的美好品德，他才有可能获得这个意外的机遇。

三

20世纪70年代初，在上海一所中学当教师的一个年轻人怀揣50元钱来到香港，几经辗转终于找到了一份工作。

连续加了一个星期的班后，终于可以休息一天了，可年轻人没有什么地方可去，他来到了维多利亚公园，这是他来香港后第一次到公园。因为境遇落魄，美丽的景色怎么也让人兴奋不起来，他找了一把椅子坐下来，眼睛漫无目的地四处观望着。这时，他注意到，在秋千架前，一个瘦小的妇女由于体弱无力，几次尝试着将孩子抱上秋千都失败了。他走了过去，帮妇女把孩子抱上秋千架，并用力荡起了孩子，刚才还愁眉不展的孩子立即绽开了笑容。妇女连连感谢。

在交谈中，年轻人得知这位妇女是印尼华裔，丈夫在印尼驻香港领事馆工作。三天后，年轻人遇见了另一位印尼华侨朋友，叙谈中，得知这位朋友因为领事馆的商业签证遇到麻烦，一批准备运往印尼的货物迟迟不能起运，每耽误一天，损失就加重许多。年轻人立刻想到了自己在公园遇到的那位妇女，便毛遂自荐地表示愿走一趟，看能不能帮助解决问题。年轻人带着文件和礼物敲开了那位妇女的家门，女主人热情地将他引荐给自己的丈夫。这位领事馆的官员在了解了个中原委后，帮助补办了一些手续，批下了商业签证。年轻人的朋友兴奋异常，决意送给年轻人 5 万元钱表示谢意。这 5 万元钱相当于这个年轻人当时工资的 10 年之和。年轻人凭着这 5 万元钱做资金，涉足商海，今天，那 5 万元钱已滚成了 14 亿元的资产。这个年轻人，就是世界景泰蓝大王、香港亿万富翁陈玉书。

推一下秋千是一个十分简单的动作，简单到没有任何目的，简单到只是出于善意。而正是这轻轻一推，却折射出一个人的修养和品质。善良一旦成为习惯，惯性荡起来的就不只是一副秋千，或许是一生的机遇。如果说，从 5 万元到 14 亿元是汗水和智慧打造的，那么，从 50 元到 5 万元，则是善良的品德赢得的。

所以，在机遇还没有到来之前，请先打造我们的品德和习惯。

拉弱者一把

除夕,年的气息已经弥漫城市的角角落落。我坐快艇赶到海的对面,去局里值班。在靠近局门口的马路边,行走着一个捡破烂的中年妇女,背着鼓鼓囊囊一袋子垃圾,头上包了一条看不出颜色的围巾,脸色是缺乏营养下的风蚀雨侵的枯黄。

"过年了,还不回老家?"我问她。

她说,回不去了。她是郯城人,两个月前,已经78岁的婆婆来这里捡破烂,跌坏了腿,被人送到医院治疗,花去二百块,欠着医院的账。老人捎信回家,她就来了,在上面的一家什么公司租了一间破房子,一个月20元房租,捡破烂,卖了还医院的账。

我问她过年买了什么东西,她说,有十几斤面,菜是到市场上捡的。

她问我是不是上边路段派出所的,她跟我说,十几天前,她拉着一个小地排车捡破烂,碰到一个小青年借车用,她好心地给他了。这青年拉着东西,她就跟着走,等青年拉回家她就把车要回来。不料,车却被派出所的人截住了,据说这青年是小偷,车上的钟表模子是偷来的。车也扣了,她去派出所要了好几趟,有时没收车的人不在,在时,就问她是不是和青年合伙,至今没要回地排车。她求我给她说说情,把车还她。

误会了,我不是派出所的人,况且,明天一早,我就要返回海的这边,实在没有时间和力量帮她。但我还是安慰她,答应给她想想办法。她说,地排车是装在汽车顶上从郯城托运来的,买时花了50块钱,但现在已经旧了。

她说这些话的时候，陷下去的眼里噙着泪。海的这边还没禁止燃放鞭炮，喜庆新春的爆竹已经此起彼伏，炸开欢乐的节日气氛。已经到了包年饺子、做年菜的时间了，家家户户圆着一个团圆梦。游子思归，异客断肠，她却回不了家。老家，她有儿有女；这里的"家"，铺上躺着一个78岁的老婆婆。

而这时，年走来了。

我心里很酸楚。我从钱包里拿出50元钱，这是买一辆地排车的数目，我钱包里还有几张百元钞票，是准备明天分给亲戚家孩子的。我因为深切的同情而激发的慷慨，只能体现到这个数目。我塞给她，说，大过年的，买点好吃的东西和老人分享。

她坚决不要，她说，怎么能要你的钱呢？我说，因为过年了，因为你家里有一个卧床不起的老婆婆。她拉住我的衣服，说要给我下跪。她说，大兄弟，你真是个好人！我拉住她，说，不要，不要，人活一辈子，谁都可能遇到难处。

下跪，中国农民最大的礼节。当心中的感激无以复加，当得到的帮助无力回报，便是下跪。这一跪应当是真情抵千金，我却仅仅是付出了50元钱。

资助弱者的经历，这是又一次重复，已经记不清究竟资助多少弱者了。

我无意标榜自己的善良，也不想旁白我是否富有。比起那些大善大德，我什么也算不上；我家里的日子，俭朴而又普通。如果哪位小偷先生看到我屡屡施舍弱者而认为我是大户，要进门来捞点外快的话，我劝您千万别浪费时间、精力和胆子。敲打这些文字，我还唯恐让深刻、辛辣的人讥为小男人式的"矫情"。若要我解释动机的话，回答只能是本能，因为不这样做我过后的心境难以安宁。

行走在城市的马路上，最怕见到风烛残年还在推着小车收破烂的老翁，佝偻的腰已不能舒展，枯黄的面容释尽了所有的光泽。最怕见到推着大煤炉子沿街烤地瓜的小姑娘，孩童小腮上的红晕和煤块的污迹混合在一块，柔弱得像一株胚芽，倔强地吸取些长成小树的生命营养。

伏在马路上、商店门口拿着大瓷碗乞讨的残疾人，蜷缩在火车站、码头旁哀号的白发老人，常压迫着人的情感使人不施舍不忍心走过去。你拿出的钱，可以是10元的、5元的，可以是1元的，也可以是毛票，甚至分币，再少他们都感动，磕头作揖，口里念念有词，意思是给你祝福，你是大好人，天老爷爷保佑你。有这点钱，我们的日子好不到哪里去；没有这点钱，我们也不至于穷困潦倒。而救助给他，却是拨亮一点他心头忽明忽暗、飘忽不定的灯火，甚至可以挽留他生存的勇气和信心。因为与你手里的钱一起给他的，还有真诚，还有理解，还有平等，还有温暖的关心和体谅。

人可能缺少钱，尤其是在我们这个还没跟贫困告别的国度里。但人不能缺少善良的心怀，不能缺少施舍的本能。

城市的目光，已经习惯了对弱者的漠视。常有文章提醒人们注意不要上乞丐的当。可是，作为一个过路人，你怎么可能去调查一个乞讨者的真实面目呢？作家左建明说：即使他在作假，又能让你上多大的当吃多大的亏呢？假冒伪劣的东西无处不在，包括商品，包括人品，包括感情，我们一不留意就会买来，就会上当；甚至，费了许多脑细胞花费了很多精力，就是为了不上当，最终却还是当了冤大头。总体的形势就是这样，我们总不能因为有假冒的弱者而放弃对大多数真正弱者的正视吧？对于弱者，假如一个社会的人群都充满漠然视之的目光，那是何等可怕！我们的社会，主要是农村，城市也不例外，还很缺乏必要的生存、生活的保障，而一旦发生车祸、绝症、神经错乱、医疗事故之类的意外灾祸，是能一下子把整整一个家庭击倒的啊。甚至突如其来的譬如大桥、大楼的意外倒塌，都可以使众多的无辜者断腿丧手，失去劳动能力。马路上，有一个小姑娘两眼凄然，胸前挂着的纸牌上写满字：我父亲车祸去世，母亲又患了骨髓癌，家中还有一个小弟弟，既不能供他上学，也无力给母亲治病，恳求过往的叔叔阿姨行行好，帮我一点零钱，我给您鞠躬了，给您下跪了。这个时候，您是先调查一下她的真实情况呢，还是给她一点零钱呢？要调查您怎么调查？纵然她是行骗，用这种生活状态骗取人们的舍施，无论如何也是让人可怜的。再有，商业街头正坐着一位失去双腿的青年人，像个肉轱辘，嘴里一杆笛子，为过路人吹奏《常回家看看》。他身前的纸牌上写着他的身世：被火车轧去两腿，老婆远走高飞，老娘哭坏了眼睛。这种情况，该不是假的吧？谁作假就需先把双腿锯掉。在那些贫困的农村，体魄尚好的人都还达不到温饱，我们政府正带领人民群众打脱贫攻坚战。失去了双腿的男人，老婆又是无能之辈，软绵得像根面条，不走，在家饿死？

　　生活给予我们的繁华，那只是它那美丽的外壳，它真实的内容，包含着许多艰苦的抗击和执着的挣扎。弱者只是相对而言，在我们同情着弱者的时候，我们在许多人眼里也是弱者。就人生的内涵来说，人生固然享受许多快乐，但不乏苦水、咸水里的浸泡，就像钱锺书老人说的：快乐在人生里好比引诱小孩子吃药的方糖，更像跑狗场里引诱狗赛跑的电兔子。几分钟或者几天的快乐，赚我们活了一世，忍受着许多痛苦。童话大王郑渊洁说：生的时候自己用哭声宣告问世，死的时候别人用哭声为你送行——悲剧是贯穿人生始终的主旋律。

　　帮助弱者，有时并不一定是金钱和物质的付出。比方说，你星期天逛完了商店再买饭，你爱人跟你说，有一家馒头很好，咱去买吧。买上馒头后，你得知卖者是一个刚下岗的女工，她面容憔悴，愁眉不展，你跟她说一句：我们多跑了两站路来买你的馒头，因为你做的馒头好吃。她听了，一定会很受感动，眼里闪烁一道晶亮的光彩。她晚上回家的心情一定不错，她明天的馒头做着一定更有情绪。

　　弱者在顽强地生存，他们揣着一颗善良而敏感的心。他们对幸福生活的向往，可能像他们蹒跚的脚步下这块阳光普照的土地一样，厚重实在，也可能像荒郊远野里遥远的一点灯光，微弱缥缈。因了我们的援助，他们走得可能会坚实一些，他们的希望之火可能会明亮一些。

而我们的轻轻一拉,并不需要耗损我们多大的能源,甚至,还会增加我们的热量,就像电影《甲方乙方》里唱的一样:既帮助了别人,又陶冶了自己。

善举是崇高的,它能激活你心灵深处的人性,你在施与同情之心善良之举的同时,也让自己的灵魂获得温暖的慰藉。我们这个世界上还有许多的苦难与厄运,人们应该互相善待,相携而行。当汗流满面的老者推着满满一车菜爬不上坡的时候,请帮他推一把;当你路过小姑娘的摊前,请买她一个烤地瓜吧,这烤地瓜吃起来真不错。

走西口

　　《走西口》是陕北民歌，调子很婉约，很凄清，真能把人唱晕。
　　《走西口》所包容的抑郁、幽怨和无奈，很容易打动人。我想喜欢这歌的人，感情一定蕴藉而细腻，轻薄的小哥嫩妹是不会对此感冒的。前些年兴上歌厅，一次我在歌厅让一位同事演唱《走西口》，他摆摆手说："不唱，不唱，太伤感了。"我便油然对他生出敬意。但很多人不愿唱是因为不喜欢，有太多的流行音乐让他们发作，让他们痉挛，让他们一会儿睁眼一会儿闭眼，如痴如醉，似梦似幻。
　　《走西口》所抒发的，只是一种离愁别绪而已。但千吟万唱，唱不出走西口的悲惨。
　　这倒不是笔者走过西口。走西口的故事是听说过的，历史背景也知道。看大型纪录片《望长城》时，特别留意对走西口的解说。贫瘠的山沟沟，满目荒凉；穷苦的庄稼人，佝偻着腰，老黄牛一样日复一日地辛勤劳作，泼血洒汗。天灾人祸，总有过不下去的时候。老弱病残没办法，年轻后生总不能在家饿死吧？于是，一条条汉子，背上破背褡，腰系绳子头，揣上几块干粮，走西口，远离家乡逃荒去了。这可不是出国考察或者旅游，昏天黑地，兵荒马乱，很难说这汉子不会客死他乡，横尸荒野，再也回不来了。三哥哥走西口了，他的疼他亲他跟他一起过苦日子的婆姨，或是他心窝窝里的那个四妹子，戚戚惶惶地送他。村头上，土路旁，手牵着手，眼望着眼，多少辛酸、悲凉和苦涩。"紧紧地拉着哥哥的袖，汪汪的泪水肚里流。虽有千言万语难叫你回头，只盼哥哥你早回家门口。"不是人受的滋味。

贫穷潦倒的时候，不管气节如何坚劲，他的人格甚至生命实际上已毫无保障了。这真是穷人的悲哀。

但走西口表现在卡拉 OK 画面上，却不怎么凄苦。那妹妹容光美妙，一貌如花，却竭力做出愁云惨淡的模样，又是蹙眉头，又是扯衣角，颇有"为赋新词强说愁"的意味。那穷地方的女人，是这花枝招展的小姐样道吗？纯扯淡！《走西口》的卡拉 OK 版，有好几种，都是轻飘飘的，我就遗憾，如果画面和词曲吻合起来，可就真切了。张艺谋导《秋菊打官司》，大部分镜头是在现实生活中实拍的，那秋菊腆着大肚子，朴素得掉渣，也像个农家妇女。张艺谋的聪明之处在于，他懂得艺术必须真实这一常识。

现在的人们不去走西口了，掏出皱巴巴的纸币买张车票，涌到经济发达的城市去打工。春节刚过，各大火车站的候车室、广场，是比肩接踵外出淘金的庄稼汉，一脸菜色，满面无奈，扛着铺盖卷，吸着劣质烟，表情很茫然或是很神圣。因为拥挤，给铁路运输带来压力，故而每年春节上头都有专门会议布置疏通工作。外出打工当然和万恶的旧社会的走西口不可并论，起码人身安全基本上有保障，还可以写信、发电报、打电话，报告个平安无事。但我对背井离乡外出谋生总有几分伤感。盛唐边塞诗人岑参写过不少怀土思亲的诗，给我印象最深的是《逢入京使》："故园东望路漫漫，双袖龙钟泪不干。马上相逢无纸笔，凭君传语报平安。"身在异地他乡，不讲艰难困苦，只是怀土思亲这份感情，也够折腾人的。以前去外地工作，每次走妻子都默默地去车站送我，虽然不是走西口，心里也是压抑得透不过气来。外出工作，抛去一切花花绿绿的修饰词汇，说得朴素些，只是一种谋生的手段而已。我对于视野所及的瘦骨嶙峋的乞讨者、跟着工头出力卖命干建筑的、换大米的、耍猴的，等等，总有恻隐之心，觉得他们很不容易。我也清楚这点鸡毛蒜皮的心情于社会进步毫无用处，也改变不了穷人现有的窘境，况且，我自己本身活得也很艰辛，可就是撵不走这份心情。

据统计，有近1个亿的农民离乡背井流动在中国的城市，其中，还有很多童工。这些孩子在陌生的城市，在雇主恶劣的环境中喘着粗气劳苦工作。不过，孩子们不是自己走西口，是被人家招领走的。在中国南方，雇主或老板，利用童工岁数小不懂得保护自己的弱点，对孩子尽情压榨，孩子们的处境很苦很苦，可是，打工能让他们吃上饭，这很重要。而不受压榨的话，就得饿肚子。孩子离家的时候，他们的父母亲人不痛苦吗？那心情恐怕不比送阿哥的四妹子舒坦。

一个冬日的上午，我途经前海一带，见路旁垃圾箱边卧着一个汉子。脸朝地，看不见面貌，脏得结蛋的长发乱糟糟地覆盖着整个脑袋，身上衣衫脏烂不堪，脚上只穿一只鞋。蓬头垢面的捡破烂者，我们并不陌生，常在街头巷尾见到，报上称其为"拾遗者"，很文明的称谓。比"拾遗者"更惨的，是流落街头的流浪汉。他们满身污秽，神情呆滞，漫无目的胡悠荡。这条俯卧在地的汉子，看来到了流浪末期的分上。令我有所触动的是，他粗糙的手里抓着一大摞纸，像是哪个单位的公用信笺或是表格一类，大约是他从垃圾箱里捡到的。霎时，我心里涌起浓浓的同情：在这穷困潦倒的时候，甚至说很可能即将离开人世的前夕，汉子心里兴许还惦念着家里的孩子。那孩子已经上学或者说过了上学年龄但交不起学费学校不收他，他们那地方太穷了。他这当爹的，要出去闯荡闯荡，这实际上也是走西口的。背上铺盖卷，走出山窝窝，不辨东西南北，阴错阳差，混到这步田地。生命弥留之际，幻想着要把捡到的纸带回去，让孩他娘用缝衣裳的针线穿订起来，供孩子写字或是画画。上不起学，就在家里演当演当吧，省得长大连自己的名字也不认识。可是，看现在的处境，这汉子显然是回不去了。在他老家，可能还有个亲他、盼他、送别时"汪汪的泪水肚里流"的老婆。

我不知道我的揣度有些道理呢还是十分虚妄，但有一点是可以肯定的：一个人，无论他地位高低、学识深浅、财富多寡，纵然处在社会最低层，纵然目不识丁、家徒四壁甚至无家可归，灵魂深处，也都有对生命的渴望和忧伤，都珍藏着一份属于自己的美好感情和愿望。

　　《走西口》的调子仍在唱，世界上无休止地发生着一个个悲欢离合的故事。善良的人们，衷心祝愿人世间多一份美满和幸福，少些一缺陷和痛苦。

一生平安

一生平安所祝福的对象是好人。缘了那首歌,这佳句得以流行。当然,好人坏人之分有不易把握的界限。况且,许多好人往往命运多舛,酸苦一生;倒是某些乌龟杂碎王八蛋,偏偏能活得有咸有淡、有素有荤,得意处又挤鼻子又弄眼,张狂时春风得意马蹄疾,一日看尽长安花。但这并不妨碍善良的人们对于好人的祝愿。现实是现实,愿望是愿望。愿望永远美好,而现实常常让人沮丧。

当年,电视连续剧《渴望》轰动朝野,其插曲《好人一生平安》对几乎所有的人春风送暖。因为地球上能真正意识到自己是坏蛋的人实在太少,能承认自己是坏蛋的就更稀罕。尽管有些人坏得很有档次、很有段位,坏到"头顶长疮脚底流脓"的境地,但他的自我感觉也许并不错。

《好人一生平安》曲调清雅宜人,抒发着淡淡的幽怨。但我感觉歌词并不甚出众,只是最后一句"如今举杯祝愿,好人一生平安",虽然朴素,却最动心肝。一如辛弃疾《水龙吟》阕末的"把吴钩看了,栏杆拍遍,无人会、登临意"一样,骤然推出新气象。你想,社会上还残存和滋生着那么多为非作歹之徒,而法律又常常开小差或者忙不过来,他们还在吆三喝四、上蹿下跳,你暂时还奈何不了他们,躲不开他们。事实上,也不可能冒出一个坏蛋逮一个,坏蛋的"坏"也有一个生长、发育、死亡的过程。这时候,你祝福好人,也诅咒坏人不平安、倒血霉、入十八层地狱。还有,一些不怎么好但称不上或暂且称不上坏蛋的人,他们心狠手辣、奸诈贪婪、仗势欺人、横行霸道、妒人富、笑人穷、忘恩负义、出卖朋友、擅长糟践别人、热衷落井下石，等等，有一些不太好调理的毛病，可法律治不了他们，他们虽坏却不触犯法律，他们还是两条腿撑一个屎肚子人模人样地活，甚至肚子凸得老肥，胸脯挺得老高，你能拿他怎么样？这时候，你轻吟浅唱"好人一生平安"，又是对好人对自己的一种慰藉。

《祝你生日快乐》唱遍全球，老头老太壮青少儿都会哼哼。其实，就那么几个字，几串音符，人家就有拿不完的版权费，大发其财。前年又听说欧仁·鲍狄埃的后裔正向一些社会主义国家索要什么出版费，因为《国际歌》在这些国家唱得很嘹亮，"英特纳雄耐尔"深入人心。也不知道《好人一生平安》能不能流传到国外。我觉得，这良好祝愿比"祝你生日快乐"更美妙。除《好人一生平安》外，雷蕾还写过《渴望》等曲子。最近看到电视剧《一个故事》，有一首插曲，叫作《活出个好人格》，同样动人心弦。也是雷蕾写的曲子。有一次在荧屏上看记者采访雷蕾和雷振邦老人，见父女俩都是满身的朴素、满面的善和。老音乐家还穿了一件乡村老汉常穿的对襟大褂，言谈淳朴，平静若水，一副耐人亲的模样。其父其女，其女其歌，我说，绝对是好人吟成的好歌。

好人坏人没有固定的评判标准，没有试金石或者分水岭，复杂时远不是真假李逵、真假包公那么容易辨认。每个人都有自己的优缺点，瑕瑜互见，良疵交错，是好是坏要看他有什么优点、多少优点、几多缺点、是否缺德。儿子没上学的时候，一度迷上了三国人物"烟牌"，整日问我曹操、张飞、吕布、董卓、张昭、袁绍、夏侯渊等等谁好谁坏谁厉害。谁厉害就是谁的能量比谁大，我分门别类，给予解答。文官一类，武将一族，霸主别论，否则没法比较。至若好人坏人，要跟5岁的儿子说清楚，便要费些脑子。刘备、夏侯渊、张昭、徐晃、庞统等等，都可以称作好人，但吕布就不能算作好人，他见利忘义、忘恩负义，是小人，是坏人，空有一副好皮囊一身好武艺；董卓弄权霸道荼害生灵，称其奸佞坏种毫不冤枉。曹操呢？有雄才韬略，但为人诡诈奸险，你说他好说他坏由你。王亚平有名篇《好人坏人》，他说好人的标准是正直、诚实、富有同情心。我以为，心地善良应当是衡量好人的首要标准。如果你读了契诃夫的《万卡》而无动于衷，不感到苦涩，我想，你就毫无善良可言，你的人品也值得怀疑了。

一个初夏的傍晚，在我们繁华的闹市，一对农村夫妻带着孩子过马路时，其小女孩被吉普车撞倒，送往医院抢救。马路上留斑斑血迹，围观者人头攒动。孩子她娘留在肇事现场，孩子她爹去了医院。不幸的消息终于传来，孩子抢救无效命走黄泉。那黑瘦婆娘当即瘫软在地，大放悲声，围观的几个老太便跟了抹眼泪。从这女人的哭诉中，人们知道她家住偏僻的穷山窝，两口子先后生养过三个女孩。这显然不符合计划生育的有关规定，愚昧而无知。但当时的惨况，实在催人泪下。却有一个已不再年轻的青年人，幸灾乐祸地笑，说，死就死了吧，反正家里还有俩。义愤袭来，我当即斥责他：怎么这样说话！要是你的孩子被撞死呢？如此毫无同情心，我推测他一定不是什么好人，纵然勉强凑合上"好"，也好不到哪里去。虽然我并不知道他一向的品行如何。

又一天下午走在路上，见路边有一残疾老翁，蓬头垢面，脚腿畸形，膝下绑了一块木板，木板下有轱辘，爬行着沿路乞讨。人至如此，生命的全部意义除了咀嚼和排泄之外，难有其他。我驻足目视他爬走，深为老人的境况而怜悯。这时，迎面颤颤巍巍走来一老太太，大约是路旁的住家户。她以混沌的目光送远残疾人，嘴里"唉——，唉——"地叹息着，直嘟哝：活着干什么？活着干什么！十分伤感的表情。

其实，这老太肤色也黯淡，衣着也寒俭，兴许正为着给儿子攒钱娶媳妇而节衣缩食，过着粗糙的日子，可她对弱者所表现出的满腔同情，却让我大为感动。鱼游大水，鸟上青霄，每个人都在滚滚红尘中奋而忘我，谁还顾得上去为丧魂落魄者动容呢？

赵丽宏感叹：假如人类没有了同情心，我们这个世界将会是何等模样！

以前读过一篇散文，说，如果性格可以选择，我愿意选择什么什么性格；如果情趣可以选择，我愿意选择什么什么情趣，等等。当时颇反感，这不是明显的"卖片汤"吗？后来琢磨一番，人家说的也是大实话。你想，一个心胸狭窄的人，处处斤斤计较，见比自己强者不愉快，听人家一句批评耿耿于怀，见老婆和别人跳舞心里酸涩得如同灌进两瓶醋，他活得很累很苦，活得磕磕绊绊，极羡慕那些心胸宽阔的人，于是他一再告诫自己大度一些、宽容一些，结果还是狭隘依旧，毫无长进。如此反复几番，他就想：假如自己胸怀宽阔，肚里能撑船额头能跑马该多好。再说情趣，你的情趣是追腥逐臭，看见别人钱包手痒看到人家老婆眼红，因此你常常碰壁、每每倒霉，起码你也常在河边走偶尔鞋也湿，于是你苦恼你懊丧，你羡慕人家养鸟养花自得其乐，羡慕人家游览山川亦能如痴如醉青灯黄卷便入仙境，心想这种情趣是何等美好，如果情趣可以选择，为什么不选择高雅情趣呢？

三人行，必有我师。与周围人相比较，很羡慕人家在某些方面的优点，就想，如果三五个人的优点都集中到你身上，你一定是个很优秀的人。如此说来，选择聪颖智慧的大脑，选择吃苦耐劳的精神，等等，等等，你的素质你的品格就立刻会提高许多，你就是一个很好的好人了。

孔子云：十户之邑，必有忠信。说明忠信者数量颇多。好人呢？也是随处随时都有的。当然，坏人也不稀罕。好人坏人又是相互转化的。"与好人交，如入芝兰之室，久而不闻其香；与坏人交，如入鲍鱼之肆，久而不闻其臭"。不闻其臭时，也便坏得有些味道了。坏人一时半时怕也断不了种，所以，祝愿好人一生平安，既是对好人的祝福，又是对歹人的诅咒。哪一天坏人像某些稀有动物一样慢慢绝迹了，我想，一生平安的话还是要祝福的，献给那些操守美好品德高尚的人。

忙和闲

常常听到人们抱怨忙。

见面打招呼，或者电话里问候，往往有这么一句：忙吗？

回答，大多是肯定句式。摇摇头，一脸无奈；叹口气，满嘴苦楚。繁事缠身，不可开交；疾步如飞，坐卧不定；睁开眼就奔波，躺上床还有心事。当今信息时代，商品社会，市场经济，竞争机制，忙人甚多，闲人极少。怎么着，人们也得忙活点光景，以此酬答人生，酬酢社会。偶尔听人说不忙，很悠闲，那清静的神态或语气好生让人羡慕。

忙是主流，忙很时髦。不忙或不怎么忙的，也不禁叫起忙来。似乎唯有忙着才能标榜出自己的重要，自己的欣欣向荣，自己的存在价值，自己的档次品味，自己的舍我其谁、不可替代。

忙和闲都是一种生存状态。造成这种状态的原因，不仅仅是外在的压力，亦取决于内在因素。这道理其实很浅显，但并不一定为人所认识。外在的压力，比如你肩上的担子很重，责任很大，工作量不小，需要你去处理的事很多，需要你去奔波的路很长，需要你去啃的书很厚，这些事情推动着你、牵拉着你，让你忙，使你闲不下来。内在的因素，主要是内在的性格特点和生命意识。有种性格的人，他永远闲不下来，他总是在忙碌，在奔波，在苦干。不管他的工作重不重要，不管有多少工作量要他去完成，他自我加压，勤奋上进，不断超越自我。如果闲下来，他会觉得很无聊、很空虚，觉得对不起自己，对不起流逝的光阴，对不起人生。

应该提倡这种上紧发条的人生精神。人之一生，该学的东西很多，该干的事情很多，应当活到老，学到老，干到老。为了提高自己，适应竞争，为了让生命价值更加充分地发挥，需要我们努力开拓，努力实践，积极探索，百折不挠。于是，忙，是不可避免的。

做一天和尚撞一天钟，工作得过且过，不求上进，敷衍了事，则何忙之有？

有一些忙却是不可取的：忙着跑官要官，忙着喝酒应酬，忙着营私舞弊，忙着鼠盗狗偷，忙着给人设置障碍，忙着自己捞取好处。这种忙，看上去热火朝天，一派风光，实则害人害己害事业，远不如闲着好，清静淡泊，适情怡性。

人的一生，在忙与闲的不断交叉替换中度过。明人洪应明《菜根谭》中讲：闲时要有吃紧的心思，忙处要有悠闲的滋味，便是教我们如何调节"闲"与"忙"的。闲里觅忙，忙时寻闲，把握节律，修养心性。诚如是，则定云止水中，亦有鸢飞鱼跃的景象；风急雨骤处，不乏波恬浪静的风光。

拾荒者

同一种物,有不同的叫法;同一件事,有不同的说法。我老家称马铃薯为地蛋,青岛叫土豆,大西北、大西南一带唤作洋芋,青岛郊区即墨则称之为地豆。通常管乱搞男女关系为"胡乿拉",再文明点叫"有一腿",但文雅而有韵味的称号是偷情。

还有,捡破烂的,也有美号雅称:拾荒者,拾遗者。

这种叫法很抬举人。一个"荒"字,让人联想起拓荒者,想到王震将军领导的三五九旅,想到新疆建设兵团,想到媒体上报道的那位老汉,背着铺盖卷扎进塬塬峁峁,植树不息。而拾遗者,则让人与拾金不昧什么的联系在一起,顾名思义时抹上了一缕品德高尚的色彩。

但捡破烂就是捡破烂,你称他"天使""神仙",他也是捡破烂的。他们的身份是正宗老农,他们的口袋里连张城市暂住卡也没办。他们"拾荒"也不在荒郊野外,他们的足迹遍布都市的大街小巷。苍天流云是他们的帽子,马路石阶是他们的卧床,苍蝇蚊子是他们的随从。他们最甜美的梦就是脱贫致富,他们最坚定的信念就是供应他们的"狗蛋""铁蛋""小玲""花花"念完大学、高中、初中或者仅仅是小学。

捡破烂者越来越多,已在马路上、街道边、居民区随处可见,有的连帮聚伙,群起群涌;有的茕茕而行,孑然一身。这是支劲旅,特别能吃苦,特别能战斗,特别能忍耐,也特别能奉献。

走马灯般穿街探巷,背着袋子奋勇前行。吃的是最简单甚至是捡来的食物,穿的是脏兮兮难辨颜色的衣裳。卖破烂的那点收入流归何处？那是儿女手中的课本，那是老人床前的药罐，那是家人果腹的食物，那是一个又一个暑往寒来、皱皱巴巴的日子。

星期天，我在家隔窗观望大院里的垃圾桶。不消多久，便有拾荒者步履匆忙地赶来，不问青红皂白，掀开盖，只管用钩子或直接用手掏将起来。拣出那些他们认为有价值的纸片麻绳、瓶底壶盖、断了乌丝的电灯泡子、没了发条的玩具汽车。一个刚走不久，一个快步又来，我就想，唉，垃圾箱啊，垃圾箱，你是个聚宝盆还是个小金库？藏污纳垢的东西，你那里边什么死猫烂狗没有？单是那些已经腐烂变质的刀鱼脑袋鲅鱼肚子，是怎么样令人窒息的气味啊！

俗话说：人穷志短，马瘦毛长。再组合一下，说"人穷毛长"亦切实际。当你胡子一团乱草，头发如若鸡窝的时候，你不是贫穷着就是倒霉着。拾荒者，不论男女老幼，都有"两长"的共同特征：一曰衣服长，大袖口，长袖口，尤其是裤角更长，脚面以下卷曲着，拖拉到地；一曰毛发长，不仅长，而且参差不齐、乱七八糟，甚至粘成了脏蛋蛋。

通常，拾荒者身上的衣服你很难分出颜色，他们的身子也站不直，不管是男是女，身躯都是那么歪歪扭扭的，大约是自小受了太多的磨难和劳损，干了太多的重体力活，把个身子给糟蹋了。当他们把那些捡来的废纸壳、烂薄膜塞到随身的蛇皮袋的时候，这大大的袋子被填充得鼓鼓囊囊，体积超过了他们的身体。他们背着这样的大袋子，身躯就更不挺直了，更显倾斜和弯曲。当晨风刚刚撩开黑夜的面纱，你还常常见到这样的景象：一辆自行车驮着五六个甚至是十几个满载的蛇皮袋，在马路上奋力前行。那摞起的蛇皮袋之大与人身体之小形成了强烈的反差，让你担心风一吹就会把拾荒者掀翻。

蛇皮袋是拾荒者唯一的生产资料，他们背上它游走四方。也有推着那种平头小推车拾荒加收购的，那是拾荒者中的贵族。通常，那小推车是收购者的工具，他们大概要比一般的拾荒者富有一些，智商也一定比拾荒者高，因为他们在与被收购者的讨价还价中，还要动一番脑筋的。而拾荒者，只要记住收购站收哪些货不收哪些货就行了。推平头车收购的，大多都是唱蒙山高沂水长的老乡，战争年代，他们就是推着这种小车往淮海战役支前的。

20 世纪 80 年代初我在烟台上学的时候，偶到西沙旺海滩，第一次看到垃圾场，了不得，但见捡破烂者蝇集蚁聚，铺天盖地，场面蔚为壮观。就像报刊上提到的反腐败关口要前移一样，现在，拾荒者分明是将工作场所前移了：变原来在垃圾集结地捡，提前到在垃圾分散点捡。

进入新世纪，拾荒者踏着历史前进的鼓点，义无反顾地奔走大街小巷之中，往返于各楼群与收购站之间，吃苦耐劳，堪称劲旅。对他们来讲，这是无本之生意。但是，传播病菌，污染空气，影响市容，害处多多。我常常琢磨，什么时候将这拨人转到垃圾处理场去，穿上白大褂"淘金"，我们国家肯定就不再是发展中国家了。

故弄玄虚

鲁智深三拳打死了镇关西,倒拔垂杨柳,大闹野猪林,英名赫赫,声闻寰海,十分了得。入门梁山后,又为宋氏大业立下汗马功劳。

这么一条侠义好汉,武艺出众,你怎么拔高他,美化他,给他涂抹多么厚的浓墨重彩,都不过分。他在五台山当和尚的时候,到市镇一家铁匠铺要打条禅杖。人家问他打多重的家伙,他一开口就是一百斤。铁匠说:不怕打不了,就怕使不动。关公老爷的青龙偃月刀,也只是八十一斤重。鲁达还算随和,最后商定打了一条六十二斤的水磨禅杖。天上日月星,人间忠义侠,自此,花和尚一口戒刀,一条禅杖,追随宋江哥哥闹革命,袒胸露肚,举胆挟肝,风风火火闯九州,尽扬一世威风。

鲁智深的浑铁禅杖,头尾长五尺,重六十二斤,我等一般人也是要将不起的。但鲁氏有水牛般大小力气,飕飕耍用、得心应手。照实说,六十二斤的兵器,一般壮汉虽然不能当兵器用,但提一提、抡一抡什么的,一般没甚问题。可在电视连续剧《水浒》里,却硬是有这样的情节:鲁达在东京大相园寺看菜园时,制服了三二十个无赖泼皮。泼皮诺诺连声,对鲁达极尽恭顺孝敬之能事。鲁达要耍兵器的时候,两个泼皮便一前一后抬过来。他们弓着腰、弯着身,好像吃奶的劲儿都用上了,只差没弄出个"吭哧""吭哧"的动静。他们身后,还跟着两个助威的泼皮部。鲁氏一把接过,棍棒般舞弄起来。看到这里,我不禁哑然失笑:故弄玄虚。六十几斤的铁棍,不至于两个青壮汉子用尽气力去抬吧?编导大哥如此夸张,乃是为了提高鲁氏的身价,但弄大了。

　　历史长河中故弄玄虚的例子俯拾即是。近来翻读史书，看到东汉末年的董卓，野心勃勃，从凉州带兵进了京都洛阳，想掌握大权。可是兵马太少，只有三千脓包，怕压不住洛阳的官兵。他就玩弄一个花招，在夜深人静的时候，把人马悄悄地开到城外去。到了第二天白天，再让这支人马吆三喝五、大张旗鼓地开进来，阵势遮天蔽日。这样一连几次进出，洛阳城的人糊涂了：了不得了，这董卓到底调来了多少兵马？京城的将士，看到董卓如此大势力，掉过腚来纷纷投靠。这样一来，洛阳的兵权就全落到了董卓手里，董卓成了实际上的老大，皇帝老子也充不起他的眼皮来，丧心病狂地干起伤天害理、残害忠良的坏事。董卓下场如何？不久，便演出了一幕王允设计除董贼的故事。董卓死后，在大街上被老百姓剖开肥厚的肚皮，脂膏作油，点了天灯。

　　据说，趋利避害不是品德上的毛病，乃是人类正常的心理特性。见利而动，见势而趋，是这种心理特性下的正常行为。谁的势利煊赫，跟着谁跑，涓涓细流争先汇入江海；谁有用，围着谁转，尾巴只为势利而摇。董卓的心理学，想来学得不错，所以他有如此高招。如今，心理学早就开成了一门课程，在我们周围，便更增加了虚张声势的例子。有人振臂一呼，众人便纷纷倒戈，速度很快，行动更敏捷，因为现在的人们已经浮躁得遑辨真伪了。

　　中国历史上下五千年，沉淀下诸多法术道行。还有另一种故弄玄虚，也很有意思。

　　战国时期，齐国孙膑和魏国庞涓交仗。庞涓是反面人物，鼠肚鸡肠，嫉贤妒能，他带兵追赶孙膑。一开始，他察看齐军扎营之地，数数做饭的炉灶，足够十万大军吃饭用的，便吓得说不出话来。第二天，庞涓带领大军赶到齐国军队第二回扎营的地方，数数炉灶，只有供五万人用的了。第三天，他们追到齐国军队第三回扎营的地方，数数炉灶，只剩两万人用的了。庞涓心里舒坦了，对天浪笑：我早知道齐军是胆小鬼，三天工夫，逃散一半！于是指挥魏军日夜兼程，穷追不舍。结果是，追到马陵，天已黑矣，道路狭窄，四周弓箭飞蝗般冲魏军射来。一时间，马陵道旁杀声震天，呼声动地，到处都是齐国将士，魏军投入天罗地网之中。

孙膑故意天天减少炉灶的数目，引诱庞涓追赶，最后让庞氏在马陵升了天堂。在军事上，在政治上，在商务中，这种玄虚也不罕见。这也可以叫"装傻卖痴法"。

由此看，故弄玄虚，也是需要基础需要氛围的。你吃过一次虾酱，知道腥味是怎么个感觉了，再去宣讲鱼虾风味的区别，再去高谈鱼鳖虾蟹诸种吃法的妙论，你的底气相对会足些。

养　狗

　　城市里狗事正繁盛。养狗成为一种流行，一种时髦，一种标榜，一种寄托，大有进一步蔓延之势。

　　我居家傍山，清晨上山，见牵狗者、遛狗者、逗狗者日众，还有紧紧搂在怀里的，更显亲昵。这些宠儿漫步于青山绿树之间，嗅着新鲜空气，摇头摆尾，顾盼弄姿，也显得神足气盛、踌躇满志的样子。冷不丁，碎步停下，后半身下蹲，在鲜花绿树青草之间撒下几丝鲜尿，屙上几截硬屎。主人并不在意，侧在一旁专注地观赏，慈祥地微笑，像是他的爱卿又荣立了一次三等功。日久天长的追肥加料，使青山肥沃，鲜花娇艳。

　　山上也是诸狗星争辉斗妍的舞台，不同品种、不同风格、不同流派、不同毛色走上舞台，身上穿着背褡的，脖下系了铃铛的，群英荟萃，异彩纷呈，对其主子们来说，也蕴含着一种攀比和争斗。谁家的狗生得姿色不俗，调养得容光亮丽，受到了众人的围观和点评，它的主人便沾沾自得、眉眼透笑。若是自己的狗受到众多异性狗的青睐甚至迷恋，主人就更兴奋，一如他们的女儿或者儿子，甚至就是他们自己，爱慕、追逐者盈门，却之不及，挥之不去。于是，他们眼睛里长时间闪出亮光，增加了自豪感和自信心。

　　我家附近也有一个狗市，半隐半露，卖狗的人像游击队员。管理人员来了，就撤；管得紧了，转入地下；环境稍一宽松，各种价格、各种规格的什么沙皮狗、狮子狗、灯泡狗就应有尽有，明码标价，生意兴隆。

什么样的人养什么样的狗，见狗如人，看人知狗。不分男女长幼，干头净脸、仪表整洁的人牵出来的狗，无论雌雄，俱是皮滑毛顺、利利索索；邋里邋遢、外相粗糙、不拘小节的人，如男人随地小便、女士胡乱描眉者，他们手头牵着的狗十有八九脏兮兮。性情和善宽厚的人，手头的狗也温顺；秉性暴戾尖刻者，所养之狗往往上蹿下跳、刁蛮好斗。没办法，耳濡目染，潜移默化，人畜相通。

岛城之狗已达数十万。狗事繁茂在一定程度上丰富着人们的精神生活，也拉动着内需，繁荣着"狗经济"，狗市场、狗医院、狗饰品、狗服装、狗食品、狗美容等都很热门。有人独辟蹊径，又开张了狗婚介。狗的档次不低，物质生活保证了，还要谈谈恋爱，调整调整感情。

狗的蓬勃兴起，有人分析说一是因为城市人的生活水平普遍提高，物质上有了养狗的能力，"吃饱了撑的"；二是因为感情上需要，随着生存竞争的加剧，有人感觉人与人之间的感情太淡薄，于是寓情于狗，以狗为托。

人们说：狗是忠臣。小时候在农村，我们家养着一条看门的老花狗。家中拮据，人尚不得温饱，狗的日子可想而知。记得每逢吃饭时，老花狗就蹲在我们饭桌旁，静静地望着我们，眼里闪着苍老、温驯的光，等吃我们剩下的地瓜皮，舔落在地上的饭渣。因为常年挨饿，它瘦骨嶙峋、毛色黯淡，可怜的肚子夹成一块薄板。纵然如此，它也从不偷吃我家的干粮，每日拖着疲惫的身子，看家护院，忠于职守。有时候待猪吃完后，它到猪圈门口的猪食槽里，打扫猪吃剩的糠菜。有时候我见它可怜，就赏它半个煮地瓜、一块高粱饼什么的，它很珍惜地吃完，蹲下来，眼睛善意地望着我，意思是表示感激。这条老花狗对我们家忠心耿耿，很少离开家门到街上去。但大约是在我十一岁那年春天，这条狗突然失踪了。我清楚地记得，一连好几个晚上，父亲带着我们几个孩子默默地站在村头，盼着老花狗突然出现。但老花狗终于没有回来，那年头日子不好过，春夏之交正是青黄不接的饥饿期，我们认定老花狗是被人宰杀后充饥、解馋了。老花狗！

因为有了老花狗的记忆，我对贬低狗品愤愤不平，对将人喻狗很不以为然。较之那些欺贫媚富、忘恩负义的人，较之那些没有良心、寡廉鲜耻的人，狗岂不是品格高尚者？只是岁月嬗递，世事变迁，现今的富贵之狗，是否还具备当年贫贱之狗的美德？

一日上午到东部去，路过一小区时，里边慢跑出唇红齿白一夫人，一身洁白的运动装。身后跑一狗，亦是洁白耀眼。突然，小狗蹲下身子，排出粪便。夫人见状，踅过身来，从口袋里掏出卫生纸，伏下身去，小心翼翼地把粪便包在纸里，然后带狗继续前行，一直到将粪便送进路旁的垃圾箱中。

如此养狗，养狗如此，让人生羡，无可挑剔。可有时候，你见某些人牵出狗来，仅看这人的面貌，你都担心他能不能养活自己，可他不但能养活自己，还能养活狗。只是那狗脏得不行，身上发馊，你就怀疑这狗能不能打上疫苗。

养狗是需要付出的，狗是有传染病的。我想，如果你有能力养它，你就悉心去养，把手续办齐了，并能学着那位太太的样子，把它的大便收拾起来。如果你连起码的防病疫苗都无力为它注射，或者不屑为它注射，那你最好不要去赶这份时髦，因为这样做是害人也害己的。

你放心，不养狗，也没人说你是"土包子"，说你缺少品位、没有档次、不会生活。

谄　媚

谄媚是一种病态。

某一种病，感冒也好，皮炎也好，肺癌也好，你怎么谈论它也很难谈出新意，更不用说要占用报上一角，去著文成篇了。因为，这些病存在已久，为人所司空见惯，谈论它已味同嚼蜡。谄媚也是如此。

但是，当你对这些病有某点独到发现的时候，这个话题又可以确立了，你又有了发言的理由。

人类文明的进步说迅速也迅速，迅速得一日千里；说迟缓也迟缓，迟缓得病牛拉破车。有时候，哪怕是一点微乎其微的发现，也让我们兴奋不已。

人之谄媚，原以为一定是为了得到别人的什么好处，才用这卑贱的态度向人讨好。秃头上的虱子，明摆着：凡是人，谁没有点自尊心？如果不想捞点什么，有所企图，谁去制作那副卑躬屈膝、胁肩谄笑的下三烂样？做出这副模样，是很伤元气的，但只要让被谄媚者感觉你很温顺、很服从、很谦恭，觉得你很尊重他、很敬仰他，甚至对他佩服得五体投地，从而产生一种舒服感、满足感、自豪感，这样，你的目的就达到了。

人有多大的能量，就办多大能量的事；有多厚的脸皮，就办多厚脸皮的事。诗人云：假如性格可以选择，如何如何；假如人生可以选择，如何如何。在现实生活中，假如脸皮可以选择，人们一定会选择厚厚的脸皮，像老松树皮那么厚，比鞋底还要厚。这样，他谄媚起来才从容不迫，充满自信。表情和模样已经没法看了，令人齿寒了，他还浑然不觉，愈谄愈勇。你想，什么脸皮啦，人格啦，品质啦，这些正统的陈旧的玩意儿，早就老掉毛了，谁还稀罕它呢？

谄媚可以得到实惠，何乐而不为！但我们经过考证，发现不见兔子不撒鹰、不见鬼子不挂弦的谄媚者越来越少，其大多数已经形成了谄媚惯性，滚动前进，谄媚抑制不住地成为他们的自觉行动、自然动作，他们变得不看对象，不分场合，能谄则谄，不谄拉不住了。具体表现就是：只要看到你有些身份，身上的光环比他多几圈，也不管这些光环是画上去的还是贴上去的，他就开始点头哈腰，哆哆嗦嗦，嘴里说些讨好逢迎的话。其实，这些被谄媚者根本就不能给他解决什么问题，压根就说不上话，差得十万八千里，但他就是愿意这样无怨无艾，自甘下贱。天下最怕没办法，他也没办法啊，他管不了自己，不谄媚实在是忍不住啊！

中国一句老话说：见"孙"不戮，等于犯罪。你这样毕恭毕敬，尽情哆嗦，人家当然很受用；你的下三烂形态，人家当然是笑纳不让了。

不承认档次不行。真正的谄媚者，病情是不曾恶化的，他们脸上的肌肉严阵以待，以不变应万变，只有当他认为真正的目标出现，这些肌肉才开始排演出谦恭妩媚的"八卦阵"。

病得厉害。

病情还在蔓延；发病率居高不下；多与"软骨病"孪生；年轻人得病，多是长辈传染使然；上了年纪又得病，大概是受了苦难的沉重打击；男人得这病，因为想法太多；女人患病者日众，虚荣心在作怪。值得一提的是，女人发作起谄媚病来，模样道不出、说不得，比较确切的一个词是"酸掉牙"。

当屡经观察确信这个结论的正确性时，我把这个新发现载入我的大事记。不久，我从儿子的书上读到童话大王郑渊洁的精彩语言辑录：不会摇尾巴的狗在这个世界上是无法生存的，除非你不当狗。

那，兄弟，咱就不当狗！

排 队

　　同样一件事，一排号就变得云山雾罩；同样一种物，一排号它就身价顿增。

　　正月十四这天下午，我走在大街上，抬头看见人头攒动，一条长龙。定神一望，沿街的某窗口上方，挂着一个招牌，是什么什么汤圆。明天是元宵节，买汤圆恰逢其时，但如今商品齐全，食品过剩，五花八门、系列齐全的汤圆全都出来拥挤节日市场。你这个汤圆，是济公吃的，还是嫦娥做的？用得着比肩接踵、佝头偻腰、瞪眼剥皮地排号？听听，还有插号的，后面的人愤怒地斥责他不要脸、不像话，而他却置若罔闻，稳如泰山。

　　这汤圆兴许能好吃一些。但最吸引人的，促使人下决心过去排号的，是因为买它需要排号。排号，是人们脑子里的一缕灵光，是人们心中的一道幻影。

　　需要排号得到的，都是好的。这已成为思维定式。这种定式的形成，一是源于人们潜意识里与生俱来的模仿习性，二是因为长期以来国人相对物质匮乏所引起的精神恐慌。

　　几年前，我和妻子曾干过一仗，是因为星期天早晨我们逛早市时她非要在一家油条铺前排长长的号，买那种和普通油条没有二致的东西。排号的，有老有少，有男有女，但排得都很有耐心。一根根长条面，被油小二甩到油锅里，升腾着袅袅的青烟，顷刻间鼓胀起来。这条马路被称为"油条街"，不远处还有两户油条世家，却门庭冷落。我想，人们不是抱怨着忙吗？不是很劳累吗？为什么排起号来竟这么有耐心，气沉丹田，心定神闲？

我跟妻子说，走吧，这是油条，不是金条，金条没有这么便宜的价格。她说，这家的油条好吃。我说，你上星期天买回的不也是这家的吗？我横竖品着一个味。引来众人回头观望。

回家她跟我吵了一通，说我在外面出洋相。

排号出氛围，排号来兴致，排号使我们的生活充满了乐趣。前一段时间，风兴一种外地来的系列肉食，在单位门前的超市卖得如火如荼。晨风里，阳光下，暮霭中，一天到晚都是排号的人，卖货的三个小姑娘累得面色绯红、星眼凄迷，经营的老板兴奋得抓耳挠腮、龇牙咧嘴。而有一天我到附近某处办事，无意中发现有一食品店里同样品牌同样价格同样新鲜程度的肉食，根本无人问津。

不法小贩开发人们的这种心态，找来几个跃跃欲试、鼓噪不休的老娘们做"托儿"，刺激人们的购买欲望，也能发点不义小财喝杯散啤。

报上介绍一条大吃街，红火异常，吃客盈门，全长700米，每年为地方财政上税1300多万元。其中说到一家的经营策略，本店共上下两层，刚开张时顾客并不多，他们把二楼封起来，只有服务员上下出入，端酒运菜，煞有介事，对刚来的客人告之以"楼上已满"，全部安排在一楼。顷刻，一楼也满，致使许多人没法安排，不得入内。于是乎，影响日重，名气大振，不提前订座难得光顾，不久真正实现了整个两层楼的天天爆满。这实际上也是排号手法的一种运用。

抛去虚假的、徒有虚名的、华而不实的东西不说，足以让人排起号、跷起脚、眯起眼、悬起心去等待和渴望的，总有些让人悠然心醉的成分。人之一生，不知要排多少次号，受多少排号之苦，享多少排号之乐。莘莘学子一入学堂，便开始了排号生涯，为了往前赶名次，少不了要头悬梁，锥刺股，为此摧残凋谢了不少鲜花妙蕾。所以，我们现在急三火提倡素质教育，重点培养孩子的健康人格和创新能力。

排号是一种心态，是一种迷信，也是一种秩序。有些排号，需要在意识里淡化；有些排号，则需要进一步强化。

那年"五一",我们一家三口去潍坊富华游乐园。这天艳阳高照,气温骤升,刚刚开放的富华游乐园吸引着四方八方的游客,园内人山人海,在每一个娱乐项目的入口处,都有长长的排队。"激流勇进"游乐项目的入口处,排队者竟长达三四百米。

可怜我们一家三口,在赤热的午日下排了近一个小时的队,汗流浃背。但秩序越来越乱,人们越来越疯狂,一拨又一拨的人插进来,保安管不了便不再管。我和烟台的一位青年,刚才正在数落插到我们前头的几个青壮汉,不料又有几个人奋不顾身地相互掩护着挤到青壮汉前头,青壮汉于是幸灾乐祸,满脸不屑地望着我俩:"管啊,管啊,看看,谁不插号!"他们说话的空当,又有一伙"敢死队"跨过人头冲上来,插进去,肆无忌惮。

好不容易接近"激流勇进"的入口处,这里有强化秩序的"S"形铁棍夹道,我们好不容易挨到第一个转弯,又一群人跳越铁棍并顺着铁棍钻到我们前面的转弯。其中一个讲着我们这个城市口音的三十多岁的母夜叉,相貌粗陋但威风凛凛,左脸长一块黑胎记,像挂着一张地图,她女流之辈竟能率领着老爹老娘和一个男人冲插进来。

天热,心烦,气不顺,我忍不住说她:"你好意思?我们排了两个多小时了。"

她若跟我说"有老人,照顾一下吧",甚至她干脆就跟没听见一样,我这火气也就消了。不料她牛蛋子大眼一瞪,似乎要鼓出来,声嘶力竭地说:"活该!倒霉!没出息!谁让你没本事,不去插号!"

她这几梭子把我彻底打败、打垮、打烂,我气愤之极无言以对。待她们四口"激流勇进"凯旋之时,我们一家还在台阶下眼巴巴地张望。这婆娘黑光满面神采奕奕大气凛然地站在最高处,冲我们面露不屑,一脸嘲笑,嘴里仍念念有词:"倒霉!活该!"

那一阵,我的肺基本上爆炸,而精神也霜打般蔫下去。自从这次旅游之后,我彻底知道了人世间许多无可奈何的事情就是无可奈何。我想,如果社会乱将起来,人这个物种不讲道理了,不排队了,爱谁谁了，胡作乱来了，我等老实巴交的人将是首当其冲的受害者。自此，我尤其珍惜安定团结、社会稳定的大好局面，潍坊之行胜过给我上了几堂政治课：爱国主义教育、理想信念教育和组织纪律教育。

意大利诗人裴多菲诗云："未来希望带给我的痛苦，如今我能够向谁来诉说？自从踏上这块广袤的土地，我就在荆棘丛生的路上奔波。"排队而生，排队而亡，排队挣扎和生存。在社会运转的过程中，我们周围表象的和潜伏的排队无处不在。

自从踏上这个世界，我们就与排队结下了不解之缘。

第三辑

往事尘烟

兄弟怀旧，三碗酒

一

今天，元旦假期第一天，再过一天是新年。天地澄澈，蕴含生机。

这篇文章，原来列题，是想围绕黄河入海口壮丽风光下笔。甚至想到臧克家先生《毛主席向着黄河笑》，自己也想写一篇向着黄河笑的文章。毛主席是伟人，自己是凡人，伟人见着黄河高兴，凡人见着黄河也开心，对美好事物的认知与欣赏是相通的。

但是，当借着国庆假期赶到东营黄河边，因为水大，行船停开，不得接近黄河入海口。当地老艄公跟我说："好多年了，没见过黄河水这么大啰！"

于是，我写下这个题目。起源于电视剧《水浒传》主题曲《兄弟无数》，歌词是朋友李春写的，他是毕业于1977届北大中文系的才子。有意思的是，就在我这次奔赴黄河的车厢里，我们俩通过一次微信，交流的就是这阕歌词。歌词云："兄弟相逢，三碗酒，兄弟论道，两杯茶，兄弟思念，三更梦，兄弟怀旧，半天霞……"

二

山东的广告词说：黄河从这里入海，泰山在这里崛起。

黄河绵延一万里，九曲十八弯，流到山东东营，注入浩瀚渤海。整整30年前的1988年，我作为从青岛来的技术员，在黄河入海口的东营市利津县帮助对虾育苗和成虾养殖，在这里工作生活了春夏秋三季。

然后，整整 12 年前的 2006 年，我们自青岛驱车赶到东营，东营同学昭亮陪着我看入海口。那是隆冬季节，傍晚时分，夕阳西下，滚滚黄河汇入大海，碧黄分明，漩涡叠加。落日的余晖中，冰块漂浮在咸淡混合的水面上，形成大片大片的冰碴子，流光溢彩，蔚为大观。又有一望无际的万亩芦苇荡，叶枯了，茎黄了，随风摇曳，瑟瑟作声，构成旷阔雄壮的生动画面，令人感奋而难忘。

30 年弹指一挥，12 年过眼烟云。当自己满怀希望重返故地，却无缘见到心中的黄河入海口景色。然而，岁月的韵律，美好的回忆，浓浓的友情，让人心醉。

三

忠翔，长我几岁，鲁西北盐碱地上一条高大威猛的好汉。1988 年我在利津县水产养殖公司当技术员，他是这个公司的中层干部。平凡人的平凡友谊就此开始。

我们一起乘坐当时的 130 双排车到青岛，几个人在当时很豪华的海滨名店——南海饭店点过四个菜，其中一个叫"铁板烧牛肉"，热气腾腾，色香逼人，让我见识了生活竟可如此奢华。他到过我所居住的沿街小房，与我的岳父岳母说话，见证了我的婚姻与家庭。在利北苍茫的盐碱地养殖场，在成片连洼的万亩对虾池，我俩曾巡虾池、测产量、喝小酒。在金秋十月对虾收获季节，我们俩又一起跑到我的老家安丘，找到我时任常务副县长的堂哥，推销利津县的养殖对虾。经过我们的努力，几天后，一辆辆满载对虾的大冰柜车，开往安丘外贸冷藏厂。

虾收了，水干了，池空了，利北深秋来临之际，我返青岛，与忠翔依依惜别。之后，我们一直保持着断断续续的联系。我全家迁到北京后，有一年，忠翔带夫人过来治病，我尽己所能予以帮助。遗憾的是，当时工作忙，日夜加班，许多该做的没做，该照顾的没照顾上。

四

10月4日这天,金风轻拂,秋阳灿烂。我们夫妻一大早乘高铁到达山东淄博,忠翔也一大早自利津县城出发,携夫人、儿子,开车到淄博接我们。黄河入海口的三天之旅正式开始。

离开齐国故都,一路往北而去。过黄河大桥,走渤海湾畔,看新户育苗场,重访老刁口邻居,瞻仰杨国夫将军纪念馆,登上黄河入海口的观光台,沿途看利津城南的黄河外滩。景物依稀,往事如昨,似曾相识,恍然如梦。

忠翔兄与儿子郭震提前做了功课,先吃沾化富国铁锅饼、干锅鱼,又吃河口养蟹池边农家炖鸡,再吃东营闹市街头火爆的潍坊菜馆,最后吃的是利津县城水煎包。

4日下午,赶到当年的新户乡育苗场,现在已是"山东华春渔业有限公司"。在当地著名的马辛河边,我流连忘返。一条大河波浪宽。30年前,我沿着岸边跑步,在河边写下散文《马辛河啊,马辛河》,发表在《山东水产报》副刊上。

忠翔提前预约了他最好的朋友,住在仙河镇那天晚上,月朗星稀,朋友一起在油田职工老徐家中聚餐。老徐半人半神,笑意憨厚,做得一手好菜,学得一手好中医推拿手段。军马场退休的李书记,从家里背来两瓶珍藏多年的果酒。又有曹场长夫妻,忠翔介绍说是他的干儿子干儿媳。那天晚上,海蟹主打,黑头鱼跟上,吃上了久违多年的美味文蛤。

怀旧,论道,几次连干三盅酒,而不是三碗。但情满心、霞满天。

五

此行领略的最美景色,还是黄河水、浪打浪。

在黄河入海口,悬挂着"因黄河水流量大,游船停航"的大红条幅。到不了入海口,但周边盐碱地上漫无际涯的芦苇滩,给人以"长亭外古道边夕阳山外山"的凄清思绪。沿着利津城南的黄河外滩走，久久不忍离去。因为今年水量大，我们饱览了波澜回荡、千漩百转的壮阔景象。

原打算乘长途汽车返京，北京的停车点在油田宾馆，离我们家不远。可忠翔全家不同意，坚持让儿子郭震开车送我们。6日中午，在排队吃过利津县城大街的15个韭菜馅水煎包之后，我们启程返回。原以为能错开返程高峰，想不到道路多塞，这一跑就是8个小时，抵达北京已是暮色沉沉。侄子郭震不辞辛苦，谨慎驾驶。

感念忠翔兄破费太大，我在返还他的茶盒中，悄悄塞了一沓现金，让郭震带回以贴补，而且估计他快到家时才短信告诉他。

两天后，当我正在单位忙碌之时，接到一个快递文件袋。打开一看，那沓现金已被郭震原封不动地退回。忠翔随后发来短信：好兄弟，感情是无法衡量的。

感受人间情谊，培植生命元气。岁末敲打这篇文章，让真情温暖这个寒冷的冬日，让温暖蔓延到新的一年、永久的岁月。

重温乘坐"老火车"的感觉

这里所说的"老火车",区别于近年来蓬勃兴起的"高铁""动车",专指"普通列车",当年大行其道,如今渐次"退居二线"。

试问,都坐在车厢里,都沿着轨道跑,都是一站一站地停,高铁、动车、"老火车"有啥不一样?

当然不一样!不仅是时速300、250、120公里之不同,感觉更是不一样的。最大的区别,高铁、动车是沿着无缝钢轨跑的,风驰电掣,穿山越岭,而车内悄无声息,如履平地。而"老火车"不仅设施简朴,更是依旧沿老铁轨运行,速度慢,停站多,尤其是火车底部撞击铁轨的"咣当"声,节奏有序,不温不火,如影随形,如梦似幻,如天然之保健按摩,并时时提醒着人在旅途,真是令人陶醉。

10月24日,是今年秋天最后一个节气——霜降,又恰逢周末。提前做好计划,乘"老火车"往返了一趟张家口。既是一次短途游,更重要的是想重温坐"老火车"的感觉。

购一张25块钱的车票,披星戴月,赶到北京北站,奔赴张家口,享受"咣当咣当"的撞击声,享受大站小站的停顿和起伏不定的颠簸。去时,车上人少,车厢里空荡荡的;返时,人满为患,火车过道里比肩接踵,车厢连接处许多人坐在地上,每节车厢里弥散着人们的汗臭和哈欠。这些味道和声音,多年前乘火车时是多么熟悉!

乘坐"老火车",对于许许多多的人来讲,有刻骨铭心的记忆,是难以忘怀的情结。想当年,我们的生活还没有这么"快",这么"便捷",拥堵在"老火车"上的,不仅是时间,是奔波,是无奈,更凝结着对家、亲人、情人的眷恋与思念,对新生活、新境地的向往与追求。

这些年,我常常想起年轻时自己在东营、滨州、寿光一带养虾,每次回青岛探家,从养殖场赶到淄博、潍坊挤火车时那种奋力抢座的勇猛,想起掏 5 块钱买"占座者"一本杂志换一个座位的经历,想起有一年到唐山出差回返时站了 10 几个小时慢火车,想起那年乘一天一夜火车从青岛跑到西安,又乘 12 小时火车跑到延安朝圣,心中充满对于过去时光的不尽怀念。何为苦?何为乐?何为困境?何为幸福?

说来可笑,前年春天,我乘高铁,自北京南站至济南西站,仅用 1 小时 50 分钟,下车后茫然无措,竟有昨是今非、不可思议之感。想当年,我们山东曲阜的孔子周游列国,用了 14 年,走了不过几千里。实际上,都是些小国,不啻是"周游列县"。隋唐好汉秦叔宝是济南人,他到北平府探望自己的姑姑,竟然走了三个多月。同样是济南人的李清照,客居青州 10 几年,从青州到莱州看望当太守的老公赵明诚,走了整整 20 天。如果像当年乘"慢火车",北京城到济南府,怎么着也得跑上五六个小时。而现在,还没回过神来,就见上趵突泉、大明湖、千佛山了。

快有快的潇洒,慢有慢的味道。我们没有理由拒绝"快",但"快"的同时,对于目的地的唾手可得,我们也失去了多少生活的渴望、生命的积淀、情感的发酵和精神的庄严?

往事是一壶酒,眼前是一杯茶,未来是一炷香。坐了一趟"老火车",是怀旧,是参悟,是沉淀。红尘即是道场,修行何必进山。

过年啦

过年啦！写下这么一期微信标题，事出有因。

元旦时，老家潘建河先生在微信群里发一帖子：找个没人的地方，对着镜子，给自己磕三个响头，然后对自己说一句：爷，您辛苦了！2015年您老真的不容易！钱没挣到，苦没少受，人又变老了。2016年要对自己好一点，别太委屈了。

不知是他原创，还是转发。这段话，勾起自己对过年"磕头"的回忆。

记忆中，童年时的年除夕，一夜不眠，全家守岁。漆黑的夜里，冷不丁炸响三两声爆竹，有成群的孩子，手执点燃的"滴滴金"，在村巷里疯跑。盼到凌晨时分，饺子煮好了，祭祀天地神灵，我们潍坊老家叫作"发纸麻"，焚香烧纸，跪拜天地。

"发纸麻"时鞭炮大作。谁家的鞭炮响声大，持续时间长，那是实力和底气的展示。每当此时，在我们家的院子里，父亲早早地支起供桌，摆上菜肴，敬奉白酒。待第一锅饺子煮出来，他虔诚地供奉在三个盘中，又在三个盛有绿豆、小米、大米的小杯中，各焚一炷香。之后伏身跪拜，以头叩地，祈求上苍保佑新一年风调雨顺，阖家平安。

父亲磕完头，我们便学着他的样子，虔诚跪拜。空气中，弥散着烟花爆竹的硝烟气息，偶尔还有"二踢脚"飞爆天空。抬眼望天，一派神圣庄严，我等凝神静气，恭敬有加。

岁月如流水，淘走了许多记忆。但年除夕父亲带我们磕头的情景，弥久愈新。父亲已到另一个世界过年，我常常想念他。想念的方式，包括在每一个年夜，在家里煮出饺子，学着他当年的样子，摆盘供奉，加酒焚香，虔诚磕头，以敬天地。

上述所言，只是关于"磕头"的回忆，而非建河先生所说"给自己磕头"。建河这番话的意思，主题应当是"善待自己"：一年到头，忙忙碌碌，过年盘点，苦辣酸甜。感人生之艰辛，思一年之不易，自己给自己"咣、咣、咣"磕三个头，算是对一年辛苦的犒劳，对一年挣扎的抚慰。

由此及彼，往远里想，又可归纳出更深一层的意思：人生在世，苦难多多，没有人替你承受。你必须靠自己的顽强，战胜困难，奋勇向前。《国际歌》有一句词："从来就没有什么救世主，也不靠神仙皇帝，要创造人类的幸福，全靠我们自己。"所谓"救世主"，如果说有，那也只能是你自己。短则一年，长则一生，自己对自己一定要好，自己给自己多磕几个头，并不为过。

智慧老人杨绛活到一百岁的时候，说出更实在的话："在这物欲横流的人世间，人生一世实在是够苦。保持知足常乐的心态，才是淬炼心智、净化心灵的最佳途径。"由此看来，善待自己，自我磕头，很重要的一条是知足常乐。

明天，就是2016年了，就是猴年了。像建河先生自言自语的，"自己对自己好一点"，凡事更看开一点，心胸再开阔一点，处事再洒脱一点，对功名利禄再淡一点，调整自我，知足常乐。

猴，智慧，聪明，快乐，通达，吉祥。以孙大圣为代表的猴，更有火眼金睛，有真才实学，有通天本领，从来就不怕困难，不畏艰险，人生旅途也总能逢凶化吉、遇难呈祥，甚至是绝处逢生。

金猴奋起千钧棒，玉宇澄清万里埃。猴年，注定是个好年景。在此，真诚祝福普天之下每一位朋友，猴年有好兆头、好运气、好光景。

过年啦，吃饺子啦，祭祀天地啦！你是不是像建河先生一样，对着镜子，自己给自己磕几个响头，那是你的选择。关键是，新的一年，猴年，你一定要把自己当"爷"，善待自己、关爱自己！

在北京城最冷的这一天，登上"五颗钉"

今天是 2016 年 1 月 23 日，农历腊月十四，周六，难得休息。早饭后，老伴提议："五颗钉"已建成开放，我们去登高观光吧。

去就去，人生之趣，张弛有度。

"五颗钉"，就是奥运观光塔，位于奥森公园南侧，北京城南北中轴线，外形酷似五颗钉。

走出家门，深感寒气飕飕。打开"墨迹天气"查看，此时，北京城零下 14 摄氏度，空气质量 24，天碧云清。今天的最高、最低气温分别是零下 12 摄氏度和零下 17 摄氏度。我来北京十几年，记忆中这是最冷的一天。

购票，安检，登塔，观光。最后回到底层大厅，这里有关于北京故宫的电影播放，有宫廷宝物的展览。

滴水成冰的天气，见不到游人，几近专场。

"五颗钉"，目前开放了"两颗钉"。最高处那一颗，是 248.6 米。

上海的朋友可别见笑，你们浦东陆家嘴那儿，东方明珠和环球金融中心都比这儿高。但是，它们不在龙脉上。

登高望远，已成俚语。待及登高，其悟方深。孔子登东山而小鲁，登泰山而小天下。东山与泰山，是外因，是条件；心智与修行，是内因，是基础。登东山者，未必能见鲁；登泰山者，未必能小鲁。

孟子还说：观水有术，必观其澜；日月有明，容光必照。流水之为物，不盈科不行；君子之志道，不成章不达。都蕴含着人生的道理。

说一千道一万，人的境界必须要高，胸怀必须要大。不高不行，不大不可。境界越高，胸怀就越大，视野就会越开阔，所谓登高一尺，眼宽一丈，正是如此。

  门票 200 元，活动期间打六折。这笔费用没有白花。漫步 248.6 米之高度，俯瞰北京之全貌，100 里龙脉聚天地之浩气，凝日月之精华，600 年紫禁城辉煌壮丽，三千载大故都尽收眼底。鸟瞰新境地，领悟"新常态"，能见人所未见，思以往之未思。

  在北京城最冷的一天，登临北京城最高的观光点，立于北京城最新的标志性建筑物，别有一番纪念意义。

  将要走出观光塔，我在大厅的"观众留言"纸笺上，挥笔写字：登高望远，鸟瞰京都，值得一游。拍了图片，微信发给朋友思绪先生，他上周刚表扬我的字"非同寻常"。随后，收到他的 7 字短信：景美、字好、人更好！

  噢，我明白，快过年了！

举重若轻

端坐讲台的长者，就是王蒙先生。从从容容，潇潇洒洒。目光不甚犀利，早已阅透万象；面容未见沧桑，毕竟生活优裕。金丝眼镜，黑袄对襟。时年七十有六，身板尚好，神气出俗。

这天是3月27日，周六，我怀恭敬心情，提前半小时坐到新闻出版署二楼大讲堂，占据第二排中间位置。

青春时读其小说，至壮年得见尊容。在我心中，王蒙先生是大师、是先贤、是圣者。

论名气，19岁写《青春万岁》名噪一时，23岁写《组织部新来的年轻人》，引起伟大领袖毛主席的关注。

论著作，小说、新诗、旧诗、古典文学，红楼梦研究，老庄研究……洋洋千万言作品，20余种洋文付梓。

论履历，打过工，务过农，当过右派，坐过文化部长热凳子，两届中央委员，三届全国政协常委，经过风浪，见过世面。

论品质，不说假话讲真话，不尚奢华求朴素，不做大官做学问。

这就是王蒙先生，这就是口口自称的"老王"，这就是我们尊敬的王老。

把时光倒拨20多年。当年，我买过王蒙先生几本书，印象最深的一本是《王蒙中篇小说选》，"我+主人公"那种小说结构。《风息浪止》，一个中篇，我读了两遍，唏嘘不已。记住了一个人名：金秀梅；悟出了四个字：人生可怕。小说中，事情一错再错，错上加错，不可思议，十分可怕，展示给读者一个不可思议但真实可信的社会。

印象深的，还有《淡灰色的眼睛》，伊犁女人爱莉曼"眼睛里藏着火焰"，阿丽娅更有惹火身材、撩火风度。

惭愧，中央国家机关"强素质，做表率"讲座开设 11 期，此前我仅听过一期，那是熊召政讲张居正。

这次，王蒙先生讲老庄的治国理政思想，专为机关干部量身定做。

9 时整开讲，引人入胜。10 时半结束，戛然而止。

王蒙先生诠释"无为"。老子庄子皆言"清静无为"，王蒙概括"无主题治国"，内涵深远。其一，主要针对诸侯、君王、大臣，还有士人，普通百姓该干啥就干啥，"上无为，下有为"；其二，不是什么都别干，而是不要先给自己立一个主题，"不要刻意为之"。何为"刻意"？王蒙定义为"处心积虑"；其三，少做事，别折腾，"夫唯不厌，是以不厌"，"圣人无常心，以百姓之心为心"；其四，"无为而治""无主题而治"，多少有一点"小政府大社会"之萌芽。

王蒙先生阐述理政。以老庄之心说治国理政，王蒙归纳多多。其一，权力运作要与老百姓保持一点距离，老子提出一个很有趣的思想："太上，知其有之"，"亲之誉之"，"其次畏之"，三个层次；其二，老子和庄子都主张低调治国，老子有名言"知其雄，守其雌"，"为天下溪"，"知其白，守其黑，为天下式"，什么事儿都明白，但不摆明白的样子，而是摆在难得糊涂的位置，摆在韬光养晦的位置，此话打动了灰格尔；其三，"大国者下流"，"大者宜为下"，权力越大，地位越高，越应该把自己放在下边，不能高高在上，以大压小。

王蒙先生解读名句。老子说，"我有三宝，持而保之，一曰慈，二曰俭，三曰不敢为天下先"。"一曰慈"，慈悲为怀，保持善意，体恤民情，珍惜民力；"二曰俭"，王蒙先生认为，不是指现在理解的物质方面的节约，而是说要给自己留下选择的余地和行动的空间，不要把什么招都用上，"蓄其德"，积蓄你的德行，蕴养你的智慧；"三曰不敢为天下先"，是我们今天听着不能接受的，因为我们现在大力提倡要"敢为天下先"。但是，话出有因，离不开当时的时代背景。是时，东周虚脱，诸侯闹腾，夺权称霸，天下混乱。老子认为折腾不好，所以说"不敢为天下先"。

《道德经》洋洋五千言，王蒙先生特别推崇"治大国若烹小鲜"一句，认为这是《道德经》之中最神奇、最美丽、最充满魅力的一句话，正如北京人所言"它帅啊"。而对于隐士河上公"烹小鲜不去肠，不去鳞，不敢挠，恐其靡也"的解释，王蒙则认为既很权威，也煞风景，因为解释过细，已成大众烹调手册。

王蒙又笑谈白居易小词《花非花》：花非花，雾非雾。夜半来，天明去。来如春梦几多时？去似朝云无觅处……王蒙认为此诗甚棒，颇具朦胧之美，可笑聪明保姆答出窗花谜底。

先生学识渊博，才如湖海，又曾在北京卫视开讲《老子十八讲》。近年来潜心哲学，开采老庄，已掘深潭，智慧圣水悠然溢出，似漫不经心，却沁人心脾。

讲课精彩迭起，众人皆笑他不笑。我理解，这是更高层次的幽默。淡然，坦然，超然。正如主持人郝振海先生所誉：此人本身就有老庄的味道。

台下笑声中，王蒙先生对老庄郑重定义："精彩归精彩，不能顶饭吃！"

又一语中的："老子是牛黄解毒丸。"

我心头一震，灵犀一通：是的，是牛黄解毒丸。泻火清热，消炎通便，专治火热内盛、口舌生疮、目赤肿痛。

受此启发，我忽发奇想：老子是牛黄解毒丸，那我们山东老家的孔子呢？是否滋阴补肾、强身益气之六味地黄丸？

孔子讲"养心、修身、治国、平天下"，讲"穷则独善其身，达则兼济天下"，讲以天下为己任，教我们做仁人志士、国家栋梁。

老子讲逍遥，讲道法自然，讲从容生活，讲做事留有余地，讲"见朴抱素，少私寡欲"，讲无为而治、可进可退，教我们洞察事物辩证运动，掌握矛盾转化规律。

一个入世，教诲积极进取。一个出世，推崇顺其自然。

关于老庄思想的作用，王蒙先生分析得实在：一个是启发，一个是补充。

启发：让你知道世界上的事儿还有这么想的，还有这么做的，不无道理，哪怕是有些片面的道理。

补充：如果整天学孔子，文质彬彬，谦恭有礼，杀身成仁，舍生取义，这样未免太累。特别是当遇到挫折时，老庄思想定能起到补充与慰藉之功效。

一个民族、一个国家的文化是多元的，我们有孔子，又有老子。孔子是道德大师，老子是智慧大师；孔子讲以德治国，老子讲以"道"治国；儒学提升道德人格，道教成就智慧人生。

再推之，老子孔子既是好药，又是好茶。老子是生普洱：清热解毒，去腻生津；孔子是熟普洱：暖胃健脾，滋润身心。

王蒙先生也确实有言在先："不顶饭吃，可当茶喝。"

儒道互补，孔老交辉，我们自当汲取营养，滋养心智。

王蒙先生比喻老子"牛黄解毒丸"，是举重若轻，深入浅出；我悟孔子"六味地黄丸"，是承蒙启发，愚钝一跃。授课之妙，听讲之美，贵在相通，乐在互动。

感谢老子先哲，感谢王蒙先生，感谢"强素质，做表率"大讲堂。

知了龟

外甥到北京,给我发短信,说给我带来了"知了龟",问什么时候方便,给我送到家里来。

记得在我小时候,"知了龟"是叫作"节留龟"的,有地方还叫作"知了猴",而学名统称"金蝉"。时值盛夏时节,窗外蝉鸣如唱,不绝如缕。这"龟",是"蝉"的初级阶段,龟爬上树,脱掉外壳,舒展双翼,就是"蝉"了。这过程称不称得上"凤凰涅槃、浴火重生",不敢说。

节留龟,知了龟,承载着、牵系着多少美好的回忆!

小时候,那会儿,村子像村子,小河是小河,庄稼人的日子虽苦,但苦得纯朴,苦得厚道,令人终生怀念。

在农历四月底到五月十五,即芒种与夏至之间,田间的小麦快要成熟了,熏风吹过,金黄色的麦浪起伏着,那种特殊的馨香让人心醉。布谷鸟在悠扬地叫,传送着清新、和谐、丰收的消息。在这个美好的季节,知了龟也成熟了,它们无比顽强地钻出地壳,小心翼翼地冲出地面,沿着树干,爬向树顶,奋力蜕壳,脱胎换骨,见风而翅硬,迎风而坚韧,变为"金蝉"。

厚土之下,树木所在,都有知了龟的潜伏,都有金蝉的鸣叫。知了龟爬出地面,绝对有节点可考,有规律可循,一般在傍晚时分。天刚擦黑,孩子们就在地面上弯着腰找,偶见一个小洞,若隐若现,用手指挑破,哇,洞口陡然变大,知了龟正慢腾腾地向上爬着呢!用小手指,或用小草棍,可以把它引出来。赶上下雨,雨水如注,小洞自破，知了龟则暴露无遗。等天色完全漆黑了，这时候知了龟大多已经钻出地面，爬到树干上，这时候，孩子们就带上手电筒，往树干上一照，哈，往往就有一只、两只甚或几只、一排知了龟向上爬着，一网打尽，全收囊中。如果它已经爬到高处，对不起，孩子们就要爬到树上，擒它下来。如果是在早晨，那孩子们则只能捡到知了龟蜕下的壳。这种壳，是有名的中药材，孩子们捡到了，攒起来，最后拿到县城药材公司去卖，可换来书包里的小人书和文具盒。

　　壳留在树干，而初生的金蝉已经完成蜕变，爬到树的高枝上。这个时候，金蝉初生，嫩黄泛青，通体透明，双翼洁白，令人爱怜。过不了多长时辰，它的颜色就越来越黑，肌体就越来越硬，餐风饮露，沐阳浸阴，迎风而强。很快，雄性的，便有底气开始鸣唱，那是对阳光、对高温、对酷夏、对生命的礼赞，是大自然美妙的音律。雌性的，不会歌唱，沉默无言，它们积蓄着力量，准备着生命的释放，在这个渐行渐凉的深秋，产生优良的受精卵，潜入地下，埋头发育，几年之后，形成下一代新的知了龟。

　　关于蝉的鸣唱，高音尖锐，执着持续，但并不烦人。天籁之美，这是盛夏时节特有的天籁之音，是大自然赋予芸芸众生的美妙乐章。为蝉音心仪、心动或心烦，颇有"旗动""心动"与"风动"的辩证关系，是哲学范畴的事。有诗句说，疾风知劲草、霜重色愈浓，大雪压青松、青松高且直。越是高温流火，酷暑持续，蝉的鸣唱越发投入、激昂、高亢。特别是高温的时节，天色未亮，即已吟唱，深夜时分，仍在鸣叫，似乎向人提示着生命季节的特征，报告着这个夏天的故事，让你明确感受炎凉交替、生死轮回的生命律动。

　　自童稚至今，喜欢静听蝉音，喜欢沿河边树下循声观看树干、树枝、树叶之间的金蝉踪迹。轻风吹过，树枝轻动，树叶沙沙，树影婆娑，一只只金蝉掩映其间，贴紧树皮，恬静自得，悠然自乐，那是一道和谐恬淡的写意风景。那年举家迁来北京，住进这个小区，院里垂柳成荫，槐树、樱花、海棠、山楂诸树多多，但唯独没有蝉影蝉音。

但两年之后，金蝉即现我院，蝉声日趋嘹亮。

童年的星星真亮，那时的月亮真白。傍晚时分，在村里的屋前、院后、胡同里，在村外的小河畔、柳堤下、树丛里，我们从地上"抠"知了龟，从树上"照"知了龟，带回家，放在咸菜缸里腌着，过几天捞出来，开水浸熟，后放油炸，就是难得的好肴。知了龟全身是肌肉，结结实实，丝丝如缕，加上盐，过了油，香气四溢。傍晚时分，村里升起袅袅炊烟，谁家炸知了龟，便有特殊的香味弥漫，令人垂涎。因为珍惜，不可能多吃，就腌得很咸，一个龟，甚至可以吃一顿饭。有时候，拿起一个知了龟，轻轻咬一口便又放下，留到下顿饭再吃。

一阵阵熏风，一场场热雨，树上的金蝉皮壳渐硬，且又带着翅膀，自然没有知了龟可口，但毕竟也是荤菜。新麦子收割了，孩子们用白面反复洗成极黏的面筋，扎起长长的竹竿，面筋放在最尖的顶端，在炎热的中午，沿着河边的一棵棵树，去"粘知了龟"。循声观察，可找到善叫的雄性；由此及彼，能发现沉默的雌性。面筋所到，粘住双翼，降下长杆，拿下金蝉，带回家与知了龟放在一起腌咸，最后一起下锅。哥哥是粘金蝉的高人，他将大把麦粒吞在口里，不停地嚼碎，吐出来，在清水里洗个不停，最后形成特别黏的面筋，杀伤力很强。

可爱的知了龟，美丽的金蝉，金色阳光的宠儿，大自然的生灵。在那个物质生活贫瘠的年代，孩子们瘦骨伶仃、难得荤味、营养不良，它们是解馋的一道美味，是农家子弟的一个期盼，一旦食用，终生难忘。离开家乡之后，在新的居住地，知了龟、金蝉，一直是我保留的一道美食。家乡的亲人，我的姐姐、哥哥、侄子、外甥们，从老家过来看我时，差不多总是带一些知了龟来，他们知道这是我的嗜好。我同时接受的，更是浓浓的亲情，是家乡人的牵挂和期待。对于每一只知了龟，我都倍加珍惜。

外甥告诉我，这次他带来的知了龟，全是野生的。我知道，多年以前，人们就开始了养殖。我打开包，发现足足有五六斤、上千只。外甥的孝心令我感动，但他并不知道，老舅到了这样的年纪，是应当节食、应当少吃了。这些年来,因为有知了龟下饭,往往经不住诱惑,管不住自己,胃肠大开,放开大吃,"三高"的身体不堪重负,于是开始有意识地抵制知了龟、咸鸭蛋、咸鱼、虾皮这些小时候喜欢吃的佳肴。知了龟富含蛋白质,年轻时特别需要,现在的年龄反而是负担了。

  有节制地吃着外甥送来的知了龟,既有浓浓亲情的感动,也有一丁点儿人生迟暮的苍凉。

  读到这里,如果你是一个彻底的素食主义者,你一定会批评我的嗜好,指责我的行为。这种滥杀无辜、吞食生灵的恶行,是许多人不可容忍的。

  对不起了,知了龟;宽恕我吧,金蝉。

西河崖

去年夏天去赤峰参加中宣部组织的一个会,都是全国行业报的总编辑。聊天时,有一位说,他准备组织一次美文征文活动,主题就是:家乡的小河。他说:大凡长了一点年纪的人,谁的记忆中没有一条家乡的小河?那小河,是清澈的、洁净的、明快的,是永远流淌在记忆深处的。

在这之前好多年,我一直想用文字记录一下我们村边的那条小河:西河崖。听此君一句话,我恍然:怀念小河,并非我一人,而是许多人,是一个庞大的群体啊!

面对着日益污染的江河川流,人们怎么不怀念那明净的小河啊!

西河崖,是我村西一华里处一条南北流向的小河,因为太小,恐怕县域地图上都查不到,估计是流到了我们县城附近的汶河,又随汶河流向了潍坊的白浪河,再汇入滨州的黄河,最后从黄河入海口归了渤海。

歌中唱道:"一条大河波浪宽,风吹稻花香两岸。"我们这里是:一条小河浪不宽,风吹麦花香两岸。初夏时节是小麦香,中秋时节是玉米香、高粱香、青豆香。两岸是沃土,再加河水的滋润,庄稼茁壮成长,绿色无边葱茏。

如果不是雨季,小河宽不过两三米,深不过一米。但这条小河,鹅卵石美,黄沙细腻,河水透明,水草丰茂,鱼群欢快,小虾嬉戏,真是太美了!

在一个个夏天,特别是中午时分,这里无疑是孩子们的天堂。稍大些的孩子穿着短裤来，小一点的娃娃直接光着屁股来，扎进水里，洗澡纳凉，摸鱼抓虾，打水仗，捏蜻蜓，玩过了瘾，累散了架，这才回家。有时候，还没玩够，但家长追过来了，叫孩子下地干农活去。

清澈的水中，一群群无拘无束的鱼儿，机灵无比，潇洒自如，那才真叫个俊！"麦穗子"灵敏度差一些，形象比较朴实，但生命力强，装在小口的瓶子里也能活下来；"浮梢"身材颀长，鳍形飘逸，游姿优雅，但太娇气，离水片刻就会死去；最美的是"花翅子"，不仅具有"浮梢"之俊逸，它身体两侧的鳞片都有竖立的花纹，尾鳍也很亮丽；最不讨人喜欢的是"沙里趴"，它们趴在水底很少动，偶尔动起来，也仅仅是贴着地面游，形象有些猥琐，不受孩子们待见；"镜鱼"是西河崖的稀有品种，其他的鱼种呈长条形、棱形，唯独它是镜面形的，在河里好像不显眼，但若养在罐头瓶里，隔着玻璃观赏，那可就漂亮多了。能抓到两条"镜鱼"养在家里，那是孩子们一个不小的梦想。

还有专在水面上游走的"担杖钩子"，躯体是黑黑的细条，像曲别针。还有最初的小蝌蚪、后来的小青蛙、再到后来的老青蛙，孩子们大多对它们都不感兴趣。但这些孩子现在都后悔了，因为当年那"月色似银、蛙声如潮""稻花香里听丰年，听取蛙声一片"的美妙景物，现在已几近奢望。

水是鱼的圣园，鱼是水的精灵。那么好的河，那么清的水，不管是悄悄地摸，还是快速地抄，灵巧无比的鱼儿是很难抓到手的，孩子们就开始想办法。于是，在某个中午，一大群孩子扛着铁锹，相约来到河边，选择河道较窄的地方，掘土的掘土，搬石的搬石，很快就筑起一道堤坝。这下好了！堵住了水流，堤坝下游的水越来越细，越来越小，"麦穗子""浮梢""花翅子"，甚至是"镜鱼"游动越来越困难，渐渐露出了脊梁，渐渐挤成了一堆。哇！孩子们那个高兴啊，拎着水桶，尽情地抓吧！但好景不长，孩子们费劲筑起的堤坝，因为河水越涨越高，就从某个薄弱环节开了堤，大水漫延而下，救走了鱼群……孩子们尖叫着，于心不忍，又无可奈何。

孩子们最感兴趣的，除了河里游动的鱼，也有河畔飞舞的蜻蜓。蜻蜓品种各异，大小有别，颜色也是异彩纷呈。它们时而贴着水面低飞，时而调皮地点水，时而落脚在河床的石块上，时而休憩于水草的嫩叶上。大大的复眼，俊秀的身形，漂亮的舞姿，透明的双翼，暗含着孩子们懵懂成长中方现即逝、似有又无的小爱情。其中有一种大身材的蜻蜓，深蓝色的条纹颜色像海军衫，尤其惹孩子们着迷。飞翔着的蜻蜓，尽管它看上去很散漫、很惬意，但也是不容易抓到的，孩子们便把目光投向休息着的蜻蜓，悄悄地潜伏到它们身边，偶尔也能够得手。

少年离家，生命奔波。不知从哪次回家乡起，西河崖变脏了、变黑了；也不知从何时起，西河崖断流了、干涸了。

西河崖，永远地留在了梦中。

槐 米

来北京生活快十年了，突然发现，北京有这么多的国槐。夏末，槐花开了，满树米黄，虽然芳香不甚浓郁，但也弥漫一股清新之气。

最美的，是葱茏墨绿的树冠。北京的国槐，大多种植在街道两旁，盛夏时节，骄阳高照，而国槐繁茂翠绿的叶片遮挡了阳光，给人送来清凉。

而我对国槐的特殊感情，更缘于它的果实——槐米。

在我的老家，确切地说，是在我们村里，国槐树并不多。况且也不叫国槐，我们叫"笨槐"。与之相对应的叫"洋槐"，是开白花、甜香味、能食用的那种槐树，树枝带刺。我查资料得知，"国槐"原产于中国，"洋槐"原产于北美，又称"刺槐"。

国槐是落叶乔木，在华北农村常称为"笨槐"，树形高大，生长迅速。资料介绍说，槐树之花淡黄色，可烹调食用，也可作中药或染料。其荚果肉胶质，在种粒之间收缩，形成念珠状，俗称"槐米"，是一种中药，其功能是清凉收敛、止血降压。《本草纲目》云："槐初生嫩芽，可炸熟水淘过食，亦可作饮代茶。或采槐子种畦中，采苗食之亦良。"

洋槐、笨槐，都是村里人的所爱，尤其是孩子们的所爱。人们对洋槐更偏爱些，因为它的叶子是兔子的好饲料，它开出的花儿是上好的美食，甜甜的，香香的，既可采一把塞到嘴里生吃，也可拌了面蒸着吃。洋槐树花开，也比笨槐树早，大约是在农历五月。花开时节，乡村的空气中弥散着清香，质朴而醇厚，街头巷尾因花香而更加美好。记得小学时候读过一本书，书名叫作《五月槐月香》，是写乡村孩子们的事。不是那个电视剧，讲北京琉璃厂古玩的故事。

而笨槐的叶子，家兔是不吃的，因而它便没有洋槐那样抢眼。它开出的花，也不像洋槐花那样香气好、可食用，这也让它逊色于洋槐。但它却有洋槐树所不可比拟的优势，就是它的花蕾可入药。赶在季节采下来，晒干成"槐米"，作为中药材送到县城的药材公司去卖，可换钱。

对于可入药、可治病、可换钱的槐米，村里人好像认识不够。因为我发现，对于村里为数不多的笨槐树，并没有许多人与我抢摘槐米，以至于让我在好多年的时光里，每年夏天都能因为采摘槐米而小有收入。当然，这个收入仅仅是十元八元钱而已。

现在回忆童年往事，我也在想，未必其他人不懂，可能只是他们不如我执着。

一般情况下，我把一个木"叉头"捆绑在长竹竿的顶端，在槐米饱满的时候，通过这根长竹竿顶端的"叉头"，把结满槐米的纤细树枝"别"断，摘下槐米，散晾在"传盘"（一种玉米秆制作的盛放饺子的器具）上，其间多次翻动，让它快点干燥，完全晾干后就是药材公司收购的正宗药材了。

如果这棵笨槐树长得比较粗壮和高大，它的枝头又有足够的槐米可采，我也会奋不顾身地爬上树去，选准相对安全的树枝，脚踩住，身体或倾斜，或扭曲，或盘桓，手到之处，采下槐米，小心翼翼地轻扔到树下，以免槐米脱落。我们家也有一棵笨槐，树不太大，就在自家低矮的院落大门旁，记得我常常爬到树上玩，光着屁股，在树上看小人书、打弹弓，不管有没有槐米可摘。

有时候，我是两相结合，爬上树去摘低处的槐米，树顶够不到的，便采用竹竿别。

选择摘槐米的时机，也要动一番脑子。因为槐米不易晒干，如果赶上下雨甚至是连阴天，很有可能变黑甚至完全霉掉。县药材公司收购时，是要打品级的，如果晒出的颜色不好，就会影响人家出的价格。如果变黑发霉，人家可能还会拒收。所以，采摘槐米时，既要看它是否进入成熟期，不太成熟则不饱满，影响出干品的重量，太过成熟则会开花，不是"槐米"而是"槐花"。同时又要选择好天气,避开雨天、阴天特别是连阴天,最好是在早饭后采摘,加工出来立刻置于太阳下曝晒。

回忆起来,有几次赶上连阴天的时候,我精心加工、寄托希望的槐米变黑了,我无奈地倒掉,心痛不已。

也有快捷保险的加工办法,就是放在生产队的烤烟室里烘干。村里也种植黄烟,烟叶采摘下来,一叶叶绑拴在烟杆两侧,放入烤烟室内烘出黄澄澄的烟叶。如果把我的槐米同烟叶一起烘,不仅干得快,免去阴雨天之虞,烤出的成色也特别好看,送到药材公司也能卖一等品的价钱。但生产队管烤烟的社员都大公无私,我们很难开口提这个要求。记得只有一两次,因为连续下雨,我的槐米眼看就要完了,大姐帮我求人家,拿到烤烟室里,在短时间内予以烘干,算是起死复生。

随着阅历的增长,对槐树的认识也在增加,也了解到一些传说和典故。原来,人们愿意种植槐树,不仅仅是它耐力好、韧性强、易生存,而且还有吉祥的象征。《周礼·秋官》就记载:周代宫廷外种有三棵槐树,"三公"朝见天子时,就站在槐树下面。所谓"三公",是指太师、太傅、太保,是周代三种最高官职的合称。后人因此用三槐比喻三公,成为三公宰辅官位的象征。沿袭下来,在门前、院中栽植槐树,就有祈望子孙位列三公之意。民间还有俗谚:"门前一棵槐,招宝又进财";又说:"院里一棵槐,吉祥自然来。"

槐树广为栽植,但最为著名的是山西洪洞县的大槐树。史载,明朝永乐皇帝迁都北京,由于当时河北人口稀少,所以选择从人口较多的山西移民。准备外迁的移民在洪洞集结,留恋故土,便采集大槐树的种子、枝条,将它种植到新家。因此直到现在,在河南、河北、山东、东北各地,这一民谚仍然家喻户晓:"问我老家在何处,山西洪洞大槐树。"

多少年往事如烟,童年的记忆散淡而清晰。有时候我走在北京的大街上,望着满树的槐米,不仅自问:家乡的药材公司还在吗?药材公司还收购这些槐米吗?

过年三题

除夕心情

我习惯于除夕的下午在马路上闲逛，走走看看，心里轻松而惬意。过年是我们老祖宗留下的传统，是中国老百姓最大号的节日。为了这个节，人们多少天前就打算、就忙活，忙活着去商场大包小包地采购，忙活着给亲戚送些松花蛋送两条黄花鱼，忙活着千里回奔去和老爹老娘团圆，忙活着给头发吹风、把脸上的皱纹抹平。男人起码要加一条领带，女人再节俭也要添一根纱巾。所以，在忙年的日子里，人们上紧了发条，一肚子的打算，一脸的时不我待。

而到了除夕的下午，尤其是三点以后，情况就不一样了：走在马路上的人们，神态从容了，步履悠闲了，纵然是再穷苦或再爱慕钱财的人，通常也不再劳作了。也许，家里的煤气不是太多了，可能正月里不一定能把鸡炖熟，最好能在年前换一罐；也许，还没顾上给年迈的姥爷送点年货去。但是，没办法，来不及了，年来了。一切准备就绪的，心安理得；没有准备好，还有许多事要办，有许多东西要买，因为没有了时间，也就罢休。因为放弃，神情便恬淡。

我愿意走在除夕下午的宁静和平和之中。这个除夕的下午，我又这样走了一个多小时。虽然是在冬天，但刮在脸上的风分明带着缕缕春意。我的一个老同事不幸得了绝症，我年前没顾上去看他，但来不及了，去不成了，过了年再说。还有好几件在年前要办的事，也没有来得及，但只能等到来年了。心悦诚服地或者说无可奈何地放弃一些不能实现的意愿之后，你的心情是很轻松的。

人生也是如此。轰轰烈烈地活，认认真真地追求，走到什么程度算什么程度。多少年以后，自己感觉志满意得了，便是完完全全地忙完了一个年；还有很多缺憾和不足，也无可愧疚了，因为你已没有了明天；而昨天，你确实执着地扎实地忙了年。所以，忙了无数个年的老人们，看上去非常安详自若，已没有了年轻人的浮躁和张狂。虽然，他们的"年"并非都很完美。

午夜拜年

每年的忙年必不可少，可年的味道是越来越淡了，于是便怀念起小时候的年。小时候的年让人怀念，是因为那个年能让我们吃上几顿好饭，穿上一件好衣裳。平日的饭就像年饭，平日穿的衣裳就是过年的衣裳，这年的魅力就小了，人们过年的兴奋劲就减弱了。

味淡了的年也要过。除夕夜喝完酒，吃完饺子，再看文艺晚会。也是酒的作用，晚会约莫演了一半，我居然躺在床上迷糊过去。心想，这年夜大概就这样平淡无聊地过去了。

接近午夜，突然电话铃声大作，把我唤醒，是外地的外甥给舅舅拜年。刚挂上电话，铃声又响，是朋友真挚的祝福。这老兄喝了不少，说话已经语无伦次，但真挚感人。

一连收到六个拜年的电话，我大受感染，精神振作起来。我抄起话筒，给本地的亲朋好友拜年，一鼓气拜了四五家。放下电话，意犹未尽，复又拿起，给外地的亲朋拜年。许多年没跟外地的长辈联系了，这新年伊始的问候，让老人大为感动，我的心情也越来越好。

如果没有收到这些问候，我整个晚上可能就这样睡过去了。氛围是人营造的，生活的情调是人调节的。一个人，有了生命的激情，才会有生命的果实，生活才会生机勃勃。我想，当新年钟声响起的时候，我为什么不能主动操起电话呢？在给别人送去欢欣和喜悦的时候，自己也感受生活的充实和快乐。生命的运行中，要学会自我发动，发动起来，生命才能旋转、腾跃、充满活力。

王大爷的年货

王大爷七十三了，在马路旁设摊修鞋，生意很清淡。这一带行人少，鞋匠越来越多，他居然还有一天"不开壶"的时候。

王大爷是从东北迁移过来的。他原在一家林场工作，后来上级动员他离开单位，说是工作需要。王大爷不识字，但最听上级的话，卷起铺盖卷走了。岂不知他是响当当的正式职工，工作好几十年了，应该有退休金和其他福利的。王大爷不懂，叫咱走咱就走。他自己无儿无女，孑然一身。

正月里我和同事小生去给王大爷拜年的时候，带去了两条鲅鱼和一瓶二锅头，他感动得饱含热泪。王大爷说，他过年的年货是一瓶白干、两斤猪肉和两斤牛肉。年前好几天，他想上市场买几条鱼，转了几次，最便宜的鲐鱼也是两三块一斤，就没舍得买。王大爷说，吃鱼太浪费，去头去尾去刺，没东西了。不如买肉上算，实打实。我感觉老人清苦了些，老人却十分满足，说起过年眉眼间舒展着笑。

古人说：减除物累，便超圣境。温饱不解决不行，那是要受罪的。温饱解决之后，幸福的浓度并不与物质生活的丰裕程度成正比。物质条件应有尽有的时候，日子反而平庸而腻味了。奢者富而不足，俭者贫而有余，精打细算的日子最有过头。幸福是什么？幸福是饥肠辘辘时的一顿饱饭，幸福是瑟瑟发抖时的一件棉衣。诗云：世味薄方好，人情淡最长；心安茅屋稳，性定菜羹香。诚如是也。

静听天籁

童稚的声音,那是人世间最清纯、最美丽、最高贵的声音。童年的欢歌,童年的笑语,难道不比春莺展喉、布谷长唱、百灵嘲啾更悦耳、更明目、更舒心吗?

与厄运顽强抗争所发出的沉雄呐喊,难道不比雷吼风唱、山呼海啸更具震撼人心的力量吗?

在这个艳阳高照的夏日的过午,在风声如歌的大海边,一处小学校园里悠扬的歌声、热烈的掌声和清泉般的欢笑声,把我从办公室里吸引出来。立于楼前,驻足观望,小学校内正进行着一场演出。没有舞台,场景简陋,但我敢说,这是最精美绝伦的一场演出,也是最感人肺腑的一场演出。

因为,表演者是经受了生命的创伤而仍然挚爱着生命、对生活充满炽热情感的一拨残疾人,一个特殊群体。

因为,观赏者是清晨的露珠一样纯洁明净的孩子!

残疾人啊,他们的每一个脚印、每一声足音,都是顽强不屈的生命历程的碑铭和呐喊。主持节目的,是一位坐在轮椅上的年轻女性,她笑容灿烂,话语清脆。安排的节目,有独唱,有合唱,有口技表演,有男女声二重唱……演唱者是残疾人,伴舞者也是残疾人——那是六名一袭黄衣的聋哑姑娘。没有凄婉,没有幽怨,他们所诉说和表现的,只有生命的渴望,没有生命的悲凉!

三所小学的小学生集中到这里,做残疾人叔叔阿姨的忠实观众。原本小鸟一般蹦蹦跳跳、叽叽喳喳的孩子,这当儿按队形整齐划一地排列着，鸦雀无声。他们黑亮的眼珠盯紧台上，凝神观望。可爱的孩子，善良的孩子，他们可能也意识到：对于这些不幸的残疾叔叔和阿姨送来的节目，如果不倾注所有的热心，那是多么可耻的一种忽略和冷漠！

但沉静只是暂时的，片段的。因为残疾人叔叔阿姨精彩的节目，有足够的魅力让小家伙们手舞足蹈、欢呼雀跃。

那位自小就患小儿麻痹症的叔叔表演的口技，让同学们心醉神驰。小鸟的婉转清叫，火车的舒缓轰鸣，公鸡的报晓，母鸡的"报功"，是如此的惟妙惟肖，台下的孩子们像炸了锅，欢呼声漫成一片。

那位吉林大学毕业的残疾人叔叔特幽默，他唱歌之前先"煽情"，鼓动同学们随着他的歌唱而拍手、拍脸、伴唱，这样"幸福就会降临到他的身上"，他强调两点：一是只拍自己的脸而不能拍别人的脸，否则能引起战争；二是只能轻拍不得重拍，否则脸蛋要胖起来。好家伙，孩子们鼓掌、拍手、欢唱，憨态可掬，眉飞色舞，校园里一下子成了欢乐的海洋。

还有哪个群体比孩子更纯真、更可爱！听他们回答"好不好""像不像""对不对"这些问题时，清脆的嗓音拉出长长的齐刷刷的"好——""像——""对——"，于是，一种被称为感动的东西会水漫金山一般地涌上你的心头。孩子们的掌声，像春雨点地，漫成一片；孩子们举起的手臂，像一丛丛茁壮成长的小树林。

孩子们对残疾艺人的感激和奖赏，用了他们自己最为珍贵的形式：为他们戴上一条鲜艳的红领巾。我在想，是谁萌发和策划了这样珠联璧合一般的演出？残疾人燃烧生命所绽放的艺术之花，那是人世间最艳丽的奇葩；而坐在这里为之鼓掌、为之陶醉的观众，是人世间最为可爱的孩子。在这样的活动中，孩子们欣赏到的不仅是艺术，更有残疾人搏击苦难、自强不息的人格力量！

所以，当失去双手的那位残疾青年用脚艰难地写下"爱心无涯"四个大字时，我虽然隔得远，但还是看清了诸多孩子眼窝里涌出的泪水。这是最善良的眼泪，这眼泪需要比金子还要珍贵的心肠才能分泌出来。

看着孩子在一天天蹿高，你能聆听到嫩芽破土、庄稼拔节的美妙声音。

看到残疾人擦干眼眶的泪痕，揩净身上摔伤的血迹，一声呜咽，踽踽前行，你的耳边分明响起了大海日夜不息的潮声。

天籁，那是自然界的声音。风声雨声，鸟啼虫鸣，瀑布的轰鸣，波涛的吟唱，空谷的回响……而人间天籁，那是我们生命中最普通、最真切而又是最动听、最悦耳的声音。

春秋代序，穷达流变。不能衰老和粗糙的，应当是那颗感受良知、感受天籁地韵的心。听一听没有污染的孩子们清纯的童声，听一听与厄运顽强抗争、奋力跋涉的坚定足音，赏析天真，享受感动，纯洁精神，蕴养元气，那是怎样的一种拥天连地的真切感受！

欲听天籁，须先静心。让我们屏心凝神，静听天籁！

西北汉子阿东

麦子徒步走丝绸之路,从西安西郊出发的时候,阿东组织了26条汉子为他送行。这些汉子全是阿东的哥们儿,有的秀眉细眼,貌白神清;有的瞪眼扒皮,凶神恶煞。

阿东顾不得出生仅3个月的女儿,顾不得小媳妇阿娟,陪着麦子整整走了12天,200公里,一直走到陕西与甘肃的交界——风口村。在彬县大佛寺关帝庙前磕罢头,拥过抱,挥泪作别。之后,阿东又悄悄尾随麦子走了5公里,心意彷徨,无限惆怅。

如此仗义,如此慷慨激壮,阿东也算是一条好汉了。

今夏,阿东偕妻带子,自西安来青岛旅游。到达青岛的当天晚上,麦子在劈柴院饺子楼请阿东吃饭,打电话把我叫去。

阿东比我想象的要英俊,也不是土生土长的正宗西安人,他在北京长大,这多少让我有些失望。但他毕竟在西安生活了这些年,十三朝故都的文化熏染,使他的音容笑貌举止言谈透出厚重旷远之气。酒席上,我们习惯了单手举杯,轻轻或重重一碰,咕咚一口,全干或浅呡,算是潇洒了。阿东不然,不论是一饮而尽还是略微表示,均为双手端杯,高举齐眉,凝目正视,继而昂首而饮,真有那古都侠士的风采。八百里秦川确实非同一般。

我此后一年去了西安,才知道西安汉子并非都这般倜傥,阿东在西北人里边也是精品。

我的酒量也算可以了,自以为在青岛港上也有些名气。我们以茶碗喝酒,我喝到半碗的时候,看阿东,一碗已露出底。重新给他添上,他也不像我们在酒桌上那般计较,谁喝完谁没喝完,绝对要分清。就这样痛痛快快地喝,喝到最后,阿东每口下的量明显减少,内行人明白,这是体内容纳不下了。散场后,阿东从木楼梯往下走,一不留神,差点跌倒。这是酒精的功力。

能喝时,慨然不辞;待有感觉,锐气渐减;以醉作谢,醉得其所。喝酒如许,阿东的豪爽可见一斑。

在许多地方,喝不喝酒,喝什么颜色的,喝多少,很随便了。北方的饮酒,也渐次向宽松发展,猛灌滥喝不怎么时兴了。但痛快酣畅慨而慷的酒家,酒德既敦厚,酒风又朴实,仍然可爱。只是大口喝酒的形式一样,内涵却不同。借酒狂言乱语气冲斗牛,本与豪放粗犷无缘。

阿东在著名的书院门搞篆刻,也是西安城里有名的人。席间我们谈到贾平凹,阿东说,他老哥儿在西安城人缘不错。下次你去西安,咱提溜两瓶西凤酒找他喝去。阿东离开青岛的时候,我托他给平凹老哥带去了两包大虾干。

云南老客

云南老客张茅茅是我在第六海水浴场游泳时认识的,几次接触,使我感受到人性里诸多优秀的朴素的品格。真善美潜含在我们生活的点点滴滴之中,只要用心去感知,定能享受生活之甘美,获取生命的启示。

10月下旬的海水,已经凉意袭人。晨曦微透,我来到第六海水浴场游泳。一个中年男子探头探脑地走来,问我:"同志,我是云南冬泳协会的,我想游泳,怎么交费?"他中等个头,黝黑面皮,戴一副近视眼镜,一脸真诚。我指指管冬游的干部老刁,他便虔诚地走到老刁跟前。老刁说:先洗吧,洗完再说。他却较真:"刁师傅,我明天还要洗,是不是先交费?"老刁正在沙滩上跟众弟兄玩排球,大手一挥,张扬出青岛人的慷慨豪爽:不要紧,洗吧,洗吧!

于是这中年人一迭声地说"谢谢",心存感激地开始更衣、下海,眼睛眯起笑意。就在这更衣和下海的过程中,我们俩聊了起来。虽是萍水相逢,他却把我当作亲人一般信任。他说,他在昆明四季游泳,已经坚持五六年了。

"我快六十岁了!"他自豪地说。他身板笔直,精神旺盛,不说真看不出他的实际年龄。他告诉我,他原在机械厂工作,两年前下了岗,在家做手艺活,挣了点钱,就和爱人一起,护理着八十多岁的老岳父出来旅游,让老人有生之年能游览祖国大好河山。什么手艺活呢?他说,是做葫芦丝、巴乌什么的——傣族、彝族、苗族等少数民族的传统吹奏乐器。

当今，除非是特殊情况需要吹牛，比如说，你跟阔别了多年的同学相聚，这同学当年也和你一样，是班里的小头目，甚至还和你同追过同班的一个什么花什么兰，你可能要猛注水分，显摆你是怎样一个大亨，多么能耐，多么风光，出息得多么好，权力多么大，多么红彤彤、紫乎乎，基本上能呼风唤雨。你要吹嘘你去了南美几次、西欧几国，甚至还去过月球，去过天国仙界，你手里的钱根本花不完。再不，你就是喝大了，手一伸能戳着天。而在平时，尤其是在异地他乡，跟一个陌生人，谁会直言快语讲自己挣了点钱、发了点财？我不禁在心里感喟他的坦诚。

第二天我是午饭后游泳的，第三天早晨起晚了些。当我赶到"六浴"的时候，太阳已整个冒出地平线。沙滩上，这位云南老客正全神贯注地为一个中年妇女拍照，我猜想是他爱人。果然，他笑着向我介绍："这是我老婆。"

他老婆生就一张饼子脸，装束打扮像一个乡下女人，但脸上有善意缭绕。云南老客支起三脚架，在沙滩上搬来搬去，一本正经地为老婆拍照。在他的指挥下，他老婆不断变幻造型，这当儿正背对朝阳，侧身向海，还要伸直左臂，手掌指向大海，动作浪漫而神情沉静。于是，沙滩上许多人驻足观望，交头接耳。但两口子浑然不觉，旁若无人，做自己喜欢的事情，幸福着自己的幸福，并不在意别人目光里的成分。

云南老客拿出身份证给我看，告诉我他的名字：张茅茅。他说，离开青岛后还要游烟台，转大连。他毫不掩饰对青岛旖旎风光的留恋，听我说大连比青岛还要漂亮的时候，他眼亮如炬："是吗？比青岛还好？！"他告诉我，昨天导游小姐带他们坐快艇观光，讲海面上的浮子区养殖珍珠贝，青岛珍珠全国挂号、世界闻名，下船后立马带他们去旅游商店购买青岛产的优质珍珠项链。老张说："我是知道的，你们海里养的是扇贝，是海带，哪是什么珍珠！"

他往我身边靠靠，对着我耳朵说："这样做影响青岛的形象，你们单位管不管他们？"我说："不行，管不着。"

明天老张就要去烟台，他跟众泳友说：明天晨游时为大家吹葫芦丝。下半夜刮起阵阵秋风，漂起漫天秋雨，凌晨，前海巨浪翻卷，惊涛拍岸。我想，这茅茅先生肯定不能来了。谁知走进更衣室，他已经站在那里，葫芦丝、巴乌等乐器也包装着带来了。

他的乐器贴了"张茅茅制"的标记和联系电话，他说，要对买主负责。

和着大海的涛声，他给我们吹奏了傣族、苗族的曲子，优美清婉，动人心扉。吹奏的时候，他笃定自如，表情宁静，你完全看得见他高旷的心怀和细密的心思。我问他："你是不是精通乐理？"我想，一个能亲手制作出这般精美乐器、能吹奏出这般美妙乐曲的人，金石之气，蕙兰之香，哪有不谙乐理之理？岂不知，张茅茅回答："不懂，我不懂。乐器全是自己琢磨着做出来的。"

友好，真实，坦荡，诚信；本色地活，朴素地活，敞开心扉面对人生。这就是云南老客张茅茅留给我的善与美的启迪。人类文明中那些古老的传统的优秀道德品行，任何时代、任何社会都不应该过时，都不应该被人们抛弃。面对人与人彼此画线自守甚至相互的猜忌和提防，老张坦荡的胸襟和醇美的心情，给我们送来一阵清爽的轻风。

四十杂感

　　白驹过隙，人已四十。

　　小时候读小说，钟情的是书里的年轻人，因为年轻人朝气淋漓，生龙活虎。读《林海雪原》时，对二十二岁的少剑波心驰神往，对四十一岁的杨子荣感情漠然，印象里四十岁已老得不成样子，头发灰了吧？牙齿松动了吧？现在明白，二十啷当岁的人，纵然智商再高，思维再睿智，阅历再丰富，又能到什么程度？因此，少年思童稚旧事，常觉肤浅；青年想少年事，每有赧颜；壮年想青年时代某次所言所行，又往往生发对于当时浅薄与无知的惭愧。甚至，我们常常为昨天所讲的某番话、所做的某件事而甚感难为情。人一天天成熟，终生都在进步，谁也不敢说大话、说狂话。当年，台湾侯德健大唱《三十岁以后才明白》，我等亦随声附和，似有大彻大悟之感觉，四十岁回想其歌词，为轻薄而自嘲。

　　四十岁，看见了许多，看透了许多，也还有许多没看清，甚至压根儿没有看到。绝不敢说看破红尘甚或看透红尘，那太张狂。看透的，就透了，没看透的，继续看，或者干脆就没必要去看了；得到的就得到了，没得到的也没必要非得到不可。古人云：但识琴中趣，何劳弦上音。保持恬淡的心态和高雅的情趣，真是很重要，也很美好。

　　美好的事物留在你的记忆里，当时也许很淡，后来却很浓。对于功名利禄的感受，当时也许很浓，后来却索然寡味。四十岁时回顾人生，还是童年的时光最美好，童年的往事最让你动情，不管你的童年多么苦涩，多么凄清，多么孤独无依。童年时节，最数冬夜里独自跋涉时的景致最美，顶着满天星斗，踏着遍地寒霜，童稚的心几缕兴奋、几多紧张、几份舒展，这实际上就是你一生行程的常态。

活到四十岁，深深浅浅，坎坎坷坷，悟出了一串大大小小的道理，含金量最高的当推两条：一曰"从来就没有什么救世主，也不靠神仙皇帝"，也就是说"天上不会掉馅饼"，"要创造人类的幸福，全靠我们自己"；二曰"车到山前必有路"，或曰"没有过不去的火焰山"。人越活越懂得，在生活中干什么事都不会那么顺利，但却没有过不去的事。任何事情，都不会像你预料的那么好，也不会像你想象的那么糟。预料的太好，那是你预料时的心境太好；想象的太差，那是因为你当时神情沮丧。正确的人生态度应当是：往最好处努力，往最坏里打算。

当生活把你逼近绝路，千万不要绝望。写过《城南旧事》的台湾作家林海音借英子爸爸之口说过一句实在而有分量的话："不要怕，无论什么困难，只要硬着头皮去做，就闯过去了。"

没有谁比鲁滨孙更坚定更现实也更富有诗意。他被弃荒岛，身陷绝境，为了控制自己的沮丧心情，他按照商业簿上"借方"和"贷方"的格式，写出自己的幸与不幸，有利与不利，每天阅读数遍，平衡心理，稳定情绪，在绝望中寻求希望。咀嚼着孤独凄凉，他开始一心一意地安排自己的生活，有滋有味地度过了28个春秋。这给我们最大的启示是：在最不幸的处境之中，我们应当把好处与坏处对照起来看，从而找到聊以自慰的事情，找到生存的勇气和空间。

四十岁时想人生，半生不熟，半熟不透。孔子云："吾十有五而志于学，三十而立，四十而不惑……"这话是他对自己讲的，主体是他个人，是对他自己不同生命时段的概括和总结。四十不惑，那是人家圣人、智者对自己的总结，或许是期望，我们千万不要自作多情，自作聪明，孜孜不倦地用人家的标准和生命体验来规范、约束、审核、界定自己。我们一味强调"不惑"，实际上，惑与不惑只有我们自己知道。少卖弄，多做事；平心静气，默默感受。还是孔子的能激励人：

智者不惑，仁者不忧，勇者不惧。

贾平凹神乎其神。四十岁时跟禅师学禅回来，写副条子挂于书房，说：见山是山，见水是水；见山不是山，见水不是水；见山还是山，见水还是水。一半大彻大悟，一半无奈无聊。人常常是尴尬地生存。眼睛里容不得沙子，是理论上的说法。现实的说法是：眼里要容得下沙子。否则，你的烦恼可能会无根而生长。张爱玲说：人生是件华美的睡袍，里边长满虱子。

人活到四十岁，春愁秋伤、落寞惆怅越走越远。奢华常来诱惑，却过着清贫的日子；有时也想霸悍，但透出来的还是平和。四十岁是正宗的中年人了。四十岁，应当有南宋诗人赵师秀《约客》的恬淡：黄梅时节家家雨，青草池塘处处蛙；有约不来过夜半，闲敲棋子落灯花。诸多"客人"失约，你一定要宽容：人生就是这个样子的。

年轻时听过一首歌，歌名已忘，一句歌词却永志不忘，叫作：摆摆手，招呼着春天和你一块儿走。你说这歌词写得多大气，多恣肆，多豪迈，又多霸道！春天是你家养的，还是被你买断了？你招呼它走它就那么听话？你可以千金买宝刀、千金包美人，还可以买花圃、买草地、买庄园，但你能把春天买下来吗？买下来它就一定那么听你摆布吗？

但春天确实掌握在你的手中，正所谓情由心设，景由心造。我苦于人生烦恼太多、抑郁太多，一段时间曾幻想每时每刻都能有一个愉悦的心情，幻想在心里安装一个小型的恒温器或者平衡器什么的，随时调整心态。但不得其所。忽然有一天，读到这样的诗句："心中有个春天，一年四季，都是花期。"我兴奋不已：终于有了一个完善、完美、贴切、到位的例子了，在心里安装一个春天不就得了！

人过四十，有一个朴素的道理不能不懂。不懂，你还"惑"得很；懂了，不管实践到什么程度，你也算"不惑"了。这就是：人生在世，无论处在什么位置，不管面对什么情况，都不应当以牺牲自己的情绪为代价。只要快乐，你就什么也不缺！

四十岁的男人不幸成为一匹老马,那是臧克家诗中拉车的马:总得叫大车装个够,它横竖不说一句话。背上的压力往肉里扣,它把头沉重地垂下……

人生如梦,往事若烟。四十岁,四十岁,回首,洒落甘苦泪;抬头,望断天涯路。我们还是要记住:生活如同挖井,只要不停地挖,总能见到水。

泪蛋蛋在那眼窝窝里打转转

晚7时30分,在青岛日报社阳光大厅举行《西部放歌——王向荣独唱音乐会》。

王向荣一出场,我就开始发愣:这哪里是王向荣,这不成蒋大为了吗?头发锃亮,一袭白衣,连皮鞋都是白的。不同的是,王向荣的白上衣是大襟式的,还钉的红钮子。

唱的没问题,是那高亢、苍凉、悠长的大西北动静,歌声里掺着黄土高原的沙子,卷着黄土高原的粗犷之风。

但旁边却有人嘀咕:坏了,王向荣不行了,唱破嗓子了。

我扭头瞥他们一眼,心想:懂什么懂?第一,你期望值太高,王向荣是人不是神,你指望他的歌声让你们这些大老爷们晕过去?办不到。第二,好效果需要主体和客体的和谐与统一,你让王向荣站在黄土迷漫的陕北唱,立在他家那口土窑洞门口唱,你那是个什么感觉?现在在哪?是在黄海之滨现代化都市的一座美妙的音乐大厅里。

但是,这身打扮不行,这不是王向荣,这不是黄土地,这不是黄土文化。我挨到中场休息,直奔后台找主持人,说:王向荣应该穿大对襟,应该扎白羊肚毛巾。如果他没带来,我包里有,我带来了,我借给他。主持人想了想,说:对!

于是,他带上我满楼找王向荣,但就是找不到。最后,他的徒弟马爱军告诉我:王老师在房间里换装。

下半场,王向荣整个换了形象,他不像个干部了,成了农民:白羊肚毛巾头上扎,平底皮鞋脚上蹬,一身耀眼的大红对襟衣裳,真是山丹丹开花红艳艳……好了，陕北味出来了。这才是王向荣啊，王向荣，你唱吧，亮开嗓门唱吧！

独唱，领唱，男女对唱。我点着数，王向荣唱了整整19首。《泪蛋蛋》《你看看哥哥哪达好》《摇三摆》《东山点灯西山明》……王向荣唱得气韵酣畅，如泣如诉。他唱到最后的时候，我在心里想，快结束吧。

愿意再听下去，又担心他嗓子太累。

王向荣啊王向荣，你还是当年我们在《望长城》中看到的王向荣，你的黄土地一样的脸色是变不过来的，你的满脸真诚的笑容是没有造作的，你怎么出息怎么红火怎么光彩，你都是我们印象中的王向荣啊。你的老母亲还好吗？你家的土窑洞还好吗？

泪蛋蛋在眼窝窝里打转转。一个当年曾孤身跑到大西北转了一圈的中年人，对黄土地的向往和留恋是真挚的。我带去的白毛巾，刚从军人用品商品里买来，我上午在家扎在头上，已经模拟演唱了好多首陕北民歌。我的打算是，如果条件允许，我非扎上"白羊肚"登台！

同往的老李说：听到《绣金匾》的时候，我的眼泪要滚。

有一幕最让我感动：王向荣唱完一组下台休息，女声马爱军上台演唱。这时候，王向荣在哪里？我从所坐的角度能看到他：他居然盘起双腿，背对舞台，坐在舞台的边沿上休息，整个一副农民的做派！

他的徒弟，米脂县高宏乡寺沟村的那个高艳红，就更农民了，她的坐姿比王向荣"陕北"许多。

可是，我忽然想，我们是不是太自私？正因为我们需要"庄户"，就非要王向荣按我们的欣赏模式，在扮装和做派上呈现"庄户耍"吗？

第四辑

山川走笔

郑板桥是一座精神长桥

一

江苏泰州，地肥水美，江北名城。

泰州兴化，一个有着两千年历史文化底蕴的县级市。

300多年前，在兴化城东一条叫作郑家巷的胡同，一个耕读之家，有一个大头男婴呱呱坠地。这孩子三岁丧母，由乳母抚养长大，后来成为康熙秀才、雍正举人、乾隆进士。他就是郑板桥，原名郑燮，字克柔，号板桥。

54年后，郑板桥在山东潍县做了七年县令，留下"删繁就简三秋树，领异标新二月花"的大量字画，留下"衙斋卧听萧萧竹，疑是民间疾苦声"的人本思想，留下潍坊朝天锅一样热气腾腾的诗篇，留给潍县百姓无尽的仰慕和思念。

若干年后，曾任中央美术学院院长的江苏宜兴人徐悲鸿，反复观摩郑板桥名画《兰竹》，激动不已，奋笔疾书："板桥先生为中国近三百年最卓绝的人物之一。其思想奇，文奇，书画尤奇。观其诗文及书画，不但想见高致，而其寓仁悲于奇妙，尤为古今天才之难得者。"

山东潍坊，物华天宝，齐鲁名城。秦汉时为北海郡，北宋时属京东东路，明清时称潍县，郑板桥当年为官之地。

盛夏时节，在潍坊乡下长大，濡染昌潍大平原浓郁古风的笔者，来到泰州，走进兴化，怀着崇敬心情，拜谒板桥先生。

二

兴化城有板桥故居和纪念馆，回廊转舍，翠竹环绕。一丛丛秀竹，一簇簇新芽，俊雅其表，坚贞其质。清风掠过，窸窣如语，透出悠远禅意。

在兴化市政府党组成员、教育督导室主任曹伯高带领下，众人穿过繁华闹市，踏入一方净土。板桥雕塑肃立于流水之侧，掩映于修竹丛中，神态俊朗，眉目清爽。

苏东坡诗云："宁可食无肉，不可居无竹。"而真正痴情于竹、以竹为友、终生画竹者，莫过于板桥先生。陶渊明爱菊，林和靖爱梅，周敦颐爱莲，郑板桥爱竹，既各得其所，也超逸众生。

长廊深处，庭院幽雅，此处有《道情》说唱。入得庭内，古色古香。有深蓝长衫之俊男，天庭如月，纯白长裙之淑女，气质如竹，若珠联璧合。执竹筒，调长板，演奏中对唱板桥《道情》。

《道情》是中华曲艺文学之奇葩，渊源于唐，鼎盛于清，唱为主，辅以说。板桥才情俱佳，有《道情》10 首广为传诵。

板桥深谙人间烟火，其引子曰："枫叶芦花并客舟，烟波江上使人愁。劝君更尽一杯酒，昨日少年今白头。"

《道情》第十曰："拨琵琶，续续弹，唤庸愚，警懦顽，四条弦上多哀怨。黄沙白草无人迹，古戍寒云乱鸟还，虞罗惯打孤飞雁。收拾起渔樵事业，任从他风雪关山。"

艺者深情引吭，矜持而婉转，内敛而外逸。此曲只应天上有，人间能得几回闻。几曲唱罢，全场肃然，众人不舍离去。

移步大堂，有幸观瞻板桥字画真迹。一干服饰笔挺、手套洁白的工作人员，表情庄严，神态虔诚，徐徐展开画卷，仪式感令在场者为之动容。据悉，纪念馆藏有板桥真迹 33 幅，以及各种版本的《郑板桥集》。

兴化城黛瓦灰墙，古朴典雅。闹市之中，民宅深处，造访了著名画家、书法家邹昌霖。此公乃板桥七世后裔女婿，画竹画兰，几十年潜心修炼，人已仙风道骨。极谦和，赠余竹画，形神兼备。配以六分半书之题跋，板桥风度，出神入化。

三

郑板桥（1693—1766年），祖籍苏州，生于兴化。其身份定位是：书画家、文学家，"扬州八怪"重要代表人物。

"扬州八怪"，是指清康熙中期至乾隆末年活跃于扬州地区一批风格相近的书画家的总称。前后近百年，并非完全同时期。因为为人处世、书画风格异于常人，不落俗套，故称"八怪"。笔者一直在想，打包"扬州八怪"，固然形成了群体效应，但对有旷世之才的板桥而言，实在是淹没了他的声望。

兴化人杰地灵，学风炽盛。历史上曾出过262位举人、100位进士，出过文状元、武状元，还出过不少名宦重臣。写《水浒传》的施耐庵，"纵横二千里，带甲数十万"的张士诚，都是兴化名士。范仲淹曾在兴化建学宫，岳飞曾兼泰州知州，驻军兴化，抗击金兵。湖南人魏源曾任兴化知县，编纂《海国图志》100卷，提出著名的"师夷长技以制夷"策论，探寻强国御侮、匡正时弊、振兴国脉之路。

历史如烟如海，人物若明若暗，而板桥先生历久弥亮。在浩瀚的时光天幕上，闪烁着愈来愈璀璨的光华。

距七品县令郑板桥1693年出生整整200年，1893年，有一个叫作石三伢子的男孩诞生在湖南韶山冲，这就是伟人毛主席。毛主席是哲学大家、文章大家、书法大家。新中国成立初期，有一次与身边同志论书法，毛主席表扬了两个人，一个是晋代王羲之，一个是清代郑板桥。他说："你再看郑板桥的帖，就又感到遒劲有力，这种美不仅是秀丽，把一串字连起来看有震撼之感，就像要奔赴沙场的一名勇猛武将，好一派威武之势啊！郑板桥的每一个字，都有分量，掉在地上能砸出铿锵的声音，这就叫掷地有声。"

习近平总书记有一年在河南考察,参加兰考县委班子专题民主生活会,讲话时引用了郑板桥的一首诗。他说:"清代郑板桥,以画家、文学家著称于世,长期在河南范县、山东潍县担任知县。他重视农桑、赈济灾民,案无留牍、室无贿赂、清正廉明,深得百姓拥戴,其诗句'衙斋卧听萧萧竹,疑是民间疾苦声。些小吾曹州县吏,一枝一叶总关情'成为千古流传的爱民心声。"

桥板九泉有知,定当欣然之致。在他谢世200多年之后,两位领袖,一个赞其艺术,一个褒其官品,何其欣慰与自豪!

四

山东境内,鲁中地区,省会济南与海滨名城青岛之间,有一座城叫潍坊,别称"鸢都",古称潍县。

郑板桥《怀潍县》记载:"纸花如雪满天飞,娇女秋千打四围。五色罗裙风摆动,好将蝴蝶斗春归。"

这里以风筝著名,已举办37届国际风筝节;以朝天锅著名,起源于乾隆年间的铁锅猪下货、大杂烩香飘白浪河两岸;以青萝卜著名,"烟台苹果莱阳梨,比不上潍县萝卜皮"。

历史上,这里曾是一座以轻工业名世的城市,"二百只红炉、三千铜铁匠、九千绣花女、十万织布机"名闻遐迩,鼎盛一时。有郑板桥《潍县竹枝词》为证:"三更灯火不曾收,玉脍金齑满市楼。云外清歌花外笛,潍州原是小苏州。"好官郑板桥,勤政善治,带领当年的潍坊人民,熬过了灾荒,赢得了繁荣。

坐落于潍坊市胡家坊街,有一座建于清光绪年间的"十笏园",也是郑板桥纪念馆。"十笏",是以官员上朝时手执的笏板比喻庭院之小巧玲珑。

35年前,1986年隆冬时节,古城潍坊天寒地冻。这天下午,萧瑟寒风中,由潍坊市水产局办公室主任王广成引领,十笏园迎来了三位来自青岛的客人。其中一个细瘦青年,用心瞻仰,流连忘返。回去不久，写下散文《缅怀郑板桥》，发表在《青岛日报》琴岛副刊。后来，文章获奖。这是一个学海水养殖专业的水产技术员，正备考高教自学考试汉语言文学专业。

五

人间最珍贵的是情怀。仁慈之心无价，人本思想难得。

读郑板桥诗词，格思高远，意趣生动。有许多篇章酣畅淋漓，血性偾张，字里行间体现对弱者的同情，对百姓的悲悯。如《逃荒行》《还家行》《思归行》，客观反映社会底层疾苦，鞭笞官吏之残暴与贪婪，有杜甫"三吏""三别"之风。

《逃荒行》写于1746年，作者由范县改任潍县。这一年，山东大饥，饿殍遍野，板桥有感于潍县饥民外出逃生的惨相，写此长诗以记其悲状。诗中有云："十日卖一儿，五日卖一妇。来日剩一身，茫茫即长路。万事不可言，临风泪如注。"为了活命，卖掉妻子、儿女，走上了不知所终的讨荒路。

《还家行》描述了"死者葬沙漠，生者还旧乡"的现实。讨荒者归家后"井蛙跳我灶，狐狸据我床。驱狐窒鼯鼠，扫径开堂皇"的凄荒，典出的故妻赎回时"摘去乳下儿，抽刀割我肠。其儿知永绝，抱颈索我娘"的悲怆，妻归家前后"后夫携儿归，独夜卧空房。儿啼父不寐，灯短夜何长"的惨状，催人泪下，不忍卒读。

而《思归行》，真实记录了当时社会现实，"山东遇荒岁，牛马先受殃。人食之十三，畜食何可量。杀畜食其肉，畜尽人亦亡"。

乾隆十八年（1754年），山东大地遭遇大旱。郑板桥因赈济饥民得罪了上司，被罢官。临行之前他写下"乌纱掷去不为官，囊橐萧萧两袖寒。写取一枝清瘦竹，秋风江上作渔竿"，挂印而辞，潇洒而去。

板桥之诗作，追求的是生活化、平民化，既不故作高深，更无扭捏作态，通俗易懂，亲切自然，于高雅与通俗之间开心明理，如一股清风吹过文坛。

六

　　余秋雨先生之专著《中国文脉》，认为明清两代540年，风华耗尽，文脉衰弱，进入萧瑟晚景。除明代哲学家王阳明和清代小说家曹雪芹，其他人难入法眼。

　　人世沧桑，风流云散，不少显赫人物，终为历史长河所褪色，而板桥历久弥新。窃以为，郑板桥诗书画三绝，独树一帜，创六分半书，不仅文脉浩然，更有鲜明的人本思想、厚重的精神沉淀。

　　板桥精神，是"四时不谢之兰，百节长青之竹，万古不败之石，千秋不变之人"的追求精神，是"立功天地，字养生民"的进取精神，是"删繁就简三秋树，领异标新二月花"的创新精神，是"衙斋卧听萧萧竹，疑是民间疾苦声"的仁慈精神，是"写取一枝清瘦竹，秋风江上作渔竿"的旷达精神，是"千磨万击还坚劲，任尔东西南北风"的坚韧精神，是"吃亏是福""难得糊涂"的哲思精神，是"淡如我辈成胶漆，狂到狂奴有性情"的洒脱精神。

　　读板桥诗文，雅俗共赏，多有警句箴言。板桥思想，启蒙世人，鞭策众人，济世利人。板桥精神，源远流长，泽被后世。

　　在板桥谢世70年之后，较之先生晚生整整100年的湖南邵阳人魏源（1794—1857年），来到兴化任知县。他爱民如子，躬身实践，为后人留下"上有青天，一片冰心盟上帝；民皆赤子，满腔热血注民瘼"的精神长廊。

　　泰州市市场监管局党组书记、局长顾维中与余同行，在兴化，与时任市委书记叶冬华、市长方捷、常务副市长徐立华等交流。说及板桥先生，切磋板桥文化，莫不感慨系之，自豪自励。冬华是泰兴人，本科时在山东大学法学院攻读，曾在山东潍坊法院实习过，对板桥精神有着独到的领悟与思考。顾维中从兴化干到泰州，创新精神、文化建设、民本情怀对标板桥。方捷办公室里备有几个版本的板桥全集，余暇研读，滋养情怀。徐立华是土生土长的兴化人，说及板桥，如同家人。

　　这个冬天，京华天寒，小区竹正瘦。于家中寻出昌霖先生所赠板桥翠竹图，用心品读，觉竹枝劲秀，春意葱茏。

　　画中配板桥诗云："曾栽密密小楼东，又听疏疏细雨中。满砚冰花三寸结，为君图写旧清风。"有所感受，提笔疾书："天下江河日夜东，白发少年仍懵懂。留得板桥精神在，千帆归来抱春风。"

　　郑板桥是一座人格的坐标，也是一座精神的长桥。凭着这桥支撑，沿着这座长桥，我们跨过沟壑，穿越河流，告别险滩，绕开堵塞，一路向前。

　　从兴化走出的板桥，带着人格的润泽，闪烁精神的光芒，走向千古，走向永恒。板桥光耀兴化，光耀潍坊，光耀历史，光耀人类。板桥精神值得发掘，值得传承，永不过时，永不衰老。

天上苍山，人间洱海

一

有一个电影，有一句台词，说："上为苍山，下是洱海。"

在大理，你走来走去，转来转去，总离不开苍山的垂顾，难回绝洱海的关切。跑来跑去，看来看去，还在苍山的眷恋中，仍处洱海的怀抱里。

苍山一十九峰，峰峦叠嶂，积雪皑皑，融化后汇成一十八溪，涓涓流水，汇入洱海。抬望眼，苍山如黛，白云缭绕；看过去，洱海如镜，水天一色。

洱海256平方公里，相当于40个杭州西湖。如同钱塘江赋予西湖以生命，一年四季，春夏秋冬，苍山给予洱海不竭活水。

一天天，一年年，神州大地，江河湖海，许多水污染了、变质了，而大理的水，依然纯净甘美。人们说，在大理，水喝在嘴里是甜的，摸在手里是柔的，冲洗在身上是细腻的。只有用大理的水冲出的下关沱茶，才保住了那股纯朴的味儿。

苍山是大理的根，洱海是大理的魂，交相辉映，珠联璧合，是上天对大理的馈赐。有了根与魂，下关风、上关花、苍山雪、洱海月才有了丰赡充沛的生命。

二

22年前的金秋时节，一位年轻人自黄海之滨的青岛来到云南。

他从省城昆明乘长途车，经过整整14个小时的山路颠簸，赶到大理。住"红山茶"宾馆，游"红山茶"客轮，看蝴蝶泉，登小普陀，写下散文《大理好风光》，发表在《青岛日报》琴岛副刊。

文中写道："苍山不墨千秋画，洱海无弦万古琴。"青岛有崂山、有黄海，大理有苍山、有洱海，而风光迥异。

谁曾想过，大理魅力何在，为何这般吸引人？

当年背着行囊跑大理的年轻人，如今鬓发已衰。他这样理解：其一，大理有自然风光，苍峰秀水，堪称大西南高原明珠。其二，大理有悠久历史，曾几何时，这里是"南诏国""大理国"的架构，古城深邃，三塔耸立。其三，大理有白族风情，青砖白墙，"清白传家"，花如海，歌如潮，情如酒，爱如磐，当年看过电影《五朵金花》的人无不心醉。

洱海四周，分布着海东湾、挖色湾、双廊湾等许多美丽的海湾。依着海湾，枕着水声，建起许多客栈。来到大理，当你随便选择哪一家客栈住下，打开窗，都是一幅绝妙的风景油画。躺椅上入静，看连绵的群峰，看满天的星斗，看明月悬空，看红日喷薄，看碧波涌起，看清风入怀。

我们住在远山近水客栈，还看窗前洱海水中一排挺拔的水杉，看客栈后院里数株高大俊美的芭蕉。当然，还听户东家"三三""三九"的犬吠和一群雄鸡的鸣唱。

三

漫步大理古城，仰望"五华门""洱海门""苍山门"，踏斑驳石板，摸风尘城墙，陡增沧桑之感，不知今夕何夕、今年何年。

大理历史悠久，是云南最早的文化发祥地之一。有人考证，一千多年前，大理就是世界上14个大城市之一。

公元738年，洱海地区"六诏"中的南诏，统一苍洱大地，建立起南诏国。后晋时代的937年，通海节度使叫作段思平的，进军大理，建立大理国。当然，在此之前，有南诏灭亡之后先后还有大天兴国和大义宁国。一直到南宋宝元年（1253年），元世祖忽必烈策马扬鞭，率大军攻占大理，建立云南行省，南诏、大理历唐宋两朝，达500年之久，大理成为西南政治、经济、文化之中心。

岁月绵延，历史在续写。时光进入20世纪中期，作家金庸写出《天龙八部》，宏伟悲壮，离奇曲折，大理风云有所体现。

紧贴苍山，有新建的天龙八部影视城。天龙八部，世间众生。城里，有皇宫王府，有英雄美女，有侠客书生，弥漫着金庸小说里的缥缈和温情。但请你不要指责这里在拍卖字画，也不要见怪城里的商业气息，这毕竟不是1000年前的大理国，而是今天的大理城。

在大理，值得一看的，还有剑川的石宝山唐代石窟，还有佛教圣地鸡足山，还有巍宝山的道教观宇建筑群……

四

大理的天，似乎始终是蓝天；大理的云，大概时时刻刻都是悠悠白云。从北京来到大理，总有些梦幻的感觉。

那天上午，自苍山脚下，乘缆车经七龙女峰，登上了苍山十九峰之一——3940米海拔的洗马潭。在这里，真切地看到一缕缕、一片片白云是如何爬上山坡、漫出山岫、飘过山涧的。

既然是天上苍山，这里一定会有仙女。当地人说，杨丽萍就是苍山的天女下凡。她家贫，只上过几年学，从未经过专业训练，但凭着自己的悟性、好学和经年累月的苦练，终成一代舞神，她是云南的孔雀，是白族的骄傲。

洱海在人间，但洱海也有仙女。电影《五朵金花》中的副社长金花、炼钢厂金花、拖拉机手金花、畜牧场金花、积肥模范金花，都是人间仙女。

世人皆知大理美，欲得其美要珍惜。那天上午骑自行车出游，沿西海岸出发不久，见到一块稻田刚刚夷平，十几辆大卡车一字排开，拉来石块，实施奠基。疑惑是否要盖高档旅游场馆，问之，施工员告知：要新建一座污水处理场……听罢，不禁对大理更有好感。

告别大理那天中午，刚好大雨初霁，大理机场白云悠悠，晴空碧碧。

对大理，说一声再见，大家都是匆匆过客。

对人生，道一声珍重，大家都是匆匆客过。

夜宿东极岛

很久以前,上苍抓起满满一大把珍珠,撒向人间东海。于是,有了美丽绝伦的舟山群岛。大大小小 1390 个岛屿,如同一颗颗璀璨的明珠,镶嵌在伟大祖国的胸襟,闪烁在浩瀚太平洋的怀抱。其中,超过 1 平方公里的珍珠就有 58 颗。

东极岛,中国版图最东端,舟山群岛最东端,位于东经 122.4°,北纬 30.1° 之间。

时维九月,天高气爽。秋风秋雨中,笔者有幸随调研组踏上东极岛,夜宿东极岛。

一

自沈家门渔港乘船,渐渐靠近庙子湖岛。大雨小雨不停歇,大珠小珠落玉盘。天上,云卷云舒;海面,浪回浪涌;意境,如梦如幻。

这里的风真大。刚下船,刚毅的东极镇党委书记张忠代就指给我们看:前几天的台风,硬是把那块 17 吨重的礁石打到岸上。唐代边塞诗人岑参有句:"轮台九月风夜吼,一川碎石大如斗,随风满地石乱走。"那是西北陆路边塞,这是东南海上边塞,但其粗犷豪迈可比肩。

舟山,地处我国南北海运大通道和长江黄金水道的交汇地,背靠长三角广阔经济腹地,是中国东部沿海和长江流域走向世界的重要海上门户,是远东国际航线要冲,也是我国大陆唯一深入太平洋的海上战略支撑基地。

此处距公海仅 12 海里。伫立岸边,极目远眺,太平洋的长风徐徐而来，掀动衣襟。可以想见，此地，公海，茫茫海宇间，湍流激荡处，有多少暗礁潜伏，有多少明眸闪亮。

此哨被誉为"东海第一哨"。走过巨石构筑的"海疆卫士门"，在海岛驻军营地，怀着敬意参观了"老海岛精神传承馆"。"祖国为重，海岛为家，艰苦为荣，奉献为本"，是老海岛精神的内核。

有道是：风的故乡，雨的温床，雾的王国，浪的摇篮。这里全年有120天以上8级以上大风，发生过许多感人的故事。有军嫂带娃来探亲，因为浪大，人隔岸相望，却不得相见，船又折回，骨肉难聚。

多少年来，一代又一代军人建岛守岛，栉风沐雨，披荆斩棘，让人感受"千里走单骑"的别样豪迈和"沙场秋点兵"的别样气概。到此方知，著名军歌《战士第二故乡》由当年东极岛驻军官兵所创作，气贯日月，极其感人。

二

夜宿客栈。远处是潮水的气韵，耳畔是秋雨的淅沥。

当地人告诉我们："若是晴天，倚在礁石上，坐在石阶上，你扳起手指，能数得清一颗、一颗又一颗的满天星斗。"

天不亮，悄然出门，漫步海岛，登东极亭，临东翔亭，俯瞰海，仰望天。目光所及，天海澄碧，灰瓦黛墙，绿植丰厚，曲径蜿蜒，千帆竞发。

星河璀璨，历数峥嵘岁月；碧海辽阔，阅尽风云万千。

东极人重情重义，感恩感德，岛上建有福建惠安人财伯公的庙和塑像。相传，两百多年前，财伯公在东极遇险而幸存，之后每到雾天，上山点火，为过往船只导航。

沿着石巷石道，多见老年渔家，坐小板凳，远眺大海，休闲惬意。或手捧一碗，盛了面条，菜肴是碗中的数条小咸鱼。或有一只小猫依偎身边，温馨感人。当地渔家，话语高亢响脆，对话如同吵架，外人听不太懂，但刚中也带柔，蕴含着细密和绵软。

饱经沧桑的石屋石墙，几经风雨的石阶石条。岛上尽是石头砌成的小楼或平房，多有鹅卵石铺就的小道。绿树葱茏之间，也有月季花在摇曳。驻足一家叫作"紫珊瑚"的宾馆，感受名字的诗意。

倒陡街真陡，坡度几近45度。拾阶而上，遇一位女士，手里拎着刚上岸的两兜子鱼。还有一位老妇人，在自家门口缝制被子，铺在青石砌成的矮墙上，早晨的阳光洒满她的全身，一派圣洁。被子的图案也不同内地，是大海、鱼虾、水草。

一片片白浪涌来，一拨拨潮水退去。在礁石旁的墙壁上，看到了"东极村党组织结构图"公示栏，"中共舟山市普陀区东极镇东极村总支部委员会"班子成员的照片摆在第一排，庙子湖、青浜、黄兴、东福山四个岛的全部党支部成员摆在第二排。

东之极，天之涯，海之角，党组织的触角深扎海域，如定海之针，固船之锚。

三

看是一幅画，水域斑斓，山岛竦峙，岩石嶙岣，错落有致。听是一首歌，涛声不息，海鸥鸣晓，渔舟唱晚，草虫唧啾。

正值东极渔嫂文化节。走在庙子湖特色步行街，走进东极历史文化博物馆。

大海与渔船，是渔民历久弥新的话题，也是渔民精神与财富之源。在这里，看到了船的变迁，看到了小打洋船、木板船、机帆船和钢质船，看到了渔家的精神力量、精神气质和精神追求。千百年来，渔家既与海相依为命，又与海拼死相搏。

大海的宽广与深沉，养育了渔民豪放、爽朗的性格，也孕育了独具特色的现代民间绘画——舟山渔民画。在东极，看到了独具魅力的渔民画展。东极基地目前已形成群体创作，陆续培育渔民画作者200余人。在创作题材上，大多以反映渔村生产情景、劳动生活场面、民间传说、历史故事为主题。

一群群踏浪归来的渔民，在弄桨操舵、引梭织网之余，用细沙般的情感融入画笔，以丰富的想象、夸张的手法、新颖的构思、明快的色彩，表达出海岛特有的风俗情趣和浓厚的生活气息。渔岛风光，人情之美，渔家之乐，令人神往。驻足一幅《休渔期》的漆画，令人颇感震撼。摆在展室的，是小幅精品；悬挂在倒陡街的，是巨幅长廊。

整个东极岛，演奏着渔岛、渔民、渔船、渔网、渔民画的美丽乐章。曲径通幽处，也有"禁止不拍照"的幽默。路标上，有中英日韩四种文字。东极岛正走向世界，也拥抱世界。

四

日月之行，若出其中；星汉灿烂，若出其里。

舟山，一座风采独具的魅力之城；东极，一个风光旖旎的梦幻之岛。

凭着旖旎的海岛风光和独具特色的渔家文化，东极岛确立了旅游业和渔业双翼齐飞的发展定位，市里区里正大抓旅游规范化标准化建设。干练的普陀区副区长李丽对此用心良苦，对相关情况了若指掌。她不时点评道路两侧的餐馆布局和经营秩序，叮嘱相关同志下一步怎么做。

不到舟山，不知道海里鱼多；不到东极，不知道海里鱼鲜。既有认识的黄花、寨花、鲐鲅、加吉、柳叶、舌鳎、黑头，更有不曾相识的许多鱼种。东极岛的带鱼，入口即化，鲜得甚至带着甜味。有一种叫作"章跳"的鱼，细嫩无比。小海鲜更是品种丰富。看一眼大排档，保你馋涎欲滴。

午时，即将返程。入住时，细雨迷离，给人朦胧之愉悦；辞别时，云开日出，给人明丽之美。东极，风雨雷电皆景观，浓妆淡抹总相宜。

舟山市自行设计的公益广告，文字是："大海！我的家！"鱼虾贝藻画面下的注脚是："保护海洋，就是保护我们自己的家。"

东极岛，舟山的标识，大海的乡愁。走近东极，夜宿东极，感受生命的品性、精神的力量和人间的美好。对每一位岛民、每一间石屋、每一块礁石、每一朵浪花、每一寸风光，都怀有敬重。

黄河向东

兰州，盛夏，傍晚，与甘肃朋友晓东面对面坐在号称"甘肃第一船"的明珠号上，望着眼前滚滚而去的黄河水，我油然而生抒写黄河的情感。

写什么题目？

一开始，我想列"黄河东流去"。这是作家李准的书名，我小时候听过收音机的"小说连续播讲"。1938年，日本鬼子侵入中原，黄河两岸烽火连天，溃退南逃的国民党军队扒开黄河花园口大堤，淹没了河南、江苏、安徽3省44个县，1000多万中原人民受灾。《黄河东流去》以此为背景，描写了黄河两岸儿女的深重灾难和英雄壮举，后来荣获茅盾文学奖。

这个书名既厚重，又含蓄，还抒情。黄河流淌千古，呼啸向东，自身饱经沧桑，也阅尽人间兴衰沉浮。任何定语、状语、副词、形容词都显苍白，唯有"东流去"后缀，令人遐思旷远，意味深长。这正是：千般滋味说不出，却道"天凉好个秋！"

诗云："五千年的古国文化，从你这儿发源；多少英雄的故事，在你身边扮演！"正所谓也。

一

"在九曲黄河的上游，
在西去列车的窗口。
是大西北一个宁静的夏夜，

是高原上月在中天的时候……"

为了写好这篇随笔,我先吟诵贺敬之这首《西去列车的窗口》,凝聚元气,激发情怀。生命贵在真诚,生活呼唤激情。当激情日渐消沉,元气萎靡不振,我们看到了虚假的深沉、浅薄的骄躁。当然,还有欲望汹涌澎湃,还有冷漠令人心寒……

贺老这首诗,我初中时学过,也能背诵。这次在兰州至天水途中,同行的同志朗诵几句,引发我的共鸣。

紧接着,景物更近,诗意更美:

"一站站灯火扑来,像流萤飞走。

一重重山岭闪过,似浪涛奔流……"

这是一首内涵美、意境美、音律美的好诗。当然,在该诗分娩的那个年代,它还特别具有政治美、思想美、高亢美。

朗诵着这样的诗句,你分明能看到黄河滔滔、九曲奔东,能看到车轮滚滚、碾碎时光,能看到明月朗朗、银河清浅,能看到山峰依依、重峦叠嶂,能看到流萤急急、奔走闪烁……

明月清风本无价,好诗美文醉人心。读这等诗句,既明月朗照,又清风袭人,似啜甘露,如饮琼浆……

现在,我和晓东就坐在黄河岸边,看黄河,喝黄河啤酒。

这是九曲黄河的上游:甘肃兰州,黄河岸边,号称5464公里黄河上最大、最豪华的游船——"甘肃第一船,黄河明珠号"上。

这是暮色渐起的时候:天际苍茫,大河奔流,流萤萦怀,清风徐来,美好的夏夜令人陶醉。

黄河岸边,一位兰州老汉坐在马扎上看光景,上身穿黄色短袖军衬衣,下身却是大裤衩子,憨厚可爱。我与他搭话,问他凉不凉快,他并不回答,只是悠悠地笑,露出两排大板牙。

船上所供啤酒,均冠以"黄河"名号:黄河大浪5元,黄河劲浪8元,黄河麦浪12元;还有黄河纯生12元,黄河王15元,黄河500

罐装 10 元，黄河 330 罐装 8 元……

这确实是一艘大船，高四层，观光、歌厅、餐饮、极限运动、手抓活鱼应有尽有，船舷上挂出红纸剪出的火球，喜庆红火。

船上大书特书：黄河是中国人的骄傲，明珠是兰州人的骄傲。

他们的广告词这样讲：三年内让"明珠号"成为甘肃名牌，五年内成为中国名店。

四层既可餐饮，又是观光好去处。白餐桌，白凳子，顾客颇多，人声鼎沸。多有三三两两黄河女儿，对桌而坐，恬静说话，举杯饮酒，娟秀里透出豪情，不让青岛啤酒之乡女辈，真是不同寻常之风景。

我们桌旁，有一男两女在喝酒、说话、嗑瓜子。与之交谈，都是兰州人。黄河女儿凤眼长眉，娴静可爱；黄河儿郎红脸堂堂，耿直厚道。我们两桌合一，先是打牌，后是喝酒。我与晓东轮番与他们划拳、压指、剪子包袱锤，他们屡败屡战、屡战屡败，最后终于服输。

暮色中，黄河里小筏悠悠，快艇劲驰。兰州人民不愧亮化圣手，红的、橙的、蓝的、绿的……华灯齐上，把黄河两岸映照得五彩缤纷，如梦如幻。更兼黄河大桥横亘南北，璀璨耀眼，如同一条黄龙在黑夜里熠熠生辉。

站在船上，望对岸山峦起伏，高楼矗立。因为倚山而建，层次分明，更兼雕梁翘角，风格苍朴，因而极有深意。我想，兰州之魅力，在于造化垂青、黄河穿城，也在于黄河岸边逶迤古朴的景色。

俯视，是滚滚东去、浊浪翻旋的黄河水。略一搭眼，似是平静，不见湍急，细细看时，却是激流澎湃，暗流交迸，水团碰撞，蔚为壮阔。听黄河水哗哗作响，一股苍凉之气油然而生。我回北京后赶写了一篇记录工作的通讯《一路走来说基础》，开篇就有这样的话："古丝绸之路驼铃依稀，大黄河之水浩荡东去。"

仰看，是粗犷奔放的大西北的云，蓝如洗，红如丹，黑如铁，如龙腾云海，似猛虎跃涧，像狼群狂奔。这是"劝君更尽一杯酒，西出阳关无故人"的云，是"羌笛何须怨杨柳，春风不度玉门关"的云，是"杀气三时作阵云,寒声一夜传刁斗"的云,是金戈铁马、烽火狼烟的云,是在我的故乡山东看不到的云,也是我现在所居住的北京城所看不到的云。

不时响起悠长的汽笛声,似乎提醒你船在航道、人在旅途。

人在旅途中,一路有景色。只是我们脚步匆忙,很多时候顾不上欣赏。两年以前,也是盛夏时节,我曾来过一次兰州,匆匆中不曾上船,只在岸边喝过一杯啤酒。

站在船头,凝望河水,我在想:生命的意义,在于奉献。生活的质量,在于宁静。在此之前,已有很长一段时间,我在想一个词:

静能通神。

二

岁月催人老,往事如云烟。

1986年初春时节,我在山东省海水养殖研究所当技术员,领导派我到黄河入海口的东营去,联系渤海湾畔对虾育苗技术服务事宜,第一次北渡黄河。

当时的滨州黄河大桥、胜利黄河大桥还没建,渡河要靠木桩组合的浮桥。我乘长途车来到黄河南岸,陡生震撼:这就是黄河,这就是母亲河!

但见浑浊的黄河水哗哗作响,滚滚而去。长途车艰难地从浮桥上碾过,浮桥摇晃,起伏不定。赤裸着上身的黄河汉子攒拥在车身四周,调整木桩,推动车行,号子震天,场面煞是生猛。

东营地处鲁西北,因为全国第二大油田——胜利油田在此,便从山东惠民(现滨州市)、淄博划出一部分地盘,与油田区共同组成一个地级市。是时,因为建制不久,市区破烂,经济落后。我找到东营市水产局,他们正在旁边一家招待所召开各县水产局长会议,部署开发滩涂、大搞水产养殖事宜。我进了房间,往沙发上一坐,"扑通",原来这沙发早就坏了,只有一张布搭在表面。

过了黄河，愈往北行，愈感苍凉。民房低矮，乃黄泥垛成，有的甚至没有窗户。盐碱地难长庄稼，荒野凄凄，风一刮，漫天黄土，遮天蔽日。这一年，我与研究所同事、工程师王文义，春天在河口区新户乡指导对虾育苗，夏天搬到郭局村，巡回指导河口区的万亩连片养虾，深知此处土地贫瘠，百姓受穷。我那会儿刚走出校门，想不到、想不通还有如此贫困的地方，挥洒一首长诗《黄河啊，黄河》，感喟黄河之苍凉，哀叹民生之艰难，自觉发表无望，狂诵几遍，扔掉了事。

倒是后来写的那篇散文《穷人的日子》，在青岛日报《琴岛》副刊发表，还获了奖。

那一年，先是我们的对虾育苗大获成功，再是对虾养殖喜获丰收，为黄河入海口的经济发展做了一点贡献。春天育苗结束后，当地育苗场奖励我 1000 元人民币，当时我工资每月只有几十块，十分窘迫，这是平生第一次见到这么多钱。记得那天晚上风清月白，我激动得彻夜不眠。第二天回青岛，我把 20 张放在左脚鞋垫下，20 张放在右脚鞋垫下，还有 60 张分藏在橙色大皮包的不同部位，紧紧搂住大皮包，颠簸一天，带回青岛。

10 年之后的 1996 年深秋，我独自一人到西安，奔延安，登宝塔山，观延河水，去杨家岭，看王家坪，拜谒枣园，走访窑洞……之后，赶到宜川看黄河，在陕晋交界处见到壶口瀑布。

500 米宽黄河骤然被缚，50 米落差翻腾倾涌，"盖河漩涡，如一壶然"，能不壮烈？但很遗憾，因为这年秋天雨水偏少，壶口瀑布声势微弱。"听之如万马奔腾，视之如巨龙鼓浪"的气概，"雷首雨穴""万丈龙槽""彩桥通天"的景象，"秋风卷起千层浪，晚日迎来万丈红"的蔚为大观，基本没有看到。

写作此文，我来到质检总局五楼学术报告厅门外，这里挂了一幅大型摄影《壶口瀑布》，是《中国国门时报》资深记者长春兄的作品，定格壶口，气势不凡。

又一个 12 年过去了，2008 年金秋十月，我到宁夏，来到沙坡头。

这里是兰州黄河的下游，水面更宽，流量更大。我们坐上羊皮筏子，畅游黄河。

在黄河岸边王维的雕塑旁，我与他合影留念。王维宽襟高冠，左手捋须，右手秉笔，一派正气凛凛、才学横溢。他的身后矗立一石，上书其名篇《使至塞上》之名句："大漠孤烟直，长河落日圆。"有这么两句，再加上"明月松间照，清泉石上流"，再加上"行到水穷处，坐看云起时"，王维也就诗名不朽、流芳千古了。

今年3月，我第二次来到河南郑州，参加全国检验监管工作会议，郑州朋友国栋陪我来到"1938年扒口处"。大型浮雕再现了黄河扒口后两岸人民流离失所、逃荒要饭、啼寒号饥的凄惨情景。在此之前的2004年初冬，我刚借调国家质检总局办公厅，筹备当年的全国局长会，随总局检验监管司副司长袁长祥等人一起到河南调研。刚踏上中原大地，就被高度白酒灌了个烂醉。下午我俩头重脚轻地看完河南博物院，又昏昏沉沉地来到黄河扒口处。黄河岸边，天风飕飕，寒意劲袭，我很快沉迷懵懂，各种景物恍恍惚惚，似是而非。

再度来郑州，当年与我醉游黄河口、酒气飘万里的长祥先生，如今已是河南出入境检验检疫局局长。他来郑州一年，干劲如滔滔黄河，做梦都想加快中原发展，促进中原崛起。他业绩多多，名言不少，给人印象最深的，是他在全体大会上激励男士每一天都拿出当新郎官的劲头，希望女士每一天都有做新娘子的感觉。如此，才能兴高采烈，才能容光焕发，才能干净利索，才能永葆奋发有为、干事创业的充沛激情。

黄河串起人物，记忆永存心中。

三

黄河与长江都是伟大的。有人说，黄河是母亲，长江是父亲。称长江为父亲的人说，长江有魁梧伟岸的体魄，有浩荡磅礴的男子汉气概。

那么，黄河呢？黄河不伟岸吗？不魁梧吗？不浩荡吗？黄河既有母性的柔性与博爱，也不缺少父亲的雄壮与威严。而长江呢？她的母性基因、女性慈怀难道还少吗？以父母之谓、雄雌之别来定义长江、黄河，我总觉有点牵强附会。

2007年8月上旬，我随国家质检总局领导来到青海，送新任青海检验检疫局局长玉潮上任。玉潮自齐鲁大地来，年富力强，青海方面寄予厚望，欢迎宴会气氛热烈。其中，尤以青海省女省长秀岩讲得最令人难忘，她说："我住黄河头，君住黄河尾。玉潮自黄河入海口来到黄河源，青海、山东一脉相连，希望玉潮在青海大有建树，大有作为！"她以黄河说事，表达了欢迎，提出了期望，体现了关切，可谓会做官、会讲话。

黄河入海口，东营风云地。黄河自青海巴颜喀拉山北麓起源，走四川，过兰州，奔河套，越壶口，披星戴月，挟雷闪电，蜿蜒万里，百折不挠，大量的泥沙催生出黄河三角洲这块风水宝地。

黄河三角洲，鲁西北一颗明珠。黄河入海口的东营市，左挟渤海湾，右持莱州湾，凸入渤海，独占鳌头，气象宏大，意境开阔。这里是万里黄河的归宿，有湖光天色、48科270种水鸟翔集的游览名胜——天鹅湖，有名闻遐迩、气魄雄伟的胜利油田，有共和国最年轻的土地——每年以数万亩持续递增的一块生机勃勃的热土。

往事如昨，旧梦依稀。我1986年在河口区新户育苗，在郭局养虾；1987年在胜利油田农业指挥部育苗；1988年在利津利北育苗，在刁口养虾。1991年4月至1992年12月，我还作为山东省委选派的第六批下派干部，在黄河入海口的东营市利津县工作了一年半。

黄河黄，渤海蓝，滚滚黄河融大海，"黄龙入海"堪称旷世奇观。2005年深冬，我已到北京工作，元旦休息时间，自青岛开车直驱东营，与黄河三角洲同学王清顺、段美平、王昭亮等人，到黄河入海口看河、看海、看景物。隆冬时节，天寒地冻，入海口雄浑壮阔，萧条肃杀。因为黄河暗流涌动，海面并未冰封，只是大块的冰碴子浮在水面，碰撞升沉，在严酷的寒冬里呈现出冰雪消融般的勃勃生机，令人倍感振奋。夕阳西下，满目生辉，入海口数十万亩天然苇荡一望无际，随风摇曳，飒飒作响，令人大气偾张。

我的朋友，东营检验检疫局的张镜祥先生写过一篇美文《我爱黄河三角洲》。我当年在山东检验检疫局政工处主编《政工园地》时，曾发表此文。他文章中的精彩描写，我至今犹记：

——鸟瞰入海口，那海、河、陆地自然造化的大作气派，让我辈渺小得无奈，其壮观令人回肠荡气。是男儿可增一份雄武，是女士能添一丝娇丽。

——朦胧中视其色泽，或青黛，或天蓝，或红棕，或杏黄，或草翠，加之那分明的脉络，清新的纹理，柔和而又细腻，旷大而不失灵透……

张镜祥还有一篇《黄河三角洲之冬》，写吃年饭、打野兔、庄户杂耍、城市风情、踏雪寻梅、追云望月……把黄河入海口的风土人情状写得风姿绰约，令人无限向往。

这次在甘肃三日，省政府石军副省长一直陪同王勇局长考察工作。石军是黄河入海口的东营利津人，山东好汉，齐鲁美男。他长期在山东工作，1997年12月至2006年9月主政东营，先干市长，后当书记，开拓进取，政绩卓著。我的东营同学提起他的为人，充满敬仰和自豪。

饭桌上，我借着酒劲，端酒杯走近石军，说："我代表9450万齐鲁大地父老乡亲，敬您一杯！"他看看我，亮眼一闪，仰起脖子，高度白酒一饮而干。

我又为他斟满，再把我自己的杯子斟满，说："我代表210万黄河三角洲人民大众，敬您一杯！"他肝胆相照，一饮又尽。

四

杜子美当年登上泰山，兴高采烈地呼叫："泰岱夫如何？齐鲁青未了！"

我面对黄河，也在心里默念：黄河夫如何？污染苦未了……

我们不愿意看到，这条母亲河正日复一日地遭受着严重的污染。

1998年1月，中国科学院和中国工程院163位院士面对黄河断流、黄河污染的现状，联名呼吁："行动起来，拯救黄河！"

我看过央视一个系列节目，4路记者对黄河污染情况进行了一次全方位的扫描，得出的结论振聋发聩：黄河还能活几年？

——根据黄河水资源保护局监测，在许多地方，黄河水质为劣5类，高锰酸盐指数、氨氮和汞严重超标。高锰酸盐指数是衡量水中有机物的重要指标，指数过高，会导致消化道疾病，甚至肝癌发生；而氨氮则是水体中主要的污染物，在人体转化为亚硝酸盐后对人体有致癌作用；汞，剧毒物质，容易损伤脑组织和肝肾组织，从而导致死亡。一个地方的老乡说，黄河的水常年恶臭刺鼻，不仅鱼活不下去，人待久了也会觉得头晕。

——黄河流域最大的淡水湖是乌梁素海，曾被誉为"塞外明珠"，但现在当地老百姓却给它起了一个很难听的外号，叫河套地区的"尿盆子"。原因是这里地势低，几乎整个河套地区都把工业废水和生活污水排到这里，成了一个大污水池，之后再向黄河排放。

——死鱼漂浮在污浊不堪的黑水上。一次黄河水污染事故，使该河段80%的黄河野生鱼类死亡，虾类基本灭绝。而艰苦的整治之后，发现许多化工厂仍然在排污。对管口排水进行取样检测，污水严重超标，其中高锰酸盐超标16.8倍，氨氮超标1.87倍。看：一根直径半米之多的大管子，正在排放一种酱油色的水流，管子下面的河道上，白色泡沫在流淌。

——沿着东河和黄河交汇处上行，是更为触目惊心的画面：这里的水已呈现一种墨绿色，上面还覆盖着一层灰白色的油污。河床上，垃圾成山，蝇蚊飞舞。

——村民告诉记者，他们很久没见到鱼的踪影了。"和谁说呢？没法说！这黄河以前没有这样，也就这两年。"不能打鱼了，村民只能种地。葵花曾是这里村民最喜欢种的一种经济作物，黄河岸边的土质沙化，非常适合葵花这种经济效益高的作物生长。但近年来，由于黄河水的污染加剧，用黄河水浇灌的葵花几乎都被烧死了。

——张老汉说："我七八十岁的人了，无所谓，日子不好过的是下一代。农民就是靠着地生活，地臭了、毁了，没有了地，那该怎么办！"

众多的工业污水、生活污水、农业污水，正在源源不断地排入黄河，黄河正在变成一条污水河。由于严重的污染，不光黄河两岸的农田大量减产，许多城市守着黄河却没有水喝。而且更为严重的是，许多两岸百姓因此而怪病缠身，不少年轻人居然出现牙齿脱落、头发掉光的现象，越来越多的人得上了癌症。

……

黄河在哭泣，河水污染不堪重负。

黄河在哭泣，两岸人民忧心忡忡。

屏息凝听，能听得到黄河的呜咽，能听得到两岸人民的叹息。

当然，受到污染的不仅仅是黄河，海也污染，江也污染，湖也污染，溪也污染……水在污染，山在污染，大气在污染。

有人一针见血地指出："国破山河在"痛心，"国在山河破"也痛心。

我们曾经历过一个以牺牲环境换来经济快速增长的时期，环保方面的历史欠债太多。积重难返之下，非痛下决心，难见实效。就黄河近些年来治理污染的情况看，有喜有忧。喜的是一些污染企业已经在政府的监管下加大投入，进行了污水治理，其排放水的标准基本达到了要求。但此喜甚小，其忧很大：仍有很多污染企业置国家环保法规于不顾，一如既往地向黄河排放污水。与此同时，随着城市"摊面饼"规模的扩张，人口急剧膨胀，生活污水急剧增加，大多数城市污水处理能力远远低于城市增长而带来的污水增长。

据说，兰州城市污水排放量占排入黄河污水的四分之三，包头污水总量的 40% 直接排入黄河。大中城市如此，而对于更多的中小城市来讲，不少地方污水处理设施几乎为零。与此同时，农业大量使用的化肥、农药排入黄河，造成另一种可怕的污染。

科学发展，刻不容缓；拯救黄河，要有"狠"劲！

黄河啊，黄河，我们的母亲之河，养育着中华民族，孕育了中华文明。

且听李太白的激情澎湃：

"黄河之水天上来，奔流到海不复回！"

且听李东阳的高亢吟诵：

"清口驿前初放船，长淮东下水如弦。劲催双橹渡河急，一夜狂风到海边！"

且听《黄河船夫曲》的热血抒怀：

"乌云满天，惊涛拍岸，黄河的船夫，在暴风雨中搏战。经过千辛万苦，终于到达彼岸。这象征着我们伟大的民族和人民，突破惊涛骇浪般的重重困难，终于取得辉煌的胜利！"

作家艾青在《我爱这土地》里，深情吟诵：

"为什么我的眼里常含泪水？

因为我对这土地爱得深沉……"

用心写下这些关于黄河的文字，表达我对黄河的一份赤诚！

开封之行

人生有缘,生命是缘。

到过的地方不少,写过的地方不多。有时,淡然索味,兴致不高,不想写;有时,感想很多,感受很深,无暇写;有所感慨,有暇为文,幸莫大焉,此为有缘。

河南回来,感慨颇多。列出"开封之行"这个题目,多年来有关河南记忆的回顾、思考,有关中原文化的认识、积淀,也就不得不写、不吐不快。

一

曾经三次去河南。

临去之前,心存敬畏;去了之后,满怀敬重。

这是我真实的感觉、真切的感受。我对朋友说,一个尊重历史的人,没有理由不对河南肃然起敬。

中原大地,历史何其悠久?这里有八千年的裴李岗文化,有六千年的仰韶文化,有四千年的龙山文化。云阳镇的古人类臼齿化石,渑池、许昌、安阳出土的各种旧石器,更足以诠释四五千万年的人类历史。河南,当之无愧的中华民族发祥地。

中原大地,积淀何其深厚?漫长的历史长河中,河南始终占据中国政治、军事、经济、文化之重要地位,20个朝代建都或迁都河南。七大古都,河南有三。武王伐纣,周公营洛,春秋诸侯争霸,战国群雄逐鹿,刘邦项羽对峙,光武刘秀兴汉,曹魏中原称雄,隋末瓦岗暴动,赵匡胤陈桥兵变,岳飞麾兵抗金,李自成浴血奋战……千百年来,这里上演了一幕幕波澜壮阔的历史活剧。

中原大地,人文何其璀璨?风景名胜不可计数,光辉人物熠熠生辉。郑州商代遗址、开封相国寺、洛阳白马寺、安阳殷墟等古代史迹俯拾皆是,洛阳、开封、商丘、南阳、安阳、郑州等历史文化名城大名鼎鼎,吸引无数海内外游客前来观光访祖。孕育出思想家老子、庄子,政治家商鞅、李斯,科学家张衡,医圣张仲景,文学家韩愈,诗人杜甫、白居易,哲学家程颢、程颐,民族英雄岳飞等享誉中外的历史文化名人共计1000之众。

上网,查河南概况,赫然发现一段话:

"华夏民族的故乡,华夏文明的摇篮,母亲河,国之中,城之源,王者之地,中原河南!"

阳春三月,我再进河南。

时光短暂,看点极多,如何取舍?

我选择了开封。把一身风尘、一个半天、一个晚上留在了历史上被称为大梁、汴梁的地方。

因为,这里号称"七朝古都"。春秋时,郑庄公筑开封城,作囤粮储粟之地,取开拓封疆之意,故名"开封"。通常说法,战国时魏国,五代时后梁、后晋、后汉、后周,北宋,金,共计七个朝代在此建都。新中国成立之初,河南省省会仍然设在这儿,1954年才迁至郑州。

因为,这里是响当当的历史文化名城,古刹名寺、文物古迹遍布境内,龙亭、铁塔、包公祠、相国寺、开封府、山陕甘会馆、清明上河园、天波杨府、宋都御街名闻遐迩。

因为,这里有令我敬仰的英雄人物。包青天清正廉洁,执法如山。杨家将世代忠良,舍身报国。文官不爱钱,武将不惜死,苍生之期盼,朝廷之幸哉。小时候,我听大人讲述包拯和杨家将的故事,"铡美案""打龙袍""大战金沙滩""十二寡妇征西"……直听得我唏嘘不已,正气浩荡。

因为，这里有"铜琵琶、铁绰板、大江东去"的豪放词，有"杨柳岸、晓风残月"的婉约词，有苏轼，有欧阳修，有柳永，有晏殊，有寇准，有王安石、司马光、黄庭坚、秦观、周邦彦……有《水浒传》《金瓶梅》。

学者余秋雨曾说："我最向往的朝代，就是宋朝。"

英国历史学家汤因比说："如果让我选择，我愿意活在中国的宋朝。"

那么，我就去宋朝吧，就去汴京吧！

二

欲识开封，必登龙亭。

郑州朋友国栋陪我，看完包公祠、相国寺，来到龙湖公园，登上龙亭大殿。

龙亭，建于七朝皇宫遗址之上的新宫殿，位于开封市城内西北隅。以龙亭大殿为帅，由午门、玉带桥、嵩呼、朝门、照壁、朝房等建筑群组成，金碧辉煌，气势雄伟。登上龙亭，可观历史之烟云，可见文化之斑斓。

龙亭大殿，雄踞殿基之上，巍峨壮观，气势不凡。大殿前御阶，乃青石雕刻，九龙蜿蜒盘绕，尤显庄严肃穆。看文字介绍，知龙亭高36丈，象征36颗天罡星；72级台阶，代表72颗地煞星；大殿面阔9间、进深5间，昭示皇帝九五之尊。

御阶朱红，红得发紫；宫殿金黄，黄得耀眼。近40度的坡度，陡增大殿之威壮。殿顶，飞檐高翘，檐角绚丽，饰有狮、虎、马、羊、鱼等琉璃瓦件，精雕细镂。角下，皆挂风铃，随风作响，声若珠落玉盘。

游人甚少，殿内清静。我与国栋，边走，边看，边想，神思遐飞，兴意盎然。

这里蚊子多且大。小蜻蜓一般的个头，一团团在眼前飞舞，不知是何品种，避之不及，挥之不去。是后梁时留下，还是从北宋飞来？

龙殿地势颇高，天风吹衣。夕阳西下，辉洒寰宇。望眼前午门、朝门金光大道，看两畔湖水荡漾，涌绕龙殿，一如立于栈桥之上，倍感时光之悠远、历史之沧桑。

大殿上方，刻有楹联："话七朝事尚许清浊两湖水，登百尺台徒叹盛衰万寿宫。"

水波荡漾者，潘杨二湖也。"清浊两湖水"，东侧之潘家湖，乃北宋奸佞潘美（潘仁美）所有，他为人奸诈，陷害忠良，故潘湖水浊；西侧之杨家湖，为北宋忠臣杨业住宅，杨家世代忠良，忠心报国，故湖水清澈。在开封，你随便拉住一个人，几乎都能给你讲一段有关潘杨二湖的故事。

也有人说这是杜撰，认为历史上潘美亦开国名将。民间传说，人心所向，信与不信，任人评说。不过，开封人总愿意在杨家湖尽情逐浪，而从不下潘家湖片时游泳。

公园三面环水，湖面广阔，波光粼粼，湖岸弯曲，桃红柳绿，既有北方宫殿浑厚之气魄，又兼南国园林秀丽之娇美。湖中建有"探古苑"，林木葱郁，绿草如茵，犹如镶嵌在碧波中的一块碧玉。

我们转到龙亭公园前的广场，墙壁上赫然题写：畅游皇家园林，赏析宫廷往事，解读王朝兴衰。

是的，该赏析一下，解读一下。

置身开封，立于龙亭，有一个问题萦绕心中：开封，到底是七朝古都还是六朝古都？连开封人自己也说法不一。通常来讲，"品大宋文化，游七朝古都"很响亮，但开封的一些宣传广告上，旅游景点上，大墙小报上，时而六，时而七，莫衷一是。

我的考证结果，大致是：

第一朝：魏。公元前364年，魏惠王将魏国国都由安邑（今山西省夏县）迁到大梁，大兴土木，扩建城域。至公元前225年，秦王嬴政举兵伐魏，秦将王贲率大军将大梁城围了个密不透风。魏国军民拼死抵抗三个月，王贲气急败坏，一怒之下，引鸿沟之水灌城，大梁城一朝被毁。此后千余年间，开封由国都降为县，又由县升为郡、州，绝缘显赫，销声无音。

第二朝：后梁。唐末，黄巢农民起义军将领朱温背叛革命，投降李唐，被封为汴州刺史、宣武军节度使，镇驻汴州。后因镇压农民起义军"有功"，晋封梁王，独霸一方，皇帝梦渐入佳境。公元904年8月，他杀了唐昭宗，立年仅13岁的辉王为帝（哀帝），三年后逼唐朝小皇帝禅让，改国号为梁，史称后梁。汴州升为开封府，定为后梁国都，这是开封首次以"开封"名世。公元923年，李存勖灭后梁称帝，迁都洛阳，史称后唐。

第三朝：后晋。公元936年，沙陀贵族石敬瑭灭后唐称帝，国号晋，史称后晋，建都开封，把后唐行宫仍作为皇宫，名大宁宫。后为契丹所灭。

第四朝：后汉。公元947年，契丹灭后晋，中原人民强烈反抗，晋河东节度使刘知远乘机在太原称帝。契丹北撤后，他仍以开封为国都，国号汉，史称后汉。

第五朝：后周。公元950年，后汉枢密使郭威灭汉称帝，国号周，史称后周。

第六朝：北宋。历史终于翻到了公元960年这一页。这一年，后周皇帝柴荣最为信任的大将——殿前都点检赵匡胤在陈桥发动兵变，把即位不到一年的柴荣之子赶下皇帝宝座，黄袍加身，建都开封，史称北宋。北宋的建立，结束了五代十国的割据纷争局面，使中原和南方地区重归统一。

第七朝：金。公元1125年秋风瑟瑟时节,金兵劲旅压境,逼近京都,宋徽宗魂飞胆战，借口患病，慌忙传位于太子赵桓，朝野一片混乱。金兵占领汴京，掳走徽、钦二帝及皇族宗室、能工巧匠共计3000余人，北宋灭亡。康王赵构在归德（商丘）继位为帝，建立南宋，后退居临安（杭州），与金对峙。

之后，金帝完颜亮（后被废为海陵王）为攻南宋,把开封作为基地。

公元1161年6月，他来到开封，9月率兵进攻南宋。10月金国发生政变，完颜雍在辽阳称帝，完颜亮在扬州之南瓜州渡被部下杀死。金世宗完颜雍先把国都定在燕京，后因北方蒙古族日益强盛，为避攻扰，于公元1214年把都城迁到汴京。金朝都汴二十载，即1234年被蒙古灭亡。

以上可列七朝。还有一个貌似皇都、几近京城的"尾巴"，值得在此一提。

公元1358年5月，红巾军大将刘福通率军进攻中原，占领汴梁，定为首都，在宋、金故宫的基础上营建宫室，设置丞相、枢密、六部、御史等中央机构，并以"行中书省"名义铸颁"元帅之印""管军万户府印"，颁发各地，做皇帝事。刘福通政权定都汴梁一年多时间，正是全国起义军声势浩大之时，当时活动在苏皖一带的朱元璋部，亦接受其册封，奉行"龙凤"纪年。后来，汴梁城于1359年秋被元军攻陷，龙凤政权退守安丰（安徽寿县）。

而称开封为"六朝古都"者，我想，大致是将战国时之"魏国"排除在外了。中央电视台播出的10集大型人文纪录片《河之南》，是这样确定的：

隔着郑州，与洛阳遥相呼应的是七朝古都开封，战国时期的魏国，五代时期的后梁、后晋、后汉、后周以及北宋和金都在此建都……

"开封城，城摞城"，这是开封城的真实写照。战乱不休，更迭如此，更有历史上开封境内黄河大堤数次决口，7次水淹开封城，破坏之后是重建，开封城积淀了太多的历史风尘。

国栋告诉我：每遇节假日，龙亭公园会隆重上演节目，《九帝迎宾》《杯酒释兵权》《杨八姐游春》《李师师劝君》……还常常举办龙亭灯会。每逢此时，整个龙亭公园游人如梭，水泄不通。

走在宫阙中，行在富丽处，繁花似锦，尘埃落定，一时间，不知今夕何夕，不知自己姓甚名谁。我想，漫步宫廷，神交古人，再赶上节日庆典活动，眼前有帝王将相，身旁是才子佳人，如果再喝上两盅老白干，飘然若仙，似梦如幻，你怎能搞清楚，自己生活在哪朝哪代？

在龙亭大殿，我俩细看"宋代蜡像馆"，串起对于赵氏王朝遥远而真切的回顾。9组蜡像，分别是"宋朝开基""杨业归宋""澶渊之盟""包拯上任""召见外使""安石变法""水运仪象""徽宗作画""李纲复职"，表现了北宋8位皇帝老子的历史大事，涉及60多个人物。我以为蜡像了不起，是十分逼真的艺术表现形式，形态、眼神、皮肤、发须均酷似真人，配以真实的道具和服饰，堪称栩栩如生。

蜡像馆前，我们看到一对中年夫妻，双手合掌，虔诚朝拜，口中念念有词。拜蜡像何益？我等不解。问之，来自焦作，家有难事，带了干粮，祈求平安。拜完龙亭，还要拜包公祠、开封府、天波杨府……

见古就拜，心诚则灵。他们拜的是心中夙愿，并非其他。

三

古都暮色降临，开封华灯初上。

吃完黄家老店的灌汤包和鲤鱼醋面，我们夜宿开封宾馆。这是一座庭院式宾馆，具有浓郁的宋代建筑风格，朱门沉沉，砖墙青青，古色古香。

彩灯闪烁处，有乐曲悠悠，那是宾馆开设的"戏曲茶楼"。门前画各类脸谱，大书：名家名段，群英荟萃；承接会议包场，举办各种庆典。

这里演唱豫剧。在广袤的中原大地，大邑小镇，市井乡村，处处可寻豫剧演唱戏台，时时可闻高亢悲凉的河南豫剧。豫剧，中原父老乡亲的至爱，已融入中原大地的血脉之中。

进得门来，一杯茶，一碟瓜子，一盘水果，每人收费30元，可免费听到曲终人散。如果点人点曲，则另收费用。如果哪位忍不住要登台表演一曲，也要交费，如同卡拉OK。

茶楼里沙发成排，舞台明亮。小桥、湖水、椰子树的背景下，乐队隐藏在布帐之后。在这里，我们欣赏了《大餐庄》《桃花庵》《卖苗郎》《大祭庄》《抬花轿》《收姜维》的唱段。查歌单得知，我们有幸听到了杨瑞、陈平、李秀云、刘志刚这些开封名角的演唱。

但令人扫兴的是，演出很快收场。

两个小青年闯入茶楼，满嘴酒气，气势汹汹地滋事，又擂桌子，又掀凳子，看样子好像是与在茶楼工作的一名女子有关系。众人劝阻不果，团长出面无效，最后不得不中止演出。

某些人，一方面不乏善良真诚的天性，一方面又在原生态地宣泄着自己的劣性。

我两次到郑州，在入住宾馆的不远处，就是高级人民法院。每一次走到那儿，都看到许多上访的人们。这次来，我早晨5点多钟散步，行至法院正门，一位上访的中年妇女形容憔悴，就地而卧的是她的伤残儿子，身下铺一床破被子，被子下是一块塑料布，看样子是上访的老户。工作人员出来做工作，让她把儿子弄到传达室一侧去，这样太扎眼。那女人一边流泪，一边诉说，大意是说，推来推去，无人管事。

在开封龙殿公园大门广场众人休闲处，我注意到几名百姓情绪激动，似有不平事。其中有一中年女性，头发已斑白，坐马扎子，面对龙殿正面，左手擎雨伞，右手执铁棍，在地上不停地画啊画、戳啊戳，嘴里念念有词，脸上愤愤有色，谁知道她心里有几多不平？多少积怨？或者仅仅是神经无常、偶尔发作。

多年来，我们听到太多对河南人的评判，也听到太多河南人自己的辩解。"河南人怎么了？""河南人招谁惹谁了？"倘若加以整理，堪称汗牛充栋。

我反对也十分反感对河南大泼污水，也深切同情漂泊他乡的包括河南同胞在内的打工一族。在毫不掩饰的诋毁和生活重负下，河南民工承受着双重压力。在北京，得知某公司、某商场招聘员工概不录用河南人，我气愤难平。

河南一老兄如此归纳河南人的特点：勤奋坚毅、勇敢爱国、开放包容、老实本分。我看很是中肯。

其一是勤奋坚毅。吃苦耐劳，不怕苦累，而且持之以恒，锲而不舍。这些特征，在很多中国人身上都有体现，而河南人则表现得尤为突出。河南自古人众地少，战争不断，水患频仍，河南人民无论身在何处、走到哪里，都吃苦耐劳，韧性如钢。愚公移山发生在河南济源，西游玄奘乃唐朝洛阳偃师人，"人工天河"红旗渠修在河南安阳，被誉为"世界第八大奇迹"。我小时候，因为在农村无电影可看，曾无数次看过纪录片《红旗渠》，那是公社放映队进村放的片子。为了修建这条渠，崇山峻岭之中，悬崖峭壁之上，10万河南父老含辛茹苦，大干10年，削平了一千多座山头，凿通了几十个隧道，修建了上百座引桥，终于将生命之水引入干涸的土地。北京奥运会圆中华民族百年梦想，河南农民工5年流汗流血、功不可没。据统计，"鸟巢""水立方"之崛起，80%以上的建设者是河南人，以至于有人戏称"法国人设计，河南人建造"。难忘那些寒气凛凛、酷日炎炎，我上下班开车经过奥运工地，看到农民工兄弟天不亮就上工，天黑了才下工，头顶安全帽，身穿凌乱衣，满脸倦色，任劳任怨，我的心中既涌起苍凉，也充满敬意。我说：最底层、最贫困、最辛苦的农民工，建造了世界上最壮丽、最恢宏、最伟大的建筑！

其二是勇敢爱国。勇敢爱国是中华民族的优良传统，河南人尤甚。中原大地自古就是兵家必争之地，刀光剑影，烽火连天。国难家仇激发了河南人勇敢爱国的民族精神，每一次外敌入侵，都会有一大批英雄的河南儿女挺身而出，浴血奋战。替父从军的巾帼英雄花木兰是商丘虞城人，精忠报国的民族英雄岳飞是安阳汤阴人，拒绝投降、死守扬州、高尚气节为后世所敬仰的史可法是开封人，南征北战、智勇双全、战功卓著、为国捐躯的彭雪枫是南阳镇平人，骁勇善战、威武不屈、留下"恨不抗日死，留作今日羞，国破尚如此，我何惜此头？"千古绝唱的吉鸿昌是扶沟人。最令我感慨的是，转战林海、以身殉国的著名抗日英雄杨靖宇居然是河南驻马店确山县人。杨靖宇当年是东北抗日联军第一路军总司令，在艰苦卓绝的莽莽林海雪原之中，带兵与日寇浴血奋战，因汉奸出卖，英勇就义。将军阵亡后，日本鬼子为解其生存之密，剖其遗体，发现他肠胃中只有树皮、草根和棉花，无一颗粮、半粒米。侵略者大受震撼，觉得不可思议，惊为天人。杨司令牺牲的地方——吉林蒙江县，当年东北人民政府已更名为靖宇县，吉林通化还建有名闻遐迩的"靖宇陵园"。前些年我写过一篇随笔《善良》，抒发过对杨司令的敬仰之情。只道他是东北猛将，不料也是河南好汉。

其三是开放包容。河南"居天下之中"，是中国古代长期的政治、经济和文化中心，是战略要地、交通枢纽，自古就有"得中原者得天下"之说。独特的地理位置，注定了河南不仅不能封闭自己，天生还要有开放包容、海纳百川的大气。

其四是质朴本分。河南人之中，圆滑世故甚至恶劣歹毒者有之，但绝大部分都是老实人。纵观神圣大地、普天之下，哪里又不是如此？河南的同志说，过分老实的直接结果，就是容易吃亏、被人欺负。河南是中国最冤的省份，古代承受的灾难最多，20世纪承受的灾难最深重，但很多的灾难却因为骇人听闻、太过严重而被隐瞒；他们说，全国4个直辖市、15个副省级城市，占全国人口1/13的河南人民没有一个；他们说，改革开放的前20年给予东部8省3市诸多优惠政策，紧接着的10年国家又重点"振兴东北""西部大开发"，好不容易盼到"中部崛起"，但政策主要给了湖北湖南，河南人民只有眼馋的份；他们说，国家34所985工程院校、75所教育部直属高校，河南一无所有，国家100所211工程院校，河南仅有1所；他们说，国家重点院校在河南的招生名额少得可怜，导致河南考生上上海交大的难度是上海考生的300倍，河南考生上北大的难度是北京考生的60倍；他们说，山东的孩子就已经够苦了，河南的孩子比他们还苦：2007年全国重点院校在山东的招生名额是2.1万人，在河南仅为1.2万人，而河南的考生比山东多将近10万；他们说，其他地方怎么造假没人说，如何骗人没人问，而河南稍微出点事，就被大肆报道，被人编造各种段子来妖魔化；他们说，河南人背黑锅的罪魁祸首是河南方言，又称"中原官话"，是中国古代沿用数千年的官方语言，是汉语言的正宗发音，至今仍在河南以及临近的山东、河北、陕西、山西、安徽等省份被广泛使用，而这些地区大多人口众多，经济欠发达，外出打工者多。当说河南话的外地人在外省做了坏事时，很多人会误以为他们是河南人，但其实不是；他们说，河南自古就不乏见义勇为、侠肝义胆之士，今天的河南更是英雄辈出，李学生在温州舍身救儿童，靳伟杰在深圳舍身救学生，魏青刚在青岛、王建设在深圳舍身救人，郑州消防战士徐军在安徽污水河连救4人，河南农民贾红旗勇斗歹徒、血洒新疆……河南人，一次次用无私的挚爱和赤诚的生命感动中国。

四

写河南之行，还要感谢建华兄。

来开封前一天的郑州之夜，他让我欣赏了一台精美的豫剧表演。建华兄军人出身，待人真诚，真性豪爽，首先是自己酷爱豫剧，能吼两嗓，然后是梨园里扎、剧场里滚，广交戏界朋友。他的肚子大，面子更大，一下子请来好几个国家一级演员。

这里是郑州一家房地产公司的文化平台——"英协戏曲名家茶楼"，格调高雅，档次不低。舞台两侧的对联，赫然8个大字：中原文化，戏比天大。

豫剧讲求气氛，追求感人。舞台两侧，操乐器者皆黄衣，人亮衣鲜，足足7人。听锣鼓声密，丝弦音高，能一下子把人的精神给提溜起来，让你亢奋。其间，我敲了敲河南梆子，乃是紫檀木所制，声音煞是清脆。

建华兄久在豫剧行当，深谙此道，知晓内情，点将点曲，俱是精品。英协剧团团长呼宝童是中年美男，大眼俊爽，仪表堂堂，为我们登台献艺，深沉委婉，感人肺腑。

常派传人沈萍，一袭黑衣，端庄大方，气质不俗，演唱更佳。建华兄介绍，她是中国戏曲表演协会会员，曾获河南第一届戏曲表演一等奖，曾是河南电视台《梨园春》栏目常派戏曲专场的擂主，曾夺全国常派唱腔艺术大赛成年组金奖。沈萍为我们表演了《朝阳沟》《五世请缨》《穆桂英挂帅》《秦香莲》几个段子，声越唱越美，人越唱越靓。她赠我们的名片，正面有"古曲唱出华夏韵，高山流水谢知音"，背面又印有她善唱的拿手剧目。

豫剧有陈派、常派、崔派、马派、阎派、桑派6个派别，各具特色，异彩纷呈，但仅此而已，更深更细者不得而知。一曲曲听下来，《花木兰》《抬花轿》《小二黑结婚》《大祭庄》《桃花庵》……高起点地享受了豫剧风采。故事的悲欢离合、演员的唱白动静、剧中的诗词歌赋，蕴含其中的真善美，足以令人心动。我不禁喟叹：河南豫剧，不可小觑。

更令人不敢小觑的是，中原大地有千千万万喜爱豫剧、痴迷豫剧的父老乡亲，这是一块足以让豫剧历久弥妍、常开不衰的沃土。

在演出的过程中，门外、窗外挤满了很多听戏的人，有发已斑白的老年妇女，也有血气方刚的青壮汉子。他们进不了戏楼，看不到舞台，只能立在门外，竖起耳朵听，至真至纯，无怨无悔。

我跟建华兄商量：既是咱的专场，能否让乡亲们进来，一起看戏？

建华大手一挥，跟管理人员说：让群众进来！

于是，我们看到了十几张兴奋和激动的脸。在我们的一再劝说下，他们才一一坐到后排的沙发上，因为免费看戏，他们表情又有些拘谨，有些难为情。这就是中原人民！

老史一边摇头晃脑地欣赏，一边津津有味地点评，还间断性地走上台去猛吼。说到悲剧，他几次跟我说："我不敢听《秦雪梅》，一听就想哭。有时候看演出，台上唱的哭，台下看的也哭，太凄凉了！"

我发现，表演中人们最爱唱的还是悲剧。那种"儿想他的娘，我想我的妻"的凄厉哭腔，如泣如诉，最能体现豫剧底蕴深长的特点，最能表达中原人民的身世和情怀。

中原地区孕育了中国最早的文明，塑造了中国传统文化的黄金时代，也承载了中华民族众多的苦难与创痛。千百年来，中原大地在推进人类文明、创造灿烂文化的同时，战乱不休，血雨腥风，人民灾难深重。吃苦耐劳的品格，坚忍不拔的意志，质朴厚重的秉性，是中原人民的精神底色！

起源于明末清初的豫剧，距今不过二三百年的历史，论古老比不上昆剧，论功夫比不上京剧，论优美比不上越剧，论趣味比不上川剧。然而，论观众人数，豫剧却占全国之冠。

一方水土养一方人。在郑州的大街上，在开封的小巷里，我听着河南口音，听着"中，中，中"，异常亲切自然。

回北京后，我查到同事传意先生的随笔《豫剧声动尘寰醉中原》。他是正宗河南人，中原情怀重，豫剧情结深。

请看他这样的描述：

那里的地理形貌同豫剧凝重、遥深、婉转、旖旎、敦厚、纯粹、悠远、绵长的旋律浑然天成。而在那落日余晖不忍挥去的黄昏，炊烟弥漫不舍离散的村落，待夜幕降临，无论漆黑、月明、星稀，也无论风霜雨雪，被宵禁的万籁，只有豫剧的旋律在空中交响、盘旋、融汇……

在那里，豫剧原来是人与自然、天时与地利的共鸣！常派声腔犹如一缕缕仙气，飘逸其间。那里有黄河的苍莽，长江的奔放，大漠的古风，也有江南杏花春雨的婉约风流，同时不乏杜康的清冽……

是的，豫剧唱腔高亢婉转，曲折纵横，富有激情奔放的阳刚之气，善于表演大气磅礴的大场面戏，人物性格大棱大角，腔调高亢硬直，表情慷爽率直，一如中原人民，敞开胸胆，激情酣畅。

五

中原遗风绵延不绝，汴京古城人文深厚。

人说，中州古都，是中国历史文明的盛器，浓缩和固化了几千年的辉煌与沧桑，记录了中华民族在光辉与暗淡、锐意与失落之间的艰难历程。

北宋时，开封作为都城，商业兴旺，科技发达，文化繁荣，堪称世界上数一数二的大城市，张择端《清明上河图》乃真实写照。是时，开封市区人口150万，而当时欧洲最大的城市伦敦，仅5万而已。

开封还是难得的风水宝地。金主完颜亮踏进开封，志满意得，喜不自胜："大梁仍天下之都会，阴阳之正中，山川秀丽，卉物繁滋，宜建新都！"

于是，大兴土木，日夜修建。

去年，河南拍出大型水上实景演出《大宋·东京梦华》，生动再现宋代都城的繁华胜景和封建王朝的大国辉煌。该剧六幕四场，只看芳名即牵动人心：序，虞美人；第一幕，盛世风情·醉东风；第二幕，盛世婉约·蝶恋花；第三幕，盛世浮华·齐天乐；第四幕，盛世豪放·满江红；尾声，清明上河图。实景演出剧场就设在清明上河园的皇家园林区，亭台楼榭，水系桥廊，恰到好处，适得其用。

开封萦我思绪，激我情怀。回北京后，我又翻腾出《水浒传》，把揽在手，再阅为快。

施耐庵对开封可谓情有独钟，有《水浒传》故事"起于开封，收于开封"为证。普遍说法，《水浒传》赞颂汴京之词有两首，都在第七十二回"柴进簪花入禁院，李逵元夜闹东京"。

第一首，是柴进、燕青眼里的东京：

州名汴水，府号开封。逶迤接吴楚之邦，延亘连齐鲁之地。周公建国，毕公皋改作京师；两晋春秋，梁惠王称为魏国。层叠卧牛之势，按上界戊中央；让华夷，太宗一迁基业。元宵景致，鳌山排万盏华灯；夜月楼台，凤辇降三山琼岛。金明池边三春柳，小苑城边四季花。十万里鱼龙变化之乡，四百座军州辐辏之地。黎庶尽歌半稔曲，娇娥齐唱太平词。坐香车佳人仕女，荡金鞭公子王孙。天街上尽列珠玑，小巷内遍盈罗绮。霭霭祥云笼紫阁，融融瑞气蹲楼台。

第二首，是宋江一干人眼里的东京：

一自梁王，初分晋地，双鱼正照夷门。卧牛城阔，相接四边村。多少金明陈迹，上林苑华发三春。绿杨外溶溶汴水，千里接龙津。潘樊楼上酒，九重宫殿，凤阙天闱。东风外，竹歌嘹亮堪闻。御路上公卿宰相，天街畔帝子王孙，堪图画，山河社稷，千古帝王尊。

而我又查出，还有一首赞词，在第六回"九纹龙剪径赤松林，鲁智深火烧瓦罐寺"，是鲁智深眼里的开封：

只说智深自往东京，在路又行了八九日，早望见东京。入得城来，但见：

千门万户，纷纷朱翠交辉。三市六街，济济衣冠聚集。凤阁列九重金玉，龙楼显一派玻璃。鸾笙凤管沸歌台，象板银筝鸣舞榭。满目军民相庆，乐太平丰稔之年；四方商旅交通，聚富贵荣华之地。花街柳陌，众多娇艳名姬。楚馆秦楼，无限风流歌妓。豪门富户呼卢，公子王孙买笑。景物奢华无比并，只疑阆苑与蓬莱。

对开封，施耐庵真是极尽歌咏卖弄之能事。

但是，施老先生堆砌多多，却顶不上元好问铿锵几句。当年，元好问写一首乐府诗《梁园春》，浓墨重彩地描绘开封皇宫的绮丽风光："上苑春浓昼景闲，绿云红雪拥三山。宫墙不隔东风断，偷送天香到世间。"

金代名诗人元好问活了67岁，在汴京待了整整19年，也算一位老开封。当然，他最有名的句子还是"问世间，情为何物？直教人生死相许"。

我又翻出家里保存的一套电视连续剧《水浒》光盘，挑看几集。招安之后的内容，我统统不看。特别是南征方腊的故事异常惨烈，从来令我惨不忍睹。宋江这小子断送了众兄弟，断送了起义军，断送了轰轰烈烈的梁山水泊革命。

一千多年前，我家乡山东梁山那帮好汉扯起忠义旗，大造宋廷反，但他们只反贪官，不反皇帝，做梦都想招安。别人讲《水浒》里那拨"山东好汉"，我不以为然。山东籍那些个哥们，宋江太虚伪，吴用太滑头，李逵太鲁莽，只有武松算一条响当当、硬邦邦的好汉。好汉还有林冲、鲁智深，但他们不是山东人。

《水浒传》中涉及开封的情节颇多，鲁智深倒拔垂杨柳，林冲误入白虎节堂，杨志州桥卖刀，宋江樊楼相会李师师，柴进簪花入禁苑，都脍炙人口，令人向往。

这天早晨，天色未亮，我即起床，一个人在开封城里转，品味历史，流连忘返。

既写开封，天波杨府不可不写。为纪念北宋爱国名将杨业而修建的天波杨府纪念馆，是一座古朴典雅、颇为壮观的官府宅院，有歌颂杨家将忠心报国的大型群雕，有祭祀杨家将的孝严祠，有陈列着宋代兵器、杨家枪谱的大型彩塑。小时候，大人告诉我，因杨家将满门忠良、功高盖世，朝廷诏告天下：路过天波杨府者，文官下轿，武将下马，以示敬仰。

天波无语，杨府宁静。我默然肃立，满怀敬仰，想起听大人讲过的杨家将的故事，想起三十年前我在山东烟台针织厂礼堂看过的电影《忠烈千秋》。杨家将，做人之楷模，处世之标杆。我等做不了杨家将一般的栋梁，但报国之心不可缺，人生之勇不可夺。

海南纪事

国庆长假,游海南数日,先至三亚,后到海口,中间看了博鳌论坛会址,悠闲而游之,心身放松,时有感受,敲键记之。

一

常听人说,海南风光独特,让人钟情;也听有些海南人讲,神州之内,哪里还有比海南更美的地方?

海南人讲此话,带着偏爱。但海南之美,确实殊异。热带、亚热带的旖旎风情,千姿百态的各色植物,俊朗的槟榔树,挺拔的椰子树,多情的杧果树,肥美的芭蕉树……绿树葱茏,植被丰茂,让人置身于一个全新而神奇的天地。

当北方天冷地冻、山寒水瘦的时候,三亚这边气候宜人、风景如画。南海的风徐徐吹过,南海的浪逶迤翻卷,南海的沙滩是细腻的黄金。亚龙湾,清水湾,海棠湾,香水湾……多情的海,美丽的湾,迷人的珊瑚礁,让我这个曾经倚海生活二十多个春秋的人,也认可海南之海、海南之滩、海南之美。

赶到三亚后,先去南山文化园区。因为这里有普度众生的南海观音。

南山有"菩提园",首先要在这里留影。菩提的叶片肥大宽厚,比我上次在云南大理"三塔"见到的菩提叶要大很多。研习书法时,写过多少遍"菩提","菩提本无树,明镜亦非台,本来无一物,何处惹尘埃",慧能说法超唯心主义。

海上观音圣像高108米，又脚踏108瓣莲花宝座，相貌庄然，巍峨壮观，据说用了100公斤黄金、120克拉南非钻石、5000粒红蓝宝石、祖母绿、珊瑚、珍珠。

观音一体化三尊造型，正面手执佛经，另两面分别是手持莲花和手握念珠。海南人为观音选了一个好位置，这里依山傍海，海阔天空，沙滩绵长，景色秀丽。庄严的观音广场，偌大的主题公园，共同组成"观音净苑"景区，更显观音庄重、雍容、宁静、慈善。

称奇的是，不管你走到哪里，在哪个侧面，从哪个角度，都能看到正面的观音。正如我们在月夜行走，不管走了多远，走到了哪里，举首望明月，明月总是朗照在自己的上空，熠熠生辉，好像专一惠你。包容众人，普度众生，这是太阳、月亮的风范，是佛祖、菩萨的恩德，是修炼者应当牢记在心的禅意。

面对观音，栈道相连，陆上有大厅，大厅之内设餐厅，专供斋饭。作为一个景点餐饮，这里管理真好，大厅宽敞明亮、一尘不染，男女服务员着装整洁、举止规范。设立套餐，所供素食品种与数量，按就餐人员确定，花费不高，但吃得不错。我们四个人，按标准上了四菜一汤，其中的爆炒素食海参色香味俱好，我说：如果是真海参，这一盘就顶我们一桌的消费了。四人齐夸这顿饭吃得好，物有所值。

二

游亚龙湾热带天堂森林公园，我最大的感受是，这是在氧吧里生活，在天堂中穿行。

据介绍，这个森林公园总面积是1506公顷。我计算了一下，1公顷15亩，总共2.3万亩，是我家附近的国家森林公园、奥林匹克公园总和的近两倍。

先走兰花谷，又过江龙索桥，再看雨林奇观，最后观赏主峰热带天堂园区及亚龙湾大佛石，从那儿俯瞰号称"天下第一湾"的亚龙湾。经过一个叫作"烟波亭"的景点，图片介绍有许多演艺界的大腕名流在这里歇足。因一时记错，混淆了岳飞父子蒙难之处——风波亭为"烟波亭"，因而刻意回避该亭，没有走近。

　　森林深处，建鸟巢度假村，有独栋别墅及客房若干。当年冯小刚拍贺岁电影《非诚勿扰2》，很多情节和场面选在此处。那年春节前，我曾在电影院观看此片，此次为了加深对热带森林美景的印象，我打开随身携带之电脑，再看一遍电影，再次认定这是一部认真搞笑、胡扯八蛋的滑稽片。回避现实，热衷调侃，我们的影视已走向穷途末路，相信影视人自己都悲哀，大伙儿只是苦中作乐而已。

　　但热带雨林的魅力和明星的效应，不可低估。女一号舒淇身着花裙过江龙索桥的大幅照片，就挂在景点几处橱窗，发挥模仿功能，所以我们过索桥时人满为患。绚丽的景色之中，多见穿着鲜艳长裙的女游客，美景烘托，美裙映衬，更显美艳。惊诧怎么会有这么多花裙子，一如林中飞舞的彩蝶，后来在店铺发现：这是当地广泛出售的"岛服"，以色泽靓丽、五彩斑斓为显著特色。

　　在离主峰不远的一条商业小街，矗立一块浅灰色巨石，上面隶书凹刻红字："北纬18度。"我推荐大家来这里拍照留念，又独自跑到街头小店，自己给自己往北京寄了张纪念"北纬18度"的明信片，祝自己"天天快乐，笑口常开"。

　　在某处景点，一只据称年龄8岁、体重200公斤的雄性鸵鸟，成为许多人的坐骑，交费30元，绕场3圈，免费拍照。而我，则在不远处购得10对"红鲤鱼"：那是用槟榔果实雕刻的，一果刻两只，饰以红彩，合二为一，栩栩如生。

　　邓丽君歌中唱道："高高的树上结槟榔。"槟榔树，高大，挺拔，阳光，洁净；槟榔果，实成，饱满，硬朗，吉祥。以槟榔果雕刻的鲤鱼，吉祥升级，上上佳品。再加成双成对，珠联璧合，互为信物，美意不言自明。

　　这10对"槟榔鲤"，我带回北京，以自己独特的方式"开光"，分赠朋友。

三

外甥女王萌执意带我们登蜈支洲岛，她说这个1.48平方公里的小岛太美。

但天公不作美，风浪太大难以登岛。于是改变计划，提前奔海口，得以沿途拐个弯，看了博鳌论坛永久会场。这里地处琼海市博鳌镇，所以叫作"亚洲博鳌论坛"。

何谓鳌？哈哈，原来是"龙之长子"。龙是传说，龙的儿子当然也只能是传说。东屿岛一带的鳌，传说是龙首、龟背、麒麟尾，当年在南海兴风作浪，祸害百姓。后经观音驯服，化为东屿岛。在鳌石广场，看到了采用整块黑龙骨石雕刻而成的鳌石灵像。

进入博鳌景区，我们冒雨乘舟，来看河海交汇带。一条长长的沙滩，叫作"玉带滩"，神奇般地把大海与河流分开，一边是烟波浩瀚的南海，一边是平静如镜的万泉河。

游人刚下汽艇，一大拨当地人便呼啦啦围拢上来，兜售他们的土特产，出租他们的海滩车。有几个人，怀里各抱一只西沙群岛所特有的生灵"玳瑁"，推荐游客与之合影，照一次收费5元。

我们先是与一位妇女所抱玳瑁合影，不料一位老年男人苦苦地缠着我们，非要我们跟他的玳瑁再照一张。我们走到哪，他就跟到哪，嘴里念念有词，如同祈祷，同行的人就烦，不再理他。他最后说："给2元钱也行。"众人甚烦，2元也不买他的账。

离开东屿岛，直到数日后离开海口，我都为此事后悔。风雨之中，那老年人身披塑料雨衣，怀抱玳瑁，祈求我们与他的生灵合影留念，不过收取5元钱而已。玳瑁是啥？珍贵的海洋精灵，寿命120年，是健康长寿吉祥的象征。一个贫苦的农民或者渔民，他的个子那么矮小、脸色那么苍老、眼神那么执着，逮着一个游客，受同伴"成交"的激发，非要你与他的玳瑁合个影，是让人有些烦，但你至于决绝而去、不再理睬吗？

如果大大方方地给他10元钱，与他的玳瑁合一张影，又能耽误你多长时间、破费你几多银两？

值得补记一笔的是，未登蜈支洲岛虽然留下了遗憾，但头天晚上在进岛水路外的草丛中，我很意外地抓到一只蚂蚱。脚动草丛，蚂蚱成群，还是好几个品种，这真是难得的景观：在我老家农村，因为农药泛滥，儿时众草长、蚂蚱飞的情景只能在记忆中寻觅了。前年夏天到内蒙古草原，回北京时就曾带回两只蚂蚱，放生到我家附近的森林公园草丛中，幻想着它们在这里繁衍。

四

博鳌镇地处万泉河入海口，区域内融海、江、河、湖、温泉水系于一体，集岛屿、沙滩、山岭、奇石等自然景观于一身。这个地方，肯定神奇。否则，能把全亚洲国家元首一年一度的论坛长久地设在这里？

果真如此！附近的"祈运台"之文字介绍，昭告天下，并不隐瞒。且看招牌之内容：

古语有云"凤非梧不栖"，博鳌之所以能引来天下众贤竞至，群龙聚首，乃"龙脉聚气于颈，地气精华汇于穴"之故。幸逢盛世，于"鳌龙"原身应化之"东屿岛"上，诸大德、兴土木、筑宏宇，"鳌龙"之颈经堪舆出，道玄之士，点出此穴，名曰"龙颈穴"，龙取蛇形，颈部"七寸"乃精气集汇之处，故昔观音大士伏鳌于此，上设阴阳水池，循五行之位，通涵其中……正所谓：企龙之身，案龙之地，收龙之气，乃泱泱大国龙文化之精髓。

都讲到"泱泱大国龙文化之精髓"了，昭然摆上了桌面。既然是"龙颈穴"之风水，有缘来此，三生有幸，不是命运安排，也是上苍垂青，岂有不叩拜、不祈福之理？

于是，在看过富丽华贵的博鳌论坛会场后，在登上讲坛"模拟"演讲而拍照后，我独自一人冒雨走近祈运台。遵照提示的程序，按男左女右的规矩站立场地,绕台三匝立中心,吸天地之精华,纳日月之元气,求神灵之庇佑。

据承诺:"但凡贤士临台,自祈福、禄、寿、喜、财五福皆有灵验。"

富贵非我求,但祈平安福。祈运台上我祈运:不求荣华富贵,但求自己、家人、亲朋无病无灾无祸,一生安康。

五

在海南,我可着劲儿喝椰子汁。椰子,大自然对海南的垂爱,海南人向世人的馈赠。

在三亚,在东屿岛,在海口,根据景点和市场情况,一颗椰子卖6元至10元不等。值!硕大一颗,汁液饱满,原汁原味,既止渴生津,又增加营养,滋润人的身体。要知道,当下要喝上没有任何添加剂、防腐剂的饮品,是何等困难!

漫步海岸,横看椰树飘逸,仰视椰子垂挂,心中充满敬意。椰子树,值得赞美。树干是挺拔的,直指云空,体现着奋发向上的精神状态;树叶是妩媚的,造型秀雅,给人优美的享受。躯体高大的椰子树,美化着海南的环境;不畏盐碱的椰子树,纵然植根海滩也能茁壮生长。仅此,椰子树就堪称是好树种。但还不仅仅是这些,她积蓄力量,用尽心力,不断结出一茬又一茬、一串又一串、一颗又一颗丰满甜美的椰子果。

观察一个个硕大的椰子果,不由你不感动:那椰子果,从桑葚般大小,不断长啊长啊,逐渐到葡萄大小,一直再到西红柿大小,到苹果大小,到西瓜大小。收获了,她奉献给人们甘甜的乳汁,奉献给人们制作各种工艺品的椰子壳。

椰子树可谓高大,椰子树冠可谓巍峨,但我发现,椰子果实只是紧紧集拢在树冠中心。这是椰子树的心房吗?她用心血养育椰子。这是椰子树的怀抱吗?她把孩子们深情地搂在怀里。

一茬椰子成熟了，人们攀上树来，采摘，收走，椰子树无怨无艾，继续孕育新的子孙后代。她大口吸吮着海南清新的空气，沐浴着这里充沛的日光和雨水，凝聚力气，汇集心血，无私奉献。

椰子树，真是树中君子、树中慈母，是树之标兵、先进典型。

六

海南文化，早已包容并蓄；海南饮食，也是品种齐全。在这里，我们除了吃海鲜、椰子饭这些本地特色，也吃了一些外来饭馆，很有感受。

走近三亚的东北人，东北风情迅速感染了我们。从装修到装饰，从酒水到饭菜，从背景音乐到服务特色，前厅摆的，墙上挂的，一桌一凳，一灯一画，一歌一舞，都是鲜明的东北特色、浓郁的东北风味。这么"特"的东北菜馆，我在北京好像也没发现。

除了圆桌、方桌，还专门设立了一个"炕头"区。我们四人盘腿而坐，我要上二两东北小烧，吃上了特色鲜明的东北菜。

"东北人"的广告词是："咱家欢迎您"，真够亲切！东北的饭馆，东北的饭菜，就跟东北人的性格一样鲜明、突出。

服务员大红大绿，披花带叶，每位女生头上还插了三根铜锅大烟袋。我问其中一位：你是东北过来的吗？她回答：不是，是本地人。我想，这是餐饮业进军，也是文化渗透。

自三亚返回海口当晚，吃了一家西北菜馆，是以羊肉泡馍和肉夹馍为主打品种的那种典型的西北饭。这家饭店历久不衰的原因，我理解为文化底蕴。在不大的店面，处处可见书画作品，处处可见"文化小长栏"，张贴出关于"励志""感恩""向善"的宣传内容。墙壁上有这样的内容：

"工作中的核心秘密：你认为工作痛苦＝人生痛苦。"

"许多人不成功，是因为没有在第一时间回报恩人。你心中有多少恩，人生就有多少福；你心中有多少怨，人生就有多少苦。"

"人生三大死穴：太把自己当回事，太不把自己当回事（不自信，不自爱，不自尊），不知道怎么回事。"

……

我想，能有这样思维的饭店掌门人，能以如此通俗实在哲理引导员工的老板，他是能够成功的。"东北人"也好，西北菜也好，他们的成功凭的是文化，而支撑文化的是他们的理念、修养和识见。

七

那天晚上夜色漆黑，我在海口独自沿沙滩走。我生活过二十多年的青岛，那海滨是曲折蜿蜒的。在海口，滨海大道连续十几公里基本是直线，这让我感到新鲜。

起风了，涨潮了，一排排无边的巨浪汹涌而来，迅速占领沙滩，冲击着堤岸。海的远处有闪动的灯光，影影绰绰有船的影子。

海南岛，原本就是一座孤岛，处在惊涛骇浪的包围之中。千百年来，生长在这里的人们，书写了怎样壮丽的篇章，创造过多少感人的业绩，又经受过多少生与死的艰难考验。

我小的时候，听大人说，大海是"无风三尺浪，有风浪三丈"。说这话的"大人"，恐怕也未必真正见过大海。"无风"时，浪是静的，但当飓风发作之时，其威力又岂止是"浪三丈"？祖祖辈辈生活在海南岛的人，生活在海南以南之三沙群岛的人，经历过怎样的艰难困苦和生死搏击？

思绪至此，真想与海口的朋友好好聊一聊。因为正值假期，我不忍心打扰他们。此时此刻，我觉得他们的父辈祖辈真的不容易。渔民都是不畏风浪、不怕吃苦、置生死于度外的汉子，是坚定，也是无奈。海南岛的渔民、三沙群岛的渔民，更是不向风浪妥协、不对命运低头的铮铮汉子。

20世纪70年代，我在读小学时，有一段时间，语文老师总在课堂上为大家诵读《西沙儿女》的章节。这本书是作家浩然写的，分"正气篇"和"奇志篇"两篇。前者写的是新中国成立前西沙儿女抗击日寇、保卫西沙的故事,后者写的是西沙军民共同打击南越海军的故事。现在看来,既有历史启迪,也有现实意义。

当年文艺作品极度匮乏,浩然以散文笔法、诗的语言写就的这部小说,紧扣当时大的形势、大的背景,契合大家追求知识、喜爱文学的渴望,不仅老师摇头晃脑,读得起劲,同学也听得痴醉,耳聆心诵。渔民汉子程亮,渔家女儿阿宝,让人肃然起敬。

我至今还记得描写海岛风情和渔民生活的有关章节:

"春天来了,它披着灿烂的阳光,它踏着欢腾的波涛,它穿行在挤满渔船、舢板的港湾,它登临了堆积着鱼货、张晒着渔网的滩头。大海茫茫,黑夜沉沉。这个大海呀,是海南岛南边的南海。海上滚着狂风,狂风卷着巨浪,巨浪携卷着暴雨,暴雨摇撼着'天涯海角'的小港湾……"

浩然已经谢世了。当年,我读过他的《艳阳天》和《金光大道》,陪我度过了清苦的年少时光,给我许多心灵和文学的滋养。我想,回北京后,一定抽时间再读这两套书,以此作为对少年时光的回忆,作为对浩然老人的回忆。目前,人们对浩然还有争议,但我坚持认为,他是一位有责任感、有良知、有正气、有才华的好作家。

八

海口出了个海瑞,一个与包拯齐名的大好官、大清官,这是全海南人民的骄傲。

在海口,我怀着敬仰的心情,来"海瑞庙"拜谒。这里,椰树婆娑,榕树丰茂,海瑞塑像端坐,神情凝重,似不开心。是啊,这个老人坎坷一世,困顿一生。他幼年丧父,仕途不顺,为官不易,屡遭陷害,还曾锒铛入狱,晚年被贬回海南老家十六载,贫苦潦倒,72岁时重被起用,75岁去世。他这一生,又开心过几次?

这里,有"清风阁",有"扬廉轩",有"不染池",有老人家所撰楹联："三生不改冰霜操，万死常留社稷身。"还欣赏到了根据洪斯文先生连环画《海瑞》雕刻而成的壁画，我全部看完，统统拍照，共计94幅。

在海瑞身上，自始至终贯穿着忠君报国、勤政爱民、清正廉洁、刚正不阿、养廉肃贪的精神，也体现着一个标准的"清官"特点：心明眼亮，洞察世事，能透过现象看本质，谓之清明；不考虑个人进退、得失、荣辱甚至生死，坚决按原则、按是非办事，谓之清正；无论在朝在野，无论品级高低，始终布袍脱粟，不图锦衣玉食，谓之清廉；不与为官不廉、为学不正、为富不仁者交往，敬而远之，谓之清介。一个"清"字，多少内涵！他的俭朴，达到了一般人难以置信的地步。74岁病逝时，靠同僚捐助才得葬殓。有同乡检点其遗物，仅有俸银八两、旧衣数件。海瑞深得百姓拥戴，发丧之日，市民送者如潮，酹酒而哭者百里不绝，口呼"海青天"。时人王世贞以9字评价他："不怕死，不爱钱，不立党。"

回北京后，我上网查到《治安疏》，通读一遍，慨叹敢讲真话。难怪他在上奏疏之前买好了棺材，以表死谏之决心。

我想，自古至今，为官者千千万万，如鲫之满江、蚁之满山，但清官能有几许？大凡从政之人，清者难，腐者易，究其根源，实乃贪心不绝，求权、求财、求色，故而深陷泥沼，不能自拔。要求官人们个个学海瑞，不太容易，但对照海大人反省自己，收敛一点总该可以吧？

海瑞墓空旷沉寂，游人无几。这没什么，老人家在世时，岂不就是这般冷落和寂寞？

门卫仅有一位中年人，售票、检票一人承担。他一脸善良，态度可亲，是不是海家后裔？忘了问他。事后想：真该留下少许银子，请他年节时替我等给海大人上炷香。

后来又了解到，就在海瑞家附近，还有一位好官丘浚，比海瑞大约早一百年，曾官至礼部尚书、文渊阁大学士。海南，人杰地灵，英才不少。

九

在海南一周，看惯了葱茏的景色，看惯了丰肥的绿植。回到北京，当我站在域清街一带超市门前购买晚餐，忽感如此暗淡，缺乏生机。

10月4日下午返北京，首都一直笼罩在雾霾之中。好在提前知道了天气预报，有思想准备。次日雾霾更重，晚上到院里散步，惊奇地发现小区内基本上空无一人。南门外的一条街道，晚上原本热闹非凡，特别是孩子们的乐园。现在，空无一人，一片落寞。

是人们出行未回？还是刻意躲避恶劣天气？走在小区，突感一阵恐惧感袭来，赶快回家。

污染还在加重，雾霾日渐沉重，这是全中国的话题。

连续几天，打开电脑断断续续写这篇文章。在海南期间，受到亲戚一家的周到照顾，完稿之际，祝愿他们一切都好，幸福安康！

又过了些日子，与海南的朋友电话交流，方知多年前余秋雨就有《天涯故事》专写海南。而此时，手上正翻读他的一本《中国文脉》，认为这是一部浩繁的中国文学简史。读其《中国文脉》，不知《天涯故事》，看来自己真是孤陋寡闻了。

洛阳一日

洛阳是一座我向往多年的"神都",游览洛阳是一个蛰伏心中的梦。15年前的深秋,我自山东青岛乘火车去西安,途经三门峡时,因为临近洛阳而激动。今年初秋时节,我来郑州公干,赶上周末,奔赴洛阳。朝至夕离,弥足珍惜。又不是牡丹盛开时节,"走马观花"也是奢望。因为时间仓促,甚至没有机会到洛阳老城,只看了龙门石窟、白园和白马寺。

龙门石窟

站在龙门石窟雄伟高大的青砖门前,我有些心潮激荡:河南洛阳,你的宣传做得还不够!

"龙门",富贵之门,腾达之门,吉祥之门。"鲤鱼跳龙门",小小鲤鱼,腾空一跃,翻越湍流,直达苍穹,不仅是重量的骤增,更是质的巨变。有天时相佑,有地利相助,有人和之济。

推崇一个人,让他跳龙门;抬举一个人,让其龙门跃。在绵亘五千年的中国传统文化中,"鲤鱼跳龙门"成为飞黄腾达、发迹发轫的代名词。

人生艰辛,生命不易。要知道,我们有多少龙子龙孙在做着"鲤鱼跳龙门"的美梦!洛阳龙们,该把龙门石窟文化好好挖掘一番,做足"龙门"加"石窟"的锦绣篇章。

更何况,这里确实是宝藏卓绝,风光无限。

龙门石窟,经过自北魏至北宋400多年的开凿,现存有窟龛

2100多个，石刻11万尊，碑刻题记3600余件，数量冠于各大石窟之首，佛像大者近20米，小的则只有2厘米，是当之无愧的世界文化遗产。

天下石窟，中国有四。而大同云冈石窟、敦煌莫高窟和天水麦积山石窟，固然各具千秋，但就石窟所占风水来看，与龙门石窟不可比。

两岸青山，一碧绿水。因为这里有宽阔浩荡的伊水缓缓北流，先至洛水，再汇黄河，为龙门石窟陡添光彩。青山对峙之间，伊水悠悠，垂柳婀娜，风景殊丽。远望或是鸟瞰，宛然一座天然门阙，祥光普照，万相生辉。

这天艳阳高照，微风不起。我健步如冲，攀上走下，在长达1公里的石窟群中汗流浃背。郑州朋友国栋紧随我后，不断调整角度，为我频频拍照。

我看佛雕，栩栩如生。北魏时期，人们崇尚骨感，以瘦为美，所以，大凡北魏时期的佛雕造像，都是秀骨清像式艺术风格。而唐代以胖为美，佛像便脸部浑圆，双肩宽厚，体态丰满。

最大看点是1280窟，即卢舍那大佛。窟前文字说得清楚，通高17.14米，头高4米，仅耳长就有1.9米，乃公元672年至675年皇后武则天所建。是时，她并非炙手可热的皇太后，也不是生杀予夺的皇上，她是动用了自己两万贯脂粉钱建造的。佛像丰姿俊逸，仪表夺人，导游告诉我，这是按照武后神形体态所建。旁边，迦叶持重，阿难温顺，天王雄伟，力士勇猛，两位伟大的菩萨端庄和蔼。

伊河秀水，泊有画舫，色在金朱，富丽华贵，可见洛阳十三朝古都之流韵。我们坐上画舫，遥望对面峰峦，但见石窟密布山体之上，如若蜜蜂之穴，紧紧匝匝，叹为观止。想古时候劳动者之勤之慧，统治者之奢之酷，而偏偏如此，才留下这般彪炳千秋的历史文化财富。

远处忽闻佛家乐声不绝，下得画舫，得见一景：大约上百名民众，正在白园外、伊水旁举行放生仪式。如泣如诉的背景音乐中，善男信女们有的排成长队，转圈环行，低首静穆，口中念念有词。有的面对佛像，顶礼膜拜，把藏人五体投地叩拜之虔诚移植于中原大地，在铺了整洁被褥的地面，展开双臂，高举双手，全身趴下去，用力叩首，之后爬起，再度站立，复而举臂。两人一组，动作齐整，循环往复。叩首者庄严，观望者动容。

人群一侧，放了几大筐鲜活的泥鳅、泥螺、小鱼，想必是花钱买来的，仪式告一段落后即行放生。

这种阵势不多见，看点在人多势重，看点在真情动人。沉浸在此景此情之中，令人油然而生慨叹：文武之都，擅长举事。中原大地，情感了得！

我拿相机拍下他们所挂红幅，如斯内容："一心念佛，广开智慧"，"牛羊六畜是六亲，因为欠债变畜身。可叹相逢不相识，稀里糊涂杀亲人"。

想白居易当年恪守戒律，好生恶杀，多有《放旅雁》《放鱼》《赎鸡》等放生诗篇。更有《招韬光禅师》《仲夏斋戒月》等，记持斋食素之事，抒心身获益之怡："白屋炊香饭，荤腥不入家。滤泉澄葛粉，洗手摘藤花。青芥除黄叶，红姜带紫芽，招师相伴食，饭后一瓯茶。""仲夏斋戒月，三旬断腥膻。自觉心骨爽，行起身翩翩。"现在读来，不觉"心骨爽""行翩翩"。

我想，洛阳民众在白园前举办如许仪式，想必是念白市长之好、借白市长之力、抒白市长之情吧。

白　园

公元 690 年，武则天在洛阳称帝，建立武周王朝，重修香山寺，时常驾亲游幸，留下"香山赋诗夺锦袍"之佳话。千百年来，香山甚香，香山寺名闻遐迩。

时间太紧，我去不得香山寺，留下遗憾。

但看了白园。况且一入园门，久不思出，流连忘返。

白园建在洛阳龙门风景名胜区东山琵琶峰上，是白居易之园，国家重点文物保护单位。白居易晚年居住洛阳18年，虽尊为"少傅"，但清贫俭朴。因眷恋龙门山水，死后亦葬于此。

依我说，白居易不仅是诗人，他还是政治家、思想家。有《琵琶行》《卖炭翁》诗两首，可见其透析政治诡波、崇尚民本思想于一斑。《卖炭翁》，我初中时背诵，至今不忘。

卖炭翁，伐薪烧炭南山中。

满面尘灰烟火色，两鬓苍苍十指黑。

卖炭得钱何所营？身上衣裳口中食。

可怜身上衣正单，心忧炭贱愿天寒。

夜来城外一尺雪，晓驾炭车辗冰辙。

牛困人饥日已高，市南门外泥中歇。

翩翩两骑来是谁？黄衣使者白衫儿。

手把文书口称敕，回车叱牛牵向北。

一车炭，千余斤，宫使驱将惜不得。

半匹红纱一丈绫，系向牛头充炭直。

卖炭翁，千百年来劳动人民、劳苦大众的真实写照。

白园内景点甚多，各具风采。青谷区有白池、松竹、白莲，有听伊亭、石板桥，瀑布飞泻，池水荡漾，山泉叮咚，竹林清风，白莲飘香，使人心旷神怡。

漫步石级而上，山腰有亭，名曰"听伊"，是白居易晚年与好友元稹、刘禹锡几个哥们对弈、饮酒、品茗、论诗之处。

乐天堂依山傍水，面对青谷，室内自然山石裸露，堂内有汉白玉雕成的白居易塑像，素衣鸠杖，栩栩如生，有飘然欲仙之态。

出乐天堂朝右步石级而上，即琵琶峰顶。翠柏丛中，有砖砌矮墙围成圆形之墓丘，即白居易长眠之地，芳草萋萋。登高望墓，形似琵琶，白墓所在之丘为"琴箱"，其东南是长长的墓道，三根"琴弦"清晰可见，此即为琵琶的"曲颈"。想诗人才华横溢，气质超群，精通韵律，作千古之诵《琵琶行》。横琴于斯，当之无愧！

由墓道左行，下至峰腰平缓处，可见九曲回廊之古雅，尽嵌诗人墨客吟咏之诗，行、草、篆、隶齐全，既可欣赏白氏名作，又可领略书法之美。

白居易智慧一生，务实一生，耿直一生，刚强一生，善良一生。文如其人，单说文学，他与元稹大力倡导新乐府运动，叫响"文章合为时而著，歌诗合为事而作"，强调继承《诗经》之优良传统，秉承杜甫之创作精神，反对"嘲风雪，弄花草"，写下了诸多感叹时世多艰、反映人民疾苦的不朽诗篇。

白园犹存，主人安在？令人油然而生敬仰思念之情！

白马寺

东汉永平十年即公元67年的某天晚上，汉明帝刘庄做了一个美梦，梦见一位神仙，透体金色，祥光环绕，轻盈飘荡，自远方而来，降落在御殿前。他非常高兴，第二天上朝时把自己的梦告诉群臣，并询问是何方神圣。太史傅毅博学多才，侃侃而谈：听说西方天竺（印度）有位得道的神，号称佛，飞身虚幻之中，通体放射光芒，君王您梦见的大概是佛吧！

如此一忽悠，明帝更兴奋，当即派出使者羽林郎中秦景、博士弟子王遵等13人，西奔西域，访求佛道。三年后，他们同两位印度僧人迦叶摩腾和竺法兰回到洛阳，并带回一大批经书和佛像。于是，皇帝命令在洛阳建造了中国第一座佛教寺院，安置印度名僧，储藏宝贵经像。因当时驮载经书佛像的是白马，白马立下汗马功劳，故而取名白马寺。

此为史料记载，真伪难以考证。

山西、安徽、江西、青海等地也有"白马寺"，而以洛阳白马寺名甲天下。因为这是佛教传入中国后第一所官办寺院，有中国佛教"祖庭""释源"之称，冠以"中国第一古刹"。

据明白人讲，白马寺文化价值堪比巴黎圣母院。因为寺内保存了大量元代干漆造像，诸如三世佛、二天将、十八罗汉等，弥足珍贵。早在 1961 年，白马寺即被国务院公布为第一批全国重点文物保护单位之一。

中午饮酒过量，此时面红耳赤，我在白马寺内不敢妄自点评。更兼时间紧张，只能匆匆而过。尽管如此，但还是感觉有点不适。初进寺内，香火龛旁，我邀请黄衣僧人一起留影，遭到婉拒。虽不如愿，心无不爽，只谓此地脱俗超尘、内敛自重，不同寻常寺院僧师。但自此观察诸多僧者，不久便发现，无论职之高低、衣之黄青，眼神常流利，手足每轻辄，出声皆高调，风尚不甚淳厚。由是感慨，白马之治，失之肃整。

离开白马寺，涌上兜售纪念品之妇女，所卖大小唐三彩居多。盛情难却，购得一大把金属白马项链，价格极廉。而来到大门外路旁两侧店铺，多有神情肃穆之黑衣妇人推荐"开光"，领入店内，神情凝重，口中念念有词，片刻开光即成，偌大一堆宝物，仅收几元费用，甚至交一元钱也可开光。让我联想到在机关，下属歌颂领导，领导表扬下属，也是日渐廉价，如同这般"开光"。

来洛阳朝至夕返，意犹未尽。先看石窟，后看白马，中间一顿午餐，尽在洛阳老城之外，不曾进城，一知半解，感受太浅。但同时，隐隐约约觉得洛阳少点啥，怅然若失。

回想早晨在郑州，起程正衣冠，跟河南朋友戏言：今天拜见则天皇上，心里充满激动。

武则天，中国历史上赫赫有名的女皇，67 岁才即位、活了 82 岁的超级女强人，唐太宗时当才人，唐高宗时当皇后，唐中宗和唐睿宗时当皇太后，最后索性自己当皇帝、改天换地"唐"变"周"的一个美丽女人。

想这洛阳，与武则天齐天共名，因武皇而迁都，因武皇而盛名，就连洛阳牡丹都有因她一声号令而严冬怒放之佳话。而在洛阳这个被武则天称为"神都"的地方，你却感受不到武则天的气息……

总是有些遗憾。因为遗憾，还要再来。

宁夏走笔

十月秋风高,有幸来宁夏。公干两日,住宿两夜,浮光掠影,走马观花。文中宁夏,是我眼中宁夏;原本千般气象,只记所见所思。

一

踏上宁夏大地,顿觉天高云淡,金风送爽。

细溜溜一根长条,中间宽,两头尖。版图上如同一只蜥蜴,头在北,尾在南。这就是宁夏。

总面积6.64万平方公里,人口610万。农业、能源、旅游优势突出,后劲很足,前景广阔。这就是宁夏。

3万年前有人类活动,创造旧石器晚期之"水洞沟文化"。西晋末年,匈奴人赫连勃勃建立地方政权,自号大夏,成为当时十六国之一。公元1038年,元昊正式称帝,国号夏,史称西夏。公元1227年被成吉思汗所灭,元在此设立府路,开始迁入回族。这就是宁夏。

既有南国水乡的美丽景色,又有塞外边陲的壮丽景观,久有"塞上江南"之美誉。古老的黄河文明,神秘的西夏历史,浓郁的回乡风情,雄浑的大漠风光,四大板块构成丰富、立体、绚烂多姿的文化。这里有秦长城、明长城,有数不胜数的清真寺,有闻名遐迩的夏王陵。这就是宁夏。

地盘虽小,但干事创业的劲头不小,发展自有大思路,出手每有大手笔。自治区陈建国书记响亮地提出"三个不能小":地域面积小、人口少、经济总量小,但对国家的贡献不能小,发展的气魄不能小,对国家长远发展的作用不能小。这就是宁夏。

"春秋五十载，塞上已千年。"宁夏回族自治区成立50周年庆典前夕，温家宝总理来宁夏视察，给予了"三个最"的肯定：宁夏进入了历史上经济发展最快、城乡面貌变化最大、群众得到实惠最多的时期。

今日宁夏，气象不凡。在银川，高楼鳞次栉比，路面车水马龙，活力足，人气旺。不论新城旧城，处处充满盎然生机。

位于银川市金凤区贺兰山路甲1号的悦海宾馆，是自治区重要的政治、社会活动场所和主要的公务接待宾馆，构架恢宏，芳草成碧，湖水相依。雄伟空旷的大厅之内，30根大理石支柱拔地而起，每根柱子虽仨人合臂不能搂过。大厅内的大型绒绣壁画《长河红日》，长16米，高5米，霞光浸染，红日普照，黄河滔滔，气势磅礴。

宁夏人的气魄，如同《黄河红日》，不同凡响。

二

哲人讲：鱼与熊掌不可兼得。

你可以下江南，享受湖水荡漾、芦苇婆娑、鱼米丰饶的水乡之趣；你可以抵塞外，观赏黄沙雄浑、天地寥廓、雁阵横空的壮丽景象。但你很难立一地、处一隅，而兼得上述迥然风物。宁夏沙湖的神奇和壮丽，在于兼得，在于双臻。

在沙湖，人们沉浸在江南水乡与塞外大漠的享受之中，乘快艇、破碧水，嬉群鸟、赏骆驼，漫步堤岸、踏步黄沙，目不暇接、流连忘返。

沙湖景区并非弹丸之地，而是蔚为大观：方圆达80平方公里，湖水面积45平方公里，沼泽湿地12平方公里，平均水深2.2米。南有沙，金浪起伏；北有湖，碧波荡漾；沙抱翠湖，湖润黄沙，无边无涯，相得益彰。远处，群山如黛如骏；眼前，美景如诗如画。"塞上明珠"名不虚传。

沙湖景物并非后天可得，而是绝色天成：沙湖西侧，就是大名鼎鼎、巍峨雄伟的贺兰山，横亘南北几百里，以坚强伟岸的身躯，抵御着西北寒风的侵袭，阻挡着腾格里沙漠流沙的东移，成为守护银川平原的天然屏障。同时，又积瑞雪，蓄祥雨，滋养着沙湖这片独特、神奇的沃土，形成了几近天下无双的绝色。

宁夏出入境检验检疫局局长徐武强对我们说："知道宁夏为什么是塞上江南，雄柔兼得吗？因为这里得天独厚，西有贺兰是父亲，东有黄河是母亲，父恪尽职守，母悉献爱心，父慈母柔，养育了宁夏。"

沙湖景色并非美色一统，而是五彩缤纷。沙湖的水清，碧水千顷，烟波浩渺；沙湖的沙美，如金成堤，满目灿烂；沙湖的鱼肥，不仅有10余种常见鱼，还有北方罕见的武昌鱼、娃娃鱼（大鲵），据当地人讲，体围1米以上的大鳖着实了得；沙湖的鸟俊，景区内栖息着130多种、几十万只鸟，还有10余种国家一类、二类保护鸟类，如大鸨、中华秋沙鸭、海鸥、鸳鸯、天鹅、黑鹳、灰鹤、白尾海雕等。

自治区政府副秘书长志斌告诉我们，鸟岛是景区内鸟类最集中的区域，赶上鸟群起飞，可见成千上万只俊鸟腾空盘旋，展翅翱翔，遮天蔽日，蔚为壮观。

让我印象最深的，却是沙湖的芦苇。芦苇并不罕见，江南水乡多有，北方的江河湖边常有，我家乡齐鲁大地之黄海入海口广袤的盐碱地上，那漫无边际的芦苇荡曾让我心驰神怡。

而沙湖的芦苇非同寻常。这是一片片、一丛丛、一方方的芦苇，不生长的地方决无一枝一叶，只见碧波，干净利落；生长的地方就热火朝天地生长，相依相偎，相扶相携，匝匝密密，郁郁葱葱，似茂林修竹，若扎寨团队，随风摇曳，整体摆动，楚楚有情，沙沙作响，构成独一无二的塞上江南风光。人在画中游，恍如在梦中。

远眺苇群摇曳处，近闻水打芦秆声，你在心里会想：不定哪群芦苇丛中冷不丁转出一只、几只摇橹小船来。难怪有人感慨："这活脱脱不就是西北沙漠之中的沙家浜、芦苇荡吗？"

自治区政府办公厅的国廷秘书告诉我，沙湖还有2000多亩荷花苑。每逢盛夏季节，荷盖如冠，绿浪翻滚，更有火样的红莲、圣洁的白莲，竞相怒放，香气沁脾，美不胜收。

俗语说，天下黄河富宁夏。令宁夏人自豪的是，九曲黄河，千转入海，翻腾不止，咆哮不息。而唯独到了宁夏界内，一反常态，变得千般妩媚，万种柔顺。宁夏人说，都是因为有了贺兰山的伟岸和爱抚。贺兰山是粗犷的、豪放的，是正气凛然、敢于担当的，是山之伟丈夫……

于是，我拟好一副关于宁夏的楹联：贺兰山铸千般刚，黄河水流万古柔。

三

旅游之美，观赏之趣，在于情景交融，在于浮想联翩。

知晓贺兰山，是在少年时代诵读岳飞《满江红》。遥想南宋当年，中原地区遭受女真铁骑践踏，岳飞矢志抗金，报仇雪耻。武功文采，浩然正气，忠良之血，赤子之情，挥洒而成千古绝唱《满江红》。岳飞的人品功德，让世人敬重，为历史增辉。

岳飞精忠报国、征战一生，治军严明、治学严谨、自奉菲薄、廉洁奉公，文才横溢、儒将风范，既是杰出的军事家、战略家，又有杰出的好官品、好人品。他全家均穿粗布衣衫，他本人与士卒同甘共苦，他要求子女每天做完功课后必须下地劳作。在南宋诸将中，唯岳飞只有一妻。他恪尽孝道，母病时"尝药进饵"，亲自侍奉，母亡后赤脚扶棺近千里。可怜他人品高洁，忠心耿耿，一世英名，却被赵构、秦桧这帮王八蛋以莫须有的罪名所害，年仅39岁便含恨离世，儿子岳云亦不能幸免，令人扼腕长叹！

一首词，一个人，一股气，一脉情。千百年来，《满江红》作为爱国主义的绝唱，与岳飞本人的高风亮节一起，在神州大地广为传颂，振人精神，淬人志气。文笔至此，不实录该词，慷慨一番，作者于心不忍，于情不畅，也愧对岳老前辈。

怒发冲冠，凭栏处，潇潇雨歇。抬望眼，仰天长啸，壮怀激烈。三十功名尘与土，八千里路云和月。莫等闲，白了少年头，空悲切。靖康耻，犹未雪；臣子恨，何时灭！驾长车，踏破贺兰山缺。壮志饥餐胡虏肉，笑谈渴饮匈奴血。待从头，收拾旧山河，朝天阙。

历史上也曾有人怀疑《满江红》是伪作或托名之作，余嘉锡曾在《四库提要辨证》中提出两点质疑。还有人考证，明时北方鞑靼族常取道贺兰山入侵甘、凉一带，明代弘治十一年（1498年），明将王越曾在贺兰山抗击鞑靼，大获全胜，此词乃明将王越所为。

关于贺兰山，也有不同声音。以贺兰命名的山脉有两座，其一在宁夏境内，另一则在河北省磁县境内。我以为，《满江红》词中的"贺兰山"，比较普遍、经得起推敲的说法，还是宁夏之贺兰山。这是腾格里、毛乌素、乌兰布和三大沙漠的分界线，是农耕民族和游牧民族的交接点，是游牧民族通往中原地区的重要屏障。由于地理位置的特殊性，被誉为"朔方之保障，沙漠之咽喉"，历来刀光剑影、兵家必争。应当理解为，岳飞这首词中的贺兰山泛指边塞，抒发了作者收复黄河以北失地的决心，如同汉唐盛世那样，把匈奴驱逐到贺兰山外。

而河北滋县之贺兰山，我上网查询，又对着河北地图仔细研究，乃太行山余脉，长不过二十余里，不见经传，怕是沽名。至于有些学者振振有词，引经据典，说河北贺兰乃南宋北界、烽火连天，岳飞当年曾在此训兵，六出六进贺兰山，云云，实乃一家之言。

已被证实留下几十首光辉诗篇的一代儒将岳飞，气节、文采达到《满江红》不在话下。且看《宾退录》诗句："雄气堂堂贯斗牛，誓将直节报君仇。斩除顽恶还车驾，不问登坛万户侯"，与"待从头，收拾旧山河，朝天阙"，"三十功名尘与土，八千里路云和月"岂非一脉相承？

时至今日，争议未休。但鹬蚌相争，宁夏得利。不管《满江红》出自谁手，贺兰山都因《满江红》而名扬千古。千百年来，人们吟诵着岳鹏举名句："……驾长车，踏破贺兰山阙，壮志饥餐胡虏肉，笑谈渴饮匈奴血",血脉偾张,浩气凛然,精忠报国、还我山河的壮志豪情无以复加。同时,也铭记了贺兰山,向往着贺兰山,甚至一情相系、常萦梦中。

早晨,我在悦海宾馆庭院散步,一次次驻足远眺贺兰山。但见苍穹之下,墨黛如泼,莽莽苍苍,逶迤而去,真乃金戈铁马、钢浇铁铸也。东方红日欲出之际,贺兰山西边黑压压如重云摧城,东边亮澄澄似粉黛轻施,又如大型话剧启幕前几个层次的布景,使人油然生发仰天长啸、壮怀激烈之豪情。

四

塞外风情,最突出的是粗犷豪放。

在地处中卫市的沙坡头,人们坐羊皮筏于黄河之中,乘铁甲车于黄沙之上,情系滔滔黄河,神驰茫茫沙海,领略宁夏独具魅力、无与伦比的自然风光。

"大漠孤烟直,长河落日圆。"13年前,我饱含激情写作散文《麦子,结出果实的麦子》,获得散文一等奖。这篇散文写的是一位名叫唐海平、笔名麦子的青年人徒步丝绸之路,沿途宣传希望工程。从西安出发时新刮青皮,再返西安时已长发飘飘,10颗脚趾,走掉8颗。文中,我动情地引用王维诗句"大漠孤烟直,长河落日圆",只知景色在"大漠",并不知在何地。而这次宁夏之行,我终于知道,"孤烟"直在"沙坡头","落日"圆在"沙坡头"。

在沙坡头黄河岸边,我凝视着从长安一路走来、奋力秉笔的唐代诗人王维塑像,真想与他开怀畅饮,喝上几盅。

令人不可思议的是,当我们乘车自中卫返回银川,途经中宁县境时,昏昏欲睡中,我猛然发现大桥下"苏武牧羊遗址"的标志,急告身旁的质检报刊社凤山社长,他也不禁吃了一惊。西汉时期,苏武作为汉武帝使节,牧羊北海十九载,心无旁骛,忠贞不渝,其民族气节万古流芳。但苏武牧羊之处,乃"北海"即俄罗斯地域的贝尔湖畔。

哪是宁夏此地？

问当地人，不知所以。回北京后反复查询，又翻阅了有教科书之誉的《中华上下五千年》，普遍的看法、权威的说法，还是俄罗斯的贝加尔湖。

除此之外，一说在甘肃民勤，一说在内蒙古呼和浩特，又一说在河北坝上的丰宁，再就是宁夏的中宁。其中，呼声较高的是甘肃民勤县。这里有苏武山，有苏武庙，还有晚唐诗人温庭筠的《苏武庙》，叙事写景，隽永跌宕，颇为感人。"苏武魂销汉使前，古祠高树两茫然。云边雁断胡天月，陇上羊归塞草烟。回日楼台非甲帐，去时冠剑是丁年。茂陵不见封侯印，空向秋波哭逝川！"

谁真谁假？孰是孰非？历史浩如烟海，过往任人评说，唯愿烈士忠魂得以安宁。

安徽四日

接调研任务,带三名同志,赴安徽四日。先至合肥,后去蚌埠,再过池州,登上九华。四天,共召开四个座谈会,日谈夜思,早起晚眠。摸到许多真情况,完成万言调研书,收获颇丰。另有所见,亦有所思,提笔记之,是为副产品。

一

住省会合肥一宿,晨起,曙光未上,捷足而行。走包公祠门前,有湖水一泓,过栈桥,赏荷花,观游鱼。

四种景物,让我流连。

重温童年光景。看到湖中许多"野鱼",身材颀长,游动敏捷,飘逸潇洒,气质不凡。我学过水产养殖,这种鱼好像长不太大,也无名分,但却俊逸。小的时候,我们常去村西不远处名曰"西河崖"的小溪里,堵水断流,痛抓此鱼。听大人说,它们的名字叫"浮梢",身侧带花纹的叫"花翅子"。多年来,我走南闯北,阅鱼无数,却不曾见过此鱼,而家乡的"西河崖",多年前早已干涸,如今只在梦中。久违了,童年,童年时代的鱼!我连拍许多鱼之倩影,可惜水鱼一色,很难分辨,翻看电子成像,如水墨画,鱼体动处,水痕闪耀,大致轮廓,依稀可见,更显"浮梢"之灵动俊朗。

领略朴素之美。湖中有鲤鱼成群,皆为青灰色,天然本色之美。见人踪影,或闻响动,转身潜水而去,颇是腼腆。今年以来,我曾到瘦西湖、西子湖,见惯了花枝招展、五颜六色之鲤鱼。家居北京奥林匹克森林公园一侧，入园常见奥海之内鲤鱼成群结队，红的艳红，黄的灿黄，银的耀眼，花的炫目，花团锦簇，美不胜收。争食而趋，毫不避人；仪态万方，却嫌"招摇"。此湖中之鲤，朴实得可敬，拘谨得可人。前者大户闺秀，后者小家碧玉。我反思人生，富丽能活，清素可生，各有活法，各得其趣。再者，见仁见智，在于人也。

欣赏硕大莲叶。我流连过黑龙江镜泊湖之荷，欣赏过山东微山湖之荷，凝视过北京燕园、清华园之荷，也参加过北京颐和园的荷花节。北京的荷，我认为莲叶最硕者是北京会议中心院内的荷。在合肥，在此湖，我见到了平生所见最硕大之莲叶，叶片肥、大、厚、绿。微风过处，莲荷轻摇，湖面盈盈，诗情画意。

品味碑记精文。散步所及，石碑一块，乃公元1986年12月所立。在这里，我驻足欣赏《合肥环城公园碑记》，区区300余字，文辞简约，内涵丰厚。我拍下照片，回京后整理如兹：

合肥古邑，自嬴秦置县，逾二千年。旧时城郭，始建于宋，重修于明。高墙深池，谯楼巍峨，居江淮之冠。

公元一九四九年，新中国成立，吾邑为安徽首府。五十年代初，城垣拆除。墙基土层丰厚，遂广植树木。三十余年来，嘉木葱茏，燕语莺啼；藤萝攀缘，芳草覆地。邑之一胜也。

国逢盛世，万业昌隆。七十年代末，万里同志倡议建设环城公园，以应城市文明建设之势。一九八四年，公园全面兴建。军民戮力，今已规模大具。逶迤绕城，总长八点七公里，占地一三七点六公顷，跨包河、银河、鱼花塘、黑池坝诸水两岸。波光树影，掩映成趣。景区不一，特色各异。探包河而发思古之幽情，泛银河则见岛屿之萦回；环西汇游乐场所，环东备服务设施；西山以动物群雕取胜，环北以丛林野趣见长。全园抱旧城于怀，熔生态、审美、游憩诸效益于一炉，故邑人誉之为翡翠项链。昔日环城，郭也。今日环城，公园也。

我到过全国许多都邑，不倦察看风土，乐于揣度兴衰，搭眼即见状态，每每不差太大。我看合肥，同为省会，繁华不及郑州、武汉，干净胜过太原、石家庄。但合肥人幸福指数不低，其一，晨游所遇市民，不分老少，无论男女，神态皆安详逸然；其二，先后遇见两个小女孩，为娘所携，居然两腮抹胭脂，眉心描红点，童稚天然，童趣喜人；其三，围绕包公祠，湖水尚清澈，虽有污染，不甚严重，神州之内，实不易也。

二

赶在上午会议之前，安徽省质监局办公室王主任带我们匆匆游包公祠、清风阁。因时间太紧，"三位一体"的包公墓，甚至不曾惊鸿一瞥。

包公祠，白墙青瓦，曲榭长廊，有包公墨迹，有包公遗物，有包公家训，有包氏仕履表，有蜡像馆……远比我看过的开封包公祠内容丰富。

包拯是安徽人，落叶归根，长眠故里。祠堂西南，有"流芳亭"，相传包公幼年时常来此读书。

桑梓出此清官，乡人能不自豪？先是明朝弘治元年，庐州知府宋鉴牵头建此祠，若干年后，合肥人李鸿章筹白银2800两，加以重建。

祠内包公形象，皆是白脸，乌纱帽，紫罗袍，粉底靴，俊面长须，书生气派。千古黑脸包公，在自己家乡得以还原真相。

入门可见包公雕塑，正襟危坐，可视横匾金字：包正芒寒，令人肃然起敬。包公，廉洁自律的千古楷模，芸芸众官的一面镜子。

包公不只独善其身，《包公家训》有言："后世子孙仕宦有犯赃者，不得放归本家，死不得葬大茔中。不从吾志，非吾子孙也。"

清廉如斯，真令官者汗颜。

三

来到池州，质监局俊生局长请吃饭。

我们入座的酒店内，大厅里预订了十几桌，像要举行一场宴会，有大型投影"桂桂同学金榜题名感恩宴"。一打听,"桂桂"考上了安徽师范大学,家里要摆酒庆贺。

不久,客人陆续上座。看样子,有老师,有同学,有亲朋,有老有少,有男有女。有振衣整冠做官者,如挺胸凸肚富豪者,但更多的是普通百姓,也不乏乡村贫寒人士。

我们在雅间,听外面音乐先响,掌声几度,之后就是推杯换盏,吃喝之劝,吵嚷之声。

我感慨考学话题,借助两杯烧酒,说:此景此情,感慨良多,谈三点感受:

一是高兴。发自内心,出于肺腑,为孩子高兴,为他们全家高兴。在现行的教育体制之下,孩子苦学,老师苦教,家长苦供。不枉寒窗艰苦,终于金榜题名,可喜可贺!

二是担忧。上大学有出路,但上大学也有太大负担。"感恩宴"喝罢,就要为孩子筹备学费了。日益攀升的费用之下,普通家庭、低收入家庭、农村家庭、贫困家庭,供应一个孩子念完大学,需要家里怎样的省吃俭用,甚至远离家乡外出打工,甚至举债!

三是悲凉。钱花了,功用了,家长豁出去了,大学读完了,工作何处寻?在北京,我爱去高校转悠,每每见到诸多身材瘦小、体质羸弱之同学,想必大多是农村学生,自小营养不良。农村学生清楚家里的窘困,深知家长的艰辛,只吃最便宜的饭菜,舍不得花一分钱,学而忘忧,刻苦读书。但读出学历,寻工作却是踏破铁鞋,越来越难。

我讲完这番话,见俊生兄神态黯淡,沉默无语,眼角有泪痕可见。问之,他说伤感,回忆起小时候家里的贫困和求学的不易。我由此断定,这是一个善良之人,不忘本之人,有良知之人。这样的人当官,八九不离十,是个好官。

夜宿池州宾馆,见大门前贴有一海报,标题为"金秋谢恩宴"。有如下蛊惑文字:"聚金榜题名状元之荣耀,品池州宾馆菜肴之美味。"

安徽不愧文化厚重,文字写得感人:

莘莘学子意，拳拳父母心。十年寒窗望金榜，九载熬油忆师情。感恩是中华民族的传统美德，谢师也是学子们金榜题名的迫切愿望。我们池州宾馆以优雅的环境、一流的服务，为池州师生情缘及亲朋好友聚会精心安排谢师宴，敬请您的光临！

下面是价格介绍：金榜题名宴：528元；前程似锦宴：658元；飞黄腾达宴：718元。

这是真情倡议，也是不良风气。神州之内，大摆"谢恩宴"，家境富足者可为、乐为，但风气之下，贫寒之家如何负担、多么窘迫？！

四

夜宿池州，凌晨即起，信步所至，看了四个地方。

一是看了农贸市场。看到了各种菜果之新鲜，也感受到百姓生命之辛劳。

二是看了刻有"烟柳渡"的桥及水面。这里卫生多有死角，环境不很洁净，特别是水面湖边，居然有许许多多的妇女浣衣。她们自家里端来水盆，带来衣物，打上肥皂，以湖水之得天独厚，奋力搓洗。勤劳可嘉可敬，但污染水质，甚为可惜！

三是看了桥上所刻李白《秋浦诗17首》。李白游池州留下17首诗篇，读之，大多是"空吟白石烂，泪满黑貂裘""君莫向秋浦，猿声碎客心""不知明镜里，何处得秋霜"的清凄之辞，只有其十二格调乐观，气象阔大："水如一匹练，此地即平天。耐可乘明月，看花上酒船。"

四是看了刻有余秋雨《贵池傩》片段文字的墙碑。上面楷体刻着这段字句：

傩在训诂学上的假借、转义过程，说来太烦。它的普通意义，是指人们在特定季节驱逐疫鬼的祭仪。人们埋头劳作了一年，到岁尾岁初，要抬起头来与神对对话了。要扭动一下身子，自己乐一乐，也让神乐一乐了。要把讨厌的鬼疫，狠狠地赶一赶了。对神，人们既有点谦恭畏惧，又不想失去自尊，表情颇为难做，干脆戴上面具，把人、神、巫、鬼搅成一气，在混混沌沌中歌舞呼号，简直分不清是对上天的祈求，还是对上天的强迫。反正，肃穆的朝拜气氛是不存在的，涌现出来的是一股蛮赫的精神狂潮：鬼，去你的吧！神，你看着办吧！若要触摸中华民族的精神史，哪能置傩于不顾呢？

贵池，即池州也。早年叫贵池，现在唤池州，贵池成为池州的一个区。看样子，余秋雨是光顾过池州，对池州的"傩"也有所研究、有所思考。

回北京后，我从书房里翻出余秋雨之《文化苦旅》。读完《贵池傩》全文，不禁一乐。余先生到过池州，他是1987年春天坐着长途汽车赶来池州的，是专程来考察"傩"的。但是，余先生对"傩"，却是鞭笞大于褒扬，否定胜过认可。

……我实在被这些梦困扰了。直到今天，仍然解脱不得。山村，一个个山村，重新延续起傩祭傩戏，这该算是一件什么样的事端？真诚倒也罢了，谁也改变不了民众真诚的作为；但那些戴着面具的青年农民，显然已不会真诚。文化，文化！难道为了文化学者们的考察兴趣，就让他们长久地如此跳腾？

或许，也真是我们民族的自我复归和自我确认？那么，几百年的踉跄路程，竟都消失得无影无踪？

傩祭傩戏中，确有许多东西可以让我们追索属于我们的古老灵魂。但是，这种追索的代价，是否过于沉重？

余先生之态度可谓鲜明。且不说余秋雨观点是否正确、可否借鉴，单是只强调"精神史"，舍去"不会真诚""跳腾""沉重"，取其"精华"为我所用的做法，就特有意思，也是中国文化。

五

九华山导游小姐程艳，送我一本《兆德月照上人如意歌》，乃"免费结缘"书。我请她题写几个字，写啥都行。她想了想，在扉页上写道：祝福您吉祥如意。

题字竖列，落款横排，字体有劲，不似娟秀女子所为。

此书苦口婆心，醒世度人。作者乃月照上人，当世智者，大禅师，著作颇丰，禅画不凡。

返京之后，持续多日捧读，多有眉批心得。

如意，民间吉祥之象征，雅士翰墨之寄托。如意，妙在有曲，贵在回头，隐喻三个层面的人生意义：心态上的反躬自省，明觉观照；处世上的善下守弱，退后不争；生活上的俭朴节用，宁静淡泊。

翻读此书，我学到许多警句。例如：求医药莫若养性情，护体面不如重廉耻；处世何妨真面目，待人总要大肚皮；五色令人目盲，五音令人耳聋，五味令人口爽。

翻读此书，我对"忍"字更加理解。古人视忍为处世、修身、治家、兴业之要，所谓"百行之本，忍之为上"，"百战百胜不如一忍"，"忍过事堪喜"。老子说："守弱曰强。"曾国藩认真研读《道德经》，在扉页上批下八字："大柔非柔，至刚无刚。"黄山谷《赠张叔和》提出四字：忍，默，平，直。忍是不发怒，不冲动；默是不动心，不开口；平是心平气和；直是心地质直。我太耿直，心不存物，以刚自诩，素不能忍，当慎之。

翻读此书，我对"知足"日渐领悟。月照上人说：放弃是道，要学会放弃。书中援引《大庄严论经》言：无病第一利，知足第一富，善友第一亲，涅槃第一乐。古人云：贪者富而不足，俭者贫而有余；不知足者虽富而贫，知足之人虽贫而富。我想，老子《道德经》洋洋五千言，最顶用的在此一句：祸莫大于不知足，咎莫大于欲得。可谓一句道破天机。

我小时候听大人讲过的一则故事，在本书中得到重温，且是安徽之事，值得一记。

清代康熙年间，安徽桐城人张英，官至文华殿大学士兼礼部尚书。一日，老家给他寄来一封急信，拆之一阅，原来是老家的邻居叶氏想要侵占张家的地皮筑墙,两家为此争执不休。家人希望他能出面干预。张英给家人回了四句诗:"一纸书来只为墙,让他三尺又何妨。长城万里今犹在,不见当年秦始皇。"

家里人看到此诗,拆墙退让三尺之地。叶氏被张家所感动,也让地三尺为谢。于是,在桐城西后街,张、叶两家相邻的地方,就有了一条六尺宽的巷子,得名"六尺巷",至今犹在。

历史上,张英家有两位宰辅重臣,时呼"大小宰相""父子宰相"。其三子张廷玉,历仕康熙、雍正、乾隆三朝,居官五十年,官至保和殿大学士、军机大臣,加授太保衔,深受三帝倚重。家世显赫,权倾一时,能主动让地三尺,胸怀大矣。

后来,张英之孙、张廷玉之子高中第一甲第三名"探花"。张廷玉闻知,急忙觐见雍正皇帝,请求降低儿子功名,说过一番诚恳感人、千古流传的话:"天下士子众多,三年方有一次进京会试的机会,人人都希望金榜题名。我已经身居高位,儿子再高中占位,那就堵塞了天下寒士的晋升之路,我深感不安!"雍正大受感动,同意将其子降为三甲第一名。

在本书序言之先,月照上人尚有《如意赞》大作。其辞曰:"当看破,任去留。不执着,能回头。如祥云,似符咒。日奉持,比灵寿。"

我想,道不远人,其必在兹;心奉如意,受益多多!

初识周庄

江南民谚说:"上有天堂,下有苏杭,中间有一个周庄。"初春时节,上海朋友文斌陪我,自上海冒雨直奔周庄,浏览周庄,也初识周庄。

说初识周庄,不仅是因为我第一次来,而且待的时间太短,下午4时到,次日上午10时离开。听别人说,周庄一小时即可转完。这话也没错。但看完周庄,我以为若要慢慢品来,至少要住三日。并非景色浩繁无边,而在于有看头、有想头、有品头。我看了一些,品了许多,但还仅仅是皮毛。

说初识周庄,不仅是因为我此生肯定还会来,而且下次再来,住的时间一定要更长些。这是一个令人一见钟情的地方,是一个让人乐而忘忧的地方,是一个没来想来、来了更想来的地方。在这里,你感到很温暖、很惬意、很亲切。

看完周庄,驳岸、拱桥、水巷常在眼前晃动,很想写点东西。但写什么、怎么写,却很费踌躇。写周庄的文章太多了,几近汗牛充栋,写者又不乏抒情名家、文章圣手,写周庄之文字每每以"获奖作品集"汇之。写出新意固然难,不写心中积块垒,因为周庄太值得一写、值得一记。况且,我深信,情怀所抱,真诚所至,我也能胸中起波澜,笔下生俊花。

我只是提醒自己,写周庄文字已多,要尽量节俭用情,低调用辞。正所谓,"眼前有景道不得,崔颢题诗在上头"。

悠远周庄

周庄的水，吟唱了 900 多年。

周庄的桥，沉静了 900 多年。

周庄位于昆山市境内西南隅，交界于吴江、上海青浦区之际，环抱在澄湖、长白荡、淀山湖、白蚬湖和南湖之中，是一个名副其实的"岛中之镇"。

春秋战国时期，周庄境内是吴王少子摇的封地，称摇城。北宋元祐年称周庄，宋高宗南渡后人烟渐密。元代中期，大名鼎鼎的沈万三利用周庄镇北白蚬江水运之便，西接京杭大运河，东北走浏河，出海通番贸易，周庄因此成为粮食、丝绸、陶瓷、手工艺品的集散地，财冠苏州，名重江南。康熙初年，正式定名为周庄镇。

说周庄历史，有一个名人值得一提。张翰，西晋文学家、书法家，世居周庄镇南二图港。晋惠帝时，张翰任大司马东曹掾。是时，政治腐败，天下渐乱，张翰憎恶时政，不愿为官。秋风起时，他以思念家乡的菰菜、莼羹、鲈鱼为借口，从洛阳辞官返乡，游钓于周庄南湖，与世隔绝，悠闲度日，其"人生贵得适志"的理论影响世人。这个典故，就是著名的"莼鲈之思"。张翰遗著数十篇，其中《首丘赋》《豆羹赋》《杖赋》《秋风歌》都是名诗，唐代时曾以其诗句"黄花如散金"命题举士。连李白都赞誉："张翰黄金句，风流五百年。"欧阳修也为他挥毫写下诗句："清词不逊江东名，怆楚归隐言难明。思乡忽从秋风起，白蚬莼菜脍鲈羹。"

2003 年，周庄获得联合国教科文组织亚太部授予的"文化遗产保护奖"，同年荣获中国首批"历史文化名镇"称号。

古朴的周庄，从悠远的历史栈道中走来，既一路沧桑，又一路新鲜。

典雅周庄

周庄典雅，典雅在"小桥、流水、人家"的水乡风情。

周庄水美，水是古镇的灵魂所在。两横两纵的河流在此形成"井"字形从镇中穿过，小船轻摇，楫影婆娑，水景如诗如画，有"镇为泽国，四面环水"之说。王剑冰写过一篇《绝版的周庄》，认为周庄是睡在水上的，水便是周庄的床。床很柔软，有时轻微地晃荡两下，那是周庄变换了一下姿势。

周庄桥美，桥是古镇的气质所在。有河有街必有桥，因桥成街，因桥成市，桥桥相望，桥桥相连，为周庄平添魅力。每一座桥里，都潜藏着空旷深远的岁月。周庄最为著名的景点是双桥，桥面一横一竖，桥洞一圆一方，错落有致，宛如一把大锁将两条小河紧紧地锁住。

周庄建筑美，建筑是周庄的风骨。周庄的建筑多为明清之作，临水就势，深宅大院，檐高脊重，古色古香，幽静恬然。其中，江南巨富沈万三后裔所留下的沈厅，面积2000余平方米，七进院落，精致之极。

傍晚时分，我们漫步在周庄。沿街的灯笼，造型有长有扁有圆，倒映水中，如梦如幻。灯笼渲染着一种气氛，一种情绪。灯笼挂在楼上，楼阁增色；红色落在水里，水也生情。

舟楫穿梭，河水荡漾，桨声灯影。碧水盈盈相连，楼阁隔河相望，粉墙黛瓦错落有致，满巷子飘荡着的空气是那么清润醇和，宜天宜地宜人。

小桥流水旁，目光所及，神思遐飞。小桥、流水、灰瓦、青砖、篷船、石板、灯笼……这些与周庄有关的主题词，随便拽出任何一个，都可以抒怀成章，蔓延成篇。

又有小桥流水边心无旁骛拍结婚照的情侣。男子金丝眼镜，纽扣长衫，文质彬彬；女子齐耳短发，白衣黑裙，秀色可人，身上穿的都是江南的丝绸，一副五四青年学生的装束。以周庄的典雅，点缀典雅的事物，风物相宜，珠联璧合。

周庄是一种浸入肌理的情绪氛围，是一支余音缭绕的古典清曲，是一幅生动优美的典雅国画。

写意周庄

暮色渐浓，走马观花看完几处景点，我们登上乌篷船。

船娘是个中年妇人，仍然有江南秀女的细腰，青底白花的头巾，青底白花的小襟衫，神态端庄，轻舟熟路。她用清亮温婉的声音，为我们唱歌："摇船要唱摇船歌，小桥流水好风光……"

"船娘"这个称谓，真是亲情得够味、江南得够味、准确得够味。

她为我们唱了《摇船歌》《小镇歌》，还有经过改编的《小城故事》："若是你到周庄来，景色真不少……"昆曲侬语，绵软可人。歌声融入渐浓的夜色里，融入淡淡的水波中，更融入我们沧桑的心底。

我看到的是雨中的周庄、初春的周庄、傍晚的周庄。我在不断地想，在皓月当空、银辉普照的夜晚，周庄是怎样的秀色娟洁？在月牙如钩、夜色朦胧之下的周庄，是怎样的引人入胜？江南少雪，但如果一场大雪或小雪降临周庄，它又是怎样的一番绰约风姿？

春夏秋冬的周庄，风雨霜雪的周庄，一定有各具风韵的景致。记得几年前读过一篇夜游周庄的文章，写暖风熏得游人醉的江南初夏时节，周庄杨柳依依，花香袅袅，游人如织。作者夜游周庄，心荡神驰，忘情于游船之上，那情绪真是感染人。我想，下次来周庄，一定先选择一个夏季。

芦苇画、苏绣等等，肯定不独周庄有，江南多有，偌大的北京城也会有。但我还是毫不犹豫地在周庄小河边的商埠里选了两幅芦苇画，甘愿背回北京去，这是爱屋及乌、心系周庄的表现。我会记着，这是从周庄带回的画，这是挟带了周庄风情、沾染了周庄风水的芦苇画。

这两幅画，一幅是老翁垂钓，一幅是水上人家。前者老翁手执渔竿，气定神闲，垂柳依依，水面平静；后者小船靠泊，皓月高悬，渔家女船头浣衣，和谐宁静。芦苇，我所爱也；手工，亦我所爱也；意境，更我所爱也。芦苇，生命力强，耐得清苦，更兼身姿修长，气质飘逸；手工，以灵巧秀手，取芦苇不同部位、不同质地、不同色泽，巧夺天工，是真实的生命再植；意境，淡泊之情，天伦之趣，和谐之乐，置于家中，挂于墙壁，启迪我祛躁爽心、修身养性。

还是王剑冰说得好："粗布的灰色上衣，白色的裙裾，缀以些许红色白色的小花及绿色的柳枝。仍是明代的晨阳吧，斜斜地照在你的肩头，将你半晦半明地写意出来。"

宁静周庄

夜宿周庄。次日早晨，我拦下一辆人力三轮车，再进周庄景点，再次融入小镇风情之中，又在周庄流连了几个时辰。

有人说，周庄太商业化了，太嘈杂了。而我说，这怨不得周庄。周庄没有错，万丈红尘中，喧哗人声里，周庄淡泊、内敛而和谐。周庄是宁静的，嘈杂的是人心。

在旺季，每天涌来周庄者几万之众，如过江之鲫。我当然要庆幸，我来的是个好时候，节气尚寒，又非周末。

在著名的双桥旁，我找到一家门头挂着"豆腐花"招牌的小吃店，因为占据了双桥这一得天独厚的地理优势，这家小店成为周庄画面上的一抹色彩。我在店前木桌前面河而坐，要了一咸一甜两碗豆腐花，一个人静静地吃，慢慢地看。老板五十岁左右的样子，像周庄的小桥一样宁静平和，穿了一件白色的工服，腰间又扎了一条围裙，很是利索。老板娘坐在我旁边的一张桌旁，也在吃早饭，像周庄的流水一样娴静恬淡。我注意看她的食物，一碗白米，一盘剩菜，一碗白开水。纵然占据这样的黄金地角，因为是小本买卖，日子还是清淡俭朴的。

我心有所悟，很受感动，掏出随身小本，记下这样一番话：每个人都在辛苦打理着属于自己的日子，许许多多的人和事共同构成生活的美好。"美好"是一幅巨大的画面，而每个人只是这幅画面上一丁点儿色素，整体看上去很富丽，分离开，剔出来，并不显眼。感觉还不过瘾，又补写一句：世界上许多的大热闹、大喧嚣、大场面、大风光，分解开来，原本都是很平淡的。

我的眼前，小河的流水悠悠而过，几近无痕。一位妙龄女子从我身旁的石板路上走过，衣着时尚，仪态妩媚，高跟鞋叩击石板发出清脆的声音，风姿倩影是江南美色的蕴涵和延伸。

这天上午，我在周庄还看到了诸多传统的民俗手工艺表演：剪纸、草编、泥塑、纺纱、织布、缝纫、酿酒等等。

石桥畔，小河旁，围花头巾的妇女在摆摊出售河鲜，引人食欲。我拍了数幅照片，那河鲜干净至极，三条大一点的鱼装一盘，要价30元；一大堆小些的鱼，是去头的，一盘仅要价20元。价格不高，却是好东西。

周庄，为疲于奔命的人们提供了一个精神的憩园，让你在古老韶光的宁静与温馨中重返安逸与宁静。无论谁来到这里，都像回到了阔别已久的故乡。

人一生都在拜佛，一生都在念佛。心诚则灵，心静则灵。

哲理周庄

周庄地处太湖流域，四周湖荡围拥。其中南湖以其丰沛的水量，成为古镇不竭之水源，养育着周庄不衰的江南秀色。这是大自然的造化，也启迪人更加明悟一个道理。

周庄是古老的，也是年轻的；是热闹的，也是安详的；是世俗的，也是超然世外的。

周庄，隐藏着宁静致远、淡泊名利的人生哲学。来到周庄，看过周庄，你成不了仙，得不了道，但你可以悟仙、悟道。

在周庄看到的这副对联，也足以让人惊心动魄："天地间奇奇怪怪何必认真，古今来色色形形无非是戏。"世上的事，就怕说到家、揭开底，此楹联一言见底、一针见血，令人醍醐灌顶。

因愤世嫉俗而丧失激情，因看破红尘而麻木不仁，可否？都人豁达，也令人无奈。

还有两副楹联，也值得品味："古石苍松见贞性，行人流水皆天机。""白云流水是禅心，翠竹黄花皆佛性。"

在一处景点，看到一座假山，乃安徽灵璧石所垒。假山前挂一木板，上书："假山造美，请勿攀登。"我与文斌看完后忍俊不禁。假山不鲜见，这等警示词却是罕见。第一，明确告诉你这是假山；第二，表明造假山的意义是造美；第三，可以用假的东西造美，关键是假冒不伪劣。

最受警示的还是怪楼。

怪楼，是一个颠倒常理、颠覆概念的地方。本是一个平面，看上去却分明是极其立体、绵延的，拍出照片更甚。正如《红楼梦》所言：假作真时真亦假，无为有处有还无。在"失身小屋"，你把身子埋进去，脑袋露出桌面，拍出照片只留"首级"，令人骇然。

最让人不可思议的是"球往高处走"。视觉的局限，竟能产生如此大的差异！从局部看，球是由低向高走的，你的认识没错；而从全局看，从整间大房子的位置设计来看，它倾斜的角度要比球道的角度大5度。不识庐山真面目，只缘身在此山中。我久久凝望自下而上滚动的球，感慨不已。

怪楼真奇怪，怪楼也不怪。大千世界，无奇不有；尘世人心，常有怪异。

遗憾周庄

吃了周庄的虾，吃了周庄的鱼，吃了周庄的好多特产，吃了周庄的黄酒。那晚细雨蒙蒙，春寒袭人，我与文斌寻得一家特色酒楼，服务员把黄酒烫得滚热，两人一口气喝了整整五瓶。

夜宿周庄，也有遗憾。住的是星级宾馆，却在景点之外。景点内的那些客栈，大门挂灯笼，墙上中国结，夜宿大炕，头枕棹声，静卧周庄怀抱，那是何等享受？

但就在这周庄宾馆，我也有幸看到了置于大厅的易水砚。由九大龙、九小龙构成，长8米，宽3米，高1米2，重达30吨，色墨以透亮、质坚而泽润，栩栩如一条乌金龙舟，真乃"天下第一奇砚""世界第一巨砚"。

芦苇画带回了北京，万三猪蹄带回了北京，江南丝巾也带回了北京。但我未喝阿婆茶，未吃阿婆菜，三毛茶楼不曾上去，昆剧、苏州弹评没有听到。

返京后查看资料，方知品茗、赏曲是周庄古戏台的一大特色，日日欢歌。想想也令人神往：一边是悠扬的昆曲，一边是传统的阿婆茶，间有苏州弹评、民乐表演，吴侬软语，温文尔雅，岂不优美之致？！

但机会错过了，实际上也是时间太紧没赶上。古戏台听戏，聚宾楼赏曲，小茶楼品茶，还有好多好多，只能对下次寄望。

浮世一生，历经繁多。想天下景点无数，我有幸来了周庄；游过周庄，又有心情、有兴致，能挤出时间记下所见所闻、所思所想。这，就是缘分。

当年初来北京，自己曾设计过一款名片，背面是八个大篆小字："人生有缘，生命是缘。"我相信缘分，生命中与我不期而遇的一切，都与我有缘。缘分到，不请自来；缘分不到，苦求不得。

我游常州天宁寺

佛家说：人人皆可成佛；儒家说，人人皆可成圣；道家说，人人皆可悟道。以儒家精神追求，以道家精神养心，以佛家精神自乐。皆可为我所用，每每包容并蓄。精神存乎一心，气概贯于千古。

11月3日上午，古城常州晴空万里，风轻云静，我有幸在天宁寺一游。佛家圣地去过不少，并非每次都有泉涌才思，更非每次都留下些许文字。

而这一天，在常州天宁寺，我心旷神怡，流连忘返。况且，在天宁宝塔大殿，忽有醍醐灌顶、灵光一闪。

这一闪，世路不知何处尽，禅心应自此中生。

这一闪，让我似乎一下子参透玄机，难以忘怀……

一

刚刚完成一项连续通宵达旦的紧张工作，重负释，身心爽。此时进入常州天宁寺，看景景美，看物物亲。

适合自己的日子，就是好日子。愉悦自己的景色，便是好景色。

有幸来天宁，禅寺夫如何？

历史久。建于唐朝永徽年间，已有1300多年历史。几经毁建，几度更名，历尽沧桑，千年古刹名副其实。

名气高。法融禅师是这里的开山祖师，乾隆曾三次到此拈香，御笔亲题"龙城象教"匾额。

规模大。主要殿宇八殿、二十五堂、二十四楼、三室、两阁，殿大、佛大、钟大、鼓大、宝鼎大。

风水好。雄踞常州东大门，前俯千古悠悠之京杭大运河，后倚水清林茂之红梅公园。我登上塔顶，瞭望四周，但见小桥流水，绿树葱茏，一派江南水乡的韵致。

天宁禅寺妙，天宁宝塔雄。天宁禅寺的一号建筑是"天宁宝塔"，八角形布局，13层，建筑总面积2.7万平方米，为中华佛塔之最。宝塔肃穆、典雅、厚重、壮观，庄严垂顾众生，祝颂天下安宁。

阁顶最高处的"梵音阁"，有"天下第一高钟"，全铜制作，重3万余斤，号称全国悬挂最高的钟。梵音阁外圈墙壁上，是柳公权书写《金刚经》全文，镌刻在千年香樟木上，8000个8厘米见方的大字，坚毅瘦劲。

佛塔前有2000多尊汉白玉小宝塔，宝塔塔身外饰5万多块镌佛玉石。塔内每层置铜匾，飞檐翘角置风铃。我漫步顶端塔周，看装饰古朴，闻风铃叮当，历史烟云，生命浮华，不禁发思古之幽情，时光的沧桑感、人生的沉郁感油然而生。

在天宁寺院的草坪上，散布17个石刻佛家少年。打禅者，诵经者，瞌睡者，练功者，嬉戏者，煮茶者，逗趣者，沉思者……有的勤奋可敬，有的笑容可掬，有的顽皮可爱，有的滑稽可笑。虽然缺乏古朴，也是匠心独运，与禅寺、宝塔相得益彰，相映成趣。我逐一拍照，永久保留，并定时以此切换电脑桌面。

《法华经》云：若见宝塔，即见如来全身。与宝塔合影，也表敬仰之情。

我所带相机不足以合拍宝塔与我全景，只好请摄影师拍照速取。这张8寸大照压膜而成，有宝塔殿宇嵯峨，有本人气神清定，留下永久纪念和美好回忆。

二

常州天宁寺地基之广，殿宇之高，佛像之庄严，珍藏之丰富，确实令人提气养神。更兼寺内楹联众多，墨宝如海。

且看宝塔正面横匾，乃乾隆手迹："龙城象教。""龙城"乃常州，乾隆所封。

再往上，又一匾："共生吉祥"，其寓意平凡之中蕴含大气。

最高处再一匾，书："仰之弥高。"这是当年颜渊喟然长叹之语，颂扬孔夫子"循循然善诱人"，其学问"仰之弥高，钻之弥坚，瞻之在前，忽焉在后"。我想，用以譬喻那些真正的伟人、德高望重的人，又何尝不是一个好辞！

我掏出随身所携小本，记下寺内好楹联：

妙相慈光瞻玉佛，慧风法雨化龙城。

众生度尽方从菩提，地狱未空誓不成佛。

庄严绝妙雨曼陀花，色相俱空证菩提果。

慈航通彼岸以自在力显大神通，甘露洒人间现清净身说平等尘。

百千万劫寻声救苦普施无畏度迷津，三十二应现身说法广化有情登觉岸。

当我看到"天朗气清头顶一轮红日，云蒸霞蔚身披万道佛光"的时候，心潮难平。

这是一幅何等壮丽的画面，又是一个多么吉祥的圣境！

长空朗朗，清气浩荡，红日喷薄，佛光万道，祥云升腾，彩霞涌聚，绚丽灿烂，无比壮美！

人在此境中，怎不心胸豁达，万般豪壮；身在此运中，怎不御风而行，快意人生！

我掏出小本，自撰楹联一副：心盈红日邪不入，身披佛光气自华。

寺内书法皆是精品。松纯大师手笔也有特色，是方便面体。寺内有他的题字："国泰民安""慈航普度""法雨天花"。

因为时间宽裕，也是兴之所至，我们登上了藏经楼。在这里，又意外地发现，摆在过道两侧书桌上的书，原来是可以赠送客人的。

回到北京，我曾乘兴一游北京天宁寺，又翻读了几册说儒、论道、讲佛的书。

儒家讲：修身齐家治国平天下。重在积聚自身潜能，激活令其爆发。得此道者，可易世上风俗，可导天下潮流。

道家讲：无为无不为。不强为，不苛求，心灵与天地融于一体，或行或止，或进或退，顺其自然。得此道者，无心胜有心，无声胜有声，无招胜有招，无功胜有功。无忧无虑，如登仙境。

佛家讲：万法皆空。不妄执，不妄行，心随万物，万物随心。得此道者，有欲无欲之间，有求无求之际，红尘万丈，无滞无碍。

给人的启示是：做人要空阔，做事要实在。以出世态度做人，以入世态度做事。不苦不乐就是极乐，佛心就是平常心。

这，需要修炼眼力、心性、心力、能力、心态。

三

古寺肃如山，佛说深如海。这里，四季香火鼎盛，终日僧众满堂，常年游客如云。

午时，我与建民先生一起，在偌大的天宁宝塔大厅内流连。恢宏壮丽，肃穆严正；僧侣矜持，游客屏息；香烟氤氲，气氛凝重。

这里，正中面南，是无边法力的毗卢遮那佛；面东，是大智大慧的文殊菩萨；面西，是大愿大行的普贤菩萨；面北，是大慈大悲的观世音菩萨。

面东的文殊菩萨庄严肃穆。塑像两侧雕刻一副楹联，"愿满虚空开慈悲眼看十方祥瑞生欢喜心，行弥法界化智慧心×万德圆明现庄严相"。

行书极品，遒劲潇洒，金光灿灿。

但是，这个"×"字，令人久辨不识。

自恃文字功底，不肯善罢甘休。我眼光聚焦，分解楹联：

"愿满虚空，开慈悲眼，看十方祥瑞，生欢喜心；行弥法界，化智慧心，×万德圆明，现庄严相。"

深思，推敲，沉吟，抓耳，挠腮，皱眉。古人云："吟安一个字，捻断数茎须。"我乃"辨认一个字，皱折半张脸"。

建民在旁，急我所急。问门口值守老者，不识此字。

许久无声。忽然，一道思想闪电，我灵光一跃，知晓了此字！

告诉了建民，他深以为然。我俩击掌相庆。

恰在此时，有一黄衫僧人，身材魁伟，双眉浓厚，天庭饱满，地阔方圆，引领两名宾客，缓步低语而来。

我想验证此字，趋步向前："请教师傅，这副楹联，'化智慧心'之后，'万德圆明'之前，是为何字？"

回答谦恭而平和。曰："抱歉，我们亦不识此字。本寺松纯法师曾请教高人，至今未辨。"

问值守老者，此人乃勇春法师，坐常州天宁禅寺第四把交椅、天宁宝塔第一把交椅。

但我已经确认：此字乃"思"。非思难"思"！

"愿满虚空开慈悲眼看十方祥瑞生欢喜心，行弥法界化智慧心思万德圆明现庄严相。"

一种灵光突现、豁然开朗的神奇感觉，直指我心。霎时，如御风而行，透体清澈。

台湾林清玄《以美点亮心灯》所言："人仿佛站在一朵云或一朵莲花之上……感觉到莲花正一瓣一瓣地伸展着，而四周的灯光正在大放光明……"

疑窦如霾去，建民亦欣然。在大智大慧的文殊菩萨面前，我俩深深叩拜。

莫非，是佛家慈悲授意，高人指点迷津，一字开人窍？一字破天机？对尘世，对生命，我突然有一种心领神会、融会贯通之妙。

当时我曾质疑，名寺名联名僧，岂有不识此字之理？回到京华，遍查家中《中国楹联大全》，洋洋460万字，无此对联。上网百度搜索，亦无此联此句，殊为遗憾！

看来，松纯法师等人不识此字，徒是无奈！

深以为奇的是，那天我在藏书楼拿到的一本经书，叫作《净宗朝暮课本》，当时口能诵，脑能记，一目十行，举一反三，余香袅袅，寓意深邃。回到京城，置于案头，再次捧读，居然茫茫然不得其解。岂不怪哉？！

由是，愈发觉得此事不凡，此遇神奇！

因为诧异，返京后总想抓紧把文章写出，以慰生平。无奈终日忙碌，时光流水，转瞬到了岁末。屈指算来，离我游天宁寺已近两月。公元2008年的最后一天，我端坐家中，守朴抱素，完成此文，以志纪念。

心中有佛，处处是佛。佛在人心中，善良伴我行。

俯视红尘

宝塔山，延安革命圣地的象征，黄土高原气脉的丹田。

贺敬之诗云：几回回梦里回延安，双手搂定宝塔山。1996年深秋时节，我独自从青岛跑到延安，初登宝塔山，心潮澎湃，血脉偾张，写下一篇《双手搂定宝塔山》的散文，发表在《青岛日报》《琴岛》副刊，结集在我的随笔《感受人生》之中。

时隔十七年，再度来延安。满怀敬仰心，重上宝塔山。

烽火硝烟恍在眼前，历史风云就在胸中。换上一套略显肥大的红军服装，绕着宝塔转上三圈，虔诚摸一摸，搂定合张影。听陕北老汉高歌一曲漫天回荡的信天游，看他奔腾跳跃打出安塞腰鼓的高亢节点，吃一口陕北老汉出售的正宗荞面，喝一口延河水，情已浓，人已醉。

宝塔山，位于延安城东南，初建于唐，重修于宋，九层，高44米，是延安的标志，是圣地的象征，融自然景观、人文景观、历史文物、革命旧址为一体。

延安古名肤施，西北边塞重镇。早在北宋时期，韩琦、范仲淹等一代名将，就在宝塔山屯兵设寨，戍边御敌，留下众多文物古迹，人文景观独树一帜。范仲淹何许人也，"先天下之忧而忧"之人，"后天下之乐而乐"之人。

遥想当年，一代伟人、一群精英、一批伟岸奇才来到这里，探索、寻求、指挥、实践一个政党的发展壮大、一个民族的独立解放和四万万同胞的翻身出头之日。

遥想当年，一批批热血青年、激壮儿女，从城市、从乡村、从根据地、从敌占区，舍生忘死，奔赴延安。方向在哪里？路从何处走？目标，就是宝塔；宝塔，就是目标！

延安啊，何等大的气场！何等壮烈的战争场面！何等壮丽的生命腾图！何等壮阔的历史波澜！

延安，是历史的眷顾，是命运的垂青，是五千年天地精华的凝聚。

延安，宝塔，哪里再是一片地域、一个景观，那是中华民族五千年漫漫长夜里的启明灯。

延安，宝塔，哪里再是凡间尘世、物质层面的标记，那是苍宇之间精神境界、梦幻层面的追寻和追求。

信天游啊，不断头，回回唱起来热泪流；

青油灯盏羊油蜡，你还有啥子没说完的话。

5月4日，这真是一个可遇不可求的好天气！延安城，宝塔山，晴空万里，湛蓝如洗，白云悠悠，纤尘绝迹。

晴空之下，嘉岭山、清凉山尽收眼底，摩崖刻字处，忠臣名将范仲淹"胸中自有数万甲兵"的题字激荡浩然正气。

我浏览过、翻阅过好多当年延安的老图片。当年的延安，一座孤零零的黄土城，哪有什么高楼、哪有什么建筑、哪有几棵绿树？宝塔山，就是延安无与伦比的地标，是众人的仰望点。

在宝塔山，既有精神的洗礼，也有灵魂的开悟——塔底层两个拱门门额上，一面刻有"俯视红尘"，一面刻有"高超碧落"。

红尘，东汉文学家、史学家班固《西都赋》有句："阗城溢郭，旁流百尘，红尘四合，烟云相连。"当代诗人纪宇有句："未来啊，谁能看透；红尘啊，谁能看破？"多年来红尘被佛家使用，佛经中常见"红尘"一词，就是繁闹尘世，就是凡俗尘世，就是人世间。

红尘就在身边，人人难脱红尘。最高境界是什么？当是"俯视红尘"。

俯视红尘，是顺应红尘、融入红尘、理解红尘、看透红尘之后的又一境界，是悟透、是看破、是放下、是超脱、是等闲视之、是冷眼旁观、是不即不离，是适应、是从容、是大度，是智者、是主动式、是居高临下，需要"时时勤拂拭，莫使惹尘埃"的修炼和"本来无一物，何处惹尘埃"的绝世。

另一面是"高超碧落"的横额，这是道家用语。碧落，乃是道家所称"第一层天"，高超碧落，其意自明。古时嘉岭山，既是佛教化境，又是道家道场。到了明清时期，庙宇林立，蔚为壮观。两个横额，八个大字，是一副相互关联、顺应天意、异曲同工、无与伦比的对联。有专家分析认为，如果是古联，应是佛家、道家所为；如果是今人所做，则是颂扬了圣地的高尚境界和无比神灵。

来到延安，登上宝塔山，思索"俯视红尘"之境界，你没有理由不敬畏，没有理由不超脱，也就没有理由不走运。

上峨眉山

一

齐鲁大地之中部,有一块昌潍大平原,那会儿,小河的水是清湛的,天空的云是洁白的,沃土芬芳,小鸟成群。但那时候,人们也很贫穷。

在安丘城南一个叫作王十里河的村子里,有一位羸弱的少年,家境贫寒,但学习吃苦,喜欢读书。在村西头,有一位按辈分他称谓"大妈妈"(大奶奶)的农村妇女,高大富态,慈眉善目,老两口很有人缘,儿女多,肚子里装的故事也多,村里很多人喜欢到他们家,拉拉家常,听她"说古"。

峨眉山,是从"大妈妈"口里听说的。她说,峨眉山是座仙山,山上古木参天、云烟缭绕,众多生灵日复一日在山上修炼,汲天地灵气,纳日月精华。有条白蛇在山上修炼多年,后来就有了《白蛇传》悲欢离合的传奇故事。

从此,峨眉山就烙印在这个少年的心中。

不久,"大妈妈"的三女儿嫁给我们本家哥哥,我改称"大妈妈"为"大婶子"。

岁月如流水,离开家乡一晃三十多年。我拼搏人生,苦辣酸甜,从乡村来到京城,定居在首都。而在几年前,我意外地得到消息,"大婶子"已经过世了!

这么多年了,家乡的人啊,模糊而清晰;家乡的事啊,真实而梦幻。我在楼下十字路口为"大婶子"烧了一大堆纸,她的影子好长时间在我眼前晃动，她的声语如在耳畔。

生命的年轮在一圈圈拓展，对往事的回忆如影随形。若干年走下来，当我先后去过五台山、九华山、普陀山之后，作为佛教四大名胜，只剩下与峨眉山无缘。而这，恰恰是我心中的"启蒙之山""神秘之山"，让我充满向往。

父母在哪，根就在哪，家就在哪，年就在哪。老人已经作古，天堂的父母，无法期盼游子回家过年。于是，利用春节假期，携妻带子，去圆一个萦绕了几十年的梦。

除夕前夕，入住山脚，我猛然意识到：新的一年，乃是蛇年。白蛇仙女，我这个年节来峨眉，不仅人情，更是天意啊！

峨眉山麓，夜色如墨。一时间，我升华起更加圣洁的庄重之情。世事如浮云，得失转头空。已届知天命之年，红尘万象参透了许多。

峨眉山之行，也是盘点岁月，缅怀人生，寄托我对"大婶子"的怀念之情。

二

我想，不只在当下，若干年后，乃至人生暮年，我也会为自己的选择而沾沾自喜。

这个选择，就是过年来峨眉；这个选择，就是除夕登金顶。

山顶的人说，很久没有这么好的天了，很久没有这么美的云了。

这是农历壬辰年最后一天。这一天，空气清冽，阳光普照。午时，我们全家在峨眉山金顶，真切地感受到云海、佛光、白雪、仙境。

这是"佛之长子"普贤菩萨的道场，高48米的十方普贤塑像屹立正中，宽阔的朝圣台阶堆积着皑皑白雪。

面对崇高圣洁的普贤菩萨，我心静如水，双手合十，一一念叨着家人和至亲的名字，为他们祈福。历来，我不祈荣华富贵，只求无病无祸。

还有，我们老家的"大婶子"，您在天之灵安息！

登上金顶，顿感神清气爽，如入圣境。老天垂爱，变幻如神，一会儿霞光普照，漫天金碧辉煌，一会儿仙气凝聚，对面不辨人形。站在海拔 3077 米的高端，脚下千层浮云，万道金光。极目四望，成都大平原尽收眼底，岷江、青衣江、大渡河，再远处，应当是大雪山、贡嘎山吧，千山万岭，千峰万壑，起伏如浪，茫茫苍苍，让人惊叹天地造化之奇妙。

明代大儒方孝孺描绘峨眉山，写得好："层岩削壁跨千里，坐镇西南势独雄。元气昆仑磅礴外，祥光隐现有无中。珠璎宝佛留金相，金碧楼台依半空。纵是蓬莱并弱水，消虚难与此相同。"

天蓝，一碧如洗；云白，轻柔舒卷；光美，七彩斑斓；雪纯，几近青蓝；心静，臻于空灵……

峨眉山，不愧造化之山、修炼之山、精灵之山！

我手执相机，拍与录，慨与叹，尽量多地收录难逢之美景、有缘之神灵。

我在想，有此仙境一遇，便胜却人间无数。

可是，白蛇修炼之地呢？当我在山顶小饭馆喝上北京"小二"，吃着当地人自己灌制的辣肠时，我问饭馆老板。

老板告诉我：在白龙洞。因为是除夕，下山车要早发，时间关系来不及拜谒。白蛇仙姑，在心里起敬了！

因为这个特殊的时点，山上游人相对要少，避免纷攘之苦，难得清静之乐，我们得以从容地坐索道、逗猴子、看松鼠，更浸透峨眉山的底气，领略峨眉山的灵光。

下午两点，我们乘上最后一班下山的客车。

一夜连双岁，五更分两年。第二天，大年初一，当我在峨眉山下、宾馆门前，望着一辆辆挂着川 A（成都）、川 L（乐山）车牌的轿车川流不息地涌上山去，看到一群又一群穿着光鲜的人们蜂拥上山，我在心里暗自庆幸：多亏昨天赶了个早。

三

人气炽热之时，灵气渐泯。

当年，因为法海作怪，人味浊恶，小青被迫躲到山上，白娘子不堪烦乱，更兼喝了半瓶杏黄酒，才现出蛇之原形，吓死了许仙，最终靠从昆仑山盗来的灵芝仙草，救活了老公。

天下美妙之处，之所以令人神往，在于偏远，在于险峻，在于求之不易。

现如今，人口稠密，交通发达，立体开发，不计其数的旅游团如同蝗虫，铺天盖地，似乎非踏破山河而誓不罢休。

神秘如峨眉，自山底乘车不足三个小时，几乎可抵最高峰。自雷洞坪坐缆车仅需三五分钟，可抵金顶，一览无余。

名山大川，哪里还有一点神秘感！人气浩荡之下，山川神气安在？

资料介绍，峨眉山有2300种动物，其中稀珍者、特色者157种。我不知道，算上猴子、算上松鼠、算上喜鹊，峨眉山现在还存有多少种。

在山东老家，有五岳之冠泰山。现如今，游泰山如履平地，走任何一条上山路，车辆几乎可直达任何一个海拔、一处景点。南天门、中天门、桃花峪、天街，几乎任何一个景点都有缆车连接，整个泰山索道纵横交错，无以复加。早在十几年前，我登泰山就已寻觅不到野生动物，失落之际，暮色苍茫之中，只好自己在山谷学野兽嚎叫，结果被泰山巡逻的基干民兵抓获。

遥想当年秦皇汉武，登泰岱而封禅，纵然天子气魄，心中是何等敬畏、崇高之情感！先要在山底岱庙静养元气、酝酿感情、焚香膜拜、更衣沐浴，再行艰难之攀登，战战兢兢、神圣无比。想昔日之泰山，树木繁茂，遮天蔽日，虎啸狼嚎，鬼神莫测，那是怎样的天地灵气与日月精华？

人类在创造奇迹，人类也在消灭奇迹。

我们所住的"元真"是一家私人客栈，虽俭朴，但大厅、客房皆以大红为基调，以莲花为主景物，颇具佛家修炼之特色，正是峨眉山之格调。

山脚下，既有比肩接踵、颇为豪华的高星级酒店，也有满马路的食品小摊小贩，还有浓烟滚滚、人声鼎沸的绵延大排档，正是中国特色的真实写照。在一家排档，我先是点了一盘山菜炒腊肉，但望着油光发亮的炒菜，猛然想到全国的地沟油都没得到有效治理，而这种大排档风险又最大，就终于没敢下手。

大路旁，装饰了漂亮可爱的十二生肖，节日氛围浓厚，是盛世华年的好景象，普贤有知，定然欣慰。但穷困者犹在，纵然大年初一，仍有许多沿街叫卖者，有身背大竹篓的当地妇女在吃力前行，在人群前推销物品。重压是劳苦者的生命常态，重负之下，已使她们失去了女性应有的身形。

除夕那天赶早上山，走出宾馆大门天还是黑的，两位佝偻的山农站在夜色中向我们推销香火、竹棍等上山物品，令人心中一动。

四

大年初一，我们迎着旺盛的香火，来到峨眉山麓报国寺。

这是峨眉山最低处的一座寺庙，海拔551米，也是进山经过的第一座寺庙。

千百年来，怀抱虔诚之心的峨眉朝拜者，千里迢迢赶来，是从报国寺开始起步的。从这里，历经辛苦，攀爬而行，诚惶诚恐，至金顶拜见普贤菩萨，圆心中一个好梦。

登山何其难？历经诸险关。从有关资料介绍看，极尽辛劳到达洗象池后，还要再攀15公里，特别是要经过2380石级的七里坡，才能从接引殿到达金顶。

现在，人们从四面八方向报国寺潮水般涌来，四座殿堂之中，已是比肩接踵，人头攒动。室外偌大的香火炉前，香客拥挤，青烟缭绕，凝结不散，蔚为壮观。有工作人员立于香龛旁，不停地拔出尚在燃烧的"大香"，于水桶中淹灭，一弯腰，拦腰折断，置于筐篓。没办法，香火太重，危及安全。

几乎所有的人都在忙着进香，忙着叩头，忙着礼拜。我转到殿堂外面的佛法专栏，认真阅读，收获更多。

说话之戒：戒多言，戒轻言，戒狂言，戒杂言，戒戏言，戒直言，戒尽言，戒漏言，戒恶言，戒巧言，戒矜言，戒逸言，戒讦言，戒轻诺之言，戒强聒之言，戒讥评之言，戒出位之言，戒狎下之言，戒谄谀之言，戒卑屈之言，戒取怨之言，戒招祸之言。

修心八要：一是心安，二是心慈，三是心正，四是心明，五是心定，六是心诚，七是心宽，八是心谦。

说事：无事不生事，有事不怕事，省事不多事。

人生三盏灯：志存高远，把握当下，永不气馁。

知福：人生尽是福，惟人不知足。思量挑担苦，徒手便是福。思量行路苦，骑驴便是福。思量饥寒苦，饱暖便是福。思量病痛苦，无疾便是福。思量露宿苦，陋室便是福。思量慌乱苦，平安便是福。思量失业苦，用工便是福。思量折腾苦，安静便是福。思量离别苦，团圆便是福。思量背包苦，放下便是福。思量人生苦，解脱便是福。

……

这不是说教，这是至明箴言，上网也许能够查到，但在这样的人气之中，用心品读，感受殊深。

心即是佛，佛即是心。药医不死病，佛度有心人。

心不向善，焚香何用？心不安宁，叩拜何益？青山几度变黄山，世事纷飞总不干，眼内有尘三界窄，心头无事一床宽！

我在想，峨眉山是修炼之地，可采天地之精华。既上峨眉，就要见效。连续几天，我在思考，新的一年里，一是要把学习和工作作为一种人生乐趣，二是要把宽宥和包容作为一种人生幸福。这在前者，并不为难，因为自己多年已成习惯。而后者，确需努力，因为自己有"快意恩仇、疾恶如仇"的鲜明个性，还要借着峨眉山的灵气，潜心修炼。

六祖坛经说：前念迷是凡夫，后念觉是圣人。智者说，圣人与凡夫，只是一念之转，一个觉，一个迷。生命不觉醒，成长过程迷。

全家达成共识，确定了新一年修养主题：耐心。耐心处事，耐心待人，耐心地倾听，耐心地工作，这也是一种修炼、一种境界。

境由心设，相由心生。福由己造，福由己求。

峨眉山，不虚此行！

北京城内有正气

北京城虎踞龙卧，风云际会。有大气兴焉、霸气存焉，更有正气浩焉。

东城区，府学胡同63号，是文丞相祠，系明洪武九年（1376年）为纪念南宋民族英雄文天祥而建。占地仅600平方米，不曾盈亩，坐北朝南，两进院落。祠虽小，但这里正气充盈，元气淋漓，非等闲之地。

来北京工作后，我几次到这里拜谒，蕴浩气，培元气，养正气。

一

殿内正中，是丞相的一尊半身塑像。塑像后置一道屏风，有毛泽东主席手书文天祥诗句：人生自古谁无死，留取丹心照汗青。

廊柱上有木质楹联：地老天荒，不忘一部中华史；山呼海啸，齐唱千秋正气歌。

穿过正殿，进入二进院，有一株枝干南倾之枣树，被称为"指南树"。传此树为文天祥所植，寓丞相"臣心一片磁针石，不指南方不肯休"之义。

文天祥，南宋名臣，抗元名将，1236年6月6日出生，1283年1月9日被害，年仅47岁。

欲识文丞相，先诵《正气歌》：

天地有正气，杂然赋流形。下则为河岳，上则为日星。于人曰浩然，沛乎塞苍冥。皇路当清夷，含和吐明庭。时穷节乃见，一一垂丹青……是气所磅礴，凛烈万古存。当其贯日月，生死安足论。地维赖以立，天柱赖以尊。三纲实系命，道义为之根……顾此耿耿在，仰视浮云白。悠悠我心悲，苍天曷有极。哲人日已远，典刑在夙昔。风檐展书读，古道照颜色！

《正气歌》千秋传诵，堪称史诗。

1278年，文天祥在广东海丰兵败被俘，被押解至元大都（今北京）。狱中三年，受尽威逼利诱，始终坚贞不屈。1281年夏，在湿热腐臭的牢房中，写下名垂千古的《正气歌》。是时窘迫，自序可见：

余囚北庭，坐一土室，室广八尺，深可四寻，单扉低小，白间短窄，污下而幽暗。当此夏日，诸气萃然：雨潦四集，浮动床几，时则为水气；涂泥半朝，蒸沤历澜，时则为土气；乍晴暴热，风道四塞，时则为日气；檐阴薪爨，助长炎虐，时则为火气；仓腐寄顿，陈陈逼人，时则为米气；骈肩杂沓，腥臊汗垢，时则为人气；或圊溷，或毁尸，或腐鼠，恶气杂出，时则为秽气。叠是数气，当之者鲜不为厉。而予以孱弱，俯仰其间，于兹二年矣，幸而无恙，是殆有养致然尔。然亦安知所养何哉？孟子曰："吾善养吾浩然之气。"彼气有七，吾气有一，以一敌七，吾何患焉！况浩然者，乃天地之正气也，作正气歌一首。

水气、土气、日气、火气、米气、人气、秽气，七气杂举，令人窒息。但文丞相凭着一腔浩然正气，坚贞不屈，处之泰然，俯仰天地，笑对人生。

1283年1月9日，一个暗无天日的日子。在拒绝了元世祖最后一次利诱之后，文天祥在刑场面南拜祭，从容赴死。

其绝命辞令人泣下：孔曰成仁，孟曰取义，惟其义尽，所以仁至。读圣贤书，所学何事，而今而后，庶几无愧。

正所谓：清操厉冰雪，鬼神泣壮烈。

二

《正气歌》元气淋漓，文丞相正气磅礴。

披览史料，淘沙见金，敬重文丞相之官品人品。

当年，20岁的文天祥殿试夺魁，高中状元，曾任刑部郎官、知瑞赣等州，后官至右丞相、加少保、信国公。在元军进攻、国土沦陷、生灵涂炭的危难时刻，他力主抗战，苦撑危局，自卖家产，组织义军，举兵抗敌。被俘后，义正词严，慷慨殉国。短暂之一生，是忠心报国的一生，是勤政爱民的一生，是奋勇作战的一生，也是屡遭陷害的一生。其忠诚，其执着，其坚贞，其善良，感天地，壮山川，泣鬼神。

看来伟大领袖毛泽东特别崇尚忠义之士，有他手书文天祥《过零丁洋》、岳飞《满江红》和林则徐《出嘉峪关感赋》为证。

《过零丁洋》沉郁悲壮，气贯长虹，是文天祥生命、灵魂、胸襟、才学凝聚的人生壮歌，是大气磅礴的爱国主义诗篇。

辛苦遭逢起一经，干戈寥落四周星。山河破碎风飘絮，身世浮沉雨打萍。惶恐滩头说惶恐，零丁洋里叹零丁。人生自古谁无死，留取丹心照汗青。

对于丞相之人品，毛主席更不吝赞美，奋笔疾书："文天祥以身殉志，不亦伟乎？"

我在江西吉安城内丞相纪念馆内，看到对于丞相这样的评价：

"不仅是一位改革不息的政治家、敢于立新的思想家，而且还是振起南宋一代诗风的爱国诗人。其文品、诗品和书品也和其人品一样豪放高洁。"

完全正确，完全准确。吟读丞相诗词，感受人生壮阔。占用篇幅，摘录在兹，以表敬仰：

且看三首《酹江月》：

其一：水天空阔，恨东风不借、世间英物。蜀鸟吴花残照里，忍见荒城颓壁。铜雀春情，金人秋泪，此恨凭谁雪。堂堂剑气，斗牛空认奇杰。那信江海余生，南行万里，属扁舟齐发。正为鸥盟留醉眼，细看涛生云灭。睨柱吞嬴，回旗走懿，千古冲冠发。伴人无寐，秦淮应是孤月。

其二：乾坤能大，算蛟龙、元不是池中物。风雨牢愁无著处，那更寒蛩四壁。横槊题诗，登楼作赋，万事空中雪。江流如此，方来还有英杰。堪笑一叶漂零，重来淮水，正凉风新发。镜里朱颜都变尽，只有丹心难灭。去去龙沙，江山回首，一线青如发。故人应念，杜鹃枝上残月。

其三：庐山依旧，凄凉处、无限江南风物。空翠晴岚浮汗漫，还障天东半壁。雁过孤峰，猿归危嶂，风急波翻雪。乾坤未老，地灵尚有人杰。堪嗟漂泊孤舟，河倾斗落，客梦催明发。南浦闲云连草树，回首旌旗明灭。三十年来，十年一过，空有星星发。夜深愁听，胡笳吹彻寒月。

再读《沁园春》：

为子死孝，为臣死忠，死又何妨。自光岳气分，士无全节，君臣义缺，谁负刚肠。骂贼张巡，爱君许远，留得声名万古香。后来者，无二公之操，百炼之钢。人生翕歘云亡。好烈烈轰轰做一场。使当时卖国，甘心降虏，受人唾骂，安得留芳。古庙幽沉，仪容俨雅，枯木寒鸦几夕阳。邮亭下，有奸雄过此，仔细思量。

再读他的诸多《念奴娇》《满江红》《齐天乐》……

文丞相，德才卓越，文武兼资。读其诗词，如睹其人。

三

元世祖忽必烈不仅能征善战，而且特别爱才惜才。文天祥被押至大都之初的一天，北京城大雪纷飞。大腹便便的忽必烈问众大臣："南方和北方的宰相，谁最贤能？"

群臣齐奏："北人无如耶律楚材，南人无如文天祥。"

忽必烈下谕旨，授文天祥高官显位。文天祥笑答："管仲不死，功名显于天下；天祥不死，遗臭于万年。"

忽必烈下令善待文天祥，吃上等饭，敬上等茶，备上等酒。文天祥请人转告忽必烈："我不吃官饭数年，现在也不吃。"

忽必烈亲自召见文天祥，当面许他宰相、枢密使之高职，遭到严词拒绝："但愿一死！"

丞相爱妻欧阳夫人，爱女柳娘、环娘，被俘后送到大都，忽必烈想以亲情软化文天祥。文天祥深知，国既破，家难全，骨肉团聚即意味着变节投降。他痛断肝肠，声声泣血："人谁无妻儿骨肉之情，但今日事已如此，于义当死，乃是命也。奈何！奈何！"提笔写道："痴儿莫问今生计，还种来生未了因。"

忽必烈万般无奈，他剩下的办法，只有施以酷刑了。

酷刑仍不奏效，丞相唯有一死。

文丞相就义这一天，兵马司监狱内外，卫兵林立，戒备森严。市民听到消息，聚集路旁，比肩接踵。从监狱到刑场，丞相走得步履从容，神态自若，举止安详。临刑前，他问明方向，面南而拜。监斩官很客气："丞相有什么话要说？回奏尚可免死。"

丞相不屑再吐一字，昂首引颈，从容就义。

生命的挑战无处不有，生活的选择无时不在。未必就是生与死的抉择，更多的是义与利、真与假、善与恶、美与丑的取舍。何去何从，孰重孰轻，文丞相光照千秋。

四

江西吉安，古称庐陵，人杰地灵、才俊辈出之地，是文丞相故里，建有文天祥纪念馆，设有正气堂。

公元2011年5月29日，初夏时节，我作为党校学员来革命摇篮井冈山学习之际，拜谒了丞相纪念馆。

满怀敬仰而来，心情格外肃穆。

正气堂，坐北朝南，披风揽月，纳祥吐瑞。台阶九十九，松柏四季青。

丞相雕塑，高大洁白，晶莹无瑕。文丞相高冠博带，庄严威武，正气凛然，宛若神人。

吉安人爱戴丞相，纪念馆概不收费。况且，正动工修建天祥公园，碧水荡漾，楼阁巍峨，场面颇大。

这里，有丞相生平事迹展览，有实物实迹，有书画墨宝。其生平展分六大部分，概括贴切，用词工整，可见丞相辉煌之一生：少年立志，尽忠报国；宦海沉浮，忧国忧民；起兵勤王，扶危社稷；万里羁囚，慷慨悲歌；咏心写史，一代诗豪；千古俎豆，万世楷模。

在这里，我看到了丞相被押北上路线图。起于广东五岭坡，直至元大都。自1278年12月20日起程，一直走到第二年的10月1日。

在这里，我拍下了丞相英勇就义图。他手套木枷锁，身着大红袍，横眉冷对，气宇轩昂。这时节，天昏地暗，日月无光，围观群众水泄不通，市井百姓痛哭不堪，老汉掩袖拭泪，老妪向天长嚎，青年义愤填膺，连执刀之刽子手都神色黯然。

在这里，我了解到文丞相纪念馆在全国有35处之多，广东、福建有，香港、台湾也有。

纪念馆颇多，足见丞相之功德，人民之爱戴。但吉安一个乃生命之起源，北京一个乃生命之终结，非比寻常。

奋斗之开合，生命之两端，我深切地拜谒过、崇敬地瞻仰过，我荣幸。

况且，北京城内，丞相祠堂，近水楼台，随时可拜。

天地有正气，正气为河岳、为日星，为尊严、为操守，为品德、为情怀。

崇高气节，悲壮情怀，永恒理性，血性精神。面对文丞相高贵的人品，形形色色的见风使舵、趋炎附势、投机背叛之辈，熙熙攘攘的鼠盗狗偷、狗苟蝇营、明哲保身之为，是何等低下与卑劣。

古人云：正气存内，邪不可干。

北京城内有正气，劝君多去丞相祠。人立浩然天地间，做人当做正气人。

凭吊五丈原

五丈原，与一个伟大人物联在一起。

五丈原，处于渭河、秦岭之间的一块黄土台塬，位于陕西省岐山县南部，南依秦岭，北临渭水，是古时候连接关中和巴蜀的重要通道。

距今一千七百多年前的公元234年，蜀汉丞相诸葛亮最后一次北伐曹魏，在此驻兵一百多天，呕心沥血，身殒星坠，结束了他轰轰烈烈的一生，留下"出师未捷身先死，长使英雄泪满襟"的千古绝唱。

五月初，我们因公来到陕西宝鸡扶风县，还有半天时间可供支配。意外得知，五丈原虽属岐山县地盘，但就在附近三十公里处。是回西安城多看看大景观，还是去五丈原看看诸葛丞相。一行人众口一词：选择后者。

三国风云、一代名相，逸群之才、英霸之器，纶巾羽扇、鹤氅皂绦，古战场、五丈原……对大家的影响根深蒂固。良相辞世、将星陨落之地，令人悲凉，也令人遐思。

大家说，来西安城相对容易，到五丈原却难得。如目视而去、擦肩而过，那种敬仰的情结、思念的情怀，可能会遗憾终生。

去！大家义无反顾。

来到五丈原，感受何为"塬"。这里黄土厚阔，俨然如画，有"豁落城""诸葛锅""棋盘山""诸葛泉""诸葛田""盘盘道""魏延城""古葫芦峪遗址"等种种遗址。

五丈原主要胜迹，乃诸葛庙。

来到庙前，沿台级登上，阁角翘立、古色古香，槐树葱茏、松柏参天，庙门正中，挂有竖匾：五丈原诸葛亮庙。两侧楹联是：一诗两表三分鼎，万古千秋五丈原。

相传，此联是辛亥革命元老孙墨佛先生所撰。以数字遣词成句，将诸葛隆中吟诵《梁父吟》，北伐两次上陈《出师表》，辅佐蜀汉，最终与魏、吴鼎立，同出师身殉地五丈原妙联一起，点明了诸葛一生功业。

大门之后，另有一联，颇为雄壮：伐曹魏名留汉简，出祈山气吞中原。

步入庙内，匾额、题词、碑记、碑刻、壁画、塑像多多。

谁言苍天本无情？冥冥之中见天意。刚才还是晴朗天气，顷刻浓云低垂。待赶到五丈原，准备瞻仰丞相祠时，天上又突然下起小雨来，给整个丞相祠增添了庄严肃穆的气氛。

庙内，除了主奉诸葛丞相之外，还有姜维、杨仪、魏延、王平、马岱、廖化、关兴、张苞等蜀汉人物塑像。参观之时，讲解员一一评价。对于王平，小姑娘如此简介："王平，出身士卒，他大字不识几个，但用兵打仗很有两下子……"

我闻听此语，笑着纠正她：王平是诸葛爱将，正面人物，可以说"不太识字"或"文化水平不高"，不能讲"大字不识几个"，这是贬义用语。

但买回《诸葛亮与五丈原》翻阅时，看到这本名家担纲编写的"陕西旅游历史文化丛书"，也是"大字不识几个"的介绍，不禁失笑。

"月英殿"值得一写。这是供奉诸葛亮夫人黄月英的殿堂，门两侧挂楹联是：晨钟暮鼓惊世间名利客，经声佛号唤回苦海迷路人。想诸葛一生功德，月英夫人贤淑相助，正所谓"一个成功男人的背后，往往站有一个女人"。黄月英乃黄承彦之女，传统说法名唤"阿丑"，奇丑无比。

初夏时节，麦熟飘香。在庙内，我们常闻不远处传来的鸟的鸣叫声，既沉郁雄壮，又节奏悠扬，听上去，不似翩然小鸟所鸣，定是有些背景、颇有造化的大鸟所为，且不是一种鸟，而是几种鸟。更增添了丞相祠的神秘与幽深，让人不禁推断：它们是否还是当年留下来守护丞相、不离不弃的那些生灵？

回到北京，从书房里找出《三国演义》，是山东文艺出版社的版本，毛纶、毛宗岗评改。再读有关章节，如身临其境，甚乃须发皆动。

第一百零三回"上方谷司马受困，五丈原诸葛禳星"：

是夜，孔明扶病出帐，仰观天文，十分惊慌；入帐谓姜维曰："吾命在旦夕矣！"维曰："丞相何出此言？"孔明曰："吾见三台星中，客星倍明，主星幽隐，相辅列曜，其光昏暗：天象如此，吾命可知！"维曰："天象虽则如此，丞相何不用祈禳之法挽回之？"孔明曰："吾素谙祈禳之法，但未知天意若何。汝可引甲士四十九人，各执皂旗，穿皂衣，环绕帐外；我自于帐中祈禳北斗。若七日内主灯不灭，吾寿可增一纪；如灯灭，吾必死矣。闲杂人等，休教放入。凡一应需用之物，只令二小童搬运。"姜维领命，自去准备。

时值八月中秋，是夜银河耿耿，玉露零零，旌旗不动，刁斗无声。姜维在帐外引四十九人守护。孔明自于帐中设香花祭物，地上分布七盏大灯，外布四十九盏小灯，内安本命灯一盏。孔明拜祝曰：……次日，扶病理事，吐血不止。日则计议军机，夜则步罡踏斗。

……孔明在帐中祈禳已及六夜，见主灯明亮，心中甚喜。姜维入帐，正见孔明披发仗剑，踏罡步斗，压镇将星。忽听得寨外呐喊，方欲令人出问，魏延飞步入告曰："魏兵至矣！"延脚步急，竟将主灯扑灭。孔明弃剑而叹曰！"死生有命，不可得而禳也！"……

第一百零四回"陨大星汉丞相归天，见木像魏都督丧胆"：

孔明强支病体，令左右扶上小车，出寨遍观各营；自觉秋风吹面，彻骨生寒，乃长叹曰："再不能临阵讨贼矣！悠悠苍天，曷此其极！"叹息良久。回到帐中，病转沉重……是夜，天愁地惨，月色无光，孔明奄然归天。……却说司马懿夜观天文，见一大星，赤色，光芒有角，自东北方流于西南方，坠于蜀营内，三投再起，隐隐有声。……扬幡举哀，蜀军皆撞跌而哭，至有哭死者。

当时在庙内，我等围着院内供奉的将星石，欲离不忍，伤怀不已，拍照多多。

千百年来，人们怀念和敬仰诸葛丞相，留下众多祠堂、无数诗篇。当年，湖北襄阳与河南南阳两个武侯祠，为"争夺"诸葛亮"躬耕之地"而论战不休，差一点没有大打出手。清朝湖北人顾嘉衡在南阳做知府，他有意要平息此事，专门写了一联"和稀泥"，留下佳话，叫作：心在朝廷，原无论先主后主；名高天下，何必辨襄阳南阳。

"躬耕之地"虽有争论，出生之地却无可辩驳，这就是当年的"徐州琅琊郡阳都县"，现在的山东省临沂市沂南县。诸葛一生知恩图报、忠心耿耿，正是标准的山东人品性。他为刘氏家业积劳成疾、心累神疲，当众人苦劝其注意休息时，他泣曰："吾非不知，但受先帝托孤之重，惟恐他人不似我尽心也。"

看看，这不是山东人是谁？这是典型的山东人性格，标准的山东人做派。

当然，这是传统的、正宗意义上的山东人。斗转星移，岁月悠悠，山东人一脉相承、薪火相传、为之自豪的忠厚、仁义、豪爽、大度、慷慨也在流失。同是山东人，品质大不同。我要说起某些山东人的自私、吝啬、小肚鸡肠，不怕你不惊讶。

我想，诸葛之突出特征：一是智慧，二是忠诚，两者之化身，乃成千古丞相第一人。

滔滔渭水，东逝入海；莽莽秦岭，青山依旧。五丈原浩气贯天地，好丞相品德美日月。

走出丞相庙，离开五丈原，天雨仍淅淅，清风正习习。我等丹田气壮，精神升华。

上午蝉，下午禅

一

太原晋祠美，名不虚传。

按照二十四节气，夏至甫过，天气骤热，蝉声渐起。一个周末的上午，终于有机会走进晋祠。

那年7月，质检总局在晋祠宾馆开会，全国各路诸侯齐聚三晋大地。是时，自己尚未读到梁衡先生的散文名篇《晋祠》。忙会两天，竟不知晋祠近在咫尺。

梁衡先生是散文大家，山西临汾人，有许多传世名篇。去年从他的散文集《觅渡》中读到《晋祠》，感觉很美。

晋祠，与西周时一位叫作姬虞的诸侯有关，距今已2500年矣。占地仅100亩，却集建筑、园林、碑刻、雕塑于一身，名胜甚多，蔚为大观。而尤以潭深水清为最美。当年李太白至此，赞叹：晋祠流水如碧玉，百尺清潭泻翠娥。

二

周末来太原，寄宿亲戚家。早餐后，太原朋友老D和小C，拉我直奔晋祠。

按照梁衡的说法，晋祠三美三绝：山美，树美，水美；圣母殿，木雕盘龙，鱼沼飞梁。除了"山美"，其他感同身受。

每个人所认识的世界是不一样的，每个人所看到的景物是不一样的。大概梁衡先生站位高，习惯从宏观看事物。晋祠所依之山，乃太行山脉悬瓮山，他能俯瞰"巍巍如一道屏障"，但我看不到。这就是境界。也兴许，当年梁公莅临之际，周边尚不繁荣，色彩尚不绚烂，巍巍悬瓮，凛然在目。

高兴的是，两棵老树仍然健在。一曰周柏，一曰唐槐，阅尽千年沧桑。祠内松、柏、槐、柳，尽显风骨。比之当下景点纷纷注水，景物虚胖，晋祠干货多多，甚为实诚。

印象最深的是圣母殿，有宋代彩色泥塑，列42尊侍女像。目有神，口有情，姿态自然，各具特色，堪称精品。

依势而建，拾阶而上，有"公输子祠"，小C陪我攀登一览。公输子即鲁班，春秋时期鲁国人氏，巧思入神，手艺无比，世后尊为建筑业之祖师。时下，国人正崇尚工匠精神，看了鲁班，颇有获得感。

三

圣母殿前，有一口清泉汩汩涌出，浪花翻腾，名曰难老泉，被誉为"晋阳第一泉"。旁边有楹联：昼夜不舍，天地同流。

水溪旁，楼阁下，又有一副好楹联：点水蜻蜓款款飞，穿花蝴蝶深深见。

济南有趵突泉，号称"天下第一泉"；杭州有虎跑泉，号称"天下第三泉"。我都去过。铁证如山，都是乾隆皇帝所封。第二泉在哪？是山西晋祠的难老泉，还是江苏无锡的惠山泉？

民间有话：地下文物看陕西，地上文物看山西。看到了《晋祠铭》，乃李世民御笔行书，全篇1023字，据称是当今唯一传世的唐太宗书法真迹。

梁衡先生未提及，在这里，还有"文章千古事，社稷一戎衣"的精湛名句。天地壮阔，文武兼济，要多牛就有多牛。"文章千古事，得失寸心知"，乃杜甫《偶题》诗句；"风尘三尺剑，社稷一戎衣"，乃杜甫《重经昭陵》诗句。杜甫气魄，可见一斑。

四

整个上午，心向往，情所驻。时而疾步如飞，时而凝神如醉。徜徉其中，口无遮拦，品赏不绝。

树上，蝉声如诉。树下，人颇聒噪。

午时，转到晋祠宾馆。二楼晋味，朋友小酌。点四菜一汤，老汾酒和竹叶青各一。饭毕，在晋祠宾馆浏览一圈后，老D驾车返城。

车上，老D小C真情所在，盛邀我下午再游一处。

回答：五色目盲，五音耳聋。美味不可多用，美景不可看尽，贵在适可而止。烦劳兄弟，感谢盛情。上午是蝉，下午做禅。

夏至时节，正值蝉之新运。蝉乃高洁之物，颇具君子之风。"饮露身何洁，吟风韵更长。"餐风饮露，其音高亢、清丽、悠长，属生命之礼赞，气脉之吐纳，情感之倾诉。蝉，是吉祥物，是世间蝉。

禅，静坐调心，超越喜忧，参悟生命，梵之境界。禅，内涵无数，理解不同，向善、趋静是为禅。外禅内定，是为禅定。

当天下午，我与年仅1岁的小外甥果果，绝缘尘世，静心做禅。

上午蝉，下午禅。一蝉一禅，亦蝉亦禅。一花一世界，一木一浮生，一笑一尘缘，一念一清静。

宽巷子，窄巷子

一

成都有一个景点，叫作宽窄巷子。这次过来出差，晚饭后，夏雨滂沱中，成都朋友带我过来走一走。

关于宽窄巷子的起源，文献介绍不多。只讲是清朝年间康熙皇帝平定准噶尔之乱后，在成都留下一千多官兵，就驻扎在这里。更多的情况，语焉不详。

宽窄巷子是著名的几条古街，包括宽巷子、窄巷子，还有一条叫井巷子；巷子青黛砖瓦，古色古香，四合院，极居特色；商铺、小吃、工艺、演出目不暇接，集历史、收藏、民俗、餐饮于一身，好玩的多，好吃的多，好看的多。五光十色的人们来到这里，雅俗共赏，各有所需，每每乐不思归。

以往来过两次巷子。有一年春节，正月初几，我们夫妻俩从峨眉山下来，在这里看过一场演出，是川剧《白蛇传》。虽是小剧场，但演员演得不错，极其卖力。整个晚上，一直觉得那许仙就是我老家那文绉绉的姐夫，我那姐夫就是许仙。只可惜，姐夫前些年被血栓栓塞住小脑，多亏抢救及时，人活过来了，但已没了许仙般的风采。

二

因为对此不陌生，这天晚上又下着雨，所以我决心不再动用手机拍照，只是静静地走走、看看。但面对好的景物，又忍不住抓拍几张。

岂不知，这一拍，引发许多感动，不可收拾。

为什么？以往在许多景点拍照，端着手机时常常遇到冷眼——人家不让拍。有的，给你脸色；有的，扭过身子不予理睬；有的，直接挂出招牌："谢绝拍照"，甚至"拒绝拍照"。

而这里，天府成都，宽巷子，窄巷子，所有的门面，所有的商铺，做手工的，表现技艺的，掏耳朵和被掏耳朵的，我所遇到的所有的主人、客人，对于我的拍照，统统是从容面对，友好相处。无人拒绝，无人窘迫，也无人扭捏作态。

这让我很受感动，也勾起在其他景点拍照时的回忆。有许多著名的景点，很值得一看，也值得品味，特别是有不少颇具特色的风土人情。但当你拍照时难免会心有顾忌，因为人家可能不欢迎，让你很尴尬。有些景点，人们的所谓"创新""艺术"，其实并无甚含金量，却也煞有介事地标示"拒绝拍照"，令人费解。实际上，手机的传播、微信的扩散，岂不是无价、无声的广告效应？

三

我们所处的是一个开放的世界，开放的世界需要开放的心态。心敞开了，世界就会亮堂，生命才会安详。在这个寻常而美好的夏夜，走在宽窄巷子斑驳的石路上，听着雨打芭蕉的声音，心情一片舒畅。

为宽窄巷子点赞，为成都人点赞，为他们的开放、包容、友好、和善点赞。允许拍照，欢迎拍照，这种包容，让宽窄巷子胜出，让成都不同寻常。内涵无价，气质无价，心胸无价。有着这样的境界，宽巷子会更宽，窄巷子会越来越宽。

在一家古董店的笔墨间，主人热情邀请来访者留下墨宝。自己不怕露怯，挥毫写下十个大字：天府宽巷子，人生大境界。

四川朋友岳川是英俊小生，挚爱成都。临别之际，他对我提出请求：在微信号，写几笔成都吧。

为兑现承诺，周末敲下这段文字，发一期简单的微信，也有高山流水之感受。遗憾的是，那晚下雨，图片拍得匆忙，不太受看。但更重要的是，成都，确实值得留下一笔。

新年随笔：苍山如海，残阳如血

一

盛夏时节，有机会再到遵义，有机会瞻仰战斗遗址陈列馆，这也是平生第一次登上娄山关。

这天，云淡风轻，薄雾弥漫，娄山关一派祥和。抬望眼，千峰万仞，重峦叠嶂。娄山关是川黔交通要道之关隘，北拒巴蜀，南扼黔桂，一夫当关，万夫莫开。地处咽喉，堪称天险，历来为兵家必争之地。小时候就读毛主席《忆秦娥·娄山关》，虽背诵，不明深意。而登临娄山关，感受到踏关豪情、凌云境界。

遵义会议不久，1935年2月25日，在这里，一场鏖战从早晨干到傍晚。夕阳西下，毛泽东、周恩来、朱德、彭德怀等策马来到娄山关主战场，但见火光冲天，尸横遍野。毛主席下马观看地势，察看战场，复跃上马，吟诵千古名词《忆秦娥·娄山关》。

自井冈山第五次反"围剿"失利开始，红军一路败北，接连受挫，士气低迷。对于毛主席本人来讲，个中滋味，无以言表。其时，遵义会议刚刚开过，尽管形势有所好转，但中国革命何去何从，红军之进退凶吉，颇为难测。在这生死攸关的时刻，娄山关大捷，确实是一大吉兆，毛主席的欣慰、喜悦、兴奋可想而知。

然而，诗词何如？带着悲凉，饱含悲壮。"西风烈，长空雁叫霜晨月。霜晨月，马蹄声碎，喇叭声咽。雄关漫道真如铁，而今迈步从头越。从头越，苍山如海，残阳如血。"

马蹄声是"碎"的，喇叭声如"咽"，苍山"如海"，残阳竟然是"如血"，可谓气度沉雄。

醍醐灌顶。立于毛主席巨大的手迹面前，笔者突然领悟，这就是人生。人生，实际上是一种悲壮之美，甚至是残酷之美。

二

人活在世上，要经历许多苦难。婴儿坠地，是啼哭而来，紧攥双拳而来。只有离开人世的时候，双手才会伸平。

罗曼·罗兰是思想家、文学家、音乐评论家和社会活动家，以长篇巨著《约翰·克利斯朵夫》而流芳，突出特色是"用音乐写小说"。他写过《贝多芬传》《米开朗琪罗传》《托尔斯泰传》等英雄传记，一口气写过十二个剧本。但这似乎都不重要，他最著名的只是一句话：

"世界上只有一种真正的英雄主义，那就是认清生活的真相后依然热爱生活。"

此人一生乐观开朗，奋斗不息，更看淡名利。所获诺贝尔奖奖金，一分不剩全部赠送给国际红十字会和难民组织，而自己过着一介书生的清苦日子。当时的窘迫之下，他活了78岁，也算高寿。

在他艰难的一生中，从不为名利而出卖灵魂。他说过另一句重要的话：伟大的心魂有如崇山峻岭。罗曼·罗兰看清了这个世界，依然爱着这个世界。他的话乃金石之言，如神光烛照。

三

活着，看人间万象，品世态炎凉，苦中有乐。有一个电视剧，片名忘了，主题歌还记得——《活在人间实在最美》。

陈道明说：我无奈于这个世界，这个世界也无奈于我。但是，蕴含的前提是：你必须守规矩。

夏天，在西子湖畔，朋友晓华跟我讲他的最新领悟：所谓自由，不仅是想干什么就干什么，更是不想干什么就不干什么。

古时候有一个人叫冯道,他吟诗:但教方寸无诸恶,狼虎丛中也立身。是有些惨烈,但强调的是方寸之底气。

曾国藩有一句名言,好像是说给时下人听的:养颗光明心,做个厚道人。有人说:你若光明,这世界就不会黑暗;你若厚道,这世界就不会凉薄。还有人说:繁华三千丈,看淡是云烟;烦恼有无数,想开是晴天。

从朋友圈里看到,前不久,朴树唱《送别》,现场失控大哭:谁不是一边不想活了,一边努力活着?我对朴树不了解,但对写《送别》的弘一法师很仰慕。擅书法、工诗词、通丹青、达音律、精金石、善演艺。更重要的,声名显赫、如日中天之时,断然一洗铅华,笃志苦行,飘逸于红尘之外。

芳草碧连天,夕阳山外山。一念放下,万般从容。

曾经有一个夏天,自己在杭州跑虎寺看弘一法师纪念堂。大慈山谷,白鹤峰下,群山环抱之中,元气淋漓,正气充盈。

四

北京冬寒早至,大约是"小雪"前,自己出差到了一趟广州。是时,北京最低温度是零下4摄氏度。而花城,鲜花吐艳,温暖如春。

岂不知,广州的朋友不买账。志红对我说:一年四季,都是花期、都是绿色,享受不到冰封雪冻,岂不无聊。

问题来了。怎么认识四季?如何看待人生?

冷有冷的好处,痛有痛的欢乐。各种各样的冷,各种各样的痛,让你每天都在努力成为与前一天不一样的自己。

有一个词,叫作悲壮,这也是一种美学。有一句话,叫作苍山如海、残阳如血,这也是一种生命的状态。人生之大美,在于悲壮,在于"残阳如血"。或许,明白了这一点,你的生命更有意义、更有滋味、更有底气。

在娄山关,遇到一位"毛主席",形容朴实,服装简易,用着一台大概是捡来的破手机。笔者与其合影,赠其酬报。贵州朋友义生不解,说"不像""不值"。我说,他只是来自中原大地的一个农民,飘零他乡,其"苍山如海,残阳如血"的情怀,其实跟毛主席是一样的。

新年的钟声即将敲响,新的一年又要拉开帷幕。阴阳流转,祸福相依。顺应天时,颐养天年。咀嚼苦难,享受人生。朋友,好好活着,快乐地活着,顽强地活着!

张家口，一座值得一看的山城

连京津，衔晋蒙，居冀土，京北重镇，塞外明珠，历史悠久，大地苍茫，浩气盈贯，是为张家口。

两年前深秋的一个周末，与朋友一行几人去了一趟张家口。此时大雁南飞，芳草已枯，坝上草原不在考虑之中，此行纯属要享受绿皮火车咣当咣当的声响。结果，在张家口游一日、住一夜，有意外之收获，超出期望值。岁月匆忙，近日补记。

一

"大好河山"，亮亮堂堂四个字，不是寻常地方敢叫的，也不是一般地方叫得响的。这四个字，就在张家口"大境门"的墙城上。

张家口有"长城博物馆"之誉。经查，这个大境门，建于清顺治元年（1644年），拥有350多年的历史，是与山海关、居庸关、嘉峪关齐名的四大雄关之一。

张家口，这是个什么地方？是个大风口，是咽喉之地，是历史上兵家必争之地，是连接京津、衔含晋蒙的要塞和枢纽。

古匈奴之乐土、东胡之治下，秦属上谷郡，汉为幽州地，明在顺天府。明嘉靖八年，守备张珍在张家口北城墙开一小门，叫"小北门"，因门小如口，又由张氏开筑，故名张家口。

古往今来，这块土地上发生了许多惊心动魄的故事。1933年初夏时节，著名爱国将领吉鸿昌率领数万抗日同盟军宣誓出征，杀出北境门，血战日寇，收复失地。

殉难前，吉鸿昌以树枝作笔，以雪地为纸，写下"恨不抗日死，留作今日羞。国破尚如此，我何惜此头"的壮丽诗句，令天地动容，为张家口壮色。他遇害时年仅39岁，与岳飞罹难是同一年龄。

吉鸿昌是河南扶沟人，其英雄气概亦为中原大地增添光辉。只有中原大地，才能养育吉鸿昌、杨靖宇这样的壮烈好汉。

登上张家口的城墙，风起云涌，天高地阔，眺望京师，遥看塞外，敬畏感、时空感、沧桑感、厚重感陡然而至，大气磅礴，那叫一个爽。那天下午，天蓝如碧，云白如洗，让人眩晕。

大好河山张家口。唯有张家口，占住了"大好河山"的名号。服不服由你。

二

张家口是标准的山城。

走在张家口的任何一条街道上，举目环视，皆为群山环抱，逶迤绵延。山峦起伏，草木不多，褐肥绿瘦，此乃北方风格，更有塞外风光。又有一座又一座小亭子点缀山峰，荒冷与温馨同在。

连绵群山之中，有一座山是很厉害的，名叫赐儿山。这里佛道合一，上部为道，下部为佛，寺庙壮观。山腰深处的云泉寺，建于明洪武二十六年（1393年），至今已有600多年历史。不身临其境，你真想不到张家口还有如此之美的盛地。

山峰秀丽，风景如画，自是不在话下。单说寺中诸多楹联，意字俱佳，皆是上品。当时做了抄记和拍照，现录几副如下：

大肚能容天下事，善心不染世间尘。

佛在何方到此即是天竺国，林开大戒坐时自有上来禅。

仰看慧日丽中天同开觉路，普度众生越苦海共济慈航。

一炬千明，正法眼洪开无尽宝藏；五花万锦，真甘露常展如意法门。

民间说法，这里求子极灵，故名"赐儿山"。过程是这样的：求子的人们住进山后，只要心诚，大山深处便会走出白发飘飘的一位老人，从怀里取出一个泥捏的娃娃送给你。得到泥娃娃的，第二年家里便会梦想成真，想男得男，要女得女。寺内建有子女娘娘殿，每逢农历四月初八庙会，前来登山焚香祈求"赐儿"者络绎不绝。

云泉寺正大门，有南海观音慈善无边，左臂抱一小儿，庄严从容。时下，众人只知生子难，不知此处可赐儿。灵不灵？世间万事，心诚则灵。

走下山来，见路旁有几名摆摊的算命先生，正襟危坐，面色神秘，倒增添了几多古意与苍凉。

三

行文至此，有一件事忏悔。

那天下午登上张家口市内的一座什么山，既有道，也有佛，连在一起。觉得不合章法，就跟他们理论起来，还数落了一位年长的女工作人员。后来读周国平的一篇文章，知道这种布局未尝不可，一下子觉得自己原来很孤陋寡闻。

站在"张家口堡"的石碑前，穿行在张家口的"堡子里"，走进抡才书院，流连在古色古香的一条条小巷里，有一个鲜明的感觉：张家口的美，是古朴的、原始的，好像一块璞玉，尚未开发。

同时，又有一种感受涌上心头：张家口，你是不是有些低调？

不必说张北草原，让你足刚离户，出京不远，就可淹没在鲜草丰茂之中；不必说崇礼、赤城滑雪场，让你在皑皑白雪中尽情享受冰封世界。单是张家口的大街小巷、旧墙老堡，足以让人眼界大开。

看到张家口的党政办公大楼，感觉他们不低调。但在旅游品牌的宣传和推介上，他们显然是过于低调。

低调也好。人们蜂拥而至的地方，已经没有了灵性；没有了灵性，再好的风景也乏味。从这个意义上来讲，就是没有2022年国际冬奥会这个背景，张家口也值得一逛。

赶在张家口的开发之前，朋友，去一趟吧。

威海卫，有人味

我一直认为，"威海卫"的名字比威海更响亮。前者，起源于明永乐年间，边陲重镇，海防要塞，历经600多年风尘。

威海卫是个好地方，起码比一般的城市更干净。以往来过多次，都是匆匆忙忙。有一年国庆节期间登上刘公岛，恰逢丁汝昌、邓世昌后辈签名售书，购多套，送朋友，置于书房，蕴添正气。

今年大年初一的晚上，沐浴鸡年的祥和，披着零星飘洒的雪花，来到威海卫小住几日。下榻在市中心环翠山下，几次登上环翠楼。入口处，铸立着爱国将领邓世昌的雕塑。

一百多年前的1894年，甲午年，离这尊塑像不远处的刘公岛上，爆发了著名的甲午海战。我致远号巡洋舰在弹药将尽且遭受重创之后，管带（船长）邓世昌下令加足马力，冲向日本舰队主力舰吉野号，欲与敌同归于尽。不幸被敌击中鱼雷发射管，引发鱼雷爆炸，全舰官兵为国殉难。

是时，邓世昌落水。随从抛来救生圈，他执意不接。爱犬"太阳"舍命游来，死死衔住他的衣服。邓世昌眼见得部下无一生还，一咬牙将爱犬按入水中，一起沉入海底。碧海青天，见证了民族英雄的千古忠烈。

史载："上午8时30分，日本联合舰队以松岛舰为首，其余舰只紧随其后，从百尺崖起航，列成单纵阵形，高悬军旗，鱼贯自北口进，徐徐驶入威海港。10时30分，北洋海军10舰，都降下中国旗，换上日本旗，刘公岛炮台也升起了日本旗……"

一度威震远东的北洋舰队，全军覆没。自我感觉甚好的大清帝国，自此轰然倒塌。当时，朝野上下"爱国者"们踌躇满志，全然没有一丁点儿忧患意识，自我膨胀的激情充溢心中。

那一年，邓世昌45岁。那一天，是1894年9月17日。邓世昌，广东番禺人氏，壮举动容天地，英名光照南粤。消息传到北京，道光皇帝垂泪撰联：此日漫挥天下泪，有公足壮海军威。

此尊雕塑，有一个高高的底座，邓管带看上去凌然空中。他以剑戳地，神情凝重，眺望远方。爱犬蹲其左侧，温顺、憨厚而机敏。面对如此忠良之犬，忽然觉得，许多时候，人不如犬，人愧对犬。

威海卫有人情味，他们仰慕英雄，没有忘记英雄。不仅在刘公岛上建起甲午海战纪念馆，又在这么好的风水、这么好的位置，立起邓管带的塑像。不仅立人，也立犬，既立人格之雄伟，也立犬格之崇高。这，还不算，他们又把雕塑前这条老长老长的通衢大道，命名为——世昌大道。

在威期间，几次从雕塑旁走过，脚步放慢，肃然有礼。敬仰邓世昌的气节，也赞赏威海卫的人情味。气节和人味，都是我们这个时代、这个社会所极其珍贵的。

举首望长城，低头看水乡

一

出北京城120公里，往东北承德方向，密云境内，燕山余脉，崇山峻岭之中，司马台长城墙下，巧夺天工打造出一处精美水乡。

这里叫古北水镇。

走进小镇，一步一景，步移景换。有明清风韵，有民国风情，有小桥流水，有青砖灰瓦，有亭台楼阁，有绿树繁花，有乌篷船……也有几乎所有老北京城的老玩意儿。徜徉小镇，走在青石板的路上，穿过悠长的胡同，进镇远镖局，访长城书舍，品英华书院，观永顺染房，喝司马台小烧，看景泰蓝，逛文玉楼，赏聚澜春、响器铺、八旗会馆……

是夜，乘缆车登上司马台长城，登高望远，苍山如黛，俯瞰山下一川灯火，凝望苍穹触手可及的星星，天风吹衣，清爽入怀，心胸为之豁然开朗。

二

古北口，一个时空的接点。这是北京与河北地界的接点，是塞内与塞外的接点，是春雨杏花与金戈铁马的接点，是思接千载与视通万里的接点。

所谓"塞外"，通常是指长城以外北方地区。这里紧傍司马台长城，连接逶迤绵延的群山，丘壑相间的大地，血肉之躯筑就的万里雄关。这里，是当之无愧的地标，是苍凉塞外的起源。

万里雄关是苍劲的，一泓秀水是柔和的，两者就这样镶嵌在一起。长城脚下，让你宛如置身周庄、乌镇、西塘、锦溪，恍如江南，翩如梦中。这就是古北水镇。

在小镇，几次穿深巷，过石桥，小心而又崇敬地走近山脚，仰望高耸的山、起伏的山、秃绿斑驳的北方的山，心里充满感动。江南的水，江南的柔情，就这样与北方的山、北方的彪悍连在了一起，很自然、很温馨地连在了一起，很无奈、很残酷地融在了一起，形成了令人感动甚至是催人泪下的景观。

水镇推介语有一句话：摇橹长城下。概括、凝练，体现反差。笔者给加上一句：泛舟苍山中。

是人是仙？是天上是人间？是江南是塞北？是历史是现实？走进梦幻古北口，一粒尘埃得安宁。

三

古北口，司马台长城，与民族英雄戚继光的名字联系在一起。

20年前，笔者登临蓬莱阁，写下散文《蓬莱阁下有真仙》，称颂戚继光。戚继光，山东登州（蓬莱）人，明朝名将，忠君爱民，文韬武略，神勇兼备。其诗作《无题》笑傲江湖："南北驰驱报主情，江花边月照平生。一年三百六十日，多是横戈马上行。"

2个月前，笔者出差福建南平，在闽江之滨的文化长廊里，看到戚继光的石像，读到他的诗作。明嘉靖四十一年、四十二年，戚两次入闽平倭，三战三捷，得胜后畅游武夷山，留下"一剑横空星光寒，甫随平虏复征蛮。他年觅取封侯印，愿学幽人住此山"的壮丽诗句。

这次来到古北口，汤河桥边，映壁墙上，又见民族英雄戚继光的手书：月明溪畔。

隆庆二年，戚继光奉命北调，驻守蓟镇，任总兵。他不辞劳苦，巡视防务，整顿营伍，钻研地貌，创建以城墙、敌台严密防守，步、骑、车分合作战之攻守法，使国家防线固若金汤，人民得以安居乐业。古北口，因此平添了忠勇之气。

四

夜宿卧龙堡客栈，紧邻月亮湾广场。推窗即是小桥流水，可见篷船悠悠，可闻小鸟啁啾。放松的身心是最好的身心，自由的心怀是最好的心怀。

古北水镇分城内城外，有大小不同的酒店，更吸引人的是几十家各具特色的客栈。尽管风格不同，但都是依水而建，有的开门见溪，有的背靠水系。

一夜好雨，寅时即起，小镇鲜花吐艳，一派宁静。看过艺真园、小桥、得月楼等多家客栈，风格迥异。其中，在一家叫作"望塔客栈"的地方，走得进去，推开便门，圆拱桥下，抬阶入水，一群又一群的小鱼便游上来，恣意闪转，银光闪烁，其乐融融，让人不忍离去。忽闻鼓声震天，呐喊声起，原来是旁边汤河里搞起了龙舟赛。

回到客栈用早餐时，见有工作人员，统一着装，训练有素。管理员蔡立波亲切随和，与之交流，方知古北水镇是商业化运作，统一管理，规范服务。

每家客栈的管理人员，是可以应聘的。于是我们期待，等退休以后，能来这里当房东、做管理员。

五

古北水镇，这是一个能登临长城，令男人血脉偾张的地方，也是一个能泛舟汤河，让女儿柔情万种的地方。

水镇寨门之外，立有大牌坊，那楹联道：

山一程，水一程，身向榆关那畔行，夜深千帐灯。

风一更，雪一更，聒碎乡心梦不成，故园无此声。

这是纳兰性德的词句。好一个"风一更，雪一更"，燕山是有雪的，古北口是有雪的，"燕山雪花大如席"。

盼着今年冬天，大雪即至，彤云密布，能够提前赶到水镇，踏雪登长城，沐雪乘乌篷，感受那种漫天飞雪的浩荡与静谧。

在西山山脉的翠绿之中做一次深呼吸

一

入夏，几场雨水让北京城郊苍翠欲滴。西山之西，门头沟区，群山连绵，绿色逶迤。

在一个叫作"香山后院"的地方住下，身与心，融入无边翠色之中。背依群山，面对梨园，有洁净恬淡的农家大院，有满院果树，有一地鸡鹅，有叫不出名、点不清数的遍地花草，一簇簇，一丛丛，一坡坡，空气中弥漫着初夏的芬芳。

依山而建，拾阶而上，爬上有些陡峭的石砌路，是一间一间凌空架起的小屋。小屋木质而草顶，掩映在群山、绿树、花草之中，这就是农家客栈。每间小木屋之外，皆配有一栈道、一草亭、一石阶。

美好，就在这不经意之间开始了。

二

行囊在木房中放下，人踱到草棚下坐定，棚摇摇以轻动，风飘飘而吹衣。

你可以读书，或漫卷，或深读；你可以品茶，或细啜，或牛饮；你可以喝酒，抓一把炒花生，或撕一块咸牛肉。当然，你自己说了算，你也可以什么都不做，只管抬头看天，遥望远山。天上，白云悠悠；远处，重峦叠嶂，漫无涯际，山连着山，山外有山；清风，一阵阵轻拂而过，树木摇曳，花草明媚。古人说：明月清风本无价，近水远山皆有情，就是这个意思。

如果是晴天，木屋之外，草棚之下，一定能见皓月当空、繁星满天。只可惜，今晚有雨，门头沟的霏霏细雨，敲打着木屋草棚，滋润着千沟万壑。看不到星月，能感受这"小楼一夜听夏雨"的美好，又是另一番感恩。

三

雨霁天晴，大地更绿，群山更翠。木屋旁，土路边，石阶上，院子里一树又一树的桃树、杏树、梨树、核桃树更加滋润，一颗颗、一簇簇幼小的桃子、杏子、核桃正萌动力量，茁壮成长。走在农家大院里任何一个地方，随处感受果实累枝，绿叶盈怀，生命蓬勃。

院子里最大的树是核桃树，有一棵，树干一抱匝不过，站在树下，但见遮天蔽日，半数树冠伸展到大院的瓦砖墙之外。清点果实，何止成千上万？于是心生感动：自古以来，桃核用以补脑，这核桃树岂不是智慧之树？智慧之母？

走出大院，正是有名的京白梨基地。这京白梨已有200多年栽培历史，是梨中上品，属原产地地理标志保护产品，每年春天这里有"赏梨花落雪，品贡梨飘香"的节庆。群山环绕之下，田野里，玉米正在拔节，灰菜胖胖大大，毛毛草瘦骨凛凛，月季随处可见。门头沟的月季花又大又艳，赛过牡丹。

四

农家圈养了半院子鸡鹅，于是，你能听到母鸡产蛋之后"咕——咕——哒"的吟唱之声，能听到公鸡"勾——勾——喽"的雄壮之声，看到了许多那种因为颜色被称为"芦花鸡"的母鸡，还意外地发现了一只纯野生的小松鼠。

主人养了三条狗，一条叫小七，一条叫小黑，一条叫小白。看上去，小七像狐狸，小白像狼，唯小黑像条真正的狗。不由想到陶渊明的诗句：榆柳荫后檐，桃李罗堂前。狗吠深巷中，鸡鸣桑树颠。

大堂里有书，书架上摆了《朝花夕拾》《四世同堂》《悲惨世界》《平凡的世界》等，还有儿童读物版的《论语》儒学一类。下午，借阅了冯骥才的《俗世奇人》，里边配有作家个人的几十幅画作。

更为可贵的是，这里没有太重的商业气息，主人朴实得就像你自家的亲戚。晚餐点了一份农家小炒辣椒，觉得太辣，主人主动提出重炒一盘。谢绝了他们的好意，温暖留在了心中。

西山深处，翠绿丛中，做一次深呼吸。

楼前陈嘉庚，树下卢嘉锡

披着白鹭岛的霞光，和着鼓浪屿的涛声，厦门大学屹立百年。

厦大校园内多有雕塑。正楼前，是陈嘉庚先生的大型雕塑。1921年，陈氏斥资创建厦大。

陈嘉庚是大富豪，但一生都过着极其俭朴的日子。他的外衣、鞋袜都打着补丁。晚年，他更为自己定下每天5毛钱的生活费标准。

陈嘉庚是实业家，天资超人，勤奋创业，家缠万贯。他的钱都到哪里去了？都捐献了，千亿资产捐献给了国家，捐献给了社会。

当年，在他最困难的时候，他坚定地说："宁可卖大厦，也要支持厦大"，毅然卖掉自己的三座大厦，作为厦大经费。

陈嘉庚倾其所有，办学多多，也不乏办学之理念。他强调教学质量，注重全面发展，大力倡导"德、智、体三育并重"。他还说："没有好老师，就没有好学校。"

在化学学院，一棵大树下，是卢嘉锡的塑像。先生是著名的物理化学家，在厦大学的是化学，到伦敦大学读的是哲学博士，一生贡献杰出，做到中国科学院院长，当过全国人大常委会副委员长。

卢嘉锡的一生，淡泊名利，生活清贫，"从不讲究吃用，做事极为认真"。根据他的遗愿，他去世后，子女们捐出了他生前所获的全部奖金，用于创建"卢嘉锡科学教育基金会"。

他也有名言："一个老师，如果不能培养几个超过自己的学生，他就不是一个好老师。"

厦大内的雕塑，还有林文庆。1921年7月，他受"校主"陈嘉庚力邀，自新加坡来厦大担任校长16年。其间，他把自己的薪金连同夫人的私房钱都献给了厦大。1957年临终前，立下遗嘱，将自己五分之三的遗产捐献给厦大，把当年的鼓浪屿别墅故居返还厦大。

拜访厦大，并不完全是因为厦大的名气，更是如此众多仁人志士之精神感召。暮色里，细雨中，漫步校园，心有感慨。想时下经济发达，社会进步，但同时也贫富悬殊，人生艰难。看高官厚爵，非但鲜有慷慨捐赠者，一俟落马，贪腐数目动辄惊心。看大款富豪，追求骄侈奢迷，素日夸财斗富，于公益于苍生不肯拔得一毛。看泱泱学人，且顾自得其乐，浮皮潦草，何曾记挂责任于方寸？看鲫鲫艺人，能洁身自守已属典范，复何求惠馈于民生、反哺于社会？

1940年5月下旬，陕北黄土高原春意萌动，风沙漫天。华侨领袖陈嘉庚来到延安住了四天。在简陋的窑洞里，中共领袖毛主席兴致勃勃地向他描绘国家之未来：一没贪官污吏；二没土豪劣绅；三没赌博；四没娼妓；五没小老婆；六没叫花子……

伟大的新中国成立之后，这一切都没了。但现在又有了。有了也不可怕，期待有朝一日统统铲除。

拜谒蒲松龄

毛骨悚然这个成语,是我少年时看电影《画皮》后铭刻在心的。写人之毛发倒竖、心惊胆战,舍此一词,再无贴切、准确之形容了。《画皮》这个电影,情节深入处,场景紧张时,足以使少年丧胆、少女失血。而画皮美女的绝世姿色以及与书生的缠绵悱恻,也确实令人心魂迷离。

蒲松龄老先生的名篇《聊斋志异》,已被译成几十种文字在海外广为流传。我家里藏有几个版本,并有一套连环画册、一套《聊斋》邮票大全,还收藏一套正版的电视连续剧《斋聊志异》共计32张光盘。电视剧中,"你也说聊斋,我也说聊斋"的主题歌真是好听。蒲老先生的名望是世界级的,文学评论中褒扬蒲氏的文字多多,论证其贡献的论著汗牛充栋,有人迎合全球化的世界潮流,非给他戴上一顶"世界短篇小说之王"的桂冠,与莫泊桑、欧·亨利、马克·吐温、契诃夫编入一队,总感觉有些不伦不类、非土非洋的意思。若要论辈分,世界短篇小说大师莫泊桑比他晚出生210年,契诃夫比他晚出生220年,马克·吐温比他晚出生195年。他起码是曾爷爷。

蒲老先生的超人之处,倒是郭沫若题写的楹联比较到位:写鬼写妖高人一等,刺贪刺虐入骨三分。

我对蒲松龄老先生的敬重和神往,或许掺杂着些许怜悯之情。人生失意是正常的,可怕的是一世落魄,终生潦倒,尤其是对于一个才学横溢、满腹诗书的厚道人。多年来,有一个念头如乌鹊常栖心中:这老汉,一生受苦,终世贫寒,太不容易。

清明时节，我来淄博公干，其间奔淄川区洪山镇蒲家庄，拜谒向往已久的蒲松龄纪念馆。

纪念馆与村落民宅融为一体，门前几株古槐，卓显古朴。乍暖还寒天气，少有游人，长长一段青灰色石砌小道高低有致，肃静幽深，小路两侧人家茅檐低矮，狭窄简易。农家大门敞开着，你来我往和睦相处。路旁多有酒店，店名多为"聊斋饭馆""仙乡辣鸡""留仙饭庄"等等，颇耐人亲。你若探进头去，可见土地面、白粉墙、八仙桌、小酒壶，你忍不住就有酌浊酒一壶、与留仙共醉的愿望。三三两两的商摊，或置室内，或摆道上，摊着各种版本的线装《聊斋》，以及古玩、奇石、钱币等工艺品，还特别多地摆放着"文革"时期伟大领袖与当时的亲密战友的合影，装裱在一个大相框里，几乎摊摊俱有。我想了半天，也分析不出蒲老先生与伟大领袖的必然联系。忽闻路旁堂屋飘出优雅清悠的胡琴声，探身进去，见一老汉正拉京剧取乐，神色恬淡，如神仙状。

有犬吠鸡鸣，有儿啼婆叫，有乡话俚语，有炊烟袅袅，有花香习习。陶渊明诗云：狗吠深巷中，鸡鸣桑树颠。户庭无尘杂，虚室有余闲。久在樊笼里，复得返自然。此情此景，将人陡然置入淳朴宁静的乡间。我素来崇尚的就是这般景、如此情，人未入馆，心已飘然。

纪念馆是一座幽静古朴的庭院，坐北朝南，院落前后四进，西有侧院。馆内花木扶疏，清气习习。有先生塑像两尊，大门口为白色石膏头像，虽皱纹密布、刻满沧桑，但慈面善容、俊眉朗目，一绺山羊胡子透出几分倔强，甚至带有些许老来调皮。园内又有全身石雕坐像，先生蹬布履，着长衫，左手执卷披览，右手抬须深思。眼前，是矮屋数间；身后，有翠竹万杆。

导游小姐长脸弯眉，明眸皓齿，堪与《聊斋》里每一位美眉相媲美。更兼燕语莺声，可谓声色俱佳。她引领我们穿前走后，顾左盼右，声不厌柔，讲不厌细，把她的老乡介绍了个清清楚楚。

我琢磨蒲老先生一生，起码有"三高"让人钦佩。

一曰才高。蒲松龄自幼由父亲教读,"经史皆过目能了"。十九岁时,"初应童予试,即以县、府、道第一,补博士弟子员"。蒲松龄少年得志,连续取得三个第一。其实,他写的应试文章并不合乎当时八股文的要求,只是当时的主考官、山东学台施闰章是有名的大诗人,慧眼识珠,爱才如渴,又是性情中人,对蒲松龄尽情抒写个人情感的文章大加赞赏,亲点为第一。施闰章让蒲松龄声名鹊起,可是也误导了蒲松龄。蒲松龄认为应试文章就应该这样写,但在此后近四十年的科举考试中,他再也没有遇到过施闰章那样的"伯乐",考官们以八股文衡量取才,结果蒲松龄一次次名落孙山。施闰章是清初一位有名气的诗人,字尚白,号愚山,安徽宣城人,顺治进士,康熙时举博学鸿词,官至翰林侍读,著有《学余堂集》《诗集》《矩斋杂记》《蠖斋诗话》等。其诗风朴质,与宋琬齐名,号称"南施北宋"。

以蒲老先生之渊博,却屡试不第,一生怀才不遇,更加激起他愤世嫉俗的思想。他以志怪的艺术、超尘绝俗的笔力,假笔于花妖狐魅、精灵怪异,抒发自己内心愤郁的情感,暴露和鞭挞黑暗的社会现实。路边柳下,茶壶蒲扇,老翁以邀,路人相叙,花妖狐媚,野史逸闻,聚沙为塔,集腋成裘。于是,《聊斋志异》一炮打响,迅速走红,流传久远,好评如潮,早已译为几十种文字,寰宇之内广为流传。除此之外,先生还撰写了大量的诗词、曲赋、文铭。

二曰品高。蒲松龄的一生,是落魄贫困的一生。他虽出身于一个"书香继世"的小地主读书人家,但到其读书之年已家贫"不能延师"。他读书、教书、写书,终年寂寞,不曾发迹。三十一岁时,因乡试受挫,应同邑进士、扬州府宝应县知县孙蕙之聘,协办文案,充当幕宾。这本是天大的好事,起码衣食无忧、人模人样,可蒲老先生偏偏享受不了。为什么?他亲眼看到官府的黑暗、豪绅的贪残以及人民的苦难,坐卧不安,寝食无味,"新闻总入狐鬼史,斗酒难消块垒愁"。这也太没见过世面了,一个小小的县官能有多少贪头,他居然适应不了,毅然摆脱作幕生涯,返回家乡开始了塾师生涯,一干就是三十八载。

孤高如蒲老先生，清洁如蒲老先生，怎么可能与时政同流合污呢？不仅不能，简直看不过眼。这样一个孤介之人，合当受穷、受屈、受罪，只配家里穷得叮当作响：老屋三间，旷无四壁；小树丛丛，蓬蒿满之；狼嗥鼠鸣，境况萧然。

三曰情高。这一点很重要，足以警示后人，垂范世风。康熙五十二年（1713年），与他共患难的妻子刘氏不幸病逝，让他痛不欲生，悲痛欲绝，曾撰《述刘氏行实》缅叙妻子美德，寄托哀思。还满怀悲伤作《悼内》等诗八首以挽悼。自此以后，他格外孤寂，每每"对酒无欢只欲愁"。妻子去世使他失去精神支柱，年后他去看望刘氏坟墓，又写诗《过墓作》怀念亡妻，读来催人泪下。终于在康熙五十四年（1715年）正月二十二日，与世长辞，倚窗入睡，享年七十六岁。贫寒的家境，使蒲松龄在外长期奔波，家事重担只能委于妻子刘氏一身。刘氏温良恭俭，顺治十四年（1657年）丁酉嫁于蒲家，直到康熙五十二年癸巳（1713年）七十一岁去世，几十年如一日，毫无怨言地养儿育女、操持家务。当刘氏亡故，蒲老先生连续写十几首诗以寄悼念之情，感情强烈难以遏止，"泪如丝""涕欲流""泪下不能止""酸心刺骨""恸哭"……足见其悲之切，痛之深。字里行间更折射出自身潦倒一生，时光蹉跎、功业未就所引发的惆怅万千的自悼意识。

其《过墓作》云："野有霜枯草，谷有长流川。草枯春复生，川流逝不还。朱光如石火，桃杏忽已残。登垅见殡宫，丛柏翳新阡。欲唤墓中人，班荆诉烦冤。百叩不一应，泪下如流泉。汝坟即我坟，胡乃先着鞭？只此眼前别，沉痛摧心肝！"

先生孤介峭直，疾恶如仇，屡试不第，坎坷一生，令人心酸。走出纪念馆，已是夕阳西下，霞光满天。纪念馆对面的聊斋园，也是缅怀先生生平、感受《聊斋》情节的好去处，可怜天色已晚，门票不售，公园管理人员早已撤走。我等跟传达室老人协商，只进大门作一浏览。但见琼楼横空，碧湖青山，看似天上宫阙。聊斋园内设有聊斋宫，宫内设有《罗刹海市》《席方平》《娇娜》《画皮》《尸变》等聊斋故事，采用现代彩塑、电影特技、灯光声乐等手法，逼真地活化出蒲公笔下的神妖鬼狐艺术形象，想来应当有些意思。暮色渐起，继而转浓，我望着狐仙园门口摆列的石狐狸，悻悻而去。

蒲老先生生前寂寞，身后红火。《聊斋志异》一版再版，一改编再改编，一到海外再到海外，他得拿多少版权费啊。他撰写的励志楹联"苦心人，天不负，卧薪尝胆，百二秦关终属楚；有志者，事竟成，破釜沉舟，三千越甲可吞吴"也被人们所广泛引用，一诵为快。

黄海之滨，胶州湾畔，我在青岛工作生活了二十多年。在崂山太清宫的茅舍，蒲老先生住过许久，并写下《聊斋》名篇《崂山道士》和《绛雪》。几次徘徊茅舍之前，我每每感慨万千。

微山湖随笔

常思微山湖，今日得亲近。

我是山东人，微山湖在我们齐鲁大地荡漾；我是中年人，小说《铁道游击队》滋养过我的童年。

这天下午乘快舟驶入微山湖，身心立即被烟波浩渺、天水相连的湖水所融化。

微山湖是我国北方最大的淡水湖，也是"全国重点保护湿地"，被誉为"北方水乡""齐鲁明珠"。又有久享盛名的十万亩荷花荡，荷花似火似霞，荷叶如盘如盖，更是蔚为壮观，素有"黄山归来不看岳，微山归来不赏荷"之赞誉，"中国荷都"由此而得名。当年，电影《铁道游击队》插曲《西边的太阳快要落山了》唱遍神州大地。

眼下，我们评价一个与水有关的景点，不管海域也好、湖泊也好、河流也好，第一条标准，就是污染的程度如何。景色再好，如果水被污染，也难以称其好。发达国家上百年工业化过程中分阶段出现的环境问题，在我国已经集中出现。生态的破坏与环境的恶化，已经让我们难以守护哪怕是一条没有污染的水域，水的污浊只是程度不同而已。我曾许多次在知名的江、河、湖边徘徊，望着变黑变暗的水，看着水面上漂动的浮物和漫天飞舞的蚊虫，甚至闻着如丝如缕、似无还有的臭气，心痛不已，也感慨不已。

微山湖环境之美、湖水之清出乎我的意料。水域辽阔的微山湖，东南至西北长120公里，宽4.5—24.5公里，围着转一圈306公里，总面积1260平方公里。波光粼粼之下，随处可见鱼儿畅游，水草丰茂，小荷鲜嫩。在微山湖人均称之为"情人岛"的四周,我们歇舟而静,但见树丛中多种小鸟飞来跃去,欢娱鸣唱,其乐陶陶。

微山湖水好,得益于地方政府的综合治理,也得益于微山湖人自觉的环保意识。在渔家船上,不管是旅游船还是船上饭馆,我看到他们把所有的生活垃圾都统统装袋,带回岸上,绝不随意扔在湖中。一位开水上饭馆的老板告诉我:政府经常有人来船上检查,乱扔垃圾是要处罚的。

我刚刚经受了北京城整整一个春天、连续八次的沙尘暴之苦,吮吸着微山湖上清新甘洌的空气,内心感激不已。回想沙尘暴最肆虐2005年4月16日晚,北京城一夜沙尘漫天,次日早晨,大地一片黄尘,地面、房屋、汽车,甚至是每一片树叶都被黄色浮尘厚厚地覆盖。我东向驱车去单位上班,但见视野之内黄沙茫茫,太阳柔弱、苍白得如同一枚乒乓球,悬挂空中,真令人胆战心惊。当天上午,第六次全国环保大会在漫天的浮尘中召开。开幕式上,从黄色沙尘中走来的国务院总理温家宝神色凝重,开场白振聋发聩:"沙尘暴连续发生,对我们是一个警示。我们在这里开会,感到肩上的压力!"

风光秀丽、物产富饶的微山湖,孕育着这片美丽古老的土地,也养育了秉性纯朴、善良的微山湖人。我们游湖时,船家是一位四十多岁的渔家妇女,名唤田传兰,宽厚浩瀚的微山湖养育了她一副好嗓子。她为我们唱微山湖小调,唱《洪湖水,浪打浪》,唱电影《铁道游击队》插曲《西边的太阳快要落山了》,音韵高亢,还能悠扬婉转。我问能不能唱《洪湖赤卫队》的其他曲子,她落落大方,引吭而歌,《娘的眼泪似水淌》《手敲碟儿唱起来》都能唱得一波三折,颇动人心。在她唱歌特别是唱到紧要腔句的时候,船工便会放慢船行的速度,并左顾右盼把稳方向,好让游客细细品味。是毫无做作的、发自内心的那种善解人意、与人为善。仅此举动,微山湖人的善良尽收眼下。

清代诗人胡翼廷的知名度大概不高,鲜见有关他的资料。但他歌咏微山湖的诗篇却是流传下来。诗云:"万顷荷花红照水,千丛荷叶碧连天。轻舟直到中央泊,杯酒临风便欲仙。"

可惜眼下是春光明媚时节,两岸草长莺飞,湖里芦苇初长,枣庄境内十二万亩榴树园新见点点红花。春色无限看不完,但我们与微山湖里的荷花却是无缘了。遐想夏秋时节,微山湖里万顷荷花,千般姿色,灿烂如锦,绚丽如霞,映红无边水面的壮阔景象。又有渔村星星点点,或掩映于接天连壤的荷花丛中,或坐落在莽莽苍苍的芦苇荡里,又是一幅多么美好的水乡风情画卷。胡诗平平,我以为最高雅也是最大气的一个字眼是"红",以"红照水"对仗"碧连天","碧连天"常用,而"红照水"以一个朴素的"红"字蔓延出无边诗意,格调不俗。此前刚读过同是清代人的高其倬诗作《青城怀古》,诗作追忆青城呼和浩特历史上的繁盛,其中"宴罢白沉千帐月,猎回红上六街灯"的诗句,"白沉"乃月色下映,"千帐"比喻众多的蒙古包。而"红上六街灯"的句子,与"荷花红照水"异曲同工,而更加跌宕有致。高其倬是内学士,康熙时代官授广西巡抚,雍正继位后擢云贵总督,诗风雍容而奇峻,声名不凡。

难寻绚烂荷花,不见浩荡芦苇,留下些许遗憾,也留下神思遐想之广阔空间。古人云:但识琴中趣,何劳弦上音。深以为是也。

但"杯酒临风便欲仙"的美境,我们却是真切地享用到了。微山湖上有诸多船上酒家,船有定所,店有名号,广备微山湖特产,专为游人提供餐饮服务。微山湖物产丰富,素有"日出斗金"之盛誉,湖内鱼类、鸟类和水生植物都近百种,微山湖甲鱼、毛蟹、四鼻孔鲤鱼、麻鸭久负盛名,微山鱼宴名播大江南北。微山湖野鸭味香,甲鱼肥美,小龙虾、梭子蟹鲜亮无比,统统放在船边的网箱里放养,活力十足。是夜,碧波怡情,清风如诉,一张大圆桌支在船头,我们把盏微山湖当地美酒,频频举杯,开怀畅饮。近侧有小舟悠悠而行,渔家良女于船上轻语,善面乡音,棹影水声,远处有船歌飘来,余音袅绕,一幅恬静的水上人家风情图。我们当中,有人畅饮之余垂下鱼竿,收获颇丰。

念人之一生,固然美好,也常有坎坷挫折,常有困顿无奈,奔波忙碌，苦乐年华。良辰美景，不可不格外珍惜，开怀敞扉。这天是农历初三，天上不见皓月，水面没有银光，有人觉得遗憾。实际上又是一个通理、老理：世之万物、人间万事，哪有十全十美之圆满，岂敢有十全十美之奢求？

在微山湖上乐而忘返时我想，数年之后，我也可能会联系一位作曲家，到湖上住些时日，泛舟于烟波浩渺之中，出没于水乡错落之间，观湖面朝霞之灿灿，看水上月色之皎皎，养浩然之正气，采淳厚之民风，栉风沐雨，抒怀放歌，创作几首关于微山湖的词曲。我是个知难易退的人，回来后查阅资料，看到乔羽老先生一首写微山湖的歌词，底气顿落。

乔老先生的歌词是：自小生长在湖边，芦花浩荡藕花鲜。举网便知鱼虾富，来往常见万里船。一篙点破水中天，风平浪静好行船。也有波涛迎面起，舵杆在手稳如山。湖边儿女强中强，管天管地管龙王。一湖好水随人意，藕花香时稻花香。微山湖人"一篙点破水中天""管天管地管龙王""舵杆在手稳如山"的豪迈气魄与自信情怀，被乔老先生写足了、写活了。

又有于忠正先生的《微山湖上好风光》，也很不错：长相忆，难相忘，微山湖上好风光。群群水鸟雾中飞，点点白帆打鱼忙。

最美万亩荷花艳，暖风送来醉人香。长相忆，难相忘，微山湖上好风光。满坂稻谷丰收画，蓝天托起鱼米乡。更喜声声土琵琶，千回百转牵柔肠。……

担心词写不好，微山湖还是要来的。微山湖历史悠久，人杰地灵，古迹众多。风土人情、饮食习俗、年节习俗、语言习俗、商贸习俗以及湖上端鼓腔、微山唢呐等湖区民间艺术都极富地方特色，显现了微山湖文化独特的韵味。我在网上查到诸多关于微山湖风土人情的图片，船上婚礼、水上学校、微山社戏，都对我充满了诱惑。

我是从韩庄方向进湖的。在枣庄，我拜谒了台儿庄大战纪念馆。68年前的那个初春时节，这里发生过一场惊心动魄、异常惨烈的保卫战，数万名将士在这里同仇敌忾、共赴国难。也有一万多名东洋兵在这里尸横遍野，血流成河。台儿庄战役的胜利，打击了日军的嚣张气焰，击碎了日本侵犯者不可战胜的神话，展现了中华民族誓同敌人血战到底的英勇气概，极大地振奋了全中国人民不当亡国奴、誓死抗日的信心。我非常推崇电影《血战台儿庄》的高度真实性和出色艺术性，这部片子自始至终洋溢着革命英雄主义和浪漫主义。有一个镜头让我终生难忘：一场恶战之后，台儿庄一度失守，我方阵地血雨腥风。卧伏在地壕的老兵熟练地卷起纸烟，小兵拿木棒棒玩起了被战火硝烟熏焦了的黄土地上的蚂蚁。蓦然，镜头推出战地上一朵盛开的鲜花，清丽而深情的背景音乐《绣荷包》震撼人心……

　　微山湖岸边，是英雄的土地。烈士的忠魂，使台儿庄生辉，为微山湖壮色。

纯净的世界

一

不曾接触并无感受,一旦涉及割舍不下。世界上许多事情、许多活动、许多景物就是如此。

在香格里拉,我看天色的纯净,看湖水的幽蓝,看人性的淳美,吃手抓羊肉,喝油酥茶,饮青稞酒,美是美了,并无特别流连的意思。当我和同志们赶到青山作屏、白云相依的香格里拉机场,与送行的导游姑娘甲央卓玛握手相别,准备飞往昆明,我的依恋之情顿时弥漫开来,惆怅不已。我说:赶快拍照!如此机场不可多见。于是,众人纷纷从包里摸出本已收好的相机,提取笑脸,挺直腰板,一阵狂拍,把蓝天白云、清风轻雾统统摄取、全部带走。

就在同一天,我跨越了香格里拉、昆明、北京三处蓝天,这一天三地均是阳光明媚。仔细比较,虽然看上去都是蓝天万里、白云多情,但档次绝然不同、质量迥异:香格里拉,那是让人心醉、令人心清的天空,纯净得如同刚用雪水拭擦过一样,有一种让人从内心深处想要呼喊出来的震撼;昆明一天湛蓝、白云袅袅,不染纤尘,清澈如洗;紫禁城的蓝天白云,也是蓝的,也是白的,这样的天气以往并不多见,但其纯度、亮丽、色泽,难与香格里拉同日而语。

不禁记起古人所云:浓睡不消残酒;醉过方知酒浓。又想起今人俚语:不怕不识货,就怕货比货。

我很后悔,当时在香格里拉,为什么不醉卧白云生处、醉卧芳草地上、醉卧鲜花丛中、醉卧高亢深情的藏歌声中？万里蓝天、千里清风、百里花香，白云触手可及，空气沁人心脾，远山不妆自丽，近水清澈明净，为什么不能全身躺倒、拥抱人间、一眠不醒？

二

对了，我也醉过，那是微醺似醒、如梦若歌的轻醉。那天晚上本来就是月朗星稀、月色醉人的良宵，我们来到藏族家做客。两层木楼的大门口，藏乐喧天，祥气缭绕，盛装的藏家儿女在门口迎候远方的客人，献上哈达，敬过美酒。我们接过高脚白瓷酒杯，敬天、敬地、敬神，之后步入二层联欢厅。那天晚上，主人家八名儿女并儿媳、女婿载歌载舞，天南海北的来客轮番登台亮相，藏楼内欢声雷动、茶肉飘香。导游甲央卓玛事先教我们怎么整齐地喊号子，并告诉我们：联欢时大家要使劲跺脚，藏族人家有风俗，如果把小木楼跺塌了，他们会更高兴。

我选择最后排一个角落坐下，一个人静静地看节目、听吆喝、撕吃烤全羊。没有人发现，我先是干了四碗油酥茶、饮过十几杯青稞酒，最后嫌添酒绕来转去太麻烦、不过瘾，干脆让服务员把我眼前的瓷碗斟满，我又整整喝了一碗藏家自酿的青稞酒，据说是四十六度。最后，还与闻声而来挤在最后排看热闹的扎西干了三杯。这几名扎西极其自觉而自尊，大概是他们觉得不似我们交费而来理所当然享受消费，我敬其喝酒推辞不喝，盛情难却之下饮干，桌上黄澄澄、香喷喷的烤羊肉，他们却是坚辞不受，不肯去动。

我自以为那晚喝酒最多、享受最好、收获最大的就是我。当天南地北的人们一窝蜂地蹿上台去、频献哈达、乱跳乱舞的时候，我闹中取静，默默地坐在那里喝酒，感受杯中乾坤之大，尽情享受思绪飘飞带给我的亢奋，立体地、全面地感受着身边这许多有形、有声的东西，藏文化就这样一点又一点地浸染着我。我在想，这个民族，生存环境这般恶劣，物质条件如此微薄，他们的精神领地却是如此宽阔，信仰如此执着，意志如此坚韧，生命状态如此乐观、豁达。当凡世红尘的人们忧于生命之短、畏于罹难之祸、苦于疾病之难、叹于贫困之患、耻于不达不显的时候，这里的人们敬天爱人，大超大度，安于清贫，乐于淡泊，藐视物欲，视死如归。

生命诚可贵，离去何所痛？藏家女人生孩子，母亲忍着疼痛，剪断脐带，掷于一旁，这孩子就新生了。孩子长成，自生自灭，顺其自然，并无特别呵护。孩子病死的，只视作回归自然；爬在门外地上玩耍被老鹰叼走的，只认为苍天垂爱。童稚尚且如此，至于成年人的生老病死，更是寿命本天定，尽在笑谈中。

这虽是落后的习俗，但他们对于生命的态度、对生死的超脱，难道对人们无所启示吗？当作恶有报、恶毒破坏生态环境而引发的数不清、讲不明、莫须有的种种病魔威逼着人类生命，而自以为是的人类往往又束手无策的时候，这样的生命感知与处世状态，是不是毛主席所说的"战术上要重视敌人、战略上要藐视敌人"光辉思想的活学活用？

饮酒期间，我先后与三名扎西交谈，其中有两名扎西有两个老婆；先后与四名卓玛聊天，她们中有一位有两个男人。我仔细地欣赏他们古铜色的、布满沧桑的但又是满怀善意、纯真无比的脸庞。我悄悄地问一名美丽的导游卓玛，想不想跟着我到内地去，她嫣然一笑，说不去。我知道，我在藏民眼里根本没有半点吸引力。我们的导游甲央卓玛跟我说过，她们喜欢肤色黝黑、身材彪悍、眼睛幽亮的扎西，那才是她们心目中的"高原苍鹰"。

甲央介绍说，在藏区，卓玛可以嫁多个扎西，扎西可以娶无数卓玛。卓玛们普遍愿意嫁给多妻的扎西，因为她们觉得女人成群的扎西才是最有能耐的扎西。甲央说，不管几个老婆，都与老公同居一室，彼此和睦相处、亲如姊妹，绝无争风吃醋之情况。卓玛们更喜欢嫁给兄弟成群的扎西，特别是更愿意嫁给老大。按他们的风俗，在小叔们娶妻之前，是可以"共用"嫂子的。如此一来，以至于卓玛们生下的孩子，根本不知道究竟谁是自己的阿爸，谁是自己的阿叔。甲央的介绍，让全车各位男女游客垂涎欲滴。

此事不虚，但时过境迁、社会进步，如今仅限于藏族偏远、落后地区沿袭此俗了。我曾与藏汉交流，他们一听直摇头，大受委屈的样子："没这好事！我们在城里娶人都是要登记的。"

三

所有的游客都称赞甲央卓玛"很阳光"。她高挑个子，黝黑的长脸庞，明净的大额头，一袭红色的藏族女孩服饰。因为肌肤里吸纳了过多过强的紫外线，呈现一片高原红。紫外线这玩意儿，既杀菌也杀娇媚。她非常敬业，不知疲倦地为人们介绍着当地的历史、文化、景色、风土人情，似乎觉得嘴巴停下来就是对客人的不负责任。事实上，她所掌握的有关知识也确实很丰富。很阳光的女孩，不管她纤弱还是丰腴，她的表情都很大气。甲央面部表情始终在微笑，说话的时候，这种笑很明显，而沉静的时候，你以为她没有表情，实际上稍一观察，她还在笑着，线条鲜明的脸上笑肌柔和，是淡淡的、略有略无的那种浅笑。

我们是在丽江欣赏完《丽水金沙》而来香格里拉的。进入甲央卓玛的地盘已是中午时分，她登上车来，一脸灿烂，大声吩咐我们："下车干饭，先把肚子干大！"我们一愣，后来才知道这地方管吃饭叫作"干饭"。

甲央卓玛的汉语名字叫余晓燕，讲一口带有西域风味的、流利动听的普通话。她告诉我们，她在昆明学了三年经济管理，什么也没学着，倒是把汉语整清楚了，于是当了导游。她在接团期间的收入，是每天三十块钱。她觉得这个数目已经不少，她也不在乎多少，工作干得勤勤恳恳，天天快乐。她说，钱不够花了就找她大哥。

藏族人家的大哥可不是好当的，他要真正担负起赡养老人、照顾弟妹、操持家政的责任，是一家人的顶梁柱。我问：你大哥干吗？哪来的钱?她说:反正没钱就跟大哥要,他必须要给。大哥养牦牛、养羊,每年还到昆明帮人家拉几趟矿石。

游碧海的时候,我给甲央拍了好多照片,其中几幅以蓝天白云为背景、以湖水树林为衬托的玉照,是典型的藏族姑娘的清纯与明媚,我深信上什么档次杂志的封面也不逊色。我发短信要来她的通信地址:迪庆州香格里拉县圣地旅行社假日中心,将照片寄给她。远方的卓玛,我衷心祝福你永远阳光!

四

有一个美丽的传说:第一次世界大战期间,有一架英国战斗机因故障迫降在川滇交界群山深处的大草坪上,当疲惫的飞行员跳下飞机,他简直不敢相信自己的眼睛:雪山巍巍、芳草萋萋、树木葱茂、溪水明澈,完全是一个世外桃源,与刚才炮火连天的滚滚硝烟形成了强烈的反差。尽管语言不通,但这位飞行员却在这里得到了当地山民的热情款待和帮助,顺利返回英吉利。

公元1933年,英国小说家詹姆斯·希尔顿写了一本《失去的地平线》,把中国西南部藏区一个永恒、和平、宁静之地描绘得异常美丽,叫作"香格里拉"。半个多世纪以来,"香格里拉"始终是世人所神往的地方。20世纪90年代中期,多种证据表明:香格里拉就在中国云南省的迪庆藏族自治州境内。根据众多专家、学者的研究成果,1997年9月,云南省政府向世界正式宣布:世人寻觅了半个多世纪的香格里拉就在云南迪庆。

不久,印度、尼泊尔纷纷声明,他们也找到了"香格里拉"。我在网上看到这则消息,想起当年国内诸多地方争孔子、争孙子、争诸葛亮、争苏东坡的事,不觉哑然一笑。

迪庆,藏语意为"吉祥如意的地方",位于云南省西北部、青藏高原南缘,地处滇、川、藏三省区交界处,是个风云际会、人文荟萃的好去处。香格里拉就是原来迪庆藏族自治州的中甸县,2001年12

月17日，经国务院批准而更名，我想应当是为了扩大在全世界的知名度。

我闻知香格里拉的时间不长。那年，我所生活的那座城市也建起了香格里拉大酒店，壮丽辉煌，一下子盖过了当时这座城市里闪亮已久的所有"五星级"，使这座海滨城市宾馆业的竞争更趋激烈。在这里，我曾参与接待过美国农业部一位副部长，我的角色是跑龙套、搞联络。这位年过五十、风韵犹存的女人，下飞机后拒绝特别为她安排的"直达"式，拒绝别人为她拎行李包。她像小学生那样正肩背包、大步流星走出机场。到香格里拉酒店之后，她又欣然拒绝了豪华套间的安排，住进朴素的商务间，房间里仅一床、一办公桌、一卫生间而已。而此前不久，我们刚接待过一位省里的"大员"，他因为更看重香格里拉浓厚的商业化服务和现代化气息，断然拒绝了我们原先为他预订的另一家五星级酒店，安然住进香格里拉的豪华套间。

世界上只有一个地方能同时看到壮丽的峡谷、巍峨的雪山、纯净的湖泊、广阔的草甸，这就是香格里拉。这里是高海拔地区，平均海拔3300多米，一夜分四季，八月可飞雪。可惜，因为时间紧，我们行色匆匆，不过是走马观花而已。

又因为行程紧张，没有机会去甲央卓玛家看一看藏獒。而在来香格里拉之前，我已经从书店里买回杨志军先生的小说《藏獒》，只是置于床侧尚未开读。杨志军先生是青海人，现居美丽的海滨城市青岛，以前从报上见过他的照片，读过他一篇关于啤酒节的文章，人很可爱，文很耐读。《藏獒》编者说："遭遇《藏獒》，有石破天惊之感觉。"在香格里拉，甲央卓玛真真切切地告诉我，藏獒比人善良、比人忠诚、比人品质好。藏獒参加人间的一切评选，如果公正、公平的话，一定会是各项全能。我想，这样说来，甲央所介绍的纯种藏獒十几万元一只、非纯种藏獒几万元一只的价格，实在不高。当今社会，当人们千方百计、刻苦磨砺，竭力想把自己变为一只狼时，选择藏獒替人类珍惜人性、庇护美德、流传基因，实在是一件幸事。

五

　　碧塔海是香格里拉雪域高原上美丽的湖泊，它深藏在海拔3540米原始森林的环抱中，举世珍稀的动植物长苞冷杉、黑颈鹤、猕猴、猞猁、云豹在景区内繁衍生息，其中"中甸重唇鱼"是地球上唯一存活的鱼类活化石。

　　进入景区，但见高树参天，碧草无涯，叫不上名字的一朵朵、一串串小黄花摇曳其中，灿烂迷人。山脊缓缓地在天幕上画出一道优美的弧线，高坡起伏处，漫游着星星点点的骏马、牦牛和山羊。湿地之外，湛蓝的湖水泛着粼光，蓝得清心，蓝得醉人……极目远眺，遥远处的冰峰皑皑而立。

　　香格里拉的神奇，在景色，更在人文。到达碧塔海，我们换乘景点的旅游车进入旅游区。为我们导游的是一位个子瘦小、单薄的藏族卓玛。令我大为称奇的是，她用金珠落玉盘一般的声音，用纯正的普通话，把景区的好处娓娓道来，看上去既神态娴静，又似乎秉承着一身凛然正气。她讲话的尾音高挑，吐字清晰，抑扬顿挫，真可谓是玉振金声。更为可爱的是，她讲话时常有不经意间向窗外一瞥的神情，似乎是从容不迫，又漫不经心，完全是那种天然去雕饰的纯情风格。我想了半天，居然想不出哪位播音员是这样的播音风格。

　　我们下榻在扎西德勒大酒店，号称四星级。他们在大餐厅安置了舞台，有雪域高原的背景。顾客就餐之时，藏族歌舞也就拉开了帷幕。

六

　　回到北京，我还常常想起香格里拉。

　　人称香格里拉是人间最殊胜的地方。用一个什么词来形容她的美丽？我想是：摄人魂魄。来一趟香格里拉，是一次洗礼、一次净化、一次对于生命的深悟。

　　写这篇文章的时候，恰好青藏铁路全程竣工，北京西站发往拉萨的列车已经鸣笛。这是中国人的又一壮举，我为之高兴。但平心而论，又有一丝难言之隐忧：西藏之神奇，在于绝美无双的高原景色，在于纯净无染的自然环境，在于天真无邪的世风人情，更在于它独特的无与伦比的丰厚文化。游客兮盈门，络绎而不绝，在满足各色游客夙愿的同时，也在加快着西藏汉化的进程，一点点剥蚀、吞噬着大西藏的神奇与神秘。

双手搂定宝塔山

边看，边想，边写；

边走，边记，边唱。

我的双足，一经和陕北黄土高原接触，高原的博大、宽阔、厚重、苍劲便电流一般涌遍我的全身，一种人天合一的归宿感和沧桑感，顷刻之间便濡染了我。

在陕北，在延安，我看星，看月，听风，听雨，流连忘返。滴酒未沾，心却一直在醉着，一醉便飘然若仙好几天。花开半看，酒饮微醺，是最好的境地，而我的感觉便是"微醺"。

这段时间囊中羞涩，不宜外出，却偏偏有一段空闲光阴。第一次自费旅游，选择了延安，选择了陕北，选择了黄土地。在西京和朋友分手，我心旌摇荡，奔北而去。

既不是孩童时在延河边光过屁股，又不曾烽火岁月里于清凉山上穿过军装，何以对延安如此耿耿于怀、梦牵魂萦？

去陕北之前，鲁西北同学王清顺打电话问我：你是三五九旅的老八路？还是祖籍陕北的绥德汉？

都不是。

但我们扪心自问，感情并无水分，真挚如高天厚土。生命的春云夏雨秋月冬雾里，陕北、延安，已很久很久地矗立在自己情感的世界。

清瘦少年，读李季的长篇叙事诗《王贵和李香香》，怦然心动，感自己穿上了"老羊皮"，提根牧鞭，在陕北三边放起羊来，天低风高，黄沙茫茫。"王麻子的娃娃叫王贵，不大不小十三岁。"王贵的惨苦童年让我跟着难受。"吃一嘴黄连吃一嘴粮，王贵娶了李香香。"我又为王贵和李香香的结合而欢欣。李季是陕北民歌高手，据说他收集的"信天游"有三千多首。他以信天游的句式、黄土地的韵律，铺张了一个缠绵悱恻、催人直落泪蛋蛋的爱情故事。从此我知道了陕北黄土地。

贺敬之的《回延安》，那才叫真情滚滚，热血奔涌。他吟道："满心的话登时说不出来，一头扑在亲人怀；几回回梦里回延安，双手搂定宝塔山。"这是炉火纯青的感情，这是千锤百炼的语言，对延安的千般相思、万种渴念表达得淋漓酣畅，一步到位，没有半点扭捏作态、犹抱琵琶的情调。当初，年仅16岁的贺敬之一腔热血，辗转万里，历尽艰险，扑入他日思夜念的革命圣地。这个因日寇铁蹄践踏过着颠沛流离生活的鲁南青年，是延安给了他第二次生命。宝塔山旁，延河水畔，他工作、学习、战斗了整整6个春秋。阔别已10年，今日回延安，他重复梦里做派，伸展双臂，紧紧搂定宝塔山，心潮澎湃，泪花四溢，是完全可以理解的。受到这般诗句的感染，受到如此痴情的煽动，我在心里愈加向往宝塔山。

还有贺敬之作词、马可作曲的《南泥湾》，唱了半个多世纪，直到如今，还在卡拉OK厅中青春长驻，让老少爷们放怀高歌。

吴伯箫是散文名家。我上初中时学过他的《歌声》，一些章节仍可成诵。延安的歌声，是战斗的歌声，是嘹亮的歌声，是斗志昂扬的歌声。当年革命队伍里那种团结紧张、意气风发的精神风貌，人与人那种亲密无间、心心相印的诚挚友情，实在令我们怀念。更有陕北的信天游，或柔和细腻、凄楚悲切，或高亢激越、苍劲浑厚，直把人们的魂儿勾去。歌声唱在茫茫旷野，星近风清，余音袅袅；歌声唱在山川沟壑，峰应谷响，回声悠悠。

信天游，便是将感情信天飘游。歌志抒发喜悦，歌声排遣孤寂，更用歌声宣泄心中压抑已久的愤懑，用歌声述说生命的渴望和忧伤。李季说，他忘不了，他背着背包，悄然跟在骑驴赶骡的脚户们队列之后，傍着一眼望不到头的长城，行走在黄沙连天的运盐路上，听老乡唱"信天游"的情景，那轻快明朗的调子，竟会使人觉得变成了一只飞鸟。

  白格生生的馍馍哟绿个盈盈的蒜，
  滚一锅米酒心头暖。
  酒曲曲本是那个顺口溜，
  天是我的脸面地是我的胆！……
  蓝蓝的天空云铺的被，
  红萝卜的胳膊白萝的腿。
  弯弯的月亮风荡荡地吹，
  清潭般的眼睛柳叶做的眉。
  尕妹妹一见没有法子睡，
  揉碎了哥哥的肝和肺！
  ……

去陕北之前的一个晚上，我在一家KTV一口气清唱了一串陕北民歌：《兰花花》《走西口》《三十里铺》《锈金匾》。还有陕北人苦难岁月渴求解放主题的影片《北斗》插曲《望北斗》，那是陕北穷苦大众的泣血呼唤。按我原来的计划，到达陕北后，能在朋友的帮助下，在县或乡一级驻地搞一次联欢，和当地的老乡同台演出一番。结果，朋友临时有急事不能陪我，这个愿望只好落空。我嗓音不好，唱不来流行歌曲，也不愿唱；对原本钟情的陕北民歌，便尤为珍爱。激情投入，遮掩了声音的缺陷，竟能唱得一波三折，余音缭绕。我坚持认为，陕北民歌是最具内涵最富魅力的歌曲，信天游是民族音乐的精粹。

去年酷暑时节，青岛工艺美术学校的大胡子王挺老师，带领4名学生，徒步考察陕北黄土高原，回青岛搞了一个《黄土印象》展览。我看完展览后曾去王老师家拜访，与王老师相对而坐，共话黄土。

对黄土高原，愈来愈情深意厚。

坐西安至延安的火车。10多个小时的颠簸，到达时天已漆黑。

本想一夜养精蓄锐，可睡意总不来临。熬到天亮，我洗漱、装扮一新，挂上放在行李囊里的领带，拦出租车，直奔宝塔山。

思悠悠，情悠悠；脚步轻，心更轻。

宝塔钟声三川闻，肤施鸡鸣五城应。看到了，宝塔，挺拔劲丽，傲立风云；看到了，宝塔，高超碧落，俯视红尘。

双手搂定宝塔山，乃是搂定宝塔。我取下相机，委托一名军人给我拍照：双手搂定宝塔，连来三张！

我想，我搂定的，不仅仅是一座塔。不管这塔的意义有多重大。

延安，黄土地气脉的丹田，黄土地文化的荟萃地。我搂定的，是古朴淳厚的风貌民情，是沧桑凝重的时代变迁，是陕北人坚忍顽强的生命意志，是"信天游"漫天飘洒的调子……或许，我搂定的，仅仅是我打磨已久、玲珑剔透、光洁如玉的一个心愿。

遥远处，传来信天游轻如游丝、重如山峁的歌唱，像天上飘浮的云，像沟底流动的火，像陕北连绵不绝的千山万壑。

一时间，我感觉血脉贯通，安泰宽舒，气宇轩昂。心里，涨满了春水；身上，鼓凸起力量。

清油灯盏羊油蜡，

你还有啥子没说完的话……

信天游呵不断头，

回回唱起来热泪流……

延安随记

一

西安通延安的普快列车，每天上午8时从西安发车。车座上，旧污迹斑斑，又有新灰尘覆盖，为了擦净座位和靠背，几乎用去了我旅行包里的半卷卫生纸。

因为是慢车，大站小站都要停，上下车的几乎全是关中百姓、陕北父老，不怎么讲究卫生，车上脏些在所难免。

原计划是西安朋友阿东陪我游走陕北，因他临时有事，不能成行。孤身一人，深入荒瘠的黄土高原，在我，尚是头一遭。这也好，孤独时得到的感受更深刻，孤独处起奏的情愫更美妙。

去陕北的夙愿由来已久，看延安的心情若饥若渴。枯竭的心，需要滋养；困顿的灵魂，亟待舒展。

但列车启动后一直找不到感受。中午12时半，车到白水站，虽仍属关中地域，却是延安地界的边缘了。列车穿过的隧道渐多，窗外大片群山连绵，小块梯田平整，葱绿的麦苗生长在山坳，需俯视才见。白云悠悠，衰草迷离，峰峦叠嶂深处，可飘动着信天游的声韵？

陕北味出来了！我看到，远处出现了漫地的羊群。那是陕北老汉信手撒下的一串信天游的音符。

再往前走，车过一个村庄，窑洞的壁墙上，挂出了一串串耀眼的红辣椒，门口两侧摆着简单的农具。

愈往北去，上车人的衣衫愈是不整，面色愈不鲜亮。陕北啊陕北，从沉重久远的历史中走来的陕北，依然与贫瘠戴天共处。

羊群结队而走，吉普车飞驶而过。山川沟壑，绵亘不绝；河流蜿蜒，清澈明净。唉，有匹骏马让我骑上就好了，扬鞭策马，奔入这如画的深秋景色之中。无马，塞驴也行。

车到甘泉站停20分钟。听别人说这是在检车，海拔越来越高，到延安要爬坡了。

二

登宝塔山，观延河水，游凤凰山，读万佛寺，去杨家岭，看王家坪，拜谒枣园革命故地，走访窑洞延安居……

凝神思索，放怀高歌；流连忘返，兴致盎然。

在延安，我滴酒未沾。对于这一大块让我梦魂萦绕的黄土，寻找感觉，倾泻真情，我不能让酒精帮着我使劲。我想看看，我的感情究竟会流淌出什么节律的曲子。

自隋炀帝大业三年建立延安城，至今已有1300年的历史。在这座黄土高原的古老城市里，在漫长的历史岁月中，无数的优秀儿女、仁人志士，为华夏民族的兴旺发达，做出了不朽的贡献，为延安的历史谱写了光辉的篇章。杨家将、范仲淹、韩世忠……民族浩气，与日月同辉；英雄壮举，和青史共存。

而真正使延安扬名的机缘，乃是20世纪30年代末期，一代民族精英的进驻。

"请你不要忘，毛主席在延安。毛主席在延安十三年，我们才有幸福哪！"陕北老汉满怀深情地唱道。我来延安，所要寻找的，所要感受的，除了历史的烽烟、民族的元气，更有陕北人、老区人浓郁的人情味。

陕北的黄土厚，陕北的人情味浓。在延安，我的感受像回到家里一样亲切自然。你在街道上问路，延安人操着浓重的陕北话，不分男女老幼，满面真诚，极为认真地给你指点，就好像你是他家的亲戚，他因为有事不能陪你，指点着让你自己去。

初到延安，第一天晚上住在繁华路上的粮园饭店。值班的朱经理是个四十多岁的陕北壮汉，生得大眼俊爽，方脸威武，他春风满面地站在总服务台前，迎候每一位客人。楼层的服务员小姐，朴实秀美，笑眼生辉，热情地送水倒茶，细心告诉你吃早饭的时间，让人感到轻舒安畅。我在心里感慨，黄土地上的人情味，让人心醉啊。

我到粮园饭店斜对面的小饭馆吃炖羊肉的时候，饭馆的老板大爷与我热情搭话。他邀请我明天再去他的饭馆，他比画着要做一种长面条给我吃。

延安街头颇多露天茶摊，两元钱一壶茶。人们坐在小方桌前边吃茶边聊天，恬淡质朴得让你好生羡慕。从清凉山上转下来，没喝茶，我却在茶摊前驻足观望了好久。茶客和摊主会心一笑的那种融洽，茶客之间嗑着瓜子慢声说话的亲密，让我大受感动。

延安的民俗是淳朴的，延安的人情，便是五月里醉人的熏风。我想，经济的发展，物质的丰裕，难道非要以磨蚀人与人之间的真情为代价吗？埋葬贫穷，非要以美好的人间感情为殉葬品吗？果真如此，岂不是人类的悲哀？

延安邮电局的大钟表，每小时播一次《东方红》乐曲，然后是"当——当——"的钟声。乐曲嘹亮，钟声清脆，全城人都能听得见。乐曲像是在提醒延安人和外地游客：这是革命圣地延安，这是《东方红》的发源地。而"当当"的钟声，在我听来，俨然是紧急集合的号令，召唤延安人民紧急出动，众志成城，同仇敌忾，保卫延安。

是不是胡宗南这小子又回来了？

三

相对东部发达地区，延安还落后。

延安完全还是座小山城的阵势。走在并不宽阔的街道上，四面仰望，但见山峦起伏，窑洞层层。桥头上，马路旁，常见三五成群的老头老太太蹲在地上卖炒熟的瓜子、花生一类。这古朴的街景，恰如其分地显现着延安的经济发展状况。

桥头街的一家商店门口，正在处理库存积压的皮鞋，好像是二三十元一双，购者踊跃。我转了几家商店，没见到一家出售羊绒衫，"冬冬宝"水鸟被一类，就更见不到了。

延安旅游图的文字说明写得清楚，延安已开通手机联网。在延安几天，我没见到街头上哪位小哥或是领导人物手持此物。

在嘉岭宾馆附近，我看到一个衣衫破烂、满面污垢的流浪老汉，坐在地上很投入地抓虱子。那件脏衣服在他手里慢慢翻动，他全神贯注。这其实说明不了什么，这种流浪汉在神州大地四处可见。

南泥湾镇仅仅是长不足二华里的一条街，大风起处，尘土飞扬。

街两边有一些店铺，门面均十分陈旧。窑洞门口，有陕北汉子蹲在地上，手捧白瓷青花大老碗，拿筷子拨拉着吃饭，眼睛有一搭无一搭地望着过往的车辆。车驶出南泥湾镇一华里，看到路旁有一小学，校舍是几口窑洞，十分颓败了，风雨飘摇。门口倒是挺立着一杆红旗，迎风飒飒作响。在延安，校舍整齐、档次较高的学校，均是希望工程所建，如杨家岭希望小学，就是福州人出资兴建的。

在宜川县城，我背着包到处寻找汽车站，准备乘车去壶口瀑布。县城总共一条街，我估计不会太远，可就是找不到。打听时，有位婆姨手一指："这不！"我一看，汽车站竟在我右首一侧五步处，仅一间房子而已。

延安还落后。延安有落后的原因。整个陕北地广人稀，荒岭连绵，环境条件恶劣，交通很难发达。延安经济要发达，要起飞，起点低、困难大呵。

勤劳、朴实、诚真的延安人，在前进的道路上迈动着坚忍顽强的步履。

在延安宾馆，我舍不得多开一会儿灯，节约着卫生间的每滴水。这点节俭微不足道，但唯其如此，我才感觉对得住扎白羊肚毛巾的陕北老汉，对得住黄土高原上久经流传哀怨不绝的信天游。

南返西京，我背回一大包延安特产，包括"咣咣"、腰鼓和20盘原汁原味的陕北说唱、陕北民歌。

再见了，延安！

祝福你，延安！

登泰山

科技的发展使登临泰山如若儿戏。7月19日下午,我择西路,乘车至桃花峪进山,抵桃花源,坐空中缆车,顷刻之间即到南天门,立刻有清风拂面。

唉,真是不好意思,"一览众山小"就是如此简单。

原打算午后自岱宗坊起步,沿中路攀登至中天门,再至南天门的。可惜天公不作美,午后大雨滂沱,至3时方住,时间不容我徒步了。其实,现如今步行上山也无何难,岱宗坊至南天门不过8公里,石阶已很平坦,攀走无惊无险,沿途有水有饭,实在已无多少刺激。

岱宗夫如何?山上人太多。

大雨之后,泰山被洗礼一新。山上瀑布飞泻,流水淙淙,山间云雾缭绕,峰峦起伏。走下缆车,但觉清风徐来,消烦去躁。景物尚美,秀色可餐,只可惜游者甚众,漫山遍野布满了官人布衣、大款穷汉、江南丽女、塞北壮士、大陆同胞、海外洋人,身上穿戴五花八门,口里吐言南腔北调,殿堂中,树木前,石阶上,如蝼似蚁,比肩接踵,大有踏破泰岱的阵势。

今日之泰山,再也不是秦始皇秦二世时的泰山,不再是汉武帝汉光武帝时的泰山,不再是唐高宗唐玄宗宋真宗时的泰山,也不再是康熙乾隆时的泰山。造化钟神秀,千古成一山,他们来泰山那会儿,人类认识自然的能力何其有限,改造自然的能力何其了了,通天拔地这么一座大泰山,密林遮天蔽日,兽禽呼啸嘶鸣,风雨雷电,云海雾峰,惊心动魄,神鬼莫测。帝王群臣,普通百姓,面对泰山诚惶诚恐,顶礼膜拜，心向往之，情惧怕之，幻化出千年不衰的泰山之神、泰山之谜。汉武帝刘彻讲得比较到位：高矣，极矣，大矣，特矣，壮矣，赫矣，骇矣，惑矣！

以往公差到泰安，匆匆来，急急去，不曾上山。这回登山之前，先是在宾馆里认真翻看了几本泰山旅游的书，憧憬着泰岱的神奇，萦绕心中最大的想法就是：吸纳些泰山的祥气，驱逐些胸中的俗气，让泰山雄壮我心怀，滋养我元气，濡染我精神。上得山来，神清气爽，下得山去，气驻丹田。我甚至想象，当我留恋山峦之间，漫步云海之际，千年造化的泰山，一缕缕的元气，一丝丝的神气，会慢慢地浸入我肌肤，透入我骨髓，如气管子一般为我打气，充电器一般为我充电。泰山归来，整个换了一个人。

我很快便知道自己纯是在梦幻之中。人为的无休止的修整，已使我心仪的泰山面目皆非，日复一日的成千上万的游客，早把泰山灵气瓜分殆尽。山上熙来攘往，如若闹市，中天门至南天门的索道，正在改装，要"化整为零"，变"一去一回式"为"循环式"，坐缆车可以走走停停，到任何一处景点浏览。山上，一拨一拨的民工正在紧张施工，重铺的石阶更平、更宽、更光洁。和他们攀谈起来，几个壮汉很自豪地告诉我，今年，全泰山还要投资几个亿呢。

当人类为征服自然而沾沾自喜的时候，大自然已被糟蹋得非驴非马。如今的泰岱，石阶密布，店铺林立，游客如织，人气浩荡，大开发的巨手将泰山剥蚀得体无完肤，袒胸赤臂。神奇安在？神秘安在？惊险安在？惊心安在？遥想当年，地广人稀，整个泰安州能有几千几百人许？山风狂号，林海苍茫，虎啸猿啼，人迹罕至，身临泰山，那是什么感觉？

小商店的老板拦住你，要你买他家的泰山拐棍和"石敢当"；小饭馆的主人恭立门口，向你鼓吹他家的饭菜打几折，是山上最便宜的；你正在拍照，宾馆旅社的小姐老嫂包围上来，问你要不要到他们那儿歇息。晚上，我在天街的一家夫妻饭馆吃了一顿饭，一小盘凉拌"野牡丹"要价12元，我两筷子给予解决，一碗豆腐白菜汤，也是12元。小馒头不足1两，售价1元，"泰山煎饼"薄薄一片也是1元钱。我连吃5片肚子毫无感觉，愤恨要价太高便不再继续吃下去，或者说不想再让老板赚钱。但我以为其他家的饭菜可能好一些，因为我发现我所用餐的这家饭馆的老板确实很刁滑：他不停地跟客人自卖自夸他曾在泰安城里干过多年厨师，手艺特好，所表达的意思是你不吃他做的饭菜就等于白游了一趟泰山，他的菜价高也在情理之中了。听着别人嫌贵，他的答复是：野味，野味，泰山野味；海拔1545米，所有的东西都是我挑上来的；别家饭店比我卖得还贵。

但我不后悔选择他家吃饭，因为这饭馆在天街的一端。天街有一个令人神往的好名字，天街的两侧，还挂着大红的长条灯笼，做灯笼的红布已被山顶的劲风扯成细片，这更深化了灯笼的寓意。天街，天街，天风吹衣，使我好清爽。

碧霞祠撞钟，孔子庙焚香，玉皇殿礼拜，夜宿日观峰旁气象台旅社。是夜，天低云暗，清风习习，我披着租来的棉大衣，借着影影绰绰斑斑驳驳的灯火，在山上绕来绕去，走走停停。听山民讲，山上栖息的飞禽倒有几批，走兽可是一干二净了。我感到很惋惜，也很悲哀，走兽绝迹之后，人类不就是唯一的走兽了吗？今天晚上，我乃泰山一兽也，于是我一边跟跟跄跄地走，一边扯开嗓子，模拟狼嗥虎啸狮吼猪叫，"嗷——嗷——""呀——呀——"嚎起来，声音忽长忽短，时高时低，有急有缓，惊天动地，谷壑回音，松柏应和。白天铺路夜宿山上的两拨村人循声而来，看样子似是基干民兵组织，他们的阵势像捉拿胡汉三，问我：怎么回事？我说：没什么，吆喝吆喝。

次日凌晨4时我即爬起，至日观峰待观日出。玉皇顶浓雾迷漫，两步之外一片茫然，且山上的气候变幻莫测，一会儿居然又洒下大雨来。"老泰山"告诉我，已连续十几日大雾天了，这个季节难见天日。对于泰岱日出的壮观，我并不怎么神往，那辉煌壮丽的气象作家们已经写透了，兴许能比海上日出气派些。我只是想，夜宿山巅若能看到日出，怎么讲也是一件大吉大利、气运顺昌的事，既然天不赐我，也是无可奈何之事。

于是，我在日观峰摄影摊点的怂恿下，开始与他配合造假，具体操作办法是：我付他10元人民币，他为我在极顶石旁拍一份普通照片，将底片与他以往拍摄的日出底片合成，于是照片上就有了我立地顶天、红日喷薄的壮丽景象。无缘看日出，制作一份假冒产品，尚可聊以自慰，毕竟我们不是经常登上泰山。下山之后，便是重入世俗，想想山顶上自己身披黄色军大衣、头发蓬乱的样子，身旁又有一轮红日耀眼，怎么着也有些革命领袖的风采了。

当时告诉我一个星期即可收到照片，现在一个月过去了，我担心这10元钱交了学费。当时，我连拍照者的姓氏都没问，也算天真、幼稚到家了。

惊心白龙洞

石洞之外的山涧里,荡漾着一个水湾。

波光粼粼的水湾中,栖息着一条白鳝。

这白鳝常年汲取日月精华,日夜沐浴天海灵气,先在水湾里潜长,后移入山洞修炼,经过8100年,终于修成正果——一日,忽听一声惊雷,震天撼地,紧接着急风大作,暴雨如注。这白鳝倏乎立起,旋转不息,骤然间脱胎换骨,变为一条银光耀眼的白龙,挟风雨,裹雷电,呼啸而起,腾空而去。

从此之后,这石洞被命名为白龙洞。

此为传说,实无考据。

白龙洞在哪?就在崂山仰口太平宫后山的山涧北侧。

白龙洞何如?一块长约18米、宽约12米的椭圆形巨石扣压在5块鼓形的圆石上,支撑起这个洞穴。洞高2.5米,深8米,宽10米,可谓浑然天成,蔚为壮观。

那年中秋时节,我参加一个学习班住在仰口。黎明即起,攀缘山间小路,穿过遍地丛草,在太平宫后山赏秋。古人云:可怜九月初三夜,露似珍珠月似钩。是时,天上残月如钩,霞光熹微,山上宁静肃穆,天风习习。漫山的野草淹过我的膝盖,零零星星的野花在晨风中摇曳,滚落的露珠打湿我的衣裤。我披荆斩棘,信步前行,并不知晓此处有何名胜古迹。待到白龙洞洞口,我稍一犹豫,见天色已亮,便径直进去。

不得了!不速之客惊动了栖息其中的蝙蝠。还没等我看清洞里诸佛的摆列，无数只蝙蝠几乎是同时飞起，向我冲来，黑压压地布满整个洞穴。我只感觉眼前和头顶一片漆黑，耳边只听得见蝙蝠翅膀扑打的声音。这突如其来的一幕，令我不寒而栗，两股战战，欲退不能。

蝙蝠还算客气，并不对我伤害。扑棱棱大约过了两分钟，它们一下子销声匿迹，大概是重新潜伏到窝里去了。

对不起，打扰了。

直到这时，我脑子里才蓦然冒出曹操诗句：月明星稀，乌鹊南飞，绕树三匝，何枝可依。当年，因为斗胆评判这般"不吉祥"的诗句，耿直的扬州刺史刘馥命丧长江。而电视连续剧《三国演义》中，却把那刘馥演义为一代乐师师勖，并将罗贯中笔下的刘馥多嘴更变为曹操生事。是以此加重曹氏的罪孽，还是其他什么用意，不得而知。但原著就是原著，情节已在历史的长河中沉淀下来，浸入人心，你再改变它挺无聊，也难以让人接受。

乌鹊与蝙蝠，虽不同类，其神有似。是时，我只感觉一股悲怆感、压抑感油然而生。

出得洞门，但见红日喷薄，霞光灿烂，苍松争奇，翠柏披金。仰首崂山，巨石巍峨，群峰峭拔，苍鹰翱翔，白云出岫，不觉心境转好。白龙洞洞口的石壁上，留有元时邱处机当年咏诵崂山的20首诗。邱氏乃道学名家，亦精通文章、诗词和音律，题诗作赋，不在话下。依我看来，以之十三为最佳：修真野客非才子，行到仙山亦有诗。只欲洞天观晓日，不劳云雨待清词。而之十六，则道出了白龙洞号：洞有嘉名号白龙，不知何代隐仙踪。至今万古人更变，犹自嵌岩对老松。

人性的暴虐，人气的扩张，使动物界越来越陷入尴尬的境地。对于名山大川诸多景点的不倦开发，令飞禽锐减，走兽绝迹。在崂山旅游，一睹兽类踪影已是奢求，能意外感受如此惊心一瞥，也是我与蝙蝠的缘分，与崂山的缘分。如此际遇，令我难以忘怀。

大理好风光

从昆明坐车赶到大理，已是深夜。四季如春的大理，鲜花的芬芳浓雾一般弥漫全城，处处是淡淡的清香。红山茶宾馆的名字，一下子把我的情绪抓牢，我毫不犹豫地选择了它。我和老刘全无睡意，漫步在大理的石板路上，嗅着清新可人的花香，说不出的神清气润。

大理不大，街道窄窄，民房矮矮，风情古朴。但大理自有大理绮丽无比的自然风光，苍山洱海、碑林三塔、蝴蝶泉闻名于世，让人流连忘返。大理街深巷幽，全城是清一色的青瓦屋面，坐车驶入大理城门，有一种进入电影之中的感受。天刚放亮，卖花姑娘就在大路两旁摆满了鲜花，山茶、杜鹃、栀子、朱兰，还有一束束新采来的康乃馨、玉簪，价格都很便宜。大理有一条著名的"洋人街"，我们到达大理那晚，见洋人男女占据着整个街道，呷茶聊天，恬淡得很。他们是冲着大理的美妙气候和山光水色而来的。

电影《五朵金花》里的金花哪一朵都很标致，尤其是淑女杨丽坤饰演的社长金花，更是美若天仙，整整醉了一代人。其插曲《蝴蝶泉边》唱道："大理三月好风光，蝴蝶泉边好梳妆，蝴蝶飞来采花蜜，阿妹梳头为哪桩？"这蝴蝶泉可不是寻常风光。蝴蝶泉水深一丈有余，清澈无比；泉潭上空，两棵粗壮弯曲的百年大合欢树浓荫覆盖。每年4月，大树著花，花如蝴蝶，须翘栩然，与生蝶无异；又有真蝶万千，翩翩而来，漫天飞舞。其中的许多彩蝶，连须钩足，手尾相衔，一串串自树巅倒悬而下，及于泉面，缤纷络绎，五色焕然。你说该有何等壮观！可惜我们来的时候是九月，蝴蝶花已开过，真蝴蝶也已飞走，但我们还是在路边的商店里买了许多蝴蝶标本。白族姑娘的手非常灵巧，她们压制的蝴蝶标本，毫发无损，栩栩如生。蝴蝶泉边，还飘舞着许多与彩蝶一样轻盈美丽的朵朵白族"金花"，穿戴华丽的民族服饰，专事与游客合影留念的业务。

苍山不墨千秋画，洱海无弦万古琴。黛色的苍山十九峰，竖起了一道绿色的屏障，经年守望着沃野交错的大理城市。碧玉似的洱海，是白族文化的摇篮，如一条柔软的丝带，沿苍山脚下舒展，荡漾着万顷碧波。苍山美，洱海更美。虽言海，却是高原淡水湖泊。洱海的美，美在水之纯净。我们乘坐"红山茶"号游轮，游览了洱海公园、观音阁、小普陀、金棱岛等名胜。宾馆有红山茶宾馆，旅行社有红山茶旅行社，游轮有红山茶游轮，不觉其俗，听名字都有美的感受。称其游轮也好，轮渡也罢，我们都很熟悉。但在"红山茶"游轮娱乐厅观看的白族歌舞，和白族姑娘高举齐眉献给我们的"三道茶"，却让人兴趣盎然。一道茶苦，二道茶甜，三道茶让人回味无穷。"金花"告诉我们，不喝"三道茶"，你就不敢夸口你到过大理。给我印象最深的是那位白族青年的演唱。他一身白家男人装束，大眼，高鼻梁，浓眉毛，真像电影里的阿鹏哥。他白族歌曲唱得悠扬婉转、如泣如诉，令苍山垂首、洱海动容。

下船时分，船家组织盛装的白族男女青年迎送。他们站立船头，敲八角鼓，吹奏唢呐，久久不肯回船。不知为什么，那音乐里回旋的是哀怨幽咽的调子，表达出一种悲怆的情绪。对于下船的人，可理解为依依惜别之情。可对于上船的客人，又做何解释呢？音乐迎送是一种民族风情，我突然领悟用这种调子吹奏得真是太美妙、太精明了。幽怨，实际上是人性里潜在的一种情绪，一个再得意的人，灵魂深处都难免蕴存着这种情绪，有人不触及便萌发，有人触及了、触深了方才表露。白族船家用这种音乐迎送，表达了对下船者的眷眷惜别之情；上船的人做何感想呢？我上船时感受到的是人生短暂，光阴足惜。因抑郁而感奋，由凄凉而优美，本是人类灵魂里的天籁之音。

洱海之畔，有一白族渔村。背倚黛色苍山，面临清澈洱海，渔家摇橹使棹，驾船几分钟便可到达水上仙境观音阁，浊酒一壶，景致万般。老刘遥指村落，问："你说人家是不是神仙？"我回答："是。"

石林小"阿黑"

小时候看电影《阿诗玛》，神话故事我似懂非懂，片中人物却让我如痴如醉。说不完阿诗玛万般妖娆，道不尽阿黑风采迷人。自此，他们的形象便镶嵌进记忆的天幕，在人生岁月里闪闪烁烁。游石林，既能观赏瑰丽神奇的自然景观，又能领略"阿诗玛"故乡的民族风情，我等兴致当然特别浓厚。

整个石林景区危石林立，苍茫如海，奇雄俏丽，千姿百态。花蜻蜓一般漂亮活泼的撒尼姑娘"阿诗玛"，引领我们步入鸟语花香、气朗神清的石林仙境。观"千钧一发"，赏"且住为佳"，指点"千年龟"，评说"剑锋池"，之后，峰回路转，见一巨石横卧游路中间，高约2米，石上有诸多白色的敲打痕迹。导游小姐告知我们，此曰"钟音石"，以石敲打，便会发出悦耳的音响，美妙绝伦。可是，目光所及尽是奇峰，周围地上并无半块散碎石头。正在这时，巨石后传来细微的声音，4名10岁出头的娃娃探头探脑钻出来。一个小头目模样的，满脸黑灰，手中攥一石块，很拘谨地跟游人说：敲一次交1块钱。除了火把节、男人节等庆典活动，当地撒尼男性已很少穿戴自己民族的服饰，这些男娃便也是一派汉家装束。面前的小"阿黑"，个个头发脏乱，面色黑黄，衣衫不整，脖颈上大块黑灰已经"漆"住，厚重得再也看不到皮肤，实在难以把他们和银幕上的阿黑哥联系在一起。其实，石林处处泉水潺潺，清澈甘洌，随便一洗便会焕然一新，想来小阿黑并无一些卫生习惯。电影上的阿黑是养尊处优、油光水滑的演员，不是真正意义上的劳苦大众的阿黑。我掏出一元纸币给小头目，同时接过他脏手里的石块。这小家伙转脸对着其他三个孩子龇牙咧嘴,眸子里欢跳着兴奋。他把钱递给另一个,另一个摸摸,又传给第三个,很像我们现在酒席桌上劝酒时流行的那个词"过过电"。

可是,第三个却没有传给第四个——第四个是残疾孩子,没有右臂。这孩子又小又脏又瘦,我轻声问他右臂怎么了,他告诉我是高压电给电的。他回答时表情很黯淡,透出痛苦和无奈。一时间,我感觉我的眼圈红了。我摸出10元钱,递给他。他诚惶诚恐,与别的孩子面面相觑。在我的督促下,终于不好意思地接过去。

孩子们身旁,散乱地放着4个半满的编织袋,也是脏兮兮的,里边是他们在石林旅游区捡来的矿泉水瓶子和空酒瓶子。我想,捡破烂大概是他们的专业,而出租石头只是捎带着的项目。我拿石头轻轻敲打,钟音石发出"磬磬"的音响,琴瑟般悦耳。况且,或激越,或舒缓,或深沉,或轻快,敲打每个部位都会发出不同的声音。而随手敲打路旁其他石头,便无这种琴音。大自然的造化真是千奇百怪,巧夺天工,让人慨叹。

最后我把石块还给孩子,希望旅游团的其他人也能感兴,租来石块继续敲打,这样孩子们便又有了一份收入。但很可惜再无人问津。我跟孩子们商量:敲一次5毛钱可以吗?目的是说给游客听,吸引游客多几个敲的。孩子们点头同意,可还是没人租石块。

我问孩子们上不上学,他们说上,现在正放假。看看他们的衣着面貌,我想他们未必有条件上学,起码那位失去右臂的残疾孩子就很可能失去念书的机会。孩子的性格往往更倔强,自尊心更强,他们不愿意显示弱态。从云南回来的第三天,正好领导安排我代表单位去希望工程办公室捐款,我自我安慰地想,如果那些小阿黑真的是失学孩子,这些捐款就有接济他们的一份可能。

石林景点很多,景致很美,但小阿黑出租石块的情景让我压抑,甚至酸涩。后来跟朋友说起这事,有人推测说,钟音石附近石块皆无,恐怕是这几个娃娃所为。但我一直没往这方面想。

小三峡，小商贩

人们普遍认为小三峡的景色更胜三峡一筹。这里山高谷深，重峦叠嶂，清流湍急，一江碧玉。较之三峡，更显清幽秀美，风光瑰丽。

百里小三峡，百里画廊，向人们展示着无尽风采。从大宁河口转乘小船，逆水进大宁河，景观迭现，峰回路转，渐入佳境。在龙门峡和巴雾峡水段，有三处因水浅需游客下船步行，空舟过浅滩。于是，在游客步行经过的大宁河两岸，当地百姓密密麻麻地摆满了地摊，不胜拥挤，鼓噪如潮。出售的物品，有风味小吃，有啤酒饮料，有土特产，有工艺品。商贩几乎多于游客，无休止地招徕客人，热情有余，只差没往你兜里硬塞了。

在商贩长龙里，涌动着不少男孩女孩，十一二岁甚至六七岁的都有。他们胸前也和大人一样，戴着"文明经商，礼貌待客，服从管理"的牌牌。有的手里提个篮子，篮子里放着洗过的黄瓜，要价一元钱三根或者四根；有的端着半脸盆的卵鹅石，那卵鹅石形状不同颜色有异图案各有千秋；有的在炉子上烤成串的小土豆出售，满脸汗水，黑嘴灰头。山里的男孩沉默着，只是拿眼睃过往游客，并不说话。小女孩则伶巧，货在手里，拿黑眼珠盯住人家，不停地念叨：买吧，买吧！其中一个很瘦弱很纤细的女孩，竟然在窄窄的小路上扯住一中年男游客的衣服，不让人家走："买吧，买吧，我要上学……"中年人动了恻隐之心，掏出三块钱给她，拿走两袋石头。这石头满河床都是。小女孩又用同样的方法拉住另一游客，这游客牛蛋子眼一瞪，闪出灼人之光，不耐烦地大吼：去，去去！小女孩赶紧松手，怯怯地回到路边原来占住的领地。

乌龟滩是巴雾峡的起点,到达乌龟滩之前,因水浅又需乘客下船,步行十分钟。乌龟滩登船处,商贩如蚁。一个七八岁的小男孩,先是帮着大人卖西瓜,然后又提个塑料袋,在河滩上捡西瓜皮。一会儿,他站到一个正捧着西瓜大啃的胖子游客旁边,双手撑开袋子,胖子每啃完一块,就把皮放在他的袋子里。我起先以为有规定:谁卖出的西瓜谁负责把西瓜皮捡回来,清洁环境。待问过这小男孩才知道,他捡西瓜皮是为了喂猪。这时大约是上午11点,大日头很执着地烤照着河滩,这小男孩只穿一条短裤,身上乌黑油亮,像条泥鳅一般。赤脚跑在河床的卵石上,也不嫌烫。

旅游景点的开发,让孩子们接触到大山外面的世界,也使他们为自己的家庭开辟了小小的财源。如果没有小三峡旅游景点的繁盛,这些藏在大山褶皱之中的孩童,哪里能见到四面八方游客带来的花花绿绿?但作为小商贩,他们的年龄确是太小了。

济南街上行

这些年，起码在山东这块地盘上，青岛以经济发展的速度、城市面貌的亮度、居住环境的舒适度和国内海外的知名度，似乎不容置疑地占据了龙头老大的宝座。对比青岛，且不说80年代，就是在90年代，济南人在心理上还有些省城的优越感，总感觉他们那地方比青岛大气，起码见到的官儿比青岛的大，也多，还有好多铁路干线经过那里。前些年，住在济南的亲戚的孩子和住在青岛的亲戚的孩子见面就打嘴仗，争论哪座城市更好，各自的大人也跟着参与。这个时候，关于济南、青岛的天大的好处和不像话便统统被归纳总结出来，争辩的孩子们面色潮红、两嘴白沫。

岁月绵延，青岛的发展使青岛人在感觉上在心理上彻底打败了济南人。济南人也开始甘拜下风，自以为非。他们可以当着青岛老哥的面一股脑儿地数落和抱怨济南的黄土如何多、城建规划如何土、上市企业如何一败涂地、每月发的那点钱如何不抗花……他们说起来一般并不难为情，骂天诅地，中间还套着一段段的顺口溜。对青岛，现在一般不再说雾气太大、潮湿得要命、不是人住的地方了，也不再说浮皮潦草、奢华无骨了，而是大放颂词，从前海道夸到八大关，夸到音乐广场，夸到啤酒城，再一激动就夸到了崂山北九水，甚至带些谄媚的意思，反而让青岛人不好意思起来。

这次去省里参加一个学习班，班上大部分是济南人。因为我是青岛方面过去的，学习期间座谈讨论的时候，他们几乎无一例外地褒扬青岛，而对自己居住的这座城市百般不满，极尽贬低。

我听着很有几分伤感。我不是正宗的青岛人，但入住青岛已有二十年光景，和这座城市有了千丝万缕的联系。如果让我选择，我肯定不会离开青岛而把济南作为居住地。我不满意的是，为什么人们连自己应当引以为傲的历史文化都不屑一顾、认为不值一提了呢？

济南这座城市，历史文化底蕴是多么丰富。

文化渗透在这座城市的每一寸肌肤，每一丝纹理，其气息不经意间便扑面而来。来济南次数颇多，但因公每次都是来去匆匆，浏览之地也仅限于大明湖、趵突泉、千佛山几处风景名胜。这次学习一周，使我有机会慢慢品味济南文化。

正是盛夏季节。报到第二天，我起个大早，冒着蒙蒙细雨，在济南街头漫步两个小时，从路边诸店的格局和装饰中，感觉浓郁的文化氛围。信手拈来，皆可入篇。

驻地右拐的第一条街叫作"燕子山路"，如此芳名令人心头荡起绿意，生出温馨。燕子山就是左首不远处的一座普通的山，但因为有如此美名让人永铭难忘，你把它想象成怎样一座秀丽的山峰都不为过，让你觉得只有堂堂济南府的山，才有资格冠以这般美名，这样的山名只有济南府才能叫得起、叫得响。

往前走是文化东路，左拐，有"顺峰酒店"显赫的门头，以海鲜定特色，以鲍翅压大席。这是我们海滨城市的招牌，济南风格兼容并蓄，同样也有连锁店。

贴着左街走，往前，是"金壶春专卖店"，经营茗茶及茶具，也是全国连锁的，凭窗可望茉莉、龙井、香碧螺、阿里山、洋参乌龙、普洱茶、小沱茶、绣球茉莉、女儿环诸多茶之样品，均按五十克为单位标价，裹以大绿头巾，清清爽爽，令人望之口生余香。仰首看二楼，则是布置考究的茶苑，藤椅、木几，素雅恬淡。

再往前是"川都鱼庄"——小田螺三分店，挂四个红彤彤的灯笼，特色菜是田螺、龙虾、酸菜鱼、火锅鱼和各种川鲁菜。

"浅水湾饺子城"，一个富含诗意的名字。画面上，碧水万顷，波光耀金。长长的灯笼上，做着"金口子"酒的广告。

越过一条小胡同，是专营寿司的"松川日本料理"。店头图案是白雪皑皑的富士山，左侧斜出几株绚丽的樱花，美艳无比。

紧邻的是"东北翠花酸菜"的门头，打出响当当的"东北人、东北风、东北菜"的招牌。门头图案是一幅摄影画：四只大公鸡引吭高歌，白桦挺立，芳草萋萋，小溪如镜。翠花姑娘煞是漂亮，既清秀又纯朴。

"沂蒙山回锅全羊店"占有两层，二楼是全羊烧烤、红焖大梁骨、羊蹄。"沂蒙山农家特吃"的大字下，结结实实地画着公鸡、蝎子、蚂蚱、蚕蛹、蝉诸大盘美味。

牧羊童全羊店，"牧羊童"三个字书法飘逸。

网吧也起名不俗，唤作"紫水晶网吧"。

"名仕阁茶苑"青瓦灰砖，雕梁画栋，边角翘然，古色古香。"名仕阁"为黑底蓝字，乃书法名家魏启后先生手迹，风度潇洒。两侧木制招牌题有楹联：一楹春露暂留客，两腋清风几欲迁。挑出一杆杏黄旗：名仕阁茶苑。青瓦之上的二楼，朱门雕刻一把大红茶壶，冒出袅袅之气，令人不饮而自醉。当年杜甫游济南，在大明湖留下千古名句：海右此亭古，济南名士多。看来，济南人颇以"名仕"为荣。

济南店牌多书法。我明白了，在济南开店，你就得讲究门面，因为这是济南，济南有文化。在我们的路边店，在我们黄金一般珍贵的沙滩上，在海水浴场，我们常看到信手涂鸦的"烤肉串""热包子"一类大字，那是毛毛虫爬出的拙劣的痕迹。

过了省林业局，是"苏记海鲜家常菜"，门头篆刻"苏记"两字，又有镶嵌上去的两只大蟹子。大红的台阶，大红的招牌，大红的横匾，却是装饰了竖立的圆木头，树干斑驳。大门口还搭起木框架，像三国时东吴的水上营寨。大门口两侧，各有一个麦草秸搭起的木棚，右边一个的广告牌上挂出大红的特色菜谱，出语纯朴，令人忍俊不禁——苏记新推四大盆八大碗。四大盆是：烧鸡公，烧肘骨，家常鲶鱼，红焖羊肉。八大碗是：黄豆芽烧排骨，胶东一品炖，面筋炖肉，萝卜粉条烧鲅鱼,雪菜黄豆炖黄鱼……最后还有:特别推出——三鞭又一春。价格标在旁边,真诚相待,绝不欺人。

往前走,又有"老朋友酒家",又有"鸡煲",又有"家好饺子园",又有"金德利快餐"……

时间不早,我折身回返。对面的"吉美乐油墨"广告又吸引了我的目光:吉美乐油墨,印天下文章。口气极豪迈,但并不张狂。我想,济南真了不起,广告词到了这里也大气起来。

文化东路并非特别繁华地带,离市中心较远。路边也有不锈钢门窗店、诊所、小旅馆、打字复印店一类,装饰和摆设比较陈旧。但它们仅仅是一抹杂色,很容易融入济南的文化底色中。

济南的风格,不轻浮也不呆滞,不拘谨也不张扬,不是巧笑嫣然,也不是板着面孔、故作高深,济南的气韵灵动而凝练。

美学概论说,距离产生美,距离产生神秘。对于济南的风土人情、人文景观、文化内存、大家气象,我们是不是因为对她太过熟悉而太过忽略了呢?对于这样一处历史上以"四面荷花三面柳,一城山色半城湖"而名冠海内的名胜之地,对于这片曾经养育过辛弃疾、李清照这般千古人物的风水宝地,我们怎么敢轻易小看她。

但人们早就不在意什么文化不文化了,这东西既不充饥也不解渴。浮躁的心态是拒绝文化的。

夜晚,我漫步泉城路街头,灯光璀璨,行人如织,一派繁华景象。在卫巷路口一家特色饭店门口,一名青春少女正演奏胡琴,神态端庄,乐曲优美,吸引诸多顾客径入店门。护城河北岸,夜色朦胧,垂柳轻动,露天酒吧摆出一溜洁白的方桌,两名小伙子手抚吉他,低吟浅唱……

我要跟济南的亲戚和朋友说:珍视济南,善待济南,热爱济南。不论你是否闻其香,济南确是芝兰之室。

孙子故园在惠民

齐鲁大地，文武双圣。文圣是孔老夫子，妇孺皆知，万古师表；武圣是孙子孙武，兵家鼻祖，名冠古今。两圣比较，还是孔子的名气大、影响广，可见道德文化深入人心塑造灵魂的功力。但武圣孙子也十分了得，其《孙子兵法》十三卷极韬略之精，乃兵学圣典、世之瑰宝。海湾战争风云激荡，美国出师海湾的官兵人手一册《孙子兵法》，认真研读，随时备查，虔诚之至。25个世纪岁月沧桑，春秋时的著述在现代化的战争中仍被奉为经典，视若神明，可见其历久不衰的生命力。

这次到鲁北地区公干，有缘去地处惠民县城的孙子故园一瞻武圣风采。

孙子故园建成于1991年，园名4个大字乃世界著名孙武研究权威、毛泽东的军事秘书郭化若老将军挥毫题写。公园正面，矗立着高8米的花岗岩雕塑。老人家面貌凝重，神态沉毅，举目远眺，极具学者风范。只有紧握在手的龙泉，方透出军事将领的英武之气、雄健之态。孙子可不是只崇尚空谈只会指手画脚，只会纸上行兵的人物，他既是杰出的军事理论家，又是胆识超人、韬略出众的军事指挥家。当年，他提吴军3万破楚20万众，天下莫当，鬼神莫测，五战及郢。谈笑之间，楚军已是屁滚尿流，丢盔卸甲，哭爹喊娘，一败涂地。孙子卓越的军事思想在战争实践中得到淋漓尽致的发挥和印证，立下赫赫战功。

伟人在斯，我辈岂可吝啬感情？孙子老人，后生向您敬礼了。

转入塑像右侧的孙子书院，悬挂四壁的大多是惠民境内书法家的手迹。功底虽有，终不成气候。而一溜看完砌立一侧的块块石碑，方知孙子故园不乏兵家墨宝。这里有张爱萍、王诚汉、张震、郭化若、聂荣臻、洪学智等将帅的手笔，陡增故园之光彩。导游小姐特别告诉我们，聂荣臻元帅题写"兵学圣典、世之瑰宝"之后不久，即溘然长逝。此8字乃聂帅绝笔，尤为珍贵。

最值一看的当数兵圣殿，这里四壁设列大型木刻"孙子圣迹图"，包括"吴宫教战""敬献兵书""经国治军""破楚入郢""飘然高隐"等故事，人物栩栩如生，画面刀光剑影，再现2500年前波澜壮阔的时代风云，一代武圣孙子的大智大勇尽在眼前。"吴宫教战"中，孙子在吴宫训练宫女，吴王的两位爱姬自恃厚宠，飞眉走眼、酸不叽溜的就是不听调遣。好，有办法治你，孙武子一声令下，声如骇虎，发上冲冠，推出去诛斩。看你老实不老实！无此威严，何以治军。二妃子太小瞧孙子了，你们是君之玩物，孙子是国之珍宝，吴王还没糊涂到那程度。

飘然高隐，并非历史事实，乃是人为设计，因为孙子破楚后的行踪无史料记载，无从考究。我凝望画面上孙子发髻高挽、长髯飘动的高士形象，不由感慨孙子研究者的良好愿望，庆幸孙武先辈有这般美好的归宿。从感情上讲，后人也乐于接受对于孙子的这般安排。"飞鸟尽，良弓藏，狡兔死，走狗烹"，倘若继续留在君主旁边，难说不遭杀身大祸，孙子挚友伍子胥的命运便是佐证。比孙子略晚一些的越国范蠡，建功立业之后，不慕富贵，不爱官封，急流勇退，泛舟五湖，悠然自得。而与范蠡同时代的另一位大臣文种，却惨遭诛戮，一命呜呼。孙子研究专家们安排孙子高隐，实在是饱含着对于险恶人生的憎恶和对孙武子的热爱之情。田园多逸趣，山水有清音，孙子，您就在大自然中尽情享受淡泊清静的生活吧，祛除凡尘俗气，保持情操峻守，何患处贫苦，但当守明真。孙子老人，您兴许现在还健在呢，道貌仙骨，风采如神，采菊南山下，云深不知处。

设计孙子飘然高隐，实在是他的幸事，人世间多么喧闹和浮躁啊，老人家留在这里恐怕很难摆脱纠葛，再著圣书。这不，渤海湾畔，孙子故乡，一场抢孙子、争祖宗的战斗又打响了。两届孙子兵法国际学术研讨会之后，孙子故乡在惠民已成定论，有关方面正筹措资金，准备建馆。岂料，广饶县突然在本地召集起孙子故里研讨会，汇学者，集专家，欲明是非、辨视听，咬定孙子故里在广饶县，宣称此研究填补了孙子研究之空白，要成立研究会，筹建孙子园。消息传播，舆论轰炸，非要抢走孙子不可。于是，战斗打响了，沸沸扬扬，硝烟弥漫。惠民方面，副专员、县长、人大常委会主任等等，组成精干部队，奔省城，赴京华，找报社，寻电台，勇往直前，焦头烂额。"县志办"的研究人员掀动县志，搬出古籍，到大街、集市上设摊，不厌其细地宣读依据，批驳"假冒伪劣"。总部设在北京的中国孙子兵法研究会一片忙碌，各会长、秘书长、学者紧急集合，认真分析"广饶说"之论据，重新研究孙子故里的问题。广饶方面，县长放下手头所有工作，带队出动，去省里、去中央，遍寻曾在广饶大地战斗过的老同志，要求支持。

紧接着，上级要扶助惠民县建造孙子纪念馆的上百万资金停拨。

孰是孰非，谁真谁假？谁是正宗，谁为谬托？双方据理力争，互不相让，口吐白沫，脸红颈粗，很快达到白热化的程度。

司马迁的《史记》是最早记述孙子其人的著作，但对其故里不置可否，只吝啬地说了一句话：孙子武者，齐人也。

到了唐代，一本叫《元和姓纂》的书提到："乐安，孙武之后。"以此为据，隔了几百年后又有了宋代欧阳修等人撰写的《新唐书》中的内容：孙武之祖"代莒有功，景公赐姓孙氏，食采于乐安"。

孙子家乡"乐安"，今在何处？这就是争论的焦点。在此之前，博兴县也不甘寂寞，掺和其中，摇旗呐喊，且呼声极高：乐安即是今日博兴。

辩论日益升级。如此下去，不仅毫无意义，也不利于古文化遗产的研究和古文化区的开发。经多方协调，细致工作，最后还是尊重大多数历史学家的意见：孙子故里在惠民。

　　整个惠民地区（现已升格为滨州市），虽属平原，可海滩盐碱地居多，经济不甚发达，也无甚历史文化遗迹。有孙子故园在，一如明珠璀璨，着实给惠民增色。陪我们游园的惠民行署的同志，脸上始终挂着荣耀的表情。我们认为，这是一份很美好很珍贵的感情。

琅琊台漫笔

公元前 219 年，一统天下的秦始皇率文武随从巡视全国，以炫耀功德，显摆威严。他从泰山那边封禅下来，摆头晃脑，耀武扬威，直奔琅琊台。

秦始皇长这么大，整天忙活着打仗，别说看海，连海腥味也未曾闻过。一踏上这块风水宝地，便再也拔不动腿了。他登高望远，近观四周有奇石异峰，空灵天籁；极目海天有白浪翻卷，长风万里。不觉心旷神怡，若梦若幻。司马迁先生在《史记》中写秦始皇"南登琅琊，大乐之，"怎么着？"留三月。"一住就是一个季度。在这里，他远眺灵山岛，近望大珠山，痴迷波簇浪拥，沐浴朝雾夕晖，流连渔人舟楫，享受艳阳长风，怡然忘我，乐不思归。

他甚至要把他的宫殿从咸阳迁来，安在琅琊。众大臣冒死相谏："此处虽好，但远离中原，背负大海，难服天下。"秦始皇这才悻悻然断了迁都之念，但仍不甘心，一声令下"徙黔首三万户琅琊台下"。让他的臣民来此享受天上人间的好景致。

他手下的那拨丞相、御史、廷尉等马屁精们，看到主子高兴，一窝蜂地拍上了——"皇帝之明，临察四方""六合之内，皇帝之土""人迹所至、无不臣者""功盖五帝，泽及牛马"，把个秦始皇捧得神魂颠倒。于是，这伙人热火朝天地忙活起来：立石刻，颂秦德，奏音乐，鸣得意，不亦乐乎。

恰在这时，琅琊方士徐福来凑热闹了。他上书皇上，说海上有三座神山，名曰蓬莱、方丈、瀛洲，有仙人居之，有长生不老药。

方士，按现代汉语词典的解释，是"古代从事求仙、炼丹活动的人"。从有关资料来看，这徐福更像是一个乡间医生。不管是干什么行当，这徐福无疑是个人物。他一介乡巴佬，居然敢面见天子，慷慨陈词，推销自己，确实需要胆子。把时光倒拨两千二百年，那年代人们对大自然的认知懵懵懂懂，对世间诸物敬若神明，如果徐福确实认定海上有仙山，山上有神药，他要孤注一掷，舍生忘死，为自己的领袖讨得药来，保其长生不老，万寿无疆，同时自己也求得功名，万世流芳。那么，徐福也不失为胸怀大志、志存高远之辈，并兼有对革命领袖的一片赤诚。问题是，他大概也知道海上仙山子虚乌有，硬是煞有介事地编造谎言，愚弄始皇，骗得信任，一求自己显身扬名、富贵一时，为黯然淡苍白的平民生活涂抹些许釉彩。如此大言不惭、扯谎不眨眼、胡诌不脸红的做派，简直能与今人相比肩。

这时候的皇上志满意得，豪情万丈，日子过得飞扬跋扈，极情纵欲。他能一口气在咸阳周围建成二百七十座宫殿，就是幻想着永享富贵，永远不死。徐福这时候闪亮登场，恰逢其时，正中天子下怀。这徐福读了几年书，人生得很有气宇，话讲得简约有致，又懂得医术之基本知识，开口长生不老，闭口万寿无疆，真把这秦始皇给捣鼓糊涂了，对徐福言听计从，有求必应。

于是，徐福身价倍增，今非昔比。他又斋戒，又沐浴，拉天子之大旗，假皇上之恩威，率数千童男童女日夜操练，终日晨钟暮鼓，香火不绝。同时，筹备物资，演练舵工，广搜民间能工巧匠，遍招市井文人艺徒，准备乘风破浪，直奔仙境。

一天天，一月月，一年年，钱去如流水，仙山何处寻？徐福开始心悸，但他毕竟诡诈多端，当公元前210年秦始皇第三次来到琅琊的时候，他煞有介事地说："蓬莱药可得，然常为大鲛鱼所苦，故不得至。"请求秦始皇派善射者一同前往。秦始皇铁了心，不辨真伪，居然护送徐福直至烟台芝罘，亲自弯弓射杀一条大鱼。

可怜秦家皇帝朝思暮想，最终连一粒仙丹也不曾谋到，就呜呼哀哉了。秦二世胡亥继位后，还念着他爹的好处，为继承父业，报答皇恩，于公元前209年春东行郡县，再次登上琅琊台。这一年，离秦始皇第一次来已是十年光景。这当儿，徐福正在东瀛过着小康日子，享受着洋教授的待遇。胡亥隔海遥望，想那徐福背信弃义，杳无音信，大为光火，遂下诏书，以欺君之罪灭杀徐氏家族。是时，徐氏家族跑的跑，躲的躲，甚至改掉谱书隐名改姓。曾几何时，徐家宗族以徐福为荣，极尽显赫，昨是而今非，让人不胜哀叹。古往今来，类似的故事连绵不绝，充满史书。

琅琊台上立有《徐福献书》的群雕。秦始皇威仪不凡，神色凝重，伸出长臂，指点海上江山。左右臣子侍立，温文尔雅，毕恭毕敬。身后武士威风凛凛，杀气腾腾。这组雕塑很有气势，人物栩栩如生，呼之欲动。

琅琊台无始皇而难显达，有徐福而增其色。琅琊台上，又新建徐福纪念馆，以深化琅琊文化之内涵，增添琅琊旅游之景点。徐福纪念馆中，图文并茂，色彩绚烂，四壁张挂了徐福生平经历和先进事迹。人们按传统的道德规范校正了徐福的人品，发酵了徐福的思想，于是，琅琊先人徐福成了头悬梁、锥刺股的勤奋学人，成了饱读史书、满腹经纶的智慧宗师，成了乐善好施、广济乡里的道德典范，成了不畏艰险、开拓创新的精神先驱。特别是漂流日本后，讲学立说，传道授业，传播生产技术，弘扬先进文化，促进社会进步，你再也搞不清徐福到底是何许人也了。

沧海桑田，世事变迁。当年，在秦始皇的淫威之下，天下百姓用白骨堆砌、鲜血浇铸了万里长城，后来却成为千古文化遗产，成为民族精神的象征，成了炎黄子孙的骄傲。徐福骗了千古一帝，骗得青史留名，骗术彪炳千秋。他做梦也不曾想到，当时光驶入二十世纪，他当年的东遁日本，是开创了中日经济文化交流之先河，已被冠以"中国历史上最早的航海家"和"国际文化名人"的光环。观念一转气象新，徐福有知，九泉之下定当快慰无比。

琅琊台历史悠久，资格颇老。早在1982年，琅琊台就被国务院列为国家第一批重点风景名胜区。登琅琊台这天恰逢周末，一个春日融融的好天气。山下小桥边，放学的农家少年正席地而坐，向游客兜售自己从地里挖来的荠菜。他们每人面前守着几堆，并不说话。问他们，才知道是五毛钱一堆。我知道，这些山菜可以换来他们所喜爱的文具和书籍，便庆幸他们能够出生在名胜之地。

同时我又抱怨：秦始皇你这家伙当年怎么不多游荡几个地方？

蓬莱阁下有真仙

登上蓬莱阁,神仙何处寻?

蓬莱阁旁,凭栏远眺,但见海天苍茫,碧波浩渺,使人油然而生超凡脱俗、置身仙班之感觉。

苏东坡诗云:东方云海空复空,群仙出没空明中。我遐思无尽,举目四顾:传说中的八仙可有否?若有,吕洞宾安在?何仙姑在哪?

没有,没有。

"忽闻海上有仙山,山在虚无缥缈间。"都是那些荒唐多事的方士,凭了海市蜃楼的虚幻,生捏硬造出海上神山的神话,煞有介事地杜撰出一个令人心荡情迷的神仙世界。于是,骗来了秦皇东巡求药,诳到了汉武御驾访仙,糊弄得人间苍生顶礼膜拜、香火连绵……

大海扬波,涛声不息。

蓬莱阁是一位历史老人,在轻声诉说着人间仙境的沧桑变迁。蓬莱阁东邻的卧碑亭里,有清代人龚葆琛的碑刻:海市蜃楼皆幻影,忠臣孝子即神仙。

依龚氏之意,神仙好做;照龚氏所言,蓬莱阁下就有一位极负盛名的大仙。

水城东北角的太平楼公园里有他的塑像:身着戎装,气宇轩昂,是按剑俯瞰水城的雄姿;府前街中段东侧有他的祠堂:崇祯八年(1653年)朝廷为褒扬他所建,屏风两侧,陈列着他的《纪效新书》《练兵实纪》《止止堂集》等著作;水城振扬门北侧水师府内有他的纪念馆:采用壁画、浮雕和雕塑相结合的艺术手法,形象生动地再现了明嘉靖至万历年间他在山东海防备倭、闽浙沿海率军扫荡倭寇、蓟州戍边生俘董狐狸等历史场景；祠堂南侧有明嘉靖四十四年朝廷为他们家建的牌坊，城东南芝山南麓有他们家族的墓园……

"拨云手指天心月，拔剑光寒倭寇胆。"此人乃文韬武略、神勇兼备的民族英雄戚继光是也。他戎马一生，身率百战，以其荡平倭寇、镇俘胡虏的伟绩，名垂青史，万古流芳。

戚继光对朝廷忠，是铁杆忠臣；戚继光对人民孝，是至纯孝子。忠臣孝子，可列仙界。

戚继光一生功勋卓著。他自幼聪慧，勤习文武，读书之余，常"融泥作基，剖竹为杆，裁色楮为旌旗，聚瓦砾为阵垒，陈列阶所，研究变合"。嘉靖二十三年（1544年），17岁的戚继光世袭登州卫指挥佥事职。当时东南沿海倭寇为患，戚继光抱定"封侯非我意，但愿海波平"的志向，更加刻苦学习、演练。嘉靖二十八年（1549年）乡试中武举，后被遣往蓟州戍守。嘉靖三十二年（1553年）晋为都指挥佥事，总督山东沿海备倭事，振饬营伍，整刷卫所，清理钱粮，严明纪律，督修海防设施，巡察海上营卫。在任期间所辖海疆肃靖，御倭卓有成效。嘉靖三十四年，戚继光调任浙江抗倭，翌年升参将。他招募新军依法管束，训练成一支军纪严明的劲旅，连战连捷，迅速扭转了战局。就连当时妒功嫉贤的兵部侍郎、浙江总督胡宗宪也称这是"自有倭以来，未有若迩来数捷之痛快人心者"。夸赞戚继光"任劳任怨，挺身干事，诚无出其右者"。同僚们则称赞戚继光"批亢捣虚，彼且畏之如虎；除凶雪耻，斯民望之如云"，"岂直当今之虎臣，实为振古之名将"。

嘉靖四十一年（1562年），戚继光奉命率部入福建抗倭，他勇冠三军，一马当先，率领的"戚家军"所向披靡，骁勇善战，收复失地，解救人民。倭寇闻风丧胆，惊叹："戚虎来矣！今而后始知犯华之不利也。"

入闽后，戚继光升任总兵。隆庆二年（1568年），戚继光奉命北调，驻守蓟镇。他不辞劳苦，深入了解地形地貌，巡视防务，有时累得吐血仍坚持不懈。他整顿营伍，修建边墙，创成一套以城墙、敌台严密防守，步、骑、车分合作战的战法，使两千里防线固若金汤，守战得力，北方人民得以安居乐业。

戚继光解救人民于水火，饱受倭寇蹂躏之苦的黎民百姓感恩戴德，甚至编唱民谣颂扬他的功绩，居然呼其为"爷"："戚我爷，戚我爷，爷未来兮民咨嗟，爷既来兮凶妖荡尽，草木生芽。欲报之德，昊天无涯。"百姓拥戴，戚继光是怎么做的？他治军法纪严明，"严号令"，"明恩威"，"冻死不拆屋，饿死不掳掠"。他视百姓如父母，常以"军民相体"教育士兵，时时鼓励官兵杀贼保民。"戚家军"所到之处秋毫无犯，广受欢迎。

戚继光虽功勋卓著而为官清廉，清风两袖。万历十一年（1583年），他奉调广东，翌年抱病请退，回归蓬莱故里。戎马一生的高官良将，病退后贫病交加，万历十五年（1587年）腊月初八病逝于蓬莱城里，时年60岁。

如此学养，如此人品，如此功劳，如此清贫！令今人仰慕，也令今人汗颜。

戚继光是儒将，是将帅诗人。他于戎马倥偬中手不释卷，博览群书，著述甚丰。其《纪效新书》《练兵实纪》是我国古代十大兵书中的两部。其诗文集《止止堂集》中，不乏锦绣篇章，流芳千古。

且读他的《放舟蓬莱阁下》，体味他的飘逸：

三十年来续旧游，山川无语自悠悠。日月不知双鬓改，乾坤尚许此身留。从今复起乡关梦，一片云飞天际头。

且读他的《无题》，濡染他的豪迈：

南北驰驱报主情，江花边月照平生。一年三百六十日，多是横戈马上行。

再读他的《凯歌》，领略他的"忠与义"：

万众一心兮，泰山可撼。

惟忠与义兮,气冲斗牛。

主将亲我兮,胜如父母。

干犯军法兮,身不自由。

号令明兮,赏罚信。

赴水火兮,敢迟留!

上报天子兮,下救黔首。

杀尽倭奴兮,觅个封侯。

何等酣畅淋漓,何等壮怀激烈!谁如果要说"觅个封侯"格调低些,我想这也是苛责之言。借旷世奇才,以惊天威功,披肝沥胆,出生入死,去"觅个封侯",岂是庸才蠢人们"跑个封侯""买个封侯""熬个封侯""混个封侯""赖个封侯""通个封侯""逼个封侯"所能同日而语的!

蓬莱阁下有真仙,真仙乃是戚将军。

假仙多喧嚣,真仙本无言。

缅怀郑板桥

踏入十笏园，可寻当年潍危县县令郑板桥的足迹。

十笏园坐落在潍坊市胡家坊街，建于清光绪十一年（1885年）。"十笏"，是以十块笏板形容庭院之小巧。小归小，却是玲珑剔透，独具风韵。总面积仅2000平方米的弹丸之地，竟建有亭台楼榭24处，房屋67间，砚香楼、春雨阁、秋声馆、蔚秀亭……仿山池塘飞瀑流泉，曲桥画廊错落有致，奇花异草争奇斗艳。更动人心弦的，是十笏园里氤氲着对当年潍县令郑板桥的怀念之情。

这天下午彤云密布，天气肃杀。十笏园内，湖中原本翠绿的荷叶变为枯黄，垂柳树叶已经落尽，只有柳丝依然轻柔。修长的翠竹临风轻摇，瘦骨铮铮，栩栩然如板桥先生所画。因为天冷，十笏园内煞是清静，仅我们一行6个游人。这更好，没有乱哄哄的绿男红女遮挡我如霞如虹的遐思。园内仅与郑板桥有关的书画展室，就有7个。在第6展室左侧，立有板桥先生的黑色石膏塑像：留一绺山羊胡，着一件对襟褂，面容清癯，神貌岸然。手执书卷，作沉思状。我凝望这个干巴老头，念着他"醉后高歌，狂来痛苦，我辈多是有情夫"的句子，惊叹他干瘦的身躯里如何有那般充沛的激情。

这是一位了不起的文学家和艺术家，诗、文、书、画都达到了精湛的造诣。文章，宏博雄丽，开心明理；诗词，直掳血性，格高思远；书法，章法奇瑰，遒劲瘦硬，"六分半书"独树一帜；画呢？更十分了得，"四十年来画竹枝，日间挥写夜间思"。笔下之竹墨色淋漓，傲岸孤高，潇洒劲秀，豪气凌云，具有蓬勃向上的艺术魅力。

尤其让人敬仰的，是先生爱憎分明的磊落性格，勤政廉政的优秀品德，忧国爱民的善良心怀。他在潍县任知县7年，刚正廉洁，两袖清风。刚至潍县时，正际灾情酷烈，他将自己的俸禄毅然捐出，救济贫民。这在贪官污吏贪得无厌、饱中私囊的当时社会，是何等的可贵！他不顾安危和前程，凛然打开官仓，赈灾救民。老先生生性坚毅，不畏强豪，唯独对劳苦大众满怀一腔同情，他曾写道："天地间第一等人只有农夫……皆苦其身，勤其力，耕种收获，以养天下人。使天下无农夫，举世皆饿死。"他饱含热泪创作的《逃荒行》《还家行》《思归行》三首长诗，贯穿强烈的正义感和同情心，其含泪裂眦、刻骨缕心的感染力不让诗圣杜甫之《三吏》。"十日卖一儿，五日卖一妇。来日剩一身，茫茫即长路……"劳动人民的遭遇素来悲惨。"绕郭良田万顷，大都归并富豪家。可怜北海穷荒地，半篓盐挑又被拿。"先生所说的"北海"，就是老潍县辖区北部的央子一带沿海滩涂，我曾在那里的对虾育苗场帮助工作两个春季。

　　第四展室右侧房内，安放着先生乘坐的黑青色官轿。当年，先生就是以此轿代步，走田串村，巡视农桑之事，体察百姓之情。同时这轿及轿上的装饰也是他职别和权力的象征。我想，如果郑板桥生在当今，按他一县之令的品别，能坐辆什么样的车呢？我想，以先生俭朴的品德，他肯定不会无视潍县百姓的疾苦而追求奢华。前些年电视台播放连续剧《郑板桥》，我偶尔看过几集。其中一集是演先生到下去，一穷老太拦轿申冤。那老太婆衣衫虽然褴褛，可脸上油光光的好气色，比二百年后我在她家乡看到的任何一位农村老太太都要滋润。

　　十笏园的工作人员，大都是60岁左右的老人。说起郑老先生，他们喜不自胜，面露自豪之色。人世沧桑，风流云散，多少显赫人物都被历史长河淘尽，而郑板桥却屹立百姓心中。展室的一位老人操着地道的潍县话，向我们讲了这样一件事：郑板桥离任潍县，百姓泪眼婆娑，呜咽出声。有人央求县令："郑大人，给我们留下几句话吧！"先生凝神而思，拈须而曰："拿老人，当儿待。"众人面面相觑，终有所悟。先生的幽默风趣,可见一斑。

但官场不容忍先生。他不会溜须,不会拍马,不会结党营私,不会逢场作戏,官场怎能容忍他呢?为潍县人民呕心沥血,而终因得罪上司而罢官。以先生的高才和勤勉,若能见风使舵,学会逢源,捣鼓个三品、四品的绝没问题。可先生偏偏不会这些,不仅不会,简直是不屑一顾,厌恶透顶。他在潍县所作《潍县竹枝词》40首,抨击时政,坦露心胸,正是他思想世界的真实写照。"三更灯光不曾收,玉脍金齑满市楼。云外青歌花外笛,潍州原是小苏州。""斗鸡走狗自年年,只爱风流不爱钱。博进已赊三十万,青楼犹伴美人眠。"这些词,强烈地抨击了权贵们骄奢淫逸的糜烂生活。

我不太情愿把板桥老人并入"扬州八怪"。我以为,其他七怪都没有资格和先生相提并论!先生不怪,先生不狂,先生绝无半点玩世不恭的意思。先生天性淳厚,情感丰富,洒脱不羁,面对那样一个糟烂社会,苍生多难,仕途坎坷,他怎么不彷徨不蹉跎呢?他有与现实相逆悖的性格和处事方法,只能是处处碰壁,为当权者所不容的。"聪明难,糊涂难,由聪明而转入糊涂更难。"老人心里,有多少矛盾和痛苦,多少悲凉和辛酸。板桥老人,您活得是多么累,何等苦呀!

"乌纱掷去不为官,橐橐萧萧两袖寒。写取一枝清瘦竹,秋风江上作渔竿。"六十一岁时,老人罢官,卖画为生,以至终年。

离开十笏园之前,天色愈加阴沉,我又折回六展室拜仰了老人的塑像,老先生依然那么安详,那么宁静。想他郁闷一生,难求舒展,不禁酸涩不已——"万事不可言,临风泪如注。"

走出十笏园,我意犹未尽,又钻进大门两侧的文物商店。陪我等参观的潍坊水产局办公室主任王广成跟别人嘀咕:看,流连忘返!

第五辑

书房夜话

平凡的世界：生如蚁，美如神

猴年来临前夕，看完了电视连续剧《平凡的世界》。共56集，每集40分钟，没落过一集。是在手机上看的，全靠晚上睡觉前那点时间，争分夺秒看一集，或是半集。

已有好几年，没有完整地看过一部电视剧了。这回如此执着，是因为剧情吸引着我，人物牵系着我。大约是腊月二十五夜间，看完最后一集，意犹未尽，如入其境。

《平凡的世界》，一部平凡者顽强生存的史诗，一部普通人沧桑情感的写真。原著值得读，电视剧值得看。

其一，从社会性来看，真实记录了二十世纪七八十年代中国农村的蜕变与发展，倾情演绎了陕北高原劳苦大众的淳朴与坚韧。时间跨度达十几年，中国农村的贫瘠现实，农村改革的艰难进程，厚重而真切，很有沧桑感，是历史的还原和再现。

其二，从艺术性来看，成功塑造了一大批栩栩如生的人物形象，可信、可亲、可敬、可爱、可憎、可怜，不一而足。有名有姓、丰富传神者，少说也有七八十名，各具特色，交相辉映。感谢这些好演员，演得好，入戏深，下了功夫。不论戏多戏少，让人过目不忘。

其三，从文化性来看，黄土高原元素凸显，风情浓郁，土窑窑、山峁峁、黄沙飞扬这些暂且不说，旁白好像也有一点争议，单讲贯穿始终、如影随形、须臾不曾分离的背景音乐，真是叫绝！一般场景下，音乐是隐隐约约、若有若无的；当感情有所起伏时，音乐是徐徐升高、配合行动的；而当剧情大起大落、急转直变时，音乐则骤然高亢，甚至直接配放原唱，如泣如诉，催人"泪蛋蛋抛在沙蒿蒿林"。

现在，海量的影视作品，已不怎么注重插曲、音乐的使用了，说起来真是遗憾。音乐，那是能真正触及灵魂、直抵灵性的东西。好一些的电视剧，比如《尘埃落定》《关中匪事》《黄河浪》等，无一不赖背景音乐之功。《平凡的世界》中，以《祈雨调》《兰花花》《白羊肚毛巾三道道蓝》为主打的陕北民歌，糅合使用，择时起奏，或唯美、抒情、抚慰，或高亢、大气、血性，紧紧抓住了观众的视觉与听觉，让你如痴如醉。

当然，人物塑造和情节设计上，也有瑕疵。如："瞎奶奶"不真实，说话、动作明显做作；田润叶和李向前在对待爱情上，偏执得让人匪夷所思；孙少平很有文化，也深知田晓霞的家庭背景和对自己的真情，偏偏就要坚持打零工、下煤矿，自讨苦吃，性命不保，让人怀疑情与理的真实性；田润生参加对越自卫反击战振聋了耳朵，本来戴一个助听器就可恢复听力，但剧中情节的设计显然是在故弄悬念……

《平凡的世界》最后一集，背景是1986年春节前夕。世事嬗变之中，进退起伏，盛衰荣枯，离去的走了，活着的坚强，无奈是一声叹息，伤痛是两行热泪。黄土高原上，大雪纷飞，彩灯挂起，饱经苦难与磨砺的人们，挺起坚韧的身躯，迎接新的一年，走进新的时期。平凡的情节，朴素的场景，却蕴含着动人心魄的震撼力量。我在想，如果电视剧播放时间再晚一些，安排在猴年春节前播完，那有多好！

明天，就是元宵节了，年已悄然离去。敲下这些文字，向《平凡的世界》致意，向路遥同志致意，向陕西榆林检验检疫局的同志们致意。两年前的春夏之交，我带领《中国国门时报》"走基层、转作风、改文风"采访组，深入陕北采访，与榆林检验检疫局的同志结下友谊。《平凡的世界》热播之际，榆林局闫护森局长盛邀我再赴榆林，一起拜谒路遥纪念馆，进行深度采访。我未得成行，留下遗憾。

"最好的世界,是平凡的世界。"平凡的世界,平凡的人生,平凡的故事,平凡的追求。顾城有诗:生如蚁,美如神。天下苍生,寻常人氏,芸芸众蚁般平凡而渺小。然而,纵然平凡之人,心存真善,自强不息,顽强生存,同样可以如神般高贵、圣洁、超脱。这,就是《平凡的世界》以及少安、少平他们给予我们的启示。

我说孔子

孔子公元前551年9月28日（农历八月廿七）出生，公元前479年4月11日（农历二月十一）离世。

自春秋至今，绵延几千年，总共产生过多少个孔子？我想，应当是"1+N"。1是真孔子，既有所考究，也无从考究。N是多个被历朝历代、国人洋人按照理解制作出来的孔子。前者，可称为原生态之孔子，是真正的孔子；后者，是经改良、嫁接、整容、化妆之孔子。人们站在不同的立场，出于不同的视角，"以我为主、为我所用"，演绎出许多"莫须有""想当然"的孔子面目、孔子性格、孔子故事。

我写孔子为了啥

我有没有资格评说孔子老人家？回答是：没有。

第一，我不是研究孔子的专家，学识修养不够，甚至差得远。

第二，我不是孔子后裔，连亲戚也不沾边。

第三，我是山东人，但不是济宁人更不是曲阜人，不是孔子的故里近邻。

因此，我一直不敢对老人家妄加评论。哪怕是自以为正确的见解，也怕冒犯了圣人。但现在，我终于下决心，要说一说孔子，写一写孔子。也不是吃饱了撑的，实际上有很多事要做，有很多文章列好了题目要写。

为什么非要写孔子？原因有四。

第一，我是山东人。我出生在齐鲁平原的潍坊安丘，春秋时属齐国地盘,又与鲁国近在咫尺。潍坊是历史悠久、文化灿烂之名城,其手工业曾以"二百红炉,三千铜匠,九千绣花女,十万织布机"的赫赫阵容,名扬四海。自我老家安丘城往西南方向8公里,有一个庵上镇,春秋时属鲁国地界,是孔子高足、女婿、名列72贤的公冶长之书院,是当年他隐居、读书、授徒之地。这公冶长以聪颖好学、能识鸟语著名。10年前我回老家,曾去庵上拜谒过,"树稳风不鸣,泉安流不响",确是高深幽静、脱俗超凡之处。印象最深乃院前两株银杏树,黛色参天,遮天蔽日。

我少年离家,先是烟台求学,再是青岛工作,后来定居北京,天南海北地走,生活空间越来越大,人际交往越来越宽,地域文化常常成为一个话题。因为我是山东人,又因为孔子的名气特别大,别人便常把儒学作为一个话题,问我的看法与见解,这让我渐生孔子家乡人的自豪感,同时也有对老人家知之不详的愧疚感。

感触最深的一次是,2005年深秋我去南京,江苏朋友陪我夜游夫子庙,观光秦淮河。朋友博学,说起孔子侃侃而谈,讲起孔学滔滔不绝,好像他与孔子是一个镇上的,甚至是孔子的后辈重孙或者外甥,我这个正宗的孔子老乡反而孤陋寡闻。再看夫子庙,灯火辉煌,游人如织。心下想,人家江南温柔富贵之乡,都以孔子为尊,以夫子冠名,身为齐鲁大汉,又是书生身份,内心何其惭愧!于是,我决心留意孔学,关注孔子。

第二,孔子名气越来越大。这些年来,孔子越来越火,越来越古为今用、中为洋用,不同国度、不同民族、不同肤色、不同文化的专家学者、各界人士,推崇孔子,研究孔子,孔子成为全世界火爆的文化名人。自2004年11月韩国率先建起孔子学院至2013年,全世界已有400多家孔子学院、孔子课堂。

公元2008年8月8日晚上8时,第29届奥运会开幕式在北京隆重举行。在离鸟巢不远处的家中,我强烈地感受到那种巨大的气场,感受到孔子老人家的威力:2008名演员击缶高歌"有朋自远方来,不亦乐乎"。古琴声中,身穿古袍、手持竹简的孔门弟子,齐声诵读《论语》,"四海之内,皆兄弟也""三人行,必有我师焉""礼之用,和为贵",儒家经典名句唱响全世界。887块活字印刷字盘,变换出3种不同字体的"和"字,表达了"和而不同""和为贵"的中华人文理念。这种独具特色的奥运会开幕式,在全世界面前淋漓尽致地展现了辉煌灿烂的五千年中华文明。有人说,奥运会开幕式的主线,就是"乐礼善学,尚中贵和"的儒学精髓。以儒学为代表的中华优秀传统文化,借此奥运会,在五大洲进一步传播,孔子热、儒学热更加薪助火传。

紧接着,2008年9月27日,第一届世界儒学大会在孔子故里曲阜举行,一下子赶来22个国家和地区、86个儒学研究机构的172位专家学者。美妙的词辞见诸报端、充斥网上:

"……钻研儒家的千古美文,咀味圣贤的百代哲言,探寻国学的精微奥义,传播中华的文化经典,已成为弘扬中国优秀传统文化的年度盛事。"

在这样的大氛围大环境下,我一个中国人、一个齐鲁人,不学孔子,不谙儒学,愧对祖宗。

第三,我对孔子有一些认识。上小学时,根据学校的要求,我和同学们奋笔疾书,猛写批林批孔大字报。这些年来,还是自觉不自觉地读过孔子的许多之乎者也,读过一些论述儒家思想的文章。济宁曲阜的"三孔",即孔府、孔林、孔庙,我先后去过四次,也算现场拜谒和学习孔子。在曲阜大街乘上马车,再喝上两盅老白干,时光倒流,如返春秋。

我在新华社工作的好朋友尹洪东写过一本书,叫作《孔子出海》,极尽诙谐调侃之能事,但意味深长,令我拍案叫绝。

孔子思想之精髓是"仁",其精华是"中庸"。"仁",我不乏天赋;"中庸",我做得不够,脾气火暴,爱憎强烈,为此吃过不少苦头。孔子倡导中庸之道,我应当很好地修炼,于是就抽空捧读修身养性方面的书。积累下来，对孔子也增加了一些认识。

第四，最为重要的一条，是有感于人们对孔子不同的理解与评判。对于孔子的身世、思想、地位、作用、影响，仁者见仁，智者见智，这是正常的，但不能太离谱。比如说孔子的身高，本来不太需要争议，甚至也不影响他的学问之高、境界之高、名气之高。但我最近在党校学习期间，却有一个同学坚持说孔子极矮，堪与列宁、拿破仑比海拔，大约是一米六六。据他说是到曲阜时听导游说的，我与他争得面红耳赤。

司马迁写《史记》，究天人之际，通古今之变，成一家之言，被后世尊称为"史圣"，被鲁迅先生誉为"史家之绝唱，无韵之离骚"，他的话应当是可信的。《史记·孔子世家》称：孔子长九尺有六寸，人皆谓之"长人"而异之。学者分析：按西汉每尺23.1厘米计算，"九尺六寸"相当于221.76厘米，和穆铁柱、姚明的个子差不多。或有夸大，终归大个。

我有幸读到谷牧先生大作《我对孔子的认识》，他是我们山东老乡，胶东人，曾任国务院副总理、孔子基金会名誉会长。我觉得，他对孔子的评价全面、客观、公正，朴实真切，大家风范，对我启发很大。终于，我决定静下心来，认真地梳理一下，总结一下，写一篇文章，系统地讲一讲我的想法，讲讲应当怎样认识孔子、对待孔子、学习孔子。我想，唯其如此，才无愧为孔子老家人，才不枉在首都北京工作生活。

孔子贡献有些啥

孔子名气够大，"家"号很多，如雷贯耳。但按照《世界遗产名录》，世界遗产委员会的评价主要是三"家"：

"孔子是公元前6世纪到公元前5世纪中国春秋时期伟大的哲学家、政治家和教育家。"

其他的名号，还有思想家、文学家、社会活动家、儒家学派创始人，等等，锦上添花，统统没错，也不过分。

老人家姓孔名丘，字仲尼，春秋时期鲁国陬邑昌平乡人，现在这块地盘划在曲阜市南辛镇。家中排行第二，因此有了"文革"时期"孔老二"的叫法。孔子与孟子并称"孔孟"，孔子被尊为"至圣"，孟子为"亚圣"。孟子也在我们山东，在济宁市邹平县。

孔子既成圣人，赞美之辞不断。传说孔子出生时长得奇丑无比，他的母亲把他扔进一个山洞。十天后过来看看情况，发现老虎给他喂食，老鹰给他扇风，甚感诧异，于是又把他带回了家。

活着时，孔子无非是一个博学者、教书者、传道者。但大概连他本人也不会想到，离世后，他享誉不断提格，声望一路飙升，直至"至圣""万世师表"，其思想学说对后世产生了极其深远的影响。

这里不能不提及一个人，就是汉武帝。这个人，听从了董仲舒"罢黜百家，独尊儒术"的建议，以他的能量，把孔子推到一个史无前例的地位，使孔子成为"德侔天地，道贯古今，删述六经，垂宪万世"的圣人，使儒学成为以孔子学说为基础，以历代儒家宗师理论为主体的庞大价值观念和思想体系，被历代统治者视作正统学科，以至作为任贤用能的标准，影响延绵数千年。

不仅如此，东汉之后，孔学东传朝鲜、日本，南渐越南等国，长期成为这些国家的"国学"。17世纪以后，经传教士介绍，孔子和儒家学说又传播到西方，对欧洲思想启蒙运动起了促进作用。孔子，与中国古代文明、东方思想文化体系联系在一起，成为公认的世界古代思想文化巨人。

美国诗人、哲学家爱默生，认为"孔子是全世界各民族的光荣"。

1988年，75位诺贝尔奖的获得者在巴黎集会，会议结束后发表联合宣言，呼吁全世界"人类如果要在21世纪生存下去，就必须回首2500年前，去孔子那里汲取智慧"。

把孔子放在世界大背景上来观察，也可以看出，古希腊师承相传的三位先哲——苏格拉底、柏拉图、亚里士多德，尽管号称欧洲文明鼻祖，但孔子与之相比，不但毫不逊色，而且独具光彩。孔子的出生,更早于苏格拉底80多年,早于柏拉图120多年,早于亚里士多德160多年。

孔子一生忙忙碌碌,自强不息。干了哪些事?谷牧老先生总结了三件。

一是创立了儒家学派。其要点是以"仁"为中心,具有深刻内涵和广泛外延,颇具人本主义色彩。

二是创办学校,教书育人。突破了在此之前"学在王宫"的状况,扩大了知识传授,号称"弟子三千,贤者七十有二"。

三是整理编录了古代典籍。普遍认为,孔子修《诗》《书》,定《礼》《乐》,序《周易》,作《春秋》,集夏、商、周三代文化之大成。

这三件事,足堪称道。

重点说《论语》,这是儒家学派的经典著作之一,由孔子的弟子及其再传弟子编撰而成。它以语录体和对话文体为主,记录了孔子及其弟子言行,集中体现了孔子的政治主张、伦理思想、道德观念及教育原则等,与《大学》《中庸》《孟子》并称"四书"。通行本《论语》共20篇,语言简洁精练,含义深刻,其中有许多言论至今仍被世人视为至理。

研究孔子学些啥

研究孔子,重要的是要古为今用。

其一,政治思想。

其核心是"礼"与"仁"。在治国方略上,他主张"为政以德",认为用道德和礼教来治理国家是最高尚的治国之道。这种治国方略也叫"德治"或"礼治",是把德礼施之于民,打破了传统的礼不下庶人的信条,打破了贵族和庶民间原有界限。

孔子的仁说体现了人道精神,孔子的礼说体现了礼制精神,即现代意义上的秩序和制度。人道主义是人类永恒的主题,对于任何社会、任何时代、任何一个政府都是适用的，而秩序和制度则是建立人类文明社会的基本要求。孔子的这种人道主义和秩序精神，是中国古代社会政治思想的精华。

其二，经济思想。

孔子的经济思想最主要的是重义轻利，是"见利思义"的义利观与"富民"思想。这也是儒家经济思想的主要内容，对后世有较大的影响。孔子所谓"义"，是一种社会道德规范，"利"是指人们对物质利益的谋求。在义与利两者的关系上，孔子把"义"摆在首要地位。他提出"见利思义"，要求人们在物质利益面前，首先应该考虑怎样符合"义"。他认为"义然后取"，即只有符合"义"，然后才能获取。孔子反对片面追求功利，他认为在"利"的面前，必须时刻以"义"来衡量是否应该取。他说，符合道义然后才去取得，这样人们就不会厌恶他的取得。相反，"放于利而行，多怨"。孔子还认为，对待"义"与"利"的态度，可以区别"君子"与"小人"。有道德的"君子"，容易懂得"义"的重要性，而缺乏道德修养的"小人"，则只知道利而不知道义。

其三，教育思想。

孔子首次提出"有教无类"，认为世界上所有人都享有受教育的权利。在教育实践上，他更是提出了很好的建议：教师在教书育人的过程中应该"诲人不倦""循循善诱""因材施教"。他认为学生应该有好的学习方法，如"举一反三""温故而知新"。学习还要结合思考，"学而不思则罔，思而不学则殆"。要好学，"三人行，必有我师"。孔子的教育思想，至今仍有启发和教育的重要意义。

其四，美学思想。

毛泽东在《讲堂录》中说："在中国历史上，不乏建功立业的人，也不乏思想品行影响后世的人，前者如诸葛亮、范仲淹，后者如孔孟之人。"孔子的美学思想核心是"美"与"善"的统一，也是形式与内容的统一。孔子提倡"诗教"，即把文学艺术和政治道德结合起来，把文学艺术当作改变社会和政治的手段，陶冶情操的重要方式。孔子认为，一个完人，应该在诗、礼、乐修身成性。孔子的美学思想对后世的文艺理论影响巨大。

我想，值得学习的，还有孔子的精神品格。

第一，乐观向上。孔子62岁时，曾这样形容自己："发愤忘食，乐以忘忧，不知老之将至云尔。"当时孔子带领弟子周游列国已9个年头，历尽艰辛，不仅未得到诸侯的任用，还险些丧命，但他并不灰心，乐观向上，坚持理想，颇有千难万险脚下踩的劲头。

第二，安贫乐道。孔子说："不义而富且贵，于我如浮云"，在孔子心目中，行义是人生的最高价值，当贫富与道义发生矛盾时，宁可受穷也不会放弃道义。

第三，学而不厌。孔子以好学著称，对于各种知识都表现出浓厚的兴趣，因此他多才多艺，知识渊博。

第四，与人为善。孔子创立了以仁为核心的道德学说，他自己也是一个很善良的人，富有同情心，乐于助人，待人真诚、宽厚。"己所不欲，勿施于人""君子成人之美，不成人之恶""躬自厚而薄责于人"等等，都是他的做人准则。孔子有许多关于道德修养的主张，比如"己所不欲，勿施于人""躬自厚而薄责于人""无求生以害人，有杀身以成仁"，还有"吾日三省吾身""君子求诸己""不患人之不己知，患不知人也"等等。这些命题，当然都有孔子的阶级烙印，是从属于孔子的政治主张的。

回想自己对于孔子的学习和研究，时有收获。

比如说，《论语》讲："曾子曰：'吾日三省吾身：为人谋而不忠乎？与朋友交而不信乎？传不习乎？'"关于"三省"，解释是不同的：一是三次检查；二是从三个方面检查；三是多次检查。因为古代在有动作性的动词前加上数字，表示动作频率高，不一定拘泥于多少次。当我看到如此解释时，觉得颇有受益："我每天必定用三件事反省自己：替人谋事有没有不尽心尽力的地方？与朋友交往是不是有不诚信之处？师长的传授有没有复习？"

更有《论语》中，"学而时习之，不亦说乎？有朋自远方来，不亦乐乎？人不知而不愠，不亦君子乎？"三句话，蕴含着治学之道、交友之道、修养之道，尤其是"人不知而不愠"，是怎样的胸襟和情怀啊！别人对我不了解、不理解，我并不生气。或者说，与不明智的人相处，我也不烦恼。做人如斯，岂非君子？

学习孔子，名言警句比比皆是：

君子食无求饱，居无求安，敏于事而慎于言，就有道而正焉，可谓好学也已。

巧言乱德，小不忍则乱大谋。

巧言令色，鲜矣仁。见利思义，见危授命。

见贤思齐焉，见不贤而内自省也。

人无远虑，必有近忧。

己欲立而立人，己欲达而达人。

君子和而不同，小人同而不和。

君子矜而不争，群而不党。

君子周而不比，小人比而不周。

君子坦荡荡，小人长戚戚。

仁者不忧，知者不惑，勇者不惧。

居处恭，执事敬，与人忠。

执德不弘，信道不笃，焉能为有，焉能为亡。

敏而好学，不耻下问。

学而不思则罔，思而不学则殆。

与朋友交，言而有信。

以文会友，以友辅仁。

君子不以言举人，不以人废言。

好仁不好学，其蔽也愚；好知不好学，其蔽也荡；好信不好学，其蔽也贼；好直不好学，其蔽也绞；好勇不好学，其蔽也乱；好刚不好学，其蔽也狂。

恭而无礼则劳，慎而无礼则葸，勇而无礼则乱，直而无礼则绞。

不患人之不己知，患不知人也。

君子谋道不谋食，君子忧道不忧贫。

知之为知之，不知为不知，是知也。

君子义以为质，礼以行之，孙以出之，信以成之。君子哉！

三军可夺帅也，匹夫不可夺志也！

无欲速，无见小利。欲速，则不达；见小利，则大事不成。

士不可不弘毅，任重而道远。仁以为己任，不亦重乎？死而后已，不亦远乎？

执德不弘，信道不笃，焉能为有，焉能为亡。

……

孔子弟子三千，贤人七十二。论德行，有颜渊、闵子骞、冉伯牛、仲弓。论言语，有宰我、子贡。论政事，有冉有、季路。论文学，有子游、子夏。重要者，列出五人：

孔子最得意弟子颜回，字子渊，亦颜渊。《雍也》说他"一箪食，一瓢饮，在陋巷，人不堪其忧，回也不改其乐"。为人谦逊好学，"不迁怒，不贰过"。他尊重老师，对孔子无事不从，无言不悦。颜渊以德行著称，孔子称赞他"贤哉回也"。

仲由，字子路，以政事见称。为人耿直勇猛，事亲至孝。除学诗、礼外，还为孔子赶车，做侍卫，跟随孔子周游列国，忠心耿耿，深得器重。孔子称赞说："子路好勇，闻过则喜。"

端木赐，字子贡，端木是姓，赐是名，曾任鲁、卫两国之相，是孔门七十二贤中最有作为者。利口巧辞，雄辩过人，善于经商，富致千金，是春秋时期知名的外交家和商人，被后世奉为"儒商鼻祖"，孔子曾称其为"瑚琏之器"。司马迁作《史记·仲尼弟子列传》，对子贡这个人物所费笔墨最多。

言偃，字子游，又称叔氏，常熟人，是孔子唯一的南方弟子。22

岁离乡北上，拜孔子为师，谦虚好学，擅长文学，曾任鲁国武城宰，用礼乐教化民众，境内到处有弦歌之声，深得孔子赞赏。后学成南归，从游弟子无数，被誉为传播东南文化第一人。

曾参，字子舆，人们尊称为曾子。乐道养亲，以孝著称，提出"吾日三省吾身"的修养方法，矢志不懈地实践孔子学说。相传著有《孝经》和《大学》，在孔门中被视为道统的继承者，被后代统治者尊为宗圣。

……

涉笔至此，不得不说齐鲁文化。

多少年来，人们把山东称为"齐鲁"，动辄"齐鲁大地"，开口"齐鲁文化"。齐鲁联袂并称，岂不知齐文化与鲁文化差距甚远，甚至大相径庭。

鲁国地处山东西南，以汶河和泗水中上游地区为中心，历史上良田肥沃，河流湖泊交错，易于农桑。齐国地处泰山以北，带河蔽海，有鱼盐之利，工商业发达，首都临淄曾是全国最大的商业都市。表现在文化上，鲁文化属于典型的农耕文化，其优秀的一面是强调责任和承担，重和谐与秩序，讲诚信仁义，其负面特征则是重农抑商、重义轻利，小农意识、封闭保守。而齐文化则属于典型的工商业文化，其优秀的一面是"不慕古，不留今，与时变，与俗化"，重农而不抑商，消极的一面则是尚富重利，轻伦理，薄人情，喜奢华，冒险好斗。

实事求是讲，今天山东人文化性格的养成，更多更深地打上了鲁文化的印记。儒家重视道德教化，因而山东人格外具有道德感，其仁义感、正义感、社会责任感、以天下为己任，就是这种道德感的体现。一段时间，山东开展区域文化大讨论，山东人提出，要想在改革和发展中取得突破性进展，必须优化齐鲁文化，重塑山东人的文化性格，挖掘齐鲁文化中具有时代特征的优质文化，使二者融会成浑然一体的"新齐鲁文化"。其要点，就是把两种文化统一起来，兼重农商，并举义利，弘扬诚信内涵与积极的道德观念，光大尊崇集体与权威的团结意识，努力让齐鲁文化成为山东经济社会发展的宝贵财富和不竭动力。

品质迎丰

在见到李迎丰这本《品质中国》之前,在动笔写这篇文章之初,我与他仅有一次之交、一路之行。

在西南边陲名唤香格里拉的那片神奇土地上,他最初留给我的印象是严肃沉静,不苟言笑。在景点,我为同仁们拍照不遗余力,有几次是单腿跪地调整角度的。我尚不自觉,被拍照者亦坦然,迎丰却慧眼发现,表扬我做事认真、投入、踏实。

我笃信,一个能够发现别人优点的人,必然是有品质的人;一个能够不带私欲肯定别人的人,必定是与人为善的人。在这个自我意识奋然膨胀的世界上,在感觉良好的虚幻中,人们已然麻木了别人的优点,也自私得不愿认可别人的半点长处。

由此我认定,迎丰先生有一颗美好也敏锐的心灵。

回北京不久,我在质检总局办公楼里见到了《品质中国》。一本装帧清新淡雅的书,作者李迎丰。于是,我打电话向他索要。

这是一本关于质量的书,有随想,有访谈,有附录。观其书,想其人,对接其思想,感受其情怀,愈感迎丰精神丰满,形象生动。

一是博学。读其书,知迎丰学识丰厚。在书中,阿克罗夫的"坏车市场模型"理论,理查德·扎克斯的《西欧文明的另类历史》,达尔文关于人类的起源,理查德·考夫曼的《国难财》,哈丁的"公共事务悲剧",贝克的"三大造假成本"观点,俄林的生产要素禀赋学说,林肯、亚里士多德、马克斯·韦伯、本杰明·富兰克林、赫胥黎、盛田昭夫等一串串的观点,我国古代孔子、孟子、荀子、管子的仁义、德治、法礼等观点以及当代诸多学者的思想，尽为迎丰研究、消化和借鉴。他不仅熟稔中国质量，对美、德、英、日等发达国家的经济发展、质量管理也了然在胸。以丰厚的学识为支撑，迎丰讲质量、说质量、论质量，古今交融，中外贯通，令人信服。

二是深思。读其书，知迎丰思考深入。作者是质量工作的忠实实践者，为推进质量奋力前行；又是质量问题的执着钻研者，为研究质量孜孜以求。因而，该书既有实践，也有理论，是理论与实践的粲然结晶，是一位谙熟质量、对质量之内涵与外延进行过深入思索的学者发出的心声，有真知灼见，是肺腑之言。例子俯拾即是：在《名牌推动中国》中，对名牌的四大特征，制约名牌发展的内外要素，对创建名牌中政府、企业、消费者应当做什么，技术应当怎样发挥作用，对产品的功能定位，对产品质量的物质性和社会性认识，论述周详，分析透彻。在《信誉塑造中国》中，对经济合同失效、假冒伪劣商品充斥市场、权力不正常渗入经济活动之中、社会整体缺乏信用风险防范意识的当今中国信誉现状鞭辟入里，对信誉危机造成的危害深入剖析，对如何重建信誉提出了极有见解的意见与建议。在质量监督、执法打假、产品检验、诚信建设、品牌培育各个方面，迎丰都有深刻的思考和探索。

三是忧虑。读其书，知迎丰忧思绵长。质量是一个国家经济、科技、文化、管理水平、公民素质的综合体现。多少年来，质检人为质量而奔忙，成绩令人鼓舞，问题使人忧心。产品质量落伍于世界先进水平，自主开发创新的品牌少，资源、能源消耗突出，科技含量低，国际市场竞争力弱，残品、次品和不合格品屡见不鲜。特别是在社会、文化、公德大背景下的假冒伪劣横行、虚假广告泛滥、诚信失缺严重，已成为经济发展和社会和谐的重要制约。迎丰深刻阐述道：质量问题"不仅仅是管理学上的问题，还是社会学方面的问题；质量的管理不仅仅是法规、制度方面的问题，还是道德、文化方面的问题；质量的改进不仅仅是技术、设备、工业层面上的问题，也不仅仅是生产产品的品质问题，更是人的素质层面上的问题，是一个民族、一个国家人们的思想秉性、品格素质的问题"。"不仅仅是物质范畴的问题，还是精神范畴的问题；不仅仅是形而下即器的问题，还是形而上即道的问题"。思绪绵长，饱含他的忧虑。

迎丰提出，对于假冒伪劣之痼疾，直接打击制假售假者固然重要，而有力地打击背后的"保护伞"，即地方保护主义更为重要。因为地方保护是滋生假冒伪劣的温床，是假冒伪劣打而不死、打而不僵、打而不绝的主要原因。

迎丰指出，假冒伪劣是全球性的问题，已成为"仅次于贩毒的世界第二大公害"。假冒伪劣作为信用缺失的现象之一，是典型的经济行为，所以打假的主要方式和目的就是使其"不经济"，以重典打假，加大其处罚成本。

迎丰呼吁，要进一步完善法律法规，继续加大立法执法力度，时刻用法律重典保持高压状态。

实话说，这些观点并非迎丰一家之言，更非迎丰首创。比如说，对于打假用"重典"问题，已然为人们所共识，社会反响也强烈。但是，从深层次的实践者、高层次的研究者李迎丰这里发出的呼吁，格外清晰洪亮，格外令人信服。

想起一句富有哲理的话："只抱怨不行，不说怎么才行。这怎么能行？"

特别推崇当年朱镕基总理掷地有声的那句话："放任假冒伪劣，国家就没有希望。"完全想象得出，这个大声疾呼过"铁腕抓质量""重拳打假""对造假者要罚得他倾家荡产"硬话的人，以他的人格和秉性，讲此话时内心一定是激昂、感慨和悲愤的。

在一个道德沦丧的国度里要实现现代化是不可能的。这是世界前银行行长克劳森说的，也是李迎丰在书中反复引用的。迎丰多年来凝神、致力、献身于"质量万里行"，更为深切地认识到中国质量的症结，也更加深切地呼唤公平、诚实、道德、守信。

知我者谓我心忧，不知我者谓我何求！

质量问题是战略问题，是需要全社会共同面对的课题。这本书，对政府、对企业、对社会，无疑都有好的参考价值和借鉴作用。管质量、抓质量、讲质量、做质量的人，更应当好好读一读，以此丰富见识，拓展视野，启迪思路。有人长年累月从事质量工作，以"质量"为饭碗，为"质量"而疲惫，却一天到晚理不出头绪，说不出要点，拿不出思路，尽是不知所云之语言，不置可否之行为。毛泽东同志在《反对本本主义》中尖锐指出："许多的同志都成天地闭着眼睛在那里瞎说，这是共产党员的耻辱，岂有共产党员而可以闭着眼睛瞎说一顿的吗？"

把揽全书，李迎丰对"质量万里行"的钟情，对中国质量的深情，对诸多同仁的真情，贯穿始终，通篇闪耀。以质量塑造中国，以信誉打造中国，以品牌提升中国，迎丰为之思索，用力非浅。

社会进入多样化时期，思想观念纷呈，生活态度自由，行为方式千姿百态，一切似乎都见怪不怪、见惊不惊了。世界上游荡着气宇轩昂的大混混、煞有其事的中混混、可笑又可恶的小混混，几近"假作真时真亦假，无为有处有还无"的境地。面对着虚虚实实、尽情忽悠的学者、专家，面对着博士不博、硕士不硕、学士不学的尴尬状况，我们在心里庆幸：这是一个真正的学者，这是一个真实地活着、忘我地燃烧着、满怀责任地善待良心、善待工作、善待事业的同志。

品该书《后记》数遍，这里凝结着迎丰的学识和情感。纸仅三页，多用典，多排比，彰显史学知识，交融人生观点，读罢余香盈怀。"谨将此书献给我挚爱的父亲母亲和所有关心过我的人"，我坚信此题跋绝非矫情，实为深情倾诉。湘西南小城里那两双慈祥而神明的目光，让他不敢懈怠。对于女儿的深爱和品质传承的责任，又让他时时勤勉、正直，认真而乐观地面对生活。

这是一个真实的迎丰、深情的迎丰，也是一个博学的迎丰、勤奋的迎丰，一个从父母身上秉承了许多中华传统美德、时刻不坠道德修养与精神磨砺之志的迎丰。

累乎哉，很累；累乎哉，不累也！我们见到的李迎丰，目光很亮，劲头很足，不知疲倦。一个凝聚力量、不懈追求的人，是活力澎湃、激情偾张的人；一个爱父母、爱社会、爱家庭、爱同志、爱孩子的人，爱就是他取之不竭、用之不尽的精神源泉。

做人有标准，做事有目标，自律有规范，处世有尺寸。这样的人，才堪配与"品"比肩，与"质"并蒂，也才有资格、有功力付梓《品质中国》。

惠特曼诗云："我这样地做一个人，已经够了。"我要说的是，"迎丰这样地生活，也就够了"。

迎丰把美国人塞缪尔·厄尔曼的《青春》制为书签，奉献给读者。我查过几个翻译版本，还是以迎丰推荐的这个译本最为准确、贴切。这篇 500 字的美文，曾被当年的太平洋战区总司令麦克阿瑟镶嵌在镜框中，挂在办公桌对面，日日吟诵，以此激励，战功卓著；美国前总统克林顿视为座右铭；日本已年过百岁的松下幸之助随身携带。

对事业，对生命，对质量，迎丰执着而坚韧。我认为，他与厄尔曼一样，心里一定也有一台无线电，在不停地无时无刻地接受着"美好、希望、欢畅、勇敢和力量"。

"酸甜苦辣，均为营养；雷霆雨露，皆为天恩。"让我们以迎丰此句，共为勉励。

情满篇章

鸿篇巨制、短文小作，雄文华章、轻吟浅唱，经史浩瀚、哲思滔天，春欢秋愁、市嚣乡音，庄严神重、放浪形骸，传世经典、快餐文化……当今社会，读物五光十色，书刊百态千丛，更有那互联网鼠标一点，铺天盖地，无所不在，无奇不有。此时此刻，谁还读书？读些啥书？

我还读书，只读两类。一类是名家大著，这类书识见卓越，才学横溢，篇章之间，风雨兴焉；一类是常人小品，这类书并不见得多么深邃、厚实、浩荡，甚至尚显拙朴，但执挚守诚，怀朴抱素，平凡之中让人感受人间真情，读之有味，思之有益，掩卷有韵。余国贵先生《我的平生第一次》这本书，特色是质朴，看点是真诚，情深意厚。数月来，我将其置于案首，每每翻览，为情所醉。若问：何情？答曰：乡情，友情，亲情，真情，激情，五情并臻。

一曰乡情绵远，使人怀旧

问君从哪来？俺从乡下来。头上顶稻花，脚下是泥土。

余国贵，这位从群山环绕的鄂西北郧县农村走出来的领导干部，心中乡情纯朴，笔下乡思悠远，字里行间绘就一幅幅生命与生活的画卷：祭祖，送葬，敲场面，吃粽子，煮鸡蛋，打秋千，捉虱子，除臭虫，逮麻雀，写对联，过"铁门槛"……乡土乡情，回味无穷。

我们且看这样的家乡习俗和生活场景：四岁那年，母亲给他叫魂，左脚踩着门槛，右手摸着门框；到小庙里敬土地爷，取出刀头肉和祭灶馍；正月间，穿着整洁的衣服鞋袜，手拎竹篮，内装白糖、果子、酒，去给老人、亲戚拜年，双膝跪地，磕头作揖……写第一次不睬姑娘的情，是因为姑娘"求爱的动机不纯"，她的父亲"进家来，一进门就要酒喝，要烟抽，要肉吃，引起了我们的反感"。

这样的人，我们老家农村也有，何其穷？何其贱？滑稽可笑，既使人鄙夷，也让人同情。姑娘当初嫌穷，后来因为作者当上了军官，又重生仰慕，迫切示爱。想一想，这也在情理之中呵！

作者去杜家坡杜成国家"探家"，因为"三间房子很宽敞，屋里屋外收拾得干净利落。""两个大人穿得整洁，小伙子长得标致，个头胖瘦适中，桌上的饭菜丰盛。"好，这门亲事就"行"了，多么朴实的理想愿望？多么务实的择偶标准啊！

"妈，两块钱是好些？"母亲虽没读过书，但口算不错："二块钱就是二百个一分，一百个二分，四十个五分，二十个一毛，十个二毛，四个五毛，两个一块。""小外婆咋打发我这些钱呢？""小外婆喜欢你呗。"在此之前，作者得到的压岁钱，多则两毛，少则一分，大都是在人家家里吃点花生、苞谷花、炒黄豆，赚个小肚凸起。情在乡下，美在人间，让人陶醉。

送三爷余洪点糖果，是"慢慢化，甜甜心"；"鸡叫两遍，我就跟母亲起了床"；"一日三餐，有丰盛的酒菜，不缺钱花"……真挚的感情，加上朴素的语言，真是好马配好鞍，绿叶衬红花，相得益彰。

"吃穿住用不发愁"是作者用得最多的一个词，也是当时农村贫困生活的真实写照和人们的普遍向往。小妹得过脑膜炎，那是当时的时代病，医疗条件差啊！教室里，老师余治先怒气冲冲地让学生相互拧耳朵，真让人忍俊不禁。余家山、窑湾、寺沟……旷远的乡村，真实的生活，依稀眼前，引发人思乡怀旧之情。至于火热的部队生活，人与人之间的真诚相待，既令人热血沸腾，也叫人无比神往，真想吃碗部队的病号饭。

二曰友情珍贵，引人感恩

家里盖房，乡亲帮忙，作者一口气点出35个人名，清楚地记得五爹余占贵、大姐夫何荣清在挖橡子时小腿肚、脚踝骨受伤，表姐吴开英、表哥吴开林、表姐夫吴少华等亲属和左邻右舍送来了粮食和蔬菜。

作者犯心口疼，倒在地上翻滚，堂兄余国富这名土大夫，在余国贵双手的虎口处、手腕处和心口处扎了一根根银针。三十多年来，作者一直没有忘记国富的救命之恩，始终与他保持着密切的联系。我在想，这余国富肯定是自学的针灸，那时候的孩子咋这么懂事、勤奋呢？

不忘别人的好处，记着人家的难处，这是什么？这是典型的中华民族的传统美德。作者始终怀着一颗感恩的心，对待生活中的人和事，对待亲朋和好友。

在序言中，对53个人深表感谢。第一次探亲，腊月二十六，他送众乡亲烟酒、糖果、饼干，大包小包。在书中，我们看到作者与龚自仪老师的感情，与瘫痪在床的舅舅王自英的感情，以及对土地垭喜姐偷给的10元钱的耿耿难忘。作者对战友及其后代倾心尽力地帮助，无不透出作者的人品和友情。

为了给老乡省钱，给二狗治病，他让老黄一家三口全部住进他的小二居室里，而当时家里住有父亲、岳母、儿子、内侄。这不是一般人所能做到的。

余国贵始终感激别人，想着别人。这是一个好人，好性情，好作风，好品德。读此书，我常常掩卷深思，人之一生，从呱呱坠地，到撒手人寰，其间多少人真诚地帮助过你呵！对照余国贵，人们应当好好想一想，拢一拢，在人生的关口，在困难的时期，多少人帮助过自己，爱护过自己，施舍过自己，有恩于自己？你又帮助过哪些人？做过哪些事？施惠莫记，受恩不忘，如果有了这样的胸怀和气量，你的品格与境界就高了，你的人生态度就会有大的转变。

三曰亲情真挚，催人泪下

1960年8月底，作者要上学了，却没个名字。娘说：你五爹余占贵有出息，当了国家干部，就叫余国贵吧。巴望着儿子以后能"吃上国家粮"。

第一次升学考试，上考场的头天晚上，母亲为年幼的儿子烙了一个二三斤重的火烧馍。

这是一个什么样的母亲？——"从我记事时起，母亲几乎天天鸡叫二遍就起床，晚上很晚才躺下，为撑起这个家，她呕心沥血。"在作者记忆中，母亲"身穿补丁衣，脚蹬露趾鞋，干活休息闲不住，不是割柴就是挖药，卖了钱供应孩子读书"。

这是一个什么样的父亲？——作者当兵离开家乡时，父亲翻山越岭，步行几十里到县里为儿子送行。作者2000年回家探亲时，与已是八十三岁高龄的父亲同睡一头，老人仍把年近五旬的儿子当小孩看待，让他睡在床里边，老人睡在床外面挡住，怕儿子从床上掉下来摔着。

这是什么样的姐妹？——作者生病时，姐姐余国芝和妹妹余国英，跋山涉水几十里求仙方，让外甥送来土鸡、天麻、红须谷。几多焦灼，几多忧虑？不言自知。

作者有一个大家庭，有一大批家族亲人和各方亲戚，洛阳还有"九姑"陈启荣，丹江还有"小姨"白世萍，一家人亲情浓浓。

但书中最感人的还是母爱，这种爱浸透到方方面面，贯穿作者一生。1973年腊月，入伍不久的作者省吃俭用，一次寄给父母40元钱。阔别三年，第一次回家探亲时，他失眠了，这很正常。他倾其所有，为母亲带了五斤水果糖，为父亲捎了五条八达岭牌香烟。

当家里和自己的生活略好一些的时候，余国贵就情不自禁怀念父母，"要是我的父母还活着，让他们享享清福该多好啊！"流露出对父母的无比眷恋和怀念之情。当作者在母亲坟前跪下的时候，我也一样地眼泪夺眶而出。

作者心思细腻。妹妹余国英为父母合墓，一趟一趟挑砖到墓地，共计一千多块，他念念不忘。作者重亲情，尽其所能，帮助安排立成、连荣和学涛的工作，无数次地资助贫困、遇难、落魄的亲朋，人性、人情感人。

四曰真情质朴，教人坦荡

余国贵笔下之情，不掩饰，不做作，如山涧溪水，似山间云岫。信手拈来，于无声处听天籁，平常之中动人心。

姐姐嫁人后，"物质生活是幸福的，和公公婆婆、丈夫、姑叔们处得都很好。"但因为丈夫对儿子的期望值过高，"姐姐生了不少闷气，又不愿往外讲，积郁成疾，右手发抖，拿不住菜刀，到医院看了医生也没办法"。一幅家庭画卷跃然纸上，时代踪迹就在眼前。

作者即将辞别母亲归队，而母亲身体欠安的时候，母亲讲出的最大的愿望是"我想穿套涤卡衣服，埋你外婆那个地方好，站得高，看得远，其他没啥子事了"。地区物资局老王因为作者没有把握在部队提干，不肯把女儿嫁给他，让作者很受刺激，发誓"在部队一定好好干，一定提干。"唯其真，才感人，才催人泪下，才令人信服。

作者谦逊处世，宁静自守，从不吆三喝五，从不装腔作势，从不自欺与欺人。童稚的余国贵，"敞着怀，两件上衣里长外短。"这不活脱脱一个农村娃的做派吗？"天生五音不全，不会唱歌，不懂乐器。"这样的自我表述，一般人是决然不会写出的。

真情漫篇弥漫，细节让人亲切。关于娃娃亲，三爷余洪点对十岁的余国贵开玩笑说："她是你媳妇，你可要好好待她，要不将来不驼你。"让人会心一笑。当与陈夏琳谈对象遇到阻力的时候，余国贵提前做工作，居然与部队的小萍谈开，让她时刻准备着，一旦情况有变，一定要服从命令嫁给他。真实而有趣。

余国贵是一个好共产党员，是一个好干部，心地无比善，一生做好人。在书中，我们看到他到北京工作后，为人求工作，接济人读书，对老家若干晚辈的教导、关爱和资助，其善良、周到和细心，令人唏嘘。他自己生活得很俭朴，甚至还清贫，但与爱人无数次地资助老家的亲人，让读者感受到人性、人情的美好与纯真。

有一细节，难以忘怀。作者姨家表哥吴开林接媳妇，父亲带国贵去喝喜酒，这是农村里司空见惯的一幕，也是十分红火的场景。但因为作者太小，六岁童稚，档次不够，没让他上酒桌。但孩子也是客人呢，怎么办？大姨给"外甥子"盛了一碗菜，有肉、藕、豆腐、萝卜、豆芽等，样样都尝尝，实则大杂烩，并端给他一碗老黄酒。在哪吃？肯定是正规桌上没地方了，便把菜放在水缸盖上，又搬来一个小木凳，让小厮坐在水缸旁喝酒、吃菜。小家伙无比天真，哪谙世事，哪知酒力？咕咚咕咚，一口气连喝三碗黄酒，底朝天，抹嘴巴，眨眼睛，好爽！但，且慢，之后，天旋地转，人醉了，睁开眼时发现已被父亲背着回到家。多么美好、淳朴的一幅乡情画面啊！

五曰激情永恒，励人坚韧

岁月如河，历史如山。历史的长河绵延而来，中国老百姓灾难深重，民生多艰，人活一辈子，着实不容易。

余国贵那个年代出生的人，又在农村长大，曾经受过难以诉诸言表的苦难与窘迫。作者小时候家里贫困，穷人的孩子懂事早，想着大人的难处，十来岁的孩子上陈瞎子沟山坡上搬蝎子，大蝎子卖四分钱，小点的卖二三分钱，一个暑假搬一百多只，卖五六元。此外，挖药、割柴、捡橡碗、摘金银花，只要能挣点钱，减轻大人的负担，他都干。自己挑粮挑柴到学校，爬四个坡，下三道岭，越五条河，跋涉十几里，三个多小时。

十六岁那年，与两个堂弟各挑一担干柴去川里卖，为的是挣钱买点笔、墨、纸、砚。是时，他身高不到一米六，体重不过八十斤，天不亮就上路，赶到川里筋疲力尽，头昏眼花。一百斤柴，一块钱，他舍不得卖，结果是又挑了五六里，被迫卖七毛。读罢让人垂首无语，心里难受。

作者的一生，困难相伴，坎坷相随，而又每每峰回路转，柳暗花明，春风艳阳，大路宽阔。喜怒哀乐，苦辣酸甜，尽在字里行间。

1994年11月至1999年3月，在这长达四年之多的人生岁月里，作者正值四十多岁年富力强的风华时光，事业又正是蒸蒸日上的光景，却不幸得了大病，"耳也鸣，背也疼，腰也酸，腿也软，关节麻，整日饭吃不尽，觉睡不实。"这是何等突如其来，多么难熬、漫长而痛苦的时光！他"急得在家搧桌子。"

在作者下决心提出退居二线之前，他视力模糊，两条腿就像灌了铅一样，周身无力。读书至此，我亦慨叹天公之不公。但，人生又何尝不是这样呢？总有苦难伴随你，总有挫折欺负你，没有谁不经风、不沐雨、不遇难，没有谁阳光大道走到头。五十多年来，余国贵上进不息，激情常驻，其不折不挠的人生历程，既让我们再一次感受到人生之不易，又启发和激发出我们奋斗不懈、坚韧不拔的精神。

余国贵笔下的农村，是真实的中国农村；笔下的人情，是纯朴的乡里乡情。作者并无勾勒20世纪五六十年代中国农村历史的企图和本意，但他笔下的文字，滴水映太阳，沙砾蕴大地，无疑从一个断面，从一个视角，反映出20世纪五六十年代真实的中国农村社会概貌。这般真实，如此触手可摸，起码让在这个年代里生活过特别是在农村生活过的人们，莫不哑然有味、慨然有叹。

文章至此，我还不曾与余国贵先生谋面。人生在世，每人心中都有情感之水湾，感谢他为我、为世人掬出了一泓清泉。

翻书见情，处处是情：父母情，父子情，兄弟情，兄妹情，亲人情，老乡情，战友情，同学情，同事情，情情真挚，情情感人。我们生活在书卷汗牛充栋、浩如瀚海的时代，但若你想寻一本真情的书，质朴的书，一本读着让你怀旧、读完使人联想的书，却不怎么容易。这本书，让你净化心灵，感受亲情，而不是其他。这，难道不是至为重要的吗？

在红尘滚滚、心绪纷扰的时刻，《我的平生第一次》堪称一缕清风，拂你额头，正你神志；无异一泓清泉，洗礼你的精神，润泽你的心灵。

人生固然艰辛，人生也无比美好。世情是有险诈，但人性的主流是淳厚。质朴何惧世情恶？吃苦不觉世事艰。读过余国贵书的人们，请好好活着，好好体味人生，好好珍爱真情。

为了自己的内心

一

齐鲁大地，自青岛往西南方向320公里，自济南往东南方向260公里，就是大名鼎鼎的临沂市。青岛把临沂定位在鲁西南，济南则认为临沂在鲁东南，正所谓站位不同，角度不同。

临沂名闻遐迩，不仅人口和地域领山东17市地之冠，这些年经济发展也在奋起而上。但历史上，临沂是以沂蒙山区而著名的。"蒙山高，沂水长，军民心向共产党。"这是一块英雄的土地，世情厚道，民风淳朴，人心忠勇，"沂蒙六姐妹""沂蒙颂"广为流传，临沂人民用小推车推出了淮海战役的胜利。1947年，陈毅、粟裕指挥的孟良崮战役全歼张灵甫整编七十四师，4天鏖战，血流成河，留下惊天泣地的壮烈故事。

当年，我刚调入这个系统时，第一次参加全省集中培训，就是在沂蒙革命老区，其间还安排参观了孟良崮战役纪念馆。后来，所在单位在张清峰局长的带领下，资助沂蒙山贫困儿童，个人也接济了不少穷孩子。写过几篇关于沂蒙山、临沂人的文章，记得有一篇《人间有爱》产生了广泛影响。

在临沂城，有一个出入境检验检疫局，有一位叫刘玉亮的局长、党组书记，是好同事、好朋友。令人悲痛的是，2006年9月，年富力强的刘玉亮不幸因车祸殉职。

刘玉亮之妻王军红，在山东日照出入境检验检疫局工作。是时，玉亮自岚山交流至临沂工作尚不满一年。

刘玉亮、王军红的家乡是莒县,工作单位在日照,区划之前,都是大临沂的地盘。在王军红的专著《十年花香》中,许多文章写家乡、写工作、写生活,时间维度上可理解为十年开出的花,空间维度上都透着大黄海的气息,透着沂蒙山的芬芳。

二

玉亮的去世,让所有认识他的人痛心。

刘玉亮德才兼备,文武双全。思路好,业务好,外语好,为人更好。先是业务骨干,后是副科长、科长,交流到枣庄当副局长近三年,在岚山局提拔为一把手后又交流到临沂。想不到,四十几岁的年华,流星一般划落夜空。

也是他的离世,让我彻底清醒,明白了所谓"好人好报""好人一生平安",只不过是对苦难人生和善良好人的宽慰。在此之前,我也写过关于"好人"与"平安"的文章,但纸上得来终觉浅。在此之后,不管什么样的磨难,自己变得都能接受。

说不准,当年玉亮与军红的结合,有没有文字的缘分,但现在看他俩确实都有文字情结。玉亮30岁时就出版过一本诗集,收录了他近200首诗作,书名是《唱给母亲的歌》,以赤诚之心,抒发对祖国、对父母、对故乡的深情。特别是对他早逝母亲的怀念,一歌三叹,催人肺腑。

玉亮是穷孩子出身,慈母含辛茹苦把他们拉扯成人,饱经艰难和辛酸。读完诗作,你就知道了这个娘多么苦,这个孩子是多么懂事,多么有志气,多么有良心。有一句话说,贫穷是人生的一笔财富。这话道出了真谛,但也看分谁。没有人让我写什么读后感,但我觉得不写点什么是件很痛苦的事情,于是我写了一篇《赤诚之歌》,后来收入我的第一本书《感受人生》之中。书出之际,玉亮在岚山出入境检验检疫局当局长，正热火朝天地忙着他的事业。

三

2005年，我来北京工作的第二年，秋风乍起时节，刘玉亮与我联系，之后带着儿子来到北京。这一年，刘飞龙以优异成绩考上了北京大学。

仅过一年，2006年9月，飞龙大二刚开学，他慈爱的爸爸离开了人间。那天上午，先是飞龙从学校赶到我所在的质检总局，之后由山东局挂职干部李少骞护送回到临沂。飞龙回去的时候带着不少书，他说给爸爸陪床时可以多学习一下。因为我告诉他，爸爸得的是急性阑尾炎。

爸爸走了，儿子继承了爸爸的志气，传承着爸爸的精神。飞龙是个优秀青年，他一路好学不息，一路严以修身，读完北大，又以全额奖学金读完国外一所著名大学的博士，后来又做博士后，事业有成，前程可待。

因为当时飞龙在北京读书，妈妈常来北京看望他，有时来了陪儿子多住几天。在此期间，我们夫妻与军红一家延续和深化了彼此的感情。特别令人欣慰的是，飞龙大学毕业那天，我从北京郊区封闭写材料的地方赶回，见证了飞龙的毕业典礼。

不少人，包括我和夫人，曾几次劝军红再成个家，但受到婉拒。十几年过去了，她一直坚守着最初最真的爱，金石之心，蕙兰之质。她关爱儿子，奉献事业，亲睦家人，善待世人，既自得其乐，也甘苦自知。

四

军红这本书，是包括我在内的好多人的督促之下结集出版的。

她有时很自信，干党务、干人事、干政工，干了多年单位的中层干部。有时又不自信，比如说这些文章，有的获过奖，有的发表时就广受好评,但她临到最后又嘀咕:值得结集吗?非要出书吗?为什么?不自信,也是她个性使然,她要好、要强。

我回她短信,只有7个字:"为了自己的内心。"写这些文章,结集这本书,都是情感驱动、内心使然,既没有人强迫,也不在乎别人打分。我在故我思,我思故我做。

翻开书,历历可见她的内心。有对童年的回忆,有对故园的眷恋,有对亲人的深情,有家庭、有事业、有追求,有喜怒哀乐,有苦辣酸甜。当然,她的内心,更有她挚爱的为之奋斗几十年的检验检疫事业。

在她的内心,有从少年起参加革命、经受过血与火洗礼的父亲,有勤劳善良真诚、默默奉献一生的母亲。她的父亲20世纪60年代因创新"沂蒙大挎包"精神在全国银行系统推广,树立的典型受到毛主席的接见。

在她的内心,有三个好姐姐、一个好哥哥、一个好妹妹,当然,也有好丈夫、好儿子。这是满门忠良,一家和善。在她的内心,也有许多检验检疫战线的好同事、好朋友。

真情实意,真诚感人,是这本书的底色。开卷有益,你能读到品德,读到家风,读到感恩,读到与人为善,能够感受人间浓浓的情,感受看似寻常而极不平凡的美。朴素的语言,天然的情感,不加任何修饰,没有一点扭捏,如同涓涓细流,润物无声。

在书已泛滥、材料成灾的当下,出书是对是错?评书孰优孰劣?读书何去何从?还是想一想我们的内心最缺什么、最渴望什么。

这只是我的感慨。或许,在作者本人,她之所以同意结集,之所以为文集冠名为《十年花香》,正是缘于十年的笔耕不辍、十年的信念坚守、十年来珍藏心底的婉约而深刻的情怀。

还有几滴晶莹的泪珠

去了一趟西安,对古都意犹未尽。回到家,从书架上取下两本书,看了一通。一本是《黄土地,红土地》,军旅作家李彦清作品,写延安保卫战,气壮山河。另一本是《走出白鹿原》,陕西作家陈忠实的散文集。

陈忠实已过世,代表作是长篇小说《白鹿原》,获茅盾文学奖,我以为这是中国西部农村的一部史诗。去年,拍成电视连续剧热播。我关注陈忠实多年,在《白鹿原》问世之前,他已贫困潦倒,凑了钱盖鸡舍,准备改行养鸡。

这本《走出白鹿原》,第一篇文章是《晶莹的泪珠》。写50年代初,作者上中学时,因家境贫寒而被迫休学,其间得到一位女老师关爱的事,体现人间真善美,非常感人。恰好我们的微信公众号缺好稿,恰好这天是周末,我跟编辑商量:上这一篇如何?

商量的结果是:尽管阅读量吃不准,但可以尝试一下,探探路。

为什么吃不准?第一,从内容看,人们喜欢八卦,喜欢"内幕",喜欢革命浪漫主义,谁还阅读这些琐碎的生活小事?第二,从篇幅看,此文四五千字,人们习惯了碎片化、短平快,谁有耐心读完?而读不到最后,是感受不到真意的。第三,从人们的心态看,时下还有多少人肯用心体味人间况味,那些真切隽永的珍珠一样的东西,早已在人情的荒漠中失散多年。

但最终,我们还是编上了这篇散文,发在《荐读》栏目。或许,此文是一颗试金石,测试一下当代人心。果然,文章发出后,当晚少有人问津。第二天发现，也不过100多的点击量。创历史新低，但聊以自慰。

特别是，有一位南粤先生，在朋友圈中留言，借用了陈忠实文章中的一段话抒怀：当今，各种欲望膨胀成一种强大的浊流冲击着所有大门窗户和每一个人的心扉，我企望自己的泪泉，如女教师那饱含晶莹泪珠的泪泉，不至于堵塞，更不敢枯竭，那是滋养生命灵魂的泉源，也是滋润民族精神的泉源哦……

有这样的共鸣，哪怕寥若晨星，哪怕细若游丝，也让本期微信得到欣慰。我们这个社会，在许多时候，一哄而上的数量并不值得珍惜，而更珍贵的是冷静的、理性的、发自生命本原的质量。

优美的长调,苍凉的琴声

放假第一天,在家看远方朋友发来的一段视频,是蒙古人劝驼喂奶的画面。全长 11 分钟,看了 3 遍。

无际的沙漠,空旷的草原,不经意间正演绎着催人泪下的故事。

据说,骆驼怀胎 13 个月,分娩异常痛苦。所以,当母驼产下孩子,便往往不再垂顾。如何让驼妈妈喂养孩子,拯救弱小生命于饥饿之中,蒙古人想到了马头琴。当然,这琴的标配是长调。更确切地说,是绝配。

于是,我们听到了如泣如诉的蒙古长调,长调蕴含着无尽缠绵和无限旷远。我们听到了如怨如慕的马头琴声,琴声倾诉着人间的忧伤和生命的渴望。

余音袅袅,不绝如缕。琴声与长调中,母驼的母性慢慢复苏。或许,她忆起了当年妈妈对她的爱怜与养育?或许,她想到了为人母者的责任与义务?骆驼是值得赞美与讴歌的动物,是人类的好朋友。他们性情温顺,吃苦耐劳,勤奋顽强。

放下浮躁,腾出静心,慢慢品一下这个短片。画面上的母驼看上去很坚韧,幼羔看上去很天真。女歌手恬静,男琴手真诚,老老少少 9 位蒙古人很淳朴。短片里,有良知的复苏、亲情的回归,有天地悲悯,有世间大爱,有生命的敬畏,有直抵魂魄、冲击心灵的东西。看这样的短片,实际上是心灵的洗涤、精神的升华,是核心价值观的濡染。

当母驼的眼泪奔涌而出,驼性、母性、人性共同复苏。

面对许多窘迫与困境,我们如何期待那珍贵的眼泪,我们该寻求哪种琴声、哪种长调?

得好友来如对月

这次到成都，再次入住望江宾馆。

望江宾馆最初隶属部队，是成都军区第四招待所，后来下放到地方。位于成都市东端、沙河之滨，环境清幽，草木丰茂。

算起来，这是第四次入住了。第一次，2007年秋，参加全国检验监管工作会议；第二次，2008年5月，随质检总局领导赴四川指挥抗震救灾；第三次，2011年7月，筹备全国质检工作半年会议主报告。这是第四次，随全国人大开展关于质量提升重点督办建议调研。

人生有缘，生命是缘。人之一生，有缘分的人与物，串起生命的回忆，编织岁月的故事。最难忘2008年5月18日，四川汶川大地震之后的第6天，我随国家质检总局主要领导等一行十几人，自北京出发，先绵阳、都江堰，后到成都，就住在望江宾馆宏达楼。四川方面之所以把我们安排在这里，是因为望江宾馆的基础建设更牢固。那天夜里，余震不断，警报频有，房屋隐约在动。我们不敢入睡，聚在大院里说工作、喂蚊子，熬过了一个通宵。

第二天一早，全国质检系统紧急驰援派出的一支支卫生防疫队、特种设备抢修队，从四面八方赶来成都，在这里举行了庄严的出征仪式，在猎猎红旗指引下奔赴各个重灾区。一天一夜，自己写下七八个不同体裁的稿子，包括向国务院呈报的关于质检系统抗震救灾相关情况的最新报告，包括援助受灾地区资金的签报。

而这次来，行程居然与9年前抗震救灾时相似，也是先飞绵阳，后抵成都，也住望江宾馆宏达楼。在绵阳伫立街头，回想当年废墟遍地、空气中弥漫着腐尸气味、俄罗斯救援队正配合救援、九洲体育馆广场上灾民集结的凄惨情景，唏嘘不已。

上几次来此，无心观赏，无暇品鉴。2011年7月那次，晚上与相关同志赶写"十二个如何"几近两个通宵。这次在望江宾馆，赶在参加成都市品质提升动员大会之前尚有一段时间，能够从容观赏。五福楼外的几副楹联，以往也看过，意境与书法俱佳，这次特为抄录，以壮生命之行色，滋岁月之风华。

风定花犹落，鸟鸣山更幽。

呼酒拈花谈故事，栽松种竹是家风。

一家喜气如春酿，千古雄文造圣真。

得好友来如对月，有奇书读胜看花。

"得好友来如对月。"说起来，望江宾馆也是自己的好友了，见证过自己的奔波、辛劳、勤奋甚至喜怒哀乐。既是有缘好友，我来看你，你去看我，都是一样的。"如对月"的感觉也是有的，皎洁，温馨，银辉朗照，心生喜气。

愿春色铺满你的心

农历腊月十一,大寒,二十四节气中的"收官之作"。这一天,更确实地说,是 23 时 27 分,太阳转到了黄经 300 度。"寒气之逆极,故谓大寒"。古人诗云:"宿鸟惊飞断雁号,独凭幽几静尘劳。风鸣北户霜威重,云压南山雪意高。"

一般来讲,到了"大寒",天气会冷到极点。昨天,北京城最低温度是零下 14 摄氏度,天气预报本周五是零下 16 摄氏度,本周是今冬最寒冷的一个周。这个世界上的事情,天理不变,其他的总是在变。这些年,应对全球气候变暖成为人类共同的课题,物质生活条件的提高更让滴水成冰成为记忆,让"大寒"失去了当年的杀伤力和威慑力。

童年的冬天,雪常飘,风刺骨,天寒地冻。我老家山东安丘的农村,严冬时节是干冷干冷的,苦冷苦冷的。关于冬天的记忆,有三样东西、三组情境萦绕梦中,终生难忘。

一是葡萄糖瓶子。就是医院里装葡萄糖注射液的瓶子,这瓶子透明,抗高温,装满滚烫的热水,塞到被窝里,咕噜噜转,孩子们晚上抱着瓶子取暖,早晨起来还有余温。后来,有了橡胶做的暖水袋,有了电褥子,再后来,有了电暖气、有了空调、有了壁挂炉、有了集中供热。

二是刨木花。就是做木工活时"刨"下的木屑,属于下脚料,极薄,燃点低。严冬的早晨,土房子里冰冷一团,一丝热乎气都没有,孩子们缩在被窝里,不愿起床。父亲从外面抱来一撮刨木花,放在炕头下,划根火柴点燃了,拎起我盔甲一般冷冰冰的棉衣,映着火堆烤热,之后扔过来。"光腚猴"奋勇而起,在火光闪烁、烟气缭绕中,空身穿衣，不觉其冷。

　　三是破棉裤。记忆中，穿过新棉袄，但新棉裤一直是个奢望，因为家里穷。母亲去世早，我过冬的棉衣都是大姐给做，旧棉絮加旧布料，更确切的说法是"组合"出来的。记得天气已经很冷了，教室门前那一排白杨树，树枝上的叶片已全部凋零，我上穿棉袄、下着单裤在学习，出嫁在本村的大姐急匆匆地赶来，敲开教室的门，把我叫出来，塞给我刚刚赶做出来的棉裤。我冻得不行，跑到厕所赶急换上。记得大姐每年为我新做的棉裤，前后裆一直都有大补丁。

　　人生苦短，岁月如梦。如今，在冬天里烧刨木花，为儿子烤热棉衣的父亲早已过世，我时常怀念他。在许多个寒冷的冬夜，我在温暖如春的家中醒来，思念父亲，悲伤不已。

　　老姐比母，上周六，在"大寒"前夕的腊月初七，我赶回老家，为大姐过70岁生日。大姐与大姐夫同一天出生，七十大寿，阖家欢乐，我与他们膝下的满堂好儿女、好儿孙一起，为一对老革命祝寿祈福。老家也正冷，我与大姐说起当年棉裤事，唏嘘不已。

　　人之一生，譬如朝露。普通的日子，寻常的事，蕴含着哲理，有辩证法。一是人生有寒也有暖，有苦也有甜，寒暖交织，甘苦互补，正因如斯，更显美好与珍贵。二是往事如烟，留在记忆里难忘的，恰恰是那些"苦日子"，苦日子里有真情，苦日子更能激发生命的张力。三是最苦最冷的时节，往往就是生命的转机。比如"大寒"，冷归冷，却是生机潜伏，万物蛰藏，"大寒"一过，就是新一圈的节气轮回了——"立春"翩然而至，天地气象盎然。

　　多年以前，爱听一首歌，叫作《真的好想你》，好像是电视剧《梦圆何方》里的插曲，周冰倩唱的。有一句歌词：寒冷的冬天哟，早已过去，愿春色铺满你的心。

　　今天是"大寒"。"大寒"时节，愿春色铺满你的心。珍惜当下的日子，珍惜每一个日子，踏踏实实过好每一天的日子。心中有个春天，一年四季，都是花期。

我之名节，民之脂膏

最近参与起草材料，多读了几本书，有政治的、经济的，也有哲学的、历史的，开卷有益，养心提神。比如说，某一天，读到古人这么一段话，叫作"一丝一粒，我之名节；一厘一毫，民之脂膏……"，心里一振，感觉亮堂堂的。跟大家说：写到材料里。

古往今来，修身养性之名句，廉洁自律之警言，名垂青史之清官，华夏之内，何其多矣！然而，贪官污吏，亦不绝于缕。当人类进入21世纪，放眼神州大地，腐败分子层出不穷，"老虎""苍蝇"前赴后继。为此，以习近平为总书记的党中央，从严治党，从严治吏，中纪委夙夜辛劳，监察部奋力办案。

难道说，真是中国人垃圾？爱贪小便宜。难道说，中国的许多官员没救了？贪得无厌。这几年抓住的大小老虎，拍死的大小苍蝇，一只比一只贪，一个比一个肥。动辄一屋子金条，一箱子玉石，一地窖现金，不禁要问：你傻吗？要这么多金银财宝干什么？

好多年以前，高层就作出判断：腐败不除，要亡党亡国。近几年的查处，让人们深感反腐败斗争的严峻性和艰巨性。腐败祸国殃民不说，搞笑的是，刚才还是人模人样的大官，骤然间成为铁定的巨贪，这让官员倍感人生之残酷，也使官员的名声大打折扣。

官员要自保，一靠警示，二靠教育，更重要的是自律。像这样的古语：一丝一粒，我之名节；一厘一毫，民之脂膏……文字也美，寓意也深，真是把道理讲透了。拒绝一丝一粒，不贪一厘一毫，这是为官者的名誉和气节。而追根溯源，丝、粒、厘、毫，哪一点不是百姓的血汗、苍生的脂膏？作为官员，应当爱我"名节"，敬畏"脂膏"。

"一粥一饭，当思来之不易；一丝一缕，恒念物力维艰"。这是明末清初朱伯庐先生治家之格言，适应所有人等。而"我之名节，民之脂膏"句，显然是对着官员来的。说实在话，"一丝一粒，一厘一毫"的要求，是理想化的标杆，很难苛求每一个官员奉为圭臬，完全做到。但内敛一些，自律一些，别出大格，行不行？包括：别太贪，别太浪费，别太暴殄天物，别太挥霍无度……

本句作者叫张伯行，是清朝河南兰考人，曾任福建、江苏巡抚，官至礼部尚书，以清廉刚直著称，被康熙誉为"天下清官第一"。他曾撰写《禁止馈送檄》，张贴于自己的居所和衙门。全文如下：

"一丝一粒，我之名节；一厘一毫，民之脂膏。宽一分，民受赐不止一分；取一文，我为人不值一文。谁云交际之常，廉耻实伤；倘非不义之财，此物何来？"

兰考是个好地方，不仅他们的盐碱地上能养育出这样的好官，我们山东淄博的焦裕禄到了兰考，也成就了他爱国爱民、厘毫不犯的一世英名。

开车看人品

自从开办了个人微信账号,隔几天不发一期,手就痒痒。这也是毛病。但个人认为是好毛病。

凌晨,还在被窝里,一翻手机,看到一条腾讯新闻,本是司空见惯:上海一位交警凌晨执勤,发现一小客车司机饮酒,要求其下车检查,被司机强拖出两个路口,疯狂逃逸。这个司机是山东人,随后一路逃回了老家。我早就说,山东人并非个顶个都好,有的坏起来同样伤天害理。

像这样的新闻,甚至更令人愤慨的消息,每天何足为奇?甚至,都快算不上"新闻"了。路上的车辆越来越多,联想到每天驾车、乘车所见,多少驾车者的德行让你难堪:压着实线频频变道的,不打灯突然变道让你猝不及防的,胡乱鸣笛甚至歇斯底里鸣笛的,故意发坏别你车的,人好像很文明车也很好但随意往窗外扔纸屑的,一边抽烟一边往窗外弹烟灰的,不顾公德占用应急通道的……

更有甚者,在北京城,一直都有故意遮挡牌照者:或用一张纸,或用一个光盘,或全部遮挡,或只遮尾号。想一下,这样的车主,其人性之变态、扭曲、怪异,真是难以剖析啊。

实际上,我们在行车途中看到的这些现象,就是整个社会的缩影,是机关、单位、部门里人们的各色形态。在其他地方,人的素质显现不是这么明晰,而在路上驾车,则是一目了然。当然,讲德行、有规矩、守底线者,不论是驾车者,还是部门人、单位人、社会人,还是占多数。但是,就是这缺乏素养的"少数",也会要社会秩序的命。

况且，你眼看着不守规矩者有增无减，眼看着乱来的人不受任何制约，如果不是很好的修炼，你凭什么会乐观起来？

还有一个更可怕的问题，这个社会，有一些人，已开始胡搅蛮缠，甚至本性里就以丑为美。像这位肇事司机，明明有监控录像为证，明明是猛踩油门加速作孽，却一直辩称他没有看到交警、一直没有停车机会，搅乱定罪和处罚。而如果有人心理变态，要指责交警，说他执法检查是"吃饱了撑的"，那我们也毫无办法。

最后，我要说的是，你开车有多缺德，为人处世就会有多缺德。这话可能极端一些。正过来说，你开车守规矩，为人处世一般也不会差。那些开车让车的、让人的，通常都有素养。那些特别能让老者、贫弱者、打工者、乞讨者、农村进城人等劳苦大众的，肯定是心怀大慈悲者。车的档次高低，与人的素质高低，没有必然联系，令人遗憾的是有的还成反比。

各位亲朋，各位好友，如果我们开车，就好好开。常言道，多行善，福虽未至，祸已远行；多行恶，祸虽未至，福已远去。开车既是行善，也有恶行，我们不以善小而不为，不以恶小而为之。

敲到这里，停，拎起包上班去！

繁星满天

记忆如筛，将流水岁月里那些美好的事物和精美的片段，过滤出来，珍藏下来，像星星一般镶嵌在生命的夜空，照亮人生的旅程。

而真正意义上的繁星满天的良辰美景，于我而言，却很难欣赏到了。城市中五彩缤纷的灯光，黯淡着日月星辰的明亮。我常常忘情地回忆起童年时乡村的那些夜晚，一抹夕阳下，小河流水边，夜幕渐渐拉开，清风徐徐吹过，一颗颗星星蹦蹦跳跳地闪出来，洋洋洒洒地布满整个苍穹。银河清浅，珠斗绚烂，点亮人的眼睛，也点亮人的心。天这般低，抬手可及；星那么美，撼人心扉。遥望星空，想李太白所言：不敢高声语，恐惊天上人，你那时的平心静气、小心翼翼，正合此句。

庄稼人的日子苦，苦藤苦瓜，苦根苦草。默数繁星，我念叨着书上抄来的句子，憧憬未来，幻想美好。这些句子用了比兴的手法，不愠不火却包容诸多幽怨：天上星多月不明，河里鱼多水不清，山上花多开不败，世上苦多人不平。

夏夜的乡村，月色似水，蛙声如潮，星河灿烂，树影婆娑；乡村的冬夜，朔气迷漫，万籁俱寂，积雪成银，星光闪耀……庄稼人的日子苦，却苦得清新，苦中也有一缕清香。像星星，宁静中蕴含生动，清冷里守着纯真。

岁月流转，童年时的繁星在哪里？记忆中的银河何处寻？那年"五一"长假，自我感觉良好地拟定了一个"走入乡村，走近田野，走向大自然"的主题，携妻牵子，奔回老家。乡音无改，鬓毛已衰，晚间出门看星，早已不是旧时光景、梦中情怀：村落不断扩张，良田渐次减少，村村户户，蔓成一片，没有了童年时的空寂辽阔。夜幕虽已降临，灯光依旧阑珊，路灯、家灯、电视光汇成一片……

　　天上一轮月，人间万里明。皓月当空、银辉万里的人间美景固然令人心荡神驰，但依我看来，繁星满天的意境更加深邃，更显生动，更充满生命的烂漫和人性的光辉。有一个姹紫嫣红的五月，同事小生喜结良缘，好男好女好日子，婚礼仪式却预订不上满意的酒店了，因为那一年那个月那个周末岛城爱情大丰收。我们马不停蹄，四处联络，终不称意。最后，在一家久负盛名的大宾馆里，经理无奈之下，居然为我们打开了会议中心的大门。哇，举目环顾，会议大厅宽敞明亮，气势不俗，最让我等钟情的，是偌大的大厅顶部，高低有致、起伏蜿蜒着装置了几百盏顶灯，宛如几百颗明静的星星，镶嵌在夜空之中，闪闪烁烁，顾盼流莹，其意境正如贺敬之诗云：情一样深呵，梦一样美。婚礼那天，高朋满座，嘉宾如云，大厅之内，华灯齐放，一如繁星满天，星光灿烂。新人如花，意境似梦，良辰美景，众人不饮自醉。

　　梦中的回忆比现实的感受更具魅力。孩提时的星空已不复存在，但那繁星却一直闪烁在我的梦中，跃动在我情感的世界里。所以，当我有了属于自己的书房，在乔迁第一天的那个月瘦星寒的夜晚，我毫不犹豫地命名它为"满天星"，而非"斋"非"阁"。

　　在一个个晶莹如露的夜晚，我走进"满天星"，亲近"满天星"，把春夏秋冬挡在门外，把宁静淡泊留给自己。在这里，我精神的夜幕繁星闪耀，一片明亮。

随笔和随便

随笔是一种散文题材，随便则是一种行为方式。这些年来，"随笔"一族的文章越写越多，小秀才写，大手笔也写，专业的写，业余的也写，能写的写，不能写的也挥戈上阵，拼命凑热闹。于是此体裁非常兴隆，大有独占鳌头之势。

生活节奏越奏越快，作为社会个体的读者，你马不停蹄风餐露宿地闯世界，生理心理不可能不累。若整天整宿手不释卷地捧读鸿篇巨制，时间和精力都显然不够。倒是一篇篇随笔，若粒粒珍珠光彩璀璨，极是赏心悦目。读随笔既省时省力，又情趣盎然，很不错。

随笔应该是散文中议论较多、闪烁着思想火花、写得比较随意、语言又讲究的一种。可是，读了诸多随笔尤其是某些名家的随笔，感觉越来越乏味。主要的感受是，他们写得太随便、太浮皮，以至于不腥不淡、无滋无味。

一是题材过于随便。对，这种文体题材不限，写法迥然，甚至可以说"爱怎么写就怎么写"。可是，抛去"潜移默化作用啦、社会责任感啦……"不说，你写的东西起码要有点情趣吧？没有情趣，小腿抽筋肚子胀饱拉稀放屁也要写上一写，这有什么意思呢？看到那么大名气的作家，老写些鸡毛蒜皮、不痛不痒的东西，深感无聊之至。印出书来供人读的东西，起码要有点嚼头呀，不要以为能换成钱就不在乎不讲究了。春节前买来一套随笔，皆是名家之作，印刷精美，书香沁人心脾，当时很激动。晚间翻读某两位大家，兴致不敌睡意，居然很快昏睡过去。他们是手法娴熟的木匠，顺手摸出些条条框框，不经意地插出一件件小玩意儿。因为随便，无须用心，更无须激情创造。

再是语言太随便，太平淡，不起波澜，不出韵味。不错，话须通俗方传远，文章越是平易近人，读懂的人就越多，流传就越远。一般说来，年轻的时候，写文章追求气象峥嵘，色彩绚烂；年龄增长之后，逐渐深沉老练，恬淡平静。这时的平淡不是平淡，而是绚烂的顶峰了。读孙犁老人的散文，清新淡雅，看似寻常，实则寓意深刻，情趣横生，每每让人爱不释卷。他说，自己老了，老树枯枝，开不出几朵像样的花了，那就绽点绿色吧。你说，这样的句子多朴素，多美。而某些名家的随笔，内容已是无聊，语言又相当枯燥，有何看头！归繁缛于平淡，寓奔放于虚和，原本是一种境界，一种风格。但窃以为这类随便、平淡的随笔不属该种风格。

当然，随笔写得精彩的名家还是很多的，写得糟糕的名家也不篇篇都是白开水一碗。之所以对着名家牢骚，因为我们对名家总是寄寓着一份朴素的感情。文学再跌份，正经的文学创作也毕竟是让人敬重的行当。我等小作者才学粗疏、思想肤浅，纵然用棍棒打个皮开肉绽，怕也拿不出像样的东西。你大手笔就不一样了，大手笔，可不能粗制滥造，弄些个假冒伪劣糊弄看官。否则，尤其让人闹心。

无名小卒，居然斗胆指责名家，我自己也有些不好意思。但既然有这番牢骚，发泄出来也不至于憋气。随便也罢，不随便也罢，您继续写您的随笔。关在书房里写字，洁身自好，宁静淡雅，亦不失为修身养性之良方。

人的生命有两部分

读朱彦夫,心里浪涛涌动。对于朱彦夫的事迹和精神,一如诗中所言:花也落泪,山也颤抖。

朱彦夫是人民的功臣。在山东沂源县一个叫张家泉的偏远山村,1947年,年仅14岁的朱彦夫背井离乡,入伍参军。此后,他一颗脑袋别在腰间,出生入死,厮杀疆场,参加上百次战役和战斗。在淮海、上海战役中,两次负伤。解放战争的硝烟还未散尽,他又奔赴朝鲜战场,为祖国再建功勋。在一场悲壮惨烈的战斗中,他身负重伤,昏迷中口渴如焚,竟将自己被打出挂在脸上的左眼珠吞进肚里。后经大小手术40余次,两腿从膝盖下截去,两手从手腕以上截去,没有了左眼,右眼的视力下降到0.3。威风凛凛一条汉子,变成了"肉轱辘"。

朱彦夫是铁浇钢铸的硬汉。按照规定,他这样的超特等伤残军人完全可以在疗养院里度过一生。可是,这个壮怀激烈的汉子不愿做一个废人,他立志燃烧残躯再现生命光辉,毅然回到生养自己的偏远山村。为了避免别人的干扰,他把自己反锁在屋里,开始了艰苦的"修炼"。这是一场与残酷命运的顽强决战,他忍受着难以言喻的痛苦,一遍遍地练习吃饭、穿衣、便解、装卸假肢。他以自己超乎寻常的坚强意志,完成了一次生命的超越。

朱彦夫带领穷光蛋们向贫困开战。朱彦夫1958年被村民推选为党支部书记,一干就是25年。他挂着拐杖,拖着假腿,组织群众打井修渠,治理荒山,种植果树,发展副业,带领老少爷们走脱贫之路。因为营养匮乏,劳累过度,他多次晕倒在工地上。他每月有限的残疾金,是村里"五保户""特困户"的救命钱。这些年来,他到底拿出了多少钱帮穷济困,谁也说不清。

朱彦夫用两个残臂抱笔,写出一部30万字的自传体小说《极限人生》。朱彦夫小时候没上一天学,回乡后,他从孩子们手里找来小人书、小学课本,坚持自学,翻书用舌头,写字以牙齿咬笔。1987年开始,朱彦夫七易寒暑,不舍昼夜,蘸着心血,耗着生命,将一部《极限人生》捧给世人。

写字对他来说,是何等的艰辛!他蜷缩在简陋的炕头上,起先是用嘴衔笔而写,口水顺笔而下浸湿了稿纸,模糊了字迹;后来,是嘴笔并用,残臂抱笔磨破后淌出的血水,流到纸上一片混沌。这本书写作本身的意义,已远远超出了文学创作的范畴。

保尔·柯察金莫过如此,朱彦夫把人生推向了极限。

朱彦夫讲,人的生命有两部分,一部分是躯体,一部分是精神。行源于心,力源于志,只要信念不倒,精神不垮,就没有过不去的火焰山。

说得多么精彩,又是多么实在。磨难在造就痛苦的同时,也逼发出生命的光芒,朱彦夫谱写了一曲震撼人心的生命赞歌。这些年,我们听了许多报告,学了不少英模人物,人物和事迹给我们带来的冲击,有的还振聋发聩,有的已如轻风过青萍。我们暂且搁下世界观、人生观、价值观这些话题不说,单是朱彦夫这种坚韧不拔的人生意志,这种顽强拼搏的不屈人性,便足以作为我们每一个健康人效仿的精神榜样。朱彦夫在此,我们怎么好意思抱怨生活中暂时出现的困顿,怎么有脸标榜自己所谓的艰辛和劳苦?

朱彦夫是一座人生的丰碑,我们从他那里汲取做人的力量。他教会我们应当怎样面对困难、面对不幸,教会我们怎样最大限度地挖掘和发挥生命的另一部分——精神的力量。

霞光灿然

安丘市景芝镇原本不见经传,自20世纪40年代开始,因为制作名酒"景阳春"而名闻齐鲁大地。人们说,景芝镇方圆几公里,空气中的酒精度能达10度以上,蚊子不生,苍蝇不活,初来乍到的外地人住不到一个晚上,准熏得头昏眼花,天旋地转。这话有些过火,我回老家时从景芝街上走过好多次,是有一股浓郁的酒味,但苍蝇活得也很旺相,不仅数量多,块头大,做派也很威猛。

倒是景芝镇走出来的汉子,不分儒雅粗犷,个个酒量大得惊人,在全国各地名声昭著。景芝酒厂年产白酒6万吨,号称齐鲁大地白酒行业经济实力第一名。这些年来,只要我报出老家安丘,人家立马称赞景阳春的妙处,称颂我的海量,仿佛景阳春是我发明酿造的,甚至我本人就是一大瓶景阳春。

臧克家老人籍贯诸城西南乡臧家庄,与安丘的景芝镇咫尺相近。十几年前,景阳春酒在电视上做广告,一前一后有两套内容。第一套很简单,是朗诵臧老为景阳春酒所占诗作,诗云:"儿时景芝酒名扬,长辈贪杯我闻香;佳酿声高人已老,沾唇不禁思故乡。"大人恋酒而贪杯,孩子闻香而嘴馋,如今景阳春名气越来越高,昨日的孩提却已垂垂老矣,一世飘零,千般辛劳,辗转奔波,客居他乡,手端酒盅,沾唇品味,如何不思乡怀人、遐想绵绵?如此佳作,配上悠扬、婉转之背景音乐,使人油然而生一世苦短、生命匆忙的沧桑感,景阳春的酒名也情不自禁地烙印在脑海之中。

另一则广告却让人不舒服:看样子是冬天,一双青年小恋人,俱穿面包服,依偎着走出房间,双双回眸而望——餐桌上有"景阳春"空瓶一个,残汤剩羹些许。解说词是:"难舍最后滴——景芝、景阳春酒。"看样子小恋人刚刚喝过一场"景阳春",因为酒香没有喝够,把酒瓶倒了个精光,并空干了底,这才悻悻离去。小小年纪,英语四级还不一定过关,弄不好还是拿父母的血汗钱买来的酒水和菜肴,却这般馋酒,真有点不着调、不耐人亲的意思。

有感于此,我写了一篇短文,标题是《一种白酒,两样广告》,表达我的好恶。

天下白酒,都是突出一个辣味。也许是对家乡酒偏爱的原因,我认为景芝白酒确有风格,窖香浓郁,绵软爽净,余味悠长,不愧为闻着香、入口香、回味香之"三香"。我家里不管一年四季,无论自酌待客,皆以景阳春为主导辣水。

99岁的臧老先生已驾鹤西行,正月十五的万家灯火为老人照亮行程。念中学时,就背诵过他的名诗《有的人》,去年写《四十杂感》,又曾引用他的《老马》而自勉自励:"总得叫大车装个够,它横竖不说一句话。背上的压力往肉里扣,它把头沉重地垂下……眼里飘来一道鞭影,它抬抬头望望前面。"臧老热诚仁厚的品格让人敬重,炉火纯青的文采打动读者的心,神州一片挽歌。

近日,我走进书房,翻出1996年购到的中国广播电视出版社出版的《臧克家散文》共三卷,披阅浏览,捧读诵记,以此寄托对老人的怀念。读老人诗作文章,觉朴素而谨严,凝练而含蓄,蕴藉美,意境美,文采美,如若观赏繁花满树,生机盎然,一派锦绣。俯拾即是的家乡俚语,让我每每会意,尤感亲切。

臧老走后,一大批关于老人的回忆文章发表于报端,诸多不曾听说的故事纷纷推出。1930年,国立青岛大学入学考试成绩发布,一位20多岁的考生数学得了零分,作文也只写了三句杂感:人生永远追逐着幻光,但谁把幻光看成幻光,谁便沉入了无底的苦海。按说,这样的成绩,铁定了无法录取,但主考官恰恰是识货的文学院院长闻一多先生。闻先生从三句杂感中发现了这位青年身上潜伏的才气,一锤定音破格录取。果不其然,臧克家很快就发表了一首又一首的诗作,1933年出版了轰动一时的诗集《烙印》,一时名满诗坛。而这三句话,以我四十余岁的人生阅历来看,实在是道出了人间真谛,可谓一字千金、寓意深远。

自当年一本《烙印》一举成名,臧老名篇不断,佳作如涌,老当益壮,老而弥坚,皇皇12卷、600万言全集,不日即可入我书橱。老人诗云:"年景虽云暮,霞光犹灿然。"琢磨老人的人品,拜读老人的作品,真有"霞光灿然"的真切感受。

用嘴炒菜，用耳朵吃

我想，余华如果不做作家，而是涉宦从政，他肯定是个城府极深、内存极大、手段极辣的主儿。他善于不露声色地述说着故事，平静淡泊甚至于漫不经心之中扫荡着你的情感，摧残着你的泪腺。当年，我一个而立之年的大老爷们，在火车上捧读他的小说《活着》，硬是泪如泉涌，不知自己已经死去还是活着。从此，我再也忘不了余华这个名字。

在深圳机场我发现了《许三观卖血记》，薄薄的一本，刚出版不久。买来一册，翻开一看，短短时间内已是第5次印刷。飞机起飞后，我的脑袋也跟着许三观的命运飞起来。

许三观一家已经喝了五十七天的玉米稀粥了。许三观的三个儿子，大乐十一岁，二乐十岁，三乐八岁，脸上那点红润的颜色喝没了，身上的肉也越喝越少，终日无精打采，除了说饿，什么话也不会说了。但稀粥越来越稀，撒一泡尿，肚子里就干干净净了。于是，许三观向老婆和三个儿子下命令：从今天起，全家人喝完粥以后就上铺静静地躺着，不能动。从白天睡到晚上，又从晚上睡到白天，除了早晨一次、晚上一次喝粥，别的时间全躺在床上，不动也不说话。

一睡睡到这一年的十二月初七，细心的老婆许玉兰记着这天是许三观的生日，于是玉米粥比往日稠了一些，且在粥里放了一点准备过年的白糖。可是，三个孩子居然都吃不出这糖，小崽子们苦得忘记了什么是甜。许三观直勾勾地看着孩子们喝完玉米粥后，都伸长舌头舔起了碗，舌头像是巴掌似得把碗拍得噼噼直响，心里很伤感。他一琢磨,就躺在床上开始给老婆和孩子们每人炒一道菜。这道菜,是用许三观的嘴炒,用老婆和儿子的耳朵吃。

"你们别用嘴,用嘴连个屁都吃不到,都把耳朵竖起来,我马上就炒菜了。"许三观说。

三乐最小,让着他。于是,他先给三乐炒,是红烧肉。"肉,有肥有瘦,而且还有肉皮,我先把肉切成一片一片的,有手指那么粗,半个手掌那么大,我给三乐切三片……先把肉放到水里煮一会儿,煮熟就行,不能煮老了。煮熟后拿起来晾干,晾干以后放到油锅里一炸,再放上酱油,放上一点五香,放上一点黄酒,再放上水,然后就用文火慢慢地炖……"

这时候,许三观就听到了吞口水的声音。当他说到"揭开锅盖,一股肉香扑鼻而来,拿起筷子,夹一片放到嘴里一咬"的时候,吞口水的声音是越来越响,三个孩子全要红烧肉,况且是全要肥的,不要瘦的。

给孩子们做完全肥的红烧肉,许三观又给老婆做了一条清炖鲫鱼,屋子里再次响起一片吞口水的声音。许三观说:"这是给你们妈做的鱼,不是给你们做的,你们吞什么口水?你们吃了那么多肉,该给我睡觉了。"

最后,许三观给自己做的菜是爆炒猪肝,"拿起一双筷子,夹一片猪肝放进嘴里,这可是神仙过的日子"。

书房里藏有余华的作品集共三本,其他的,便不知道他这些年究竟搞出了多少东西。但我想,折腾出《许三观卖血记》,捣鼓出《活着》,有这么两块文字,余华就可以在文坛上扎扎实实地定位,大大方方地入座了。他不愧是冷面杀手、铁血写家,擅长以回忆的速度、舒缓的节奏,把"黑色幽默"尽情抖落,把巨大的压抑直逼你的心境,压迫着你的神经。尽管如此,他甚至还说自己不是一位叙述上的侵略者,而是一位聆听者,真有点谦虚谨慎,也有些欲盖弥彰。

一乐和二乐去了乡下,接受贫下中农再教育去了。受教育的过程中，人瘦得不成人形。许三观便又去医院卖血，因为间隔时间太短，血头不收，这时候许三观不禁哭起来了。别人说情，才卖出两碗血。他把卖血得来的钱分给两个儿子，"买些好吃的，补补身体。逢年过节的时候，买两盒烟，买一瓶酒，送给生产队长"。

村民阿方和龙根都是卖血专业户。每次卖血以前，他们居然能喝上七大碗河水，为的是降低血的浓度，每次喝完，都撑得站立不住。这实际上是为了生存在卖命。最后的结局是：阿方把尿肚子撑破了，龙根在一次卖完血后猝死。读书至此，面对贫穷所带来的灾难和荒唐所引发的贫穷，善良的读者禁不住怒火中烧。

为了给一乐治病，许三观一路卖血去上海。为了多喝水、多卖血，他向人乞来咸盐。在林浦卖了两大碗，三天后又在百里卖了两大碗，他已经疲惫不堪。大街上，他双手抱住自己，抖成一团。他的腿是狂风中的枯枝，剧烈地抖动，扑倒在地。四天以后，他在松林继续卖血，这次，他说话都喘着粗气，两腿软得像面包。当抽出400毫升血之后，他的血压只有60和40了，于是又抓紧给他输血。

岁月低吟着古老的歌，艰难地向前流淌，沉重得只有漩涡，没有浪花。许三观年过六十了，他明显的过于衰老，头发白了，牙齿掉了7颗。历史终于现出了曙光，许三观身上的衣服没有补丁了，"不再有缺钱的时候了"。当他想吃炒猪肝而忍不住再去卖血的时候，血站嫌他老而拒收。这时候老汉又哭了——四十年来，每次家里遇上灾祸时，他都是靠卖血渡过的。以后他的血没人要了，家里再有灾祸怎么办？

这曾经是我们的现实，这就是中国的老百姓。余华把我们的回忆引入这段岁月，让读者慨叹民生的多艰。当年，就在中国老百姓卖血度日的时候，我们听到的是世界上还有三分之二的人生活在水深火热之中的聒噪，我们摩拳擦掌要去解救他们。我们过了那么多年"用嘴炒菜，用耳朵吃"的精神上富得流油物质上穷得抽筋的日子。

老百姓现在大多不再卖血了，但我们的日子还不是很富裕。"许玉兰把口袋里所有的钱都摸出来,给许三观看:这两张是五元的,还有两元的、一元的。这个口袋里还有钱,你想吃什么,我就给你买什么。"

实际上,许老汉腰囊里不过三十几块钱。

读到这里,我欲哭无泪。

简朴的生活更有趣

富豪大亨中，我对李嘉诚先生一直景仰。我认为，他不仅是商业王国的巨擘，也是芸芸众生立身处世诸多方面的楷模与表率。他身上的丰富内涵和优秀品德，闪耀着人性美的光彩，比如说：简朴。

人们称李嘉诚是"最为简朴的亿万富翁"。李嘉诚一向没有豪言壮语，他只淡淡地说了一句：简朴的生活更有趣。

李嘉诚幼时贫困，饱受磨难，深知生活之艰辛。他于逆境中奋进，白手起家，搏击商海，终成大器，人誉"超人"。按说，像他这样的超级富豪，日子过得"豪华"一些，也在情理之中。但他恰恰相反，对自己要求甚严，衣食住行皆非常简单，决不浪费一分钱、一粒米。他不抽烟，不喝酒，唯一的嗜好就是打打高尔夫球。他买衣服，买鞋子，从不计较什么名牌不名牌，一套西装穿十年八年是很平常的事，皮鞋破了补补再穿。在公司里，他与职员一样吃工作餐，去工地巡察，端起工人普通盒饭吃得津津有味。

李嘉诚那部价值几百万港元的劳斯莱斯车，只是在陪客的时候坐，自己决不坐。为什么？据他说，坐太名贵豪华的车，会使自己贪念奢侈，忘记勤俭。

李嘉诚说："对自己要节俭，对别人要慷慨……"，扶危济困、抚恤孤寡的例子，在他身上数不胜数。

1979年秋天，阔别故乡40年的李嘉诚带着无比的思念之情，回到故土潮州。一下车，看到道路两旁欢迎他归来的父老乡亲衣衫褴褛，一脸菜色，枯瘦的手臂，疲惫的面容，他难受得说不出话来。江岸路边到处是用茅草搭建的栖身帐篷，街头巷尾满是留宿街头、无家可归的人们。晚上，李嘉诚彻夜难眠，心痛不已，决意捐款请潮州政府为自己的父老乡亲建 14 栋群众公寓，使那些最为困难的一家三代、一家四代能有栖身之地。不久，他又捐建了潮州医院和潮安医院。

对于公益事业，李嘉诚一掷千金，不太吝啬。这些年，他对于教育、医疗卫生、社会慈善福利、文化艺术事业的捐助，名目之繁、范围之广、数额之巨，难以细计。1983 年至 1989 年，仅投资建设汕头大学，李嘉诚就捐资 5.7 亿，这是他善行义举的一座丰碑。

慷慨不易，淡泊也难，能把两者结合起来奉行的，都是品质精良的人物。这些年来，他向全国各地公共福利、教育、医疗等事业的捐助，从没留姓名或其他识别标记。他像履行"义务"一样认真地做着好事，默默操作，从不张扬。当初，他捐建潮州医院和潮安医院之后，家乡政府邀其返乡剪彩，李嘉诚复信表示："最好不举行任何仪式，一则有劳各位费神筹备，二则虚耗公币，对医疗福利一无裨益。有朝一日，独自前往医院参观，喜见病者接受完善治疗，乐见病人康复出院，慰藉的心情，可以想象，远胜于临场剪彩多矣。"李嘉诚务实、俭朴、坦诚的情怀，被潮州父老长久传颂，这也是他思想、品格的真实写照。

"达则不忘家园"，这是父亲留给他的遗训，也是中华文化对他的启迪和养育，他一生谨遵不渝。

人生如李嘉诚，堪称勋业彪炳。李嘉诚展示给社会的，不仅仅是他的亿万财富、万贯家产，更有立身处世的道德规范和精神智慧。他的专心致志、坚韧不拔、以退为进、以让为盈，谦恭和蔼、宽宏大度，恪守职责、淡泊功名，经商不忘"德"、为富不忘"仁"，都为人们诠释了成功的秘诀，留下了珍贵的启示。

近来读到有关经济学家茅于轼的报道文章，又引发我一些感慨。茅于轼讨厌豪华奢侈，因为他忘不了还有那么多的穷苦同胞。在北京，茅于轼经常不要报酬地去各大高校、民间研究机构讲课，但他从不让别人来车接送，他说空车来接，空车返回，往返两次空车造成浪费，还占用马路，造成交通拥挤阻塞。他到超市买东西，罐头专挑瘪的，食品专挑快到期的，因为他觉得这样并不妨碍他的消费，却能帮助超市降低成本，这样反过来又对消费者有利。他住旅馆从来不用旅馆提供的牙刷、香皂等消费品，而是用他自己带的，一为避免浪费、节约旅馆的成本，二为减少环境污染。有时候国外邀他出访，给他买公务舱机票，他看到票价比经济舱贵出两三倍，觉得这是浪费，便提出改为经济舱，把节省的钱帮助穷人。但是人家有人家的规定，他的意见得不到采纳。

茅于轼的脑瓜无疑是颗智慧的头颅，但长在头颅上的智慧之草从来都是由夫人修剪的，一是省时，二是省钱。他家的家具一大半是旧的，家里买东西带回的塑料袋，都一个个洗干净，收起来，准备再用。他还一次次地找上门交税，交不上不行，交不上他心里不安，睡不着觉。

勤俭是李嘉诚、茅于轼们的天性，而他们的勤俭又奠基于他们的善良。他们心里常常想着穷苦人的生活，想着人生的艰辛和不易，所以没法铺张奢侈，一直过着俭朴的生活。

俭朴的生活更有趣，俭朴的生活是善良人最向往和最愿意亲近的生活。

第六辑

人间亲情

上 坟

  天刚透亮,我们就起床了。按原定计划,在大姐家吃过早饭,我与大姐、两个外甥一行四人,便驾车自县城朝村里赶去。

  北方的初春,春寒料峭。昨天还是阳光灿烂,夜里便下起雨来,一直下到天亮仍然不止。天色阴沉,更增添了浓浓的凉意。

  我们的村子,叫作王十里河,因王姓居多,位于安丘城西南十华里而得名。村子里过世的老人们,都安葬在村东南角的"公墓林"。

  1999年8月12日,农历七月初二,83岁的老父亲去世,第二天下午,他被安葬在"公墓林",与早他28年离世的老伴合葬。

  日月如梭,时光易老,眨眼14年过去了。我安排在清明节前,避开高峰期,自北京赶回老家,为老人上坟。

  少年离家,一晃三十多年过去了,中间也曾多次回去,但都是匆匆忙忙。目光所及,马路宽敞,交通便利,已全然不是当年的乡村景物、田园气象。记忆中,村与村离得那么远,人与人靠得那么近,现在,星罗棋布的村落,基本上连成一片了。春雨朦胧之中,寻觅儿时风物,依稀难辨,落寞无言。

  苍天有眼,在我们到达墓地、走下车来的一刹那,细雨突然停下。

  找到了父亲的坟墓,摆上了提前备好的供品。我与外甥操起铁锨,开始为坟墓添培新土,大姐则用心拔除坟上的蓬草。村里的书记和主村得到消息,带了铁锨赶过来。

  雨停了,天却越发阴沉下来。"公墓林"里,大约安葬着上百位过世的人吧,每一个坟头下面,都安息着一个当年鲜活的生命,而如今不过是一个符号。坟上和周边的土地上,一片片青草正在萌发,绿茸茸的,透出春天的生机。但地下的人们,却永远只能生活在阴间了。墓地里,坟头旁,有一棵又一棵的榆树,这是在北方受人喜爱的一个树种,泛青迟而落叶晚,生长慢却极坚韧,从不生虫子,且树皮还可以食用。早些埋在这片地下的人,生活困难时期大多都有啃榆树皮充饥的经历。

榆树长得好,枝杈又密集,一群又一群的小鸟在树间嬉戏,啁啾鸣叫,妙音悦耳。我跟踪观察,此鸟个小,身形灵动,有些许羽毛呈嫩黄色,显然不是常见之麻雀,极有可能是自己小时候常见的"悦悦妞",对生态的要求更高些。看来,这里是一片魂灵安葬之地,也是一片吉祥安宁之地。想必,当年选此为墓地时,一定请高人看过风水。

坟墓以北,谁家新开垦了大片平整的土地,在春雨的滋润下,亮光光,黑油油,从一个侧面展示出农家生命的美好。

父亲过世后,按照老家的风俗,我回家上过一年坟、三年坟。之后,回老家的次数就少了。只记得有一次,我还在青岛工作,是个夏天,我因公回安丘一趟,自己开着车到父亲坟上看了看,也没带祭品,就匆匆离开了。等到后来全家移居北京后,尽管每年都有清明节回家上坟的愿望,但工作生活压力颇大,就更没有实现。

所以,这次千里迢迢来上坟,我心里不曾过分悲痛。心愿实现,让我心灵轻松,一派宁静。昨天晚上,外甥陪我住在招待所,我盼望着能梦见父亲,希望他能托梦给我。以往多次梦见他,梦见他带着我们一起过穷日子。但,一夜宁静,大脑沉静。我定时凌晨五点半,起床后沐浴更衣,怀着崇敬的心情,走近父亲。

大大的坟丘,因为新添沃土而充满生机。外甥挖了一大块长满青草细芽的土坯,连同我自北京带来的黄烧纸,压在坟顶。这是我们这里的风俗。之后,我们在墓碑前洒酒点烟、焚纸送钱、磕头祭拜。

我的大脑一片空白,什么也不想,什么也想不起。多少年来,多少个日日夜夜,我想念父亲,想念他当年拉扯我们的不容易,想我们艰难走过的苦日子，多少次从梦中哭醒、惊醒。人生艰辛，命运多舛，许多时候，我想起他布满皱纹的脸，想起他不事修整而乱蓬蓬的花白胡须，想起他累得弯曲的腰，想起他每天天不亮就起身劳作，想起他困境之下发出的叹息，想起他九岁孩童就给城里人照看傻瓜孩子，想起暮色苍茫之中，他沿着通往村北大队养鸡场菜地的小路回家，一手牵头自家养的山羊，一手挎着满满一筐子喂猪的菜，想起他带我到大队养鸡场煮猪下货的地方，自己舍不得吃，而给我吃人生第一次猪大肠、猪尾巴、猪下货，想起他为了给我挣学费，推着小推车当"货郎"四处收购买卖物品……不禁潸然泪下，有时候，真想立刻回老家，扑倒在他的坟前，放声大哭一场。

但这仅仅是个人的内心情感，对别人、对妻子、对孩子，我很少说起。世界上许多事情，只能意会，不能言传，因为讲出来就会变味，即使最亲近的人，也是很难体验和深悟的。

当我们收起祭品、准备离开坟墓的时候，意想不到的事情发生了。

突然，天降瑞雪。初时细密如织，瞬间鹅毛大雪，漫天飞舞，越下越大。我抬头看天，浓云如阵，苍穹壮美；我俯首看地，雪拥厚土，亦积亦融；我平视四面八方，视野所及，雪片叠加，雪团纷挤，美雪溢彩，飞琼流玉，好一派银装素裹的茫茫世界。

我当即发短信，告知妻子儿子这一奇特的现象。要知道，这天是3月30日，农历二月十九，离清明节气仅有五天。回到北京后，看到京城许多媒体用"三月飞雪"这样的标题，报道这样奇特的现象。

更何况，先是下雨，久而不停；到达坟上，雨骤然停；祭拜完毕，忽降大雪，俨然"燕山雪花大如席"壮丽画面。

我一下子联想到，1999年8月12日，农历七月初二，父亲凌晨1时离世。那天下半夜开始，狂风大作，暴雨如注。我凌晨5时从青岛出发向潍坊方向赶，沿途树被折断，桥被冲垮，风雨整整一天不歇。回到村里，老人讲，多少年没下这么大的雨了。那晚，一夜守灵，灵魂相诉。第二天下午落葬时，老天又一度风雨交加，我们一干出殡的亲戚，在风雨中哭号。

天若有情天垂怜，苍天有意或可期。对于一个善良的老人，苍天给予了如此厚爱，这让我等感激涕零，同时也欣慰无以复加。

天意。瑞气。祥兆。

诚拜灵灵苍天，保佑父亲九泉舒心，天堂安息；祈求悠悠苍天，保佑天下苍生少灾少祸，生命安康。

清明节后又过了许多天，一个周末，当我在家写这篇文章的时候，我又一次泪流满面。往事如烟，人生如梦。父亲是个好人，是个一生勤劳、一生善良的好人。

我想，怀念父亲、祭奠父亲、孝敬父亲最好的方式就是：努力做好人，永远做好人。

岳　母

岳母是农历正月十八离开我家的。

头一天夜里，我抑郁沉闷，噩梦不断，凌晨四时即披衣在厅里徘徊。迈过这个世纪之年的门槛，岳母虚岁八十三了，检查出肺癌已经四个年头。很难讲，她的生命之灯还能亮到什么时候，这次走后还能不能再一次到她这个女儿家来。

六点不到，我听到岳母房间有动静，过去一看，她正在地上用力搓洗自己铺过的床单和被罩。原来，她昨天晚上就把床单泡上了。我感到鼻子一阵发酸。

岳母这一辈人经受过太多人生的苦难。一双小脚支撑她走过漫长的生命之旅，内在的生存状态和外在的生命形式一样战战兢兢、颤颤巍巍。

岳母出生在即墨一个大户人家，即使是大户，也摆脱不了饱经病魔折磨的命运。她二十四岁那年得了伤寒病，自此卧床不起，这一卧就是十几年。姥爷人品庄重、家教甚严，唯独对不幸的大女儿宠爱有加，准许岳母抽烟。女儿被伤寒病痛折磨得神色憔悴、痛苦不堪的样子，太让这老头伤心，他说：抽吧，抽吧，抽这玩意儿能忍痛。

三十八岁那年，岳母居然奇迹般地下了床。后来，嫁给了青岛一位中年丧妻的百货站会计，这会计的忠厚人品闻名遐迩。再后来，他们先后生养了一双女儿。

岳母身上几乎囊括了中国百姓全部的优秀品德，她善良、勤劳、宽容、坚韧、刚强、节俭，乐于助人，深明大义。在那贫苦的日子里，她仅凭岳父那点微薄的工资，精打细算，艰难持家，把岳父前妻留下的三个孩子拉扯大，又把自己花骨朵一样的两个女儿抚养成人。对待前面的孩子，老太太胜过对自己的亲生女儿，他们对老人的感情也胜过了亲生母亲。

对待邻里亲戚，岳母同样揣着菩萨一般的情怀。她最不忍心看的是那些蓬头垢面的乡下老人，这样的人来家讨吃，她专拿家里最好吃的东西给人家。她的儿女、外甥、侄子诸多后辈，不管当着个什么官，不管在单位在社会上多么有出息，对她统统充满由衷的敬意。老人也能一碗水端平，不迎合强者，不怠慢弱者，很有些一身正气的架势。

当年，我孤身一人背着铺盖卷来到岛城，遥望漫漫的人生之路，心里直打怵。庆幸的是，这样一户好人家接纳了我。结婚前，我就开始吃岳母做的饭，开始感受岳母对我慈母般的关爱。因为囊中空瘪，我们的婚礼办得极其简朴，我至今记得老岳母颤着小脚，去求开出租车的邻居把我们送到火车站回老家的情景；我至今还保留着结婚时岳母戴着的老花镜，花了好几天时间给我缝的大棉袄，那是咖啡色大圆图案绸子料的，当年电视连续剧《霍元甲》的余热未尽，电视上会个三拳两腿的民族英雄都穿这种款式和面料的大棉。我幼时丧母，岳母弥补了我生命中的母爱。

儿子是剖腹产的，在医院生下八天就抱到了岳母家。从妻子住进医院那天起，岳母就开始睡不着觉，心神不定。孩子平安出生后，她小脚去不了医院，在家急得团团转，只把那红皮鸡蛋煮了一锅又一锅，满街道发放。正月初三那天，一大早，岳母就迫不及待地迎候在大门口，一把抱过孩子，她两道泪水就滚落下来，嘴里念念有词："孩子，到家了，到家了。"岳母一直把她的小外甥拉扯到上小学，上学后仍在姥姥家吃午饭。儿子长得慢，到了上学年龄还是小不点，滴溜溜乱转。岳母整天无奈地叹息，嘴里念叨："唉——这么小的孩子，就要囚到学校里，真可怜！不上吧，又不行。"那会儿，儿子最愿意玩的，除了玩具枪、小火车以外，还有岳母家门后面的顶门棍，拿在手里就像孙猴子的金箍棒，抡拉几下，他的小脸就红光满面，自我感觉大概是在勇闹天宫。岳母每天将顶门棍用洗洁净洗一遍，等着外甥放学回来玩。每天，她都早早地把饭菜做好，然后拿着马扎子等在门口盼外甥。不是放学时间，有时在家里听见窗外叽叽喳喳的孩子叫，她也会忍不住地跑出去，看看是不是她外甥回来了。我对小子说：如果你不好好学习，最先对不起的是姥姥。

岳母四年前高烧不退，不幸被检查出患有肺癌，三度住院，做过两次化疗。当时大夫郑重通知我们，回家后，她愿意吃什么就做什么给她吃，她爱干什么全由着她，恐怕也就是半年的光景。岂不知她的生命力特别强，化疗后脱落的头发又重新长出，四个年头过去了，她头脑清醒，思维敏捷，生炉子做饭，操持家务，接待来人，处理关系，应酬居委会主任和居民小组长，她都得心应手，逢球盖帽，水来土掩。逢年过节，给大舅花多少纸钱，给二舅送什么礼品，什么时间去看三舅，哪一天请"神仙"四舅来喝顿酒，她打算得清清爽爽。家里进来的一块香蕉、一只厨王鸡、两袋子奶粉，都储存于她聪慧的大脑，进而有理有据地转化出去。她常挂在嘴边的一句话就是：过日子不能不俭省，对人不能不奉送。她生命力特强，精神头历久不衰，性格特别要强，至今自己做饭自己吃，自己洗衣、洗澡，不肯用自己的孩子。为此，我们这些盛年子女都倍感诧异，不明白她怎么这般抗折腾。唯一遗憾的是，她的脸两年前开始肿胀，双眼肿成了一条缝。吃了无数个系列的药，都没有效果，为此我们曾咨询过不少专家，得到的解释是：癌细胞的大量扩散，压迫上腔静脉，造成血液循环不畅通，治疗的办法是做金属十字架支撑血管手术，但她这个年龄已不适合做此手术了。

岳母年迈了，老眼更加昏花。春节之后，我们两口子开始上班，怕她在家枯燥，就把所有的影集找出来，让她翻着看，消磨时光。下班后儿子告诉我：姥姥对着影集上他小时候的照片不停地点头，甚至摇摆脑袋，嘴里发出那种哄孩子的声音，还不停地叫着他的乳名："大龙,大龙……"

岳母的记忆力惊人,多少年以前的陈谷子烂芝麻,二狗子三驴子,她记得清清楚楚,毫厘不爽。唯一让子女不满意的地方,就是她近年来的唠叨,她连续说话几个小时不嫌累,且百说不厌,她老家王家庄上下几百年的历史和风土人情,是她嘴里的主旋律,没完没了,有些情节还相当惊心动魄和风光旖旎。我常发狠,如果我哪一天下了岗,从岳母这里汲取养料,创作个流芳千古的长篇《王家庄》,跟陈忠实的《白鹿原》相媲美也不是没有可能。当她沉浸在回忆和演说的幸福之中的时候,我们一边不受干扰地聚精会神地看电视,一边每隔几分钟冒一句"是吗""就是""了不得"一类的话,算是敷衍。

对于人生,老人非常开通和豁达。早在三年前,我们已在九凤岭为老人选择了百年之后的安身之地,为E区二十七排第三户。在一个春光明媚的五月,我们拉着老太太去"观光",青山环抱之中,那面山坡绿草萋萋,阳光普照,对面潭水清澈,波光粼粼。老太太看罢,说:"这地方真好,这地方真好,还不如早来算了……"

生老病死是大自然的规律,皇帝老子也无法抗拒,但我们还是盼望老人健康长寿,能多活几年,并且,要力所能及让老人活得好一些。

春风一千里

自北京，至潍坊，回安丘，抵青岛。最美人间四月天，沐浴春风一千里。

一

已经三个年头未回老家。原订年后正月十五回去，后来又想，清明节吧，正好给老人上坟。

安丘城西南五公里，有一个王十里河村。原来属于"城关公社"，后来划入"兴安街道办事处"。村东山坡一个叫作"公墓林"的地方，安放着父母的亡灵。按照市里规划，今年要建设工业园，墓地统一迁移。所以，这个清明回来上坟，恰是时候。

这些年，对于各地方兴未艾的什么园区，很难给予准确、客观的评价。去产能，去库存，最该去的可能是这些形形色色的园与区。一方面，老的、僵化的、半死不活的园区去不掉；另一方面，新的园区不断分娩和降生。没有人管那么远，也没有人讲那么透，人们习惯了走一步，看一步，活在当下。既然政府有要求，统一有规划，借此机会为老人换套住宅，既顺应天时，也尽些孝心。

给父母上过坟之后，又去附近的墓地，给叔叔、婶婶和二姑烧了纸，磕了头。旁边有新添之坟，一问，是一位论辈分叫作"老姑"的王姓逝者。她原来在县里一个部门当医生，对我们家很好，本打算这次回来要看望她，不想老人先走了。于是，压上坟头纸，也磕了三个头，感叹人生如过眼烟云。

二

外甥王磊，提前为我准备了酒茶油等礼品，村支书建臣带我看望了村里年过九旬的五位老人。年龄最大的是一位叫"三嫲嬷"的，94岁，耳不聋，眼不花，腰板绷直，穿着大红袄在家包饺子。

一行去朱家埠看望了闫正和老师。闫老师是我当年的初中老师，班主任，教数学，治学严谨，爱生如子。多年来每次回家，都去看望他。他的孙子部队转业后，我介绍到朋友的公司去工作，他与这家公司的一位女生喜结良缘，如今儿子已经满地跑了。闫老师四世同堂，家庭和睦。

沿村向西三公里，过了西河崖，有山曰"牟山"。既不高，也无仙。父亲在世时讲，当年山上驻扎过一个班的日本鬼子，经常到附近村里扫荡。牟山虽小，但旁边有水系叫作牟山水库，有著名的水中陆地"红罗县"。有山有水，山水相依，在附近也算有些名气。小时候，牟山一侧，水库之滨，有军营驻地，叫作"红房子"的，更是闻名遐迩。每逢"八一"建军节，驻军官兵举行横渡水库大演练，那阵势如同人民解放军横渡长江天险，方圆十里的学校都组织学生去参观，接受爱国爱军教育。

牟山于我，是心中之"东山"。小时候，每逢清明节，许多村童手攥染得红红绿绿的鸡蛋，到牟山脚下踏青游玩。这天下午，建河、王磊陪我登上牟山。据介绍，该山已由孙姓企业家承包，一包50年。远远望去，新修建的"大雁塔"在山顶巍巍耸立，如同陕北延安清凉山上的宝塔山。有了这塔，牟山有了标志，蕴了元气。

开车上山，停车走路，山上桃花杏花开得正艳，许多新种植的松柏也正焕发生机。开发者还在土丘上盖起两座亭子，虽无雕梁画栋之精美，也提供了观月避日、揽风纳气之去处。感谢开发商，感谢造福于民众的先行者。

牟山鸟瞰，水库波光粼粼，一碧如洗。许多小船停靠一起，尚未运营。真乃安丘一景也。前不久，清人袁枚的诗作《苔》红火一时，"白日不到外，青春恰自来。苔花如米小，也学牡丹开"，以此比喻牟山风景，也是贴切的。

三

景芝是山东古镇，潍坊重镇，自古有"四县通衢"之美誉。

景芝又以芝麻香白酒著称，曾获省长质量奖，景阳春之吉品、尚品名重一时。更早的时候，臧克家老人有"儿时景芝酒名扬，长辈贪杯我闻香。佳酿声高人已老，沾唇不禁念故乡"的诗句。

我们驱车前往青岛，选择了途经景芝用餐。但不是贪杯，只为品味向往已久的正宗景芝小炒。

景芝小炒是山东传统小吃，肉丝鲜嫩，菜品清脆。建河介绍说，小炒之所以著名，在于刀功，在于火候。当年困难时期，安丘人、潍坊人闻景芝小炒之名即流口水。经朋友推荐，我们选择了景坤小炒饭馆。4个人，点了足足8个菜，这对于我是一反常态。

与小炒相匹配，我们喝的是景芝酒的传统品牌"老黄皮"，吃的是同样著名的"三页饼"——这饼三层叠加烙制，中间夹了盐油和葱花，其香无比，沁人心脾。每层又薄如蝉翼，嚼起来，昌潍大平原上好白面粉的特殊香味经牙齿、经舌尖、经味蕾迅速弥漫体内。这三页饼，安丘人善做善食，而尤以景芝为正宗。我拨通初中同学于新兵电话，就老黄皮、三页饼问题与他交流。他曾在景芝做党委书记多年，是个景芝通。

到达景芝前，去石堆乡一农家园采摘了樱桃。据说，这是今年第一茬樱桃，可谓"春风第一枝"。成熟的，艳红欲滴，入口即融；未熟的，其色橘黄，尚感酸涩。老板是一位真诚、憨厚的中年汉子，唯恐客人吃不好、尝不够。

在这个农家院，更牵引我目光的，是他们家的四只孔雀，两公两母。雄的长尾俊翎，雌的优雅婉约，色彩艳丽而神态宁静。跟管理人员交流，得知孔雀虽然高雅，但与旁边的群鸡都是一样的待遇，一样的窝巢，一样的生存条件。孔雀所食，与鸡一样都是玉米、麸皮一类的饲料。

以往多次观赏孔雀，但心不在焉。这回内心宁静，感悟便深。秀丽的姿态，送人以美；端庄的内涵，予人启迪；下蛋不止，造福于人。而求之于人的甚少，高贵的身份，淡泊的心境，简约的生活。与老板交流得知，孔雀并非购自云南，而是来自本地孵化场，两三千元一只。心下盘算，待以后有了时间，可否办一个孔雀养殖场，繁育更多孔雀，让这个世界更美、更端庄，让人们的生活更好、更优雅。

四

随着世事的嬗变，年龄的增长，更感月是故乡明，情是家乡切。

第一站在潍坊，第二站在安丘，第三站在青岛，自家亲戚都聚在一起吃顿饭，总计70多号人。大家庭中，老的七八十，小的几岁，在衙门当差的，经商的，退休的，种地的，干企业的，跑小买卖的，都有。好像没有谁大富大贵，但日子都还过得去，大伙顺应天命，甘苦自知。

平时难得相聚，不能坐下来就吃，一扬脖就喝。我是牵头者，就率先说几句，三段式，算是开场白。第一段表示高兴，大家平时忙，相聚不容易，当然开心。第二段表示祝贺，每个小家庭或多或少都有新进步，添丁增口的，职务晋升的，买了新房的，换了新车的，挣了点小钱的，开始吃素的。第三段表示祝福，老的健康长寿，小的茁壮成长，退休的安度晚年，工作的再攀高峰，等等。在随后的交流中，大家都彼此传达向上、向真、向善的情怀。

有言在先，不要求非喝酒不可，更不提倡喝多喝醉。但在浓浓的亲情中，还是有人多喝了一些。为了避免酒后的面红耳赤，合影都安排在开吃前。最高兴的是孩子们，既然家长带出来，大概不用写作业了，上蹿下跳，一个跟斗接一个跟斗地翻。

我们的传统文化,有一些丢了,有一些还在传承。许多人感觉人情味越来越淡,担心年轻人今后会完全忘记祖宗,但从清明节上坟扫墓的情况看,这种担忧未必成立。那天到青岛九峰陵上坟,一大早赶了去,前来祭奠扫墓的车已停满,人已拥挤。常说,靠山吃山,靠海吃海,靠近公墓的寻常人家,清明节卖菊花、卖花篮也能发一笔小财。

伫立墓前,自己在思考,对于在天之灵的逝者,未必会感应到儿女的孝道、亲人的怀念。扫墓者,不仅是为了追思老人,更是为了慰藉自己。清明时节,携儿牵孙,上上坟,压压纸,添新土,缅怀老人拉扯儿女的艰辛与不易,对于自己何尝不是一种反思、净化、勉励与加持,对于后辈何尝不是一种传承、引导、校正与督促?

时光在飞快地流逝,社会在加速地改变,但良知、正义、悲悯、感恩的情怀不能变。社会的进步,品德的修养,人性的提纯,有时是需要程序感、仪式感的。

人间四月天,春风一千里。沿途所见,城市、乡村,山坡、谷底,河畔、溪边,一片翠绿,满目葱茏,大地充满勃勃生机。桃花、杏花、李花、梨花、樱花、丁香、玉兰、连翘、迎春、马莲,红的、粉的、黄的、紫的,千芳竞放,漫山遍野,如诗如画。沐浴在亲情友情之中,萦绕在对先人的怀念之中,精神得到滋养,境界有所拔节。

生日之际,听了许多遍《云水禅心》。这音乐,肯定是天上的,清幽旷远,意境深邃,让人超尘脱俗。不忘来路,知道何归。无欲人淡,无求品高。云水禅心,静可通神。

生日随笔

寅时，初冬之夜，万籁俱寂。北京城早下过一场雪，昨天是"立冬"节气。

披衣而起。夜深沉，人清静。凝神处，窗外似有一轮皓月，万里明光。肯定是幻觉。农历九月二十九，10月10日，月亮何在，月色何有？

今天，生日。新婚不久的儿子儿媳，费心思为我准备了生日礼物，提前预订了小饭馆。连日来，老婆面有春风，家里充满祥和。

儿子儿媳为我预订的生日礼品——出生当天的《人民日报》。

更难忘去年这天，远在山东老家70岁的弯腰老姐姐，带着他的两个儿子——我的两个好外甥，乘火车突至北京，全家人给我过了一个生日，挽留不住，怕给我添麻烦，第二天一早乘车而归。

有了爱，有了亲情，普通的人，寻常的生活，日子也可以过得有滋有味。

53年前，1962年农历九月二十九，10月27日，山东潍坊安丘县城西南十华里，有一个叫作王家十里河的地方，降生了一个羸弱的男婴。这男孩家境贫寒，母亲早亡，至今手上留有儿时冻疮。

他的小学、初中、高中都是在村里上的，其中有好几年在鸡窝里读书。他是"红小兵""红卫兵"，时常"勤工俭学"，拔草、沤肥、捡粪。迷迷瞪瞪念到高二，县里突然要求：村里的高中生统统转为初中，备考第二年的"小中专"和县一中。第二年，他考上了县一中，还是一班。但不久，他因学习太用功，神经衰弱，被迫休学回到村里。调养一段时间后，第二年考取了"山东水产学校"，学"海水养殖"

专业。

前前后后，在村里读了5年初中，成了"大龄生"，好不容易考取了一个"小中专"。老师说，年龄报小些，以后好有机会深造。于是，填表、办身份证，登记了1963年，成了"兔"。实际上，是一只"虎"。

1983年7月，这个风华正茂的年轻人，分配到美丽的海滨城市青岛，来到山东省海水养殖研究所报到。作为全班唯一连续三年的"三好学生"，他所分配的城市与单位，拨得"头筹"。2004年10月，来北京工作。

第一学历，中专，山东水产学校，海水养殖专业；第二学历，大专，高等教育自学考试（曲阜师范学院），汉语言文学专业；第三学历，本科，青岛军政人文大学，"政法"专业；第四学历，研究生，中国人民大学，人类社会学专业。还考不考个博士啥的？根据情况再说。

一路走来，有苦有乐；步履蹒跚，磕磕绊绊；苦中求乐，此乃真乐。

自小就知道了孔圣人的话：三十而立，四十不惑，五十知天命。五十好几了，既有"不惑"，也常有困惑；看透了许多，也还有许多没看清楚、没整明白。大哥正在北京看病，那天他问我：今年四十几？

但毫无疑问，心境在走好，神情在走好。阅过许多世道，经历诸事沧桑，眼见是非不再清晰，黑白不再分明，除了微笑，你还做何表情？

全容忍，修身养性之必要；零容忍，匡世济俗之选择。何去何从，且行且为，但看修行与造化。深信，都能培植正气，滋养元气。

最近读了一些书，又听了许多遍《云水禅心》。这音乐，肯定是天上的，清幽旷远，意境深邃，让人超尘脱俗。

走笔至此，窗外已亮。姐姐发来短信，外甥们发来短信，祝我生日快乐。快乐，肯定快乐，一定要快乐！

把自己看轻，把名利看淡。用心耕耘，不计收获；但做好事，莫问前程——达到这番境界,或者向着这个境界迈进,事何以不吉,人何以不乐?

茫茫尘世间,皆是过路人。利禄是浮云,过眼了无痕。

不忘来路,知道何归。无欲人美,无求品高。云水禅心,静可通神。

珍惜那些实实在在的幸福

夜深沉,将入睡。一盆热水,四只脚。袅娜升腾的水气中,舒筋活血,修禅入静。

这寻常的细节,朴素的日子,似乎漫不经心,举手可得。但细想起来,又是多么值得珍惜。

第一,这盆水值得珍惜。总的来看,人类在进化,生活条件在提升。水龙头一拧,热水淙淙,水温可调。记得小时候,老家农村天寒地冻,自己的脚冻得青一块、紫一块。要想泡泡脚,就得拉着风箱,续着柴草,先烧开一锅热水。水舀在盆里,放几片老白菜帮,敷在冻伤处。大姐告诉说,这样可以防止疮疤。

第二,这份感情值得珍惜。古人说,千年修得同船渡,万年修得同枕眠。自小两口开始,到现在的老两口,互不嫌弃,同甘共苦,一个锅里摸勺子,一个被窝里睡觉,一个盆里洗脚,弥足珍贵,如何修来?

第三,这些厮守在一起的日子值得珍惜。打小就听说过这首歌谣:月儿弯弯照九州,几家欢乐几家愁。几家夫妻能相守,几家飘零在外头。无奈之情怀,十分苍凉和压抑。古往今来,人们为了生存,为了养家糊口,多少人颠簸在外,奔走他乡,其生离死别始终是揪心之痛,彻骨之悲。当今社会,数亿农民在外打工,离开爱妻,抛下儿女,有家难回,有父母难尽孝,有天伦之乐而不得享受。这些年,自己一直关注农业,关注农民,关注"空壳村"。在一拨拨浩浩荡荡的打工潮中,在一浪浪风起云涌的城镇化进程中,农民兄弟殆尽千百年来"日出而作、日落而息"、夫妻共寝、阖家相守的田园生活,走四处奔波之路，打繁重劳累之工，咀家庭残损之苦，洗脚入眠有暇顾及？同盆泡脚岂非奢望？

这样想下来，脚下温暖，心里就更温暖。夫妻同盆泡脚，乃天赐福，缘造化，岂敢不感恩、不敬畏、不珍惜？一直以来，我们家守着一个规矩：泡过脚的水，不会轻易倒掉，用来重复使用，冲洗厕所。

生命之美在于平和，生活之美在于平淡。真正的踏实，在于内心的宁静和淡泊。珍惜那些实实在在的日子，珍惜那些实实在在的缘分，珍惜那些实实在在的幸福。这不是作秀，不是写文章，是实实在在的心灵的回响。

后记：侄女晓辉，在老家潍坊做服装生意，今年入冬以来屡屡在"大家庭"群中倡导，晚上睡觉前热水泡脚。她们家更讲究，是用木桶泡脚的。这些年来，养生之道众说纷纭，养生之法层出不穷，而又往往互相矛盾，朝是夕非。唯中午小睡和晚上睡觉前泡脚已无争议，成为"铁律"，故在此大力推荐，倡导实践，祝福各位亲朋保重身体，生活幸福美满。同时，更期盼更多的人能过上"老婆孩子热炕头"的团圆生活。

同时，感念晓辉孝心、好心，闻鸡而起，披衣作此文以记之。

我们家的无花果

一叶落知天下秋,一树叶落秋意浓。而今天,11月15日,农历十月初四,周日,过"立冬"已有整整一周。

晨起,在小区溜我们家"小黑"。无边落木萧萧下,一派初冬的静美。引人注目的是,在我们家楼前,两棵无花果树还翠绿着。落叶缤纷的背景下,无花果枝繁叶茂。更令人感动的,是树枝上、树叶旁,仍然挂着数十颗无花果。

这两棵无花果树,是我们家迁来北京后,为纪念儿子参加工作,我到西三旗花卉市场买来的,栽在楼下。小小树龄,自强不息,当年夏天便结果,真是给人提气。几年下来,越来越发现她好处多多。以往,人们讲她的优点,一是无花而果,默默奉献;二是果实甘甜,营养丰富。这几年,我发现,她的可贵之处还有:结果早,收果晚,一年几茬硕果;枝挺拔,叶舒展,一天到晚昂扬着奋发向上的生命力,养人眼,舒人心,提人神。

今天,又发现,秋浓了,冬来了,落叶缤纷之时,无花果却能凌霜傲雪(北京城已下过一场雪)。多少年来,人们吟咏菊花,赞美梅花,想不到无花果也具备着不畏寒冷的操守。

对于无花果的回忆,有两个片段。

其一,儿子当年在青岛市上海路读小学,放学后寄住在上海支路一户老教师家中,请其代管,写完作业后,再接他回家。老人家住大院,院里有一棵无花果树,幼年的儿子,为两位老人所宠爱,吃了不少无花果。快二十年过去了,老人家,您还好吗?

其二，二姐家在农村，安丘牟山脚下南新村，她家门口有一棵无花果。有一年夏天，我们休假回安丘，去她家，发现无花果树旁衍生出一棵幼苗。移植在盆里，拉回北京，虽然用心养护，最终没有成活。

岁月追踪着人生的脚步，如此匆忙。忙里偷闲中，感受生命的惬意与美好。无花果，真的挺争气，真的不错。

晚上回家，敲下这段文字。打开"百度"一搜，无花果属于桑科，落叶小乔木，又名"天仙果"。天仙果，真高端，怪不得！

同时，也了解到无花果的不足：保鲜期太短，采摘后极易腐烂，不便运输，导致市场占有率太低。联想到人，人无完人。无花果优点太多，缺点也是致命的。想至此，总归有些遗憾，但对无花果的钟爱偏偏又增加了几分。

我家的树，我家的花

全家乔迁到北京的第二年，2008年的春天，我开车到昌平区小汤山苗圃，买来6棵小树苗，种在我们小区、我家楼前。6棵树，成活了5棵。整整6年过去了，小树苗茁壮成长，越长越大，越长越精神。

去小汤山拉树之前，关于种树和种植的地方，征得了物业管理公司的同意，因为小区土地是公有的，不可贸然种植。后来，物业公司还一度给她们统一挂上了"身份牌"。我是开着我们家新购的桑塔纳3000去的小汤山，结果发现小树枝枝丫丫，轿车根本装不上，于是雇了一辆小货车拉到家。提前联系了几位小区保安，准备好铁锨、镐头，刨坑、填土、浇水，喜气洋洋，就像家里新娶了媳妇，新添了人丁，我给保安每人发了香烟和烧酒，皆大欢喜。

当时的想法，就是种几棵树，纪念迁居北京。同时，绿化小区环境，增添生活情趣。那一年，在北京，也是在我们家旁边，召开了举世瞩目的奥运会。8月8日开幕前的好长时间，北京主要的交通路段上，都画出了色彩斑斓的"奥运五环线"，开车跑在环上，跑在大路上，心里真是爽。因为要筹办奥运，政府采取了好多措施，北京的空气质量空前地好，天碧蓝，云雪白。如果不是"5·12"四川汶川大地震的阴影压在心上，人们恐怕会开心得飘起来。

这五棵小树苗，也格外地争气！自从移植到我们小区，成为"我们家的小树"后，一直生机勃发，奋发向上。当年舒展枝叶，积蓄力量，第二年春天，小小的个子居然无一例外地开出一串串灿烂的花朵。再往后，个子越蹿越高，枝叶越来越繁茂，每年春天开出的花朵也越来越绚丽。

这5棵树,分别是紫丁香2棵、碧桃2棵、垂丝海棠1棵。紫丁香,真叫香!紫色的花,那是"紫气东来",浓郁的香,真是"沁人心脾"。含苞时清香,盛开时浓香,花谢时淡香,花香持续一个多月。碧桃是树中的淑女,碧桃花是花中的秀姝,开花时花团锦簇,如云如霞,基本看不到叶片,浓艳之极,靓丽之极。垂丝海棠,开出花来娟秀婉约。在海棠家族中,西府海棠是最高贵、最受推崇的。寻常人家,垂丝海棠适合我们。

我们家小区不大,但绿化不错。有樱花、玉兰、迎春花、紫薇的美貌,有一株株银杏的挺拔和一棵棵垂柳的婀娜,有坚韧的"爬山虎",有大片的山楂树。我爱小区的一草一木,对自己家的小树就更有一份特殊的感情,感觉是自己的朋友,是自己家的成员。早晚散步时,都会走近她们看一看、摸一摸。每年开花时节,刚含苞绽蕾,就开始为她们拍照和录像,收藏在电脑里专门的资料夹中。

今年春天,儿子光荣入职。找到了一份比较称心的工作,固然是他自己青灯黄卷十几年苦读的结果,当然也有国家的厚爱、社会的关爱和命运的垂爱,教育孩子常怀感恩之心、常怀自律之心、常怀淡泊之心、常怀进取之心,是应当的。我和孩子一起,又买来10棵小树苗种下,作为他参加工作的纪念,记住他的履历,见证他的成长。

这10棵树苗,有2棵无花果种在我们小区,8棵种在小区外的人行道旁,是借闲置的树坑种下的。可惜,小区外的8棵树中,有4棵遭到了顽皮孩子的破坏,仅留下无花果2棵、核桃1棵、梨树1棵。令人高兴的是,保留下来的6棵新树,也发扬了我们家原来5棵树的光荣传统,可着劲儿地生长,全身心地昂扬向上,一个夏天过去了,一个秋天过去了,个头让人不敢相认,精神面貌让人刮目相看。4棵无花果,小小的年纪、娇嫩的枝叶,居然无一例外地结出了一串串翠绿的、丰硕的、左右对称的无花果!

无花果开了,儿子却一直在外地实习,于是我几次手机拍照,通过微信发给他。我也几次跟他说：你以后举行婚礼，最好选择在春天，一对新人在我们家的小树旁，跟树合张影，与花共幸福。

朴素的生活，淡泊的心态，只要热爱生命，就可以过出如树如花、充满生机的日子。我打算，明年春天还要再种几棵树。

喝羊肉汤

老家是安丘，我的童年是在贫穷而灰暗的六十年代度过的，家里的日子过得十分艰难。母亲因病早逝，父亲拉扯着我们一拨孩子艰难度日。他特别勤恳，除了干好庄稼地里的活，还起早贪黑割来绵槐树条，编织笊篱，逢县城大集时去城里卖掉。我是老小，父亲常常带我去赶集。

我家离县城十华里。县城南关有一家著名的饭馆，专卖羊肉汤，生意很兴旺。我对跟随父亲赶集不感兴趣，卖笊篱这活也很无聊，神往的是南关头那家饭馆。父亲每次带我去赶集，都是自带一大摞煎饼，中午到饭馆喝一肚子羊肉汤，让我小肚滚圆，乐不可支。记忆里那家饭馆有一个大院，有里外两大间房子，房间的墙皮上挂着厚厚的一层油渍，黑咕隆咚。一口炖羊肉汤的大锅就安在里间，热气腾腾，香满全城。小伙计忘情地拉动大风箱，风箱呼呼作响，灶里火苗儿很涨颠地蹿出来，映红掌勺师傅的大黑脸膛，一派生意红火的景象。里外两间土地面上，整整齐齐地摆放着一排排长方形桌子和小板凳。喝羊肉汤用的是那种大粗瓷碗，碗口处印着那么两圈蓝杠杠。一毛钱一碗汤，喝完了可以免费再去盛，管饱。盛汤前先把香菜、葱花放在碗底，盛入沸腾的羊肉汤，立刻香味扑鼻。汤固然稠实，就是肉太少，只有喝到碗底的时候才能捞到几块。我们把带来的煎饼撕碎，泡到汤里，连汤带饭，又吃又喝。父亲碗里的这几块肉他通常舍不得吃，都是拣给我。我虽然馋得要命，但总算还能管住自己，一直到汤喝够了，喝饱了，才把那几块肉细嚼慢咽地吃掉。也有两毛钱、三毛钱一份的羊肉汤,碗里的肉当然要多些,但记忆中父亲从未舍得买过。

中秋节是农村的大节,生产队又养着一群绵羊,于是,每年中秋节之前,生产队便安排杀掉两只羊,按人头把羊肉分给社员,一般是每个人三两,老少有份。中秋节晚上,这盆羊肉汤就是全村人最好的美味。炖出的羊肉汤不如南关饭馆的汤厚,清汤寡味的,但肉还是比南关饭馆的多。于是,中秋节成了我非常期盼的一个节日,不是盼着皓天明月,而是神往着分到的那个月饼和那顿羊肉汤。

在一个人的生命中,童年时代的经历、嗜好、生活习惯、思想意识往往影响终身,在成长的年轮中打下深深的烙印。成人之后,我与羊肉汤结下了不解之缘,羊肉汤成了我必不可少、百吃不厌的一道快餐。除了羊肉汤,对拌羊肉、炒羊肚、涮羊肉、烤羊肉串也特别爱吃,自觉胜过一切山珍海味,时间长了不吃一顿羊肉,便馋得厉害。甚至,在深醉之后身体空虚之时,也会选择去羊肉馆喝一顿羊肉汤,吃上两个火烧,这时,热乎乎的羊肉汤、香喷喷的羊肉,便慢慢地浸透到我的五脏六腑,自我感觉身体一下子强壮起来。

秋风刮起来,这是喝羊肉汤的最佳季节。这个高风瑟瑟、暮色苍茫的傍晚,我坐在西镇一家小羊肉馆的餐桌前,端起了盛满羊肉汤的热气腾腾的大瓷碗。

父亲过世已经四年了,我常常想念他。

一颗鸡蛋

在我们老家山东潍坊一带,清明节叫"寒食"。

小时候,过寒食,也是孩子们的大盼。油菜花开了灿黄的一地,燕子飞回来了,村中间的路边架起了大秋千。除了荡秋千、掐柳枝、吹柳哨,更盼望的是分鸡蛋、吃鸡蛋。

20世纪60、70年代,鸡蛋可是贵重的东西。鸡蛋从鸡屁股下出来,农家舍不得吃,都送到供销社换钱了。只有到了寒食,大人才肯给孩子们分几颗鸡蛋。双页饼卷鸡蛋,是潍坊、安丘一带寒食节的第一美食。

于是,过寒食时,孩子能分到几颗鸡蛋,就成为他们炫耀的资本。有毛不算秃,手里能拿上一颗鸡蛋的,也不枉过了一个寒食,生长了一岁。当然也有分到好几颗的,手里攥着,口袋里装着,急于展示,兴奋异常。以鸡蛋为主,有家里养鹅的,他们家的孩子手里就往往有一颗"庞然大物"。

穷日子有穷日子的过法。家长们把鸡蛋染了,以红色为主,还有绿的、蓝的、紫的,孩子们期盼值更高,拿在手里更得意。凑在一起,比鸡蛋数目,也比鸡蛋的颜色,还要进行鸡蛋壳硬度的交锋——以蛋尖相撞,破损者败,无恙者胜。

寒食时节,气清景明,正是春暖花开、种瓜点豆的时候。农民与黄牛在田地里辛勤劳作,不时传来布谷鸟的叫声,大地升腾着阳气。

安丘城西南5公里,我们村正西3公里,有一小山名牟山,有一水库名牟山水库,有一排建筑叫作"红房子",环山水系叫"红罗县"(音),是孩子们人人向往的地方。记得有一年过寒食,我们同伴几个怀揣鸡蛋去爬牟山,在路上我与一个乳名叫"大眼"的孩子对撞鸡蛋,我的鸡蛋战胜了他的鸡蛋,但最后他用手里的大鹅蛋打碎了我的鸡蛋。

曾经,发生过一次我把一颗熟鸡蛋卖给供销社的事情。

那年寒食,七八岁,家里分给我两颗鸡蛋,这次没有染色。我吃了其中一颗,那一颗再也舍不得吃了。几天后,我把它与家里老母鸡刚产下的五颗鸡蛋一起,卖给了村里的供销社。记得供销员叫老赵,黑脸矮汉子,他站在柜台对面收蛋,我在柜台这边紧张得冒汗,生怕被他识破。要知道,煮熟的鸡蛋能转动,而生鸡蛋是转不起来的,极易鉴别。

供销社只收生鸡蛋,而那颗熟鸡蛋就这样顺利地卖出去了,换来的钱成了我的零花钱。很长一段时间,我都忐忑不安,感觉是做了一件大坏事。

因为曾经的苦日子,知道了生活的艰辛,自己多年来从不敢作践粮食,不敢糟蹋饭菜,也从来不敢扔掉蛋黄只吃蛋清。不忘来路,敬畏天地,应当是一种本能和潜意识。

陈忠实写《白鹿原》,有这样的描写:"白赵氏端来一只金边细瓷碗,里边盛着三个洁白如玉的荷包蛋……"在当年的黄土塬,女人坐月子才有资格吃上荷包蛋,而且是用"金边细瓷碗"来盛的。

把简单的日子过出滋味,别把富裕的日子过得奢华,都是一种境界。

当年吃鸡蛋,胜过山珍海味;现在吃鸡蛋,不过寻常之事。

梳 头

女人对镜上妆,梳理自己的满头青丝;男人握梳在手,轻整日渐稀疏的鬓角。这都是对美的呵护,对美的追求,对美的珍爱。动作简单,内涵丰高。

为人作嫁衣可敬,为人梳头也挺感人。

某日早晨,我到海水浴场游泳,在更衣室门口见到一位中年女性为一小姑娘梳头。小姑娘天生丽质如出水芙蓉,一头秀发乌黑浓密。中年女人一边仔细地为她梳理,大约是要给小姑娘做个发髻,一边小声跟她说着什么,像是有事叮咛,又似无事闲语。反正,梳头的动作很认真很轻柔很一丝不苟,而表情是很随意很恬淡很宁静的模样,如此反差更突出了宁静之美。人的心灵在静谧的时候更能发觉美,领悟美,感受美,我这会儿的心态正是如此。这情景让我大为感动,我欣赏着这幅普通的生活画面,思绪如锦似霞,无边烂漫。我在推断,这幸福的小姑娘是中年妇女的女儿呢,还是她的外甥女、侄女,或者仅仅是她的邻居女孩,但她手下潺潺流淌的母性的温情和孩子脸上绽开的幸福、灿烂的花朵,让我感受到人性的灿烂光辉,感受到人世间的真切关爱,感受到生命的无限美好。继而,我联想起妻子以往为她的两个外甥女梳头、扎小辫子的情景,心里涌起一片温情。我想,能这般耐心、这般细腻地为孩子梳头的女性,内心一定充盈浓浓的爱意,涨满善良的情感。

电视上做洗发液的广告,也有这么一个梳头的情节:香港演员周润发,为一位年轻女子梳理丝般秀发。周生面含笑意,女子粉面如春,背景音乐是动人心扉的京胡演奏。于是，很长一段时间，我用的是"润发"洗发液，那上面就有发哥梳头的画面。若是换个别人做广告，他的矫情我不会买账。但周润发是谁？他不仅演技超群，且品行端正，是娱乐界乃至全社会公认的做人楷模。想他英气逼人，玉树临风，千般倜傥，十足魅力，倾倒多少男人女人！但此公谦虚谨慎，待人真诚，更能洁身自好，于爱情专一不二，甚至拒绝拍摄"激情戏"，更遑论其他！魅力之足如周生，事业之成如周生，律己之严如周生，真令那些小有作为便浮浪轻狂之徒无地自容。周氏梳头的底蕴，乃是人世间真挚清纯的爱情。不管社会进化至何年何月，人类美好的感情永不衰老。

  在山东聊城的孔繁森纪念馆，有这样的照片：孔繁森第二次进藏前，手执木梳，为80多岁的老母亲梳头。这就是孔繁森，至忠至孝、心细如发的孔繁森，拖着地板车拉老母亲上街头看光景的孔繁森，靠卖血抚育收养的藏族儿童的孔繁森，殉职前身上只有5元8角7分钱的孔繁森。这样的人，这样的梳头情节，不禁让人俯首长痛，潸然泪下。

  明人洪应明《菜根谭》中有言："贫家净扫地，贫女净梳头，景色虽不艳丽，气度自是风雅。"朴素而恬淡的日子同样令人陶醉。梳头的情景，像春天的甘霖一般滋润着我们的心田。还是罗丹说得好：对于我们的眼睛，不是缺少美，而是缺少发现。

苦菜茶

广袤的田野里,苦菜随处可见,郁郁葱葱。

苦菜,那是大地吟出的一首首绿色小诗,春风春雨是她的韵律;苦菜花呢?那是田野里一颗颗金色的星星,阳光是她的笑靥,露珠是她的明眸。

春天,我老家安丘的牟山由苍青变为翠绿,牟山脚下的牟山水库更加清澈明净。山上山下的沟沟坎坎里,崖崖畔畔上,总能找到一簇又一簇的苦菜,根扎入黄土地,叶映在阳光下,铺绿染翠,低吟浅唱,给辛勤劳作的庄稼人送来一曲春之赞歌。不久,苦菜花盛开了,一朵朵、一丛丛娟秀的小黄花随风摇曳,笑面迎人,喜盈盈地向苍生百姓报告着万物复苏的消息。黄花虽小,却是生命绚丽,色泽灿烂。

"苦菜花开闪金光,朵朵鲜花迎太阳。受苦人拿枪闹革命,永远跟着共产党。"电影《苦菜花》的主题歌这样唱道。苦菜花,是庄稼人的花,也是最朴素最清纯的花。娟子的母亲说:苦菜的根是苦的,而开出的花却是香的。

牟山脚下,牟水河畔,依偎着一个小小的村落。二十六年前,我的二姐嫁到这里,嫁给一个厚道淳朴、耿直善良的好男人。他们两口子节俭持家,辛勤劳作,把原本苦涩的日子填充得富裕而恬淡,正如苦菜的根与花。岁月沧桑,如今,他们苦菜花一般清丽可人的一双女儿,都有了自己的工作和家庭。"五一"节放假,我携妻带子,去二姐家住了三天。

少小离家老大回,乡音无改鬓毛衰。儿时的生活恍在昨日,而人已近不惑。

二姐带着我们，上山去看那漫山遍野的花草，去挖那一簇簇肥美的苦菜。吃上了拌苦菜，喝上了苦菜茶。

苦菜花让我满目生辉。记忆的潺潺清泉里，童年的故事次第浮现出来：小时候家境贫寒，早晨上学前和下午放学后，我都要和小伙伴们挎上篮子，拿着铲子，相约去村外的地垄田间、土丘溪畔，挖"曲曲芽""蒺藜蔓""毛耳朵""马齿菜"……披着晨光去，踏着暮色回。野草野菜挖回来，便是家里猪、鸡、兔子的美餐。小伙伴们最钟情的是苦菜，因为家禽家畜最爱吃。初春时节苦菜尚少的时候，只有家里刚刚断奶的小兔子才能享用。苦菜还可食用，洗净了用手一揉搓，撒把咸盐，或用大蒜一拌，就是农家上等的凉菜。

童年的回忆美丽无比。昌潍大平原是一片肥沃的土地，草长莺飞的阳春天气，田野里是一望无际的葱茏的绿色，微风吹过，处处弥散着泥土的气息、庄稼的芬芳，令人心醉。就在我们挖野菜的时候，稍不留神，草底就会冷不丁蹦起或飞起一只甚或一群蚂蚱，让你精神一振。目光追逐而去，不远处，色彩艳丽的一群群蝴蝶正在草丛间嬉戏……

童年的家乡啊，山如此俊，水那么清，天这般蓝！

拌苦菜，我小时候没少吃，但二姐炒的苦菜茶，却是第一次享用。二姐告诉我，喝苦菜茶是近几年的新发现，能败火，消毒，明目，清心，养人元气，除燥祛邪。

在二姐家的三天里，除了上山，其余的时间我都是坐在马扎子上，品喝苦菜茶，有话则说，没话了就沉默着。父母早已不在人世，听说我们要回老家，二姐早早把家里拾掇个清清爽爽，拍着日子，提前好几天把要吃的准备丰盛。她爬到牟山最高处，专拣个大、叶阔、色绿的苦菜，回家洗净，晾干，放在大锅里炒成茶。听二姐说，炒苦菜茶有技术，用火不急不慢，才能炒得脆而不焦，熟而不黑。一篮子的苦菜，炒到最后，仅剩一小撮而已。

临走的时候，我才知道，二姐不仅为我们准备了在老家喝的苦菜茶，还事先炒好了满满两大茶桶，让我们带回来喝。她说，人一辈子不容易，免不了要碰上些难事，喝上苦菜茶，气就顺了，眼就亮了，什么难关也能闯过去。

庄稼人的日子啊，那是苦菜的根；庄稼人的品德啊，那是苦菜的花。

我那次去二姐家，正是心意低沉的时候。不知是喝了二姐的苦菜茶，还是在家乡的灵山秀水间滋养了元气，回来之后我的情绪很快就顺畅起来，我的人生之旅峰回路转，呈现生机。

现在，我常常在晚间泡上一壶苦菜茶，一盅盅独自啜饮。苦菜茶泡出来，苦中带着一丝丝的甜，透出一缕缕的香，直沁心脾。饮苦菜茶水的同时，我也饮进了家乡亲人的诸多关爱，于是就平添了许多人生的勇气。

居家春秋

小时候在农村住的是草房,三间。大姐嫁到本村一户富裕人家,住四间草房,从左厢房进去,还有一间,放些杂七乱八的东西。过年了,大姐家的这间储藏室里放着正月里招待亲戚的馒头、炸鱼、炸肉、蒸鸡白菜一类,香味四溢。大姐和公婆住在一起,过年时节我过去,姐姐便偷偷领我摸进储藏间,让我各样里尝一尝,最后用纸包几块炸鱼和几个肉丸子,塞到我的破棉袄里。我从窗上瞅准她公公不在院里,鬼鬼祟祟地撤走。

我对能住上四间草房十分向往,如果过年时节储藏间里也捣鼓上些炸货,那就更好了。但这只是向往,因为我们家太穷,母亲因病长年卧床不起,去世时家里落下一屁股债。至今,我还常常向儿子讲起当年我读小学时,父亲牵着我的手,在村里串门走户,向人家借5毛钱学费的情景。

岁月流逝,风雨无情。到后来,我们家的草房已经相当瘫败了,房顶的麦秸草多处溃烂,补上了新的麦秸,看上去像一个个的疤痕。冬天,房顶的积雪融化了,沿着麦滴下水来,夜里天一冷,第二天早晨屋檐下便挂上一根根大大的冰凌,排得整整齐齐,明晃晃的,像天兵天将的兵器。天气苦冷,一如庄户人家的日子。

家里的日子露出转机,是在小嫂子嫁来之后。她是十一届三中全会后的第二年冬天嫁到我们家的。冬去春来,山上的苦菜花还没发芽,家里就断炊了。她二话不说,跑回娘家推来一小车麦子。秋后,我们家扩大了院落,新装了大门,虽然还没有建新房的势力,但已开始积蓄力量。我至今对小嫂子奉若神明,以为是她为我们家带来了好运。

后来,春风日渐和煦。八十年代的第一个秋天,我背上铺盖卷去烟台念水产学校,三年后分配到青岛工作。我的阅历、我所汲取的知识以及我的日子,就像我的躯体一样,由细细瘦瘦、弱不禁风的一根豆芽菜,逐渐丰满起来。在我老家,那一个夏天,家里的新住宅也拔地而起,不知要比大姐家当年的房子好多少。再后来,哥哥辞职拉起一支水电工程安装队,凭着勤恳诚实的劳动,把业务扩展到潍坊,不久又在潍坊住上了四室两厅的房子。去年,还在青岛买了背山面海的一处房子。大姐也早已迁出草房,随姐夫住进县城的政府大院里。去年"五一",我回老家时又到村里看了看大姐家的旧房,那草房在岁月的侵蚀下愈加破败。想当年在这里偷吃肉丸子的一幕,不禁唏嘘不已。

婚后无房,我和岳父岳母住在一起,是沿街的门头房,总共才三十几平方米,卫生间、水龙头是大院里公用的。陋室之中,一住就是四年。1992年春暖花开的季节,我从外地出差回来,去单位领到分给我的那把旧套二的钥匙,开门在房间里转了又转,兴奋无以名状。

现在,我已搬进青岛山下一套三室三厅的房子里。当朋友问及房子大小时,我笑答:二万多平方米。朋友惊诧。我回答:出门五分钟即可上青岛山,青岛山面积313亩,恰好是二万平方米,我买了一套房子,无异于买了一座青岛山。我的房子三间卧室全部南向,大厅兼东、北两面大窗。即使是寒冷的冬天,天刚亮大厅里便阳光明媚,灿烂生辉。太阳南转,厅里的阳光没有了,三间卧室却又金光普照,温暖如春。这里地势极高,隔窗相望,对面青岛山林海松涛,万草千卉,堪称"氧吧"。天风吹来,并无遮拦,启窗而立,但觉凉风习习,神清气润,道一声"天凉好个秋",岂不知正是盛夏酷暑季节。

友人孟叔,余暇好文墨。近日读到他一叠诗稿,内有乔迁新居后的吟记。想我等普通百姓,衣食住行堪称大事,自己却未曾抒写乔迁之喜悦,遂提笔写下此篇,是以补漏。

触摸死亡

生与死只有一线之隔。人如果不是濒临死亡的边缘，或者说是真切地感受到死亡就在身边（哪怕是仅仅"感受"，而实际上根本就不存在死亡的威胁），恐怕很难体验到死的恐惧，咀嚼到生与死的深刻内涵。生活中我们的嘴角一不小心便溜出"死"这个字眼，但往往是空洞的、抽象的、肤浅的概念。当一个人真切地感觉到死亡就在身边的时候，巨大的恐惧会令他不寒而栗、刻骨铭心。

公元1996年深秋，我独自一人跑到陕北旅游，11月5日晚上的经历让我毕生难忘。这天，我从延安赶到宜川，看完黄河壶口瀑布，坐上发自宜川的夜行长途汽车返西安。宜川去西安的大多是当地的买卖人，夕发朝至，可以节省时间。大客车分上下两层，座位是躺式的，备有被褥，乘客可以睡觉，如能入眠，可能一睁眼就是西安了。

我的座号是15号，最后一排的底铺中间位置。不到二米宽，要并排躺下5个人。天色已经变黑，昏灰的灯光下，人们开始脱鞋子，打呵欠，整个车厢里臭气熏天。我连续几天在大西北流连忘返，奔波疲劳，这会儿已顾不上被褥上有无虱子一类的小动物，倒头便睡。

我似醒非醒，迷迷糊糊。大约接近夜里11点的时候，我的头不幸剧烈地疼起来，是一钻一裂的那种疼，像有一把把的铁锥往脑浆里挑，既疼在脑壳，也深入大脑深处。不一会儿，我便疼得大汗淋漓，咬牙切齿。我不停地翻动着身体，两手用力扯住被角。窗外飘起淅淅沥沥的秋雨，路滑难行，车的速度慢下来。我盼车快行，早一点到达西安；又愿车慢行，因为轻微的颠簸也会使我头疼欲裂。

在窗外秋雨的烘托下车厢里温馨宁静，乘客浅睡或是深睡着，有几个陕北汉子的鼾声如雷，我想象当年李自成、张献忠等陕北壮汉的鼾声定是如此豪迈。我一分一秒地苦挨，感觉过去很久了，看看表，灰暗的灯光里，仅仅熬过几分钟而已。我竭力逼着自己回忆以往人生经历中那些令人感动的事，以此压抑头疼的折磨，但基本上不起作用，我疼得甚至难以把美好的回忆串成一根链条或者堆成一团碎片。我不知道我的身体是个什么形状，是佝偻着，还是拉直着，反正我感到我的灵魂已经开始游丝般飘荡。

没有止疼片，我估计身边的乘客也不会有。司机和售票员有没有呢？我翻来覆去地想这个事，但终于没有鼓起勇气到前边问一问，一是我已疼得躺不下、坐不住，也走不动；二是我有一个想法：当面临死亡威胁的时候，意志是极其重要的，维持希望之火也是十分重要的。我知道在这块贫瘠苍凉的黄土地上，人们有茁壮、顽强的生命力，出门不太可能带着什么药物。如果车上没有，我问了，这点希望的火苗就泯灭了。而不问，则还有一线希望供我寄托。

我担心我的脑血管会突然破裂，然后在这车上大叫一声猝死或静静地离去。早晨人们到达西安后，一摸身边躺着的人，怎么僵硬了、冰凉了？幸亏我身上带了名片，就夹在钱包的夹缝里。按照名片上的电话号码，人们就可以找到我的单位或是我的家属，会通知他们的。

可是，我实在不甘心这样死去啊。如果是在家中，我可以跟妻子说说话，劝她好好活下去。她太重感情，对我太好、太依赖，这样猝死在异地他乡，她受不了这份沉重的打击。还要叮嘱孩子努力学习，他正读小学二年级，还不谙世事，体会不到生存竞争的压力。想想以往跟妻子发气和对儿子的过于斥责，这会儿很后悔。但现在没有办法弥补，如果能在家守着他们死去，那该有多好啊。

能不能活着到西安？我说不准。我用力撕扯眉宇间的皮，撕扯太阳穴，撕扯后脖颈，这是当年在老家的时候，从老人那里学到的土法，既可以消火，又能减轻疼痛。我想到我的老父亲，想到哥哥姐姐，想到妻子、儿子和许许多多的亲人，心中涌起对死的无比恐惧和对生的极度渴望。我甚至想，如果让我活着到西安，活着回青岛，就是割掉我一只耳朵，或者说剁掉几个手指头，我都愿意。

疼，刻骨的疼，钻心的疼。我记不清从夜里12时45分至1时20分这35分钟里，我爬起几次，又躺下几次，汗水湿透了衣服。如果地方宽敞，我一定打滚；如果车里无人，我一定号叫。我估计有2点半了，看看表才1点20分。

人之垂暮，往往在心里慨叹宿命。我想起宜川上车前，几辆准备发车的客车顶上，都装了被捆绑的山羊，眼睛孤苦、凄惨地望着远方，充满了深深的哀怨。毫无疑问，是送到西安城各饭店宰掉的，西安遍布大街小巷的羊肉泡馍、水盆羊肉、涮羊肉等传统名吃等着它们下锅。羊们已知道了自己的命运，它们在车顶上哀嚎不已，"咩咩"的叫声痛不绝缕，这是无奈的、绝望的血泪控诉。有几头羊因为反抗，垂下头来用力撞击车顶，结果是血流满头，情景惨不忍睹。我最爱吃的是羊肉，羊肉汤、涮羊肉、烤羊肉串是我最可口的美餐，这是因为小时候跟父亲到县城赶集，在南关的羊肉馆里常喝一毛钱一碗的羊肉汤，从小有了这样的嗜好，至今吃过的羊肉不计其数，还为此而津津乐道。我曾经多次私下许愿，什么时候祭奠一下这种生灵，因为我对它们犯下了不可饶恕的罪行，我应当忏悔。头疼刚刚开始的时候，我的心中就掠过一抹阴影，胡思乱想是不是这帮濒临死亡的生命在车顶上集体发功，形成了一个巨大无比的类似磁场的东西，对我构成了威胁？

车顶上羊群悲切的嚎鸣断断续续地传来，虽然被凄清的雨声遮掩了许多，并不十分清晰，但我还是听得出那泣血一般的深疼。我突然间惭愧自己的自私，后悔以往吃过那么多羊肉。这是不是一种动物间的轮回报应呢？

我也曾想到过下车，在哪个县城或是镇上住一宿，求人买来止痛药，待头不痛了再返西安。可是，我去延安所带的700元钱所剩无几了，大约仅有20元了。没有钱怎么住？怎么求人？从西安出发的时候，朋友阿东把我的两脚搬起来，把鞋脱下，抽出鞋垫，将我留给他保存的钱抽出两张 50 元票额的，放在两只鞋的最底层，跟我说："这是救命钱，不到万不得已不能用。只当没有。"阿东见过世面，考虑得周到。在延安，我买书、买磁带、买安塞腰鼓，把钱花得差不多了。眼见得就要回西安，心想，坐上一夜车，回到西安就万事大吉了。岂不知天有不测风云，我却意外地遇上了事。如果我现在手头有 200 元钱，那该多好啊。我会提前下车体整、吃药、治疗，之后再回西安。这时候，我又一次真切地感觉到钱的重要。钱是多么伟大，它能救命呢。钱啊钱，挣来不易，花也要珍惜啊。

生与死的念头相互出现。一会儿，我在想，就这样躺着静静地死去吧。一会儿，我又想，如果能活到西安那该有多好啊。如果能活到西安，一定要好好活下去，对家人更好，对朋友更亲，对人生更豁达，对欲望更淡漠，对工作更勤奋。

羊的哭声仍然断断续续地传来，刺激着我的心。我终于挣扎着坐起来，走到驾驶室旁，问乘务员："有止痛药吗？我头痛。"我强忍痛疼，尽量说得轻松。因为我知道，我的痛苦别人感受不到，也体贴不了。回答是否定的，也是淡漠的。

我回到最后一排重新躺下，疼痛丝毫没有减轻，但我的心里却平坦了不少。就这样躺着死去吧。孩子毕竟也大了，上二年级了；妻子呢？只要能熬过这一时期，慢慢也会平静下来的。我的手机因为没有办理漫游，便没带。如果带了手机，我可以给家里打电话，告诉妻子这里的情况，如果出了意外，让她坚强一些，拉扯着孩子度日，好自为之。要是有合适的人，就找一个，别和自己过不去。家里的那点存钱，拿出一部分给双方老人，给孩子留一份上学，其余的存好了自己照顾自己。听到这样的叮嘱，家里还能过得下去吗？四千里之外的那颗芳心、那颗童心，是如何的如煎如熬？一夜之间，妻子的眼窝岂不深陷、脸庞岂不消瘦、青丝岂不变白？如果带了手机而不告诉她，不和她说一些话，我又于心何忍？而她如果毫无预感地突然听到我的噩耗，她又是如何的如雷击顶、五内俱焚啊！

这时候，我开始后悔自己多事：宁静恬适的日子不过，跑来陕北干什么啊！

我想，如果能活着到达西安，上帝提什么要求我都答应。以前读书，看到这样的内容：一个出生入死过来的人，或者经历过死亡考验的人，把人世间许多事情都看得淡了。原先并不深刻理解，现在想来，正是如此。生与死，只是一步之遥，活着，就要堂堂正正地活、痛痛快快地活。死呢？当死不可抵挡的时候，你又怎么可能躲得过呢？比之死亡这样的结局，诸如失意、孤独、挫折、磨难一类，又是多么不值一提、不屑一顾啊。

冥冥之中，我静待死亡。但是，命运却突然停止了对我的折磨。深夜2点之后，头疼不再加剧，我苦涩的心里涌起一丁点儿兴奋：西安，越来越近了。2点半的时候，头还在疼，我心里却更踏实了：车已驶入关中地带，再有2个多小时，就到达西安了。

我忽然想起，当我头痛欲裂、魂魄游荡的冥冥之际，一个在苍凉广袤的黄土高原，一个在繁盛奢华的海滨之城，我和妻子、儿子之间会不会有什么感应呢？比如说：妻子会不会一夜心神不定、坐卧不安？儿子会不会彻夜啼哭、莫名其哀呢？会不会是妻子的先感先知或儿子的苦求苦唤，把我从阎王爷那里召唤回来了呢？我不能走，我的老婆和儿子不让我走，我的寿限还没有到，老天是可怜我的老婆我的儿子而不让我走的，我们不能分在两个世界。果真如此，命运是多么玄奥、人生是多么叵测呀。

当我返回西安，在旅馆给家里打电话述说这事的时候，妻子告诉我，昨夜家里一切正常，儿子平静如昨。不知怎么的，我一下子又有些失望。

如果换上西安城里的贾平凹老哥，他怎么着也得琢磨出些神乎六道的因果关系。

天色开始变白的时候，长途车到达西安。我走下车，头还在痛，但已减轻了许多。到药店买来一片止痛片,倒在陕西气象招待所睡了一上午,头痛的妖魔终于对我松开了罪恶之手。

在旅馆,我记下了这次难忘的经历和感受。几日后,我回青岛度过了我34岁生日。当我在家中明亮的灯光下跟妻子、儿子读我记下的这些文字时,母子俩泪流满脸。

事情过去好多年了,每每想起这番经历我还心有余悸,同时我也在诘问自己:那真的是一次死亡的边缘吗?会不会是自己当时过于敏感过于紧张而惊恐万状、自己把自己陷入死亡之网了呢?谁能测算死亡的危险与真正的死亡究竟有多少距离?

几年之后,公元二〇〇二年十月十九日,一个周六的上午,10时左右,我在青岛第六海水浴场游泳,其时浴场空无一人。这天刮东北风,我往深处游时是顺风,很轻松地游出了很远。但回返的时候,却是逆风且风力变得更大。已经变凉的海水翻起层层小浪拍打着我,像一堆堆霜粒扑到我的头上,让我睁不开眼睛,前进艰难。在连续喝了数口海水之后,我更加紧张,隐隐约约望着岸边海滩上活动的人群和灿烂的阳光,突然涌起一种回不了岸的感觉,死亡的威胁让我顷刻间心惊肉跳。我想,如果我因为紧张突然抽筋的话,我可能就葬身在这里了。我甚至开始想象明天的小报在哪个版哪个角登多大一块豆腐块:昨日,某男子游泳溺水身亡。

在生与死的搏击、较量中。我心慌意乱但不敢松气,顽强前游。当我终于爬上沙滩的时候,眼泪一下子盈出眼眶,当时最想说的一句话就是:我还活着!

但我这次把事情烂在心里,一直没有告诉妻子。因为她特别担心事,为我冬泳的事已磨了不少嘴皮。只是自从发生这次"10·19"险情后,我游泳时产生了一定程度的恐惧症:每次游出一段距离而向回游的时候,望着平坦或者波浪起伏的海面,情不自禁地涌起一种紧张感,眼晕心慌,以至于至今不敢贸然向更深的地方游泳。作为个大男人,说来心里窝囊,感情上惭愧。

前海二十年

公元一九八三年七月十八日这天，我从烟台坐火车第一次颠簸到青岛，准备到位于贵州路47号的山东海水养殖研究所报到。是时，我手提小木箱，斜挎黄书包，怀里揣着一张小小的报到单。心情呢，说不上是兴奋还是失意，是热切还是迷惘，总之，是迷迷瞪瞪。这一年我刚满二十岁，此前在烟台市大马路109号的山东水产学校(后为烟台大学招安，冠以"烟台大学海洋学院")学了三年水产养殖，学得若明若暗，瘦得如棍如柴，胸前肋骨根根可数，敲之咚咚作响。李贺诗云：向前敲瘦骨，犹自带铜声。但那写的是马。

与现今青岛的雍容、丰韵相比，当时的前海沿与我同样瘦削。到达青岛时已是暮色四合，没有像样的高楼大厦可供观瞻。嘉祥路小学的大卡车就停在火车站门口拐弯处，一名大个子男老师三下五除二就把我提溜到车斗里，那两名女教师则不厌其烦地向我介绍嘉样路小学校办旅馆的便宜、清洁、卫生。其实无须多言，十块钱一宿的通铺价格，已使我对别的旅馆毫无兴趣。

第二天顺着台西三路下来，打听着来到响当当的海水养殖研究所报到，成为一名技术员，这时候我的感情开始神圣。当时全中国正兴起刻苦读书、振兴中华的热潮，全社会从骨子里崇尚教育、崇尚文凭、崇尚做学问，科研院所是令人神往的地方。这是一家省级科研机构，有一批学有所成、术有专攻的专家学者，事业蒸蒸日上。当时青岛既没"计划单列"，也没确定为"沿海开放城市"，当然也没升格，满街跑的大多是科以下干部。

那会儿"八大峡"还没有出生，研究所连着海，海接着研究所，涨潮时风起浪涌，飞溅的浪花拍打着研究所邻海的实验室，漫过了实验室外面的沉淀池，一只只抛锚的小船被海浪打得东倒西歪。研究所占据着东西一长溜大地盘，鱼类、虾类、贝类实验室一排一列，大院里弥散着海菜的清新气息。退潮了，研究所大院西端的岩石地带成了当地居民赶海的好去处，男女老少呼娘唤儿，乐颠颠地赶来，汇成黑压压人的潮流，在这里撬海蛎子、抓小蟹子、挖蛤蜊。那回潮间带的小海鲜比现在丰富多了，所以人们往往都是乘兴而来，满意而归。

因为没有高层建筑，所以视野内极少遮拦。我坐在三楼办公室里，透过窗看海上红日升降、海鸥聚散、波澜起伏，心中常有无端的豪情，也往往平添莫名的惆怅。我那会儿除了上夜校、考文凭，还写点散文、诗歌什么的。不知为什么，那个年龄段的我常常因风落寞，见月伤怀，一肚子乡愁情结。有一个清秋的晚上，我独坐办公桌前呆呆地看海，神情黯然，心意阑珊。是时，皓月当空，长风万里，对面的大海浮银耀金，流光溢彩，无限美好，我怀着一腔愁结，援笔写下散文《夜观大海》，状景抒怀，感时忧世。文章不久在《青岛日报》副刊发表，曾有海大一拨女生寻来我所，非要定位在我们这个角度饱看一把大海。

春天，团支部组织我们二十几个小青年到海里割海带，到市场上卖钱。这一带雾大，我们一大早驾上小船，驶入我们自己的那一大片养殖海区，拼命从玻璃筏子上向下拽海带，拉回岸上，装上130大卡车，我们带上几杆秤，在台东、四方一带沿街叫卖"新鲜海带"。刚开始卖一毛钱一斤，到最后卖一毛钱十斤，收入全部入账中国共产主义青年团活动经费。

很遗憾当时匮乏相机，照相也还是件很奢侈很引人入胜的事，否则，我一定会把当时前海的景状和我们的活动拍存下来。

顺着团岛往里走，整个就是一座山，世外桃源似的，天不亮时甚至有些阴森森，树木繁茂，众鸟啁啾。在山上，我和几个同事参加拳击班，跟着一个姓刘的武术老师学拳击，刚学会划步，套子也才买回来，我们这帮人不是闪着腰，就是扭了筋，学无所成，作鸟兽散。

不知从哪一天开始，满街都是浩浩荡荡的大卡车长龙，满耳朵都是汽车的轰响，黄泥巴撒得满马路都是。听别人说，填海工程开始了，要扩大黄金地带，再造一个前海沿。还说，这工程造价很高，如同拉着满卡车的十元大钞往海里填。

人的力量真大，真能改天换地。填海的直接结果是，八大峡的地盘大了，我们单位离海边远了，填起的地面与原有的地面合二为一，我们的养殖海区也不知从什么时候开始撤了。创业者在八大峡这块沃土上撒了一大把种子，在春风中，这里一天天钻出一栋栋高楼和一处处景点，越来越花团锦簇、美不胜收。

后来就不填海了，再后来青岛就开始东移，之后我就琢磨：人世间很多道理实际上很简单，浅而易见，一点就破，但有时候人就是发现不了、认识不透。伟大，原本寓于平凡之中。青岛往东有绵延的黄金海岸线可供开发，为什么非要认准八大峡这一块吊死呢？邓小平理论已写入我们的党章，早就确定为我们党的指导思想，联想老人家所讲的"发展才是硬道理"这句话，本是邓小平理论的重要组成部分，社会学、政治学专家因此展开的论著汗牛充栋，可老人家这句话本身又是多么朴素、多么实在、多么直白啊，实在的就像庄稼人唠嗑。

不久，"海上山东"的口号在齐鲁大地叫响了，母校老师自豪地对我说：你知道"海上山东"最早是谁提出来的？不是省长，是你几个同学琢磨出来的。我这几个同学在海洋水产厅工作。老师还鼓励我说：世界上的事情并不神秘，你也琢磨点事。但我至今也没琢磨出点什么名堂。

有道是：美不美，故乡水；亲不亲，家乡人。纵然生在同一座城市，长期生活在八大峡一带的人，也还是深深眷恋着这块风水。最近和山大医院的尚伟大夫颇有接触，他与我同龄，光着屁股在前海一带长大，博士读出来了，洛杉矶的学留回来了，一肚子学问，但讲话至今是纯正的青普系列八大峡动静，仍住在八大峡不肯走。他说他也知道东部不错，但感情上还是割舍不下这一带独特的海岸、海滩、海景，割舍不下四十年滋养的八大峡情结。

世界变得越来越小。现在想来，二十年前是多大点儿青岛，多大点儿八大峡。同班同学王吉开家住王家麦岛，因为自小沐浴着大海的豪迈，浸透了崂山的灵光，小伙子平添几多帅气，可烟台三年，他压根不敢称自己是青岛的，只说是崂山县王家麦岛村的。偶尔壮着胆子说了，也是心慌气短。那会儿，过了八大关往东全是郁郁葱葱的农村地，当地人除了喝上老烧下海捕鱼的，就是埋头修理地球的。我从八三年工作之后，一直到单身汉生活结束，常常骑上单位那辆破大金鹿自行车，到位于八大关的青岛汽水厂门前排号，替老师傅们买回凭票供应的那箱青岛汽水。在当时人们的眼里，这段路是相当遥远而漫长的，因为我能吃苦耐劳，所以找我干这个活的大有人在，一时好评如潮。

年轻、宽敞的八大峡广场留下我人生的足迹。每年都有天南海外的同人、朋友匆匆来青岛，除了公干，惊鸿一瞥般观光一番。我常带他们来最近的八大峡广场拍照，这里背依高楼起伏，俯面大海浩渺，有旅游小码头繁忙，有渔舟点缀沧海之中，近处有海上皇宫马蛋子独具特色的建筑，远处有青岛的标志栈桥和琴岛，气象万千，气魄峥嵘，是块风光绝妙、风云际会的风水宝地，足不远行，却能尽情领略青岛的天姿神韵。在此留影，不枉人生一活。

岁月催人老，日子不抗混，不知不觉自己就在青岛港上喘了整整二十年粗气。去年七月十八日，是我入住青岛二十周年纪念，原本想组织一个纪念活动，但从济南回来时已经很晚，我还是一个人灌了几盅辣水。这些年我虽然工作单位几经变动，但始终没有逃出八大峡的掌心，始终在这离前海最近的地方，吸进了一升又一升特新鲜、特别带海腥味的空气，我的人生阅历、生命感悟、身躯肚子，伴随着八大峡一带的蓬勃发展，日渐丰满。

诗人云，人生如梦。这词本身不是失意的幽怨。这梦做好了，确实是如痴如醉，如仙如幻，确实是很美啊。

成长记事

日月如梭,光阴飞度,儿子贾音眨眼就长成了翩翩少年。在他的成长经历中,我曾写过几篇文章,有的在报刊发表,有的存之柜内。现归结于一起,以志旧事,聊以抒怀。

学做关云长

罗贯中把《三国志》演绎得异彩纷呈,其众多的人物形象争奇斗艳,宛若满天繁星。《三国演义》中有名有姓人物1191人,其中武将436人,文官451人,汉、三国、晋的皇裔、后、妃、宦官128人,黄巾起义者及鲜卑等边远民族67人,官亲和三教九流各色人物109人。最近,5岁的儿子迷上《三国》,搞得家里到处都是三国人物的纸牌,整天缠着我讲三国故事。

儿子素来胆小,借此机会,我重点讲些关云长温酒斩华雄、张翼德喊断长坂桥一类的故事。这些故事抖擞着英雄主义气概,小家伙听得眉飞色舞,两眼放光。若说勇敢和坚强,莫过于夏侯惇的拔矢啖睛和关云长之刮骨疗毒。夏侯惇乃曹操麾下猛虎将一员,冲锋陷阵时,被吕布部将曹性一箭射中左目,夏用手拔箭时连眼珠带出,乃大呼曰:"父精母血,不可弃也!"遂纳于口内啖之,仍复提枪纵马,一枪搠透曹性门面,使其翻身死于马下。你说这夏侯氏多厉害?简直是气冠三军。还有关云长,刮骨疗毒时刀声悉悉,血流盈盆,见者无不掩面失色。关二爷呢?饮酒食肉,谈笑弈棋,全无痛苦之色,也称得上顶天立地、钢骨铁筋了。儿子听完故事不过瘾,缠着我再讲一遍。在我的启发下,表示要向关云长、夏侯惇学习,做个小小男子汉。

话说不久之后的一个早晨,我带他在大院里踢球,他不小心跌倒在地,左腿膝盖处擦破一丁点皮。他蹲下身子,手摸伤处,嘴里"唏嘘"着,眼窝里就冒出泪来。我说:勇敢点,人家关云长、夏侯惇是怎么做的?不料他听罢越发哭将起来,咧咧个没完。看那伤处,并无妨碍,只是略微有些红颜色罢了。我心里嘀咕:扶不起的阿斗,没出息!

每逢给他洗澡,尤其到了洗头的环节,这孩子总是大呼小叫。打上洗发液,其嚎叫如同杀猪。我原以为听了三国英雄故事后他能出息些,不想嚎声依旧,甚至在刚听完故事的第二天早晨洗澡也不奏效。

我想,这嘴皮子是空磨了。他再缠着讲三国故事时,我便不再热心。

两个月后,孩子因疝气入院手术。谁料,这次他竟出奇地镇静和勇敢。不管是打吊瓶还是抽血化验,眉头一锁,哼都不哼。推入手术室麻醉前,其他孩子多有哭闹,而他却很冷静和沉着,只有短短几分钟表现得有些烦躁。为了鼓励他,我再一遍讲关云长刮骨疗毒,讲夏侯惇拔矢啖睛,他默默地听,眨巴着眼睛不说话。住院11天,他被大夫、护士称赞为病房里最勇敢的孩子。

看来,以往的三国英雄故事没有白白灌输,许多教育往往是潜移默化润物无声的。孩子固然做不了关云长,但熏陶一些关云长气概还是可行的、有效的。

杀鸽子

6岁的儿子因疝气住进医院,做了手术。手术第二天,亲戚送来6条活鲫鱼和2只鸽子。鲫鱼清煮是大补,纯白的汤胜过乳汁;活生生的鸽子却让我棘手,我左右为难,不忍心杀死他们。两只鸽子被绑了翅膀,捆在一起,样子怎么看怎么戚惨。儿子坐在病床上,听说要杀死它们,眼圈一红,眼泪顺着腮帮子一串串往下淌。看到这景象,我对妻子说：不杀了，不杀了，养着它们。

出医院大门，我骑自行车赶回家，倒出一个啤酒箱子，用剪刀在四周钻上眼，为鸽子松绑，放进去。又给它们端进一碗水，掰进一些碎馒头（杀死鸽子后清洗，发现它们嗉子里全是玉米粒，碎馒头恐怕是不吃的）。做完这一切，我重返医院，告诉儿子鸽子现在一切都好。

鸽子成了我和妻子的心事。养着它们吧，一没时间，二没地方，起码它们整天拉屎就没法处置，况且我们又不会摆弄，弄不好越养越瘦最后病弱而死。杀死它们为儿子补营养吧，我们又实在不忍心。下午朋友杨兄来探视孩子，说现在时兴养殖鸽子，就是专供餐桌之用的，没必要这般多愁善感、婆婆妈妈的。

傍晚时分，同事小韩来到医院，自告奋勇要当凶手。考虑留着鸽子终是件麻烦事，我咬咬牙终于同意杀它们。策划都是背着儿子进行的，儿子好像也有预感，我和小韩走的时候，他不放心地央求我："爸爸，不能杀鸽子！"又说："杀了我也不吃。"

和小韩回到家已是晚上8点，暮色里，两只鸽子并排站在纸箱顶，像是在迎接我的到来，让人好生怜悯。我跟小韩说，我要出去理发，实是不忍心看他行凶。

理发回来，第一只鸽子已被小韩拔光了毛，第二只尸体正浸泡在温水里。鸽子是被自来水灌死的，小韩说这种形式的杀更富营养。我默默地把鸽子炖在高压锅里，突然同情起儿子来，觉得伤害了他的感情，便缓缓拿起笔写这篇短文。明天起早给儿子送饭，一定要说是鸽子自己死的，要哭就由他哭吧。

照这样一张相

再过20天，儿子就满6周岁了。认的字越来越多，懂的事也越来越多。原来，晚上看动画片时突然停电，他就发火，严肃着小脸气愤愤地着急："电视台怎么搞的？电视台怎么搞的！"现在已经弄明白，停电不该电视台的事。

他妈去商场买来一条小裤头，让他穿上，跟他说，这么大的孩子了，晚上睡觉再光着屁股，就很难看了。

儿子开始有心事。晚上睡觉前，突然为以后找媳妇的事犯愁，自言自语地说："找个媳妇吧，就不能和爸爸妈妈一块住了；不找吧，爸爸妈妈老了，家务活就没人干，也没人给我冲奶喝。"他最愿喝冲奶粉，每晚睡觉前总要灌上一大杯。

孩子他大姨在幼儿园工作，我们有这个近水楼台的条件，所以孩子不到两岁，就开始很放心地送他到大姨那里。从那时起，我自行车的大梁上，便装了一个粗钢筋制作的小孩座位。这是二连襟转送给我的，他女儿王萌当年曾在这个座位上坐过3年。

风雨霜雪，一晃4年。儿子坐在车座上，由我载着去幼儿园、去公园、去海边、去医院……一路铃声，一路父爱。朴朴素素的日子，平平淡淡的生活，温馨和睦的家庭氛围里，儿子一天天长高。

居家和单位都在海边，空气潮湿，自行车锈得便快。4年下来，这"永久"也该退伍了。等买来新自行车，就不必再在大梁上安装车座了，孩子已大，可以转在后座。这意味着旧自行车和小车座将双双被淘汰。

我跟他妈说：照一张骑自行车送孩子去幼儿园的照片，保存下来，留作纪念。等儿子长大了，也好知道父母拉扯他的艰辛。不管他以后是龙是虫，孝敬老爹老娘就好。

星期天，我整理得衣冠楚楚，油光水滑，儿子则被他妈打扮得山清水秀。下得楼来，我从车棚推出自行车，儿子小猴一样灵巧快捷地爬上车座，然后是我骑上自行车。一切就绪，妻子"啪、啪、啪"按动快门，从不同角度连拍三张，完成任务。

等这个胶卷全部照完并冲洗出来，儿子的生日已过4天，带他到青岛饭店暴吃的肯德基大约已全部消化吸收完毕，旧自行车和车座已置弃不用。照片拿在手里，我和妻子越看越觉得太做作。孩子天真烂漫、一派幸福倒无可厚非，问题是我西装革履，两目成缝在微笑，确实太过滋润。想想 4 年来，有大风呼号，有暴雨滂沱，有烈日普照，有朔气逼人，更常有交通拥挤，车流不息，汽笛乱鸣。我车载小家伙上下班，东张西望，提心吊胆，哪有照片上这份恬淡和悠闲？

我想，儿子长大后看到这张照片，也很难体味老爹当年送他的辛劳。可我们依然会全副心身地爱护他、关心他，抚育他长大成人。这正是人世间无私的父母之爱。

写这篇短文的时候，儿子正摇晃着一把黑纸扇，对着大衣柜的镜子练习颔首示意——这是电视连续剧《三国演义》片头中诸葛丞相的习惯动作，意寓运筹帷幄、决胜千里。而儿子后脑勺之下的棉袄里，却还斜插着黑白两把扇子，这是香港电视连续剧里侠客佩刀的姿势。《三国演义》播出不久，家中放在抽屉里的三把纸扇就被他翻腾出来，他整天模仿孔明的样子胡扇呼，全然不顾时下正值三九寒天。

我对他说：学诸葛亮要学人家的智慧和忠诚，你插上一百把扇子，也当不了孔明。他根本不听，照旧我行我素。

哪座房子最漂亮

星期天，刚读小学一年级的儿子在写字台前正襟危坐，读新学的语文课本：《哪座房子最漂亮》。

课文内容如下：一座房，两座房，青青的瓦，白白的墙，宽宽的门，大大的窗。三座房，四座房，房前花果香，屋后树成行。哪座房子最漂亮？就数咱们的小学堂。

书声琅琅，儿子读得很投入。

看样子写的是农村小学堂，因为"青青的瓦""白白的墙""花果香""树成行"一类景致，乃是农村气象。

乡村也好，城市也罢，如果最漂亮的房子是小学堂，那敢情是件天大的好事。说明我们确实重视了教书育人这百年大计，确实把抓教育落到了实处。这是孩子们的幸事，也是我们整个民族的幸事。

课文是课文，最好的房子哪是小学堂？城市比农村强得多，小学一般都有小楼两三座,平房几十间,操场平整,厕所干净,很不错了。但城市里最漂亮的房子是哪些?比起富丽堂皇、蔚为壮观的星级大酒店,比起装潢精美、设置奢华的娱乐中心,甚至,比起官员们的办公大楼,小学堂的建筑算什么档次呢?

其实,小学堂压根儿也没必要搞得光彩四溢、富丽堂皇。有舒适的学习环境,有优秀的师资力量,孩子们在这里安心学习,天天向上,就很圆满了。现在的问题是,尚有很多农村地区的小学堂,不仅不是最漂亮的,简直就是风雨飘摇,破败不堪。看"希望工程"宣传图片,我们知道不少贫困地区的孩子在猪棚里、羊圈里读书。小学堂不仅没有宽宽的门、大大的窗,而且低矮阴暗、摇摇欲坠。小学童们夏日难耐虫咬蚊叮,冬天冻得浑身哆嗦。至于学堂轰然倒塌、砸死砸伤孩子的事,我们也都听说过不止一次。

儿子还在认真地读,三遍之后已背诵如流了。我问他:哪座房子最漂亮?他回答:小学堂,我们的小学堂!语气十分肯定、坚定。

于是,我更加祈盼孩子们都能走进最漂亮的小学堂,尤其是那些瘦弱、贫困的山里孩子。

养精蓄锐走人生

一眨眼,儿子就要小学毕业了。他既不闪光,也不出色,但从三年级开始,各个方面开始向着好的方面发展:四年级时,破天荒当上了一根杠的小队干部;五年级开始,每学期都是三好学生。小学毕业前的测验,他多次名列前茅。

要紧的是,他学得很轻松:看不见他写,听不见他背,不像是个学生。

他大爷说:贾音,鼓鼓劲,考第一。

他姨夫说:贾音,努努力,冲上去。

他妈妈说:贾音,小学毕业考试快到了,你还不急不慢的?

唯独他爹我悄无声息,在心里说:孩子,你尽管悠着点儿。

这才到哪儿呀？小学仅仅是个启蒙阶段，往后的路多长啊：初中，高中，大学，读研究生，踏入社会……知识经济的时代，人是要活到老、学到老的呀。童年就是童年，天性不可扼杀，孩子的童年应当与欢乐戴天共处。

我抱着这样的观点对待孩子，孩子便一派舒展。在宽松的环境里，他轻松自如，笑声朗朗。他喜欢读书，诗词小说童话杂文无所不爱，每天手不释卷，兴意盎然。有一次我问他：你感觉你在学习上用了几份力气？他自诩道：加上现在业余时间学着的二胡，也就是五分吧。

妻子经常告状说：贾音最大的毛病是不自觉。她说的自觉，当然特指的是学习。我一个耳朵听一个耳朵冒，不置可否。十来岁的孩子，你让他头悬梁、锥刺股、废寝忘食、夜以继日？孩子是小树，肥施得够，水浇得足，长了弯杈处理一下，其他的，让他长吧。

儿子自己制作的名片上这样"云山雾罩"：世界之王，万蛇之圣，万剑之尊，万王之王，打遍三山五岳，南七北六十三省无敌手，惊天动地玉王子贾音！

明显的不伦不类。既然到了"世界之王、万王之王"品级了，怎么才"南七北六十三省无敌手"？闹吧，小子。你也可能是个跳蚤，是条臭虫，但兴许就是一匹千里马。《宋史·岳飞传》中记载了一件岳飞和高宗论马的事。岳飞讲了两种马：一种马奔驰之初并不很快，驰到一百里后才看出速度。连续飞奔几百里，卸下鞍子后，不喷气，不出汗，若无其事。一种马一骑上去就奋力发跑，可是只跑得百里，便呼呼喷气，大汗淋漓，像要倒毙一般。前者是致远之材，后者是驽钝之材。岳飞论的是马，其真意当然是借此譬如人的品格了。

我说不准儿子是致远之材还是驽钝之材。作为家长，我应当为孩子提供一个欢乐、祥和、宽松的氛围，让孩子蓄养元气，养精蓄锐，天性完好无损，人格健康发展，赶明儿个，让他踏踏实实去走他的人生之旅。

酒席

我带着孩子去吃了一顿饭,一顿在我看来很普通的酒席,却引起他强烈的情绪起伏。

星期天我到单位加班,带着正读小学五年级的儿子,他十一周岁过两个月。中午吃饭,因为单位正举办一个学习班,便摆了几桌酒席。这几桌酒席根本说不上奢华,每桌上了十几个菜,虾和螃蟹的个头不大,刚上市的蛤蜊、海蛎子、蛏子等等,倒是很新鲜。酒水档次不高,白的是低度琅琊台,红的是干红,黄的是啤酒,仅此而已。这样的酒席,许多的人已经司空见惯,就像早晨有霞光、傍晚有夕阳一样。因为是中午,人们也没怎么喝酒,只是礼节性地串了一下桌,表示表示心意,联络联络感情。

而我的儿子,出了餐厅,眼窝红了,眼里闪着泪光,说:太浪费了,大吃大喝。我说,很普通呀,孩子,没怎么浪费呀。孩子愤愤地说:还没浪费?一桌就是一个下岗职工一两个月的工资!出了餐厅回办公室,要穿过一个农贸市场,这里人声嘈杂,讨价还价,就像刚烧开的锅。有面皮粗糙的农村小姑娘,推着自制的大炉子烤地瓜,有破衣少年背着报袋吆喝卖报,道旁还有蓬头垢面的乞讨老太太,一幅市井百姓风情图。儿子闷闷不乐,一直不说话,快到办公室的时候,又冒出一句:太腐败了。

孩子的强烈反映,使我业已麻木的神经有了一些疼痛。十七年前,我刚参加工作的那年夏天,在参加完一次丰盛的公款宴请之后,我独自一个人走在路上,居然泪流满面。刚才觥筹交错的情形怎么也抹不走,众头目吃光、喝光、满面红光的面目,历历在目。当时,反复在我脑子里纠缠的一个题目就是:公家的钱,就这样吃?

光阴似箭,沧海桑田。现在进步了,吃者更加温文尔雅,不再是迫不及待的吃法了,菜更精,酒更好,礼仪更多,哪似当年秋风席卷一扫而净的光景,吃到最后,盘子里的内容还相当多。

我盼望着，胡吃海喝、奢侈浪费的劣习早一天绝迹。

教子寓于笑谈中

家长是孩子的第一任老师，在教导、指导、引导孩子健康成长方面，具有无可推辞的"第一责任人"职责。而家长对于孩子的教育形式，又应当是不拘一格、生动活泼的，要因"人"制宜，因"事"制宜，因"时"制宜，声色俱厉需要，和颜悦色也需要；娓娓而谈必不可少，直奔主题效果也不差。有时候，寓庄于谐、亦庄亦谐的"笑谈"，远比生拉活扯、夸夸而谈的大道理更能入耳入脑，更具有实际效果。

春节之后，贾音进入小学阶段的最后一个学期。功课方面，渐渐深了，难了；性格方面，"男子汉气概"渐露端倪。在老师、家长的教育下，他对学习的重视程度在增强，学习成绩呈上进趋势，但自觉性总是不高，拽一拽，动一动，拉一拉，上一上，常常在"应付""凑合"的状态下运行，我们两口子为此眉头不是很舒展。有一天一大早，他突然对我说：昨天数学测验，有一道思考题，很难，老师说全班只有几个同学做对了。有不少同学攻了两个小时还没成功，我到现在也没做出来。言下之意，同学都做不出来，我也拉倒吧。

我说，你把题给我。

题是这样的：一个班，有三分之二的同学参加数学课外兴趣小组，有二分之一的同学参加语文课外小组，有10个同学既参加数学小组又参加语文小组，有3个同学既不参加数学小组又不参加语文小组。问这个班有多少学生。

数学撂下这么多年，这道题对我来说也有些难度，但我想，我今天应当把它攻克，必须攻克。早饭我干脆不吃了，闷在书房解题。三画拉两画拉，终于，我解开了：这个班共42名学生。

在我解题的过程中，贾音好几趟探头探脑，推门进来看光景，他不相信老黄牛一样拉车的爸爸，能解开这道看起来猴精八怪的难题。但我确实解开了。贾音高兴得抓耳挠腮，说：对，一点不错，老师告诉的标准答案就是 42。

从他那因为兴奋和崇敬而亮光闪烁的眼神中,我意识到一个施教的良机已经来临。于是,我"山吹海聊"起来:"没想到吧?这点事,能难住我?当年,我攻克哥德巴赫猜想的时候,光演算的草纸就卖了三马车……我一跃登上了数学金字塔的最顶尖……"

12 岁的少年开怀大笑:真敢说!这不是陈景润吗?

玩笑归玩笑,但玩笑创造了气。紧接着,我颇为深沉、一板一眼地讲了少年时期家境的窘困和读书的不易,讲我初三时背着黄书包,黄书包里装着煎饼,跑 20 华里路到县城参加数学竞赛一举夺得全县第一的经历,讲我小时候"青油灯盏洋油蜡"的勤奋和用功。

若在平时絮叨这些,贾音兴许听不进去,但有之前解题的"政绩"、胡吹的敛神、笑谈的铺垫,小家伙这会儿听得却是屏神静气,明眸炯炯。

黄河九曲入大海,我最后切入主题:"我们那会儿是什么条件,你现在是什么条件?当年我住的是常为秋风所破的小草屋,你现在住的是宽敞明亮的楼房;我当年吃煎饼,吃窝窝头,吃地瓜干,你现在红烧鸡块加鱼香肉丝,一早一晚两袋奶;我当年面黄肌瘦,一刮风就倒,你现在健如牛犊,脚下生风……你不用功学习,对得起谁?上愧对国家,下愧对父母,社会、老师、亲人你谁也对不起!学校提倡和实施素质教育,反对读死书、死读书,是为了孩子全面发展、综合提高,完善孩子的健康人格,激活孩子的创新潜力,并不是说不让你好好学习。相反,学好功课和全面发展并不矛盾,学和玩、动手和动脑、紧张和放松、刻苦钻研和兴趣学习,应当是并驾齐驱,相得益彰。更何况,学习不负责任,遇到难题绕道走,本身也不是迎难而上、知难而进、开拓进取的人生态度,不是健康向上的心理素质……我们不累你,不强迫你,也不硬性苛求你非考个什么名次。不仅现在不,将来什么时候也不。但是,你必须培养自己勤奋学习、不怕困难的品质,以努力学习为乐趣,以战胜困难为快事,这对你的人生大有裨益……"

贾音有一个好处是喜欢读书,我说什么词他也能听懂,况且,用词越奇，他越兴奋。一席话，唱响了主旋律，讲清了大道理，在一定程度上震动了少年的心灵。但见他低头沉默不语，双手在裤筒上擦来搓去，我知道，春风已经化雨，雨水滋润心田。

多少事和理，都付笑谈中。

之后，贾音学习上细心了一些，用功了一些，成绩也有了提高。单说数学，就有好几次测试在班里名列前茅。当然，不能完全归功于这次"笑谈"，因为这次谈话与我平日里多少次锲而不舍的教育相比，仅仅是个"这一次"而已。但也绝不能说这次"笑谈"不起作用或者作用甚微。

类似的"笑谈"例子还有不少。

唯物主义者承认个体的差异。孩子和孩子是不一样的，智商不一样，素质不一样，起点不一样。我颇费苦心地教育和引导自己的孩子，并不一定比得上人家那些出色的孩子，无须家长太多的调理便出息得朝气蓬勃，品学兼优。但是，毕竟，培养自己的孩子是家长天经地义的责任，你若有责任心，你就要不遗余力地甚至挖空心思地在孩子现有的起点上培养和塑造他，力所能及地让自己的孩子在各个方面好些、再好些。

重温"子龙"好励志

时间在飞跑,社会在进步。但古人与今人,谁的生活品位更高?谁的日子更优美,很难讲。

比如说,名字问题。古人有姓,有名,有字,许多人还有号。今人,名字两三个字就打发了。当然,名与号,并不是越多越好,越复杂越好,但古人那种讲究,那种蕴意,真的是大有学问,很为人生添彩。

日月如梭织年轮。眨眼,儿子已成人,国庆节前办了婚事,喜结良缘。装了新房,查了日子,定于今天(光棍节,11月11日)行乔迁之喜,独门户之立,成家立业,正式"脱光"。孩子离巢,爹娘心中既高兴,也惆怅。近日,常回忆他成长岁月里的诸多往事。

当其孩童之时,电视上正播84集版本的《三国演义》。他最崇敬的人,文是诸葛亮,武是赵云,均为蜀国忠臣、刘备手下。那会儿,我们家全是关于三国的音乐、画册、烟牌和道具。儿子从幼儿园回来,站在镜子前,持一把羽毛扇,一会儿摇啊摇,一会儿插在后背衣服里,踱起方步,嘴里哼着杨洪基唱的《滚滚长江东逝水》。我知道,这是他沉浸于诸葛孔明足智多谋的意境中。一会儿,扇子一扔,操起木棍,上蹿下跳,左刺右挑,做威风凛凛状,口里念念有词:"我乃常山赵子龙也!"噢,我知道,此刻他挥舞的木棍,就是当年赵云手里的长枪。

记得看《三国演义》第30集的时候,赵云当阳桥突重围,匹马单枪救阿斗,连斩战将50余员,血染战袍,曹操看呆了,魏军吓傻了,那真是一个气冠山河。曹操目瞪口呆:"真虎将也";刘备惊叹:"子龙一身都是胆也!"当时,贾音目不转睛盯着荧屏,激动得两颊透红,两眼放光，当听到插曲《当阳常志此心丹》时，手舞足蹈，眼里闪动着泪花。儿子属龙，乳名"大龙"，是他姥姥赐予的。我想，孩子这么敬仰赵云，赵子龙是这么一员忠勇的战将，就给儿子加个"字"吧：姓贾，名音，字"子龙"。

贾音当然乐不可支，全家人都高兴，但"子龙"后来淡化了。若干年后，我济南的朋友史更新打电话，问起"子龙"近况，我居然一时想不起子龙是谁。

多年来，不论多忙，老版的电视连续剧《三国演义》，我时常看几集。最近，缘于林志玲的一个演讲，我在"爱奇艺"回看了电影《赤壁》。强迫自己看完，感觉没有了是非，没有了黑白，知道了什么叫"任性"和"胡来"。有钱人，是可以任性和胡来的。于是，重温老版《三国演义》，就更加珍惜。

今天，儿子就要独立门户了。他问他妈：娘有什么嘱咐的？问我：老爸还有什么要求？我说，一件事，恢复你"子龙"的名号吧。往大里说，是传承中华文化；往小里说，是希望你有赵子龙的忠勇。我们这个社会，已有些不忠不勇。

在此，附《当阳常志此心丹》歌词："虽未谱金兰，前生信有缘。忠勇付汉室，情义比桃园。匹马单枪出重围，英风锐气敌胆寒。一袭征袍鲜血染，当阳常志此心丹。子龙，子龙，世无双。五虎上将威名传。"歌词美，曲子美，唱得美，三连美，令人荡气回肠。词作者是王健，曲作者是谷建芬，原唱是崔京浩，在此表示敬意和点赞。

孩子，好好学习子龙的"英风锐气""智勇双全""此心常丹"吧。子龙，既是三国人物中最忠勇的，也是最健康、最长寿的，生命不老，善始善终。这也是老爹老娘、是我们全家人对你的期望。

贾音乳名"大龙"，借此乔迁机会，就为斯斯取名"小凤"吧，龙凤呈祥，幸福吉祥！

对了，建议你们俩忙里求闲，再读一遍《三国演义》，重温一遍电视剧《三国演义》，至少要看一看第30集。

小孙女的三张泪脸

小孙女贾如 8 个月的时候，她妈妈被单位派去外地学习，时间一周。这是妈妈第一次离开女儿，也是女儿降世后第一次离开妈妈。

一周过去了，妈妈归心似箭地返回。我叮嘱老伴，待母女重逢时，别忘了拍几张照片、录一段视频，这是很珍贵的资料。

老伴照办。于是，从众多的照片中，我选出了三张。

第一张：惊喜。妈妈突然出现，久别重逢，孩子欣喜无比，眼里流出晶莹的泪珠。

第二张：委屈。突然领悟到，妈妈离开自己好多天了。孩子一定会在心里想：妈妈，你到哪里去了？你怎么狠心离开我呢？

第三张：踏实。惊喜、委屈之后，认定妈妈已回到了自己身边，于是孩子平静了，踏实了。这张照片，脸蛋一转，眼神一瞥，带着明显的自豪与满足，潜台词是：妈妈回来啦，我与妈妈又在一起啦！

老伴讲，当妈妈打开房门，一刹那间出现在眼前的时候，孩子先是一怔，木然了几秒钟。当她突然意识到眼前是个什么人、这个人对自己是多么重要、是多么疼爱自己的时候，她的记忆复苏了，骤然放声大哭。这种哭，是欣喜，是悲伤，是冤屈，是幼小心灵里五味杂陈的交织。

视频显示，孩子看到妈妈后，手里的面包扔掉了。再给她，又扔掉。只想让妈妈抱，表情急切、紧迫而严肃。那天，孩子穿着大格子的灰色连体小套装，如同一只可爱的兔娃娃，拉着妈妈的手不肯放松。她仅有几颗小牙，晶亮的眼睛忽闪着，脸上泪水涌流，泪花点点。

反复端详这几张照片，我忍不住在"至亲"群里发了一句感言："这真是一个好孩子，我们一定要更加善待她。"发完后，又觉得这话如同白说，丝毫没有意义，不值得讲在嘴上。

　　从此，我把图片保存在手机里，经常翻看，感受人间真善美的真谛，感受幼小心灵亲情的表达，涌起对小孙女的疼爱，涌起对不管何种原因所导致的骨肉分离的悲悯，同时也坚定了"老吾老以及人之老，幼吾幼以及人之幼"的信念。发乎内心地祈祷：愿普天下的亲情不分离，愿普天下的人们都幸福。

　　现在，孩子快9个月了，爬得越来越快，嘴里牙牙学语，扶着东西能自己站起来，神情憨厚，眼神清澈，越来越可爱。我们老家有一句俗话，叫作"狗养的狗亲，猫养的猫亲"。有几次，家人出于偏爱，情不自禁地说："咱们家的孩子是最漂亮的。"我纠正："不是，比咱们家大宝漂亮的不计其数。不拿外在美说事，孩子的内在、性格、兴趣、健康成长，才是应当最最看重的。"

有一种责任叫月嫂

7月20日是个吉祥的日子。上午9时8分,小孙女贾如如期降临。

而此前一周,海南月嫂王金香已空降北京。她是经我们家海南亲戚推荐、经过实践检验的"金牌月嫂"。

当一家人把孩子交给王金香时,骤然间感到,月嫂是一个多么紧要、多么神圣的职业。同时,又是一个多么有责任、多么有压力的职业。

婴儿新生,柔弱如一株嫩草,明净似一滴清水。这是父母的骨血,家庭的香火,生命的绵延。作为家长,把这么一个粉嘟嘟的宝宝交到一个"外人"手中,你放心吗?作为月嫂,把这么一个肉团团的娃娃接到自己怀中,你有这个胆量吗?

月嫂很辛苦,集保姆、护士、厨师、保育员、保洁员于一身,需要爱心、细心、耐心,需要十八般武艺,一般人很难胜任。

我们家就像对待自己的亲人一样,把月嫂接到了家。月嫂也像我们家的亲人一样,把全副身心用在了宝宝和产妇身上。在照顾贾如的42天里,王金香以她的勤劳、开朗、有主见、能吃苦,凭着她良好的护理技术和无微不至的状态,让我们全家人放心,赢得了尊重和认可。

感人的事例有不少,不一而足。在月嫂离开北京的前一天,我们家宝妈流下了依依不舍的眼泪,并表示生二宝时一定请她再来。

经常听说,月嫂不好找、不好选,也经常听到对于月嫂的指责和报怨。选月嫂,需要爱与爱的对接,心与心的理解,情与情的牵系,需要责任、使命与奉献的共鸣。

王金香回海南了，又有一对宝爸宝妈预约她，更多的宝宝需要她照顾。她的月嫂生涯中，已照顾过几十个宝宝。当初她刚到北京的时候，我们说，照顾好大宝，到时候我们给你写封"表扬信"。

王金香有一个帅丈夫，有两个好儿子，但她没有单位，"表扬信"写给谁？还是发一个微信公众号吧。王金香有荣誉感，在北京时，几次表示要好好工作，干出成绩，不辜负培育她的海德瑞培训学校，不辜负安梅芬老师。她充满自信，甚至期待有一天能冲出国门，到外国展示中国月嫂的形象。

敲下这段文字，做出这个微信，既是对她的感谢，也是对她的助力。

因为职业使然，自己近几年常常接触"工匠精神"，认为王金香就是月嫂职业中的好工匠。俗话说，"三百六十行，行行出状元"。面对生存与竞争的压力，唯适者生存，唯强者胜出，生活从不亏待有心者、有志者。

贾如，寄托着全家人的期待与祝福。但家人没有过分的奢望，只希望你健康地成长、快乐地生活。在你的生命历程中，假如你能记着每一个时段关怀和照顾过你的人，假如你有心愿有能力感恩于对你有恩泽的每一个人，那么，你的人生就算成功了。

遥祝海南的月嫂，一切都好。祝愿人与人，越来越真诚。

后记

转瞬之间

一

北京马甸，南临北三环，东依八达岭高速，矗立着一座双子楼，最高一层的 A 楼 2505 里间，是我的办公室。

天气晴朗的时候，伫立窗前，举目远眺，可见燕山连绵，西山透迤，蔚为壮观。如果天气再好，依稀似见双清别墅，伟大领袖毛主席在那里指挥了著名的渡江战役；大致能见香山植物园，伟大作家曹雪芹在那里写出了那部千秋不朽杰作《红楼梦》。

2018 年 4 月机构改革，国家质检总局等"三合一"进入市场监管总局。几任主要领导都到过这一层，开玩笑说：发展研究中心，你们就要站得高、看得远啊。

那年深秋，北京万山红遍。一个 40 出头的中年人，从黄海之滨的青岛来到这座城市，来到这座楼上。除了中间 4 年调任《中国国门时报》工作，其余近 15 年，都是在这座楼上度过的。在这里，他爱岗敬业，辛勤工作，是全国质检系统优秀共产党员，是连续多年的优秀公务员，是多次参加党校学习的优秀学员。在这里，他执笔过大量报告、讲话、文章，完成过多个研究课题，出版过多部专著。

人生知何似，飞鸿踏雪泥。泥上留指爪，鸿不计东西。

真诚感谢，人生旅途中所有帮助过自己的人。人之一生，离不开高人指点、贵人相助、亲人关爱、好人相扶。出版上一本散文集《黄河向东》，我在自序中写道：常怀感恩之心、敬畏之心、奋进之心、自律之心、喜悦之心。"五心"在，元气在；养"五心"，人如神。

二

1980年初秋，一个瘦巴巴的农村少年，在哥哥玉祥护送下，身背铺盖卷，手提小木箱，来到胶东的海滨城市烟台。

这少年，家境特别贫寒，自小体弱多病。母亲早年去世，父亲拉扯着六个孩子艰难度日。在村里上完小学，再读初中，进入村办高中一年之后，却又莫名其妙地退回到初中，据说是要跟县城里的中学接轨。整天勤工俭学、拔草捡粪不说，关键是缺乏师资。大好的读书年华，蹉跎光阴。1979年夏天，考入县一中，还是数学课代表，但一个学期未读完，因为头疼、神经衰弱，被迫休学。第二年，作为初中生考入"小中专"。

这是他人生第一次坐火车。当山东水产学校接站的大卡车转出北马路，转过大马路，驶入烟台山东侧的海滨路，立刻就被映入眼帘的大海震住了。

在老家，只听说海大，"无风三尺浪，有风浪打浪"。这次是看到真的大海了。况且，这一次相遇，便与大海结下了不解之缘。在水产学校，学的是海水养殖专业，学游泳，学摇橹，学鱼虾贝藻之育苗和养殖。毕业后，分配到更加美丽的海滨城市青岛。说起来，摆脱困顿，第一桶金，都与当水产技术员有关，都与大海有缘，都是大海赐福。

秋色越来越浓，山东水产学校外的大马路商店门口，有一拨年轻学生加入了排队买苹果的行列。烟台国光小苹果，1毛钱一斤，刚下枝头，香甜可口，中专生们背着军用黄书包排队购买。

有一个周末，在烟台火车站南广场，有个青年交上1块钱费用，与停车场的一辆黑色上海牌小轿车合了一张影。这并非虚荣，而是好奇、新鲜、兴奋。

七年之后，1987年的秋天，他们真正坐了一次上海牌小轿车，那是堂哥贾玉良安排的，将青岛来的一对新婚夫妻，从潍坊火车站拉到安丘王十里河村，算是回老家举办的一次婚礼。

青岛的景色很美，青岛的风很清爽。在这座风光旖旎的城市里，年轻人娶妻生子，过上了平凡而美好的生活。他有幸找到一位端庄贤惠的青岛大嫚，一个能把什么样的日子都能过成好日子的好伴侣。

三

时代在飞速变化，出书早已不足为奇。甚至，信息海量，资料漫无边际，阅读物泛滥成灾。

但自己还是敝帚自珍，认真地写文章，认真地汇编成书。因为有一些好朋友还读，有许多亲人还关注。在老家安丘城老市府宿舍，已经年迈的大姐把她兄弟的书放在床头，随时勾勾画画，经常写心得体会。有一些朋友，特别是家乡人，是最先读到我的书和文章而与我联系和交往的，都是出于真心真情。

前不久，堂姐夫秋东，一位有些文化、会养鱼、能种地、能经商的淳朴老实人，通过他女儿给我发短信，原文是：赠贾玉奎，读《黄河向东》感言：谨诚和善，仁德贯中；苦修得道，济世鞠躬；启迪人道，匡正前程；亲友典范，社会精英。

这让我感动，也让我惭愧。我写过不少与标准相关的文章，但不知，达到什么标准才算"社会精英"。自己肯定算不上精英，最多算个好人。好人的标配一是心地善良，二是与人为善。这善良不是作秀，是源自内心的不可抑制。当年第一次坐火车到烟台上学，在坊子火车站，把买来的肉包子让给乞丐吃，而自己一直饿着肚子，没有办法不这样做。

每个人的一生，都受到许多教育。最重要的教育，当然就是精忠报国，多为国家做事，多为人民、为家乡做事。一个平常人，努力地兢兢业业地工作，就是为国家做事。随着年龄增长，有时想，这些年为家乡做了些什么好事？便觉得惭愧。老家安丘是农业大市（县），农产品出口有一定规模，当年自己力所能及地促进过，这是唯一能称上为家乡做过的事。老家没亏待我，有一年回去，正赶上大姐夫脑梗住院，市里领导很关心，时任市长韶华带领一拨人热情地接待我。

这些年，陆续收到家乡寄来的史志，常常收到安丘政协编辑的《渠风》期刊，读之涌起思乡之情。最近与老家亲戚建河联系，等退休后能否为家乡的文化建设做点事，围绕家乡历史风情人物搞点学术研究，写些文章，出几本书。秀才百无一用，除此别无他能。

四

在北京朝阳区，奥林匹克森林公园南园西门附近，有一条域清街。我的房子不大，但楼层高，前面一无遮挡，家中视野开阔。白天，可以看到鸟巢、玲珑塔、五颗钉和单位办公楼一侧的大气检测塔。晚上，躺在书房的小床上，可以看月亮、看星星、看夜幕映衬下的白云。这在繁杂的北京城，实属难得。

本书的名字，曾考虑《繁星满天》。我的书房，命名为"繁星斋"。皓月当空固然令人神驰，天上一轮月，人间万里明，但繁星满天的意境更加深邃，更为生动，更充满生命的烂漫和人性的光辉。记忆如筛，将流水岁月里那些美好的事物和精美的片段，过滤出来，珍藏起来，像星星一般镶嵌在生命的夜空，照亮人生的旅程。

也曾考虑《英华满面》。《礼记·乐记》里说：气象璀璨，和顺积中，而英华外发。这名字，蕴含着快乐、喜庆、和悦、俊朗、中气十足、英气勃勃。

还考虑过《转瞬之间》。年轻时，背诵李白"君不见黄河之水天上来，奔流到海不复回。君不见高堂明镜悲白发，朝如青丝暮成雪"，但不得甚解。视频中看到老艺术家们高亢悲壮地朗诵《将进酒》，不以为然。等到渐渐老去，突然发现人生如此之快，竟在转瞬之间。人人都会老,生命对每个人都是公平的。遥想当年秦始皇发疯一般遍寻长生不老药,原来觉得滑稽可笑,现在深感悲情可怜。

最后,与该书责编文贤先生达成共识,确定书名为《倾听岁月的声音》。新华通讯社是煌煌国社,新华出版社是重量级出版社,看中该书,为我出版,深感荣幸。

五

两间小房,几碟小菜,干干净净,平平静静,这就是我想要的生活,一直以来想要的生活。当然,菜肴中,有肉皮冻、蒸鸡白菜、青椒拌虾皮、花生米炝芹菜更好。

永远想念童年时候,正月十五前背着笓子到亲戚家"出门"。临近中午,饭桌摆上,烧酒热上,辣丝子、炒香菜、炸肉丸子、猪肉炖粉皮。那酒盅抢得,那小酒喝得。

在安丘县城西南10华里处,有一个叫南新村的地方,有山有水,山叫牟山,水叫牟山水库,我曾以"牟山"为笔名发表过一些文章。记得大约是1986年,在牟山水库之畔,有一个晚上,我向二姐夫表达人生志向:争取住上二居室住房,有2万元存款,当个副科级以上干部。二姐夫为人善良,但脾气暴躁,他当过厨师,经常做羊肉汤给我喝。我到烟台上学穿的第一双皮鞋,就是他给我的。

自己德才有限,能量了了,生命至此,唯有感激。

今年是虎年。2月1日,年初一,我写了一首短诗《福在哪里》,发在微信朋友圈。

过年贴福字,童年的记忆

持续至今日,火红的仪式

举头问天,福在哪里

扪心问道,何处寻觅

福在年夜饭，福在全家席

福在平凡中，福在平安里

福就是懂得进退、知道珍惜

福就是看透生活、仍不放弃

生活已进入快节奏，人们无暇看大书、读长文。最近以来，我创立了"八行诗"和"百字世态"两个体裁。随时随地，信手拈来，既为自己感悟人生设立一个平台，而别人理解交流起来又不费时费力。当年，莎士比亚有十四行诗，我的更短。写到一定数量，打算印制成小版本的集子，送朋友交流，给自己留成果。

节气已过春分，北京明显转暖。这个周末，风和日丽。春天真好，春天是从厚重的地层里冲出的盎然之气，是扑面而来的蓬勃之气，春天可听可视、可嗅可吻、可触可摸、无处不在。小时候读诗，记得有一句：最动人的声音，是春风喧哗；最动人的消息，是春天来了。但春天稍纵即逝，夏天来了，秋天来了，冬天来了。每一个季节都留不住，每一个季节都有自己的美丽。

人也一样，青春固然美好，而每个年龄段都有精彩生动之处。